Lois McMaster Bujold
洛伊絲・莫瑪絲特・布約德

Lois McMaster Bujold

洛伊絲·莫瑪絲特·布約德

BEST 嚴選

奇幻基地出版

五神傳說

二部曲：靈魂護衛

The World of the Five Gods

Paladin of Souls

洛伊絲・莫瑪絲特・布約德 著

章澤儀 譯

Lois McMaster Bujold

BEST 嚴選

緣起

在繁花似錦的奇幻文學花園裡，你或許還在門外徘徊，不知該如何抉擇進入的途徑；也或許你已經置身其中，卻因種類繁多，或曾經讀過不合口味的作品，而卻步、遲疑。

BEST嚴選，正如其名，我們期許能透過奇幻基地對奇幻文學的瞭解，以及對讀者的理解，站在出版者與讀者的雙重角度，為您精選好作家與好作品。

他們是名家，您不可不讀：幻想文學裡的巨擘，領域裡的耀眼新星。

它們最暢銷，您怎可錯過：銷售量驚人的大作，排行榜上的常勝軍。

這些是經典，您務必一讀：百聞不如一見的作品，極具代表的佳作。

奇幻嚴選，嚴選奇幻。請相信我們的眼光，跟隨我們的腳步，文學的盛宴、幻想世界的冒險，就要展開。

excellent bestseller classic

獻給 Sylvia Kelso，語法糾察隊，以及依絲塔的頭號死忠擁護者。

各界好評讚譽

這位創作力豐沛的傑出作家，閱讀其作品實在是令人賞心悅目……難得有一本書能讓我如此愛不釋手，迫不及待地想一頁頁往後閱讀……《靈魂護衛》讀起來使人心曠神怡。

——黛安娜．韋恩．瓊斯（Diana Wynne Jones），英國知名奇幻小說家、《霍爾的移動城堡》作者

在《靈魂護衛》中，布約德運用奇幻文學的特色，創造出一段真實併同心靈的歷險……這本書蘊藏著多重意境，耐人尋味，值得一讀再讀。

——黛安娜．L．帕克森（Diana L. Paxson），美國奇幻、歷史小說家

奢華而殷實的細節……堆砌出俊秀雋逸的神幻氣息。依絲塔的心靈歷險想必令老練的奇幻迷感到興奮戰慄。在填補了喬利昂的歷史謎團之外，又琢磨出令人驚異的新風潮。

——《出版人週刊》（Publishers Weekly）

體貼、深思且技巧純熟的作者。

——《誠懇家日報》（Cleveland Plain Dealer）

一個中年女子的奇幻冒險，在《靈魂護衛》中有著多向度的描寫……布約德筆下人物的鮮明強烈，劇情的客觀獨立，使得本書能夠輕易地自成一格。

——《丹佛郵報》（Dever Post）

彰顯作者的高超敘事技巧與雅緻靈活的幽默。

——《圖書館期刊》（Library Journal）

高精度的冒險、魔法、和靈性的刻劃。最刁鑽或甚最倦怠的讀者都能被這個故事深深吸引。

——《浪漫時報》（Romantic Times）

這片大陸上，普遍信奉著五位神明，
負責照看四季興衰及不合常軌之事。
然而，眾神的行事低調隱密，
凡人必得獻出天賦的自由意志，
成為推動事物的通道……

——五神信仰——

春之女神（Lady of Spring）／掌管豐收、生命
夏之母神（Mother of Summer）／掌管醫療、事物的復元
秋之子神（Son of Autumn）／掌管狩獵、戰爭
冬之父神（Father of Winter）／掌管合乎義理的死亡、法律
災神（Bastard）／非屬四季，庇護所有不被其他神祇接受的靈魂

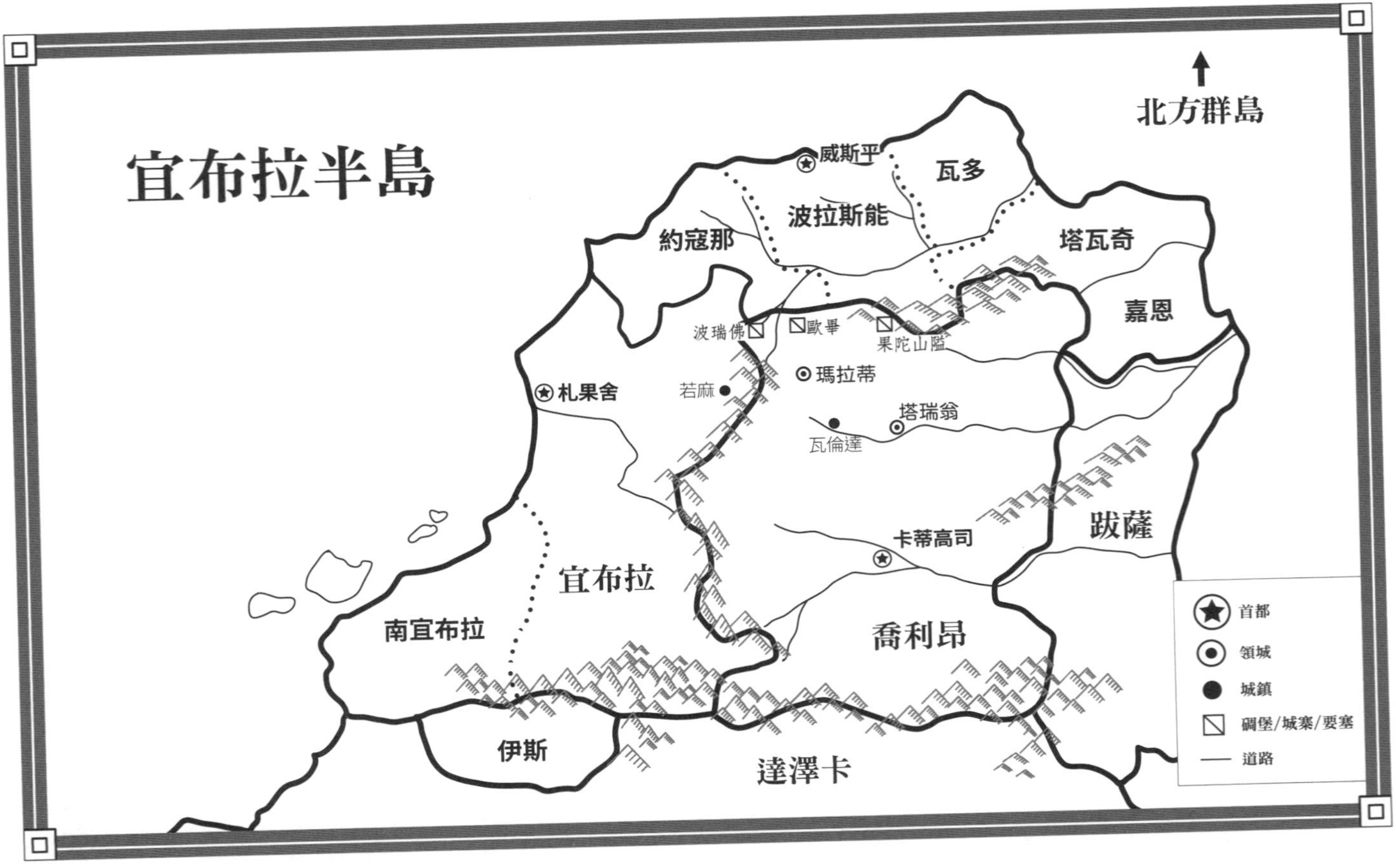
宜布拉半島
北方群島
威斯平
瓦多
波拉斯能
約寇那
塔瓦奇
嘉恩
波瑞佛
歐畢
果陀山隘
札果舍
瑪拉蒂
若麻
塔瑞翁
瓦倫達
跋薩
卡蒂高司
宜布拉
南宜布拉
喬利昂
伊斯
達澤卡
首都
領城
城鎮
碉堡/城寨/要塞
道路

依絲塔的朝聖路線

威斯平
瓦多
波拉斯能
約寇那
波瑞佛
歐畢
果陀山隘
宜布拉
瑪拉蒂
若麻
溫亞嗣卡
瓦倫達
開瑟夏詩
帕爾瑪
塔瑞翁
賀隆
卡蒂高司
依絲塔的路線
首都
領城
城鎮
碉堡/城寨/要塞
道路

I

懷著麻木的疲憊感，依絲塔倚在塔頂的牆垛旁，俯看喪禮的最後一批賓客從城堡大門離去。陳年的圓石子地上馬蹄躂躂，拱門的廊道間離聲迴盪；她的指尖不住地在牆石上摩擦，一雙蒼白襯在粗糙礫面上。她那為人勤懇的哥哥——貝歐夏領主帶著一家大小和隨從在這裡待了整整兩個禮拜，直到司祭們按喪葬習俗辦完了所有儀式，才在今天啟程返回塔瑞翁。

貝歐夏騎在馬上，還在中庭裡和費瑞茲準爵說話，依絲塔只能看見費瑞茲仰著的臉，看他慢慢走到馬蹬旁，神情仍然凝重肅穆，無疑是在聆聽領主離去前的最後指示。二十年了，忠實的費瑞茲一直在瓦倫達的城堡裡侍奉老領主夫人，為這座城堡擔任保安官。城堡的鑰匙成串地掛在他粗壯的腰際，閃閃發亮；那是她母親的鑰匙，她將它收回來並保管了這些時日，連同城中所有文件、財產清單等一併交給她的兄長，結果她兄長轉手又交回給這始終忠厚又可靠的保安官，卻不是交給自己的妹妹。

這座城堡的老主人在世時，這串鑰匙能把所有的危險鎖在城門外；曾經，它也把依絲塔鎖在城裡。

我們都知道，這只是習慣。但我已經不瘋了，真的。

其實她沒想要那串鑰匙，也不是要用它來悼念亡母的一生。說真的，她不太知道自己要什麼，但知道自己怕什麼——她怕被關起來，關在陰暗、狹窄的地方，以愛為名。愛比敵人難纏得多，敵人會放鬆警戒，會疲於戰備、露出破綻，愛卻是堅定不退卻。

貝歐夏氏的馬隊走下山坡，轉進城鎮，隨即遮沒在擁擠的紅瓦屋牆中。費瑞茲也在這時走回了城堡裡，顯得疲態盡露。

料峭春風吹開了依絲塔的幾綹頭髮，冷得她臉皺了起來。她將那些髮絲塞回盤在頭上的髮辮裡壓住，一面感到這髮式綳扯著她的頭皮。

在昨天之前，溫暖的天氣持續了兩個星期，只可惜來得太晚，沒能給傷病中的老太太添來撫慰。老太太要是再年輕點，她的骨折就不會拖這麼多天，肺炎也不至於變得那麼嚴重；要是她身體強壯一點，或許墜馬時也不至於骨折。說到底，若非她那樣強勢又固執，也不會到這把年紀了還騎在馬上……依絲塔低下頭，發現手指頭已被她摩擦出血，於是慌張地將手藏在裙子裡。

一如預期，老夫人的魂魄由夏之母神接引。想來眾神也不敢違背這位老母親強悍的意志。依絲塔想像著母親在天堂裡仍然發號施令的模樣，不由得一笑。

而我終於孤身一人了。

依絲塔咀嚼著這份空虛，細數著先她而去的至親：丈夫、父親、兒子，現在輪到母親。她僅有的女兒如今身受喬利昂王位的約束，而且蒙五神允准，那王座不可能放她離開，就如同墳墓不會放走死人。*所以我的責任當然已了。*責任決定她扮演的角色：她是貝歐夏家族的女兒，是偉大卻不幸的埃阿士之繼后，是兩個孩子的母親，最後是老母親的看顧——如今，這些任務都已結束。*這些角色已經與我無關。*

當人生的城牆崩塌化為塵土，而我不再受它包圍時，我會是誰？

好吧，她仍然是殺害路特茲大人的凶手。這個祕密的身分仍然佔據著她的心。

她又將身子探出城垛，一逕往遠方看，也不管牆石刮壞了喪服的袖子，扯斷了好幾條深紫色的絲線。這是個明亮的早晨，循著道路，她的目光從中庭的石子地順著城門外的下坡走，在城鎮中輾轉，過河……過了河，然後去哪裡？人們總說萬物有源頭，道路也是，從某一條延伸出好多條，分而又合，終於蔓延成這片土地的龐大網絡。人們又說，所有的路都有兩個方向，去了能回來。但我想要一條沒有回頭路的單行道。

一陣驚恐的喘氣聲使她猛然回頭。只見一名貼身侍女站在她後方，睜大眼並捂著嘴，胸口和肩膀仍因剛剛爬上樓來而劇烈地起伏著。侍女好半晌才擠出一個假笑。「殿下，我到處找您呢。您……您快點離那牆邊遠一點吧，來……」

依絲塔歪了歪嘴。「放心吧，我沒這麼想在今天去面對眾神。」哪一天都不想。我才不要。「眾神與我之間是無話可說的。」

於是她讓那侍女抓住手臂牽著，從矮牆邊慢慢走向樓梯口。依絲塔自己覺得一派悠閒，那侍女卻是小心翼翼，還故意站在外側，擋在依絲塔和牆垛間。別那麼緊張，女人，我想要的不是石頭。

我要那石子鋪成的路。

這樣的一道念頭令她吃了一驚。這是個新點子。我還能有新點子？她忽然覺得自己所有過去的思慮像是一團拆過重打、重打又拆的毛線，已然磨損得殘破，織不出更大的布來。但她要如何得到這所謂的路？年輕人才追尋自己的路，像她這樣的中年女子還有辦法嗎？身世飄零的少年孤兒拾起行囊，踏上旅途去尋找心之所向……多少故事都是這麼開始的。然而她既非身世飄零，也不是少年，一顆心更早就被生離死別剝削得荒蕪，哪裡還有嚮往？但我此刻的確是個孤兒。這樣難道不夠格嗎？

臨下樓梯前，依絲塔回頭朝城牆之外的遠方一瞥，看那些高高低低的灌木，亂枝橫生的小樹，以及一條河畔小徑，上頭走著一個僕人和一頭馱著柴薪的驢子，正走往城堡的後門。

依絲塔和侍女走出塔樓後，來到了花園——這是她亡母的花園。她放慢了腳步，掙脫那侍女的牽握，執拗地找了張長椅坐下。「我累了，」她說：「我要在這裡休息一下。妳給我端茶來吧。」

她看得出侍女正在腦中盤算並對她的要求感到懷疑，便故意擺出冷然不悅的神情。那女子見狀立刻一禮。「是，殿下，我這就去叫人準備。我馬上就回來。」

*我知道妳會馬上回來。*一等那女子消失在主樓的轉角，依絲塔立刻跳起來奔向後門。後門的衛兵正在讓那僕人和那頭驢子通過。依絲塔抬頭挺胸地從他們身旁走過，既不張望，也假裝沒聽見那衛兵出聲喊她。她輕快地走下那條小徑，拖長的裙襬和坎肩袍子一路被路邊的雜草刺莓勾住，彷彿它們也在伸手要拉住她似的。她確定自己走進樹叢後便加快了步伐，像是在小跑步——還是少女時，她經常從這條小徑跑下去河邊；那時，她還只是依絲塔，不是任何人的誰。

她不得不承認，自己不再是少女了，只這麼一丁點路，當河面的波光能從樹叢間透過來時，她已累得上氣不接下氣。她繞進樹叢，大步走到河岸上，見這條小徑仍是記憶中的模樣；有座小小的棧橋能過河，走上坡岸就能接到大路，而那條路會沿著山丘蜿蜒而下，通向瓦倫達的鎮區。

現在這條路上十分泥濘且布滿馬蹄印，八成是她兄長和家人剛才離開時留下的。他這兩個星期都在遊說她跟著他們一起去塔瑞翁，承諾會讓她在新城堡裡有自己的房間和侍女，說得好像她在瓦倫達就沒有似的。她掉頭朝相反的方向走。

宮廷喪服和絲綢軟鞋不適合用來走鄉間小路。她的裙襬下緣吸飽了泥水，導致每一跨步都像在渡河般沉重，而她的鞋子也早就濕透。太陽高掛，烤得她大汗淋漓又狼狽萬分，但她仍然繼續走，同時覺得自己越來越不舒服，此舉也越來越愚蠢。這就是瘋狂，而瘋狂就是一種會害女人們被鎖在塔中，跟一群不聰明的侍女為伍的東西，她這輩子可享受得夠了。她就這麼跑了出來，沒帶衣服，沒訂計畫，也沒有錢，連個銅幣都沒有。她摸了摸頸子上的珠寶——這可值錢，就是值太多錢了，哪間鄉下錢莊能拿出足夠的錢來換？這些寶石不是財源，反而只會害她被盜匪盯上。

她邊走邊盯著地面，試圖避開水窪。這時聽見木車搖晃的聲響，她抬頭看去，只見一位農夫駕著一輛由矮種馬拉著的板車慢慢過來，板車上載著成熟的糞肥。那農夫前進同時，一路訝然地盯著她看，她則回以一個高貴的王室點頭禮——不然她還能回敬什麼？忍住了大笑出聲的衝動，她再度往前走，不回頭，也不敢回頭。

拖著厚重且沾滿泥水的一身衣裳，走到兩條腿都發痠的時候，她已經走了一個小時以上。她停下腳步，挫折得直想哭。這根本行不通。我不知道要怎麼做才行。我從來沒機會學這個，而我現在已經太老了。

又有幾匹馬來了，蹄聲很快，還有一聲叫喊。在這電光石火之間，她最先想到的是自己手無寸鐵，連一把腰帶小刀都沒有。她在腦中勾勒自己揮動著隨便撿來的武器、抵抗劍客的畫面，但馬上就打消了這不切實際的想像，覺得自討沒趣。

她向後一瞥，嘆了口氣——是費瑞茲準爵和一名馬伕在四濺的泥水中騎著快馬追來。她當然沒有蠢到或瘋到期望來者是盜匪。也許不夠瘋狂正是問題所在。真正的精神錯亂是沒有界限的，會去渴望得到不夠瘋狂便無法掌握的事物；然而現在，她這般作為只是白費力氣的半調子。

費瑞茲騎馬來到她身邊，那張臉早已嚇得漲紅、滿頭大汗，看得她心裡有些過意不去。「太后！您跑來這裡做什麼？」他喊道，翻身下馬時還差點絆倒，一下來就立刻抓住她的雙手。

「城堡裡低迷的氣氛讓我很疲憊，想出來走走享受春光，聊以慰藉。」

「殿下，可是您走了五哩路！這條路不太適合您——」

對，我也不適合這條路。

「沒有隨從，沒有護衛——五神啊，您想想自己的地位和安全，也想想我的白頭髮吧！我這些頭髮不只被您嚇白，還都豎起來了！」

「我向你的白髮鄭重致歉，」依絲塔說著，內心是真的有那麼一絲絲悔意。「好費瑞茲，我這點事不值得你擔驚，也不值得白了頭髮。我只是……只是想走走。」

「下回告訴我，我來安排——」

「是一個人走走。」

「您是我國的太后，」費瑞茲堅決地說：「看在五神的份上，您還是依瑟女大君的親生母親，怎麼能像個村婦一樣溜到路上閒晃。」

想著自己能像個村婦溜出來閒晃，不必再當悲劇國母依絲塔，她忍不住一嘆。儘管知道村婦也有她們的人生困境，可歌可泣的程度也不會遜於任何一個死了丈夫的太后。想來想去，站在路中間爭辯這些也沒意思，她便乖乖爬上了馬伕讓出來的馬。用腳摸索著馬蹬時，濕黏的長裙襬纏住她的腳，讓她很不舒服；當那馬伕牽起轡繩，領頭走在馬前，她皺起了眉頭，淚水在眼眶打轉。

費瑞茲探身靠近，抓起她的手握了握。「我知道，」他親切地低聲說：「您的母親故去，是我們所有人莫大的損失。」

費瑞茲啊費瑞茲，我早幾個禮拜前就不再為她哭泣了。她曾發誓不再偷哭也不再祈禱，只在最後守著病榻的那幾個可怕日子裡破了誓，然而在那之後，她的確也覺得哭泣或祈禱不具任何意義了。此刻在眼眶打轉的淚水並非出於悲傷，而是出於惱怒；也不是為了她母親，而是為了她自己。想歸想，她決定不向這位保安官解釋什麼，免得又要弄得他一陣傷神。就讓他覺得她是因喪母而有些失常吧——這樣的失常才會被人放下。

費瑞茲大概也累了，和她一樣，在這幾個星期忙著應付悲傷和賓客，所以沒再與她交談，而那名馬伕也不敢出聲。依絲塔騎在馬背上，看著自己回頭走在剛才的來時路，彷彿這條路拒絕為她使用。那麼她自己呢？她如今還有什麼用處？

她瞪著馬兒的耳朵看了一會兒，發現那雙耳朵似乎朝某個方向抖動了下。順著那方向看去，只見相接的另一條路上有批十數人的馬隊正在接近。費瑞茲直起身子也警戒地朝那裡凝望，但隨即放鬆，又恢復閒適的坐姿。那支隊伍中有四名身穿藍色上衣的女神奉侍兵，顯然是在執行護送朝聖者的任務。隨著對方接近，可以看出那隊伍中有男有女，各自穿著不同神祇的代表服色，但都有在袖子上別著長緞帶，象徵他們正在前往聖地。

兩隊人馬大約同時抵達交會的路口。行進間，費瑞茲和那些奉侍兵相互點頭致意，朝聖者們則看著依絲塔的服色，打量她那一身華貴的衣飾。其中一名身材胖壯的紅臉婦人對依絲塔露出微笑，依絲塔愣了一下，也禮貌性地揚起嘴角，頷首表示回禮。她一定沒比我老，依絲塔心想。

費瑞茲把馬停在依絲塔和朝聖隊伍之間，防護意味不言而喻，豈料那位胖婦人勒停住馬匹，使牠放慢步伐，竟脫隊朝他們騎了過來。

「眾神賜您日安啊，女士。」那婦人出聲說道。她騎的花斑馬十分肥壯，除了兩側鞍袋塞得鼓脹，所馱的大小行囊不少，卻只用細繩子隨意綁縛，隨行進時而晃動，看著有些驚心。那婦人的頭上戴著草帽，衣著是母神的綠色，只是色調偏暗，讓人不免聯想她可能是位寡婦。奇怪的是，她袖上的緞帶是五位神祇的象徵配色：藍色配白色，綠色配黃色，紅色配橘色，黑色配灰色，以及米白色。

依絲塔又遲疑了一會兒，點頭道：「您也是。」

「我們是從貝歐夏各地來的朝聖者，」婦人主動說：「這一趟要去塔瑞翁，參觀前輔政大臣濟若諾神奇之死的那個聖地。哦，除了那邊的好準爵布洛達（Brauda），」她朝隊伍中一位年長男士揚了揚下巴。只見那人身旁跟著個年輕男子，兩人穿著一深一淺的子神服色，並馬而行。「他帶著他兒子，喏——好個俊俏的小夥子，是不是？」

那對父子顯然聽見了婦人的這番話。做兒子的原本對這婦人臨路攀談似有不滿，這時縮了縮腦袋，目光轉回正前方，臉上一紅，準爵本人則是忍不住露出微笑。

「那孩子要去卡蒂高司加入子神紀律軍，有其父便有其子，是這個道理吧？聽說典禮將由聖神將軍博剛親自主持呢！我真想親眼見見我們的大君配婿。大家都說這王子生得英俊，要我說，宜布拉的海岸就能生養出面貌整齊的好男兒。將來一定要找個理由到卡蒂高司去參拜參拜，讓我這老骨頭開開眼界。」

「這倒是。」依絲塔平淡地應道，主要是為了針對她女婿的那幾句評論。

「我是開麗亞（Caria），來自帕爾瑪。我丈夫在那兒做馬鞍的，前陣子走了，所以我現在是個寡婦。您呢，好女士？這位兇巴巴的老兄想必是您的丈夫？」

這位婦人不請自來，劈頭就用如此裝熟稔的口氣說話，保安官早就把不樂意寫滿在臉上，這時聽見最後那一句，更是拉回馬頭想橫擋在那婦人面前。然而依絲塔舉起一隻手說：「沒事的，費瑞茲。」

費瑞茲揚了揚眉，但仍聳聳肩後待在原地沒發作。

依絲塔繼續對這名朝聖者說：「我也是個寡婦……我是瓦倫達人。」

「啊，真的？我也是呢。」開麗亞開朗地答道：「我第一任男人就是瓦倫達人，不過我後來把三任丈夫葬在一起了。」她說得好像那是個成就似的。「哦，當然，我的意思是葬在同一個地方，不是同一時間啦。」她偏了偏頭，好奇地端詳著依絲塔初喪的服裝。「您也才剛埋葬了您的是吧，女士？唉呀，難怪您這麼悲傷憔悴。好吧，親愛的，這是挺難熬的，尤其是第一次。剛開始甚至想去死呢——我當時就想過，唉，這話說著就嚇人。不要擔心，慢慢就會好過來了，日子會再過下去的。」

依絲塔笑了笑，搖頭未表同意，但也不打算出言糾正開麗亞的誤解。她看費瑞茲很想找機會上前來聲明依絲塔或他自己的身分，好讓這個冒昧的婦人閉嘴退下。但依絲塔內心卻覺得這女子叨叨不休其實挺有趣的，她並不覺得不悅，也不希望對方停下來。

大概是存著一點讓依絲塔解悶的好意，開麗亞開始介紹自己的朝聖者同伴，向她漫談起他們的出身、階級和各自的朝聖緣由；假如談論的對象離得夠遠，不至於聽到她們的談話，開麗亞還會針對他們的脾氣和品德發表小小的評論。

於是依絲塔最後知道了，除了那好脾氣的子神奉侍和他兒子，這批朝聖隊伍中有四名男紡織工，他們要去向冬之父神祈求讓官司得到好結果；一個別著夏之母神緞帶的男人，他要為女兒祈求安產；袖上飄揚著藍白長絲帶的那位婦女，她向春之女神祈求自己的女兒能覓得良婿；再有一名身形削瘦的女子，穿著剪裁得宜且質料上好的綠色服事袍，她在母神紀律會裡管理審計和會計，這趟出行還帶著自己的一個侍女和兩名僕人；還有一個賣酒的商人，專程去酬謝父神並且還願，為的是他和車隊在上一趟往返宜布拉山區的大雪中險些迷失，最終平安歸來。

這些朝聖者已跟開麗亞相處多日，知道她多嘴饒舌，離得近的幾人聽見她滔滔不絕，便不時擺出各種沒好氣的表情或眼色，唯獨一個身穿災神司祭袍的年輕人神情和悅；那年輕人身形頗胖，騎著一頭泥跡斑斑的白騾，懷裡捧著一本攤開的書，自己看得十分專注，只在翻頁時抬起頭來眨眨眼向四周望，含糊地咧嘴笑笑，看得出是個近視眼。

此時已是日正當中，開麗亞朝天上望了望。「我真等不及要抵達瓦倫達了。那兒有一家知名的旅店，我們要去吃他們的烤乳豬，那是招牌特色菜。」她邊說邊咂嘴。

「是，瓦倫達的確有這麼一家旅店。」依絲塔說著，心想自己在瓦倫達住了這麼久，從來也沒去吃過。那位母神的審計員走得慢，被迫聽這陣嘮叨許久，便在這時噘著嘴打岔：「到時我可不能吃。我發了誓，這趟旅程中一概不沾任何油膩肉品。」

開麗亞探身往依絲塔靠近，湊到她耳邊壓低了聲音說：「我倒覺得，與其發誓吞那許多蔬菜，不如發誓多吞些驕矜，這才符合朝聖之心呢。」說完，她直回身子端出笑容，但那母神的審計員可都聽見了，悶哼一聲，當作不理。

別著黑灰色緞帶的那位酒商這時也出聲：「我能肯定，無意義的閒談對於眾神是沒用處的。我們既然是去向神明祈禱，就應該把時間用來談些有益心靈提升的話題，而不是談口腹之欲。」

開麗亞斜眼向他一睨。「哎，口腹就低俗，心靈就高尚？虧你還在袖子上標示著父神的恩寵呢！你這賣酒的。」

那商人一僵。「我可不是為了這目的——或這需求——而去祈禱的，夫人！」

聽到這裡，那位災神的司祭從書中抬起頭來，慢條斯理地說：「我們身上所有的部位都是由眾神掌管，無分高下。而有一位神祇樂於接受所有人，還有每個部位。」

「您的這位神明就是品味低得出眾。」那商人投來一瞥，話中帶刺。

「凡是對聖神家族任何一位神祇敞開心懷的人，都不會被排拒在外，即使是自命不凡的人。」司祭說完，挺著肚腩向那商人傾身一禮。

開麗亞哈哈笑了起來。那商人不滿地噴著氣，但也沒再說話。司祭又埋首書中。

開麗亞又向依絲塔耳語：「我喜歡那胖子，真的。他話不多，可是句句有理。喜歡讀書的男人大多受不了我，我也壓根搞不懂他們，但那胖子態度就親切得多。雖說我總認為男人應該好好去娶妻生子，有一份掙錢的活兒，不是跟著眾神屁股後頭走。我老實告訴您，我的第二任丈夫就是個酒鬼，不愛工作，最後把自己給喝死，大夥兒還皆大歡喜呢，願五神安息他。」她說著，張開手指觸碰額頭、嘴唇、肚臍、股間，最後按在她豐滿的胸脯上，接著又高聲向旁問道：「但我現在可好奇了，司祭閣下，您還不曾對我們說過您此行去祈求什麼呢。」

那司祭把一根手指頭點在書頁上，抬眼看來。「是啊，我應該沒說過。」

酒商說話了：「我想您只會要大家祈禱見到您的神明，對吧？」

「我經常求母神來到我的心裡，」那女審計說：「我最崇高的心願就是能與祂面對面。真的，我常常覺得能感應到祂。」

渴望與神明面對面的人都是天大的傻子，依絲塔心想。但在她自己的經驗，這倒也並非不可能。

「要做到這一點，不必靠祈禱，」司祭說：「只要去死就行了。這並不難啊。」他揉揉自己的雙下巴。「事實上，那是無可避免的。」

「我是說活著蒙神靈憑依。」審計員冷冷地糾正：「那是我們所有人都企求的偉大祝福。」

不，不是。女人，妳若是現在見到母神面容，妳會跌在這泥地上哭泣，一連幾天都站不起來。依絲塔在心中暗想，同時發現那司祭正瞇著眼睛好奇地打量她。

他是不是有被神靈憑依？依絲塔知道如何辨識一個人是否被神靈憑依過。不，或許他那樣子看人純粹是因為近視。她對那道目光感到不自在，便朝他猛皺眉頭，於是那人又眨了眨眼睛，表示歉意。

「其實，我這趟外出是替紀律會辦差。我屬下的奉侍偶然在一隻雪貂身上發現遊蕩的惡魔，所以大司祭命令我去塔瑞翁辦事，把這惡魔送還給災神。」那司祭說著便收起書本，側身在鼓脹的鞍袋中找出一個小小的柳條籠，裡頭有個瘦長的灰色影子在竄動著。

「啊哈！原來那就是你藏在鞍袋裡的東西！」開麗亞靠過去看，皺起鼻子。「看上去只是隻普通的雪貂啊。」那小生物立在籠子的前側，對著開麗亞抽動鬍鬚。

胖司祭將籠子舉起來，讓依絲塔也看一看。被依絲塔漠然地盯著看了一會兒，那小動物在籠中轉了幾圈之後突然定住不動，小眼珠子閃著異於動物的精光，接著竟然低下頭，退縮到籠子的後側去了。司祭在一旁看到這一幕，又對依絲塔投以好奇的注視。

「這可憐的東西會不會只是生病了？」開麗亞懷疑地問。

「夫人，您覺得呢？」司祭問依絲塔。

你明明很清楚牠身上確實有個惡魔，為什麼要問我？「我認為善良的大司祭一定知道箇中原因，也知道該怎麼處理才是。」

胖司祭對這充滿戒心的回答淡然一笑。「誠然，這就是個惡魔，不是別的。」他把籠子收回去，又道：「我個人推測它只是個小惡魔，尚未成形，在這世間遊蕩的時日也不多，因此不至於誘使凡人施展巫術。」

它的確沒有誘惑依絲塔，但依絲塔知道它有意低調。凡人獲得惡魔而納為己用，跟把馬匹抓來當成坐騎差不多，技術優劣當然是另一個問題；有些馬兒會逃離主人，惡魔也一樣，只是惡魔身上沒有馱具，神廟擔心的也只是它對靈魂是否有害罷了。

開麗亞又要重啟話匣子時，他們剛好來到了分岔路。往城堡的路是另外一條，而費瑞茲已經往那方向走。帕爾瑪的寡婦隨即開朗地向他們道別，雙方這才分道揚鑣。

走下河岸進入樹叢時，費瑞茲側頭回望，說道：「低俗的女人。我敢說她腦中根本就沒有虔誠的信仰！她只是藉朝聖之旅打發休閒時光——既可免於家人阻止她外出，又能給自己找便宜的隨行護衛。」

「我認為你說得非常對，費瑞茲。」依絲塔說著，也回頭看朝聖者的隊伍繼續往大道行進，瞥見寡婦開麗亞此時已經纏著胖司祭陪她唱聖歌了。

「她家裡沒有個男人可以給她支持，」費瑞茲繼續說：「我想她大概是夫運不好，這也是無可奈何，但怎麼沒有個兄弟或兒子，或至少外甥侄兒之類的在身邊呢？殿下，您可受煩了。」

大道上傳來一個不甚和諧的二重唱，但也不算太難聽，而那歌聲正在漸漸遠去。

「不會。」依絲塔答道，嘴角慢慢揚起。我不覺得煩。

2

依絲塔坐在母親留下的薔薇花架旁，扭著一塊精緻的手帕，身旁陪坐的侍女正在刺繡。依絲塔覺得這名侍女的腦子大概跟那針尖一樣小，但可沒那麼鋒銳。依絲塔一整個早上在這裡走來走去，走到那侍女出聲求她停下來，但她坐也坐不安分，裙子底下的一隻腳止不住地在地上拍打，因為焦慮和氣憤。

有個園丁匆匆出現，依序在每個花圃和植栽處澆水；這是春季的慣例，也是老領主夫人留下的規矩。依絲塔好奇，這些舊習慣何時才會漸漸被人遺忘？或者老母親的靈魂仍然會回來巡視，敦促城堡眷屬們繼續執勤？不，她的魂魄確實被神明接走了，不在這個屬於活人的世界裡，而今這城堡中已沒有新的鬼魂，否則依絲塔會感應到。即使此間還有任何遊魂，也都是古老、疲倦而幾近消逝，淡薄得猶如深夜冷牆裡的幾許寒意。

依絲塔呼出一口氣，在裙子下屈起雙腳。她等了好幾天，等著城堡保安官淡忘寡婦開麗亞的事情後，才去表明自己也有趁春季去外地朝聖的念頭。照她的想法，她只需要最基本簡單的就好：兩、三個僕從，簡單的行囊，不要搞大包小包的行李或貴族排場。但費瑞茲扔回來十幾個非常切合實際的拒絕，還懷疑她如此突兀的信仰心。依絲塔又暗示自己需要贖罪，費瑞茲仍不予理會，因為他自信依絲塔在他良善的監督下一向安分守己地生活，哪可能犯什麼大罪。費瑞茲並不是敏於神學的人，對於罪愆與信仰救贖的相對關係沒什麼想像力，因此隨著依絲塔爭取得越加激烈，他也變得越發謹慎且無動於衷，讓依絲塔幾乎想要朝他瘋狂吼叫；但她知道自己表現得越偏激，只會越讓對方不敢放行，實在是個令人生氣的矛盾。

一名侍從跑過花園，邊跑邊向依絲塔行禮，然後消失在主樓。幾分鐘之後，費瑞茲跟著那名侍從出現，踏著嚴正的步伐走過花園，城堡的鑰匙在他腰間叮噹作響。

「費瑞茲，你要去哪？」依絲塔無聊地喚道，同時止住自己的晃動的雙腳。

費瑞茲停下腳步向她鞠躬，也要那名侍從跟著鞠躬，這才開口答話：「太后，我收到通知，我們城堡有來自王都的訪客。」他頓了頓。「基於我對您和您家族立下的誓言，您認為我不服從您，對您過度保護，此事很令我介懷。」

啊哈，所以這一箭命中紅心了。很好。依絲塔微微一笑。

費瑞茲也回以微笑，臉上還多了一分勝利或寬慰的表情。「既然我的陳訴沒能打動您，我便寫信到王宮給您願意聽從的人，請他們給些意見，特別是他們比我更具權威。由於您的寬容，老費瑞茲才能在此效力多年，說實話，他的確無權妨礙您的行動，您也別因慈善心軟他而讓步……」

依絲塔越聽嘴巴越往下撇。我要抗議。

「然而您現在是依瑟女大君和博剛王子的臣屬，又是他們最最關切的母親，而我相信您對於輔政大臣卡札里多少有幾分敬重。因此，若我猜得沒錯，我們的訪客是從王都帶來他們三位的訊息。」說完，他頷首一禮，得意地走開了。

依絲塔咬牙切齒，忍著不去詛咒依瑟、博剛、卡札里，和那自稱「老費瑞茲」的保安官──後者的年紀只怕比她大不到十歲，也敢用這字眼來在她面前裝可憐。她越想越氣，呼吸都亂了起來。這幫小護衛如此提防她再犯先前的瘋癲，就不怕這樣緊迫盯人會把她逼出新的瘋狂嗎？

馬蹄聲與呼喝聲從前院傳來。依絲塔驀地站起，跟著往中庭大步走去，嚇得侍女連忙胡亂扔開手上的繡活，狼狽地追上去，卻沒出言抗議或勸阻——這大概也成了她們的習慣吧，依絲塔心想。

中庭裡，兩個身穿女神紀律軍服的男子正在下馬，費瑞茲則端著滿臉善意在旁等候。只見那兩人的穿戴一模一樣，包括一式的藍色衣褲，精繡的純白毛呢坎肩，以及出行專用的灰色兜帽斗篷；從服裝的剪裁、上好質料到打磨光亮的配飾、長靴，無一不顯示出他們是在王都任職的紀律軍軍官。除此之外，兩人都帶著武器，那些武器也看得出經過精心保養，上頭的皮件都擦過油，卻都不是新的。其中一名軍官的個子較尋常男性略高，非常精瘦；另一人則矮而壯、渾身肌肉，腰間掛著一把厚刃巨劍，那絕非宮中侍臣會佩掛著玩的。

簡單的歡迎與寒暄之後，費瑞茲正要給僕人們下指示，依絲塔則在這時走上前去，站到保安官身旁打量來客，主動問：「紳士們，我是不是認識你們？」

兩名來客於是露出了笑容，一齊向依絲塔行宮廷式的鞠躬禮，由那高個子軍官代表開口，輕聲說：「太后，很高興能再見到您。我是佛達・古拉，這是我弟弟佛伊。」

「啊，沒錯。三年前，卡札里輔政大臣那趟偉大的宣布拉任務，就是你們陪同隨行的。我在博剛的授銜典禮上見過你們。首輔和博剛王子對你們兄弟非常讚賞。」

「他們過獎了。」壯漢佛伊謙虛答道。

「殿下，我們很榮幸能為您服務。」佛達說著，走到依絲塔面前立正，隨即朗聲說：「卡札里輔政大臣派遣我等向您致意，並將在您的旅途中為您隨身護衛。他懇請您將我等視為您的右手，呃，右——」他察覺自己邏輯不對，隨即改口：「左右手吧，因為我們是兩個人。」

聽到兄長這番措辭，弟弟佛伊不耐煩地斜眼一瞥，抬高半邊眉毛悄聲問：「那誰左誰右？」

而佛達轉述的這段口信，更是讓費瑞茲當場變了臉。「輔政大臣同意了這、這趟……冒險？」依絲塔猜想，費瑞茲原本要說的應該不會是什麼好詞。

古拉兄弟互看一眼，弟弟佛伊俯下身，便從自己的鞍袋中找出一張摺起的紙，恭敬地呈到依絲塔面前。那張紙上施著二枚蠟封：紅色的官廳大印，以及卡札里的私人藍色小印，印紋是一隻烏鴉蹲在他姓氏的首字母上。「卡札里大人要我把這封便箋交到您手裡，殿下。」佛伊說。

依絲塔道謝接過，覺得這神祕感很有趣。她當場拆信，把碎蠟塊甩在地上，接著轉過身去閱讀，不想讓探頭探腦的費瑞茲那麼快窺看到信文。

那的確是一紙便箋，因為內文簡短；抬頭寫著依絲塔的全名與完整頭銜，以至於它所佔的紙面比內文主體都還要大。箋文以優美的官方字體寫成，內容是：

我將善良且優秀的古拉兄弟獻給您，無論您去到哪裡，都作為您路途中的保安兼旅伴。我信任他們能盡心服務您，如同先前盡心服務我。願五神保佑您旅途平安。

您最謙順的卡札里　敬上

文末有個截然潦草的簽名，依絲塔認得那是卡札里親簽的筆跡，也想起那人的手是勁道大過於精巧。便箋的底部，那同樣的拙劣筆跡寫著：

依瑟和博剛送您一筆資金，紀念為另一趟小旅行所典當的珠寶，因為那趟旅程買到了一個國家。該筆錢已託付於佛伊。勿擔心他性情單純，此人的心思遠比外表細密。

笑容緩緩浮現在依絲塔的唇角。「這信寫得很清楚。」

她將便箋交給在一旁浮躁不已的費瑞茲。費瑞茲看著信文，臉色越來越沉，嘴巴微張著可能想要罵些什麼，但出於良好的克制而沒有罵出聲來；依絲塔把他的這個好習慣也歸功在老母親的訓練成效上。

閱畢後，費瑞茲看著古拉兄弟。「可是……無論多麼優秀，總不可能只帶著兩個隨扈吧。」

「當然不是的，先生。」佛達向他略微欠身。「我們有帶來自己的部隊，其中兩名兵員被我派去執行其他任務，明天就會歸隊，其餘的人都在山下的神廟食堂裡大吃大喝。」

「其他任務？」費瑞茲問。

「帕立亞元帥讓我們順路辦差。我們在去年的果陀戰役中抓到一匹上好的洛拿種馬，趁這趟路程送去帕爾瑪的牧場，為我們紀律會育種。」佛達的臉色亮了起來。「噢，太后，但願您有機會能看到那匹駿馬！牠跑起來簡直像是在飛一般，一身閃耀銀白的毛——絲綢商人見了都要驚嘆，蹄子踏在地上的聲音清脆又響亮，像鈸一樣；整匹馬高大昂揚，像迎風的旗幟，鬃毛濃密得有如少女的頭髮，毛色之神奇——」

他的弟弟咳了兩聲。

「呃，」佛達立時打住。「總之，那是一頭優異的良駒。」

「我想，」費瑞茲手裡還拿著輔政大臣的信，眼神頹然地望向某個遠方。「我們可以寫封信致意塔瑞翁，請領主加派一支騎兵隊來支援，也請他家族的女眷隨行伺候您，例如您那位善良的嫂嫂，或比較年長的姪女……當然，城堡裡的女官也行。您也需要帶自己的侍女，還有一定要的女僕和馬伕。對了，還要請神廟指派一名適當的精神嚮導；不，直接寫信請王都的曼登諾大司祭推薦一個學識淵博的司祭來吧，那樣更好。」

「那樣會多花十天工夫，」說不定還不只，依絲塔心想。費瑞茲這麼安排，會讓她拖著大隊兵馬慢吞吞地在鄉間小路上移動；她要走出這禁錮的城堡，怎麼能把城堡的禁錮又揹在身上出行？「別拖那麼久吧。天氣難得，路況也難得。我寧可多多利用這麼好的季節。」

「好吧，好吧，這可以討論。」費瑞茲也望向晴空，彷彿附和她的意見：「我會和女官們談談，同時寫信給您的兄長。」他想了想，又說：「太后，依瑟與博剛給您這筆錢，想必是希望您在朝聖時為自己祈求一個外孫吧？那無疑是我們王國的莫大福氣，也非常切合您此行的目的。」費瑞茲自己才剛剛得了一個小外孫，顯然讓他沉浸在巨大的喜悅中。如今他既然願意用這個理由來正當化她的「冒險」，她也就不去糾正什麼了。

費瑞茲安頓完古拉兄弟後，便立刻去處理他自己方才提議的事。依絲塔的侍女叨叨絮絮地說起該如何為這趟旅行挑選衣飾，講得好像她要去的地方是遙遠的達澤卡群峰，而不是只在貝歐夏領內散散心而已。依絲塔本想裝頭痛好讓那侍女閉嘴，但一想到此舉在這個節骨眼上可能會害她無法成行，便只能忍住沒發作。

那名侍女一直嘮叨到下午都沒停。她帶了三個女僕，在舊城樓的幾個房間裡搬出成堆的禮服、長袍、斗篷和鞋子，連同各種可能場合所需、不同顏色的各式喪服，全都拿到依絲塔面前整選。依絲塔坐在窗邊看著門庭方向，任由那些淘淘不絕的聒噪沖刷著她的聽覺，腦袋也疼得越發厲害。

城門外傳來馬蹄聲，門衛高聲傳令，今天城堡竟然又來了一位訪客。依絲塔好奇地挺起了身子朝中庭望去，看見一頭格外高大的棗紅色馬兒輕快地踏進來。馬背上的人穿著喬利昂官廳僕役的短罩衫，罩衫上頭繡著城堡與花豹的圖案，而罩衫下的衣服似乎褪色得頗嚴重。那名騎士翻身下馬，姿態異常輕盈——竟是一名十分年輕的女性。只見那女孩將黑髮辮甩在身後，從鞍袋下抽出一個布包，俐落地一撢，居然是一件裙子；接著，她小心地掀起上衣，把那件裙子圍在長褲外頭，歡快地扭了扭腰際要讓裙襬垂落，裙襬大約遮住了她長靴的鞋跟。

費瑞茲出現後，那女孩把官廳的郵件袋打開並倒過來，裡頭掉出了一封信。眼見費瑞茲直接當場拆信閱讀，依絲塔判斷那封信是他的私人信件——八成是他那在王宮裡服侍依瑟的寶貝女兒碧翠寫來的。信中可能還寫到了小外孫的近況，因為費瑞茲的表情變得柔和了。算算時間，應該長第一顆牙了吧？若是如此，依絲塔就要準備聽到一段男嬰的成長報告，到時候可得面帶微笑。

那女孩伸了個懶腰，放回郵件袋，檢查馬兒的四肢和蹄子，便將牠交給城堡馬伕，同時叮嚀了幾句。依絲塔這才發現自己的侍女也正從她肩後探頭向外望。

依絲塔突然有一股衝動。「我要跟那位傳信的女孩說話。帶她來見我。」

「殿下，她只有帶了一封信。」

「好，那我要她對我說說宮裡的消息。」

侍女沒好氣地回：「那樣粗野的女子不太可能躋身卡蒂高司的宮廷仕女之列。」

「無妨，給我叫來就是了。」

也許是她刻意讓聲調嚴厲，侍女便順從地退下了。

不一會兒，一陣沉穩的腳步聲伴隨著馬匹和皮革的氣味傳來，侍女果真將那女孩帶到起居室。依絲塔就著窗邊的光線朝那女孩上下打量，同時揮手命侍女退下。侍女大皺眉頭表不贊同，但仍是默默地退了出去。

女孩帶著些微的膽怯與好奇，也盯著依絲塔看了一會兒，這才行了個僵硬的屈膝禮，並說：「太后殿下，您有何吩咐？」

依絲塔自己也不知道。「女孩，妳叫什麼名字？」

「殿下，我叫莉絲（Liss）。」她停頓了一下，又補充道：「是安納莉絲（Annaliss）的暱稱。」

「妳從哪裡來？」

「今天嗎？我最早接的信件是在——」

「不，我是問妳的家。」

「哦。嗯，我父親在太拿勒（Teneret）鎮的郊區有一小塊土地，那是在拉布蘭領。他替子神紀律軍養馬，也養綿羊、賣羊毛維生。就我所知，他現在還是如此。」

那麼算是個小康家庭的女兒，所以當傳信員不會是為了逃離貧困。「妳怎麼會成為傳信員？」

「我原先也沒想過，直到有一天和姊姊到鎮上去送馬兒給神廟，看見一個女孩在跑馬，替女神紀律軍送信。」說著，她露出快樂的笑容。「那一刻，我就對此難以自拔了。」

這女孩說話流利，語氣恭敬有禮，沒有因面對大人物而失態；或許是出於職業訓練，也或許是年輕的自信，總之這都讓依絲塔放下心來。「獨自一人送信時，妳不會害怕嗎？」

女孩搖頭，黑髮辮隨之甩動。「我跑得夠快，趕過所有危險。至今都能應付。」

依絲塔相信她說的話。這女孩個頭比她高，但還是比一般男子矮小，也纖瘦得多；傳信員就是專挑身材精瘦者，如此才不會使馬兒增添太多負擔。

「那……或者不舒服？不管冷熱或任何天氣，妳都得出勤不是嗎？」依絲塔又問。

「雨水溶不了我，而且騎馬能讓我在雪天裡保持溫暖。若有必要，我能找棵大樹裹著斗篷隨地就寢；假如不太安全，睡在樹上也行。當然，傳信驛站的床比野外溫暖，也比較穩……」她的眼中透出慧黠的光芒。「一點點。」

依絲塔忍不住輕嘆，佩服於她的無窮活力。「妳為官廳傳信多久了？」

「到現在有三年了，從我十五歲起。」

依絲塔十五歲時在做什麼？好像在家裡學做一個豪門貴族的妻子。當大君埃阿士的青睞降臨時，她大約也是這女孩的年紀。家族中每個人似乎都認為她的受教成果相當成功，貝歐夏家族最遙不可及的夢想成真了——直到埃阿士的沉重詛咒將那一切化為漫長的惡夢。幸好詛咒最終打破了，感謝眾神和卡札里大人。詛咒破除後的這三年，她重新感受著神智清明的每一天，只是那段晦暗、那種靈魂的滯澀成了長久的習慣，一時間彷彿還無法完全消除。

「妳的家人怎麼會允許妳小小年紀就離開家？」

女孩的眼底閃過一絲調皮，使得她的神情亮了一下。依絲塔不禁聯想到綠葉間透下的陽光。「我想是我當時忘了問，事後才想起來。」

「派信官也就那麼讓妳上任，未經妳父親的同意？」

「我相信他也忘了問，因為當時非常缺人手，政策什麼的也就沒那麼重要了。不過，我們一家有四個女兒要養，我父親和兄弟們不至於著急到攔路把我拖回家。」

「妳當天就出任務了？」依絲塔現在才聽出來，很是驚訝。

女孩臉上蕩漾出笑容，露出一嘴健康的皓齒——依絲塔不禁注意到。「當然囉。我想過，如果再叫我回家去多紡一捲羊毛紗，我一定會尖叫昏倒。反正母親從來就不喜歡我紡的紗，她總是嫌結塊太多了。」

這段自白引得依絲塔內心一陣共鳴，不由自主地微笑以對。「我的女兒也愛騎馬，騎術很高明。」

「是啊，殿下，現在可是舉國皆知呢。」莉絲的眼神一亮。「只花了一晚就從瓦倫達騎到塔瑞翁，還能沿路躲避敵兵——我從沒經歷過那樣的冒險，也不曾贏得最後那樣的獎賞。」

「我們還是期望世道太平吧，別再有戰爭或動亂了。妳接下來要去哪裡？」

莉絲聳聳肩。「誰知道呢？我會先回到驛站，等派信官交付新的任務，看任務將我帶到何處。倘若費瑞茲準爵很快寫好回信，我就立即啟程回去；若不然，也正好讓我的馬兒休息休息。」

「他不可能在今晚就寫好……」依絲塔不太想讓這女孩離開，但看了看她此刻的模樣，必然是想梳洗一番吧。「拉布蘭的莉絲，妳要再來見我。城堡的晚膳大約一小時後開始，妳要與我同桌。」

女孩的一雙濃眉揚了揚。她俯身，再一次屈膝行禮。「遵命，太后。」

老領主夫人的餐桌設置得一如以往，就像過去上千、上萬次沒有節慶的日子一樣。這小巧的膳廳裡，有著明亮的大窗和溫暖的壁爐，而安適恬靜的家常主賓席中，依次坐著幾張熟面孔：陪伴老夫人多年的表姨母惠爾塔老太太、依絲塔和她的兩個貼身女官，以及嚴肅的費瑞茲。基於某種默契，老夫人的主位依然空在那裡。依絲塔沒改坐上主位，始終坐在自己的老位子，而眾人可能誤以為這是她對亡母的追念，因而沒人勸座。

費瑞茲陪著佛達、佛伊一起出現。這對兄弟的舉止十分恭謹，在這場晚膳的參與人士中也顯得格外年輕。他們前腳剛進，那少女傳信員後腳便到，進來後向眾人接連鞠躬，舉止有些生澀而僵硬。她在單獨面見依絲塔時表現大方，現在則難免被場中這些長輩的歲數和氣勢給震攝住，一時顯得膽怯，入座後更是縮頭縮腦，好像想讓自己變小一點，眼光只敢往古拉兄弟那裡放。女孩身上的馬味已經淡上許多，但惠爾塔夫人還是皺起了鼻子。

依絲塔見自己正對面的位子仍然空著，便問費瑞茲：「還有客人要來嗎？」

照席位順序，這名來者想必身分地位頗高，恐怕是比席中長者們更年長的人。然而費瑞茲沒有答腔，只是清清喉嚨，朝惠爾塔夫人點頭，後者於是笑著回答依絲塔：「太后，我請瓦倫達神廟指派一位合適的司祭，來做您朝聖時的精神嚮導，他們大概會請母神紀律的博學司祭陶維亞（Tovia）過來。陶維亞女士雖不是頂尖的神學研究家，卻是紀律會中最出色的療者，又與您相熟。我想，既然我們不打算讓卡蒂高司派遣宮廷學者過來，那麼，能有一位成熟穩重的博學司祭、又在各方面熟知您的女療者隨行，如此是最讓人放心了。」

放誰的心？陶維亞司祭可是老夫人和惠爾塔夫人的閨中密友……老姨母該不會也想跟著去朝聖吧？想到兩位阿姨要一起跟來，依絲塔在腦中勾勒了莉絲紡羊毛紗時的尖叫畫面。

「我就知道您會滿意，」惠爾塔夫人自顧自地繼續說：「我猜您會想趁晚膳時，與她討論這趟神聖的旅程。」說著她皺起了眉頭。「不過，她是個很守時的人才對呀。」

才剛說完，便有一名僕人走進來通報：「夫人，司祭來了。」

「哦，太好了，馬上請她進來。」

不一會兒，廳門邊出現一個胖壯的陌生身形。那人大搖大擺地來到餐桌前，笑咪咪地面對全場訝異的目光──來者並非女性，而是兩週前，依絲塔在路邊見過的那位災神司祭。當然，現在他的袍子變得乾淨多了，沒沾上任何泥塊或沙塵，只有前襟下沿處有些洗不掉的些微污漬。

被眾人這麼瞪了一會兒，白袍的司祭也開始感到不對勁，微笑中出現一絲不確定。「晚安，女士和大人們。我奉命來見一位惠爾塔夫人，說是需要為朝聖旅行找一位隨行司祭……？」

愣住的惠爾塔夫人這才回過神來。「我就是。不過，我聽說神廟要派來的是司祭陶維亞女士。您是哪位呢？」

依絲塔想著「您是哪位」這句話，她這位教養好的老阿姨根本是差點就要用喊的出來。

「哦……」他很快地俯身一禮。「博學司祭席瓦・卡本（Chivar dy Cabon）聽候您的差遣。」這是一個貴族姓氏。

他報完身分後掃視眾人，目光在依絲塔和費瑞茲準爵臉上停留了一下，臉上便流露出驚喜。依絲塔知道他也認出他們來了。

「陶維亞女士去哪裡了？」惠爾塔夫人茫然地問。

「就我所知，她被緊急派到外地去處理一個特別棘手的病患，離瓦倫達有點遠。」

「歡迎您，博學的卡本。」依絲塔刻意對著他說。

費瑞茲這時才驚覺自己的任務，連忙引介。「非常歡迎。在下是城堡保安官費瑞茲，這位是太后依絲塔……」

聽見這個頭銜，卡本瞇起了雙眼，認真地端詳起依絲塔。「您……難道您是……」他幾乎是倒抽著氣。

不知是故意忽略，還是真沒聽見卡本的驚愕之語，費瑞茲繼續向卡本介紹古拉兄弟和其餘女賓；按照身分階級，最後一個是傳信員莉絲，而他似乎介紹得不太情願。卡本一視同仁地向他們鞠躬行禮，臉上又恢復了和藹的笑容。

「博學的卡本，神廟想必是有所誤會——」惠爾塔夫人懇求地朝依絲塔看了一眼。「是太后本人要做這趟朝聖之旅，去向眾神請求一個外孫，所以不該由您——應該說，嗯，我們不確定由災神紀律會的司祭，而且是一位男士，嗯，來與太后隨行，是否這個……嗯，合適……」她越說越小聲，並環顧他人，可能是希望有人來替她說完這段尷尬的解釋。

依絲塔在心底偷偷地笑了，她平靜地宣布：「無論是否有所誤會，我確信我們的晚膳是該開始了。博學的司祭，您是否願意賞光，將我們對這一餐的感謝帶給眾神？」

卡本的臉色立刻明亮起來。「這是我莫大的榮幸，太后。」

他帶著笑容，眨著眼在依絲塔指示的空位坐了下來，顯得滿腔期待。在飄散著薰衣草香的清水中洗淨雙手後，他帶領眾人進行餐前禱告，用詞精湛且聲調優美、無可挑剔——事實上，由此可知，無論這人是什麼來歷，都不會只是一介鄉野鄙夫。除此之外，當餐點上桌之後，這年輕司祭吃喝得非常起勁；老領主的大廚長年服侍城堡中這幾個胃口平平的老人家，假使看見他的吃相，必然感到無比的成就感。不光卡本，佛伊也毫不費力地跟上這大啖美食的節奏。

「您貴姓卡本，是現任女神紀律的聖神將軍——雅潤大人的親戚嗎？」惠爾塔夫人客氣地問。

「是的，夫人，我想我是他第三或第四個表弟。」年輕的胖司祭吞下食物後，才說：「我父親是厄德林・卡本（Odlin dy Cabon）準爵。」

古拉兄弟頓時豎起了耳朵。

「哦，」依絲塔也吃驚了。「我見過準爵，很多年前，在卡蒂高司的王宮裡。」她還記得埃阿士親暱地稱他為「我們的胖卡本」，與他十分親近。可惜這位準爵後來在悲劇的達勒斯之役中陣亡，據說他英勇作戰，不輸給任何一位苗條的紳士。「您長得像他。」她稍稍回想了下，對司祭說。

「那挺讓人高興的。」司祭俯首致謝，臉上十分喜悅。

「所以您也是卡本夫人所生？」

依絲塔知道答案，可她就是有一股明知故問的衝動，而且她知道席間不會有別人敢來問這問題。

這時的卡本正勺起一叉子的烤菜，眼神發亮。「啊，可惜我不是。不過我父親仍然為我的出世感到喜悅，而且替我在神廟預置了一筆學費。為此，我——在長大之後——非常感謝他。我對這份工作的熱情並不是突然產生的，而是慢慢地，像一棵樹的成長。」依絲塔看著他那張圓臉，覺得對方大概不到三十歲，說不定還更年輕些。

長久以來，這餐桌邊聊的不外乎是誰生了什麼病、哪裡疼哪裡痛，哪個誰又消化不良，到今天總算聊起了國家大事。說起去年由帕立亞元帥帶領的果陀山隘之戰，古拉兄弟以元帥副官之職上陣，除了參與並見證這場大捷，也在前線戰場負責接應定期巡視的大君配婿博剛。

佛達說：「佛伊在攻城的最後一場突襲中挨了一記戰鎚，斷掉好幾根肋骨，之後又引發肺炎，在床上幾乎躺了整個冬天。等到他能下床之後，卡札里大人就拿他當文書官用，直到他的骨頭完全接好為止。我們的表兄帕立認為出來騎騎馬有助於讓他恢復體能，這才讓我們過來。」

佛伊的寬臉一紅，低下頭去。莉絲出神地盯著他瞧，不知是在想像他揮劍殺敵還是振筆疾書的樣子。

而惠爾塔夫人一如以往的，不免批評起女大君依瑟在去年的又一次冒險之舉。因為這位女大君竟在孕期間騎馬至北境前線，就只為了跟丈夫相聚；即使依瑟後來平安回到王宮並產下一女，這位老姨婆還是大表不滿。

「我可不認為依瑟安分地在王都待著就能生出兒子。」依絲塔沒好氣地反駁。

惠爾塔夫人不知嘀咕了什麼，但那口氣和神態讓依絲塔想起了自己的老母親。十九年前，當她為埃阿士生下了依瑟，老領主夫人也是這樣子對她嘮叨，彷彿是她做錯了什麼才導致腹中的兒子變成了女兒，彷彿她只要做對什麼就能在下一次生出兒子；總之，生個兒子會更理想。結果，她的確又生了個兒子，然而……陳舊的痛楚湧上心頭，她抬起頭正好對上卡本的炯炯目光。

大概是看見她眉間的愁苦，司祭立刻不著痕跡地把話題轉向比較輕鬆的事，費瑞茲也跟著講了一、兩個老故事給這幾位新客人聽，隨即改變餐桌上的氣氛。閒談間，卡本講了一個雙關笑話，比依絲塔從前在王宮餐桌上聽過的要溫和許多，但那傳信員女孩仍忍不住大笑出聲，引來惠爾塔夫人的一瞪，讓她連忙用手摀住嘴。

「不要緊，妳笑吧，」依絲塔對她說：「這座城堡有好幾個月沒聽見妳那樣的歡笑聲了。」其實是好幾年。

假如不拖著大隊人馬、拖著幾把老骨頭，而是跟著會如此大笑的人同行，她的朝聖之旅會是如何？這樣年輕的人，不曾因罪孽和失去而卑屈自己，有不屈不撓的活力，且能將她尊為長上而非需要指正的稚兒；他們會說「任您差遣，太后」，而不是「好了，依絲塔殿下，您知道您不可以這樣，不可以那樣」。

「博學的卡本，」依絲塔突然切入核心：「我十分感謝神廟如此為我著想。由您擔任我的精神嚮導，我會非常滿意。」

「您過獎了，太后。」卡本坐著深深頷首致意，接著問：「我們幾時出發？」

「明天。」依絲塔說。

不意外的，餐桌上立刻同時響起好幾個反對聲音——人員未到齊、服裝和行李未收理、馱獸來不及調度，還有領主的小軍隊也根本就還沒去請。

面對這反彈聲浪，依絲塔差點改口說「或這些事情安排好了就出發」，但她及時打住了。她要堅定這個決定。她的眼光落在莉絲身上，見女孩正在嚼著食物，同時也饒富興味地聽著。

「你們說的都沒錯。」依絲塔在喧鬧中高聲地說，總算讓眾人靜下來。「我不再有青春、活力、或者勇氣和智慧去完成這段旅程，所以我要為自己做些決定。我要帶這位傳信員莉絲，作為我的貼身侍女兼馬伕之一。這就夠了，不需要更多。如此也省了至少三打的騾子。」

莉絲看起來嚇得差點要吐出嘴裡的東西。

「但她只是個傳信員！」惠爾塔夫人好不容易吐出這一句。

「我向您保證，卡札里首輔可不會吝於把她推薦給我。傳信員的本領就是能隨時隨地出動，服從命令去到任何地方。妳怎麼說，莉絲？」

莉絲睜大了雙眼，匆忙嚥下那口食物。「恐怕我做馬伕會比做侍女要來更好些，太后。但我會為您竭盡全力。」

「很好。我要求的也就只有如此。」

「您可是貴為太后啊！」費瑞茲大聲說，只差沒哭出來。「您不能只帶了這麼少的隨從就到外頭去！」

「費瑞茲，我想要一趟低調而謙卑的朝聖之旅，不是高傲昂揚的遊行。假如我不是太后呢？假如我只是一個良民寡婦，我有何理由帶著僕人出門，張羅這麼多預防措施？」

「太后，起個化名如何？」當眾人還在爭執，博學的卡本已掌握到依絲塔的想法。「如此可為您減少許多俗世困擾，使您專注於精神上的修行。我想……尋常的一位良家婦女，多半只會請求神廟提供普通的護行，而神廟也不會過度回應，頂多就現有的人手來調度。」

「好吧。這點已經有人替我安排好了。佛達，你的手下明天能出發嗎？」

佛達答得極為簡潔扼要，蓋過了另一波反對聲浪。「當然可以。隨您差遣，太后。」出於震驚和困惑，抗議者們陷入了一陣沉默；往好處想，說不定他們都為此認真思考了。依絲塔往後一靠，唇角微微揚起。

「我得先想個姓氏，」她最後說：「喬利昂或貝歐夏都不能再用了，因為這兩個姓氏太容易被認出來。」惠爾塔呢？也不妥。她想了想領主家系中比較遠房的小姓。「可以用阿杰羅（Ajelo）。」她幾乎沒見過阿杰羅家族的任何一人，他們也從沒提供過任何女眷來服侍依絲塔──或說看管，因此她對這個姓氏不討厭。「名字就照舊，反正我這個名字還算常見，有不少人使用。」

司祭清了清喉嚨。「那麼，我們等等還需要討論一下。我不知道您打算安排什麼樣的路線，朝聖之旅應該包含兩種規劃，精神上的，以及實質上的。」

其實她兩種規劃都沒想過。她想，如果她自己不想，就會有別人想好了來逼她接受。因此她謹慎地問：「博學司祭，您之前都是如何帶領信徒出行？」

「這個嘛，不同的朝聖目的就有不同的規劃。」

佛達此時主動說：「我帶了幾份地圖來，也許您能參考。要我現在去拿來嗎？」

「好，」司祭感激地說：「那太有幫助了。」

佛達立刻走出膳廳。外面的天色已近日落，僕人們靜悄悄地到室內來點亮壁燈。佛伊趁等兄長回來的空檔，把雙手放在桌面上，一派舒適自在，同時對莉絲友善地微笑，還多吃了一塊蜂蜜核果蛋糕。

沒過幾分鐘，佛達就回到了膳廳裡。他帶來好幾疊半舊的紙圖，擺在卡本和依絲塔中間，一面攤開一面道：「來……不，這才是貝歐夏和國境西部各領的圖。」費瑞茲站到卡本的身後，從他肩膀望向佛達挑出的那份地圖。

司祭蹙眉看了幾分鐘，便對依絲塔說：「我們在神廟所受的教導，要求朝聖之旅應該滿足信徒的精神目標，此目標雖因人而異，但必須至少包含以下五種之一：服務、祈願、感恩、卜測和贖罪。」

是贖罪，是向眾神致歉。她無可避免地想到路特茲，與他有關的冰冷回憶是她心頭揮之不去的烏雲。那是一場災難，可是該由誰道歉，又該向誰道歉？眾神、路特茲、埃阿士和我，誰不是共謀者？倘若對著神壇低伏五體就能治療這道舊傷，那她吃到的塵土已足夠向十來個路特茲贖罪了。然而這傷疤始終禁不起壓迫，總是動不動流血。

「我看過一個男的為了騾子而祈禱。」佛伊愉快地說。

卡本眨了眨眼睛，愣了一會兒。「結果那人有得到嗎？」

「有，得了一批很好的。」

「眾神的作風挺……有時候挺神祕的。」卡本喃喃道，然後咳了兩聲：「嗯哼，就我的了解，您朝聖的目的是為了祈願，求一個外孫，是嗎？」

不是。然而費瑞茲和惠爾塔夫人都出聲表示同意，依絲塔便也不表示意見了。

卡本用手指在那份詳盡的地圖上遊走，檢視貝歐夏領內密密麻麻的地名、河流、樹林，指出瓦倫達周邊的母神或父神聖地，並一一說明其優點。依絲塔逼自己也專心去看那張地圖。

往南，在這張地圖的空白處，那是卡蒂高司和承載著惡夢的主城臧格瑞，不要。往東，那是塔瑞翁，也不好。這麼一來只剩西方和北方。她把目光移到災神之牙山區，那裡是喬利昂與宜布拉的國境所在，不過這條分界已經因她女兒的婚姻而即將消除。從那裡往北的山道似乎比較好走。她說：「這條路。」

卡本瞇眼看了看，眉間皺了起來。「我不確定這一帶的……」

「帕爾瑪往西有個小鎮，距離此地大約一天的路程，」佛達說著：「那裡有家女神紀律會的小旅舍，住起來挺舒服的。我們以前在那裡住過。」

卡本舔了舔嘴唇，也道：「嗯，帕爾瑪附近是有一家旅店，離這裡更近，要是路上不耽擱，天黑前能抵達。哦，那裡還有一口神聖的水井，非常古老，是個小小的清靜地，不太出名。但既然女準爵依絲塔・阿杰羅對這趟朝聖之旅的要求是謙卑，那麼用較小的聖地做為起點是最為合適；況且大型聖地總是人潮擁擠，尤其是在每年的這個時節。」

「那麼，博學司祭，我們一定要避開人群，越低調越好，要到這小井邊去祈禱。」依絲塔微笑道。

「刻意的低調也就不低調了。放心吧，」受依絲塔的笑容所激勵，卡本爽朗地回答：「求仁得仁，我們順勢而為。」他說著，又在地圖上尋找起來，指尖從帕爾瑪移到佛達方才所說的小鎮，停頓了一下又說：「第二天早點起床，從這裡再走一天，可以到開瑟夏詩（Casilchas），是個冷清安靜的小地方，我的紀律會在那裡設有一間學校，好幾位教過我的導師都還在。那裡還有座很別緻的圖書館，以那樣的小地方來說，有那麼多教學司祭在那裡過世後留下書籍，也是殊勝。不過，把災神的神學院列入朝聖地點……就此行目的來說，其實並不十分合適，因此我到時打算去圖書館徵詢一下。」

依絲塔托腮看著這年輕的胖子，心想他的母校或許也有個好廚師，同時忍不住懷疑瓦倫達神廟究竟是哪根筋不對，怎麼會派這樣一個神職人員過來？不可能是因為他那一半的貴族血統。有經驗的朝聖導師多半也比較強勢，不至於像他這樣，在行程和目的性之中加入這麼多不確定因素；也許他在開瑟夏詩求學時打瞌睡耽誤了很多堂課，現在是真的想回去母校的圖書館惡補一下。

「好，」依絲塔說：「那之後的兩晚就住女神紀律的招待住所，在那之後就去災神的。」這便讓她能離開瓦倫達足足四天，是個好的開始。

卡本似乎鬆了一口氣。「這樣好極了，太后。」

佛伊抽出另一份地圖，上面畫的是喬利昂全境，因而不如卡本研究的那一份來得精細。佛伊按著北方的國境線一路指到果陀山隘，眉頭跟著皺了起來。果陀山隘是兩道山脈的較低處，那兩道山脈雖然不高，山勢卻相當險要。山脈以北就是洛拿的波拉斯能（Borasnen）公國。

「我猜，您想避開那個地區。」見佛伊的手指停在果陀山隘，費瑞茲便說。

「是的，大人，我認為我們應該遠離這一帶。該地的情勢從去年戰役之後就一直不穩定，而依瑟女大君與博剛王子已在為今年秋季集結兵力了。」

費瑞茲抬高了眉毛。「難道他們想進攻威斯平？」

佛伊未置可否，繼續把手指往上挪，指在標註著「威斯平」的海港城市所在。「我不敢說威斯平能夠一舉就攻下，但是拿下之後，五個公國就不再相連，我們也能拿到一處港口，讓宜布拉的艦隊多一處據點……」

卡本探過身子來看。「波拉斯能的西鄰就是約寇那（Jokona）公國。或是我們會直搗跋薩？或者兩邊一起？」

「雙邊開戰是愚蠢之舉，而且跋薩仍算是半個盟國。約寇那的親王（Prince）是個剛繼位的年輕人，我們不知道他的底細，所以這一戰也算是個試探。之後我們會轉向東北。」佛伊說著，瞇起了眼睛，微翹的嘴角抿起，似乎在思考戰略。

「佛伊，你會參與今年秋天的戰役嗎？」依絲塔問。

佛伊點點頭。「帕立亞元帥到哪裡，古拉兄弟就到哪。佛達是司馬官，很可能在仲夏就得先去處理騎兵編隊，到時他一定會找些熱騰騰的骯髒活給我幹，免得我太想念他而寂寞。」

佛達吃吃地笑了。佛伊也咧嘴回以一笑，看起來倒是一點也不怨恨自家兄弟。

聽了佛伊的分析，依絲塔也覺得有理。帕立亞元帥、博剛王子和依瑟都不是傻瓜，首輔卡札里也是智慧深沉之人，特別是他曾被洛拿的親王賣給槳帆船為奴，對那幾個沿海公國的大人們都沒有好感。威斯平的確有爭取的價值。

「那麼，我們就往西邊去，遠離動亂之地。」依絲塔如此做出結論，費瑞茲點頭贊同。

「非常好，太后。」卡本說著，輕嘆一聲，收摺起佛達的地圖。那聲嘆息是什麼意思？這位年輕人的父親於盛年遠征，正是在那裡馬革裹屍，做兒子的他是恐懼還是嚮往？

隨後，依絲塔的女官們帶起另一段爭執，七嘴八舌地抱怨這趟旅行計畫的各種不周全。依絲塔知道這幫婦人永遠都有得吵，但她就不是這樣的女人。從小，大人們教她「逃避不能解決問題」，她便如此一直做個勇於面對一切的乖孩子，卻漸漸意識到那不是真理，甚至發現，有些問題就只能藉由逃避來解決。她靜默著，直到女官無奈地服侍她上床睡覺，吹熄了蠟燭，她的笑容才在幽暗的寢室裡爬回嘴角。

3

大清早，依絲塔帶著莉絲一起翻箱倒篋，挑選適合旅行而非適合太后行頭的服飾。這件差事花了不少時間，卻並非太困難，主要是因為她的衣服太多，卻沒幾件是樸素低調的，因此絕大多數都不適合此趟遠行；但凡讓莉絲見了皺鼻子、皺眉頭的，依絲塔就立刻將它扔到不用的那一堆。如此下來，便初步湊齊了一套適合騎馬的女用長褲、開衩的裙子和上衣，外加一件完全未帶有任何象徵母神綠色的坎肩罩袍。最後，她們又毫不留情地搜刮女官和女僕們的衣箱，張羅其餘所需的衣飾配件，得到一小堆實用、樸素且容易清洗的隨身衣物——最重要的是，數量夠少。

相較於挑選衣服，莉絲對於被派去廄舍選馬和騾子顯得開心許多，不過她只選了一頭騾子，用來載行李而已。到了中午，依絲塔和莉絲都換好衣服，馬匹準備妥當，行李也放上了騾子，因此當古拉兄弟領著十名女神奉侍兵騎馬進到城堡時，她們兩人已經站在中庭裡等了。卡本仍舊騎著他的那頭白騾，跟奉侍兵一起進城。

看著莉絲輕盈跳上她那頭特別高大的愛駒，必須靠馬伕幫忙才能上馬的依絲塔不由得感嘆起來。少女時期的她也是個活潑好動的女孩，初到宮廷時更是經常騎馬，白晝遊獵，夜裡跳舞直到月沉於西，度過好一段璀璨的王宮歲月；然而閉居於瓦倫達城堡的這些年，精神消沉和年歲造成的羸弱使她只能長期臥床。她想，這樣的活動有助於自己恢復體能。

卡本爬下騾子，在中庭裡站定，為此行做了一段簡短的祈禱，並向全體賜福。依絲塔俯首聆聽，卻沒有跟著祝禱。我對眾神別無所求。我已經擁有過祂們的贈禮。

看著十八匹馱獸和包括自己在內的十四人，依絲塔還是覺得人數太多。那些只能帶一個隨從和一袋行囊的信徒是如何踏上朝聖之路的？惠爾塔老夫人和依絲塔的全體侍女也都來到中庭，個個不是愁眉苦臉就是抽抽噎噎，但她們可不是為了送別，而是來央求依絲塔改變主意。老姨母甚至哭喊著：「噢，她不是認真的——費瑞茲，您快阻止她吧，看在母神的份上！」

依絲塔咬著牙，板著臉，扭頭不理會那些哭聲。她跟著卡本的白騾子慢慢走出了城門，走下進鎮的山坡，開始感受柔和的春風在髮際吹拂。她從頭到尾都沒有回頭看一眼。

一行人勉強在日暮時分趕到了帕爾瑪的客棧。直到自己被扶下馬，依絲塔才意識到她已經在馬鞍上坐了很長的時間。對慣於跑馬的莉絲來說，朝聖旅程的慢步調當然很無聊，所以她下跳馬背的姿態好像自己坐了一下午的是一張長榻，而非一具馬鞍。佛伊雖是舊傷未癒，但動作頗流暢，想必有為復健下過一番工夫。就連卡本都不受影響，還能踏著穩定的腳步走過來，讓依絲塔扶著他的手臂進屋。

多虧卡本先行派出一人來旅店預訂食宿，否則這裡就要被另一批客人給住滿了。這家旅店實在小得可以，是由農舍擴建而成。古拉兄弟和司祭共用一間臥室，依絲塔和莉絲合用另一間；其餘衛兵則一起睡在廄舍的閣樓通鋪，好在春天的夜晚溫暖，不至於凍著他們。

那口聖泉水井就在主屋後方的不遠處，店主夫婦已在井邊設置兩張桌子，並在四周的樹叢掛起大量燈籠，映照著此間茂盛的各種花草植被。眼下正是風鈴草和血根草的開花期，小小的藍色吊鐘與白色星瓣相映成趣，配著淙淙水聲，伴以青苔和蕨類的香氣，依絲塔覺得這真是最怡人的用餐場地，自己彷彿有好多年沒有這樣愜意了。司祭卡本端來一個裝有泉水的銅盆，祈福後讓眾人輪流洗手，水中未有任何添香。店主的妻子以善用食材而聞名，兩名僕人忙進忙出地端上大盤菜餚和酒壺水瓶：香氣四溢的麵包和乳酪，烤鴨、羊肉和香腸，另有果乾、新鮮的春季蔬菜和蛋類，佐以來自北方的黑橄欖和橄欖油，雜果餡餅，新釀的麥芽酒和蘋果釀——都是簡單的家常菜餚，卻都非常健康。卡本幾乎是狼吞虎嚥地吃著，並把每一道都大加讚揚了一番；依絲塔自己也覺得胃口大開，麻木好幾個月的味覺都復活了。

晚餐後，眾人各自回房。依絲塔和莉絲的房間就在走廊邊，房裡只有一張床，但是十分潔淨；當她終於脫了衣服躺在莉絲身旁後，她大概是馬上就進入了夢鄉，因為她根本不知道自己是幾時睡著的。

半開的窗扉透進晨曦時，依絲塔還愣了一下。接著她自己下了床，站在原地動也不動地等了一會兒，一時完全沒搞清楚狀況，還想著會有人來替她更衣，最後才記起這個新女僕是需要有人叮囑的。但就現況來看，她自己動手穿會更方便些，只有幾處釦子需要幫忙而已。但是到了梳頭髮，她們兩人都困擾了。

「我不知道如何替貴族仕女梳頭。」莉絲手拿梳子，對著坐在矮板凳上的依絲塔坦承。依絲塔昨晚睡前把髮辮拆了才上床，如今早就鬈翹得亂七八糟，大把濃密的頭髮垂散在腰際，完全看不出先前是怎麼盤的。

「就照妳自己的頭來梳吧。妳都是怎麼弄的？」

「我都編成一條三股辮。」

「還有呢？」

「兩條三股辮。」

依絲塔想了一會兒。「妳替馬兒編辮子嗎？」

「哦，會的，殿下。母神節日的時候，我會給牠編麻花辮，加上絲帶，邊緣結幾顆彩珠。子神節日時沿著頭頂和頸脊綁成小髻，那樣可以插上好看的羽毛，還有——」

「那麼今天就梳一條三股辮吧。」

莉絲鬆了一口氣。「好的，殿下。」說完接著立刻梳紮起來，動作倒比之前依絲塔的侍女更快又俐落。等到她們走出臥房時，依絲塔的模樣比昨天更接近於簡樸的「女準爵阿杰羅」。

這是此趟朝聖之旅的第一天，眾人在樹林邊集合，準備進行黎明的祈禱。說是黎明，其實太陽已經升起好幾個小時。店主夫婦帶著一眾子女和僕人也都來參加這場祈禱，因為這裡很少有此等身分的博學司祭來訪，他們都顯得非常興奮熱切。再者，依絲塔酸溜溜地想，這些人或許認為此舉能討好司祭，日後便可向其他朝聖者推薦此處。

由於這水井的泉源是因女神而神聖，卡本於是領唱了一段春季頌詞；他隨身帶著一本小冊子，裡頭記載著適合於不同場合的獻詞和祝禱文。沒人說得清這水井為何與春之女神有關，而依絲塔覺得店主的說法不具說服性，因為她知道喬利昂國境內至少有三處泉源都流傳著類似的傳說。當然，他們昨晚已充分領略了此地的清靜之美，要說起神聖氣息，這裡當然還是很引人入勝的。站在清新的日光中，卡本的司祭袍散發出一圈白色光暈。

在新禱完畢之後，卡本又給眾人上了一段晨間神學早課；依絲塔看見身後的桌子已經擺好，等著讓餐點端上來，她相信這段早課不會花太多時間。

「在這趟精神之旅的起點，我要帶各位回顧諸位兒時都學過的一個小故事。」胖司祭說著，閉上了眼睛，彷彿也在回想。「這個故事出自於歐爾鐸所著的《致年輕的跋薩王子》（*Letters to the Young Royse dy Brajar*）。」

他睜開眼睛，改用一種說書人的口吻開始講述：「這世界最初處在流竄的烈火之中。當火焰冷卻，物質成形，得到龐大的力量和承載力，便在中心凝結成一顆火球，從火球中孕育出世界之魂（World-Soul）。

「然而，眼睛看不見自己，即使世界之魂亦然，因此它一分為二，藉此來覺知自我；這分裂的二魂就成為父神和母神。隨著這美好的覺知，愛情在世界之魂的中心滋長。愛是靈魂面回饋給物質面的第一份果實，也是它的活水和基礎，其次是歌唱，再其次便是言語。」說到這裡，卡本咧嘴一笑，深吸一口氣。

「父神和母神開始合力治理世界，不使世界被火焰燒盡，也避免它被混沌所摧毀。在祂們最初的愛情裡，女神和子神誕生，世界便因祂們而分出了季節，各有獨特之美，也各有秩序，並相互構成了穩定的和諧，使物質出現複雜而冒進的轉變。前面說到愛的長養滋潤了物質面，因而物質面也尋求著回報，在這之中便誕生了動物、植物和人類，這就如同情人之間交換信物。」

卡本的臉上流露著幾許滿足，敘述時有韻律地晃動著身體，依絲塔猜想這是他最喜歡的一段。

「但是，世界中心的火焰仍然帶有不可忽視的毀滅力量，而這力量中出現了惡魔。惡魔入侵世界，以新生的脆弱人魂為食，佔據他們的肉體，造就出許多使用巫術之人，如此開啟了大巫師時代（the Season of Great Sorcerers）。在大巫師時代，世界的秩序不再，四季顛倒，旱災、洪水、冰害和大火威脅著所有物質為愛而獻給世界之魂的報償，人類、植物、動物，無一倖免。

「某天，一個吞噬了許多人魂的惡魔之君接近一位住在樹林中的隱士。隱士過得貧窮，衣著破舊，外貌卻十分俊美：他的眼神猶如劍芒般鋒利，氣息如芝蘭芬芳。為了找機會吞噬這美麗的靈魂，佔用他的肉身，這個惡魔之君像貓玩弄獵物那般，接受了隱士的好意接待，喝下用陶碗盛裝的一碗酒。

「沒想到，那隱士分離了自己的靈魄，把它注入酒液之中。由於這碗酒是隱士以自由意志獻出，這使惡魔之君首次以這種方式得到靈魂，同時也擁有了靈魂的苦澀與美好。惡魔為此感到非常困惑。

「同樣在這一刻，惡魔之君得到了物質與靈魂世界的新生，這份痛苦使他倒在那間小木屋的地上號叫。他最終仍然得到隱士主動獻出的肉身，不再是藉由竊取，但他卻對自己感到恐懼。他驚駭地逃回自己的巫師宮殿中躲了很久，漸漸被那偉大而聖潔的隱士之魂感化，學到了道德之美。

「原來，這神聖的隱士是母神的虔誠聖徒，他早就請求母神施恩療癒惡魔，並以自身的意志為媒介，使惡魔明瞭罪孽之不堪。承受著罪惡感的鞭笞和聖徒的教誨，惡魔之君的靈魂在廉潔與力量中成長。憑藉原有的巫術力量，加上母神的恩典，他變成一名高強的巫師護衛（paladin），奉眾神的旨意，在祂們無法觸及的物質世界裡，四處掃蕩沒有靈魂的惡魔。

「這個擁有崇高靈魂的惡魔之君成了母神的忠實護衛，母神也對他的靈魂之光付出無限的愛。於是，肅清惡魔的世界大戰展開，季節的秩序逐漸恢復。

「其他惡魔畏懼，也想聯合起來對抗這個惡魔之君，但由於合作違反惡魔的本性，它們始終敵不過惡魔之君。然而，惡魔的攻勢依舊猛烈，惡魔之君仍在最後一戰死去。

「由此，最後一位神祇誕生了——那就是災神。災神生於母神對那位惡魔之君的愛，有人解釋成母神與惡魔之君的結合，也有人說是傷心的母神收集了惡魔之君的魂魄殘片，加上自己的鮮血予以形塑，使災神成為祂偉大的藝術品。不論如何，這位神祇是眾神的子嗣，因著祂父親的犧牲而繼承了驅策惡魔的使命，也得以在靈魂和物質的世界同時進駐。」

卡本的口氣一變，聲調中添了幾分情緒：「然而這世間流傳著一個謊言，」他像是不以為然，又似是有點憤怒。「四神學說主張是惡魔之君以蠻力佔有母神，災神的誕生違背母神的意願——這實在是中傷又毫無意義的冒瀆……」依絲塔不確定這一段仍然是引述自歐爾鐸的著作，還是卡本自己的心聲，只見他咳了兩聲，做出比較正式的結語：「這就是五位神祇到來的故事。」

從小到大，依絲塔聽過這故事的無數版本，但她不得不承認卡本說的最為動聽；那豐富的用詞和情感投入，幾乎使這個神話像是全新的篇章。當然，大多數的版本都沒對災神有太多著墨，人們也都習以為常。依絲塔卻不是，她為此覺得特別感動。

卡本繼續進行儀式，依序召喚五重祝福：對於女神，請求賜予成長和學習和愛；對於母神，請求賜予子嗣、健康與療癒；對於子神，祈求友好、遊獵和收穫；對於父神，則請求子嗣、正義和臨終時的好死。

「願災神賜予我等——」卡本放慢了語調，嗓音沉降如典禮中的和平唱頌，甚至首次出現了顫音：「——最渺小的饋贈，於我等最迫切的需要之時：蹄鐵的釘子，輪軸的定針，槓桿的羽毛，山巔的圓石，絕望中的親吻，黑暗中深入人心的一句箴言。」他眨了眨眼睛，顯得有些驚訝。

依絲塔猛然抬起頭；這一剎那，她的脊背彷彿凍結了。不，不。這裡什麼也沒有，什麼也沒有。聽見了嗎？。她努力不使自己呼吸急促。

那不是祈福常用的話語。對於這象徵災厄的第五位神祇，多數祈禱者都希求不被祂注意。只見年輕的司祭匆匆行了個五神教儀，張開五指觸碰自己的額頭、嘴唇、肚臍、股間和心臟，又對著空中再行一次，正式結束了祈福之禱。眾人這才開始活動，有人走開去做自己的日常工作，也有人開始竊竊私語。

卡本走向依絲塔，笑容中略顯焦慮，一面搓著雙手。「謝謝您，博學司祭，」依絲塔說：「為這趟旅程帶來美好的開始。」

見依絲塔讚許，卡本放下心來，向她一鞠躬。「這是我莫大的喜悅，夫人。」他轉頭看到客棧僕役又端出一道道豐盛的美食，臉色又亮了起來。眼前這位優秀的司祭如此認真工作，相較於自己這原發於假藉口和諸多不誠實的朝聖之旅，依絲塔感到幾分慚愧，但見卡本能樂在其中，她也多少有些安慰。

帕爾瑪的西部乏善可陳，也沒什麼風景可欣賞，就是一望無際的平原，偶爾僅在水路周圍長著幾棵樹。這裡的主要活動是放牧，而非種植穀糧；房舍疏落且大半陳舊，道路乏人使用。溫暖的午後，少年們領著犬隻放牛放羊，此刻正聚集在蔭蔽處打瞌睡，此景雖然使這座沉寂的小鎮村缺少觀光情調，卻呈現一種柔和寧靜之氣。依絲塔一行人起床晚了出發也晚，倒也因此不覺匆忙。

走著走著，依絲塔發現騎白騾的卡本和騎紅馬的莉絲一左一右地行在自己身旁，而卡本呵欠連連。依絲塔想給他提提神，便問：「博學司祭，您說說，上回的那隻小惡魔，後來怎麼了？」

莉絲原本也無聊地把腳放開了馬鐙，甚至把韁繩都放下了，這會兒警醒起來，好奇地轉頭過來聽。

「哦，一切順利。我把它交給塔瑞翁的大司祭，並親眼看它平安離開人間。我回程時在瓦倫達度過一晚，隔天本來要直接回家，結果……就這樣了。」他向此一行人揚首，示意這趟差事是不預期而來的。

「惡魔？您本來有一個惡魔？」莉絲驚奇地問。

「不是我，」司祭糾正道：「那惡魔困在一隻雪貂的身體裡。幸好是個容易控制的小動物，而不是野狼、公牛。」他做了個鬼臉。「或是人類。有些人類妄想奪取惡魔的力量。」

莉絲的表情一皺。「那你們怎麼送走惡魔？」

卡本嘆道：「讓要走的人順路帶去。」

女孩嚴肅地盯著馬耳朵看了一會兒，這才恍然大悟。「什麼？」

「假使惡魔不是太強壯，最簡單的方法，就是讓它跟著即將被接引的靈魂一起回到眾神懷抱裡，也就是送進一個將死的人或生物體內。」

「哦，」莉絲應道，又怔了片刻。「所以……你們殺了雪貂？」

「可惜，事情沒有那麼簡單。未受拘束的惡魔會在宿主死亡之際，跳到另一個宿主身上，所以單單殺死宿主是無法遣返惡魔的。要知道，惡魔是一種原始的精神型態，當它進入物質的世界，便無法單獨存在，必須借助有形物質的智慧和力量；它的天性本質無法為自己憑空創造那樣的秩序或規律，所以只能竊取現成的。單就這個過程而言，最初它沒有自己的心志，也沒有形體，雖有破壞力卻無惡意或善意，和一頭野生動物差不多，反而是從凡人身上學到了罪孽，才使得它複雜起來。惡魔在侵蝕一個生魂的期間，也反過來被那生物的力量束縛，所以它永遠在找尋更強大的靈魂；從小動物到大動物，從動物又到人類，再到更偉大的人類……侵蝕也好，束縛也好，惡魔在棲宿時，它和宿主就是一體的。」

卡本一口氣解釋許多，緩了緩後又道：「然而，當一個資深司祭準備在紀律會迎接自己的臨終時刻，他能迫使惡魔跳向自己。只要這惡魔不是太強大，同時這司祭擁有堅定心志，即使生命將盡也仍然強悍時，這就讓事情好辦了。」他清清嗓子，繼續解釋：「凡人邁向死亡，就是逐漸與人間脫離，擁有崇高靈魂的人會渴望歸屬於自己信服的神明。惡魔也可能放手一搏，試圖誘惑意志不堅定者行使巫術，以延長宿主壽命。」

「那樣的強韌很少見。」依絲塔沉吟道。這樣說來，卡本不久前才剛剛目睹了那樣超凡的臨終場面？

思忖著他流露的那股沉穩謙遜氣息，依絲塔倒也不覺得驚訝。

只見卡本聳了聳肩。「是啊。我也不知道自己將來能否……好在遊蕩的惡魔也非常罕見，除了……」

「除了什麼？」這是難得的神學實務論述，莉絲大概是想把握機會追根究柢。

卡本扯了扯嘴角。「除了今年。光是貝歐夏領內，今年就抓到了三個，我帶去的就是第三個。最頭疼的要屬大司祭了。」

「通常多久會抓到一個？」莉絲又問。

「喬利昂全境整年也未必有一個，已經有好幾年沒傳出這類消息了。上次大量出現是在先大君方颯的年代。」

埃阿士的父親，依瑟的祖父，離世大約有五十年了。

依絲塔想了想。「萬一那惡魔很強大呢？」

「啊，是啊。」卡本應道，靜默不語了一會兒，若有所思地看著騾子的垂耳。「所以我的紀律會才極力主張要趁它們還未茁壯時盡快移除。」

這時，原本寬敞且較為筆直的道路變得狹窄蜿蜒。前方橫過一條碧悠悠的小溪，溪上一座小石橋與此路相接。卡本向伊絲塔一禮，向前去引領眾人。

4

次日，他們都起得早，因而很早就動身，並在路程中有好長一段時間都沒下馬休息。貝歐夏的荒原景色逐漸在他們身後遠離，地勢開始有了高低起伏，水源略微豐沛，林木也稍微茂盛許多。西側的地平線可見群巒疊峰，整體而言卻還稱不上是滋盛豐饒的地貌。

開瑟夏詩是一座倚傍著天然岩壁而建的小鎮，鎮牆外有道較低的溪谷，溪水清澈，從遠處的高地源流而來。房舍建築主體都用灰赭色的石頭砌成，多處塗抹著染了淡紅或淡綠色的石膏；家家戶戶的門板窗扉都上著彩漆，在晚春午後的斜陽中顯出飽和的紅色、藍色和綠色，為這小鎮妝點出生氣。這麼多顏色真可把人看得眼花撩亂，依絲塔在眾人行經窄小的街道上時想著。

小鎮的神廟座落在一處小廣場前。廣場的地面是以不規則的花崗岩片拼接鋪成。神廟正對面就是災神紀律會的神學院，原先是本地某位貴族的府邸，在家主死後遺贈。

卡本下了騾子，走到一個鑲鐵框的雙開小門前用力敲了敲。一名門房走了出來，沒精打采地與卡本握握手，寒暄幾句，便帶著卡本走進建築內。幾分鐘後，有人來將這道門完全敞開，一小群馬伕與奉侍急急地跑出來迎接，依絲塔乘騎的馬兒也被領了進去。這棟建築有三層樓高，外廊都建有木造露台，內院的中庭以鵝卵石為地。

一個白袍服事匆忙端來下馬用的凳子，另一名年長的司祭走出來深深鞠躬，極其恭敬地歡迎他們一行人。這位老司祭口中稱呼她為阿杰羅女準爵，但依絲塔仍清楚聽見他在改口前差點喊出「喬利昂」這個姓氏——看來卡本的口風沒有她所想的那樣謹慎。話說回來，這倒也為他們爭取到較好的房間、勤快的僕人，以及給馱獸們最好的照料。

依絲塔和莉絲前腳剛進到房裡，後腳就有人送來盥洗用水。神學院的寢室大概都不會太大，但她們共用的這間擺得下一張床、一張從床下拉出的矮床，還有一桌二椅；後頭的露台能望見小鎮的外牆及那條小溪，就在這棟建築的後方。不一會兒，有人用托盤端來兩人份的餐點，連同幾個小陶瓶，裡頭插著該時節的藍色與白色鮮花。

餐後，天色將暗之際，依絲塔帶著莉絲和古拉兄弟進鎮去散步。古拉兄弟將佩劍隱蔽地掛在腰間，藍色的上衣和灰色斗篷使他們顯得瀟灑帥氣，不光是有年輕女子頻頻回頭顧盼，就連已婚婦女都在經過時忍不住要多看他們兩眼。莉絲的身材高眺腿又長，步幅幾乎能追得上兄弟倆，且渾身散發著青春健康之美，足令綢緞珠寶都相形低俗。身邊跟著這樣的隨從，依絲塔覺得自己比從前在大君的王宮中更氣派、更體面，更加耀眼。

小鎮的神廟的配置是標準格局：開放的庭院圍著四座聖神家族的圓頂神殿，正中央設置著聖火壇，災神之塔獨立在母神殿的後方。殿塔等牆壁用灰色原石砌築，圓頂裝飾著木件，依照各神祇的象徵聖物精細雕刻並上漆，有著惡魔、聖徒、聖獸和植物。由於這時間點沒有更好的餘興活動，他們便都參加了神廟的晚禱。依絲塔對於眾神早就沒有熱情，但她不得不承認唱歌使人快樂。這裡的神學院組了一支熱忱的聖歌隊，而今天的領唱者時不時地偷看依絲塔，稍稍破壞了虔誠的氣氛。依絲塔見狀不禁內心暗嘆，只好偶爾回以點頭微笑，安撫那領唱女子的不安。

連騎了三天的馬，人和馬兒都累了，所以他們明天會繼續在此鎮停留。一抹隱約的安適悄悄爬進依絲塔的心底——也許是這些陽光、舒筋活骨的勞動、年輕朝氣的旅伴，或是離瓦倫達越來越遠的距離，總之她此刻心懷感激。躺進羽絨被窩的那一刻，她發現這窄小的床鋪，遠比她睡過的所有王城的大床——富麗卻讓人難以入眠——都要來得舒適奢侈。

莉絲還在那張小矮床上翻身時，她已經進入了夢鄉。

依絲塔做了個夢，而且她知道自己在作夢。

那是晚春或初夏的正中午，她走在城堡的中庭裡，看見旁邊有條石砌的步道，拱頂和廊柱雕刻著花草藤蔓，都是洛拿的藝術風格。陽光很強烈，把她腳下的影子照得特別闃黑。她爬上——不，是飄浮——到那條步道盡頭的石階，來到一個木造的廊廳，看見裡面又有個房間。那房間的雕花門關著，但她穿門而過，進到一處幽暗陰涼的空間。

一束光線從窗扉透進，照在地上的羊毛絨毯；旁邊擺著一張床，床上有人躺著。依絲塔靠近去看，卻仍舊是飄浮著，彷彿鬼魅一般。

躺著的是個男人，不知是睡著還是死了，臉色蒼白，一動也不動；瘦長的身體裹在原色的亞麻袍中，腰部繫著一條亞麻帶，而左胸滲出一灘暗紅色血跡。

男人的五官精緻，額頭開闊，臉型端正，下巴略尖；臉上看不出任何傷疤或瘀青，只在前額、眼窩和嘴角有幾道小小的皺紋。他的髮際線略高，看得出是脫髮，但那一頭深色直髮整齊地梳向後，順著枕頭披在雙肩，在微光中反射著柔潤色澤；兩道彎眉飛揚，鼻梁挺直，嘴唇微張。

依絲塔伸出鬼魅之手，解下那條亞麻腰帶，掀開長袍，看見那人沒太多胸毛，下體的陰毛卻非常濃密，端坐其中的鳥兒長得對稱而形狀良好。她微微一笑，再將視線移回到上半身，見那道左胸的小傷口敞開得像一張黑色的嘴，而且在她的注視下開始流血。

她將雙手覆上那一處裂口，紅色液體仍從她白色的指間流出。突然一陣氾濫，鮮血流遍那人的胸膛，把床單全都染紅了。男人的雙眼突然睜開，看著她，喘了一口氣。

依絲塔猛地在床上坐起，死死地捂住嘴不讓自己叫喊出來。她渾身是汗，心跳劇烈，喘得像是狂奔許久。

天還沒亮，房裡依然涼爽，月光從窗縫穿透進來。她聽見莉絲翻了個身，無意識地咕噥著。

是那種夢。真實的夢境。她不只夢見一次了，不可能弄錯。

依絲塔揪著頭髮，張著嘴，沉默地吶喊，上氣不接下氣地喃喃道：「我詛咒祢，不管祢是那之中的哪一個。詛咒祢，五重詛咒祢。離開我的腦袋。離開我的腦袋！」

她沒發出聲音，但這動靜還是驚醒了莉絲。「殿下？您怎麼了？」她用手肘支起身子，睡眼惺忪地含糊問。

依絲塔強自鎮定，清了清喉嚨。「做了個怪夢。沒事，繼續睡吧。」

莉絲應了一聲，躺下又睡了回去。

依絲塔也躺回床鋪，儘管一身是汗，仍然抓緊了被子。

又要開始了嗎？

不、不，我不要。一陣酸楚湧上心頭，她幾乎要陷入啜泣，花了好幾分鐘才讓呼吸穩定下來。

那個男人究竟是誰？她確定自己這輩子從沒見過那人；如果今後見到，她一定立刻會認出來，因為那張俊秀的臉已烙印在她腦海裡……還有他身體的其餘部位。他是敵人，還是朋友？這是個警告嗎？他會是哪一國人？貴族或是平民？那一片血海意味著什麼？反正不會是好事。

無論您想從我這裡得到什麼，我都辦不到。之前就已經證明過了。走開。走開。

她顫抖了好一會兒，直到月光淡沒在黎明前的蒼茫天光，才重新闔上了眼睛。

依絲塔醒來時，不是被莉絲下床時弄醒的，而是被她溜回房間給吵醒。現在晨間祈禱已經結束了，身為朝聖者和住客，她不禁感到丟臉。

「我看您很累的樣子，」莉絲受依絲塔責備，辯解道：「您昨晚沒睡好。」

那倒是。多睡這一會兒的確不無小補，依絲塔無法否認。早餐是由一個恭敬有禮的服事端進房裡來專程給她，這未準時的用餐又讓她難為情了一陣。

等到她換好衣服、梳好頭髮——莉絲今天為她編了比較精巧的辮子，她希望自己看起來可別像一匹馬——主僕二人就在神學院裡散步。內院已是陽光普照，她們挑了張靠牆的長椅並排坐，看著師生和僕人們匆匆來去，各自忙活著。莉絲不是個話多嘴碎的女子，這也是依絲塔喜歡她的另一個原因；若有人找她聊天，她可以做個健談的話伴，但在其餘時候，她一點也不排斥當個安靜沉默的人。

依絲塔的頸子感到一股涼意——是這裡的一個鬼魂。她下意識地要揚起手來揮趕，那感覺卻倏地消失了。有些悲傷的靈魂不受眾神接引，或是拒絕眾神的接引，便迷失在人間而成為遊魂；新的遊魂保有生前模樣，有時也仍帶著臨死時的情緒，或偏激或粗暴，但這些都會隨著時間而淡去，最終變成沒有樣貌、行動遲緩的薄影，甚至只剩一股殘氣。像這樣的舊宅邸裡殘魂少而且靜穩，而像臧格瑞那樣的碉堡城寨通常就是最糟的。

依絲塔曾一度擁有神靈之眼的視力，能看見並辨識這種遊魂，後來雖然看不見了，卻仍能約略感受到它們的存在。如今能看見這樣的靈魂，一則表示某位神祇的氣息十分靠近她，二則是神靈之眼又恢復了——包括那種視力連帶的其他能力。

她想著夢中見到的那一處中庭。她確定自己在現實中不曾去過，但她幾乎相信那是真實存在的某處。要避開那裡……若真要避開那裡，最保險的辦法就是回去瓦倫達，把自己關進城堡再也不出來，直到在裡頭腐爛。

不。我絕不要走回頭路。

這些念頭讓她心情煩躁，於是起身在校區到處逛，莉絲老實地跟在後頭。她們一路上與許多服事、司祭擦身而過，那些人都微笑著向她鞠躬，於此她知道卡本洩漏的消息已在這學院裡傳開；自己起個化名假扮身分還有點興頭，但五、六十個陌生人陪著一起演戲就沒什麼滋味了。

她們走到一排連通的房間，看見裡面是成排滿滿的書架、書櫃，還有好些桌几上也堆著書，想必就是卡本先前提過的圖書館。令依絲塔驚訝的是，佛伊・古拉窩在其中一個房間，捧著一本書，正在窗邊的座位讀得起勁。佛伊感受到她們的視線，抬起頭眨了眨眼，起身來行了個半禮。「夫人，莉絲。」

「我不知道你也會看神學書啊，佛伊。」

「哦，我什麼都看，不過這本書不是只講神學。這裡的藏書稀奇古怪，什麼內容都有，我看他們大概從來不丟掉舊書的吧。那裡面還有個上了鎖的房間，聽說裡面放的都是有關巫術、魔鬼，還有，呃，一些下流的書籍，還有上鎖呢。」

依絲塔揚起眉毛。「是永遠不讓人打開？」

佛伊撇嘴一笑。「可能是讓人無法借出帶走，我想。」他舉起手中的那本，說：「這一本是情詩集。這裡還有很多類似的，我可以幫您找一本。」

「以後再說吧。」依絲塔搖頭道。莉絲兀自驚奇地東張西望，大概從沒在一個地方見到這麼多書籍，聽了佛伊的建議，又顯得有所期待。

這時，卡本從一扇門後探頭來瞧，接著走了過來。「啊，夫人，太好了，我正要找您。」說起來，卡本從昨天抵達此地後就不見人影，而他現在看來頗有些疲態，眼下暗沉且浮腫。難道他昨晚在這裡熬夜研究什麼？「我希望——請求您能夠私下談談，假如可以的話。」卡本說著。

莉絲原本探過佛伊的肩頭在偷看他手上的書，這時抬起頭來。「夫人，我應該離開嗎？」

「不，當女主人要和親族以外的男士私下談話時，她的貼身侍女應該退避到聽不見的地方，但要待在視線範圍或能夠聽見傳喚的範圍內。」

「好。」莉絲點頭表示明白。依絲塔實在覺得這女孩機靈又大方，什麼吩咐都是一聽就懂，而且很懂她，讓她覺得省事許多。莉絲雖然不曾接受過侍女教習，卻讓依絲塔感覺，自己終於遇見一個她最想要的貼身女官了。

「我可以讀書給她聽，在這裡或隔壁房間。」佛伊隨即自告奮勇。

「嗯……」卡本朝隔壁房間比了比，便見那門邊有一張桌子和幾張椅子，於是依絲塔點點頭，從卡本面前往那裡走去。佛伊繼續坐回他窗邊的舒適位子，莉絲跟過去坐下。

依絲塔猜想，這司祭大概想要為此行多做些討論，可能還打算寫信去知會費瑞茲、報報平安之類的。卡本扶著椅子讓她坐下後，自己才擠到桌子對面去坐；這個位置能聽見佛伊正在低聲說話，勉強聽得出合於詩韻的抑揚頓挫，但那聲音太輕柔，她聽不清楚是哪些字。

司祭雙手合十地放在桌面上，盯著看了片刻，才抬起頭直視她的雙眼，以平靜的語調問：「殿下，您踏上這段朝聖之旅的真正理由是？」

沒料到他會如此單刀直入，依絲塔的眉毛揚得老高。既然對方如此率直，她決定也回以直率；像他這樣能對一國太后直言的人不多，值得嘉獎。「為了逃離看守我的人，也逃離自我。」

「這麼說來，您並不是真的、也不曾想過要祈求一名外孫？」

依絲塔板起臉孔。「看在眾神的份上，我還不至於要用這種方式侮辱我的女兒，或我新生的外孫女依莎拉（Isara）。當年我為埃阿士生下這個女兒時受了多少責備，感覺多麼羞恥，十九年後的今天我都還記得；而這冰雪聰明的女孩，現在是我們王國四代以來最璀璨的希望！」她發現自己激動的語氣嚇到了卡本，便稍稍壓下怒意。「假如命中註定該有個孫子，我當然也會非常滿意，但我絕不為此向眾神祈求任何偏袒。」

卡本聽懂了。他緩緩地點頭。「是。其實我也想過是如此。」

「拿朝聖做幌子，我知道這是不虔誠，對於女神紀律軍出借的這批好衛兵也是虧待。然而，我知道自己並不是第一個拿眾神當作度假藉口的人，而我的錢袋也將對神廟做出十二分的補償。」

「我在意的倒不是那些。」卡本搖搖手。「殿下，我研讀書籍，也找我的師長們談過，做了一番思考，我甚至——算了，其實無所謂。」他深吸了口氣。「太后，您是否知道……或您覺察到——好吧，我就直說了，我有理由相信，認為您在精神上擁有非比尋常的才能。」說這話時，他的視線變得格外深沉，在她的臉上逡巡。

他是根據哪些理由？難道他聽到什麼亂七八糟的祕聞？

依絲塔往後一坐，有些退縮。「恐怕不是那樣。」

「我相信您低估了自己。您真的低估了自己。我承認，此類事情絕少發生在您這階級的仕女身上，但我已經意識到您是一位非常與眾不同的女性。藉由禱告、指引、冥想和指導，我認為您達到某種精神感度，能夠完成，好吧，完成絕大多數神職人員夢寐以求的使命。這是種天賦的能力，不能夠輕易拋開啊。」

當然不能。你可知道我費了多大的蠻勁才甩掉它？

奉五神之名，他又是如何得到這樣突如其來的奇想？卡本的臉上除了熱切，還有一種尋獲新發現的驚喜。他是不是自豪於能擔任她的精神導師？依絲塔意識到，眼前這個人正在追根究柢，所以大概不可能被輕易打發，除非將真相全盤托出，否則他不會停止探索。她的心一沉。不，不能說。

不過，她也不是沒坦承過實情。之前她也曾對一個同樣被神主宰的人說過。或許這種事也能熟能生巧。好吧。

「您被誤導了，博學司祭。我不是低估自己，而是早已走過那條路，走到它苦澀的終點。我曾經是個聖徒。」

這下輪到卡本退縮了。只見他驚愕地倒抽一口氣。「您曾做過眾神的容器？怪不得……怪不得。不，這說不通。」他又伸手去抓自己的頭髮，很快又鬆開。「太后，我不明白。您怎麼會被神靈憑依的？這個奇蹟是何時發生的？」

「很久很久以前。」她嘆道：「正式來說，這是一場罪行，而整件事是王國的機密，但我猜想它維持不了太久了。我不知道它會不會隨時間轉變成謠言或傳說，或隨著人死入棺而被埋葬，總之這絕不可外傳，就算對您的上級也要嚴守祕密。或者，假使您認為有必要向第三者述說，那麼您必須先去請示首輔卡札里的意見。他知曉此事的全部真相。」

「人們都說他非常睿智。」卡本的眼睛睜得很大。

「哼，人們總算說對了一次。」她停下來，把思緒和措辭都理一理。「埃阿士大君的名臣阿爾沃・路特茲（Arvol dy Lutez）因叛亂而被處死時，您幾歲？」

路特茲，埃阿士的竹馬玩伴、生死至交，更是他三十五年在位期間最重要的左右手。此人才華洋溢，聰慧過人，英勇果敢，富有且俊美，更是知書達禮，眾神——包括大君——給予他的賞賜彷彿無窮無盡。依絲塔嫁給埃阿士時年僅十八，但埃阿士和路特茲都已年近五十；這段婚姻是路特茲安排的——恐怕他當時就對埃阿士唯一的繼承人歐瑞寇抱持擔憂。

「怎麼了？我當時非常年幼。」卡本想了想，清兩下喉嚨。「不過我後來聽人談起很多，有謠言說……」他突然打住。

「說路特茲勾引我，所以死於我丈夫之手，對嗎？」她冷冷地替他補上。

「呃，是的，殿下。所以那是——難道是……」

「不，那不是真相。」

卡本似乎鬆了一口氣。

「他深愛的人不是我，而是埃阿士。真要說起來，我覺得路特茲應該要做你們紀律會的在俗奉侍，而不是去當子神紀律的聖神將軍。」

除了保佑私生子、街頭藝者，以及這世間其他流離失所的遊民，災神紀律也同時是同性戀者的避難所。男人和女人之間的關係能帶來生兒育女、繁衍子嗣的成果，這樣的產出是受偉大的四季之律（the Great Four）所監督；同性之間的關係追求的不是這種產出，而是自身的性慾，因而不見容於四季之律。依絲塔看著卡本的神情慢慢轉變，知道他終於聽懂她含蓄的敘述，這過程倒是挺有趣的。

「那麼……對您來說，身為一個年輕的新娘，想必不好受吧。」

她並不否認：「在當時是的，至於現在……」她不說完，只是攤平了手掌，做出任憑過往的姿態，繼續說：「這不是重點。當時更令我難受的，是我發現喬利昂王室在方颯大君死後承受著某個詛咒，而我在毫不知情的情況下產子，害得無辜的兒女也被捲入那強大怪異的詛咒裡。知情者連一點點警告、一點點說詞都沒給過我。」

卡本此刻愣住，嘴巴驚異地張大。

「那段時期裡，我會做預知夢，全都是惡夢。好長一段時間我都認定自己發瘋了。」就是那段時期，埃阿士和路特茲扔她一人在驚慌不安中度日，她當時覺得那是一場遠比惡夢更令人心悸的背叛，直到今天仍令她膽寒。「我一再向眾神祈禱，終於得到了回應。卡本，我和母神面對面說話，就和您我現在的距離一樣近。」她暗暗打了個哆嗦。那段回憶依舊令她震撼不已。

「天大的賜福啊。」他語帶敬畏地感嘆。

她卻搖了搖頭。「是天大的苦楚。依照眾神給我的指示，那詛咒可以藉由送還給眾神的方式來破除，所以路特茲、埃阿士跟我三人籌劃了危險的儀式想破除詛咒，可是我們——是我，我一意孤行，犯下大錯……是我太擔憂恐懼，結果害死了路特茲，儀式也最終失敗，眾神就離開了我。出於恐慌，也為了掩飾路特茲的死，埃阿士散布了所謂的叛國謠言。路特茲曾經是他王宮裡最明亮的一顆星，是他最親密的愛人，我們用這種手段剝奪他的名譽，形同讓他在死後被鞭屍；路特茲是個極有榮譽心的人，他對尊嚴的愛惜遠勝於生命。」

卡本的眉頭皺了起來。「但是……您的丈夫對路特茲大人如此中傷，不也等於是中傷您嗎，殿下？」

這樣的觀點令依絲塔又是一寒。她未曾這麼想過。「反正埃阿士知道真相，別人的意見有何重要？與其讓全世界知道我殺人，不如讓人們認為我紅杏出牆。只是，沒想到埃阿士不久就悲痛而死，拋下了我，留我獨自在悲劇的灰燼中哭號，繼續承受詛咒的後果。」

「您那時幾歲？」卡本問。

「從十九歲開始，結束時是二十二歲。」她皺了皺眉。曾幾何時，那年紀變得如此……

「年紀輕輕就背負那麼沉重的負擔啊。」卡本輕聲道，幾乎和她自己腦中竄升的念頭一樣。然而她抿緊了唇。「像佛達和佛伊那樣被派上前線或甚至陣亡的軍士，也未必就比當時的我更年長；依瑟今年也才十九歲，她纖弱的肩膀卻扛下了整個王國，而不只是女子要承擔的那一半。」

「但她不是獨自承擔。她有賢達的朝臣，有配婿博剛。」

「埃阿士有路特茲。」

「那您有誰呢？殿下。」

依絲塔不說話了。她想不起來。她真的一直都是那樣孤獨嗎？她甩了甩頭，深吸口氣。「新的世代帶來新的人選，比路特茲更卑微卻更崇高、思慮更深，更適合承擔大任。詛咒已經破除了，但不是我破的，也可惜我兒忒德斯先一步死了——死於那個詛咒，死於我沒能及早救他，死於旁人的背叛。三年前，藉著別人的付出和犧牲，我從漫長的束縛中解放，留在瓦倫達捱著寂靜的人生。那是難以忍受的寂靜。我還沒老——」

「是啊！您可不老，殿下！您的模樣仍然十分動人。」卡本急急搖著他多肉的手掌。

她不耐煩地揮手打斷他的這番誤解。「我母親在四十歲那年生下我，我是她最小的孩子。現在我剛滿四十，之前的人生有一半被方颯的詛咒盜走，之後的人生呢？也許還剩十年。我該讓它過得乏味緩慢，度日如年嗎？」

「當然不該，殿下！」

她聳肩道：「我這是第二次做這段自白了，也許再來一次就可以解放我。」

「眾神也許……應該會寬恕您，因為您有一顆真誠懺悔的心。」

她笑得苦澀。「眾神愛怎麼寬恕依絲塔都行，但只要依絲塔不寬恕依絲塔，眾神也省得多事了。」

卡本小小地應了聲「哦」，但他終究是個熱心又信仰堅深的人，不願輕易放棄。「但您就這樣置之不理——容我大膽說一句，太后，您這是背棄了天賦！」

她探身向前，壓低了聲音，陰狠地說：「不，博學司祭，您不准說。」

他往後一退，沉默了許久。半晌，他的表情又愁苦起來。「那麼，太后，您的朝聖之旅要怎麼辦？」

她扮了個鬼臉，揮揮手。「您可以隨喜好選一條美食路線，只要不回瓦倫達，想帶我們去哪裡都行。」

只要不必做回依絲塔．喬利昂。

「您終究得回家的。」

「到那時，我會先找一處斷崖往下跳，只是那會讓我躺進眾神的懷抱中，而我實在不想再見到祂們了。我已經無路可退，還得繼續活下去，活下去……真不知道還要活多久。」她發現自己又要激動起來，便及時改口：「對我來說，人間是一片燒剩的灰燼，眾神是一種恐懼。告訴我，博學的司祭，我還能去哪裡？」

只見他連連搖頭，眼睛還是張得老大。依絲塔覺得自己真嚇著對方了，心裡有些過意不去，於是在對方手上拍了幾下。「說實話，這幾天的旅行已經讓我覺得心情放鬆，比起過去這三年來還要自在。司祭，我這樣匆忙地逃離瓦倫達，大概就像不擇手段的溺水者，但我相信自己開始呼吸到空氣了。這趟朝聖之旅或許仍然是我的一帖良藥。」

「我……五神會願意如此賜予您的，殿下。」他說著，行了個五神教儀，而那動作不再只是象徵性地做做樣子，卻是多了幾分慎重。

她想起那個夢，但是按下了告訴他的衝動，就怕害得這可憐的年輕人又要緊張一頓。他在這一天已經知道得夠多了，那兩層下巴肉慘白到現在都還沒恢復。

「我會，嗯，再思考思考的。」他鄭重地說，並且離座向她鞠躬，那姿態流露著深沉的景仰，是一個信徒之於在世的聖徒，而不是精神導師之於事主，或是臣下之於主君——她倏地抓住他的手，不讓他完成那樣的禮節。「別這樣。不要這麼做，以後也都不准這麼做。」

他嚥了下口水，只好把自己的道別之禮改成一個顫抖的點頭，然後快步逃離開去。

5

他們在開瑟夏詩多待了兩天，等到那陣綿綿春雨停止才動身，而依絲塔已被熱情的款待弄得越來越受不了。校方邀請她到學院食堂用餐，等著她的卻不是學究或校園氣息，而是接近於盛宴的大場面，一大群資深的司祭和當地名流客氣地搶著要與她同桌。他們同樣也稱呼她為阿杰羅女準爵，個個表現出的卻都是拘謹無聊，害得她也只能用嚴謹的宮廷儀態去回應。她得優雅、親和，時時面帶微笑，說好話多讚美——一番折騰下來，化名帶來的安逸感幾乎要被消磨殆盡，她這才下決心叫佛伊去找卡本，讓他不要再躲起來做功課或搞什麼請示師長閣下，因為他們該上路了。

接下來的幾天就好上許多，他們慢步調地走過一處處百花盛開的田園郊野，造訪一個個沒沒無聞的小聖地，正符合依絲塔對這趟朝聖之旅的逃離冀求。拜好天氣所賜，一行人持續往西北行進，離開貝歐夏領，進入到鄰領妥挪克索（Tolnoxo）。

長時間久坐馬鞍上的單調旅程，幸而有許多歷史或宗教名勝點綴：水井、遺跡、樹林、祠堂、名人陵墓、視野卓絕的高地、曾是古戰場的淺灘等等。來到軍事名勝時，這幫年輕人忙著找舊箭頭、刀劍碎片、人骨，還興沖沖地討論那些東西上的污漬是不是陣亡英雄的血跡，卡本則適時地掏出書本來給大家講解當地的歷史和傳奇故事。儘管他們淨選些簡樸至極的旅店和聖地小廟的招待所下榻，那些住宿體驗也完全出乎依絲塔的想像，她卻覺得自己睡得非常好，好到彷彿這輩子從沒體驗過那樣完美的睡眠。而那擾人的夢境也沒再回來，令她暗暗鬆了一口氣。

卡本仍舊每天早上講道，頭幾天只是些稀鬆平常的經典，聽得出是他在開瑟夏詩惡補讀來的現成內容，但之後就沒那麼單純了；他開始講述宗教英雄的真實史話，包括發生在喬利昂和宜布拉的聖徒行跡，以及外國殉教者的各種壯舉，又故意編造那些故事與下一段行程、下個聖地之間的關聯，聽得古拉兄弟和莉絲都為之動容，整天洋溢著聖靈充滿的喜樂——依絲塔可不上鉤，她聽得出弦外之音，知道這位熱忱的胖司祭並未死心，仍想向她鼓吹感化。卡本每天緊張兮兮地觀察她對這些講道的回應，她都只是向他冷靜致謝，所幸他也只是默默吞下一次又一次的失望，沒用更直接的方式對她咄咄逼人。

來到國境西側的山麓地帶，他們在某個山丘小鎮遇上了仲春慶典，正好介於女神節日和母神節日之間。在這個名為溫亞嗣卡（Vinyasca）的小鎮，人們也定於這一天舉行篷車市集；大小商隊從積雪的山道入境喬利昂，就在這裡稍作歇息，並在這個市集上交易剛剛運回來的酒、油、乾燥的水果和魚，以及上百種異國美食。市集連同慶典的棚子全都搭在鎮外，以鎮牆、河岸和松林為界；好些攤位陳列著本地少女們製作的手工藝品，都是未婚少女們用來競爭春之女神榮譽而做的；也有人在帳篷後的地上挖坑，燒烤食物的燻煙一陣陣升起，那香味惹得人食指大動。

眾人集體瀏覽了一圈，莉絲對女孩們的刺繡、裁縫和羊毛編織品沒怎麼感興趣，卡本和佛伊也是一臉失望，因為食品的試吃只提供給評審員。相較之下，那一批年輕的女神奉侍兵可就來勁了，因為這是個屬於妙齡女子的節日，自然是年輕男人大展身手、吸引女性目光的好時機。護衛們便央求指揮官讓他們去攤位的比賽上試試運氣，一板一眼的佛達於是安排了輪值表，讓依絲塔身邊永遠都有兩個人守著，其餘人便可有片刻的自由行動。有趣的是，當佛達發現慶典上有賽馬節目，他的鐵面無私就被動搖了；他沒有上級可以告假，便找上了依絲塔，而依絲塔也假裝板起臉孔，忍著笑意准許他去參加。

「我的驛馬若是上場跑，」莉絲的語氣裡滿是渴望：「能讓這些耕田的閹馬大為失色。」

「可惜女子的賽程已經過了。」依絲塔說。她早前見到那場比賽的優勝者走過，人和馬都穿戴著藍白相間的衣飾，被一群親友歡天喜地地簇擁著。

「那是給少女參加的，」莉絲的聲調染上一抹輕蔑：「我看有些比較年長的婦女正在那裡準備參加這一場——賽道比較長。」

「妳確定她們是參賽者嗎？」

「對，因為她們的袖子上都繫著彩帶，而且神情看上去都是騎師。」

的確，就像莉絲這樣。依絲塔看得出這女孩努力使自己看起來沉著冷靜，卻沒能按捺住躍躍欲試的身體。

「好吧，」依絲塔不禁莞爾。「那麼至少要佛伊答應不拋下我……」

佛伊微微一笑，向她行了個鞠躬禮。

「噢，謝謝您，夫人！」莉絲叫了起來，歡欣鼓舞地奔回他們下榻的旅店，要去馬廄把她的愛駒牽出來。

依絲塔搭著佛伊的手臂，在會場中閒逛，特別留意護衛們參加的競賽。有個比賽是投擲標槍，冠軍就是她的一個護衛；另一個比賽是要參加者從馬背上跳出去、制伏一頭小公牛，最後是那頭公牛獲勝。但無論是贏是輸，這些士兵都把他們的獎品帶回來給長官佛伊，而依絲塔也在這時才發現自己的心情有點不同——在官方身分之外，她還有些做母親的感受，除了對成績較好的參加者不吝給予讚揚與道賀，對那位和公牛摔角、結果一跛一跛走回來的年輕人，她也忍不住說了很多的慰問之詞。

一開始，她沒把這十幾個護衛當一回事，反而認為他們是甩不掉的累贅，但在這麼多天的旅行下來，她慢慢也認得了每個人的臉孔、姓名、簡略的人生經歷，開始有點把他們看成一群大孩子。這些人雖是奉軍令來對她的安全負責，她自己卻不想對這些年輕人負責，也不願聚焦在這種心情轉變上。我沒有養兒子的命，沒那個福氣。忠誠是雙向的，面對這些人的忠誠，她能做的只有不辜負。

來到賽馬場邊，佛伊為依絲塔找了個斜坡上的空地觀戰，離跑道稍遠，但位置在其餘觀眾之上，而且能清楚看見起終點。下午的天氣有點熱，佛伊早就把他的坎肩脫下來掛在手上，這時便將衣服鋪在地上讓依絲塔坐。賽道是一條下坡路，單趟大約二哩長，參賽者要繞過一座長著橡樹的小土丘再折返，才算是跑完全程。

在依絲塔的觀看下，大約二十來匹馬和騎師已經在路邊的空地就緒。佛達・古拉騎在他的黑亮的坐騎上，一面把馬鐙調短，一面觀察對手。就在這時，莉絲騎著她的長腿棗紅馬進場，佛達驚訝地瞪著她，臉上卻沒有高興的神情；莉絲的臉板了起來，顯然佛達對她說了什麼刻薄的話。她仰起頭直視他許久，大概也說了什麼不客氣的回敬他，於是佛達向她欺近多說了幾句。莉絲聽完氣得漲紅了臉，立刻把馬拉走，但臉上的憤怒不久被皺眉沉思取代，最後露出胸有成竹的微笑。

「那又是怎麼回事？」依絲塔看著這一幕，覺得蹊蹺。

佛伊坐在她的腳邊，露了個壞笑。「我哥大概想給莉絲來個下馬威，不把她當對手看。恐怕他用了一個不太好的方式表達自己的驚訝。」說時，他往後一靠，單肘撐著身體，顯得興味十足，卻不像是針對這場賽事本身。

「那你怎麼不下場去比？」她問他：「你的肋骨還痛嗎？」

「不痛了，夫人。我的騎術不高明啊。」他興味盎然地笑瞇了眼。「我要出風頭也是看場合的。」

依絲塔想了想，認為他說的場合，並不是在指這鄉間慶典的比賽。

有兩個主辦方派出的人上場來指揮，騎師們在賽道起點排成不太整齊、推來擠去的一橫列。溫亞嗣卡鎮的司祭走進場中，腰間繫著一條藍白相間的束帶，站在旁邊的樹墩上領頭祈禱，宣布這場競賽是獻給女神，接著舉起一條藍色的三角布巾。他的手一放下，騎師和觀眾們都爆出呼喝聲，馬兒們奔馳出去。

剛起跑時真是險象環生，因為跑道不夠寬，馬匹難免碰撞，有個騎師就因此落馬，暴力得令人心驚。幸好各員之間的距離很快就被拉開。莉絲的棗紅馬與佛達的黑馬都跑在領先者之中，遠遠往那座橡樹丘奔去，依絲塔不由得瞇著眼睛看，呼吸也急促起來。不久，橡樹丘後方再度出現人影，領頭的正是莉絲和佛達，並且是大幅超前其他人，依絲塔這方的人全都高聲歡呼加油。

大約來到返程的半程時，莉絲側頭向後方的佛達與他略顯疲態的黑馬一瞥，隨即回頭向前低伏，上半身幾乎俯貼在馬兒的頸邊——僅是這麼一個姿勢改變，那匹棗紅馬竟有如從地面飄浮起來般，一眨眼就拉開了與後方的距離。

此刻就連依絲塔也忘情地大喊：「好哇！衝啊！」

接近那個樹墩時，莉絲已經領先了十二個馬身，但也就在這時，她突然坐直了身子，身下的馬兒也徒然縮小步伐，幾乎像是在原地彈跳；就這麼一晃眼，佛達的黑馬如閃電般掠過。接著，莉絲做了一件更令眾人吃驚的舉動——她放鬆了手中的韁繩，讓愛駒跟在佛達後頭慢慢地小跑前進。看著佛達的馬兒跑得渾身汗水與唾沫，莉絲的馬兒卻是好整以暇，彷彿能立刻再賽一程，依絲塔這才想起官廳快馬的訓練都是以十五哩為基準，所以這樣的短程根本不算什麼。見到這戲劇化的一幕，觀眾的喝采中夾帶了許多疑惑的聲音。其餘選手陸續抵達終點，群眾們也紛紛湧向賽道。

依絲塔向身旁看去，見到佛伊在地上打滾——他一手抱著屈起的膝蓋，另一手摀著自己的嘴，嘰哩咕嚕地不知在說什麼，總之是笑岔了氣。

再往賽場上看去，佛達踩著馬鐙站起，臉上表情說不出是震驚還是惱怒，又或者是競賽過後的激情，反正是滿臉通紅。他當然是這場比賽的冠軍，卻有許多本地人在圍上前道賀之際還扭頭去看莉絲，而後者的頭昂得老高，鼻子都要朝天了，正慢條斯理地往鎮內走，帶愛馬回到旅店廄舍去。依絲塔看佛達那口氣憋得不小，要不是礙於主辦方的顏面和對女神的崇敬，只怕佛達就要衝過去，把他脖子上那藍白兩色的花圈扯下來，摔在莉絲面前的地上了。

「假如是一場求愛，」依絲塔問佛伊：「你會不會去給你兄長做些，嗯，手段上的建議？」

「完全不會，」佛伊已經恢復了自持，但說話聲仍有著狂笑過後的沙啞。「我若真的那麼做，他也不會感謝我。夫人，您要知道，我可以毫不猶豫地為我哥哥擋箭；事實上，我擋過。但我認為兄弟間的自我犧牲絕不是無限度的。」

依絲塔揶揄地笑道：「是那樣嗎？我明白了。」

佛伊聳肩。「好吧，誰知道呢？反正時間會證明的。」

「也是。」

依絲塔回想起宮廷裡的人際規則，此刻還真像它的縮影。她得去勸告莉絲，別在這個小圈子裡製造糾紛。至於佛伊……她覺得佛伊大概不需要任何建議。

佛伊站了起來，雙眼發亮。「我得去給我哥道賀了。這可不能錯過。」說著，他先把依絲塔從地上扶起，那模樣簡直是意氣風發。

就在莉絲回到依絲塔身邊之後，佛伊也給自己找了個劈木柴的比賽。劈木柴這技能不稀奇，所以不像賽馬或標槍那樣引人注目，卻很吃體力，因此佛伊上場時大大方方脫了上衣，在一眾女性面前露出結實的肌肉。依絲塔注意到，佛伊的身上雖沒有明顯傷疤，卻有些許雜色斑駁，應是癒合或新長皮膚造成的痕跡。見他揮動斧頭時虎虎生風，她認為他揮舞巨劍時一定也是這麼帥氣。但不知是他的傷勢果真沒有完全復元，抑或是出於某個特別心思，佛伊在這場比賽拿了個輕輕鬆鬆的第二名。只見他在冠軍肩頭拍了幾下，請那人喝了一個特大杯的麥酒，接著就吹著口哨離開了。

在那之後，依絲塔一直沒機會和她的貼身侍女單獨談話。用完晚餐，她們回到客棧的房間，來到露台欣賞小鎮廣場上的熱鬧景象，見廣場和神廟附近的樹梢掛了數以百計的金屬提燈，在夜色與濃蔭中映照出如蕾絲般的光影，也柔和地照著在音樂聲中起舞的人們。場邊的年輕女子都有家人陪同，因此這場晚會並不特別喧鬧擾人，但隨著越來越多的少女下場跳舞，依絲塔猜想他們稍晚就會開始喝酒。

莉絲為依絲塔將一張椅子搬到露台上，她自己則靠在木欄杆上向外望，嚮往地看著那些舞者。

「所以，」依絲塔靜了一會兒，開口問她：「在比賽開始前，妳和佛達說了什麼，怎麼兩人鬧得這麼生氣？」

「哦，」莉絲扮了個鬼臉，轉過臉來看她。「很蠢的話。他說我上場不公平，因為我的驛馬太好了，不應該來跑這種鄉下小比賽。他自己的馬還不是從王都千挑萬選出來的？他又說那不是給女人參加的比賽，當時旁邊還有六、七個的女騎師啊！況且那比賽是獻給女神的！那些男人其實是代表各自家中的婦女出賽——佛達就是以您的名號去報名。」

「確實是無謂的矛盾，我同意妳。」依絲塔悶聲道。

「真討厭。哼，我已經讓他得到教訓了。」

「嗯，不過妳也證明了他說的不全然有錯。妳的馬確實比本地的閹馬都好上太多了。」

「他的馬也是啊。要是我必須為了這個理由而不參賽，那麼他也不該上場。」

依絲塔笑著沒答腔，莉絲也就沒再說話，回頭去繼續看廣場舞會。此地的傳統舞蹈與宮廷舞式不同，大半舞步都是動感而具有活力。男女有時分開跳舞，繞圈子擊掌，有時一起跳，排複雜的隊形，跟著音樂或領舞者呼喝；襯蓬的裙襬旋轉飛揚，腳步隨著韻律踏響節奏。

依絲塔思忖著這兩個貼身隨從之間的磨擦，算不算是個問題或恰恰相反。說實話，莉絲是個臨時上陣的貼身侍女，依絲塔連她是否仍然守貞都不清楚。傑出的女性傳信員大多為了保住工作而避免懷孕，但那可不代表她們就一定禁慾、無知或忽視此事，而後兩者其實不利於這些婦女的自我保護。

埃阿士的宮廷中多的是情事祕聞，依絲塔無可避免地知曉男女間是如何追求歡愉，以及避免其後果。女性傳信員在宿舍裡或許也有她們打發長夜的祕密，資深的前輩大概也會傳授一些。但撇開這些不談，莉絲生長在一個為馬匹育種的農家，自然要比一般未婚女子懂得多些也早些，只是依絲塔不確定普通老百姓對於情與慾的拿捏，是否像王宮裡的人那樣容易失控。

同樣的，依絲塔也不確定古拉兄弟對於情愛或肉體慾望的所求為何。假設要把一個沒有封地的低階貴族和一個有田產的自耕農之家湊成對，後者或許不敢高攀前者；但實際情況是，前者可能並不會那麼排斥後者，特別附加了相當的嫁妝或聘禮之後。當然，以莉絲的情況而言，嫁妝大概是不用想了。

話又說回來，經過這些天的相處，莉絲自己或許沒察覺，但依絲塔知道那兄弟倆還挺注意她的。這女孩美麗又開朗，兩個年輕小夥子又是健壯有活力……總而言之，依絲塔確定自己不要介入處理，免得弄巧成拙，造成更大的問題。

儘管如此，她還是試探了。「那妳對古拉兄弟有什麼看法？」

「佛達起初還不錯，但最近越來越自以為是。」

「可能他漸漸感覺到責任重大吧，我想。」

莉絲一聳肩。「至於佛伊，我覺得還算可以。」

佛伊若聽見這樣不冷不熱的評語，不知道會不會崩潰。也許不會。依絲塔又大膽地給了個暗示：「我想，護衛隊之中應該沒人對妳不禮貌吧？若是有人來冒犯，貼身侍女必須表現得超然。這是守住女主人的顏面。」

「沒有發生這樣的事，他們大概都把對女神的誓言看得很重。」莉絲沒好氣地說：「要不然就是佛達刻意選了一批跟他一樣目中無人的傢伙。不過，那個司祭手腳挺快，我們在帕爾瑪的頭一晚，他就來對我調情了。」

依絲塔很是意外。「啊，妳可不能以為災神紀律會裡的每個人都是，呃，有那樣的偏好。」她謹慎地措辭，順便叮囑：「妳不必忍受男性的侮辱，無論對方是什麼身分、什麼職務。事實上，妳現在是我的眷屬，更不該受到冒犯。假如遇到類似的問題，妳隨時都可以來找我投訴。」

只見莉絲連連搖頭。「我猜那樣應該算是一種冒犯，不過他表現得還挺迷人的，真的。我拒絕之後，他便客氣地離開，就去找客房女傭試運氣了。」

「怎麼沒人來向我投訴！」

莉絲吃吃笑了起來。「我想那女傭並沒有不滿呢。他們從那女傭的房間走出來時，女傭笑得很開心，害我覺得自己是不是錯過了什麼好機會。」

依絲塔很想板起臉孔裝正經，可惜失敗了。「噢，老天啊。」

莉絲見她笑了，自己也咧嘴一笑，又回頭去看人家跳舞。隔了半晌，依絲塔再也受不了，便准許這年輕女孩去參加舞會。莉絲顯然喜出望外，竟直接翻過那欄杆往外跳，讓依絲塔看傻了眼。她輕盈地落在地上，彷彿沒事人似地跑走了。

落單的感覺很奇妙。依絲塔聽見幾個路過的男人朝莉絲叫喊，似是有些粗魯，可能都喝了點酒，走起路來的樣子也不是那麼溫和。不過莉絲面對這些醉醺醺的仰慕者時一派親和愉快，臉上笑意盈盈，只費了三言兩語就打發了他們。

這是喬利昂的一隅；名義上，依絲塔也曾是喬利昂的統治者之一，然而此情此景卻讓她覺得迥然陌生。這不是我的世界，她想。

佛達・古拉出現在隔壁的露台上。他發現依絲塔竟然允許侍女離開，便以最禮貌的措辭責備她不該如此，隨即在依絲塔的注視下跑出旅店大門，衝到廣場的人群中要去找回莉絲。她看見他們相遇，雙方都不悅地握起了拳頭，但她聽不見他們吵了些什麼，反正走回來時兩人都悶不吭聲。

依絲塔決定先去睡覺。慶典仍舊在外頭熱鬧了幾個小時，都沒能把她吵醒。

深夜。她發現自己又在那座神祕城堡的中庭，只不過這次的場景不再是白晝。一彎新月懸在天邊，她分不清是哪裡的，隱約懷疑自己看著的仍是溫亞嗣卡的同一片天空，但覺得它灑下來的光很昏沉、很幽暗，卻在黑暗中照成一道光束，看著又像是一條由白色火焰做成的繩索，從中庭一路向那道神祕的大門指去。她被吸引住，再度循著那束光爬上樓梯，穿進門扉。

寢室裡比中庭更暗，而且窗扉是關上的，所以月光照不進來，徒有白火繩散發著幽光。那繩子竟是從床上男子的心臟長出來，而他身體各處也同時有蒼白的火苗跳動，看上去彷彿全身都在燃燒。依絲塔伸出手去抓住那根浮隱飄動的光繩，想被它牽著移動，未料繩子卻在她手中斷掉，碎成一個個發亮的小光片。

就在此時，躺在床上的男人醒了，半坐起身來看她，也向她伸出一隻燃燒的手。

「您！」他喘著氣：「求您！救我，以神之名……」

哪個神？依絲塔緊張得思緒紊亂，完全不敢去碰那隻布滿白火焰的手。「你是誰？」

卻見那人的雙眼睜得更大了。「您說話了！」他的聲音顫抖、破碎：「噢，我祈求您，別走……」

依絲塔驀地睜開眼睛，眼前所見是她和莉絲同住的小房間、溫亞嗣卡的小旅店內。

房裡只有莉絲的呼吸聲，平緩、輕微、規律。外面廣場上的慶典顯然已結束了很久。依絲塔在黑暗中靜聽了一會兒，連一點人聲或腳步聲都沒聽見。

她走下床，悄悄地開了通往露台的門，躡手躡腳地走了出去。原先高掛在廣場各處的燈籠已經全熄了，此刻只剩神廟大門的一對壁燈還亮著微弱的光。仰頭望天，是那一彎新月——至此她心中明白，這就是夢中所見的同一彎月亮。那麼夢中的地點，那個男人也是真實存在的嗎？那人是否也在他的夢中見到依絲塔，一如依絲塔夢見他？他在夢境裡看見了什麼，以至於要那樣迫切地向她伸出手？他也像她一樣為此感到困惑嗎？

那人說起話來的嗓音富有磁性，只是略顯氣若游絲，或許是因為疼痛或恐懼，也或許是身心的消耗；他的咬字介於宜布拉、喬利昂和跋薩之間，不是洛拿或達澤卡人——但那口音卻是北喬利昂腔，還帶有洛拿的音調。

我救不了你。不論你是誰，我都救不了。若你需要救贖，去向你的神明祈求吧。我自己不推崇去找神明就是了。

她走回臥房，關上窗扉，盡可能安靜地鑽回被窩，然後拿枕頭蓋住自己的臉。枕頭遮住了她的視野，卻遮不掉已烙印在她腦中的影像。而那也是她最不想見到的影像。明天醒來時，這場夢境留下的印象，會比前一天所有的慶典活動都要來得鮮明；想到這一點，她不禁握緊了雙手，在這狀態下等待天明。

次日清晨，莉絲還在為依絲塔編辮子時，就聽見有人來敲門。佛伊・古拉的聲音在門外響起：「夫人？莉絲？」

莉絲走去開門。佛伊站在走廊上，已然穿戴整齊。他先向莉絲點頭致意，繼而向跟著走過來的依絲塔行鞠躬禮，然後說：「早安，夫人。博學的卡本請我代為致上他卑微的歉意，因為他的身體非常不舒服，無法帶領今天的晨禱。」

「噢，真糟糕。」依絲塔說：「嚴不嚴重？要不要請神廟找個療者來給他看看？」溫亞嗣卡鎮的規模比瓦倫達還小，不知這裡的母神紀律會有沒有醫術夠好的療者。

佛伊揉著下巴，有點忍俊不禁的模樣。「啊，夫人，我想應該不嚴重。可能只是他昨晚吃了什麼，或，嗯……宿醉。」

「我最後見到他的時候，他沒醉呀？」依絲塔不禁狐疑起來。

「嗯，那是稍早。他後來跟本地神廟的人一起去熱鬧了，而且，好吧，那些人很晚才把他帶回來。我是隔著門聽的，那說話和呻吟聲十之八九就是宿醉。這讓我想起以前的痛苦回憶，真可怕。幸好我也記不太清楚了。」

莉絲悶笑出聲。

依絲塔皺眉向她一瞥，略示制止，接著說：「好吧。讓你們的手下稍作休息，馬兒也留在廄舍吧，我們改到神廟去做晨禱，之後再決定何時動身。反正不趕時間。」

「遵命，夫人。」佛伊頷首，舉手觸眉，轉身離開。

神廟的晨禱費時了一個鐘頭。依絲塔覺得這裡的神職人員似乎沒到齊，程序上簡略了些，司祭本人的臉色也顯得慘白。之後，她和莉絲與佛伊在這沉靜的小鎮閒晃，走到昨天的市集場地，見那些帳篷攤車都已經收撤。三人沿著小河閒步到賽馬道上時，佛伊要求莉絲把她昨天比賽的祕訣說個詳細，莉絲便也大方解釋給他聽。照她的說法，她和馬兒在最後那一段路的速度激發，其實摻雜了些許的障眼成分，主要是因為其他的馬已經開始疲累，腳程自然受到影響。

如此往返步行，大約也是五哩路，依絲塔卻發現自己並不像從瓦倫達城堡出走那日感到疲累，心裡不禁高興也對自己滿意。她倒不認為這全歸功於穿對服裝和鞋子。

卡本在正午時分出現，氣色難看得像一團生麵糊，以至於依絲塔只瞄了他一眼就宣布今天繼續在溫亞嗣卡留宿，並命令他回房去睡覺。他囁嚅著再三道謝，可憐巴巴地照辦；見他沒有發燒，依絲塔倒是鬆了口氣。等到傍晚，這司祭縮頭縮腦地又出現了，證實他今早就是如佛伊所推測的宿醉不適，並且在晚餐只敢喝些熱茶、吃點麵包片，謝絕了任何有酒精的飲料。

隔天早晨，卡本完全恢復了精神，只不過他的講道又回到了照本宣科。他們一行人早早上路，繼續往地勢漸高的北方前進。離開溫亞嗣卡時，空氣都還是沁涼的。

接下來的這一小段路，他們走在山脈的背風面。此處林木稀疏，只有少許松樹和橡樹孤零零地豎在大片的灰色岩突之間，雜以駁黃的野草；這裡的土壤也貧瘠得無法耕種或放牧，幾乎是滿目荒野。道路崎嶇起伏，一座接一座的小山小谷看著都神似。偶爾有些幫助渡溪的古橋或涵洞，卻多是年久失修，幾近半坍，所以他們大多得讓馬兒騾子走礫岩遍布的淺灘。剛過中午，一行人在一處溪流旁停下吃些東西；這條溪流的水清澈冰涼，無疑是此地的一大獻禮。

他們今晚要到一處位於山丘上的聖地，那村莊是一位女聖徒的出生地，她是母神的虔誠療者，其施行的奇蹟遠近馳名。在這個行程之後，他們的路線將會掉頭，離開邊境山區、回到步程輕鬆的平地。是否繼續往南返回貝歐夏？依絲塔騎在馬上邊走邊想，一面看著好奇的地鼠探出地面，賊頭賊腦地張望著他們這一群行路人。

她不想回去，卻知道自己不可能永遠這麼走下去，拖著這一群年輕人漫無目的地亂逛。秋季的戰役會需要他們，無情的前線會需要他們。*好吧，我們就再逃避責任一陣子吧。*氣候如此溫和，仲春的午後聞起來有一股百里香和鼠尾草的氣息，或許要不了多久，就會被鐵和血的氣味取而代之了。

山道變寬，彎過一處林木茂密的向下斜坡。佛達與卡本領頭先走，接著是一名年輕的護衛與佛伊。莉絲緊跟在依絲塔後面騎著，其餘士兵陸續走在後頭。午後的斜陽在密林投下大片陰影。

正在這時，依絲塔先感應到一波情緒：熾熱、混亂的威脅，痛苦和絕望，驚恐的窒息。過沒多久，她的馬突然停住不肯走，而且全身發抖，劇烈地揚著頭，不住地噴氣。

一頭熊從林蔭後猛然衝出，來勢洶洶，快得不像是那麼龐大身軀該有的速度。一身棕毛隨奔跑擺動如浪，咆哮聲震耳欲聾。

隊伍中的每匹馬和騾子全在一瞬間驚跳起來。跟佛伊走在一起的護衛是個名叫皤賈爾（Pejar）的年輕人，依絲塔才瞥見他的馬向右急竄、將他向左甩了出去，自己隨即也被突然升高的鞍頭狠狠在胃部頂了下，來不及收短轠繩和抓鬃毛，整個人就被拋離了鞍座。她在天旋地轉之間撞上地面，震得幾乎要暈過去，卻仍掙扎著爬起，但已經來不及抓回轠繩。

馬匹都在胡亂逃竄，心急的騎乘者們扯著轠繩試圖控制。皤賈爾的馬已經跑得老遠，依絲塔的馬也跟在牠後頭狂奔而去。那頭野熊來到躺在地上的年輕人身旁，流著口水、俯視驚恐萬分的受害者。牠是不是瘋了才會來攻擊人類？深山野熊通常機警狡猾，很少出現在人類面前，而且這頭是隻壯碩的公熊，並非保護幼熊的母獸。

依絲塔有種莫名的感覺：這不是熊——或者說，不單只是一頭熊。她還處在驚嚇的情緒中，喘不過氣來，卻被眼前的野獸吸引得移不開視線，甚至不自覺靠得更近去看。這頭熊不對勁——牠不健康，毛皮髒污斑駁，長著癬瘡，而且一點都稱不上肥壯，只是骨架大而已。只見公熊的四肢都在顫抖，這時也抬起頭來注視依絲塔，彷彿牠也被依絲塔吸引住。

這一刻，人與獸的四目相交；依絲塔在那雙泛紅的眼睛裡看見某種知性，不屬於野獸，卻是別的——這頭公熊體內困著一個惡魔，而這個惡魔已經吞噬了公熊的本性，也幾乎將牠的生命力消磨殆盡。

所以它現在打算尋找下一個宿主。

「你好大的膽子。」依絲塔從齒縫中擠出這麼一句，暗暗為這無辜的野獸感到不值。你不屬於此地，惡魔，滾回你真正的主人身邊去。她在心中如此罵道，同時往前走了兩步。而那頭熊竟像受她逼迫，不只真的離開了那早已嚇得臉色發青的年輕護衛，還朝她做出畏懼的姿態：把頭伏低，幾乎貼近地面，兩眼大張而不敢外望，只直勾勾地與依絲塔對視，鼻端抽動，不住地後退。於是她再往前走一步，又一步，專注地盯住野熊的那雙眼睛。

「太后！我來了！」聽得一聲悶喝，佛伊從旁猛然撲來，手中的巨劍揮出一道驚人的弧線，帶來一陣石破天驚的劍壓。

「不，佛伊！」依絲塔尖叫，但太遲了。

只一擊，那把重劍剁下了野獸的頭顱，劍鋒沉沉砍入地面。鮮血從公熊的頸部噴出，頭顱滾到一旁；牠的一隻前腳抽搐著，最終頹然倒地。

除了眼睛，依絲塔覺得自己每個感官都知曉那個惡魔的存在，還有它的動態。它像一團染血的火焰，滾燙的金屬氣味；那股鮮明的壓迫感先是撲向她，又驟然後退，醞釀著凶殘、畏怖和絕望，似乎在倒地的皤賈爾和佛伊之間猶豫了下，接著竄入佛伊的體內。

佛伊的雙眼突然睜大。「什麼？」就這麼一聲，那語調竟像是在與人閒談似的，便見他兩眼一翻，就此癱倒在地。

6

莉絲是最先鎮住馬兒並騎回來的人，她一回來就翻身下馬，臉上滿是疑惑和警戒。皤賈爾呻吟著從地上爬坐起來，對著不遠處的無頭熊屍和失去意識的佛伊兀自驚駭，怯生生地喚道：「長官……？」

剛才這麼一摔，依絲塔的胃還在翻騰，然而惡魔的感應震盪更令她心神不寧，有種意識將要與肉體分離的錯覺。一時顧不了許多，她先脫下了自己的坎肩，疊起來想拿去枕佛伊的頭。

「殿下，等等——他是不是被馬摔暈的？小心他骨頭斷了……」莉絲說。

「他有摔下馬？我沒看見。」若是如此，倒能解釋為何是他最先趕來殺熊。「不，他當時沒受傷。這野獸是他殺死的。」這可比莉絲說的還糟糕。

「他是仰著向後滑出去，嗯，背部或臀部著地，應該不至於有斷骨就是了。」莉絲一手牽著她的愛馬，蹲下來幫助依絲塔；那馬兒仍十分焦躁不安，一直想要後退。莉絲看了仍在流血的熊屍、沒入地面的厚刃劍，以及滾遠了的頭顱，喃喃道：「五神啊，這一劍真是不得了。」她再看了看不省人事、面色如土的佛伊。「他是怎麼了？」

接著回來的是佛達，他只看了現場一眼就跳下馬，三步併兩步地衝了過來。「佛伊！太后，怎麼回事？」他完全沒想到要牽牢坐騎，只顧著趕來檢視弟弟是否受了傷，焦急地東摸西摸。佛達確認佛伊沒受到任何外傷或重大內傷，才嘗試把他翻過來。這時，卡本氣喘吁吁地出現，他的騾子也跑了。

依絲塔抓住佛達的手臂。「不，你弟弟沒有被野熊攻擊。」

「他砍掉這熊的頭，然後就……就昏倒了。」皤賈爾在一旁附和。

「這野獸瘋了嗎？怎麼會那樣攻擊人？」卡本仍在喘氣。他吃力地蹲在佛伊身旁，也幫著檢視眾人的情形。

「不是發瘋，」依絲塔淡然道：「是被惡魔附身。」

卡本愕然望著她。「您確定嗎，太后？」

「萬分確定。我……我感覺到它了。」它也感覺到我。

佛達跌坐在地上，啞然失語。

「那它到了哪裡……」卡本說著，依序審視過皤賈爾、依絲塔和佛伊；一個仍猶顫抖，一個冷靜自持，另一個倒地不起──「該不是到佛伊身上了？」

「對。」依絲塔覺得嘴唇發乾。「野熊當時本來要後退了。我本想阻止佛伊，但他可能誤以為發瘋的熊要攻擊我。」

卡本無聲地重複著她的話。誤以為？他望向她的眼神銳利起來。

佛達大概到這時才聽懂或相信了卡本的說法。他流著淚問：「博學的司祭，佛伊會怎麼樣？」

「要看情況──」卡本嚥了一口唾沫。「主要根據那個惡魔的本性。」

「它很像野熊，」依絲塔仍然冷靜地說著：「它在這之前也許吞噬過其他生物，但還沒吸收過任何人類的本性或智慧。它不懂語言。」可是現在，它得到了這一頓裝滿詞彙和機智的饗宴。它多快會開始進食？

「那狀態不會維持太久。」卡本喃喃道，彷彿回應著依絲塔的內心想法。他深吸一口氣，提高音量保證：「但是暫時不會有什麼改變。」依絲塔不太喜歡他如此誠懇的語氣。卡本又說：「佛達可以選擇抗拒它。有經驗的惡魔也需要時間去成長和學習。」

深入核心也需要點時間——依絲塔忍不住這麼想。汲取人魂的力量，準備圍困住人的靈魂。假如是個經驗老道的惡魔，歷經許多人魂的滋養，是否只需要一眨眼就能發動這樣的攻勢，並且得勝？

「當然，我們仍然應該盡快處理……越快越好。領城的神廟才有辦法處理這種情況，那裡的神職人員比較有經驗。我們得馬上帶他到塔瑞翁——不行，那樣要花一個星期。」卡本望向平原方向的遠方。「妥挪克索的領城神廟比較近，在瑪拉蒂（Maradi）。佛達，您的地圖呢？我們得找最快的路線。」

其餘護衛也在此時陸續回來，順便一一捉回跑掉的馬兒和騾子。其中一人拖來佛達的坐騎，於是佛達起身去他自己鞍袋中翻找。他走回來時，佛伊正好甦醒過來。

佛伊呻吟了一聲，睜開雙眼，先是瞪著天空，以及身旁一張張焦慮張望的臉孔，接著瑟縮了下，眉間皺起。「噢。」他囁嚅道。

佛達在他的頭旁邊跪下，無助地慌亂了一會兒，好不容易才問：「你覺得怎樣？」

佛伊眨了眨眼。「我覺得好怪。」他笨拙地舉起一隻手，揮了揮——那模樣就像在揮一隻獸爪。接著他翻過身想要站起來，卻沒辦法不用雙手支撐在地上，便成了四肢著地的姿勢；他又試了兩次，才成功地用兩條腿站直。接著，他又開始眨眼睛，連連挪動自己的下巴，一直用手去摸，還有好幾次撲空摸不著，彷彿覺得自己的口鼻應該要更突出似的。在這過程中，卡本和佛達都攙扶著他。

「發生了什麼事？」佛伊最後問。

好半晌的沉默，沒人敢回答。看著眾人的臉色，佛伊自己也越來越不安。

「我們認為你被附上了一個惡魔，它本來附在那隻野熊身上。」最後卡本開了口。

「那頭熊快要死了，」依絲塔補充道，莫名覺得自己的聲音太過冷靜，冷冰冰的沒有感情。「我本來要警告你。」

「這不是真的吧？」佛達這問題彷彿在哀求，仍是難以置信。「不可能有這種事。」

佛伊卻突然表情變得木然，眼神空洞，愣愣地定住好一會兒才說：「噢，沒錯。所以……怪不得……」

「怪不得什麼？」卡本的語調努力保持溫柔，卻仍掩飾不住焦慮。

「有東西……在我的腦子裡。嚇壞了，縮成一團，像是想要躲進山洞裡。」

「嗯……」

眼下看來，佛伊還沒有要化成一頭熊、惡魔，或是別的東西，而是暫時還是個不知所措的年輕人。隊伍中幾個比較資深的成員扶著佛伊走到不遠處坐下，並且研究起地圖；幾個護衛圍著那屍骸，低聲討論是否要剝下牠的皮毛，但一致認定牠的皮膚病太嚴重，便只是收集了牙齒和爪子作為紀念，接著合力將牠拖離道路。

佛達找出這個區域的地圖，攤開在一塊較大且平坦的石頭上，指著圖上的一條線說：「我認為，直接走現在這條路回頭是最有效率的。先走約三十哩到這座村子，再往東就到瑪拉蒂。」

卡本朝天空看了看。天空雖仍是一片亮藍，太陽卻已走到西面的山峰之後。「天黑前來不及抵達。」

依絲塔在圖上找到目前的所在地，大膽提出自己的意見：「再往前走一下就到這個岔路，過去就是今晚要住的聖徒小村。既然我們已經訂好了食宿，不如繼續去那裡休息補給，明天可以早點出發。」那裡至少有房有牆，擋得住其他山熊來訪。

佛達皺起了眉頭。「這來回各要多走六哩路。萬一又不小心走錯路，那就不只了。」他指的是今天稍早時，他們走到一條地圖上沒有的岔路，結果多花了一個鐘頭才繞回正確的路徑上。「我們帶的食物和糧草足夠撐一晚，今明兩天的天氣應該都不錯。太后，若您願意忍一忍，我們今晚就在路上紮營過夜，這樣能節省下半天的路程。」他沉吟思索著，恭敬地說。

依絲塔不作聲。她不太喜歡這樣的安排，不過更不喜歡被暗示自己把旅途舒適看得比忠心軍士還重要。那麼，倘若把隊伍分成兩批，由腳程較快的人帶著佛伊先趕路呢？她也覺得這主意不妥。「我……我都可以。」

「你覺得自己能騎馬嗎？」佛達問弟弟。

佛伊垂著腦袋，仍是深深地皺著眉，坐在那裡活像在鬧胃痛。「啊？哦。不是太好，但還可以撐得住，就是屁股痛……但那不是主要原因。」他沉默許久後，才又說：「沒有直接的影響。」

佛達便以軍人的口吻宣布：「那我們就趕路，天黑前能走多遠就多遠。」

眾人低聲應允。依絲塔閉著嘴，沒出聲。

士兵們幫佛伊坐回馬背上——那馬兒變得躁動異常，需要兩個人才能拉住，起初還不肯好好走路，過一會兒才穩定下來。卡本與佛達一左一右地護在佛伊兩側。

依絲塔看著這三人的背影。她已經不再感應到惡魔的存在，是它故意隱藏自己，還是受限於新宿主的不適應，又或者是她這感應力消退了？她長期壓抑著這種知覺，如今再次發揮，有點像萎縮的肌肉要重新伸展，難免疼痛。

卡札里大人宣稱，靈魂與物質的世界相隔僅如一枚錢幣或一堵牆的兩面。眾神並非遙不可及，祂們就在這個空間中，一直都在，就在某個意想不到的角落。或許類似於陽光曬在皮膚上，有感覺，但是透明的，肉眼看不出它的形狀，人類說不出它在哪裡，可它無處不在。

惡魔想必也是如此，只是比較像形跡鬼祟且放肆的賊。此刻佔據在佛伊體內的是什麼？假使兄弟倆同時站在依絲塔背後，她還能感應得出誰是誰嗎？她閉上眼睛想測試自己的感知力：鞍座的擠壓聲，馱獸的腳步聲，小石子的滾動聲；馬兒的體味，她自己的汗水味，松樹的冷香……就這些，沒別的了。

她忽然好奇，那惡魔也注視過她，它當時看見了什麼？

趕在日暮前，他們找了另一條清溪邊紮營。天光已經所剩無幾，讓眾人差點來不及去找木柴。見男士們拚命張羅柴火，依絲塔知道大夥兒跟她一樣擔心夜裡的野生動物。他們還用樹枝和乾草為她和莉絲搭了個小小的草屋，她不認為那能用來防熊，權充是禮貌上的遮蔽。

佛伊不肯被當成病人看待，也堅持要去撿拾柴薪，依絲塔便不著痕跡地盯著他，同時發現卡本也在這麼做。佛伊拉起一段尺寸適中的木頭，卻發現它不能用，因為上半截是好的、下半截爛掉還爬著許多蠕蟲。只見他低頭看了一會兒，臉上露出非常怪異的表情。

「博學司祭。」他平靜地喚道。

「什麼事，佛伊？」

「我會變成一頭熊嗎？或者，變成一個自以為是熊的瘋子？」

「不，都不會。」卡本篤定地說：「那感覺會慢慢消失。」

依絲塔懷疑，恐怕卡本自己也不知道答案，但這麼回答也不像是在安慰他自己，因為倘若那惡魔變得不再像熊，可能就代表它會逐漸變得像佛伊。

「那就好，」佛伊嘆了口氣，苦著一張臉。「因為那些蟲看起來有點可口。」說著，他重重踢了一腳，讓那段木頭滾回原處，繼續去找比較乾的枯木。

卡本向依絲塔靠近。「殿下……」

五神啊，他這語調就跟佛伊剛才一樣悲切，害她不敢學他那樣溫柔地回應「什麼事，卡本？」，免得他當成了嘲弄。她只好尖銳地回了聲：「幹嘛？」

「我想問您做的夢。很久以前，您被神靈憑依時的夢境。」

「那些夢怎麼了？」

「這個……您如何判斷夢境的真實性？您怎麼分辨好的預言跟，比如說，壞掉的？」

「我只能告訴你，預言講的都不會是好事，但絕不會任人混淆。預言的夢境只會比記憶還真實，就這樣。」她心頭一驚，厲聲問：「您為何問這個？」

只見他不安地敲打著手指。「我想您或許能指引我。」

「怎麼，精神嚮導還需要指引？」她故意打趣地說著，卻覺得心情像鉛塊一樣沉。「神廟可不會准許呢。」

「殿下，我想神廟會允許的。當有機會向前輩賢達請教時，任誰都該把握機會，尤其是面臨到超乎尋常的任務時。」

她現在倒真想呼喊神之名了——眾神賜了什麼夢境給他？也是一個黑漆漆房間裡，有個睡得像死去的高瘦男人？「您最近夢見了什麼嗎？」

「我夢見您。」

「好吧，日有所思，夜有所夢。」

「是，但我夢見您是在很早之前，比我們在瓦倫達半路相遇那天更早。」

「也許……您小時候住過卡蒂高司，或在別處看見埃阿士和我出巡？您的父親也許曾經把您放在肩膀上，讓您看大君的遊行陣仗。」

他搖搖頭。「您在卡蒂高司時，費瑞茲準爵也在您身旁嗎？您當年也穿著喪服、騎著馬，讓一個馬伕拉著走在鄉間馬路上？您當時也四十歲、表情悲傷且臉色蒼白？我不這麼認為，太后。」他短暫地移開了視線。「那雪貂上的惡魔也認得您。它看著您，想必見到了什麼，但我看不見。」

「我不知道。您驅走它之前沒有問問？」

卡本的臉色一沉，又搖頭。「當時我知道的還不夠多，無法詢問。之後，我又夢見更強烈的事情。」

「您說說看？」她把語調放得極輕，幾近耳語。

「我夢到在瓦倫達城堡裡的晚餐，也夢到我們踏上旅途，同行者幾乎就是這一批人，只是莉絲、佛達和佛伊偶爾會換成別人。」他低下頭，再抬起頭看著她，坦言道：「那天晚上，瓦倫達神廟並不是派我去當精神嚮導，而是要我去轉達陶維亞司祭的歉意，說明她回城之後會立刻去拜訪您。太后，是我盜用了您的朝聖之旅，我以為是神明要我這麼做。」

依絲塔張著嘴，卻一個字也說不出。此刻她靠在一棵矮樹上，為了遏抑雙手的顫抖，便反抓住背後的枝幹。「繼續說。」

「我禱告，故意把行程帶到開瑟夏詩以便向師長們諮詢。您……您對我說出那些事情之後，夢境就停止了。我的師長建議我要精進，激勵自己成為您真正的精神嚮導。這麼多天下來，殿下，我的確努力了。」

她以手勢示意，試圖緩和他的憂慮，只是不確定他能否在這麼暗的天色中看見。這麼說來，卡本一開始並不是聽信早年的謠言才認定她懷有天賦，而是因為接收到更直接的訊息。

護衛們在河岸邊挖了兩個淺坑作為火堆，此時已經升好篝火。明亮的火光在四面八方湧來的夜色中散放著安全感，卻在這座雄偉的山谷中顯得異常渺小。這裡被稱為災神之牙山區，因為它高峻的山道總是出其不意地困住旅人。

「然而這幾天晚上，我又開始作夢了。都是新的夢，或者說同樣的夢但我作了三次。我夢見道路，跟現在這條非常像，地形環境也很相似。我被一群男人抓住，那些人是四神教徒的洛拿士兵，他們把我從騾子上拖下來，還把我——」他突然打住。

「不是所有的預言夢都會成真。縱使實現，也未必完全如夢境那樣。」依絲塔小心措辭。卡本的憂慮如此真實，她幾乎能深刻感受到。

「對，不可能。」他變得激動起來。「因為他們在每一場夢中都用不同的方式殺害我，只不過每次都先從剁拇指開始。」

他在慶典之夜喝得大醉，是為了掩堵這些惡夢？沒有用的。依絲塔當年在王宮裡就試過了。「您應該告訴我的，之前就該說了！」

「這裡不會有洛拿人，他們起碼得越過兩個領境才能抵達此區，那早就驚動全國了。」卡本大概想用現實的合理性，來抵禦那些惡夢造成的黑暗感。「那個夢境一定是指別的事情，更久以後的。」

省省吧，黑暗是無法用理性去抵擋的，得用火才行。他這種想法又是從哪來的？

「不一定。有的夢境只是警告，您要非常留神，直到威脅完全清除。」

「我怕是自己辜負了眾神，而這就是對我的懲罰。」夜色裡，他的聲音變得非常微弱。

「不，」依絲塔冷冷地說：「眾神的無情不會只是那樣。祂們把我們利用完了，我們只會落得一個被不聞不問的下場，被扔在一旁。祂們連懲罰都懶得做出。」她遲疑了一會兒，又說：「假如我們仍然遭受眾神的鞭打、驅策，那大概就表示祂們還有求於人，還有東西沒得到。」

「哦。」他的聲音還是很微弱。

如今反倒是她的心裡亂了。接下來這一段旅程，他們走得出這條路嗎？回頭去溫亞嗣卡太遠，往前走將有危險。能不能別走正常的路，直切平原呢？那他們會遇到瀑布、荊棘野林、突現的絕壁；假如她堅持如此，他們又要認為她瘋了。她打了個哆嗦。

「不過，您有一點說得合理，」她說：「一、兩個間諜或少量的前哨兵有可能混進邊界，深入到這麼南方的地區來，但不至於是大規模的武裝部隊；若是規模小，我方的人馬總能抵擋。佛伊起碼還是個戰力。」

「的確。」他同意道。

依絲塔咬了咬下唇，確定佛伊不在附近，這才又問：「卡本，佛伊要怎麼辦？當時，我……可能看見那頭野熊的魂魄了。它非常病弱、衰敗，承受著很大的苦楚，比它的宿主更不堪。佛伊會不會……？」

「佛伊的確有危險，但不迫切。」講到這件事，卡本的口氣就鎮定多了。他挺直了身子。「他碰上的這種情況，某些失意、眼光短淺、或處於絕望的人會刻意去求得，也就是會故意去捕捉一個惡魔，用自身慢慢餵養，藉此交換惡魔的協助——凡人就如此變成了巫師。做這種事的人若是聰明或小心點，那麼這樣的過程可以持續得相當長久。」

「會是哪一方主動切斷這種關係？」

卡本清了清嗓子。「幾乎都是惡魔。不過，以佛伊的案例而言，他會先居於上位，暫且主宰那個惡魔……假如他那樣嘗試的話。我不打算跟他提這件事，也不想讓他知道太多；太后，我也懇求您多多提防。他們相處越久、交流越密切，將來就會越難分開。」他停頓了一會兒，放低聲調又道：「但它們究竟是從哪裡來的？地獄出現了什麼裂縫，導致人世間突然流入這麼多惡魔？看守它們的動向是我們紀律會的職責，如同子神或女神紀律在陽光下抵擋有形體的惡勢力，拿著刀劍和盾——第五神的僕人們卻是獨自走在黑暗中，以各自的智慧和知識傍身。」他幽幽地嘆了口氣。「如今，我真希望能有個更好的武器。」

「睡夢能磨礪我們每個人的智慧，我們一定要懷抱希望。」依絲塔說：「到了早晨，也許我們的思慮就會清楚了。」

「我祈禱是如此，太后。」

依絲塔走向她的小草屋，卡本走在她的後頭。道晚安時，她忍住沒祝他好夢——或是任何的夢。

黎明時分，焦慮的佛達把每個人都叫醒了，只留弟弟繼續睡，直到早餐備妥了才小心翼翼地去搖醒他。莉絲正準備為馬上鞍，停下動作看著這令人憂心的親愛景象，臉上的神情也是緊繃的。

他們沒花太多時間吃早餐，簡單收拾營地之後就立刻上路。這條路崎嶇蜿蜒，不利於疾行，但在佛達的帶領下，一行人穩定地前進。一個上午過去，他們已經逐漸離開了山區。

這一路上，眾人很少交談，恐怕大夥兒的心情都有些沉重。佛伊的變故、卡本的夢境，這兩件事都在依絲塔的心頭壓著，沉甸甸地揮之不去。這一連串不尋常的事件互相牽扯，讓她隱約感到自己正踏入某種陌生的圈套，而這不安的感應害得她頸後寒毛直豎，下意識地咬緊牙關。

好，我們到瑪拉蒂之後就回家。

然而這念頭卻沒有讓她安心，那種緊張感仍持續著。她覺得自己的心弦緊繃得快要斷掉，宛如又回到在瓦倫達的那個早晨，穿著喪服和軟鞋就走出了後門，全因那股壓迫感逼得她無法呼吸。*我非得行動不可。我不可以停在原地。*

去哪裡？為什麼？

這片丘陵地比南邊更乾旱，但河道中仍有潺潺水流，是源自於山區的融雪。松樹長得更矮小，植被更稀疏，使得地貌更顯不毛。正當他們走在一處上坡路，卡本回頭一瞥，突兀地停下了騾子。「那是什麼？」

依絲塔也轉身去看。他們剛剛爬過的另一座山丘，距離已經很遠，而在下坡的路上走著一個——一群騎馬的人。

佛伊喚道：「佛達？你眼睛比較好。」

於是佛達調轉馬頭，在接近正午的陽光下瞇眼看去。「一群人騎著馬——」他的表情嚴峻起來。「有武裝——我看見鎖子甲和長矛。他們的盔甲是洛拿樣式……災神的惡——五神！那是約寇那公國的制服！綠底上有著白鳥，我從這裡看得見！」

依絲塔也瞇起眼睛，只能看得出那是一團團綠色。她不安地問：「現在並非戰時，他們到這裡來做什麼？是商隊的護衛，或是密使？」

佛達站直在馬蹬上，伸長脖子。「士兵。全是士兵。」他環顧自己的人馬，下意識撫上劍柄。「好吧，我們也是。」

「呃……佛達？」等了一會兒，佛伊說：「他們還在朝這裡過來。」

依絲塔看見佛伊的嘴唇在動，知道他正在默數對方的人數。那些士兵的行列整齊，依照階級成兩排或三排行進，在那緩坡上形成很長的隊伍。當依絲塔看見卡本比劃著教儀、面色如紙地回頭望來時，她自己的計數已經超過三十。

「太后，我們恐怕不好跟這些人相遇。」卡本清了嗓子才開口，聲音仍然嘶啞。

「那是當然，博學司祭。」她的心跳變得劇烈。

對方也在這時看見他們；有些人用手指著，似是在吼叫。

佛達扭頭對眾人大喊：「我們繼續走！」接著拍馬小跑步領頭前進。

隊伍加快了速度。馱行李的騾子不肯走快，連帶牽騾的人也被拖慢了。卡本的白騾起初還能跟著跑，然而背上的重量和晃動使牠不久就發出不情願的哼聲，就連卡本自己也因這小跑的顛簸而氣喘吁吁。跑了半哩路左右，當他們登上另一座丘陵的頂峰時，竟見那批約寇那士兵派了一支分遣隊出來，快馬加鞭地直奔此處，顯然是有意追上來。

雙方現在得競速了。騾子走得不如馬匹快，行李可以捨棄，但司祭怎麼辦？那頭白騾的鼻翼已經又圓又紅，全身都是汗沫，而且常常在小跑一段之後停下來慢走，無論卡本怎麼踢牠喊叫都沒用。卡本的臉色白了又紅、紅了又青、青了又白，一副快吐出來的模樣。

假如這些士兵真是來掠奪的——奉五神之名，洛拿人怎麼會跑到這麼南邊的地區掠奪？依絲塔或許可以為自己和護衛們要求交贖，但她知道那些四神教徒絕不會放過第五神的司祭。他們處置異教徒確實都是先從切掉雙手的拇指開始，接著割去舌頭、生殖器，最後將人絞死或刺穿至死。卡本說他做了三天的夢，每天的死法都不同，難道還有比刺刑更令人作嘔的死法？

這裡太荒蕪，也無處可掩藏，而且卡本身上的白袍太顯眼了，雖已髒污仍很容易被認出。依絲塔估算著地勢和對方的行進路線：等等雙方中間會被山丘阻擋片刻，對方會看不見這裡的動靜，所以……

她給馬兒抽了一鞭子，跑到佛達身邊對他喊道：「我們的司祭，絕不能讓他被抓！」

佛達向後一瞥，毅然點頭，也喊道：「讓他換馬？」

「不夠，」她指著前方。「把他藏到涵洞去！」

說完，她讓馬兒慢下來，任其他人經過身邊，等著卡本的騾子吃力地走到。佛伊和莉絲則紛紛調轉馬頭，來到依絲塔的身邊。

「卡本！」依絲塔叫道：「您有沒有夢到被人從涵洞拖出來？」

「殿下，沒有。」他顫抖著回答，但不是因為顛簸。

「那您去前面的涵洞躲起來！」還有佛伊——佛伊若是被抓，說不定會被發現體內有惡魔，勢必也會立刻被殺掉；四神教徒也許會把他直接當成巫師活活燒死。「您有夢到佛伊跟您在一起嗎？」

「沒有——」

「佛伊！你待在他身邊——幫他忙好嗎？你們藏進去伏低頭，無論發生什麼事都不准出來，等那些士兵從涵洞上方通過。」

佛伊看了她手指的方向，似乎立刻就明白她的計畫。「遵命，太后。」

他們趕到涵洞那邊，看見溝渠內的水流量不算太滿，只是裡面的空間很小，水面上方的空間更有限，特別是對卡本的那一身肥肉而言。佛伊先翻身下馬，將自己的轠繩拋給皤賈爾，接著伸手使勁扶住想快點爬下騾子的卡本。「披上這個，蓋住你的白袍。」佛伊說著，將自己的灰斗篷蓋在卡本身上，便拽著他離開道路，往溝渠下爬。白騾的負擔減輕，便在另一名護衛的牽引下輕快地跑了起來，但依絲塔猜想這頭騾子恐怕終究還是會被他們拋下。

「你們要互相照看！」她奮力地向佛伊和卡本喊道，但那兩人已經爬進涵洞中，水流聲可能已經讓他們聽不見了。

剩下的人繼續前進，而依絲塔的腦筋仍然在轉動，想著這隊伍中還有一個千萬不能被敵兵逮到的人。她喚道：「莉絲！」

莉絲聽見呼喚，隨即靠近。依絲塔的馬兒已經跑得氣喘且全身是汗，莉絲的馬卻仍是十分輕鬆的狀態。

「妳先走——」

「太后，我不會離開——」

「傻孩子，聽好！我要妳先去警告所有遇見的人，說從約寇那來了強盜，讓這地區的人都戒備起來！妳去找到救兵再回來救我們。」

她的神情一變，也立刻聽懂了。「遵命，太后！」

「像風一樣去吧！不可回頭！」

莉絲的面容一沉，向她行了一個舉手禮，立刻伏低了身子；那棗紅色的神駒瞬間加大了步伐，彷彿剛才這三、四哩路的快跑只是場暖身。才一轉眼，那馬兒已經衝到了整個隊伍的最前頭。

對，飛奔吧，孩子。妳甚至不必跑得比敵人快，只要跑得比我們快就行……

他們又登上另一座丘陵。這裡的路繞著山腹蜿蜒。依絲塔回頭望，看不出佛伊等人藏匿或被逮的跡象，只看見那支分遣隊還在追趕，而且已經越過了那個涵洞。她緊繃的心弦稍稍放鬆了些。

這一刻，她才開始思考起自己的下一步：萬一被俘，她該不該報上真實姓名？貝歐夏雖是個富裕的領，但阿杰羅這一支名不見經傳的旁系小表親，有足夠分量與敵兵談條件，交換她和隨從們的安全嗎？話又說回來，若真讓這一幫洛拿匪兵拿下了喬利昂的太后、女大君依瑟的親生母親，那可是驚天動地的大獎賞了。看著身邊這一群肅穆而忠心的護衛，她想：我不要這些忠心的年輕人為我而死。我不要再有任何人因我而死了。

佛達跑到她的身邊，指著後方。「太后，我們必須捨棄騾子了！」

她點點頭，猛吸一口氣說：「先解下卡本的鞍袋——要藏起來，免得那些書本和紙張暴露他的存在，那些人會回頭去找他的！還有我的，裡頭有些信件用的是我的本名——」

佛達領旨，緊抿著嘴唇在原地等那頭白騾走到。依絲塔扭著身子，雙腿因長時間夾緊馬腹而發疼。她摸到了鞍尾底下用來繫住鞍袋的一條皮繩。幸好莉絲打的是活結，依絲塔一扯就解開了。

佛達也在這時又趕了上來，馬鞍前掛著卡本的兩個大袋子。她回頭一望，看到解下了行李的騾群和那隻白騾已經遠遠落後，幾乎都停在原地，或是搖搖晃晃地偏離道路，往野地裡走。

前方就是一座橋，下方是條湍急的小河。佛達向依絲塔伸出手，接過依絲塔甩來的鞍袋，接著趕前在橋上停下，對著順流的方向，一個接一個將鞍袋用力拋出橋外。看著那些袋子與石頭碰撞、隨河漂流，最後漸漸下沉到完全淹沒，依絲塔的心中閃過些許不捨——卻不是為了那些表明身分的物件，而是為了司祭的書本，還有他們一行人的旅費。

這麼一小段耽擱，讓他們與約寇那追兵的距離拉近了一大截。依絲塔如今把全副心思都放在控制坐騎上，眼看又要來到上坡路，她不得不加鞭子，努力讓馬再爬上去。也許追兵們會因為分神或轉向去抓騾子而慢下來，也或許只會有少數幾個去抓，因為對方的人手夠多。她剛才只看到那個隊伍的前頭，沒有看到最尾端。

至此，那幫士兵的性質已經很清楚了。劫掠和報復是國境地區世代常玩的一種邪惡遊戲，或許近年更是如此，因為信奉五神的喬利昂正逐漸把邊境往北推。生長在劫掠與被劫掠、生存和求生存的環境中，紛爭地帶的人們對此習以為常，幾乎將它視為一種營生，有時甚至以複雜的禮節去規範，競爭莫名的榮譽，或是摻雜商業式的交瀆協議。有的雙方不講規則，也不當成遊戲，一切無關榮譽，就只是追求血汗、殺戮和恐怖而已。

那些追兵究竟有多想逮到他們？從約寇那邊境到這裡可謂千里迢迢，幾乎跨越了一個半的領境那麼遠，更別說這中間有險峻的高山低谷和大大小小的丘陵起伏。這些士兵是剛出發來找攻擊目標，還是已經搶完了正要打道回府？既然他們全都穿著公國的制服，必定是正規軍，服膺於一定的軍紀，說不定身懷更重大的任務，至少不是難以捉摸的法外狂徒、亡命之輩。

一行人再度來到另一座高丘頂端，此處視野極佳，而依絲塔的馬兒已經累壞，這時完全慢了下來。她倒是因而能夠看清前方的路，包括莉絲那已跑得很遠很遠的棗紅馬，仍在飛馳著。

然而依絲塔的心驀地被揪起，因為她看見另一小隊約寇那兵正在莉絲的後方緊追不捨。那些人顯然是先行於主力前鋒的偵查小隊。他們都跑在下坡路上，這使得追兵們的洶洶之勢就像一隻準備撲殺小松鼠的老鷹。莉絲似乎還沒有發現後方的動靜，而依絲塔縱使從這裡叫喊，她也不可能聽得見。佛達的臉上已經沒了沉著，全被無助的戰慄取而代之；他仍在對坐騎抽鞭子，但那可憐的動物早就擠不出更快的腳程了。

追兵與莉絲的距離越來越近──莉絲總算側頭看去，發現了他們。她的馬當然也早就卯足了全力在跑，跑得瀕臨速度和耐力的極限了。偏在這時，十字弓的反光一閃，一個颼聲劃過空氣。佛達悶聲大吼，但所幸那一箭射偏了。

在這之後，他們的長官做了個手勢，讓那小隊的其中兩人繼續去追捕莉絲，其餘人則調轉馬頭，集結等在原地。

佛達咒罵著，看了看後面，再看看前面，咬牙切齒地準備拔劍。他朝依絲塔投以憂慮的一瞥，顯然在思考如何在混戰中保護她。依絲塔循著他的視線往身後看，只見後方的丘陵上出現更多的騎兵，彷彿沒完沒了。

一旦見血，衝突必然迅速失控。死亡會呼求死亡。

「佛達！」依絲塔高聲大叫，但喊出的卻是沙啞之聲。「沒辦法了。我們只能停下，談條件投降！」

「不行，太后！」佛達的神情痛苦。「以我的誓言和名譽，不！我們會拚死保護您！」

「不，你們要活下來，運用智慧和自制才更能保護我。」只可惜這隊伍中最智慧和最自制的人已被他們留在那涵洞裡了。她深吸一口氣，克制著身心的雙重恐懼，逼自己說出來：「佛達，聽我的御令！全體停下！」

佛達鐵青著臉，但是情勢已經非常明顯，他也知道依絲塔的決定沒有轉圜餘地。約寇那軍的主力已經來到不遠處的丘陵下，和前方道路上的十來個偵查兵形成包抄之勢——在穩定的視野中，依絲塔能看見他們拿著好幾把十字弓。

佛達舉起了一隻手。「停下！」

隨著這聲號令，他的部下們全都收住了韁繩。只見疲累至極的馬兒腳步搖晃，七零八落地停住了。

護衛們紛紛掀開斗篷，各自將手伸向武器，卻聽見佛達高喊：「不准拔劍！」隊伍中傳出幾個不滿的抗議呼聲，有些人臉色漲紅，因沮喪和過度的壓力而流淚。但大家仍是全都服從了。這些人也是正規軍，和依絲塔一樣知曉這種遊戲的規則，也同樣知道犯規會有什麼結果。

兩側的約寇那士兵圍了上來，一步步地逼近。出鞘的劍，長矛，上膛了的十字弓，都在虎視眈眈。

7

依絲塔挺直脊背，坐在馬上，先用生疏的洛拿語喊道：「我要求交贖。」繼而用宜布拉語說：「我是阿杰羅女準爵，是貝歐夏領主家系的出嫁女眷！我保證領主會為我和我所有的部下付贖金，一個不少！」為了保險起見，她又用洛拿語再說一次：「我們每一個人，你們都可以要求贖金。」

她一說完，就有對方的一名軍士策馬出列。那人穿著較好的鎖子甲，在馬鞍、轡頭和刀鞘上都有燙金紋飾，樣式精細；身上披掛的綠色絲質佩帶上，有金絲和白線所繡的約寇那國徽——飛翔的鵜鶘。一頭洛拿人典型的深金色細小鬈髮全被編成了辮子，一條條交叉在腦後。這位軍士上前來，瀏覽並默數起面前的喬利昂俘虜，眼光在佛達等人的女神軍服與徽章上多停留了一會兒，眼神中似乎添了些許敬意——在這數週的朝聖旅途中，每到祈禱的時刻，其實依絲塔總是在意念上暗自抗拒，但如今這外國軍士的反應讓她重新有了禱告的念頭。她在心中呼喊：**女神，在這屬於您的季節，請投下保護的力量，庇佑您忠貞的僕人**。

操著勉強可辨的宜布拉語，那軍士叫道：「丟掉你們的武器！」

這道命令引得喬利昂眾人片刻遲疑。在一陣煎熬中，佛達率先卸下了自己的武裝，將佩劍連同劍鞘一併扔到地上，再抽出腰帶內的小刀往下扔；小刀刀刃打在金屬劍柄上，發出清脆的響聲。佛達的部下們見狀，這也才不情不願地照做。隨著地上堆起一座刀劍小山，對方手中的十字弓、刀劍和長矛都放低下來，不再瞄準依絲塔一行人。在這之後，約寇那的軍士又命令佛達和手下都下馬，坐在稍遠的地上，並派一群持劍和弓的士兵看守。

一名士兵上前來牽住依絲塔的馬，比手勢要她下馬。她踩著馬鐙，覺得兩條腿和膝蓋都是軟的，那一腳踏在地面時完全使不出力氣，當下歪了歪身子，同時被那士兵揚起的一隻手嚇得往後彈。但她隨即發現，那人其實只是想來攙扶免得她摔倒。約寇那的軍士走過來，舉手向她行了個半禮，大概有點示好之意。

「喬利昂的女貴族，」那人上下打量著依絲塔，質疑地開口，大概看依絲塔的穿著打扮太樸素，全身上下連一件珠寶、戒指和胸針都沒有，完全沒有貴族派頭。「妳在這裡做什麼？」

「我在這裡做什麼都可以。」依絲塔昂起頭來。「你們妨礙了我的朝聖之旅。」

「崇拜魔鬼的五神信徒。」那軍士朝旁邊啐了一口。「那妳祈求什麼呢，女人？」

「和平。」依絲塔揚起半邊眉，沒好氣地說：「還有，你要稱呼我為女準爵。」

他冷笑一聲，但似乎接受了她的說法，至少不再那麼質疑。一旁的幾個士兵想動手翻看他們卸下的鞍袋，但見那軍士立刻大步走過去推開他們，要他們都退下。

就在這時，更多洛拿人抵達此處，也讓依絲塔終於知道對方的隊伍為何會拖得那麼長——原來這支隊伍並非全由騎士組成，後半列還帶著一群王室的書記官。在這晚到的文官行列之中，有兩名帶著公國綠色文件袋的男書記率先策馬上前，為更後面的高階長官開路。方才那軍士的舉動，就是要等這些文職人員來查驗依絲塔等人的行囊。其中一名書記四處走動，尖筆在紀錄冊上匆匆移動——確保約寇那分到的五分之一戰利品計算無誤。照這秩序來看，這批人是來執行某種官派的遠征任務，並非在這裡任意搶劫。

那軍士向長官們報告時，依絲塔聽見他說了兩次「貝歐夏」。不到片刻，查驗行李的其中一人突然發出歡欣的叫聲，依絲塔原以為他是因找著錢袋而歡呼，卻見那人直起身子，揮動著佛達的地圖，用洛拿語向文官群呼喊：「看呀，各位大人，請看！是喬利昂的地圖，我們不再迷路了！」

依絲塔一愣。接著，她開始更仔細地觀望周圍。

在大太陽下追趕了這麼遠的路，對方的馬自然也都是又累又汗，然而更不對勁的是那些人的儀容——他們看上去都很熱且神情疲憊，衣著髒污又長著鬍碴，髮辮更是蓬亂得彷彿多日未梳理；隊伍最末的一小群人狀況更糟，好幾個都帶著傷，包了繃帶或臉上有瘀青，還幾乎大部分都拖著額外的幾匹馬，而每一匹都安著洛拿樣式的馬具，馬鞍上卻無人乘坐。最奇怪的是，人員如此眾多，隊伍最末的輜重卻是少得可憐。

假如輜重的確是這支隊伍的最末列，而佛伊或卡本並未出現在俘虜之中……依絲塔忍不住鬆了口氣。縱使那些文官等等清點出多餘兩副馬鞍，這時才想要派人回頭去搜捕，佛伊想必也已帶著司祭去找尋更安全的藏身處了。只要佛伊的腦筋夠靈活，沒被野熊的惡魔弄得太困惑；只要約寇那人是真的沒逮到他們，而非殺了人棄屍在路邊才沒帶上……

有件事是肯定的，就是這幫人並非在前去執行任務的途中，而是在兵敗撤退、或慘烈勝利之後的歸途上——所以他們才向北走。依絲塔為喬利昂慶幸，卻為自己和佛達一行人多了些擔憂。這群人若處在身心極度耗損的邊緣狀態，對待俘虜恐怕不會多麼有耐性。

那名軍士走了回來，要依絲塔去路旁的一處小樹蔭下坐著。幾個文官終於找到了佛伊袋中的旅費，當然又是一陣歡呼，這也讓官員們也改用較有敬意，或說更具算計意味的眼光打量著依絲塔。另一邊，士兵們捉到了拖行李的騾子，同樣也把行李扯開來看，還把依絲塔的衣服翻出來把玩，令她感到不堪，只能撇過頭不看。軍士接著問起她和貝歐夏領主的關係，依絲塔就照自己的想像編造一份家譜講給他聽，使得他更想確定富有的領主是否真會為這位女眷送來贖金。

「噢，會的，」依絲塔冷冷地回答：「我還指望他親自送來呢。」帶上一萬名劍士、五千名弓手，連同帕立亞大元帥的騎兵隊。但再想想，她既然不希望有人因她而死，那這興戰的念頭豈不是矛盾嗎？好吧，也許之後能有機會逃走，或是真有人相信這位「阿杰羅女準爵」的存在，用一小筆金錢贖走他們。還有莉絲……莉絲逃脫了嗎？還沒見到士兵拖著她，或載著她的屍體回來。那條路上一點動靜也沒有。

約寇那的文武官員開始對著地圖討論，其餘人和馱獸便趁此時隨意找陰涼處休息，蒼蠅都繞著他們飛。那名會說宜布拉語的軍士拿水來給依絲塔喝，用的是一只髒兮兮的皮袋。她猶豫了下，舔了舔乾裂嘴唇上的沙子，最終還是接過來喝下，幸好那水還算新鮮。她示意軍士應該把水拿給佛達等人，他倒是照做了。最後，她被放回自己坐騎的馬背上，雙手卻被和馬鞍頭緊緊捆在一起，連人帶馬被串在輜重後面，與別的俘虜走在一起。佛達和部下們則被串成一縱列，被趕到隊伍的較前段，由兩列武裝士兵包圍著。對方重新布署並派出偵查小隊之後，大批人馬便再次啟程往北。

依絲塔仔細看了看同行的俘虜，人數異常得少，淨是些衰弱的成年男女，總數不過十來個，與她一樣被束縛在馬上。她見身旁的馬背上坐著一名年長婦人，所穿服裝雖然骯髒，卻能看出衣料極佳且多處綴有精巧繡紋，必然出身於付得起贖金的富裕家庭。她於是欺近身子去探問：「這些士兵從哪來的？除了約寇那。」

「某個洛拿地獄吧，我想。」那婦人說。

「不，那是他們要去的地方。」依絲塔低聲回道。

見那婦人唇角浮起一抹嘲諷的微笑，依絲塔知道她還有幾分機智，沒被如此遭遇給嚇傻。「哼，我確實時時刻刻那麼祈禱著。我是宜布拉人，被他們從若麻（Rauma）綁來的。」

「宜布拉！」依絲塔下意識朝左方的遠山瞟了一眼。從宜布拉越境來此能夠不被發現，這幫人所走的山路想必是常人極少使用，而他們取道這般極端的路線，要不是打算切最短的路徑返回北方，就是受迫於猛烈的追擊而胡亂逃竄。「難怪他們像是從地上突然冒出來一樣。」

「我們現在是位於喬利昂的何處？」

「妥挪克索領。這些掠奪者若要想回家，得先走出妥挪克索，還要跨越整個凱里巴施托（Caribastos）的領境。從這裡到國境線起碼有一百哩路，就看他們有沒有本事走到。」依絲塔想了想。「我有個同伴可能成功逃走了，但願這幫人的行蹤已經洩了密。」

聽她這麼說，那婦人的眼中燃起片刻希望。「很好。」停頓一會兒，她又道：「這幫人突然闖進若麻，當時天才剛亮——我想那一定是刻意計畫的，才讓他們兜了大圈子繞過守備森嚴的邊境城鎮。我當時帶著女兒們進城要去女神殿捐獻，因為我的長女——願女神保佑她還活著——就要結婚了。一開始，這些人只管拿值錢的東西，並沒那麼凶殘地搶劫、破壞，但他們後來轉而搗毀災神之塔，去折磨那可憐的司祭。那時當值的是個女司祭。」婦人咬牙切齒道：「太倉促了，她來不及躲藏，也來不及脫下白袍，就那樣被逮住。那司祭的丈夫挺身保護妻子，結果被這幫人殺死了。」

對於侍奉第五神的女性，四神教徒的處置手法也是先從割去拇指和舌頭開始。之後多半是強姦，而且是長時間且猛烈的。

「最後，他們把她關在災神之塔裡燒死，那在當下幾乎是一種慈悲。」婦人嘆道：「若麻藩主率軍隊趕來，讓他們為褻瀆付出了代價。子神之力為他持劍的手加持！藩主對暴徒毫不留情，因為死去的司祭是他的異母姊妹，依我猜想，那職位可能也是他安排來保障她生活的。」

依絲塔咬牙聽著，也發出同情的唏噓。

「我的女兒們在混亂中逃走……應該是吧。或許是母神垂憐，應允我在恐懼中向祂祈禱，用自己交換孩子們的安全。這些人看我的衣著和首飾值錢，認為我能給他們帶來好處，便在突圍撤退時把我綁上馬帶走。」

當然，婦人現在是一件首飾也不剩了。

「出於貪婪，這批人待我還算客氣，只是我的侍女……被蹂躪得很慘。但我想她應該還活著。為了趕路，這些人會把不值錢的俘虜在扔在荒野中。要是那些被拋下的人都別走散、別太過驚慌，又能互相幫助，這時大概早就能去求援了。但願……但願他們帶著負傷的人一起走。」

依絲塔點頭以示體諒。她也不懂約寇那的梭德索親王為何縱容——不，是授意——如此的掠奪。若說是首波攻擊，看起來還比較像在偵察。對方可能是想在宜布拉北境製造紛擾，牽制該國兵力，好讓年邁的大君無法在今年秋季的戰事中，為盟國喬利昂提供足夠的援兵。若是如此，這策略倒是挺成功的，就不知眼前這幫人是否明白自己是被派來當成犧牲品……

這支部隊中的輕傷兵也都騎馬，和俘虜一起走在輜重行列的後方。依絲塔猜想，傷重者同樣也被丟在半路上，說不定就任由那些宜布拉受害者處置了。在隨隊傷兵之中，有個人的模樣令依絲塔側目。從他的衣著和裝備來看，是個十分年長的高階軍官，而他身上沒有繃帶或可見的傷口，卻像個俘虜一樣被綁在馬鞍上；眼神失焦，淌著口水一面呻吟，髮辮鬆散垂落，時不時唸唸有詞。依絲塔完全聽不出他是在講哪一國語言，只覺得那流涎和噪音讓她毛骨悚然又不安。他是不是頭部遭受重創？幸虧隊伍調整行列，那人後來被移到離她較遠的位置。

繼續走了兩、三哩後，被派去追捕莉絲的兩名士兵雙手空空地回來與部隊會合，卻是一人的馬跛了，另一人的馬也走得跌跌撞撞。這下引來他們軍隊指揮官的勃然大怒，以及一連串極具創意的洛拿髒話。眼見那兩個小兵頂著捱過耳光的臉走到後面來換馬，依絲塔忍著不露出笑意。然而此事加深了約寇那人的疑慮，官員們便又拿出佛達的地圖來討論，也派出更多的偵查兵。

一個鐘頭後，他們走到了依絲塔等人原本要暫停轉東的小村子，卻見村裡已空無一人，連隻牲口也看不見，只剩兩、三隻雞在路上遊蕩，以及幾隻貓和兔子。好莉絲，跑得這麼遠，也照我的吩咐辦了，依絲塔滿意地想著。由這村子往東就是領城瑪拉蒂，約寇那人不敢多作停留，但仍然快速掠奪一番，把能帶走的食物和糧草都搜刮出來。他們也趁空針對地圖做更多的辯論，甚至為了是否要放火燒村而爭執著。基於謹慎、盡快趕路和一點點維護風紀的想法，他們沒讓這村子陷入火海，讓幾哩外看著大濃煙來標記他們的行蹤。隊伍走出村子時，太陽已經落在山脈之後。

暮色漸濃，他們離開了寬闊卻容易暴露行蹤的平地，開始往山區接近。隊伍來到一條在此季節才會有水流動的荒溪旁，沿溪走了幾哩，再從一處樹木較多、較具隱蔽性的區域取道向北。依絲塔不認為這個決定能為他們掩飾多少蹤跡，因為這群人已經留下了夠多的腳印蹄印、折斷的草木，還加上動物們的糞便，就算是平民老百姓也能追蹤得了。

隊伍在一處昏暗的樹林小谷地紮營，減少生火量，只留足夠的火堆烤熟幾隻偷來的雞。五、六名女俘被集中在一處，一人配給一副行軍睡袋，看起來不算太差，和士兵們用的一樣。她們分到的食物似乎也和約寇那人自己吃的差不多，總之不像是烤熟的貓肉。看在今天的馬兒特別需要時間進食、恢復體力的份上，這些人應該不會在半夜就拔營啟程，因此依絲塔裹在毯子裡，還有心思猜想這副睡袋是不是死人用過的，今晚會不會帶個什麼夢給她。

若能夢見有用的就好了，她心想。但這不算是祈求，只是她睡得很不安穩，要嘛被各種奇怪的噪音吵醒，要嘛聽見女人悶聲啜泣，整晚翻來覆去，因此做不了夢。

一個約寇那傷兵在夜裡死了，顯然是死於傷口感染造成的高熱。士兵們在黎明時將他草草埋葬，沒有進行任何儀式，但依絲塔認為子神依舊慈悲地接走了他的魂魄——至少，在經過那覆著薄土的可憐淺墳時，她沒感應到靈魂不安的氣息。這也讓她想起了也同樣死於外傷感染的兒子忒德斯，於是在那土堆附近觀望了一陣子，確定沒有約寇那人在注意她，這才偷偷對著野墳比了個四神教儀。雖說有些不倫不類，好歹願為這客死異鄉、不得歸葬故土的年輕生命送上一分安慰。

隊伍沒有回到道路上，反而往丘陵更多的荒野裡走去，一意北行。野地畢竟不如人為整理過的道路，自然阻礙了人馬的行進速度，依絲塔也感覺那些約寇那人的精神，隨時間流逝而越來越緊繃。

傍晚時分，他們進入凱里巴施托的領轄，地貌又變了。放眼望去，這一帶的山景少了很多，平地上除了荒原，就是一處又一處的城鎮和村莊，無一不建有高牆，分布上也比妥挪克索來得密集些。這裡畢竟是與洛拿接壤的邊境之領，防禦嚴謹得多，各處堡壘也經常修繕，人員與建築都保持在較佳的警戒狀態，這迫使約寇那人的隊伍只能不斷繞路，專挑無人的荒地而去。由於此地的河流也少，他們便提早在一條小溪邊紮營，一來是怕馬兒沒水喝，二來大約想早點拔營動身，趁天沒亮時多趕幾程路——依絲塔估算著，至少還要三天多。

她們這幾個有價值的女人質又被一起安置在樹下休息，給了食物後就沒人來理會，直到那個能說宜布拉語的軍士在兩名上司的陪同下走來，一路走到依絲塔面前。落日餘暉中，依絲塔能看見那軍士臉上有種欲言又止的複雜表情，她便故意保持沉默，讓對方先開口。

「晚安，女準爵。」他在說頭銜時用奇怪的語調強調了下，接著沒再說話，而是向她遞出幾張起皺的紙。

那是一封沒寫完的信，信上的字跡方正有力。依絲塔認出是佛伊的筆跡，心情先是一沉，再看到這封信是寫給遠在卡蒂高司的卡札里輔政大臣，當下只能竭力使自己表情維持冷淡。在抬頭的正式稱謂之後，信文如下：

敬愛的大人：

延續上回的報告，我們已抵達溫亞嗣卡，此鎮明天將有節慶。在開瑟夏詩停留時，博學的卡本口風不緊，以至於半座鎮的人都知道太后使用化名出遊，更有鎮民爭相晉見，我認為太后為此不樂。我很慶幸能揮別開瑟夏詩。

而進一步觀察之後，我越來越同意您所說的。從常識的眼光來看，依絲塔太后並不瘋癲，只是偶爾有非常怪異有傻氣的言行，猶如她能見到或感應到我所不能的事物。她依舊寡言，常陷於愁思，全然不同於我所知的女子聒噪，她若能多多說話紓解心情，我會感到比較放心。至於她的朝聖之旅是否出於某位神祇的驅使，我至今仍還看不出來，但基於我也曾隨侍您數週、見證各種奇蹟卻不明就裡，我的觀察恐怕不能代表什麼。

明天的女神慶典應可排遣我的擔憂。我會繼續報告明天的觀察。

在第二天的日期之下，又是一片工整的字跡。

慶典尚佳。卡本喝得大醉，說是為了消除惡夢，不過我認為那樣只可能引來更多惡夢。佛達對這司祭最是不滿，但他曾經與太后走得非常近，所以也許他需要這麼做。我原先以為他只是個神經兮兮的蠢

胖子，如同我之前在信中所說，但現在我漸漸開始覺得蠢的人也許是我。

針對此事，我會在抵達新的下榻處後多寫一些。下一站是個非常陰森偏僻的深山小村，據說出過某位聖徒；我要是生在那裡，也會努力當上聖徒好離開村子。我會試圖建議我們改道去瑪拉蒂，那裡應該有安全可靠的女神紀律會所，可讓我寄出此信。我認為此行不宜繼續往北，而且我快要沒東西好閱讀了。

信文只寫到這裡，紙頁還有一半是空白的。熊襲發生之後，佛伊驚魂未定，想必無法再寫信報告。

依絲塔抬眼看向面前的三名約寇那人，在兩個陌生官員之中，較年輕的黑髮男子臉上有一股歡欣貪婪的笑意，年長的另一人卻是眉頭深鎖，沉思的眼神中流露更多的顧慮——後者個子略矮，從服裝來看，似乎是這支遠征部隊的指揮官，或是存活軍官中階級最高的。又見那通譯的軍士也是一臉憂心忡忡，大概也不怎麼樂見這樣的事態發展。

她知道這化名已經沒什麼存在價值，但仍想做最後一搏。她面無表情地將信紙遞回去。「這跟我有什麼關係？」

「您說得沒錯，太后。」軍士接過信紙，右手拇指藏於掌中往下一揮，嘲諷又謹慎地向她行洛拿宮廷的至敬禮。

「所以，女大君依瑟那有名的瘋癲母親，真的就是這人？」指揮官改用洛拿語問那名軍士。

「看來是的，大人。」

「這是眾神賜予我們的厚贈啊，」黑髮的年輕官員十分興奮，一面比劃著四神教儀——拇指向掌心內屈而四指伸平，以此觸碰額頭、肚臍、股間和心臟。「一場幸運的出擊，填補了我們所有的苦難和財富。」

「我本來聽說那個太后被關在城堡裡。他們怎會如此疏忽，讓她這樣子跑到外頭晃蕩？」指揮官又問。

「她的守衛沒料到我們會在此。我們自己也沒想過會來到這裡啊。」黑髮男子說。

那指揮官狐疑地望著信紙。「他們首輔派來的這個眼線，淨不知所云地寫些眾神之事，不虔敬。」

而你為此覺得緊張，很好。依絲塔想著。

她很難想像佛伊是個眼線，但他的確有做眼線的特質，尤其是口風夠緊——他這一路肩負著這樣的祕密任務，始終不曾向任何人透露，依絲塔也壓根不知情；當然，這任務既是權傾天下的卡札里大人所指派，她倒不覺得受冒犯，畢竟全世界就那麼一個人物揹著她一輩子也還不了的恩義。

指揮官咳了兩聲，用腔調很重的宜布拉語對依絲塔說：「發瘋的太后，您覺得自己蒙神靈憑依？」依絲塔刻意做出謎樣的淺笑。「可見神靈沒有憑依你，所以你看不出來，還得用問的。」

他驚跳起來，神情險惡。「褻瀆的五神教徒。」

她冷著雙眸凝視那人，目不轉睛地說：「去問問你的神明。我保證你很快就要見到祂了。你的額頭上已經有祂的印記，而祂正張開雙臂等著你。」

聽她這麼說，黑髮男子嘰哩咕嚕問了一句，通譯的軍士便將依絲塔說的話轉述一次；從那人的反應來看，她放的這支冷箭大概又歪打正著了什麼。指揮官似乎打定主意不願再和依絲塔交談，此刻面容變得更加陰沉，似乎在思忖這一路撤退並俘虜依絲塔的風險性。因為事發至此，莉絲逃脫的後果已變得比他當初預料的更嚴重。

指揮官下令重新安置女俘虜，除了把她們移到自己附近，還增派兩名士兵特別看守——當然，是來看守依絲塔的。她本來還想找機會趁夜溜進樹林逃走，這下也不用妄想了。

今晚本來確實有這個可能，因為這支約寇那軍隊的軍心不太穩定。剛天黑時，有個擅離職守的士兵被拖進營區中間鞭打，很可能是想要逃走。高階軍官圍坐著激烈爭辯，大概是有人提議把隊伍打散，分成小批，如此可在行動上更隱密，而反對者認為這麼做不利於防禦。

依絲塔等著看他們的逃兵人數增加。她在這一路上花了點時間清點敵兵，人數最多時有九十二員，待這一夜過去會剩下多少呢？兵員數越少，防禦當然就越薄弱，這隊伍終究還是要拆散的。

果不其然，才睡到半夜，指揮官就下令拔營。依絲塔一點也不覺得意外，只是發現自己在隊伍中換了位子，被移到那通譯的軍士身邊，而他們兩人左右還各安排了一名士兵跟著。大隊人馬在一片漆黑中出發，跌跌撞撞，咒罵聲四起。

還在妥挪克索領境內時，她以為領主的部隊會從後方來追擊這支太過顯眼的隊伍，如今隨著時間過去，他們正在深入凱里巴施托，反倒是來自前方的迎擊可能性越來越大——這雙重的守株待兔之勢，對約寇那人而言將會格外不利，因為戰場的選擇權必然落在敵人手裡，而敵人也必會選在他們行軍疲累時出擊。

話說回來，莉絲會不會繼續守著依絲塔化名的祕密，以至於領主們都以為遇劫的只是一個無足輕重的小貴族？依絲塔揣摩著妥挪克索領主的算盤：拖著不發兵，等這一群不速之客進入鄰領，讓這問題走到凱里巴施托領主的頭上去，他自己就不必勞師動眾——然而卡本和佛伊大概不會坐視如此，只是不知兩人是否已安全脫險。他們會不會在荒丘中迷路？佛伊身上的惡魔成長得如何，會不會耽誤了他們？

憑著偵查兵帶回來的報告，約寇那的隊伍離開稀疏林地，轉入一條暗道，加速行軍走了好幾哩，在接近黎明時走到一條半乾涸的河床上。馬蹄在砂礫上發出的聲響很大，官兵們得把身子挨得很近才能交談。依絲塔舔了舔乾掉的嘴唇，在仍舊受綁縛的姿勢下勉強伸展發疼的脊背。她已經很久沒被獲准喝水、進食或去小解，膝蓋內側磨破的皮都已變得粗硬。

萬一這支隊伍就這麼順利地溜回約寇那境內？想都不用想，依絲塔一定會被交給梭德索（Sordso）親王，在他的宮殿裡做一個養尊處優的人質，被許多隨從監視。從自家城堡逃出來，又淪為另一座城堡的囚犯已經夠糟，還要被當成政治籌碼拿來對付她親愛的人……難道就是這趟朝聖之旅的意義？

天色漸明，星空邊緣出現漸層的亮色，周遭景物不再只是黑闃闃的形體。濃霧低懸在河面與岸上，濃得能夠看出馬匹走過造成的擾動。原來這裡是一處河谷，隊伍左側有座小小的山崖，晨曦的紅暈剛要爬上那片崖壁，水面之下仍然是一泓漆黑。

崖腳下傳來一道石塊落水聲。依絲塔身旁的士兵非常機警，立刻扭頭向左看去；也在同時，她聽見一個銳利的颼聲，瞥見一枝短箭矢出現在那士兵的胸口。

士兵落馬時的哀號還不比重摔在地上來得響，依絲塔卻是在感應到那人的震驚、知覺中出現剎那的朦朧時，才意識到對方的死亡。就在她乘坐的馬兒驚跳欲奔之際，周圍的人開始驚叫、怒吼或咒罵，而這些吵嚷又夾雜了如雨般的飛箭穿風之聲。

五神啊，讓這攻擊速戰速決吧。依絲塔現在非常擔心佛達和他的部下，因為約寇那人可能會為了專心對付新敵人而先殺死他們。於內，她感應到接連的死亡，彷彿一道道的閃電劈進她的意識裡；於外，她在猛然前衝的坐騎背上覺得天旋地轉，但仍死命地扭著手腕上的繩縛，努力踩穩馬鐙、穩住自己的身體，免得在掙脫綑綁前先摔下馬，被拖著走並活活扭斷手腕骨。無奈繩結打得很緊，她怎麼也弄不鬆。

震耳欲聾的馬蹄聲從隊伍前方傳來，伴隨著殺陣的戰吼和金屬撞擊聲——埋伏在此的騎兵隊衝進了河谷，與約寇那的部隊正面遭遇。後方傳來更多的叫囂聲。馬群嘶鳴、紛亂仰倒。那名通譯的軍士拉住依絲塔的馬，也緊緊拉住自己的韁繩，穩住了幾度人立的坐騎，卻沒穩住他倉皇四顧的眼神。

約寇那的指揮官從殺陣中衝了出來，帶著一批人包圍依絲塔和那名軍士，衝上側面的河岸地打算逃走。來救援的騎兵隊隊長立刻率人前去攔截，幾名十字弓手也在此時加入戰勢。六、七個約寇那士兵拉著依絲塔，急急奔入河邊的灌木林中。

依絲塔的頭很暈，視線模糊。此時此地有太多的魂魄驟然脫離肉身，這些衝擊令她幾乎失去意識，但是馬兒跑得飛快，她不敢就這麼昏過去。混亂的思緒中，她還想到昨晚那可憐的士兵因逃跑而被鞭打，現在他的長官們卻是頭也不回地遺棄了他……

她的馬一個勁地順著路往前跑，竟成了這支逃脫小隊的領頭，而那通譯的軍士就緊跟在後。在一處右彎，他們來到有亂岩突起的稀疏林地，勉強算是遮蔽，這才放慢了速度。追兵趕上來了嗎？

指揮官收劍入鞘時，依絲塔注意到他的劍刃上並沒有血跡。只見他領頭走進荒地，四下探查了幾遍，八成是想選擇讓追擊者也迷路的路徑。其實他仍然可以繼續往北走，因為隊伍人數變得這麼少，此處的林木又比剛才茂密一些，使人馬更容易躲藏、容易掩飾行蹤。他們登上一處緩坡，翻越後往山溝裡走，依絲塔則在這段期間胡亂想著他們逃出了多遠：大概五、六哩吧，至少。

馬匹在幾成逕流的小溪和亂石間緩慢而行，她這才重新思索起自己的安危，一顆心又提了起來。這場伏擊讓這些約寇那軍官幾乎失去了所有——部下、裝備、戰利品、尊嚴，甚至是方向。他們就剩下依絲塔這麼一個人質，只要能把她帶回國獻給親王，他們就能得到饒恕，這些災難的損失也能得到彌補；換句話說，依絲塔是這些人重返榮耀的希望。他們如今不可能放走她或甚至投降，也不會企圖弄死她。但在這麼大的精神壓力和創傷之後，一切便變得充滿變數，他們可能在折磨她出氣的過程中失手殺人。

他們繼續往低處走了一哩路，見坡面更陡，樹木橫生。就在遠處的天邊泛起魚肚白時，山谷內的視野豁然開朗，河岸地與河床都變得平淺，清溪向谷口潺潺流去。有個騎著炭色灰馬的劍士，隻身站在那裡擋住他們的去路。

那匹馬的氣息紊亂，馬毛上都是汗水，鼻翼發紅而圓張，不住地踩踏地面，蓄勢待發；反觀馬背上的劍士倒像是氣定神閒，或者屏息以待，總之是一派鎮靜模樣。那名騎士有一頭微鬈偏紅的深褐髮，依喬利昂人的習慣剪短到耳際，下顎蓄著短髭；在一身的鎖子甲和厚重的皮製護臂之下，他穿著灰色繡金的短衫，服色樣式陌生，但和方才伏擊的那些騎兵與弓兵大致相彷，只是上頭濺著不少血跡。此刻，那人瞇著眼睛直視面前的敵兵，似乎在估量自己的勝算。

他長劍橫揮，以戰場之禮向敵人致意，持劍的手上滿是血污。有那麼一刻，依絲塔在他的臉上看見興奮異常的笑意——促狹卻粲然。一個大男人會這麼笑嗎？她不曾見過。

劍士輕夾馬腹，向敵陣衝來。

或許是始料未及，也或許是身心消耗太過，以當下的情勢而言，這幾個約寇那人的反應都慢了點，因此當那劍士掠過站在最前方的兩人時，他們的劍連一半都還沒拔出來。等他們雙雙拖著血痕旋身落馬，騎士已逼近他們後方的第三個人、也就是牽制依絲塔的通譯軍士。那人雖然驚險地避過一擊，倉促把手伸向自己的武器，卻來不及防止馬兒之間相繫的韁繩被對方一劍斬斷——這使得依絲塔的坐騎掙脫束縛，在驚嚇中急急後退。

灰馬迅猛昂揚，在依絲塔身旁倏地停下，馬背上的騎士不知何時將劍移到了左手，使起來竟像右手一般靈活，精準劃開她手腕上的繩縛；上挑的劍鋒掠越依絲塔的臉龐，她還沒來得及感覺到雙手鬆綁，便見那人側首斜睨，投來一個凌厲的笑容，緊接著是一聲高呼，再度縱馬前去。

依絲塔滿足地急喘一口氣，掙脫了可恨的繩索，俯身想去撈韁繩，但那個約寇那軍士不斷地過來妨礙，甚至差點把她撞下馬去，最後更用自己的韁繩套住她的馬頭。雖是如此近的距離，但由於那軍士無暇換手控制韁繩，被依絲塔看出他此時持劍的並非慣用手，她便索性大起膽子朝他亂搥一通，同時大喊：「走開！放手！」繼而靈機一動去扯他的袖子，自己則夾緊了馬腹，順勢使勁。那軍士本來就無法在這種情況下坐穩，經此一扯，就這麼狼狽地摔落在河床上。

溪中的石子要不是濕滑就是生著苔蘚，馬兒在驚慌中左右亂跳，能不滑跤已是幸運。她倒希望牠能順便在那軍士身上踩個兩腳。可惜她眼下沒空確認，得盡快抓回對馬兒的控制權，免得垂落的轡繩會先纏住牠的前蹄，害得人和馬一起摔倒。她攀過鞍頭伸長了手，撈了好幾次，看著骯髒的轡繩一再從自己的五指間溜過。最後，她好不容易終於抓到，隨即直起身子，在一片刀劍鏗鏘聲中左右顧盼。

灰馬的劍士正被兩人左右夾擊，約寇那指揮官從第三方向想要加入戰局，但他的右臂已經受傷，而且血流如注，使得他只能以左手用劍，持轡繩的右手也不可能抓得太穩，因而起不了大作用。較遠處，依絲塔發現一名約寇那士兵放慢了坐騎的腳步，慌亂地取出十字弓，正準備搭箭；他的目標雖然一直在移動，但那射距卻非常短。

依絲塔手上沒有任何武器。情急之下，她調轉馬頭，用不帶馬刺的鞋跟在兩側馬腹踢了幾下，迫使馬兒朝那十字弓手跑去。弓手沒有提防到這一著，但座下的馬兒仍受到了驚擾，這一晃就使他一箭射偏開來。他咒罵一聲，反手用弓朝她的頭揮去，她及時縮頭躲開。

大概是瞥見了這一幕，那指揮官連忙對著弓手用洛拿語吼道：「活捉那女人！必須交給梭德索親王！」

才聽到前半句，灰馬的劍士立刻拋下身邊兩個已負傷落馬的對手，挾以驚異的騎術改用雙手持劍，藉馬身的躍勢迴旋一揮，硬生生斬下指揮官的頭顱，連同那後半句喝令的餘音彷彿也一併被斬斷。依絲塔覺得眼前一花，看著那倒楣的指揮官變成一具無頭屍在血瀑中歪倒。人魂被剝離肉身時的凜冽火焰就地拔起，她在意識混沌的剎那想著：你現在信了吧？我的預言。

我自己就信嗎？

那人馬合一的劍光沒有停下，繼續朝著十字弓手撲去，而後者正瘋狂地急著再次搭箭。鋒芒厲轉，以長槍之勢突入對手的胸膛，刺穿他的鎖甲，直把那人射飛出去；那人被釘在後方的一棵樹上，連帶橫掀了他的坐騎，使牠四蹄亂踢，一時半刻沒能爬站起來。灰馬又向前躍起，劍士即一揚手拔回了他的劍，任那弓手的屍體頹然一跌，鮮血流灌到樹根之間。

死魂的紛擾、狂哮再度使依絲塔幾乎暈厥。她勉強抓著鞍頭來支撐身子，逼自己盯著眼前滿地的鮮血，以抗拒那些靈異景象。這裡究竟死了多少人……指揮官、十字弓手……發動夾擊的那兩人也躺在地上一動也不動了；不知哪個受了傷的士兵騎馬逃走，在河岸地拖出一道斷續的血痕；有把劍被扔在濺血的草叢邊，劍的主人就是那個通譯的軍士，才剛剛慌張地爬上一頭無主的馬，此刻正頭也不回地朝向溪谷出口騎去。

激戰方酣，劍尖尚在滴血，灰馬的劍士居然沒怎麼喘氣。他皺著眉頭朝那軍士逃跑的方向望了一會兒，而後轉過頭來，策馬走向依絲塔。

「夫人，您還好嗎？」

「我……我沒受傷。」她喘氣回答。那些靈異景象才剛剛消散。

「那就好。」他又露齒一笑。這人怎麼還是這麼個笑法？是戰鬥後的狂熱興奮嗎？與人廝殺的恐懼似乎一點也沒削弱他的神智，但依絲塔也不覺得他的神智算正常，因為有理智的正常人不會單挑六名窮途末路的士兵。

「我們見到您被抓走，」他繼續說：「所以分出四個小隊到林地來找。我就猜你們會從這裡出來。」說著，他轉頭繼續檢查四周是否還有威脅，確認無礙後才瞇眼輕吐了口氣，用自己髒污的上衣擦去劍上的血，向她行軍禮後收劍入鞘，繼而問：「我能否有這榮幸知道，自己救了哪位女士？」

依絲塔遲疑了一會兒。「我……我是阿杰羅女準爵，是貝歐夏領主的表親。」

「唔，」他斂首。「我是波瑞佛（Porifors）的軍官。」接著又看向河谷出口。「我得去找我的部下。」

依絲塔動了動手掌，發現自己的雙腕各有道紫黑色的瘀痕，也有磨破的皮、乾掉的血漬和硬痂，她幾乎不敢去碰。「我也得去找我的，但在那之前，我必須先找個樹叢或石頭什麼的。我從昨天半夜就被綁在這匹馬上沒下來，沒吃沒喝也沒得方便，本來覺得這很殘酷，到最後反倒覺得真是幸好。」她一面說，一面張望這不毛的山溝，心想大概只能找塊石頭後面解手了。「勞煩您發揮剛才的英勇精神，替我看顧馬兒和我的體面。不過這頭笨馬恐怕和我一樣，現在已經累得不想多走一步了吧。」

「啊，」他好像被逗樂了。「當然好，夫人。」

於是他輕盈地從那匹戰馬躍下，走來為她執韁繩，但見到她手腕上的瘀痕時，他斂起了笑容。依絲塔全身僵硬沉重，手腳也不聽使喚，幾乎是摔落著下馬；他穩穩接住她，直到她能站穩腳步才放手，這讓她的衣服上留下血色的污痕。

他退開數步，從頭到腳地仔細端詳她，臉上的笑意盡褪。「您的裙子上有很多血。」

依絲塔順著他的視線往下看，果然在兩處膝蓋附近見到幾片血漬，有乾掉也有新鮮的。「只是鞍瘡，不怎麼嚴重。這血跡的確是我的沒錯。」

他微微一愣。「那您覺得怎樣才叫嚴重呢？」

這時她正好繞過約寇那指揮官的無頭屍。「像這種。」

便見他歪一歪頭，默認了。

她踽躪而行，繞過一具具死屍，在較高處找到一處長著灌木的石堆。再回去時，她發現他蹲跪在小溪流邊，笑著向她遞出一個用樹葉包著的東西——是一小塊去污力強的獸脂肥皂。

「噢。」她輕聲驚嘆，但不敢多說話，免得自己要哭出來。溪水潺潺奔流在亂石之間，雖然平淺，但足夠她讓把雙手浸進去。她小心翼翼地清洗滿是傷痕的手腕，然後一捧又一捧地掬水起來喝。

趁她洗漱時，他撿來一塊扁平的石頭，在上面攤開一個布包。布包裡是一疊裁剪好的潔淨布塊，是士兵行軍時充作紗布用的東西，應該是他自己放在鞍袋裡的。「女準爵，我恐怕得要求您再騎一段路，您的膝蓋最好是先包紮起來，好嗎？」

「哦，好的。謝謝您，閣下。」她便坐到石頭上，脫下已經穿了很久的靴子，捲起一側裙腳，動手剝除痂瘡上的硬皮和血塊。他本來也洗淨了手準備來幫忙，但見她對自己下手忍心，又不喊痛，便只是靜等在一旁觀望。清創完畢，她接著用肥皂去洗，在一陣刺痛卻舒緩的清爽感之中，也仔細看清了傷口的狀況：擦傷的部位已呈暗紅，微微滲出淡黃色的液體。

「這要一個星期才會好。」他說。

「大概吧。」

此人馬術超群，必然熟知鞍瘡的處置和癒後，只是依絲塔看似不需要幫手，他也就僅止於看看說說，確定她大致無礙，這才起身走開去探查那些屍體。

見他只從屍身挑取紙張之類的翻看並收進衣袋，並不著眼於財物，而且舉止從容不迫，顯然思慮清晰，是個訓練有素的高階軍官。「波瑞佛」不知是家姓還是名字，總之必定是凱里巴施托領主麾下的一員將領。從他的神情看來，他沒讀到佛伊寫的那封信。

「女準爵，您可知道這隊伍中別的囚犯都是些什麼人？」

「人數不多，感謝眾神。六名婦女來自宜布拉，男士有七名，都是有點家底、等著被勒贖的。還有十二、不，十一個女神紀律軍的奉侍兵，是被派來護衛我的朝聖之旅，跟我一起在幾……兩天前被俘虜。」才兩天嗎？「我的隊伍中有三人在妥挪克索逃走，我們也是在那裡被逮的。我相信他們都還沒被捉到。」

「您是喬利昂俘虜中唯一的女性？」不知為何，他皺著眉頭問。

她點點頭，決定多提供些線索來幫助這位認真的軍官。「這些人是奉梭德索親王的密令，因為我在隊伍中見到約寇那公國官廳的官員。他們先到宜布拉，搶了一個名叫若麻的城鎮，被若麻藩主激烈追捕，從山道逃入喬利昂。被你斬首的那人是個軍官，但我猜他不是這支部隊最初的指揮官。到昨天為止，他們總數大概是九十二人，夜裡不知逃走了幾個。」

「妥挪克索……」他拍拍手上的灰塵，起身走回來檢視她的進展。她正在給另一隻膝蓋包布，瞥見他嚴謹的禮儀，驀地想起自己是和一個陌生男人獨處在荒郊野外。「怪不得。您可知道，此地距離約寇那國境不到三十哩。這支隊伍在過去的兩天內趕了近百哩的路呢。」

「他們窮途末路了，都很害怕。」她聽見蒼蠅的嗡嗡聲，知道那些醜陋的飛蟲開始聚集了。「可惜不夠害怕，所以沒待在家裡。」

他露出了一個譏諷的笑容。「他們下回應該知道了。」說著他抓抓自己的鬍子。依絲塔這才注意到他的鬍子不像頭髮那麼深，而是摻了點灰。「女準爵，這是您的首戰嗎？」

「以這一類的戰事來說，是的。」她把紗布的結綁緊。

「謝謝您衝向那個十字弓手。那一擊很是時候。」

他居然有注意到？五神啊，她以為他當時無暇分神呢。「不客氣。」

「我看得出來，您臨危不亂。」

「我知道。」她抬頭看去，見他表情有些怔然，大概是對這樣的回答感到意外。「您要是對我太親切，我就要開始哭了，這就沒完沒了囉。」

只見他故作驚訝狀，說道：「您真冷酷啊，竟然不准我表現得親切！那我就恭敬不如從命。我們的確該動身了，早點到安全的地方也好休息。我想您的隊伍中必然還有其他倖存者，我也該先和我自己的人馬會合才好。」他憂心地張望。「我會再派人來清理這裡，還有那些馬。」

依絲塔也跟著環顧四周。那些馬根本早已累得跑不遠，每隻都在附近徘徊。除此之外，溪谷中如今只剩死屍和血污，不再伴隨著驚慘的靈魂哀嚎，但總歸是淒楚景象，她一點也不想久留。

他扶她起來，她點頭致謝。休息得越久，她知道自己會越來越不想動，尤其是騎馬，這會兒她全身都痛，腿上的傷尤其疼得厲害，幾乎無法施力。眼見無法幫助她自行上馬，他索性用雙手握著她的腰直接將她托上去——這舉動令她一驚，心中卻冒出一股不平；她固然不是個高大的女子，卻也不再是纖盈少女，而這男人看上去明明與她年齡相當，為什麼還能有這麼大的力氣？當然，他是軍人，想必少不了日常鍛鍊。見他輕鬆優雅地跳上那匹精瘦、長腿的戰馬——和莉絲的棗紅馬一定是同樣血統，生來就見長於速度和耐久力。

他領頭往上游走，沿著自己來時在砂岸留下的馬蹄印，依絲塔也看著那些印子，再次確定他是隻身前來。如今她的馬行動滯緩，步伐也短，若不是有同類在旁，肯定不願意移動，而她覺得自己也是如此。

趁這時候，她仔細觀察起這位勇士。果然，他身上的其餘裝備也都是上上之選，一如他的劍和坐騎，可見此人若非出身富貴就是殷於職務；微灰的鬍子，臉上的風霜，假如這人不是早衰，那麼他至少有四十歲，而能在這邊陲之地熬過十幾二十年，絕不是省油的燈。

他那張臉也頗有看頭。那是一張風華正盛的成熟臉龐，不如古拉兄弟那樣氣色活旺，卻也不是費瑞茲那樣的暮年老態。話雖如此，以那般活力而言，他的膚色是白皙了些，或許是凱里巴施托的這個冬天特別陰暗吧。

富衝擊性的第一印象和一見鍾情是兩碼子事，只是很容易聯想在一起。

愛情是怎麼回事，她的愛情又是如何？她在花朵般的十八歲時，就被路特茲大人選為大君的配偶，送進了富麗堂皇的宮殿，過著得來容易卻摻著毒藥的勝利人生，沒多久就陷入了黑暗，心神都受到長期的腐蝕。說起來，她此生的黃金歲月都在王室詛咒的陰影中虛度了，像她這年紀的女子在前半生該體悟的、該學習的人生經驗，她幾乎都沒有。

女性在守貞、忠誠和戒慾上所受的限制儘管嚴格，王都宮廷中可多的是貴族女子的放蕩情事，公開或暗地裡來的都有；依絲塔只聽聞事件，卻不清楚那些女子是如何進行的。這種事當然不可能在瓦倫達的城堡裡發生，寡居多年的老母親也從不允許任何人談論這種閒話，所以她身邊用的都是上了年紀、對於男女情事不再熱衷的人，這連帶也使依絲塔不思妄動。詛咒破除之後的兩趟王都之行——出席依瑟的加冕式，還有去年秋天去探望新生的依莎拉——依絲塔特地在朝臣中走了一圈，本想試試那種宮廷傳聞，卻發現自己在那些人眼裡只讀到了貪欲而非愛意；他們要的是得寵於太后，而非得到依絲塔的愛情，依絲塔在他們身上也感覺不到情愛。就結果而言，她認為自己的一顆心已經死了。

過去的這三天大概是個例外，雖說持續的恐怖也一度讓她感覺麻木。有很多時候，她覺得那些感受都不甚真切。

話說回來，他仍然是個出眾的男士。他們這段路大概還要走上一個鐘頭，她可以繼續當這小小的阿杰羅女準爵，小小地幻想著一段與英俊軍官的愛情。等這段路走完，這幻想就要結束了。

「夫人，您很沉默呢。」

依絲塔清了清嗓子。「我的思緒還有點恍惚，想是疲倦得無法思考吧。」她的確很累。等他們到了安全處，她恐怕會像根樹幹直挺挺地倒下去。「您想必也熬了一整晚吧？籌謀且發動了那樣出色的攻擊。」

他微微一笑，只說：「反正我現在睡得不多。我會在中午休息一下。」

說著，他的視線也在她臉上多停留了一會兒，這令她暗暗著慌，因為那表情好像在看什麼令人為難的困擾。她別過頭去，不與他對視，便發現了河面上漂著的物體。

「有屍體。」她朝那裡揚了揚頭，然後問：「這是約寇那部隊在天亮前走的那條河嗎？」

「對，河道在這裡轉彎……」他說著，策馬走進水深及腹的河裡，把那具浮屍拖上岸來。是個很年輕的士兵，不是穿著藍衣的女神奉侍兵。依絲塔為這早逝的生命而遺憾，但是暗自鬆了口氣。

軍官低頭看屍體，苦著臉說：「看來是個先鋒偵察。我真想讓他就這樣漂回約寇那，不過總有其他人會帶消息去，想必能比這具屍體說出更多事情……至於他，就跟其他屍體一起收拾吧。」他撇下那屍體，繼續往前走，又說：「他們的部隊本來應該沿主流走這個方向，這樣才能避開歐畢（Oby）到波瑞佛之間的防衛軍，況且這兩座藩城本是造來向南面防禦，他們一昧向北行進反而正中城防。要我說，把人員打散成兩到三個小隊個別行動會更好，一來不那麼招搖，二來至少不至於全軍覆沒。他們就是太執著於最短路徑了。」

「那也要他們知道這條河能通到約寇那。我看他們似乎沒什麼方向感，這條撤退路線八成不在他們的計畫之內。」

他向依絲塔投以滿意的眼光。「我弟……首席軍師也是這麼說的。他真是料事如神。所以我們昨晚在這條河上駐紮，以逸待勞——哦，斥侯不算，他們來回跑，累壞了好幾匹馬。」

「您的軍營還有多遠？我看這匹可憐的馬快不行了。」她的馬彷彿每走五步就要跛一下。「這是我自己帶出來的馬，我不想害牠瘸了。」

「好吧，憑他們扔下的馬匹也能追蹤，我們就先減輕您馬兒的負擔吧。」他笑道，便讓兩匹馬兒並行，伸雙手把依絲塔直接抱到自己的懷裡，放在鞍座的前半部。這看似親暱的舉動直把她嚇了好大一跳，反射性地想要抗拒，還差點叫出難聽的聲音來。他知道她忍著沒掙扎，不當回事也沒做別的行為，只是分別用雙手牽起兩匹馬的轠繩，大有要她自己摟好坐穩的意思。不得已之下，依絲塔只好怯怯地用雙手環抱他。

這麼近的距離，可以感到他冷靜的力量實在驚人。出乎意料的是，他的身上並沒有汗臭味，反倒是她覺得自己聞起來一定更臭得多。血漬大片地凝結在他的灰衣和鎖甲上，乾掉的部分沒有想像那般腥氣，於是她盡量不去碰到那些未乾的痕跡，同時也控制自己的雙腿，不願太過貼在他的腿上。她很久沒有置身於男性的懷抱中，久得都忘了有多久。眼下這姿勢看似能夠安歇，實際上她卻做不到，畢竟肢體的勞累和心情的放鬆是兩回事。

他似乎低下了頭來。依絲塔覺得他可能在嗅她頭髮的味道，不由得又一陣輕顫。

她聽見他低聲說：「沒事，我現在只是對您的馬兒表現親切，您放心。」

依絲塔輕哼兩聲，隨即感覺到他的上半身稍稍放鬆，大概是聽見她近似笑聲的反應而不再拘束。要不是現下還談不上安全，他的右手得隨時準備拔劍，他大概會更自在一點，兩人之間的距離可能貼得更近，依絲塔也就更能假裝這是他們屏退了護衛在騎馬散步。不過，既然軍營還遠著，她可以繼續想像她的，反正不關他的事。隨著馬兒行走的晃動，她的眼皮在這陣思慮之中漸漸沉重。

砂地上傳來陣陣的馬蹄聲，一聲吆喝響起；不用睜開眼睛，她也能從那副身軀的斂束知道是友軍到前。妳的美夢做完，這該醒了。她輕嘆了聲。

「大人！」來者是三名身穿灰色短衫的騎士，其中一人如此喊道，領頭拍馬向他們跑來，爽朗地大笑：「您救到人了！我就知道。」

「我想也是。」這軍官的聲音含著笑意，可能還有些得意。

她還半閉著眼，想像這三個來人眼中所見，心知這些官兵們今晚可有得嚼舌根了。假如這麼抱著她回營是這軍官為出風頭而做的一點算計，好吧，看在他救駕的辛勞和這一路的紳士風範——還有她享受的小小美夢，她決定就不計較了。

來人沒怎麼寒暄，當下就報告起戰果：俘虜了幾名戰俘，肅清了哪些區域，死傷者的清點及後續事宜等。

「所以，還有些逃跑的沒完全堵到。」這軍官回應：「但我現在比較懷疑妥挪克索領主大人的情報不夠準確。我們實際上遇到的不過九十來個，他卻說有兩百個。下游那邊有五、六個已死，我在前面三哩的河上撈到一個，可能都是在首波攻擊時就掉進河裡。抓走這位女士的人超過四個，我在河谷出口解決了。你們派幾個人去處理屍體，回收他們的馬和裝備，列入清單。」說到這裡，他將另一匹馬的韁繩扔過去，叮囑道：「好好照料這傢伙——牠是這位女準爵的愛馬。馬具卸下後拿到我的軍帳來吧，我不會馬上離開。誰在處理被敵軍押在輜重隊的俘虜？先叫一個馬上來向我報告。我下午再去審訊那些敵兵。」

聽到這裡，伊絲塔立刻睜開眼睛，向那士兵詢問：「俘虜中有女神紀律軍的官兵——他們都安全嗎？」

「是的，我見到好幾個。」

「有幾個？」她急切地問。

「夫人，我不知確切人數——有些正在營地裡。」他揚首，朝上游示意。

「您等等就能見到他們，也有充分的時間可以相聚。」軍官安慰她。相互敬禮之後，那三個部下各自朝不同的方向離開，去執行他們的新任務。

「這些傑出的士兵是誰的麾下？」依絲塔問。

「謝謝您，是我的。」他回答：「啊，請您見諒，剛才太匆忙，我沒有完整介紹自己。我是波瑞佛藩主，阿瑞司．路特茲（Arhys dy Lutez）。波瑞佛城堡守在約寇那與宜布拉的三方交界，每一位官兵都是保衛喬利昂的刀刃。感謝五神，女大君依瑟為我們帶來宜布拉的和平，這份差事可比從前容易多了。」

「路特茲？」她的心底一涼，語氣驚慌：「您是不是那位……？」

這下子換他僵住了，開朗的親和態度也忽地一凝，但他仍保持輕快的聲調說：「偉大的首輔和叛國賊，阿爾沃．路特茲嗎？那位是我父親。」

依絲塔入宮時，路特茲輔政大臣已是二度鰥居，而且後妻都亡故十年了。她在王宮中接見過路特茲與嫡妻所生的兩個兒子；連他認了外頭的三個私生女、安排她們一一嫁入名門富家之事都知道，卻從來沒聽過阿瑞司這號人物，可見他必定是那位後妻所出。路特茲的繼室其實也小有來頭，聽說她是北方某個貴族家系的繼承人，正值盛年的路特茲迎娶了她，後來卻為了追隨埃阿士而頭也不回地擱下了這位新妻，甚至任她孤伶伶地在自家封地獨守空閨。

「叛國賊的兒子對喬利昂盡忠職守，讓您感到意外嗎？」阿瑞司的聲音聽來有些粗啞。

「一點也不。」她抬起臉，大起膽子在這麼近的距離下端詳他的面貌；那俊秀的下巴和鼻梁想必遺傳自他的母親，其餘的部分，包括那驚人的活力，全都與路特茲如出一轍。「他是個偉大的人。您有……您的容貌和他有幾分相似。」

阿瑞司抬高了眉毛，轉頭來驚訝地看著她，用著和先前完全不同的眼光，還多了一分熱切。到這一刻，她才意識到這人一向多麼地壓抑自我。「真的？您見過他？面對面見過？」

「怎麼，您沒見過嗎？」

「就算有，我也不記得。我母親有一幅他的肖像畫，但畫得很差。」他蹙眉道：「到他……過世為止，我都沒機會被帶到卡蒂高司的宮廷。其實我當時的年齡也不算太小，不過……也許沒去是對的。」

他說著，掩下那份熱切，笑容中添了苦澀。一個四十歲的大男人，假裝不為二十歲的自己感到遺憾，又在不經意的坦誠下向她吐露，這令她心中一陣刺痛。

他們繞過河灣處，來到一片樹林，林間綠草如茵，散落著野灶、熄滅的營火和營帳樁釘之類的痕跡。稍遠處，馬匹和騾子都在休息或低頭吃草，有幾個男人正在整理馬具和雜用品，另有一些人或坐或臥，或裹著毯子在那裡聊天。草地的另一邊還有幾座將官專用的營帳。

一看見阿瑞司，十幾個大男人立刻跳起來歡呼，衝上來迎接，搶著報告事情、發問，要求他下達新的命令。接著，一個穿著藍衣的熟悉人影跟著，一跛一跛地跑了過來。

「啊！啊！她獲救了！」佛達・古拉激動地大喊：「我們逃過一劫了！」

佛達的模樣很是狼狽，疲憊、蒼白又蓬頭垢面，活像被人在荊棘地裡拖行了一哩遠，但是身體大致完好，沒有外傷，跛行大概是因為原先的鞍瘡所致。依絲塔這才大大地鬆了口氣。

「太后！」他高興地擠到馬前來：「感謝眾神，五倍的感謝！讚美女神！我到最後一刻才確知您被抓走了！我跟著波瑞佛的弟兄們一起出去找您——」

「佛達，我們的人——有沒有受傷？」依絲塔扶著藩主的手臂，掙扎著坐直，急切地問。

「有一個運氣不好，被波瑞佛的人誤傷了，還有個被自己的馬壓斷了一條腿。我派兩個人去照料他們，等醫官們看完了比較嚴重的傷患再去給他們醫治。其他人的狀況大致都還好，我也是，尤其是我現在不用再為失去您而擔心自責了。」

先行下馬的阿瑞司・路特茲聽到時，身體像石頭般僵住。「太后？依絲塔太后？」

佛達仰頭看他，笑顏逐開。「是啊，閣下？若您就是救了她的人，我要親吻您的手和腳！清點女俘時發現少了她，我們弟兄都快急死了。」

阿瑞司瞪著依絲塔看，那眼神像在看一個正在變化形體的怪物。關於他父親死於埃阿士之手的傳聞，不知道他聽過多少個版本？他信了哪一個？也許我真是個妖孽呢，依絲塔心想。

「請容我致歉，藩主，」依絲塔向他解釋：「阿杰羅女準爵是我為了這趟朝聖之旅而使用的化名，起初是為了低調，後來是為了安全。」只可惜顯然是沒什麼用了。「有您的英勇救我平安，我如今可以恢復依絲塔．喬利昂的身分了。」

他靜默了好一陣子才開口：「噢，這麼說來，妥挪克索的情報也不完全錯誤。真是個驚喜。」

說這話時，那張臉上的神情已經收斂，恢復到先前的拘謹。他沒再說什麼，只是和佛達合力將依絲塔扶下馬。

9

關於黎明時分的這一場突襲，佛達很是興奮，在扶著依絲塔走過草地時，他對著她描述自己在混戰中之所見，言語間洋溢著對波瑞佛藩主的由衷敬佩。依絲塔接不上話，看著碧草在春風吹拂下搖擺的律動，只覺得自己的頭脹得厲害，也沉重得厲害。除此之外，她的眼皮跳個不停，雙腿也是……

「佛達。」她輕聲打斷他。

「是，太后？」

「我想……要一塊麵包和一捲被鋪。」

「這粗糙的營地不適合您休息——」

「隨便什麼麵包都行，睡袋也行。」

「我先找幾個女人來服侍您吧，只怕她們不如您——」

「你的被鋪就可以了。」

「太后，我——」

「你要是不馬上給我一捲被鋪，我現在就坐在地上大哭。現在。」

這樣的威脅，配上淒厲的語調，總算讓佛達明白她是真的餓了睏了，其他什麼都不想要。於是他在樹下隨便挑了個將官用的帳篷，自己先探頭進去看看，才領著她進去。那帳篷裡東西很多，聞起來有霉味、陌生男人的體味、皮革味、馬味、金屬保養油的氣味，卻很溫暖。地上有一捲被鋪，她直接躺了上去，靴子、染血的裙子全都沒脫。

幾分鐘之後，佛達帶著一小塊黑麵包回來。她伸出一隻手，無力地招了招，他便將麵包塞到那隻手上。她帶著睡意嚼咬，一面想著這營帳的主人回來時……反正會有人去跟他說的。若讓佛伊出面，他會讓對方相信出借營帳是榮耀的奉獻；佛達也差不多是如此吧。她為佛伊和卡本擔心，怕他們仍然流落在野外；莉絲肯定平安逃到瑪拉蒂了，但之後呢？他們三人是否會合了呢？還有……還有……

她勉強睜開瘦澀的眼皮，看見帳篷頂的許多小光點閃動，那是透過樹影灑落在粗糙油布上的陽光。是下午了吧？她感覺到尿意，而且全身都痛，宛如被狠狠揍過，頭也發疼。側頭一看，咬了半口的小塊麵包就落在她的手掌邊。

一道不安的女聲在她耳邊響起：「殿下？您醒了？」

她翻了個身，想找佛達，卻發現臥榻邊站著兩個樣貌粗陋的隨營女眷，和一個頭面整齊、穿著母神綠袍的女服事，顯然是等著她醒來。那服事表情自己是藩主派人從最近的一個城鎮徵調過來，兩名隨營女眷在照料傷患上也同樣經驗豐富，所以一起來幫忙。事實證明，這三人的手腳可比瓦倫達那一大群貴族女官們還要來得精幹俐落。

依絲塔的衣物有半數都被佛達和手下追回，如今都堆在她對面的另一條軍毯上。女眷們帶來充足的盥洗水、齊全的潔牙用品，幫著她梳洗，給傷口上藥和重新包紮，換上比較乾淨的衣服，總算讓她覺得自己——就算不那麼像個王族，起碼也像個女人了。

攙著母神服事的手，她走出了營帳。外頭陽光普照，而這片營區裡現在靜悄悄的，只有一小群男人匆匆往來，自顧忙些軍務之類的瑣事。總之大概沒人要她立刻上馬離開，這令她暗暗覺得感激，因為她現在還很累。那名服事帶著她往一處營火堆去——那火堆旁坐著正是她自己的護衛，也就是佛達的手下們；這些年輕人也已大致梳洗過，只是臉上仍帶著些許倦容，他們自己都是席地而坐，卻細心地用木塊為她弄出一張臨時拼湊的椅子來，上頭還鋪了毯子，邀請她坐上去。一旁，他們向此營區借來的幾個營雜役正在準備吃食，依絲塔茫然地看了一會兒，腦袋漸漸清醒，便要母神服事也替這幫弟兄們看一看。那服事立刻去取了用具回來照辦，態度熱忱殷勤。又過了一會兒，佛達終於出現，看上去也像是小睡過了，依絲塔這才放鬆了心情。

火堆邊飄出熱食的香味時，阿瑞司跟著一群官兵回來了。他先走向依絲塔，恭敬地行了個正式的貴族晉見禮，接著客氣地問她休憩後做了哪些事。他聽到她說對於在營區所受待遇非常滿意，他大感疑惑。

「卡蒂高司在夏季時，宮廷仕女們經常在樹林辦野餐會，享受自然質樸的喜悅。」她向他解釋：「就像這樣的好天氣，在這樣的樹下鋪些織毯，席地用餐，是非常時髦的消遣。」當然，席間不會有傷兵和這麼多軍事用具。

他微微一笑。「就怕我們無法及時給您更周到的服侍。我在這裡還有些事情要辦，也得先寫信向凱里巴施托領主大人報告。我已經派兵巡邏周邊地區的路，搜索脫隊的約寇那人，明天早晨就能確保行路安全。到時，我願有榮幸能邀請您光臨波瑞佛城堡，在那裡休養，直到您和受傷的護衛們都徹底復元。」

她在低頭思忖時，感覺到他目不轉睛的凝視，一時有些壓力。「波瑞佛是離這裡最近的庇護處所嗎？」

「不是最近，卻是最堅固的。更近的都是些小村小鎮，防禦不那麼強固，老實說，也比較粗陋。此處到城堡騎馬半天，都是好走的路，我保證不會使您更勞累。而且——」他頓了頓，嘴角閃過一抹溫暖的笑容。「實不相瞞，那是我引以為豪的家，我是想請您去參觀。」

那一股真誠和魅力要把依絲塔的心都融化了。但她知道，接受了提議就意味著要與他交談更多，談著談著就免不了要談到……什麼？她忽然發現，佛達正用一雙熱切期盼的眼神注視著她，還在聽到她答允時毫不遮掩、滿足地鬆了口氣。「謝謝您，大人。我們都樂意接受您的邀請。」她想了想，又道：「這樣也好，我那幾個失散的隊員，或許就能在我們叨擾府上的期間前來會合。您可否在寫給領主的信中代為轉告，就說我們正焦急地尋找那些隊員，並請他通令下去，一是協助尋人，二是在尋獲之後將他們送到您府上？」

「當然可以，太后。」

這時，佛達湊過來低聲說：「若您能在那樣安全的要塞中落腳，我也能出去找他們。」

「也許吧，」她低聲回答：「到時候再說。」

在佛達積極的邀請下，藩主便也坐到這個營火堆來了。此時的太陽正要下山，那幾個雜役的眷屬大概是因為王室太后蒞臨而使出了渾身解數，竟然製作出一頓工序繁複的餐點；看見有人能夠僅用一只平底鍋和營火就烤出帶著香草、大蒜和洋蔥香氣的麵包，依絲塔也嘖嘖稱奇。

阿瑞司婉拒了食物，說自己已經進食過，只接受一杯加了點酒的水，並在喝完之後早早告辭，到他自己的營帳去辦公了。夜幕低垂，燭光映照的營帳上有他伏首案前的剪影，僕從和下階官兵進進出出，還有一個被俘的約寇那文官被帶進去，審訊了很久才出來。等到依絲塔回到自己借用的那座營帳——當然，那營帳原先的主人已經將雜物清空，還有人來薰香過——阿瑞司的帳篷裡依然燈火通明，宛如這漫漫林野的一盞夜燈。

為了協調押送約寇那俘虜之事，部隊耽擱了一會兒，因此他們稍晚才拔營啟程，依絲塔看得出阿瑞司為此不樂。他們給依絲塔重新派了一頭漂亮的白色閹馬，裝上她原先的鞍座和馬具，還讓一個年輕小兵來執韁繩，想來真把她當成一個疲弱的老女人了。她勉為其難地踩著那小兵戰戰競競的膝蓋上馬，但其實她只需要一個上馬凳。

「但願您對這匹馬滿意，太后殿下。」小兵俯首道：「這是我親自挑選的。我們的司馬官累倒了，所以無法來為您服務。不過，等我們回到波瑞佛，一切都會好些。」

「一定會的。」

部隊走出河谷，越過郊野，陣容非常浩大。四十個穿著灰色制服、全副武裝的波瑞佛騎兵為前鋒，為依絲塔和佛達的小隊伍領路，緊接著是輜重部隊，騾子和隨營僕役，以及二十名士兵押後。他們走了好一會兒才見到路跡，再循路往北轉到更大的路。斥侯們來來回回、馬不停蹄，持續帶回並交換各種偵察報告，也為隊伍的行進漸次調整方向。

溫暖的晨光中，他們以緩慢但穩定的速度前進。直到接近中午，阿瑞司才終於空閒下來，便駕馬來到依絲塔身旁，精神抖擻地舉手敬禮。「太后，我想您睡得還好吧？這趟騎乘還撐得住嗎？」

「是，可以的。我怕忍不住想來個小小的跑馬呢。」

他呵呵笑了起來。「那倒不急。我們會在正午休息一會兒，傍晚前就能抵達城堡，讓您吃一頓比昨天好些的晚餐。」

「真令人期待。不過昨晚的已經十足美味了，今天的可別太豐盛啊。」這是半分真話，半分客套。看那笑容，依絲塔知道他聽得出來，而且並不以此滿足。

「我還是要為了昨天沒有認出您，而正式道歉，」他繼續說：「妥挪克索發出的警報確實提到您被敵軍擄走，然而內容非常荒誕，我當時是姑且信之。我不知您使用化名，便以為妥挪克索的消息是錯的。」

「您無須道歉。事實證明，是我太過謹慎。」

「一點也不。我……我沒想到會親自見到您。」

「真要我說，幸好有您見到，否則我今天就要在約寇那發我的起床氣了。」

他咧嘴一笑，飛快向佛達一瞥，見那年輕的奉侍兵正走在依絲塔的另一側，饒富趣味地旁聽著這段對話。依絲塔知道阿瑞司想聊些客套之外的話題，內心交戰了一會兒，最終讓好奇心戰勝了恐懼，狠下心屏退了佛達，任他一臉失望地走在較遠處的後頭。看著自己的白馬和阿瑞司的灰馬並頭而行，她忽然想到莉絲孤單地流落在外，也不知如今人在何方，不禁心中一刺；當然，她知道莉絲一定能照顧好自己。

「我早該在第一眼就認出您來。我當時就覺得您是個很有分量的人物，但看上去又不像是我想像中的那位大名鼎鼎、明媚動人的依絲塔。」不知是心情鬆懈或是出神地思索，阿瑞司用一種略帶迷茫的眼神看著她。

至於依絲塔，她也不知自己是懶得應付這種先禮後兵，還是太急著想切入主題而略有不耐；假如這是另一種調情之詞，那她就確定自己是懶了。她決定還是照步驟來。「您以前想像我如何？」

他隨意比劃著：「個子高一點，眼珠更藍，髮色淺一些——宮廷詩人都說您有一頭淺蜜色的金髮。」

「宮廷詩人就是專門收錢說謊的，但也沒錯，我年輕時的髮色更淺一些。眼珠的顏色沒變，恐怕現在反倒比較清澈呢。」

「詩人後來也說您的雙眸如冬雨，髮色成了冬天的原野，我以為是經久悲痛的緣故。」

「不，其實我一向後知後覺，很遲鈍。」她自嘲道。但他沒有笑。「年齡增長只改變了我的思想，在其他方面沒長進。」

「太后，我有個不情之請——您能否講些我父親的事情給我聽？」

唉，我就知道他對我的興趣根本不在於什麼冬雨哭泣的眼眸。「世間對他傳說甚多，我想您也聽得不少才是。該從哪說起呢？阿爾沃．路特茲的確是個多才多藝、舉世無雙的人：劍術、馬術、音樂、詩歌、戰爭、治國……假如一定要說個缺點，那就是他太好說話，以至於把他持續多年的努力都——」

她兀地打住，覺得不該再說下去，因為在這麼多年後回憶當時，她發現路特茲的許多豐功偉業竟然都有虎頭蛇尾的遺憾，像一樹芬芳馥郁的花朵，結出酸澀壞疽的果子——*是啊，要是我當年就能明白這一點該有多好？*於是她改口：「看在每一雙注視著他的眼裡，他都是個喜悅。」*除了我的。*

阿瑞司聽了這樣的描述，垂眼靜默了一會兒。「您並不遲鈍。」他頓了頓，又道：「我見過更美麗的女子，您卻讓我的視線無法移開……我也說不上來。」

假如這是奉承，絕不是高明的。她覺得阿瑞司這番話說得太嚴肅，嚴肅到令人擔心。

果然，他接著說：「我開始明白，為何我父親會冒死希求您的愛情了。」

依絲塔氣得直想尖叫。「阿瑞司大人，住口。」

她極力克制語氣，並不凶悍，但這措辭令他嚇了一跳。「太后？」

「我知道民間謠傳的是浪漫情事，可是他的品味不至於如此——阿爾沃．路特茲從來都不是我的情人。」

他怔了好半晌。「我想……我是說，我相信您如今是沒理由說假話的。」

「我一向說的都是真話。外傳我搬弄是非、說長道短，那都不是我。大多數的時候，我能不開口就不開口。」所以就少說少錯嗎？也不盡然。

他思索道：「當時大君是否不相信您的辯白？」

依絲塔揉著眉心。「好，我看我們得聊些更久遠的往事了。關於令尊的死，您是怎麼想的？」

只見他不安地皺眉。「我認為……我判斷……是我父親愛上您，但他為了保護您或自己的名聲而不肯招認，審訊者在拷問時不慎失手，將他殺死在臧格瑞的大牢裡。侵吞國庫和謀反罪名都是羅織，用來掩飾大君的罪惡感，因為路特茲家族的遺產沒有被充公，而是全數由子嗣繼續繼承。」

「您很敏銳。」她如此肯定道。他幾乎說中了七、八成。「我能告訴您的是，在那個過程中，路特茲表現得幾乎和傳聞一樣勇敢、善良，甚至更好。」

他飛快地向她一瞥。「是我冒犯了您，殿下。我很慚愧，請您接受我至誠的道歉。」

她的腦中仍然百思翻湧，掙扎著每一件該講的祕密都有講不得的原因，每一個該讓他知道的真相都有繼續隱瞞的苦衷，她只能穩住自己的情緒。他何必知道呢？假使他可以平心靜氣地接受父親是為了高尚浪漫的愛情，而拋妻棄子甚至失去生命，她也犯不著幻滅它。事情都已經過了這麼多年。

況且，讓這不可言說的浪漫往事給自己增添一些神祕感，也不是太壞的事。比起真相揭露的黑暗和複雜性，眼下的她寧願選擇白色謊言；也許等到彼此更熟悉，她會有勇氣說出一切。幹嘛？說他父親是因我的一番話而被淹死？我要跟他熟悉到什麼程度才敢講出這種話？

於是她深吸一口氣。「於王國或於床笫，您的父親都沒有叛國。他有超乎常人的意志力，尋常事物很難擊倒他；他的勇氣和崇高人品值得名留青史。」擊倒他的是一次失敗，而那次失敗的後果賠上了他的性命，卻不能說是背叛。

「殿下，您把我搞糊塗了。」

她的勇氣盡失。就像路特茲那時一樣，不是嗎？「事關王國機密，我答應埃阿士要保密，所以我不能再多說，只能向您保證，您無須為這個姓氏擔負任何恥辱。」

「噢，」他作愁苦貌。「王國機密。哦。」

老天，眾神，這可憐的人還真接受了這個說法，依絲塔覺得自己的精神快要崩潰了。神啊，你們為何要把我帶到這裡？我受的懲罰還不夠嗎？你們覺得這樣好笑嗎？

「已故的過往就放下吧，我們聊聊還活著的人。說說你自己？」眼前還有好一段路要走，她不想再談那麼沉重的話題；依她對一般朝臣的認知，她這號人物實在是沒什麼好聊的。

卻見他聳聳肩。「我自己沒什麼好說的。我出生在凱里巴施托，也在這裡生長，少年時期就加入領主的防衛軍。我母親在我們——在我十一、二歲時亡故，所以我是由她的忠——別的親戚撫養長大，我所受的戰士教育也是這樣來的。波瑞佛其實是我母親的娘家，我是在成年後由我們領主承認才繼承藩主之位。我父親的資產和爵位幾乎都由我的異母兄長繼承，只有少數在這個領轄內的土地歸我——應該是執行者之間有某種協議吧。當時我年紀輕，不懂那麼多。」話到這裡，他就閉口了。

這顯然就是他的生平。他的父親雖然是舉世名臣，在他的人生中也不過就只佔了這麼一點點分量。

又見他四顧，特別眺望北面的地平線，補充道：「我愛這片土地。就算摸黑著走，我也不會迷路。」

她跟著他望去，緩和的山勢襯托著天地更加遼闊。這裡的溫暖適合橄欖生長，油亮亮的小葉子四處點綴起綠意。視野盡頭可看見一些建有高牆的莊園，低谷的田地有牛隻耕犁，水車轆轆，倒是一派平和滋潤的景象。高地的稜線蜿蜒，在陽光下像是一條條嶙峋的老骨。

依絲塔知道他也隱瞞了人生中艱辛的轉捩點，然而最後這幾句說明了那些轉折的重量和意義——之於他的意義。這個人或許不得不戴著面具過日子，不得不掩飾自己的情感，再藉著無關緊要的不造作來忠於自己的心。

一個斥侯上前來致意，阿瑞司與他談了一會兒，然後抬頭看太陽，皺了皺眉頭。「太后，我得去忙了。期待與您再敘。」莊重頷首之後，他拍馬與那個斥侯一同離開。

佛達回來時臉上帶著微笑，依絲塔看得出他是壓抑著好奇。幾分鐘之後，陸續有輜重隊的人和騾子快步超前，由六、七個武裝士兵護送。再走了幾哩，他們彎進一條長而闊的谷地，到處長著綠樹和藤蔓；小溪邊有一處小村莊，隨軍僕役們已經在村莊旁的橄欖園立起幾座營帳，正在埋灶做飯。

阿瑞司和依絲塔等人在十餘名衛兵的護送下走進橄欖園，其餘部隊則繼續往前走，全無停留。

下馬之後，依絲塔在佛達的攙扶下來到一處樹蔭下；那是一株很古老的橄欖樹，樹下已經為她鋪好了座席，而且又用馬鞍和軍毯之類的東西做成椅子，讓她的雙腿休息。阿瑞司親自遞來一杯摻水的酒，自己喝的仍舊是加少許酒的水，卻是一口飲盡。擦擦嘴，他將空杯交給身旁的僕人，對依絲塔說：「太后，我得去小歇一會兒。我的人會服侍您。另一座營帳是給您的，若您需要，可以進去休息。」

「哦，謝謝您。這樹蔭就很宜人了。」她見那兩座營帳都是軍官用的，容易裝卸，他自己的主帥大帳想必沒拿下車來，跟著輜重走了。

他鞠躬後大步走開，一頭鑽進營帳，大約一個鐘頭沒出來。依絲塔猜想，他這兩晚勢必都沒怎麼睡。那貼身僕人跟著他進帳篷，幾分鐘之後走出來，盤腿在帳門邊坐下。

這段期間，那母神的服事上前來想要服侍依絲塔。依絲塔沒什麼要她做的，便喚她同自己一起坐在樹蔭下，聊些日常閒話，順便了解本地的農村生活。隨營軍眷送來餐點，還看著她吃，直到她笑著道謝才放心退下，顯得很高興。

這村莊小得無法建廟，但聽說廣場上有一口女神之泉，佛達和部下餘眾就在飯後去那裡為眾人的獲救而祈禱致謝。依絲塔囑託他們代為致意，一面覺得自己無須再到他處尋求眾神，因為眾神似乎無時無地對她緊迫盯人；也許她反倒該去些眾神絕對不會去的地方，那才會是真正使她心靈平靜的朝聖之旅。在這滿目陽光的靜謐午後，她有些昏昏欲睡，聽見身旁有小貓兒似的鼾聲。那名服事竟趴在毯子上真的睡著了，她不免暗暗好笑。

依絲塔小心調整毯子，自己靠在樹幹上，漫無目的地想著：這棵樹一定有五百歲了。這村莊也有五百年了嗎？可能有。喬利昂人來過，宜布拉人來過，洛拿公國大概也待過，這會兒又換成喬利昂……主人是一代又一代地換，百姓們不變地堅守在此，延續生命，彷彿無垠。在這般思緒中，依絲塔感覺到身體放鬆下來——這是她多日以來的頭一次寬心。因此她閉上了眼睛，打算瞇一會兒。

她的思緒飄忽起來，攀上了夢境的邊緣。有東西在瓦倫達城堡附近跑著，也或許是在臧格瑞。有人在爭論說衣服不合身。有幾隻鳥在飛。城堡中的一個房間，燭光。

阿瑞司面容扭曲的臉，嘴型似是在號叫；他踉蹌跌步，向前伸出雙手。他發出粗啞的聲音，既像呻吟又像喊叫，最後變成痛苦的哭泣聲。

依絲塔驚醒，急促地猛吸一口氣，耳畔彷彿還聽得見那哭聲。她坐直身子四望，發現只是自己心跳加劇，其餘一切如舊。那服事仍在她身旁睡著，而馬群休息處的樹蔭坐著幾個男人，有些在玩紙牌，有些也在午睡。沒有人受到驚動，阿瑞司的營帳也沒有動靜，只有那盤腿坐在門邊的僕人不見了。

那是夢……對吧？只是看著太逼真也太清晰了點。她勉強自己靠回樹幹上，心情卻再也平靜不下來，胸中的緊迫感揮之不去。

她極其安靜地撐著身子站起來。此刻沒人在看，她便悄悄溜開，沿著樹蔭移動到阿瑞司的營帳去。她停在帳口想了想，不知該用甚麼藉口去叫醒他；萬一他剛好醒了又在更衣，該怎麼解釋自己冒犯他的隱私？

可是我一定要知道。

依絲塔掀開帳門，逕直走入。營帳裡比較暗，但外頭陽光正豔，樹影之外的光線仍然透得進來。「阿瑞司大人？阿瑞司大人，我……」她輕聲喚道，卻為眼前的景象一愣。

阿瑞司的上衣和鞋子整齊疊放在進門右側的毯子上，人則仰躺在左側的行軍床，身上蓋著一條薄被，頭朝門口；裸露的上臂繫著一條灰黑相間的三股繩，代表他曾向冬之父神祕密祈求某事。

他的雙眼緊閉，動也不動，臉上身上看不出一點血色。那條薄被，大約左胸的位置，滲出一小片鮮紅色的污漬。

依絲塔嚇得屏住呼吸，不敢喊叫，跪倒在行軍床邊。五神，他被暗殺了！這怎麼可能？沒有別人進出這座帳篷——難道是那名貼身僕人？他是洛拿的間諜？她顫抖著把手伸向薄被，掀開來看那傷口——傷口敞開地像一張黑色的嘴，鮮血正緩緩流出。也許是把短刀，正中心臟。他還活著嗎？她摸了摸傷口，感覺到黏膩的血液，卻沒有感覺到任何搏動。不，她不敢把耳朵貼上他的胸口去聽。

她的腦中忽然閃過似曾相似的另一幕：這傷口的形狀、指間的血潮氾濫。又有一陣悶暈，心跳在耳中沉沉如雷如鼓，她急忙把手拿開。我見過這個傷口，一模一樣的。但在夢境中，那傷口明明出現在另一個男人的身上。

神啊，神啊，神啊，這恐懼是怎麼回事？

也同樣的，又是在她的注視下，他的嘴唇動了，胸膛緩慢隆起，開始了深長的吸氣，那傷口也從外圍逐漸收斂、縮小、平撫、淡化，最後縮小成一個淺紅色的傷痕；在這一口氣呼出時，他發出輕淺的呻吟，四肢有了動靜。

她急忙爬起來，顧不得右手還沾著血，一閃身就從帳門縫隙溜了出去，立在午後的陽光和搖曳的樹影下，覺得自己從頭到腳都涼了。適應了光線後，她三步併兩步地躲到營帳後方，擠在樹幹的空隙間，先讓自己緩過氣來。就在這時，她聽見帳篷內傳來行軍床的軋軋聲，還有一聲嘆息，於是她又張開右手掌，盯著那片洋紅色的污漬猛瞧。

我不懂。

一、兩分鐘後，她覺得自己有力氣走穩了，不想趁著呼吸尖叫了，這才斂好神情走回先前休息的樹蔭下，重重地坐回她的位子。女服事被她驚醒，坐了起來。「太后？哦，是要繼續上路了嗎？」

「我想是的，」依絲塔滿意地聽見自己的聲調平穩：「阿瑞司大人……應該是起床了。」

對，他推開了帳門走出來伸懶腰，衣服鞋子都已經穿好，又抓了抓頭，微笑著環顧四周，一副睡了個好午覺、神清氣爽的模樣。除了他中午沒吃過東西……

那貼身僕人匆忙回來，幫他把制服和佩劍等物品穿戴妥當，他也在這時對部下發號施令，讓車隊準備啟程，那語氣也是懶洋洋的。

母神的服事彷彿自動成了依絲塔的臨時侍女，自動自發地收拾起她的東西，幫著帶走。正好佛達要去牽馬，依絲塔便叫住他，把他拉到一旁，裝出若無其事的聲音說：「佛達，你看我的手，再告訴我你看見了什麼。」

他彎下腰去看她攤開的右手掌，立刻直起身子。「這是血！殿下，您受傷了嗎？我去叫服事——」

「謝謝你，我沒受傷，只是想確定……你看到的跟我看到的是否一樣而已。沒事，你去忙吧。」她說著，在毯子上抹了抹手，並讓佛達扶她起身，又想了想叮囑他：「別說出去。」

他下意識地抿緊嘴唇，臉上顯出幾分不解，但見她確實安然無恙，便行了個軍禮，繼續走向馬兒。

接下來的這段路程比依絲塔預期得短些。翻過一座山頭，總共只走了大約五哩，來到一條略微開闊的河谷，順著陡坡走下往返彎曲的山道，沿河走了一小段，就見到阿瑞司拍馬回頭走到她和佛達的身旁，志得意滿地揚手朝前方比劃。「瞧，那就是波瑞佛城堡。」

那是另一座傍水路而興的高牆要塞，比中午休憩的那一座大上許多。整體而言，這個要塞是順山勢而建，呈現背山面河之勢；頂峰奇岩處處，稜線上立著一道道不連續的城牆，但在牆與牆之間都有圓尖塔銜接，全由切割精密的石塊砌成，在河面波光的映照下潔白生輝。除了頂緣的城垛，牆面上還有許多箭孔——波瑞佛的主建築是早年由約寇那人建造，原是為了抵禦喬利昂和宜布拉的入侵，因而從結構到石雕都是洛拿風格。

阿瑞司靜靜仰望著他的家園，臉上出現一種難以形容的表情：有急切有緊張，既渴望卻抗拒，甚至有少許不易察覺、一閃即逝的疲憊，但他隨即用開朗的笑容對依絲塔說：「來，殿下！快到了。」

大部分的輜重和士兵都是走到河濱的村莊就停下，之後只有阿瑞司領著剩餘部眾，連同佛達一行人繼續登山，從一條僅能容單列行走的窄坡道前往城堡。坡道兩旁的灌木茂密，樹根歪斜鑽生在亂岩之間，使得枝葉向路中橫出。馬匹奮力地走著，大多已累得喘氣。就在這時，上方有人在高喊著歡迎與問候，那聲音在河谷中迴響清亮，毫無阻隔；也就是說，當攻擊部隊進犯此城，他們會在走這段路的時候接受飛箭和投石的瘋狂洗禮。

馬隊繞過城牆，接近一座已經放下的起降橋。橋的下方是個天然裂谷，岩層裸露，看起來有二十碼深。走在隊伍最前方的阿瑞司揮手高呼，隨即讓馬兒快跑進城。

依絲塔跟著進了拱形的城門，發現門裡門外竟然宛如兩個世界——門外是殺伐森森的邊陲防城，城門內卻全然是個綠意繽紛的小洞天。這門庭呈長方形，庭院兩側滿是各種草木植栽，其中一側的牆面更用鑄鐵嵌架著一排排盆栽，裡頭的花朵撩亂怒放，五顏六色，還有青綠爬藤攀走在盆栽之間，填補也點綴著空隙；另一側是由枝葉繁茂的老杏花和扁桃樹交纏而成的樹牆，在這季節開出了整片的花海。庭院盡頭處可見一棟精巧小樓，由一樓的古典柱廊和二樓陽台構成，直通中庭的白玉石階造型雅緻，遠望就像一道雪白的瀑布。

石階上，一名高眺的年輕女子正在快步走下，臉上滿是歡欣。這女子有頭烏黑的秀髮，在額際盤結成整齊的髮辮，後半綠披散垂下，是年輕女子喜愛的髮式，格外能襯托她白裡透紅的皮膚和娟秀五官；只見一襲輕盈優雅的亞麻裙和嫩綠色的寬袖絲袍，一齊隨著她下樓的步伐飛揚，平添飄逸出塵的氣質。阿瑞司迫不及待地跳下馬，把韁繩草草扔給馬伕，顧不得多說什麼，便大張雙臂與那女子熱烈擁抱。

替依絲塔侍馬的小兵動作很快，他在這時已來到馬頭前等著伺候，視線卻投向庭中那戲劇化久別重逢的一幕，流露著羨慕的目光。

「好一位迷人可愛的女孩。」依絲塔向那小兵說：「我不知道阿瑞司大人有個女兒？」

小兵幫著穩住她的馬鐙，低下頭答道：「哦，太后，大人的女兒不住在這裡……」

依絲塔微微一愣，卻見阿瑞司挽著那女子的手已經走來，滿面是掩不住的自豪。「依絲塔太后殿下，容我向您介紹我的妻子凱提拉拉（Cattilara），波瑞佛藩主夫人。」

那黑髮女子立刻向她恭敬行禮，儀態優雅，身段輕盈。

「太后殿下，您大駕光臨，是敝地無上的榮耀。願我能在您停留期間竭力服侍，使您在此留下美好喜悅的回憶。」

「波瑞佛夫人，五神賜您日安，」依絲塔狼狽地改口：「我相信您一定能。」

10

在兩名笑容可掬的侍女陪同下，年輕的藩主夫人帶著依絲塔穿過涼爽的柱廊進到內庭。佛達和女服事也受阿瑞司大人的示意跟了上去。內庭裡，最先映入眼簾的是一口大理石砌的星形小水池，池水清澈，有許多盆花和多肉植物圍繞著；再進去便是另一道向上的階梯，可通往二樓的明廊。凱提拉拉夫人飛快地奔上二樓，在明廊入口停下來等，依絲塔則在母神服事和佛達的攙扶下吃力地爬階，不由得為自己痠痛的腿腳和某種複雜的感謝之情而苦著臉。

一行人走在木質地板上，那腳步聲的回音獨特。來到轉角處，他們見到一座較矮的小塔，阿瑞司大人忽然停住，並說：「凱提（Catti），不行！絕對不能用那些房間！」

凱提拉拉夫人和兩名侍女已經走到塔前，侍女都站好了準備要開門，聞言立刻停下了動作。凱提拉拉有些不解，笑著回望。「夫君？這裡的房間是我們家最好的——應該用來接待上賓呀！」

阿瑞司的臉色大變，上前去在妻子耳邊壓低了聲音：「有點品味！」

「我特地為太后清掃過，也裝飾——」

「不行，凱提！」

她愕然地看著丈夫。「我——對不起，夫君。我會……我會想想別的辦法。」

「看在五神的份上，請妳快想。」他的口氣很凶，表情也僵了一會兒才恢復。

凱提拉拉夫人轉過身，勉強笑著。「太后，您……願不願意到我的房間休息、梳洗一會兒呢？請往這裡走……」

眾人跟著她慢慢走回明廊，遠遠望見另一盡頭處有一扇與方才相同的雙開門。這時，依絲塔發現自己走在阿瑞司身旁。

「那房間有什麼不好？」她問道。

「屋頂漏水。」他過了一下才回答，語氣慍怒。

依絲塔朝廊外萬里無雲的藍天一瞥。「哦。」

來到另一端的房間門口，男士們便不再跟進，因此佛達問道：「太后，我是否要把您的行李拿過來？」

依絲塔不好意思自作主張，便望向阿瑞司。

「好的，暫時先拿來。」顯然他認為這裡比剛才好。「來，古拉，我帶您去看您和部下們的住宿處。當然，您一定很想盡快去照料馬兒吧。」

「是的，大人。謝謝您。」佛達向依絲塔敬禮道別，隨阿瑞司走下樓去。

侍女們一左一右打開房門，並在依絲塔走過時福身行禮，笑容依然可親。

終於來到女人專屬的小空間，依絲塔的心中立刻感到一陣放鬆。這個房間裡的光線柔和，壁面裝飾淡雅，插著鮮花的白色陶壺也都是簡素造型，反倒是堆在牆邊的大量五斗櫃看著格外精緻，無不施有細巧的雕刻和嵌飾；某面牆上有一扇風格略異的門扉，依絲塔猜想那扇門後八成就是阿瑞司的房間。這時，侍女們伶俐地拿走了房裡原先堆放的衣服和雜物，並且用一只木箱和羽毛墊為依絲塔鋪了座椅。依絲塔不客氣地坐下了，因為她已經渾身疼痛。

「好怡人的房間啊。」這房間的格子窗向外可以看見另一處內庭花園，依絲塔轉頭欣賞著，同時如此稱讚，聊以緩和凱提拉拉夫人的情緒——自己的起居房突然成了接待外客的地方，這位年輕女主人的臉上有著明顯的侷促。

聽得此話，凱提拉拉感激一笑。「城堡裡上下急著想用盛宴招待您，但我想您或許會想要先梳洗梳洗，稍事休息。」

「是啊，的確是。」依絲塔真誠地說。

服事也趁這時向凱提拉拉行禮，堅定地要求：「而且夫人，如您願意，太后也該換藥了。」

凱提拉拉一聽，面露訝異，向依絲塔問道：「您受傷了？我夫君在信中沒提到……」

「一些小擦傷，也該清洗就是了。」依絲塔沒打算隱瞞受傷之事。她的兒子忒德斯就是死於小傷口的感染，據說最初也是幾道抓傷而已。

凱提拉拉夫人隨即拋開先前的拘束，俐落地吩咐侍女們帶女僕來侍辦此事。不一會兒，熱茶、果乾和麵包先被端了上來，再有人抬來浴盆等盥洗器具和熱水，母神的服事和眾僕人索性將依絲塔從頭到腳洗了個乾淨。等到依絲塔神清氣爽地出了浴盆，穿上借來的潔淨棉袍，便見到這位女主人又是一臉誠摯的喜悅。

接著，侍女們走到依絲塔跟前，一個個捧著滿懷的服飾讓她檢視。「我夫君說，您的隨身物品都被約寇那人劫走了，」凱提拉拉輕聲說著，同時將她的珠寶盒打開，並拿到依絲塔身旁來。「我請求您務必從這裡挑選些中意的。」

「我此行原是為了朝聖，所以本就帶得不多，損失的也就不多。」依絲塔說：「眾神為我保全了我的隨從們，其餘一切都是身外之物。」

「這聽著真是可怕的磨難。」凱提拉拉說著。方才她在旁觀看母神服事換藥時，還被依絲塔腿上的傷疤嚇得小小叫了一聲。

「約寇那人逃跑時一度把我也劫走，多虧您的夫君率領部下搭救。」

聽見這番讚揚，凱提拉拉大為振奮。「他是不是很棒？那年秋天，他和家父一同騎馬來到歐畢城，我當時就對他一見鍾情——家父是歐畢的藩主，我們的要塞護衛著凱里巴施托領主的城堡。」

依絲塔有意逗她，便說：「我同意。連我都覺得阿瑞司大人在馬背上的形象最是令人目眩神迷。」

凱提拉拉果然害羞起來。「他的模樣帥氣，但當時心裡是悲傷的。他的第一任妻子難產而死，留下剛出生的女兒麗薇安納（Liviana），所以人們都說他不打算續絃。我當年也才十四歲，家父認為我太年輕，說我是年少無知的執著，但我證明了自己的愛是真切的。我和父親爭取了三年，終於贏得我夫君的愛情！」

果然是真愛。「你們結婚很久了？」

「快滿四年了。」她笑了開來。

「孩子呢？」

她微微垂眉。「還沒有。」

「好吧，」聽到這女孩聲調中的隱隱痛楚，依絲塔也覺得不忍。「您還這麼年輕呢……來，我們來看看這些好東西吧。」

說是好東西，依絲塔卻沒辦法真的揀選來給自己穿用。這位藩主夫人身材高䠷纖瘦，為她訂製的衣裳都選用輕盈質料，樣式特別曳地飄逸，加上她的年紀很輕，用色也就分外明亮。依絲塔懷疑，她的五短身材套上這種衣服，恐怕會活像是拖著窗簾行走的侏儒弄臣。「說來遺憾，我的母親初喪，我還在為她服孝。」她努力思索比較委婉的藉口：「我本就還在朝聖途中，只是被那幫敵兵給打斷，但心意上還是……不知有沒有比較合適我這心境的顏色呢？」

一個年長的侍女抬頭看了她一眼，再看看手上明豔的綢緞，似乎聽懂了這番話的弦外之音。於是在另一個儲藏間的又一陣翻箱倒櫃之後，女眷們總算帶來了長度合宜、樣式簡約的黑色和深紫色衣袍。依絲塔滿意地微笑，順理成章地辭謝了那一盒珠寶首飾。凱提拉拉歪頭想了想，告了聲歉，突然離開。

隔著房牆，依絲塔聽見她的腳步聲離開了明廊，與一個男聲簡短交談——那是阿瑞司大人，他說話的嗓音有個獨特的韻律，很好辨認。只過一會兒，女性輕快的腳步聲又從明廊回來，放慢成端莊的速度，接著便見凱提拉拉進房來，嘴角微揚，滿足地伸出一隻手，掌心躺著一枚鑲著紫水晶和珍珠的銀製悼喪胸針。

「我夫君從他先父那裡繼承的物品不多，這是其中的一件。」她羞怯地說：「若您願意看在往日情分上選擇配戴這個，那將是他的榮幸。」

依絲塔先是一驚，隨即輕笑出聲。「啊，我認得這個。路特茲大人都將它別在帽子上。」這是大君埃阿士早年給路特茲的賞賜，大概也是所有賞賜中最微不足道的一件，卻陪著他們兩人走過了半輩子。見凱提拉拉的眼神發亮，依絲塔覺得她一定早就從丈夫那裡聽說這段當時最轟動的宮廷傳聞，現在想必是抱著浪漫情懷來獻贈。依絲塔不知道阿瑞司有沒有把她的否認聽進去，也或許他只是基於禮貌而虛應，甚至根本就認為那樣的禁忌祕戀很是動人。他該不會想像她還在為路特茲或埃阿士，或為任一段逝去的愛而哀悼吧？假如這枚胸針代表某種訊息，那這訊息可真夠隱晦的。

依絲塔又想起午間所見的詭異場景。她摸過阿瑞司的胸膛，無法解釋的傷口，那皮肉冰冷僵硬得猶如白蠟，然而他活起來了，照常走路騎馬、談笑怒罵，還能擁吻愛妻。依絲塔寧願相信自己是做了個白日夢——偏偏佛達做了見證，她手掌上的血漬確實是真的。

依絲塔將那枚胸針連同他神祕的意圖一併握入手心，並說：「謝謝您，也請您代我謝謝您的夫君。」

凱提拉拉大喜，顯然對自己的巧思非常滿意。

在藩主夫人的堅持下，依絲塔的頭髮還沒全乾就躺上了她的床鋪。母神的服事搬來一張凳子坐在床邊守著，其餘女侍則都隨著女主人離開，說是讓貴客安靜地休息，到傍晚再來請她去用餐。她們大概去忙著指揮和準備吧，依絲塔心想。她現在感到全身舒服，只有輕微的頭疼，可能是肉體的過度疲勞和精神上的長期緊繃所造成，倒無大礙。睡意徐徐襲來。

一個冰涼的氣息吹在她的臉頰上，逼得她立刻睜開雙眼——這是一座古堡，當然不可能沒有鬼魂。她翻了個身，視野中出現一個淡薄白影，接著是兩個，都紛紛從牆壁裡冒出，大概是被她的氣息引來，各自好奇地靠近。這些鬼魂都非常古老，幾乎要消散了；消散才是慈悲。她板起嘴，噓聲說道：「遊魂給我滾開，別來找我。」說完，她一揮手，那些白影就像霧一般不見了。

「太后？」服事的聲音睡懵懵的。

「沒事，」依絲塔說：「我作夢。」

就這麼兩下子，方才的清爽舒適感全被沉重的不快給取代；那已不僅僅是感應，而是她的神靈視力變得更清晰了。

眾神的餽贈都是釣餌，餌食裡永遠藏著尖鉤。

她不敢再睡著了，只敢假寐。昏昏沉沉了一個鐘頭左右，凱提拉拉和侍女們來敲門。

那名年長侍女為依絲塔梳頭，梳的卻是她自己熟練的髮式，也就是和女主人一樣的半編髮半披垂。依絲塔想像著，披垂的髮絲在她身上大概只會像是一團灰褐色的破布，或像一片被踩踏過的雜草皮，而不會是凱提拉拉那樣的飄逸清純吧。幸好這一身黑紫色重孝帶來不少穩重感，不至於讓她看起來像個裝年輕的半老瘋癲。

形象。她無奈地想了想，知道自己又必須開始注意形象了。

北方的夏天來得早，因此主人將這頓晚宴的餐桌設置在庭園中，並且在太陽未下山之前就開席。主桌橫設，正對著那口星形水池，兩張副桌則一左一右地垂直設置在旁。主桌上，依絲塔坐在男主人的右手邊，再往右則坐著女主人。

假如阿瑞司的全副武裝、渾身浴血的英姿是耀眼奪目，那麼他此刻的侍臣裝扮足可使人忘我：一身灰底金邊的朝服，馬鞭草的香氣襯得他的微笑更加溫暖。依絲塔按捺著複雜心緒，故意用更冷漠的問候向他致意，並且努力不去注視他。

受藩主賞識，佛達得到殊榮，得以坐在藩主夫人的旁邊。如此安排之餘，阿瑞司的左側還有兩個席位，末端坐了一名白髮蒼蒼的男司祭，阿瑞司身旁的位子卻還空著；一個軍官本欲上前，但在阿瑞司的示意下又退開，走到副桌去坐了。

看見這一幕，凱提拉拉從依絲塔的後方探身向丈夫耳語：「夫君，今晚這麼多貴賓，是不是坐滿比較好？」

「這就是坐滿。」阿瑞司的聲音微慍，表情也略略陰沉，還在唇上豎起一根手指。

凱提拉拉回身坐正，掩不住自討沒趣的表情，只能尷尬地朝依絲塔笑笑，繼而禮貌性地向佛達致意。佛達的部下都在副桌坐著，依絲塔見他們也已梳洗並換上了借來的乾淨衣裳，心裡十分高興。這些士兵與藩城的軍官、女官及來自神廟的人員同桌，席間還有好些賓客是村鎮上來的名流士紳——可想而知，這些人等等都將列隊來向依絲塔敬酒。

老司祭顫巍巍地起身，為這場盛宴做餐前祈禱：他先為前天的勝利和成功救得太后而感謝眾神，祈求傷者的康復，接著為今晚的餐膳賜福，並且特別提到佛達所率領的女神紀律軍，以含蓄的言詞讚揚他們的堅忍與此季節相互輝映；依絲塔能看出那些年輕的奉侍兵都格外感動。「最後，一如以往，我們特別向母神乞求，在祂的季節即將到來之際，賜予阿巴諾準爵大人康復。」他一面說，一面對著那個空位做了個祈福的動作。阿瑞司嚴肅地點頭，輕嘆一聲，副桌席間卻傳來竊竊私語，有人贊同，也有人不悅地皺眉。

僕人們開始上菜和酒水時，依絲塔問：「阿巴諾大人是哪位？」

凱提拉拉怯懦地看了阿瑞司一眼，不敢應聲。阿瑞司逕答：「頤爾文．阿巴諾（Illvin dy Arbanos），我的司馬官。他這兩個月……身體不好。如您所見，我留著他的座位。」良久後，他又道：「頤爾文是我的異姓手足。」

依絲塔啜飲著摻水酒，一面在腦中構思著這個家系。路特茲還有個未公開的私生子？路特茲在世時，定期會在災神殿為他的非婚生繼承人祈禱布施，精明如他怎麼會獨漏一兒？是不是女方另有婚姻，這孩子便默默歸給母方或那名義上的父方家系，所以姓氏不同？如此說來，這個阿巴諾可能也有資格主張波瑞佛藩的繼承權。

「那是一樁悲劇。」凱提拉拉說。

「對，所以不准在這個場合提起。」阿瑞司低聲咆哮。他真的動怒了。

凱提拉拉沉默下來，過了好一會兒才又開口，聊起自己在歐畢的家庭。她說了些父親和兄長們保家衛國的豐功偉業，特別是去年秋天的邊境戰役。依絲塔知道這女孩很努力做一個稱職的女主人，但看看男主人，他連餐盤都沒怎麼動，只是推推叉子做個樣子。

「阿瑞司大人，您沒吃東西。」依絲塔終於忍不住說。

他看了看她，再看看自己的餐盤，苦笑道：「其實我正為三日瘧所苦，發現捱餓反而比較舒服些。就快好了。」

就在這時，樂師們在二樓的明廊就緒，悠揚的樂聲從空中傳來，宴席的氣氛隨即變得活絡，倒也讓阿瑞司不必再延續這有一搭沒一搭地閒談。沒多久，他藉口離席，去找一名軍官談事情。依絲塔看著他左側的那個空座位，桌面餐具齊全，盤子上擺了一朵新鮮的白玫瑰。

「在您這裡，阿巴諾大人似乎常缺席？」依絲塔問凱提拉拉。

藩主夫人先張望四下，確定丈夫在另一張桌邊俯身說話，聽不見這裡的動靜，這才開口：「是啊。說真的，我們都渴望他康復，但阿瑞司就是聽不進……也難為他。」

「他比藩主年長很多嗎？」

「不，他是我夫君的弟弟，他們相差兩歲，幾乎是形影不離——我聽家父說，他們的母親亡故後，是城堡保安官將他們兄弟倆一起撫養長大，不分彼此。就我所知，頤爾文一直都是阿瑞司的司馬官。」

他們的母親？同母異父？「所以這個頤爾文……不是已故的首輔所生？」

「哦，不是他生的。」凱提拉拉老實答道：「其實我私心認為，那也是一段偉大的愛情故事。聽說——」她又張望一番，雙頰微紅，壓低聲音湊近道：「阿瑞司的母親，也就是波瑞佛的女藩主，在路特茲大人離鄉到王宮敘職期間，愛上了這座城堡的保安官阿巴諾準爵，準爵也愛著她，兩人之間就有了頤爾文。因為路特茲大人沒到波瑞佛來過幾次，頤爾文出生的日子……總之是對不上。這在本地是個非常公開的祕密，只是阿巴諾準爵始終不承認頤爾文是自己所出，直到女藩主過世才讓他繼承了姓氏。唉，可憐的女士。」

難怪路特茲對於自己的繼室總是不願多談；他對第二個家庭的冷落，與這位北境女藩主的紅杏出牆孰因孰果？依絲塔摸了摸那枚銀胸針。這個頤爾文的存在，象徵的是路特茲的空虛，還是他的佔有欲？路特茲最終將這名義上的庶子讓還給了他的生父，是出於寬容與寬恕，還是僅僅因為他已經有足夠的繼承人了？

「他是得什麼病？」

「不算是病，而是一場出乎意料的……悲劇，或說是殘酷的意外。到目前為止，誰也說不上是怎麼回事，都只能揣測。波瑞佛的百姓都為此感到震驚，我夫君更是……哦，他回來了。」只見阿瑞司在副桌旁站直了身子，與他談話的那名軍官也起身離座，敬禮後走出了中庭。凱提拉拉把聲音壓得更低：「我夫君很不喜歡人家談這個。我以後再私下說給您聽，好嗎？」

「謝謝您。」感覺到這其中頗有些神祕性，依絲塔一時有點不知所措，但她知道自己還想探問什麼——她想知道頤爾文是不是身材頎長，還有一頭深色直髮？只要凱提拉拉肯說，說不定依絲塔對於那場怪夢的心結就能打開了。

菜餚上完，就是晚宴的另一階段。方才離席的那名軍官指揮著幾個士兵抬來許多箱子、櫃子和布袋，連同成套的鎧甲與武器，整齊地堆在主桌前方，依絲塔一望即知是昨天清晨所獲的戰利品。藩主夫婦並肩站在依絲塔面前，呈上並打開一只小木箱給她看。依絲塔嚇得幾乎要扭頭避開。

木箱中亂糟糟地堆著許多值錢飾品，伴隨著一股惡臭，但她當下心知這不是鼻子嗅到的氣味，而是伴隨這些物品而來的痛苦和死難。這裡面有多少原是若麻鎮民的失物？有多少是約寇那女孩送給愛人的定情物，而她們再也等不到情郎回鄉？依絲塔暗暗緩過幾口氣，努力在臉上堆起感謝和笑意，向眾人嘉勉波瑞佛的全體官兵英勇善戰，簡單譴責了敵軍的侵略；她盡可能地抬高音量，好讓每一位在場賓客都聽得見。

在主人的安排下，佛達得到一把特別精美的長劍，令他喜出望外。凱提拉拉挑了兩、三件賞給她的侍女們，阿瑞司則讓部下們分去大半，剩餘的就捐給了鎮上的神廟，由那位老司祭的助理奉侍代為接受。

依絲塔用手指碰了碰那個獻給她的小木箱，當下起了雞皮疙瘩。她不想要這些與死傷有關的遺物，但也不好意思直接推拒，只能想其他的辦法。她翻了翻裡頭，挑出一枚金戒指，那戒臺上鑲著一匹小小的黃金躍馬，正適合那位勇敢的侍女——莉絲現在不知身在何方？再想了想，她又找出一把彎刀，或者該說是匕首。那刀柄綴有寶石，刀身小巧，也適合騎馬的女子隨身攜帶，對莉絲而言應該是實用的。想起在妥挪克索扔進河裡的那一袋旅費，她嘆了一口氣，又拿了幾個小飾品，也算對主人的好意有個交代，便將剩下的物品連同木箱都推到了佛達面前。

「佛達，你選一件最好的，給你那不在場的弟弟，再選四件次好的，給那兩個受傷的和看護他們的弟兄；也揀一件給卡本吧。都揀選好之後，你的部下可以每個人來挑一件喜歡的，剩下的就由你全部捐到女神紀律會去，表達我對女神的感恩。」

「遵命，太后。」佛達笑著回答，但很快收斂笑容，探身請示：「我想請求您。眼下看來，您能夠在藩主的城中待上一陣子，安全無虞，我能不能離開此地去找佛伊、莉絲和司祭？」

不，其實我不覺得這裡稱得上安全無虞。

事實上，依絲塔甚至想叫佛達命令部下都準備好，明天——或甚至今晚就帶著她動身離開。可惜無論於情於理，她如何都不能這麼做；況且這些女神兵也和她一樣尚未從疲勞中恢復，他們的馬兒也還在路上，由波瑞佛的馬伕們慢慢趕著，行經平緩的道路走來此城。

「你和我們之中每一人都同樣疲憊，需要休息。」她想了個拖延之詞。

「沒找到他們的下落，我也靜不下心休息。」

想到自己必須隻身留在此地，沒有貼身護衛在側，依絲塔竟然覺得膽寒。她皺著眉頭，無法做出決定，就在這時，藩主夫婦回座了。

待阿瑞司坐定了，依絲塔便客氣地問起他是否有寫信尋人。阿瑞司知道失蹤者包括佛達的弟弟，對此深感同情，但也無奈地表示回信不會這麼快就送到。

「至少我們知道莉絲已經見到了妥挪克索領主，」依絲塔說：「因為只有她知道我的真實身分。同樣的，我獲救的消息已經證實，她也一定會向領主請求派人去找你弟弟和我們的善司祭。」

「話是沒錯……」佛達在放心和擔心之間游移。「那也要他們肯聽她的，還要肯收容她……」

「以我的名號，我不相信妥挪克索領主膽敢不收容她，或者敢不接受她的求援。再不濟還有官廳的驛站會收容她呢，那樣一來，我保證卡札里輔政大臣必會介入。阿瑞司大人已經寫信通知我們在這裡，他們三人在外頭很快就會知道消息，說不定就設法趕來此地會合了。佛達，現在天色已晚，難道你要摸黑跑馬找人？我們就等到明天早上，看看有什麼新的消息送到吧。」

這番話句句在理，佛達只好點頭同意。

太陽下山了，涼如水的夜色降臨庭中。樂師們結束了演奏，賓客也喝乾了杯中的最後一滴酒，沒有舞會，而是以禱告為晚宴做結尾。那年輕的助理奉侍攙扶著老司祭，帶著衣著樸素的神職人員慢慢離開；阿瑞司的部下則井然有序地上前來行跪吻禮，一個個面露畏怯，畢恭畢敬，彷彿都認為這是莫大的恩典，但在轉身離去時就立刻恢復了軍人應有的步態和警戒神情，讓依絲塔記起此地畢竟是一座執勤中的邊防要塞。

到她起身欲離座時，凱提拉拉適時地扶了她一把。

「我現在可以帶您到您的房間去了，太后。」凱提拉拉笑道，同時向阿瑞司一瞥。「那幾個房間雖然不大，但是……屋頂修繕得比較好。」

依絲塔不得不承認，酒足飯飽確實剝奪了她的行動力和其餘雜念。「謝謝您，凱提拉拉夫人。那太好了。」

阿瑞司向她鄭重道晚安，親吻她的雙手，卻是吻在指節上，以至於她分不出他的嘴唇是冷是熱。且不論這兩個吻的溫度如何，當他抬起那雙灰色眼眸注視她的時候，她覺得臉上一熱。

依舊由同一群侍女伴隨，凱提拉拉扶著依絲塔從明廊的樓下緩步而行，轉入一小段拱頂廊道，來到一落正方形的小院子。傍晚剛過，天光猶仍，但在她們的頭頂上，第一顆明星已經亮起。

城堡的中庭，旁邊有一條石砌的步道，拱頂和廊柱雕刻著花草藤蔓，都是洛拿的藝術風格……

此時並非正午，也不是新月的深夜，但依絲塔認得這個地方的每一處細節，就是幾度出現在她夢境中的那座庭院。她不確定自己是否感到驚訝，只覺得一陣暈眩。

「我想我該坐下，」她虛弱地說：「馬上。」

凱提拉拉吃驚地向她一望，同時發現她的手抖得厲害，便趕緊把她扶到庭邊的一張長椅上休息，自己也坐到她身旁。那張椅子由大理石製成，由於白晝剛過，椅面此刻仍帶著日間的餘溫。她抓著椅子邊緣努力挺直身體，也試著做了幾個深呼吸，吸進的全是溫和的沁涼氣息。

相較於城堡的別處，這裡大概是較早建成，少有植栽，只有異國精美的石雕使它看來不那麼死板。

「太后，您怎麼了？」凱提拉拉很是擔心。

依絲塔想著要說哪種場面話，包括索性直說自己頭疼腿痛（但也算實話）。最後，她決定含糊其辭地回答：「我稍坐一會兒就會好。」顧及這位藩主夫人愛緊張的個性，她想了個分散注意力的理由：

「您倒是可以趁現在說說頤爾文大人的事。」

只見凱提拉拉面色凝重。「那是我們常人無法理解的。」

依絲塔探問：「有人惡意攻擊？」

「對。只是箇中緣由非常複雜。」她揮手叫侍女們退下，直到她們都坐在庭院對側的長椅上，才壓低了聲音，繼續說：「大約三個月前，約寇那的定期使者來了，往年都是談些交換俘虜、贖金和商人通行文件的事，這次卻多帶了一件——一個人，是約寇那親王梭德索的姊姊，內親王巫米茹（Princess Umerue）。就我的聽聞和推測，這位內親王二度嫁給非常有錢的老貴族，成了非常富有的寡婦。不知是否她不想再嫁給老頭子，或擔心自己青春不再——但她其實還是個很有魅力的女子，也不到三十歲。總之，她派了這個使者來替自己說親，對象就是我夫君的弟弟……假設內親王是真的看上了他。」

「有意思。」依絲塔不置可否。

「我夫君認為這是好事，能夠拉攏或牽制約寇那，有助於即將到來的威斯平戰役，就看頤爾文願不願意。但我們很快就看出頤爾文也被她吸引——好吧，至少我從沒見過他那樣子貪看女士，除非是他假戲真做。但我想他是真的動了心，因為他一向言詞犀利，很少對女性甜言蜜語。」

「這個頤爾文大人——阿巴諾準爵？結過婚嗎？」既然他只比阿瑞司小兩歲。

「啊，是的——阿巴諾準爵，他大約十年前繼承了他生父的頭銜，只是沒什麼財產可得。不，他沒結婚。曾經訂婚兩次，最後都沒談成。我聽說他生父曾送他到災神紀律會去受神學教育，但他說自己對從事神職沒有興趣。隨著年齡增長，人們便對他有些揣測，我看得出他經常為此惱怒。」

這樣的身世令依絲塔想起卡本，心情不禁一沉。話說回來，縱使這個巫米茹內親王真的在婚姻市場大跌價，而寧願將就求嫁，但她自己是四神信仰的王室公主，對方卻是五神信仰的邊緣小貴族兼非婚生子，這樣的組合也太「將就」了吧？倘若依絲塔記的沒錯，約寇那王族可是金將軍的直系後代；撼動風雲的一代偉人若是知道後代子孫做出這樣的事，不知會怎麼想。

「要是這婚事談成了，難道她要改變信仰？」依絲塔說。

「說真的，我也不確定。頤爾文為她著迷，說不定是他為了愛情而投奔四神教呢。他們真是相配，黑髮配金髮——內親王有一身洛拿人典型的淡蜜色肌膚，配上那頭金髮，真是……真是非常合襯。總之，事情發展得很順利，只有一人不開心。」

凱提拉拉深吸一口氣，垂眼道：「洛拿的使臣之中，有個叫做派西馬（Pechma）的大人也愛慕內親王，不樂意見她嫁給敵國，可是他自己的階級和財富沒比頤爾文高出多少，也沒有頤爾文那樣顯赫的戰功。有天晚上……那晚，內親王派了女使去，頤爾文就……就去與內親王私會了。」凱提拉拉吞了口口水。「我們認為派西馬一定發現了，跟了過去。隔天早上，頤爾文不見蹤影，直到內親王的女侍進房，看見那最可怕的一幕，趕來叫醒我們——阿瑞司不准我進那房間，但我聽說……」她把聲音放得更輕：「頤爾文赤裸著身子倒在她的床上，血流不止，失去意識。內親王倒在窗邊，胸口插著一把淬毒的洛拿匕首，已經氣絕，可能當時想跑出房外求救吧。派西馬大人恐怕是逃走了，還把使臣隊所帶的一切財物都捲走。我夫君派人和內親王的僕人們一同在波瑞佛境內搜捕，一無所獲。」

「噢。」依絲塔說。

凱提拉拉揉了揉雙眼。「說親的隊伍成了送棺的隊伍。巫米茹的遺體送回約寇那，頤爾文也沒有甦醒過來……我們不確定那把短刀的毒是否也沾到了他，或者他可能受到別的傷害，好比被擊打頭部。大家擔心他即使醒了也失去心智，我想阿瑞司是最擔心的人，因為他一向非常仰賴他弟弟的智慧。」

「那……約寇那那邊如何看待此事？」

「不太好，所以這陣子情勢非常緊張。我夫君和他麾下的官兵隨時都處於備戰狀態，妥挪克索領主那裡也是。不過，這對您的人身安全倒是更有保障了。」

「怪不得阿瑞司大人的精神那樣緊繃。這的確是一件駭人聽聞的意外。」果真是自家屋漏啊，依絲塔心想。恐怕剛才那塔樓就是巫米茹內親王葬身之處。這樣說來，她不能怪阿瑞司當眾發脾氣，反倒是凱提拉拉原先的主意太過驚悚、太為難人了。依絲塔略略集中精神，眼下不覺得任何詭異，也沒有神靈或橫死鬼魂的感應，還算萬幸。

我想去探望頤爾文大人，您能帶我去嗎？她很想向凱提拉拉要求，卻找不到合情理的藉口。說穿了，她這個念頭也只是出於好奇，再想到夢境中那許多陰森的景象，她其實一點也不想多涉入；嚴格來說，她最想做的事是盡快離開這座城堡。

夜幕已完全籠罩，四下暗得連那張年輕白皙的臉龐都顯得模糊。「就這樣吧，我今天實在累了，該去休息了。」依絲塔欲站起，凱提拉拉匆忙來扶，遂引導她走上樓。侍女們陸續跟來，都還在自顧聊她們自個兒的。

正當她們上到二樓走道，左側盡頭的一扇門忽然打開，有個男人走了出來；那人身形矮小、雙腿外彎，有一雙濃眉，蓄著短髭，手上抱著一團髒污的被單，還提著一個有蓋的桶子。他一見到她們就放下手中的東西，快步上前來。

「凱提夫人，」那人嗓音沙啞，俯首說：「他還需要山羊奶，多加些蜂蜜進去。」

「先等等，戈朗（Goram），」凱提拉拉皺了皺鼻子，揮手趕他。「我等等就過去。」

男人又是一禮，卻在轉身前特意看了依絲塔一眼，這才踏著沉重的腳步離去。

在那腳步聲中，依絲塔跟著凱提拉拉右轉，步向這條走道的另一端，盡頭處就是安排給她和貼身侍女使用的房間。不知怎的，依絲塔覺得那人的視線彷彿有一股拉力，拉著不想讓她走。進了房間，趕在關門之前她回首一望，正好瞥見那扇門又要闔上，而門縫裡有一排橙色的燭光，在幽暗中搖曳。

幾個侍女為依絲塔換上一件華美而薄透的睡袍，再周到地為她拉好被子。依絲塔命她們在床頭留幾盞燭燈，她們恭順照辦，關上臥室的門，輕手輕腳地退到外間去；外間也設置了兩張床舖，供那位女服事和一名僕人休息，以便就近隨時侍候。依絲塔在昏暗的房中坐著，靠著又大又軟的枕頭，思考著自己的下一步。

這是個全然陌生的房間，晃動的燭光又有如鬼影幢幢。置身在這樣的地方，抗拒睡意並不是難事，即使已經好幾天不曾安眠亦然。回想起眾神開始干擾夢境的那陣子，為了不再看見幻覺，年輕的她就曾經這麼做過，可惜成效不甚理想。除了不睡覺，她也試過飲酒，把自己灌醉，以為那樣還能順便在白晝抑制思緒，但是後果更糟。她當年以為自己發瘋了，埃阿士也任由她這麼想，就這麼折騰了一路，直到她終於領悟：當眾神要施恩庇護時，凡人是無可逃躲的，即使讓精神失常也沒有用。

懷著沉鬱的心情，她揣想著對面的那個房間會是什麼景象、有些什麼東西存在——不，不用揣想，其實她一清二楚，用不著兜圈子自欺欺人了。唯一令她意外的是那個名叫戈朗的馬伕，但也許他的存在於夢境裡是別的化身。

好，不管祢是誰，騷擾我這麼久，現在把我拖來這裡了，可我偏不走進那扇門。祢既不能逼我過去，也沒有能力自己把門打開，甚至連一片葉子都撿不起來，我倒想看祢接下來要怎麼辦；就憑祢的本

事，祢連一根鐵條都彎不斷，別妄想屈折我的意志。

她壓根不怕跟眾神唱反調。在這件事情上，她的心志和神明一樣堅決。

只可惜我終究還是得睡覺。到晚上就沒辦法了。

她長嘆一聲，吹熄了床頭的蠟燭。嗅著燭油的氣味，她倒回床鋪，整整肩頸下的枕頭，等著火光熄滅後的暫留影像消退。**祢開不了那扇門，也不能逼我去開門。愛送什麼夢境過來就送吧，最糟的祢們已經對我做過了。我等著。**

剛睡著時，她沒作夢，在空白中過了好一會兒才出現那種飄浮感，開始做些尋常的、莫名其妙的小夢。接著，她走進一個房間，就發現一切又變了——這是個四四方方的房間，堅固、真實，略微陌生，不是頤爾文大人的病房，也不是她自己正待著的寢室，卻在風格上有幾分相似，可見是波瑞佛城堡中的一隅。從外頭灑進來的陽光看來，這是個晴朗的午後。等等，她見過這個房間，雖然只是短暫一瞥……她記得燭光，阿瑞司痛苦地號叫。

現在這個房間空蕩蕩的，一件家具也沒有，也沒有人。只有她。

有扇門打開了，一個熟悉的身影背對著她，從裡面走出來。那扇門不大，門裡很暗，走出來的人身形肥胖，幾乎擠著門框，倒退著走出來到亮處。依絲塔心頭一寬，為了見到司祭卡本安好而感到高興。

只不過……來者不是卡本。或者說，不單單是卡本。

那人比卡本更胖，皮膚比他更白、更亮，甚至不太像個男性。那麼多的肥肉，是不是因為承載了無法承載的？他的衣裳非常潔淨，全無污漬——僅從這一點，依絲塔就看出了不同之處。月亮般皎潔的光暈，清朗的笑容，那雙神祇的眼眸衝著她發亮；那是一個比天空更廣闊，比海溝更深邃，重重疊疊，幾至無垠或渺小卻無窮繁複的存在，能夠同時且均等地照看這世間的每一個活物、每一個人，裡裡外外，不疾不徐。

災神大人啊。依絲塔只在心裡說，不講出聲，免得祂誤認成禱告。「我們之間的差異似乎太懸殊了吧？」她輕聲說道。

祂挺著大肚腩，倒是向她鞠了個躬。「渺小，卻強壯。我的依絲塔，如妳所知，我連一片葉子也撿不起來，更無法掰彎鐵條，或是屈折妳的意志。」

「我不是您的。」

「這麼說是表達期望和誠意，我想像自己是個求愛的人。」那張胖臉笑得肉都擠堆起來。

「或是在逗弄一隻小老鼠。」

「老鼠這生物，」祂沉吟：「低微，膽小，直率，很受侷限。要弄把戲，我偏好找凡人來玩。吊他胃口，欺瞞他，給他真實、勝利……像給野熊的陷阱……」

她覺得這番話是在影射佛伊。她抽搐了下，說：「您有所求。眾神有所求的時候，都是口蜜腹劍。當我有所求的時候——那麼多年，我五體伏地祈禱，被淚水和恐懼淹沒，您在哪裡？忒德斯死去的那一晚，眾神都去了哪裡？」

「甜美的依絲塔，秋之子神派了很多人去回應妳的禱告，只是都在路途中打消了念頭，沒能抵達目的地。我的兄長也同樣不能屈折那些人類的意志，不能強迫他們前進。那些人也就像秋風中的落葉，被吹散到別處去了。」

祂的微笑凌厲起來，竟像是盛怒。「如今有另一個祈禱，出於絕望，出自黑暗，和妳當年的一樣。我親愛這個祈禱者，如同秋之子神親愛忒德斯一般，而我派遣妳來。妳會置之不理嗎？就像那些被派遣給忒德斯的人？妳的旅途只差幾步就要抵達目的地，妳寧願放棄？」

祂沒再說話，一任沉默降臨。

苦澀的怒意堵在依絲塔的喉間，還有更複雜的情緒，她理不清也說不出個所以然。「災神大人，您是個渾球。」她咬牙罵道。

祂又是咧嘴一笑，笑得使人氣極。「嚴肅的依絲塔，發怒的依絲塔，好嘲諷的依絲塔，有彼人奮起之時，能夠令妳歡笑，則妳的心得以療癒。這是妳未曾的祈願，是眾神不能夠賜予的酬謝；妳有心贖罪，無奈我等受如此侷限，不能多做回應。」

「我聽從神諭而做的最後一件事，就是被它出賣了去殺人！」她怒道：「但是對您，我不要任何酬謝。我不要做您的一份子。要是我能祈求自己被遺忘，我就打算這麼祈求；我情願被這世界遺忘，抹去所有存在過的痕跡，像那些遊蕩的孤魂野鬼，因消失而得到真正的死亡，逃離這世間的苦痛。您說呢？眾神能給我什麼？」

祂挑了挑眉毛，假惺惺地和氣。「這還用問？差事啊，甜美的依絲塔！」

就在這瞬間，祂腳下的地板開始碎裂。祂向她走近，破碎的範圍也隨之擴大。眼看著腳下的地板往樓下房間掉落，她害怕得想要後退，忽又發現自己竟是一絲不掛。她剎時又羞又惱，祂卻伸出雙手，虛扶在她的肩頭，但並未真的碰觸，只是探身向前；祂讓那肥而圓的肚皮輕輕點到她的肌膚，同時喃喃道：「妳的眉間有我的印記。」

祂的嘴唇拂過她的額頭，留下烙印般的灼熱。

祂竟然又把神靈之眼賜給了我。依絲塔想起母神也曾經給予這樣的一吻，從那之後，她眼中所見就再也不復以往，進而導致一連串災難性的後果。原來眾神用這方式與凡人分享靈魂領域的知覺，如此地魯直，不加引導。不，我拒絕接受，我偏要抗拒！

在祂眼底的無盡黑暗中，更加閃耀的光芒跳動了起來；那肥厚的手掌向下滑過她赤裸的背部，輕柔地摟住她，先讓她貼緊祂的身體，再俯身親吻她的嘴，帶著極為肉慾的一吻。她的身體一熱，竄過一陣令人窘困的悸動，這卻更使她大怒。

神性的黑意從那雙眸子褪去時，他們在極近的距離對視著。依絲塔看著純屬於人性的眼神迅速取而代之，隨即轉為驚愕。博學司祭嚇得驚叫出聲，向後跳開，像一隻受驚的牛。

「太后！」他還嗆到自己。「原諒我！我、我、我……」他飛快地打量四周，看了看她，又看了看四處。「我不知道這是在哪裡……」

她懂了。不是她夢見卡本，而是她進入了卡本的夢境。這可好了，等他醒來，他會清楚記得自己夢見太后的裸體。

「您的神明，」依絲塔沒好氣地說：「祂的幽默感真是下流。」

「啊？」他茫然地問：「祂來過？我錯過祂了嗎？」那張圓臉顯露出懊惱。

假如這是他們雙方真實的夢境，那就表示卡本還活著。「您現在在哪裡？」依絲塔急切地問：「佛伊跟您在一起嗎？」

「什麼？」

依絲塔驀地睜開眼睛。

裹在精緻的繡花被和凱提拉拉的薄紗睡衣裡，她仍躺在漆黑的寢室中，獨自一人。她罵了一個髒字。

外頭已是闃靜無聲，只聽得到微弱的蟲鳴，她猜想現在大概是半夜。闔起的百葉窗板透進少量昏暗的月光。一隻不知名的鳥兒突作短鳴，低迴宛轉。

不知是誰的祈禱將她帶來此地。願意崇奉災神、向祂祈求的不外乎兩種人：親生父母不詳者，以及走投無路之人。她想，所以波瑞佛的任何人都有可能，獨不會是那個突然被人放血而昏迷的男子。要是讓我知道誰對我做這種事，我要讓他們後悔自己在睡前多嘴……

就在這時，她聽見房外走道的樓梯有輕輕的腳步聲。

依絲塔鑽出溫暖的被窩，光腳走到面向中庭的窗邊，小心的卸下窗栓，拉開窗板；幸好它沒發出聲響。她把臉貼在窗框邊往庭中偷看，一輪彎月仍低懸在天邊，朦朧地斜照在長廊上。

外頭畢竟比室內亮些，依絲塔很快就認出來者是凱提拉拉夫人。這時的凱提拉拉已經來到長廊，穿著白色長袍，沒帶隨從，緩步輕盈。她先在對面盡頭的那扇門前稍停了下，接著開門溜了進去。

我該跟過去嗎？像個小偷似地躡手躡腳，隔著門扉偷聽？我才不幹這種事！

我知道這是在利用好奇心引誘我。可惡。

既然眾神也不能逼她去偷看藩主夫人深夜跑進小叔的病房做什麼，她決定回床上睡自己的覺。她關上窗板，鑽回被窩，躺在那裡卻忍不住豎起耳朵。

她焦躁了幾分鐘後又起身，靜悄悄地搬了張凳子來到窗邊，坐在那裡等著。對面房間的窗縫中隱約有微弱的燭光，亮了好一會兒。燭光熄滅後不久，房門又微微地打開了。凱提拉拉從門縫鑽出，循著來時路走下樓梯，看樣子並沒有帶任何東西。

所以這位城堡女主人是來探顧病患的？這本不該是她的義務，但這人既是她小叔，又是駐軍的要員，她的如此舉動必定能博得夫君的讚賞和尊敬；再者，也許療者有特殊叮囑，需要在半夜為頤爾文大人做什麼護理。總之，往單純方面想，合情理的解釋很多。

好吧，就算往複雜面想也有。

至少會有一、兩個解釋是無害的。

依絲塔悶哼一聲，回到床上，躺了很久才再度睡著。

身為一個半夜還在屋外蹓躂的人，凱提拉拉夫人起得太早也太有精神了點。天剛亮，她就熱情地來找依絲塔，提議一起到村莊的神廟去做感恩晨禱。其實依絲塔見了這年輕的藩主夫人就不由得繃著神經，無法放鬆，但是礙著面子不好推辭。等她發現鄱賈爾牽著一匹馬等候在門庭前，已經來不及拒絕了。撐著仍然痠痛的肌肉和尚未恢復的體力，她讓鄱賈爾扶上了馬，腦中什麼情緒都有，就是沒有感謝的心情，幸好鄱賈爾耐心地放慢步伐，讓馬兒走得十分靜緩。凱提拉拉昂首走在前面，自在地擺動雙臂，還有閒情逸致和侍女們一路哼哼唱唱。

一行人走下崎嶇的險坡小徑，來到這個位於平地的小村莊。村中的神廟規模和村莊一樣小，廟堂建築則和城堡一樣歷史悠久。乍見之下，四季之神的祭壇只是四個比拱窗稍大的壁龕，災神之塔孤單冷清的座落在神殿後，看上去似乎久無香火，然而透過老司祭的展示和講解，依絲塔見到好些稀奇且有價值的聖品。寺院雖小，那老司祭仍是興致勃勃地領著她參觀，她沒想到這窮鄉僻壤也有許多珍藏，很是意外。

在他們參觀時，佛達也來了，他向依絲塔告假要離開片刻，說自己去去就回，並囑咐鄱賈爾隨侍太后。依絲塔覺得這時機不妥，一時有些不樂。

阿瑞司的部隊是一支常勝軍，藩主總是帶頭將賞賜剩餘的戰利品捐贈給神廟，因此這裡的收藏大多來自於戰事，而除了阿瑞司，頤爾文的名字也頻繁出現在捐贈名簿上。那司祭忍不住叨叨絮絮，感嘆好人歷災劫，農村小廟的療者能力有限，盼望鄰近或鄰國的大城市能回應藩主的徵求，早日派人來幫忙救治，也盼奇蹟出現云云。在佛達回來之前，老司祭已經把神廟的由來和歷史故事講了一遍，還聊到新廟修建的計畫細節，包括藩主夫婦是如何在維護和平與經費上給予贊助。

佛達的神色凝重，先走到春之女神的神壇前跪下，閉上雙眼，口中唸唸有詞，之後才起身回到依絲塔身旁。他一出現，依絲塔就沒心思再聽老人家講古了。

「請您見諒，博學司祭，」依絲塔無情地打斷那司祭的獨白：「我有事得先和我的奉侍軍官說。」

他們走回到女神的神龕旁。依絲塔悄聲問：「怎麼樣？」

佛達也悄聲回答：「凱里巴施托領主大人的傳信剛剛送到，還沒有他們三人的消息。我想帶兩個部下出去找人，望您准許。」他說著朝旁邊瞥，以讚許的眼神看著凱提拉拉夫人機靈地接替了依絲塔的角色，恭敬地在那裡繼續聽司祭說話。「眼下，您可在這裡得到最好的照顧和保護。我到瑪拉蒂往返只需兩、三天——阿瑞司大人同意借我們幾匹好馬。依我估計，在您休養妥當，能重新上路之前，我就會回來了。」

「我……我不樂意這樣的安排。萬一發生緊急事態，我不願缺少你的扶助。」

「要是連阿瑞司大人的部隊都無法保護您，憑我區區一人之力也不能做到更好了，我們這才剛剛得了前車之鑑；」佛達苦笑道：「太后，若是平常，我一定毫不猶豫地遵從您，可是現在有了野熊的那回事。」說到最後一句，他把嗓音壓得更低。

「我相信卡本。他比你我都更有能力處理那樣的情況。」

「前提是他還活著。」佛達沉痛道。

「我確定他還活著。」但她不打算解釋理由，畢竟她也不敢保證佛伊仍然安好。

「我了解我弟弟，其實他有強勢和善於說服人的一面；前者行不通的時候，他也會耍小心機。所以萬一……萬一他無法控制自己的意志，我不確定卡本應付得了。我就可以。我有我的辦法。」他無奈地撇嘴一笑，眼裡話裡都是手足親情。

「唔。」依絲塔沉吟。是啊，善於說服，古拉家族大概真有這個遺傳。

「還有莉絲。」他說得含糊。

且不論佛達的言外之意為何，依絲塔都決定不當面說穿。「好吧，我也迫切希望她能回到我身邊來。」她頓了頓，又道：「卡本也是。」

一時之間，她覺得自己說不定更希望卡本能在身旁。他侍奉的神明如今派下了差事，無論要做什麼，這年輕而迷惘的司祭顯然都脫不了關係。

「那麼太后，我能請求您的准允嗎？在這座藩城之中，我相信奉侍兵鄱賈爾能同樣盡心周到地服侍您，他自己也渴望能有此榮幸。」

依絲塔沒作聲，讓心底那一點點出於王城驕矜的區別意識淡去；假設波瑞佛只是尋常的偏鄉王宮，不是邊防要塞，那麼佛達說的話就算沒錯。「你打算即刻動身？」

佛達俯首。「如您樂意，我想即刻動身。萬一真有事故，我越早趕到越好。」見她蹙眉不語，他又說：「要是沒事，我也就能早點回來。」

她咬了咬下唇。「就像你說的，還有那頭野熊。」

災神所謂「給野熊的陷阱」，指的是野熊被惡魔附身，抑或野熊事件本身是個陷阱？惡魔受祂管轄，是祂的寵物，而祂縱容惡魔逃入人間，又坐視祂的凡胎司祭去面對這狀況，那麼求祂保佑也沒有意義了。

「好，」她終於輕嘆道：「那你去吧。快去快回。」

他強笑道：「誰知道呢？說不定我在半路就遇到他們從妥挪克索回來了呢。」他單膝跪下，感激地親吻她的手，隨即旋身跑出了神廟大門。

下山來到神廟，本來只為了一趟單純的晨禱，結果演變成全村在廣場上設宴款待太后，還有孩童組成了合唱團來獻唱一連串歌曲、讚美詩，稚拙卻賣力地表演當地的傳統舞蹈。阿瑞司大人沒有到場，由年輕的藩主夫人代表城堡眷屬向這些小小村民致謝，其溫暖親和的態度一致贏得在場父母的認同；依絲塔也不只一次瞥見她凝望著幼齡嬰童，在那眼神中，為人母的渴望表露無遺。

小孩們蹦蹦跳跳地完成了亂七八糟的舞，一個個排隊來吻過依絲塔的手，她這個太后終於獲准逃離現場。上馬時，她偷偷的在馬毛上抹手背，把小鬼們留在上頭的口水鼻涕擦了個乾淨；在這一刻，她倒是終於為見到這匹馬兒而感到慶幸了。幾乎。

在門庭下馬時，依絲塔聽見凱提拉拉夫人含蓄地表示「像太后這年紀的人應該睡個午覺才好」時，當下不知道該感激還是生氣。也就在這時，即將關上的城門外傳來一個狂野的呼喊聲。

「波瑞佛的諸位！歐畢城的傳信員到了！」

這道熟悉的聲音令依絲塔驚喜地幾乎跳起來——莉絲騎在一頭胖壯而渾身汗沫的黃馬上，一手執著韁繩，另一手高舉著官廳的皮製文件袋，十萬火急地奔進城門。只見她已換穿上傳信員的制服短衫，一頭一身的汗水，臉龐也因日曬而發紅。馬兒在庭中停下時，她張望著四周過剩的綠意，表情很是驚訝。

「莉絲！」依絲塔高聲喊道。

「哈！太后！您果真在這裡！」莉絲興奮地踢掉馬鐙，靈活地跨腿跳下馬來，嘻嘻笑著跑到依絲塔跟前向她行朝臣之禮，依絲塔則馬上用雙手扶她起來，免得自己忍不住用力擁抱她。

「妳騎這匹馬？妳怎麼會來到這——是佛達找到妳的嗎？」

「當然，我是騎這匹大肥馬來的。佛達？佛達還好嗎？嗨，酈賈爾！」

酈賈爾還站在依絲塔的身旁，臉上早就笑開。「感謝女神！妳成功了！」

「我聽到好多關於你們的傳聞。那些故事若是真的，我看你們的遭遇比我還慘呢！」

依絲塔焦急地說：「佛達才剛走不到三個鐘頭，往妥挪克索去找你們——妳一定曾在路上與他擦身而過吧？」

「我是從歐畢方向過來的。」

「哦？但妳怎麼會跑到那裡去——噢，來來來，坐到我旁邊，把事情都說給我聽。我真是想念妳為我梳頭，為我照料馬兒！」

「是，親愛的太后，不過我今天暫時恢復了傳信員的身分，所以得先把手上的這份差事辦了，還要照料這頭胖馬。感謝五神，牠不是我自己的馬，而是中途驛站的。等等，要是能先讓我喝上一桶水，我會非常感激。」

依絲塔便向酈賈爾看一眼，後者點頭，立刻快步離去。

看著這一幕，波瑞佛眾女眷都愣住了。凱提拉拉的笑容中帶著迷惘。「太后……？」

「這位是我最忠心也最勇敢的王室侍女，拉布蘭的安納莉絲。莉絲，這位是波瑞佛的藩主夫人，凱提拉拉．路特茲，過來行禮。再來這位是……」依絲塔逐位介紹那些女官，莉絲也聽話地向她們一一俯首致意，姿態活潑不羈。女官們全都睜大了眼睛，直盯著這個年輕女孩。

鄱賈爾當真提著一桶水跑回來了。莉絲忙手接過，竟然直接把腦袋栽進去，連辮子浸到水裡了也不顧，就那樣牛飲起來，喝夠了又猛然抬頭。濕淋淋的髮辮順勢一甩，將水珠灑得一旁的侍女們連連退避。

「啊！好多了。五神啊，凱里巴施托這地方可真熱。」她舒暢地大嘆一口氣，把水桶挪給馬兒讓牠接著喝，一面輕拍牠的側腹，以示慰勞。

「我們知道妳跑到那條岔路的村莊去通報，讓村民疏散，但不知道妳之後去了那裡。」看著馬兒喝水，鄱賈爾溫聲說道。

「我到那個村莊時，我那頭好馬兒已經筋疲力盡，實在無法再跑了，幸好村民認得我的制服和官廳節杖，把他們耕田用的馬借給我。那村子裡沒有士兵，不能抵禦約寇那人，我就讓他們自己去逃命，我則往東邊繼續趕路去瑪拉蒂。可憐的馬兒那時真是吃夠了我的鞭子。所以村民有沒有逃過災難？」

「我們在接近日落時抵達那村子，村裡半個人影也見不著，都跑光了。」鄱賈爾說。

「是嗎！那就好。這麼說來，我趕到瑪拉蒂的前一個中途驛站也是在日落時，而且我一說服他們相信我不是在說夢話，整個驛站就立刻動員起來了，至少我看他們是緊急動員了。所以我當晚在驛站過夜，隔天一早用比較正常的速度前往瑪拉蒂，正好在城門外撞見妥挪克索領主率領騎兵要去追擊。話說回來，依照約寇那的移動速度，我認為領主的部隊追不上。」

「的確是那樣，」依絲塔同意道：「幸好有個傳信員趕到波瑞佛城通知了阿瑞司大人，因此是他及時攔截下約寇那的軍隊，在敵軍的行進路線發動伏擊。」

「是，想必是那驛站派了某個同僚直接往這裡來。五神連綿賜福於他們的睿智啊。驛站裡有個人說他老家在這一帶，我想一定是他。他對這裡的路熟，也明白事情的嚴重性。」

「那妳可聽到佛伊和卡本的下落？」依絲塔急急地問：「他們躲進涵洞之後，我們就沒再聽到他們的消息了。」

莉絲搖了搖頭。「我有告訴驛站他們的事，也在遇到妥挪克索騎兵隊時向領主的副官報告，請他們留意。我實在難以推測出他們兩人的去向，所以就跑到瑪拉蒂的神廟，去找了卡本他們紀律會的一個資深司祭，把我們遇到的問題一五一十說給她聽，她就安排神廟奉侍出去尋人了。」

「嗯，妳想得很周到。」依絲塔溫柔的聲音中滿是讚許。

莉絲感激一笑。「我能做的實在有限。在瑪拉蒂的官廳裡等了一整天，我沒等到妥挪克索部隊的回報，卻突然想起一條北向的捷徑可通往歐畢。我知道那是座大城堡，猜想你們比較有可能被他們搭救，就自願擔任前往歐畢的傳信員。於是我策馬狂奔——當天在那條路上跑的信差一定數我最快。」她把黏在臉上的濕頭髮撥開，撩到後面去。「當晚抵達城堡時，一切都還不明朗，直到隔天早上收到波瑞佛藩主的信，說你們全都平安獲救，我的辛苦總算有了回報。歐畢大人也帶人馬在外頭加強巡邏，但是下午就回城。」

「我的父親就是歐畢藩主，」凱提拉拉聽見自己的家人，聲音裡摻了一絲急切：「妳有見到他嗎？」

莉絲聞言，立刻又向她一禮。「夫人，他十分健朗。我能夠到這裡來傳信，以便盡快與太后會合，正是他的恩准。」莉絲舉起手中的文件袋。「他在今天黎明時親自送我離開。這包文件也是他親手拿給我，裡頭應該有給您的——啊。」她瞥見波瑞佛城堡的保安官出現，旋即中斷了談話，先迎上去遞交文件袋。波瑞佛的保安官是個上了年紀的男人，也是個家無恆產的準爵。依絲塔不禁想起費瑞茲準爵，只是這位保安官的身形瘦長，不像費瑞茲那樣胖壯。只見他交代隨後跟來的馬伕戈朗照料馬兒，馬上匆匆離開。

「妳一定累壞了吧，這差事好辛苦呀！」凱提拉拉夫人看完莉絲執行公務的模樣，眼睛瞪得更圓。

「哦，但我熱愛我的差事，」莉絲開朗地說，一面拍去上衣的灰塵。「人人都讓我騎快馬，給我讓路，不敢擋著我。」

依絲塔不由得莞爾。這的確是個有樂子的好理由。

莉絲回來了。佛達這一趟雖然與她錯過，至少還有機會找到另外兩人。依絲塔希望瑪拉蒂的神廟人員能全力幫忙，讓佛達到那裡接回安然無恙的佛伊和卡本。

戈朗領走了馬兒，莉絲想跟著去，於是向眾人一一欠身告退。依絲塔見狀，便順口向旁人吩咐：「等我的侍女把她的馬安頓好，我想請妳們也為她準備沐浴，並且借衣裳給她。她的行李都跟我的一起被約寇那人偷走了。」其實，莉絲那少得可憐的換洗衣物都裝在她自己的鞍袋中，只是依絲塔判斷，凱提拉拉的侍女們早就聞到空氣中的馬臭味和汗水味，便不想讓她們以此為藉口嫌棄這位好動的平民女孩。

「還有糧草，謝謝您，親愛的太后！」莉絲邊走邊轉過頭來喊道。

「放心，保證對得起妳的豐功偉業，那美名還會隨著我的下一封信傳到卡蒂高司去。」依絲塔承諾。

「那我可等著了。您賞賜什麼我都喜歡！」

莉絲在馬廄待了很久才來到依絲塔的房間，同樣由藩主夫人派來的幾位女官服侍她沐浴；這些鄉下小貴族的女兒在奉命侍候太后時都是全力以赴、戰戰兢兢，但依絲塔認為她們服侍莉絲顯然並未同樣認真。當然，莉絲在洗這頓澡的時候還忙著填飽肚子，麵包果點大口大口地吃，熱茶是一杯接一杯地喝，手上嘴裡忙得很，不像依絲塔那樣安分接受侍候。她最後總算洗好了澡，換上凱提拉拉送來的衣裳，早已被汗浸濕的制服則交給僕人去清洗。

凱提拉拉送來的衣裙都是些不再穿的舊物，卻與莉絲的身高和年紀非常相襯，只是領口開得很低，讓這愛跑馬的年輕女孩露了胸前大片好風光。見她喜孜孜地怯笑，把飄逸的長袖子揮著玩，對自己能穿上這種精緻奢華的衣服感到新奇，依絲塔看著也笑了。

此間還有一人也和莉絲同樣雀躍，就是那已經好幾天沒有回家的母神服事。她掛心於神廟和自己的家庭事務，急著讓莉絲來接手照料依絲塔的工作。那服事將所有的繃帶藥膏等用品留下，拉著頭髮還沒擦乾的莉絲去解說護理要則，並在接受依絲塔的再三致謝之後，急匆匆地離開了城堡。

當日午後的餐膳在星池內庭旁的一個小廳室裡進行，由凱提拉拉夫人居主位；一起用餐的幾乎全是女性，桌旁也沒有留著誰的空位。

「阿瑞司大人今晚不吃飯？」依絲塔發現自己坐在藩主夫人的右手邊，略微驚訝。「我想您一定很擔心他的三日瘧。」

「他的軍務比較令我擔心，」凱提拉拉夫人嘆道：「他帶人去北面邊境巡邏了。每當他出門，我的一顆心總是吊著，因恐懼而痛苦，當然臉上還是得掛著笑容，以免他看出來。要是他有個三長兩短，我想我一定會瘋掉。啊，」她發現自己失言，趕緊喝一口酒掩飾，並向依絲塔舉杯。「我知道您一定明瞭。我真希望能讓他永遠待在我身旁。」

「但那卓越的軍事才能，不正是他的魅力嗎？」——伴隨著殘忍的殺戮程度。「若將他束縛在身邊，那些令您仰慕的特質也會被扼殺的。」

「哦，不會的。」凱提拉拉正色道：「我是說，當他出遠門時，我要他每天寫信給我，如果他忘記，我就對他發脾氣，至少纏上一個鐘頭！」她笑了起來，眼神轉為淘氣，又說：「不過，他從沒忘記過。總之，他應該會在天黑前回來。我會到北塔去等他。看到他的馬，我的心才會恢復跳動，而且是一分鐘跳一千下那樣地快呢。」說著，她的神情柔和起來。

依絲塔用力咬了大一口麵包。

別的且不說，這裡的餐膳做得很棒，所用的都是本地新鮮材料，烹調也是簡雅清淡，不去刻意模仿卡蒂高司的宮廷菜式以迎合她這位太后的胃口；這不知是凱提拉拉夫人用心指示，或是城堡廚子的原則堅持。除此之外，今晚端上來的甜品似乎也比較多，依絲塔挺喜歡這一點，莉絲也吃得很開心；看她吃得不少，依絲塔還有點羨慕。莉絲在吃飯時非常安靜，八成又覺得自己配不上坐在這群淑女中間，但依絲塔認為她根本不需要如此謹小慎微。這些女眷閒談著本地鄉鎮的瑣事來打發時間，都是些閒言碎語，依絲塔倒寧可聽莉絲天花亂墜地說故事。因此，當主僕二人終於擺脫那群仕女，獨自回到小方庭的時候，依絲塔把自己的想法說給莉絲聽，並且斥責她太過羞怯。

「說真的，我想是這身衣裳的關係。」莉絲承認：「坐在那些貴族女孩身邊，我覺得自己是大呆子。她們成天穿著這種飄來飄去的好衣裳，真不知是怎麼應付來的。換作是我，遲早會絆倒自己，扯破個什麼東西。」

「那這樣吧，我們到柱廊去散步，一來可讓我的傷處活動活動，這是服事吩咐的；二來妳順便練習穿著絲綢衣裳的儀態，在人前要表現得合襯於我的身分。我還想多聽聽妳這幾天來的見聞。」

於是她們在柱廊內慢步來回走。莉絲縮小步伐，用最淑女的姿態跟著依絲塔的腳步。為了讓莉絲多說些，依絲塔鉅細靡遺地發問，不是因為她想知道各方面細節，或要指導這女孩做對或做錯了什麼，而是單純覺得莉絲的聲音悅耳動聽。相對的，依絲塔發現自己不想多談這幾日的遭遇，尤其不願回顧那些為了死屍而聚集的綠頭大蒼蠅。

莉絲走過一根廊柱，伸手撫摸石柱上的雕花。「這雕工好細巧，簡直像在石頭上織錦。波瑞佛城堡比我想像得還要美麗。殿下，阿瑞司大人的劍術，真像藩主夫人誇耀的那樣高明嗎？」

「那倒真的是。擄走我的敵人有六個，他一個人就殺了四個，兩個逃了。」想到那通譯的軍士便是逃走的其中一人，依絲塔隱約感到慶幸，畢竟他們面對面說話過好幾次，她對他比較有印象，不像對一般士兵那樣感覺陌生平庸。種種如此，大概就是所謂的婦人之仁吧。

「那藩主真的把您抱在馬背上一起回營嗎？」

「對。」

莉絲的眼睛一亮。「好棒啊！可惜他結了婚，對象又是這麼美好，是吧？依他妻子所形容，他非常英俊嗎？」

「我不好說。」依絲塔不太高興，低低罵道：「好吧，他可以算英俊。」

「噢，有這樣的一位大人對您俯首稱臣，多麼理想。出了這麼多事之後，我很慶幸您能來到這樣的地方。」

依絲塔心裡想的是「他沒有對我俯首稱臣」，嘴上改口道：「我不打算在這裡久留。」

莉絲感到意外。「母神的服事說您還不能長途騎乘。」

「她說的是『不該』。必要時我可以的，頂多不舒服點。」依絲塔望向庭院，在西傾的陽光中跟著莉絲欣賞四周景物，盡量不去聯想惡夢中的情景。她尋思著該找個合情合理的說法來表露心中的不安感，至少聽起來理性一點，正常一點，像個女人一點——或說，不要那麼像個瘋女人。「此地離約寇那太近了。現在人人都知道我女兒想在今年秋天拿下威斯平的港口，那將是兩國之間的戰爭，可不只是邊境掠奪而已。我不知道約寇那和波拉斯能之間有怎樣的互助協議，而且這裡在初春才發生了可怕的流血事件，總歸是不利於我們雙邊的關係。」

「您說的是波瑞佛的司馬官遇刺那件事嗎？我是聽馬伕戈朗說的。這個戈朗有點怪——我想他可能腦子不是太好，不過他照料馬兒的手法很熟練。」說到這裡，莉絲突然改用強勢的口吻說：「好了，太后，您這瘸法已經比我的第二匹馬還糟了。來，坐下休息。」她就近為依絲塔選擇的長椅恰好是昨天傍晚那些侍女們坐的，位在院落建築的遮陰處，照不到太陽。

莉絲安靜地坐了一會兒，向依絲塔一瞥，說道：「戈朗是個有趣的老人，他居然問我太后的地位是不是高於內親王，因為內親王是公國親王的女兒，但您只是領主的女兒；還有，他問我們怎麼會有兩個太后，大君歐瑞寇的遺孀莎拉是不是比較新的太后。我就跟他說，我們喬利昂的領主可比任何一個洛拿親王都要富有多了，況且您這位太后與眾不同，您的女兒是喬利昂與宜布拉聯合王國的女大君，您可是天下唯一的國母！」

依絲塔做了個苦笑。「一般人的生活中哪會常常接觸我這種人呢。那，妳這回答他聽懂了嗎？」

莉絲聳肩。「我看是懂了。」但她皺眉做愁苦狀。「說來奇怪，那遇刺的人躺了好幾個月沒醒。一般人會這樣嗎？」

「類似的情況也是有的，例如傷到哪裡導致突然癱瘓了、撞傷頭部、頸子骨折……溺水之類。」

「躺久了總會慢慢好轉，不是嗎？」

「要說好轉，只怕更早就該有起色了才是。我覺得那樣突然倒下後臥病不起的都撐不久，除非有人給他們特殊照料。這種死法對任何人而言都是緩慢又不堪，還不如一開始就讓他解脫。」

「想來是戈朗對頤爾文大人的照料就如同他照料馬匹那般細心，所以才會這樣吧。」

說人人到，那矮個子馬伕就在這時出現了。他從院落二樓的房間走出來，蹲在欄杆後偷偷往她們二人打量，發現依絲塔察覺之後才站起身，隨即下樓直朝她們走去。但見他舉止異常膽怯，碎步走過中庭，雙手絞在一起，像是非常緊張。

來到二人面前，他站得有點遠，先向依絲塔鞠躬，再向莉絲，然後又向依絲塔再鞠躬一次，便目不轉睛地盯著她看，像在確認什麼。他的灰褐色眼眸暗鈍如未打磨的鐵塊，濃眉中雜毛橫生。

「哎，」他總算把視線從依絲塔臉上移開，卻也沒去看莉絲，而是看著兩人之間的空間出聲說：「就是她，能讓他活下去，不會錯的。」說完，他的眼睛突然變得有神，看著莉絲問：「妳問了嗎？」

莉絲在錯愕中強笑。「哈囉，戈朗。呃，我正在努力。」

他用雙手環抱自己，前後搖晃起來。「那麼，問吧。」

莉絲歪了歪頭。「要不你自己問？她又不會咬你。」

「啊……這……」他含糊不清地咕噥著，低下頭去瞪著自己的靴子。「妳問。」

莉絲無奈但促狹地朝他一笑，轉向依絲塔。「太后，戈朗想請您去探望他的主人。」

依絲塔不搭腔，坐直身子，穩住呼吸才開口：「為什麼？」

低著頭的戈朗抬眼偷看她，馬上又看回自己的腳。「您是讓他活下去的人。」

「但你要知道，」依絲塔靜緩地說：「沒有人會希望被陌生人看到自己躺在病床上的模樣。」

「那不要緊。」戈朗眨了眨眼，直視依絲塔。

莉絲向依絲塔湊近，把手圈在嘴邊說悄悄話：「他在馬廄裡說的話可多了。我想他是怕您。」

若是按尋常方式來遊說，依絲塔認為自己一定拒絕得了，但在這種壓迫的氣氛下——誠摯的眼神，笨拙的言詞，卑微卻出於利他的企求……現在她只想詛咒某位神明，而不是眼前的馬伕。

此刻並非半夜也非正午，庭院中沒有一處與她的惡夢相符，包括戈朗和莉絲的存在。這表示時間點是不對的……但也許這反而代表著穩妥、不出差錯。她深吸一口氣。

「那麼，莉絲，我們就組個小小的朝聖隊，去參觀另一個廢墟吧。」

莉絲扶她起身，臉上因好奇而流露著興奮。依絲塔走上樓時，戈朗不安地張望著，口中無聲地唸唸有詞，彷彿在為她的腳步加油打氣。

她們跟隨戈朗走到長廊盡頭的那間房門口。戈朗打開房門，恭敬退開並俯身一禮，依絲塔遲疑了一會兒，跟著莉絲步入房中。

12

房內不像她在夢中見到的那樣暗，因為窗戶都敞開著，能夠一眼望見仍然蔚藍的天空；再者，這個房間完全沒有一般病房的那種藥草或穢物氣味，只有涼爽的空氣、木蠟油，以及些微但不令人生厭的男人體味，整體感覺上十分清爽——依絲塔甚至覺得這房間聞起來有點香。

房間裡關鍵的那張床，依絲塔看得不禁怔住。

那張床整齊清潔，睡在上面的男人不像是纏綿病榻，反倒像在忙碌的一天中躺下小憩，或是一具屍體穿著生前最好的衣服等待入殮。她定睛看去，見那人的確是體態瘦長，容貌也和夢境中的一模一樣，但是衣著不同——他穿得像個侍臣，黃棕色的高領上衣繡著藤葉，長靴的靴筒在小腿肚處裹著土褐色褲管；栗紅色的坎肩袍半摺平攤在一旁，上頭壓著一把入鞘的佩劍，精緻的劍柄被那人的左手掌覆蓋著，一枚印鑑戒在他的手指上發亮。

此外，他的頭髮也不只是向後梳直，而是從兩側額角各紮一條辮子匯結在頭頂，再紮成單條三股辮從他的右肩平垂在胸口，末端以栗紅色的繩子束緊，髮尾梳得一絲不苟。他最近才剃過鬍子，面頰很乾淨。依絲塔嗅到一縷薰衣草的香味。

戈朗又在那裡絞著手盯著她看。這裡的一切必定是他的傑作。躺在床上的這人做了什麼，值得這個僕人如此盡心奉獻？

「五神啊，」莉絲吃驚得大氣也不敢喘。「他是個死人。」

五朗抽抽鼻子。「沒有，他沒死。他沒腐爛。」

「可是他沒在呼吸！」

「有。用鏡子可以看。妳看。」他走到五斗櫃拿出一把小手鏡，放在頤爾文大人的鼻下。「看到了沒？」

莉絲湊上前去，俯身探看。「那是你的指印。」

「才不是！」

「好吧……也許……」莉絲被他吼得一愣，退後兩步，作勢請依絲塔也去驗一驗。在戈朗的熱切眼光中，依絲塔也靠近頤爾文，但只是做個樣子，實際上她在思考該說些什麼，來慰勉這位忠心耿耿的老兄。「你把阿巴諾準爵照顧得很好。大人遭逢那樣的悲劇，的確不容易康復。」

「哎，」戈朗應道：「所以……繼續，夫人。」

「你說什麼？」

「就是……親吻他。」

依絲塔想要笑。她咬緊牙關，忍了好一會兒，還不敢出氣半分；但見那張灰蒼蒼的老臉一派嚴正，全無戲謔意味，她這才壓下了笑意，也用正經的口吻說：「我不懂你的意思。」

戈朗咬了咬嘴唇。「他會變成這樣，是被一個內親王害的，您是身分更高的太后，我想您也許可以救醒他。」他這話說得雖然遲疑，卻是滿臉堅信。

依絲塔不悅地發現，此人認真得不得了。她盡可能放緩了語氣，輕聲說：「戈朗，那是小孩子聽的童話故事。這裡的每個人都不是小孩子了。」

莉絲發出了忍俊不禁的嗆咳聲，引得依絲塔斜睨看去。幸好這女孩癟著嘴忍住，沒真的笑出聲。感謝五神。

「您就試試。試試不會有害處。」他又抱著雙手前後搖晃起來。這動作大概代表一種不安。

「只怕也不會有好處呢。」

「無害，」他固執地說：「總得先試試。」

在依絲塔看來，此處一切的細心準備都是戈朗為了這一刻而做。他一定花了好幾個鐘頭。但是為了什麼？

*他可能也做了夢。*想到這一點，她的呼吸一窒。

記起災神的第二個吻，她覺得臉上有些灼熱。那一吻是否暗藏著別的訊息？或許災神授意她藉由親吻去布施奇蹟，鋪陳了這樣的情景？*原來神明都是這樣勾引信徒的。*她的心跳加速，腦中思緒翻湧。*一命換一命，且借助災神的恩典，我的罪孽得以減輕。*

出於某種迷醉，她彎下了腰，看見那線條優雅、剃淨的下巴，貼在上頭的勻稱皮膚，微啟的唇色適中，露出一點點方正、冷白的牙齒。她把自己的嘴唇貼了上去。

那嘴唇不冷也不熱。她送了一口氣進去。

人體之中，舌頭是象徵災神的器官，如同子宮之於母神，生殖器之於父神，心臟之於子神，頭腦之於女神。四神教義排斥災神，便指控舌頭是所有謊言的來源。

她暗暗把舌頭探進那兩排牙齒之後，接觸另一個冰涼的舌頭前端，比照災神在夢中對她所做的冒犯之舉。同時，她把手移到頤爾文的胸口，但不是真的撫摸——她知道這層衣衫之下還裹著繃帶，也知道繃帶之下的肌膚是什麼樣子；包括他緊閉的眼皮下是一對黑眼珠，她都知道——但那胸膛沒有起伏，他的眼睛也沒有睜開。頤爾文仍然躺著，一動也不動。

強烈的失望夾帶著隱隱屈辱在心中生起，依絲塔忍著遺憾直起身子，卻聽見自己語帶失落地說：「你看到了。沒有幫助。」愚蠢的期望和愚蠢的失敗。

「嗯，」戈朗瞇眼看著她，也顯露出失望和迷惘，卻沒有認輸。「那一定少了什麼。」

讓我走吧。這太煎熬了。

莉絲站著看完這一幕，這時也向依絲塔投以歉疚的眼神。依絲塔心想，晚點要給這女孩上一堂課，跟她說說貼身侍女的職責，包括如何過濾他人對女主人的請託，如何拒絕胡攪蠻纏、不知所以的人。

「但您是他活下來的希望啊。」不知怎地，戈朗老是說這句話。他似乎大起膽子，或是被這位太后的舉動所感，對她不再那樣畏懼。「個子不高，鬈髮，亂披散在背後，灰色眼珠，板著臉——他說您很嚴肅，」他上下打量著依絲塔，篤定地點頭，好像對她的嚴肅感到滿意。「就是您。」

「是誰這樣說我？」依絲塔不高興地問。

戈朗朝床鋪點點頭。

「他。」

「何時說的？」依絲塔的語氣嚴厲，讓莉絲不禁一驚。

戈朗攤開兩手。「他醒來時。」

「他會醒來？我以為——凱提拉拉夫人說，他遇刺後就一直昏迷不醒。」

「嗯，凱提夫人。」戈朗輕哼一聲，聽不出是在表達情緒，還是單純地清鼻子。「不是的，瞧。他幾乎每天有醒來，醒一下下，大約在正午，我們就盡量餵東西給他吃，主要做這些事。他醒著才能吃，吃得不多，您看他都變瘦了。凱提夫人，她後來想到好主意，就是用一個小皮管子把山羊奶餵進他的喉嚨，那樣就不會嗆到他。您看這是有用的，只是還不夠。他瘦得太多，每天再瘦下去，就沒那麼有力氣了。」

「他醒來時，神智清楚嗎？」

戈朗一聳肩。「呃。」

這又是個不清不楚的回應。依絲塔想起阿瑞司的例行午睡，以及他午睡時詭異的狀態……頤爾文為何偏偏在那個時間點醒來？她有種陰沉的預感。

她聽見戈朗又道：「他偶爾醒得久一點。有人說那只是夢遊。」

莉絲問：「你們覺得這有可能嗎？會是什麼洛拿巫術嗎？」

依絲塔完全不想跟這種事或話題扯上一點關係，也不想提示這種可能性。「洛拿法律禁止巫術，不論是在公國或是北方群島。」她說。

針對巫術，喬利昂並未立法禁止，但也沒有公然鼓勵。凡人可能因絕望、犯罪或傲慢而受到誘惑，與遊蕩的惡魔締約驅使巫術，這一點在五神或四神信仰都是相同的。只不過，四神信仰將惡魔與災神畫上等號，對於災神崇奉者視為異端並施以殘酷處刑，教徒也都畏懼於嚴刑峻法，縱使涉及巫術也不敢對外張揚或向神廟求助。

戈朗又聳了聳肩。「凱提夫人，她說毒藥來自於那把洛拿匕首，因為傷口都不好。我有用毒藥試試廄舍裡的老鼠，也沒有看過變成這樣子的。」

莉絲憂愁地看著頤爾文。「你服侍他很久了嗎？」

「快要三年。」

「當他的馬伕？」

「馬伕、副官、傳令兵、僕人，都有。現在當照顧他的人。別人不來，都說可怕，碰都不敢碰。只有我敢，而且我做得好。」

莉絲歪頭思忖，又道：「他為什麼梳這洛拿人的髮式？雖然我得承認，這挺適合他的。」

「他常常跑到那邊去，來來往往，給藩主當斥侯。他很會說那邊的話──他父親的母親是洛拿人，但是信五神的。這是他跟我說的。」

門外響起腳步聲，戈朗立刻慌張地抬起頭來。房門一打開，便聽見凱提拉拉夫人嚴厲喝道：「戈朗，你在做什麼？我聽見有人──噢，太后，請您見諒。」

依絲塔轉過身去，正好看見凱提拉拉在行禮的同時，怒目地瞪向那名馬伕。凱提拉拉的身上罩著一件圍裙，身後跟著一名女僕，而那女僕手裡抱著一只有蓋的陶壺。她來到病床旁，看見頤爾文打扮整齊又穿上如此正裝，先是一愣，接著哼了聲，顯得非常不悅。

戈朗縮著腦袋不敢抬頭，語焉不詳地咕噥了幾聲。見了他這副可憐巴巴的模樣，依絲塔一時心軟，便柔聲對凱提拉拉說：「您千萬不要責怪戈朗。是我要求他帶我來探望頤爾文大人的，因為……」因為什麼？為了來看他是否跟他哥哥長得像？這說詞太薄弱。來看他是否跟我夢境中的一樣？更糟。「我認為此事嚴重地困擾著阿瑞司大人，而我自己認識一位非常有經驗的療者，她是博學司祭陶維亞，也是我在瓦倫達的私人療者，我打算寫信去請教她的意見，因而過來探望，以便能詳盡地描述這一位的病症。陶維亞女士特別專精於診斷，在瓦倫達地區頗有名氣。」

「這真是太仁慈了，太后，您甚至願意提供您的私人療者。」凱提拉拉夫人似乎被感動了。「我夫君確實因這場悲劇而深感傷痛。我們陸續請來許多高明的療者，但有好些人因為路途遙遠而不願意前來──當然，越是醫術高明，往往也都越年邁。假如能得到陶維亞司祭的幫助，我們都萬分感激。」說著，她看了看女僕手中的陶壺。「您覺得是否該讓司祭知道我們餵給他山羊奶？我擔心這麼做不妥當。他有時會嗆到。」

「博學的陶維亞熟知所有護理技巧。我想應該不必特別註明。」

凱提拉拉夫人面容一緩，便示意女僕和戈朗準備餵食，並力請依絲塔和莉絲退到房外，甚至陪她們一路走到依絲塔的房門口。這時已是日落時分，天邊晚霞如火，但是方庭已全部籠罩在黑影中。

「戈朗這個人非常盡忠職守，」凱提拉拉語帶歉意：「只是恐怕他的腦筋很不管用。但到目前為止，他是最善於照料頤爾文大人的一個。其他人都太害怕了，我想。戈朗從前過過苦日子，所以不會厭惡這種事。要不是有他，我也不知該如何處理頤爾文。」

戈朗說話的樣子或許表現出他的頭腦簡單，但就依絲塔的判斷看來，這人有一雙巧手，正適合做一個不用頭腦的隨從。「他好像對頤爾文大人特別忠心。」

「是的，我們也對此感到驚奇。我聽說他年少時做過軍官的僕從，在某一場戰役中被洛拿人俘虜，賣去做了奴隸。不知道是什麼情況下，頤爾文大概是在約寇那見到他，就把他帶回來了；我也不知道是不是用錢贖買的，或是別的，總之似乎還有些不愉快且不幸的過程。從那之後，戈朗就一直跟在頤爾文身邊，也許是年紀大了無法再尋別的出路吧，我猜。」說著，凱提拉拉抬起頭來。「那個可憐人跟您二位說了些什麼？」

察覺到莉絲張嘴欲答，依絲塔暗中在她攙扶的手臂上掐了一把，然後自己答道：「怪不得我覺得他有些神智不清呢。我本希望他是個前朝遺臣，指望他能給我說說這對兄弟年少時的軼事，看來他並不是。」

凱提拉拉的微笑中有幾分同情。「您說的前朝，指的是首輔路特茲大人在世、年輕的時候嗎？我夫君出生時，首輔大人恐怕已經成為埃阿士大君的朝臣，不怎麼到波瑞佛來了。」

「如您所說。」依絲塔平靜地應道。接著，她允許凱提拉拉告退，自己也和莉絲回到房中。

依絲塔覺得那山羊奶頗有可疑之處。那裡頭可能不只摻了蜂蜜，還有別的東西，又或許是放在別的食物裡，讓頤爾文吃了之後就昏睡一整天，甚至呈現假死狀態；搞不好所謂的毒物，根本就來自於自家宅院？

這樣的陰謀論有其合理性，卻不算厚道度人。她開始後悔自己有此念頭。*這種想法比那些鬼火陰慘的夢境更令人不安。*

「您為何掐我的手？」房門關上後，莉絲問。

「不讓妳說話。」

「我想也是。但為什麼？」

「藩主夫人不樂見她的馬伕有那些作為。由我出面說話，或許能讓他免於挨罵，或至少免於挨揍。」

「哦。」莉絲認真思考了一會兒，說道：「對不起，是我讓他煩擾了您。他在馬廄裡表現得沒有惡意，我也欣賞他照料馬兒的方式，但真沒想到他竟然要求您做那樣愚蠢的事。」她低下頭。「您真慈悲，沒有嘲諷他，也沒拒絕他。」

這跟慈悲沒有關係。「提出那樣的要求還費心布置，他必定有他的難處。」

莉絲把這番挖苦聽成了體諒，眼中又是一喜。「的確是那樣。只是……現在想想，反而讓一切都更悲傷了。」

依絲塔只能點頭同意。

能再度享受莉絲那單純的服侍，讓依絲塔的心情和緩許多。這女孩簡單地送她上床，愉快地道了晚安後，就自行到外間去睡覺了。依絲塔同樣要求她在房中留一盞燭燈。

依絲塔獨坐在床上，靜靜想著白天所見到的新事證。從前，她習慣在做這種苦思時跑到城垛上來回地走，走到她的雙腳冰冷、鞋底都脫落而侍女們哀求她停下為止。不過那其實不是個健康的好習慣，只會使人上癮。

回想自己來到波瑞佛的一連串因緣，災神說那不是偶然。卡札里大人曾說眾神都是小氣鬼，抓到機會就拚命利用；卡札里曾經被神靈憑依，尚且不給眾神面子並有此評價，依絲塔自身也因神靈憑依而備嘗苦果，不得不同意他的論調。

祂們究竟是如何回應眾生的祈願？塵世間祈願多如牛毛，然而奇蹟發生得少之又少。看起來，無論具備多麼偉大的大能、能看得多深多遠，這幫神明都是叫別人去做祂們的工作，因為這物質世界的入口很小，一次只能容許一個靈魂觸入。

惡魔則是另一種奇異的存在。神學家認為惡魔的數量眾多，但是都受到類似的限制：毫無大能，沒有包容力，而且目光短淺，只是沒有定壽，並能藉由侵蝕宿主來增強自己。

那麼，她來波瑞佛這一路所吃的苦頭，該責怪誰？有人求助，災神回應；她被派來，可能只是個惡劣的玩笑。她本來不想怪罪頤爾文大人，但戈朗說他也有清醒的時候——或至少是有意識，能思考能說話；戈朗也是個可能人選，因為他用言語和巧手行動向依絲塔具體的求助。還有，頤爾文的空盤子上，那朵白玫瑰是誰放的？那人或許也是個沉默的祈禱者。

派一個有瘋癲前科的中年婦女來解救信徒，真是夠蠢。依絲塔・喬利昂是個失敗的聖徒，失敗的巫師，失敗的太后、妻子、母親、女兒……她這半生根本被辜負寫滿了，大概只有情人是她未曾嘗試扮演的角色；「沒做過情人」這回事，在她的痛苦分級表上只比「失敗」低階一點點。起初，當發現阿瑞司和路特茲的關係時，她以為這場邂逅是眾神安排的審判，怕自己的罪惡感要被活生生地重新剖開，怕有人要喊：給這把人淹死的惡婆娘弄一桶水來！

可是現在，神明的安排似乎不是她所想的那樣。這些事件的中心另有其人。她苦澀地嗤笑，知道自己是受到引誘而來蹚了渾水；藉著那下流的一吻，災神的舌尖把最隱蔽的訊息送進了她的身體和心底，這就是祂事前的提點。祂為什麼要喚醒這沉睡已久的欲念？或者說，何必喚醒？在與世隔絕的瓦倫達，這專屬於下半身的慾望毫無用武之地，無論詛咒有沒有麻痺她都是如此，因為獨獨在那座小城中，她不可能抛下自己的女性職責去墜入情網，也不可能任自己因此承受指責。她試著把費瑞茲想像成愛慾的對象，或是和老領主身邊的其他紳士，然後自個兒嗤之以鼻。體面端莊的淑女永遠要做到眼觀鼻、鼻觀心，這是她從十一歲起就接受的教誨。

災神說祂給的是「差事」，不是叫她來搞「男女關係」。

但這所謂的差事又是如何？給人治病嗎？要這樣給人治病，怕不是簡單一吻了事。也許她剛才少做了什麼，也許她該往隱晦、深沉處，或甚至是猥褻處去思考？無論怎麼想，她都沒膽子再試一次了。有那麼一瞬間，她真希望神明不把意思弄得淺白些，但又立刻收回這個希望，當成是自己說錯話。

換個角度想，事態已經如此，派她來蹚這趟渾水會使情況更糟嗎？可能眾神也當作是新手療者的實習，來一次死馬當活馬醫，反正是無望的，失敗了也沒誰會責怪，甚至沒人看得出來。波瑞佛城中有的是垂死掙扎：這一座城堡中，一場家庭悲劇，異姓的一對兄弟，一個不孕的妻子……她所見的就有這些，但背後也許還有更多。眾神上一次派工作給她的時候，她的舉措關乎一個王國的未來、整個世界的命運，這一回卻不像是那樣。

說來說去，究竟是為什麼徵召我？明知我必須仰賴您的指引才能行動？

按照災神給的邏輯，其實她也想得出結論。

除非我向您敞開心胸，否則您連一片樹葉都拿不起來；也除非您向我灌注，否則我不能……不能如何？

城門可以是通道，也可以是阻礙，關鍵不在於材質而在於位置；門若要打開，它就允許雙向通行。她不敢保證自己開了門偷窺又依然守得住城防。

然而我看不見……

從前大人教給小孩的睡前禱告詞是五個對句，她氣沖沖地將它全改成咒罵的話，說完後忿忿然倒向床鋪，用枕頭包住自己的腦袋。這不是叛逆，是在逃避。

一夜無夢，或者有夢也不記得。依絲塔在漆黑之中睜開眼睛，被一陣急意弄得無可奈何。她嘆口氣，下床打開窗板讓房內稍稍亮些，然後摸索著從床底下拖出夜壺來。看這月色，此刻大約是午夜。

結束後，她蓋好蓋子，聽著清脆的碰撞聲在靜夜中格外清晰，一時覺得刺耳也不妥。她將夜壺推回床下，走回窗邊，本想重新關上窗板，卻聽見室外有不尋常的動靜——一個踏著軟鞋的腳步聲正在快速穿過庭院，走上樓梯來。依絲塔屏住呼吸，從窗格子邊偷看。只見來者又是凱提，穿著一身單薄絲衣，衣襬輕得隨著她靈巧舉動一路飄逸；今晚的空氣依舊沁冷，若讓別人瞧見，大概會擔心這女子恐怕要著涼。

凱提拉拉連個燭台也沒拿，一手似乎將什麼東西握在胸前。也許她只是在拉緊衣襟領口，依絲塔看不出來，總之不會是羊奶壺。

她無聲地打開頤爾文大人的房門，從門縫溜進去。

依絲塔站在窗旁，瞪著黑暗，雙手緊握在冰冷的鐵條上。

好，祢贏了。是我先受不了。

依絲塔咬牙切齒著，在牆邊掛著的衣服中抽出一件黑色絲袍罩上。她不想從外間走房門出去，免得驚醒莉絲，便決定從窗戶爬出走道；那一窗鐵格倒是一抬就開了，頂上去並不會十分費勁，在窗溝滑動時也沒發出太大聲響，她便先坐到窗台上，再抬腿往窗外挪。

她的一雙赤腳踩上長廊的木板地，發出的聲音比凱提的軟鞋腳步聲還輕。對面的房間裡全無燈火，窗板倒是照例開著的，只是無論依絲塔多麼努力，仍然無法看清房裡的動態，頂多看到一道黑影在裡頭移動，連聲響也聽不清。

依絲塔感覺眉間一處隱隱作痛。

黑暗中我看不見。我要看見。

在那房間裡，隱約有布料摩擦的聲音。

依絲塔嚥了一口唾沫，決定要祈禱了；禱告之於她，已然構成了某種心理上的陰影，她甚至感覺得到此刻自己有無奈、有不情願的滿腔怒火，還有某種滾燙的熱意，並不符合正常人禱告時的心情。反正司祭們都說禱告不拘形式，只要發自內心，眾神都會聆聽，那好，她要用自己的方式祈禱。

我曾經抗拒我的眼睛，肉眼和神靈之眼。我非稚兒，也不是處子或守分的人妻，我不怕冒犯他人。我是這雙眼睛此刻唯一的主宰，若不能勇敢的看盡這世界，無論善惡，無論美醜，該當何時？純真無知已經不屬於我，智慧的慰藉雖然更痛苦，卻是我僅有的冀求，因它能獨自生出知識。

給我真實之眼。我要看見。我必須了解。

災神在上。願您的名號受詛咒。

為我開眼。

眉間的痛楚一劇，隨即舒緩。

剛開始，她看到兩個淡漠的老鬼魂飄浮在對面的房間裡；那兩個鬼魂不是好奇，只是出於本能而靠近。凱提的手朝它們揮了幾下，像驅趕小飛蟲一樣，把它們趕開了才放下手。

所以，她也看得見。

沒來得及細想，依絲塔的視野中出現了她在夢境裡見過的白色火焰——來源就是頤爾文。火光幽幽，覆著他的全身，看上去有點像是潑油後點燃的景象，只是並非燒得熾烈；與此對比，凱提顯得更暗，卻更具體，她的五官、衣著和雙手也都非常清晰。只見她站在床尾，雙手攏在一起，那條白色的火繩就交纏的指縫中竄出，穿出房門，越過中庭，向某處遠去，動態十分明晰。

依絲塔又把視線挪回那房間中，見頤爾文不再穿著正裝，而是換回未染色的亞麻袍，只有髮式維持著白晝時的模樣。凱提正在解他的腰帶，撥開袍子，使得他全身都裸露出來；紗布繞著他的胸膛包纏著，蒼白的火光就從心臟下方向外湧出，彷彿繃帶下有一口隱藏的泉井。

凱提冷著一張臉，沒什麼表情，俯身去觸摸繃帶時，白色的火光就像羊毛紗般纏上她的手指。

依絲塔能確定的是：凱提拉拉不是任何一位神明的通道。神靈之眼是絕不會看錯神祇之光的，而依絲塔知道，還有一種源頭能讓凱提拉拉表現出這種能力。

所以那惡魔在哪裡？在城中的這幾日，依絲塔不曾感應到它的存在，凱提拉拉這人只令她不自在。難道這種感覺就是在掩飾？回想起來，她大多把這位藩主夫人求好心切的緊張性子，誤解成一種粗淺的醋勁。依絲塔更努力地凝神，專注於神靈之眼所見的景象，特別去搜尋房間中不尋常的、躁動的光。

那其實不是光，而是一團泛紫色的暗影，就浮在凱提拉拉的胸骨之下，結實而緊密。這算是藏匿在她的體內嗎？假如是，那這惡魔可不高明，就像藏在麻袋裡的貓，藏得了頭卻露了尾巴。

話說回來，誰是主，誰是從？按照神學家和司祭的說法，主動與惡魔締結契約的巫師都是在精神上與之交融，與被動附身、肉身受佔據是有所區別的，因而至今尚無具體方式能分辨二者。

然而依絲塔覺得自己似乎能看得出來，眼下是凱提拉拉在驅使這惡魔，而不是她受惡魔控制；在那副曼妙的軀殼中，她的靈魂居於優勢，仍能憑意志力主導這一切。至少現在是如此。

凱提拉拉伸出一根手指，從頤爾文的喉結往下劃，經過肚臍直到股間停下，火焰循著她劃過的路線高漲起來，向外流動得更快速。

她慢條斯理地爬上床，挨著躺在他的身旁，開始愛撫他的全身，一面把那些火光拂向並聚集在他的下腹。她的動作漸漸大膽起來，而頤爾文的身體竟然有了反應，唯獨眼皮子動也沒動。看起來，沉睡的是他的心靈，並非肉體。

那麼，這一對是情人嗎？依絲塔不這麼想，因為凱提拉拉的手勢並不帶有愛意。就依絲塔自身的經驗來看，假如凱提拉拉是懷著愛情而為，那她的動作就不該粗魯而野蠻，至少該有點放鬆的自在感，而不是單純地製造刺激；她的手掌應該是張開的，享受肌膚相觸的喜悅。但在依絲塔的視野中，她的熱情出自於憤怒而非色慾。災神大人，您的祝福要在那張床上浪費掉了。

凱提說話了，聲音極輕：「對。就是那樣。來呀。」她的手指一逕忙碌著。「不公平。真不公平。你的種子這麼濃郁，我夫君的卻像清水。你要它有什麼用？什麼用都沒有！」那雙手放慢了速度。她的目光一轉，把聲音放得更低沉：「我們能控制他，沒有人會知道的。懷一個孩子也不過是這樣，那至少有阿瑞司一半的血緣。去吧，趁現在還有時間。」聽這措辭，可能是她腹中的那團黑影在低語。

片刻沉默後，又是凱提的聲音：「我不要退而求其次。反正他從來就不喜歡我，我從來也聽不懂他愚蠢的玩笑話。我要的男人只有阿瑞司，從今往後都是，沒有別人。」

聽得此話，那團黑影似乎就縮了回去。

凱提拉拉放開雙手，看著緊繃充血的生殖器挺立，那道白色的火焰從它的頂端躍出。「行了。那樣應該能撐得夠久。」接著，她輕手輕腳地下床，在木地板的輕軋聲中為他披好長袍，重新蓋上被子，似乎刻意避開了白色火焰，也不再觸及頤爾文的身體。見她走到床尾，依絲塔立刻縮頭蹲下，用黑袍蓋住自己的臉和頭髮，聽著房門開關的聲音，以及踮著腳尖走路和快跑離去的聲音。

依絲塔從圍欄旁偷看，凱提正在庭院的鋪石上跑著，絲袍在她的身後揚起如浪，而那條散發著白光的繩索仍舊亮著，卻沒有照亮周遭，也沒有使景物投下陰影；火光向前流去，和凱提的身影一同隱沒在拱廊下。

凱提拉拉，這是什麼巫術？依絲塔不解地甩了甩頭。

好吧，我該去看個究竟，餵飽這雙眼睛，這樣也許就能知道些什麼。就算不能得知全貌，好歹總有些頭緒。

厚重的雕花木門絞鍊保養得很好，因此開起來十分輕鬆。進到房裡，依絲塔聽見裡間傳來微弱的鼾聲，大概是戈朗或別的僕人睡在那裡。她小心地不去碰到那懸浮的光索，繞過一個五斗櫃，踩著絨毯走到頤爾文的另一側床旁，而不是凱提剛才所站的位置。同樣的，她掀開他的被子，解開白袍，開始端詳起他來。

她關注的重點自然是白色的火焰和那條光索，只是起先免不了被那明顯的生理現象給分了神。她發現那片光焰並非同樣明亮，最亮的一處集中在他的陰部，肚臍和心臟的次亮，嘴唇與額頭的則非常微弱。和第一個夢境相比，他確實瘦了不少，臉頰凹陷，肋骨……她沒夢見他的肋骨，但這肋骨是明顯突出的，而骨盆一帶幾乎剩一層皮。

他突然抽搐了下，非常輕微的顫動，但她很熟悉，認得那是因性慾而產生的痙攣……或者是相應的動作。這和光索的另一端有關係嗎？在接下來的幾分鐘裡，她數著自己的心跳，數著他的痙攣，兩者都漸漸加快。她頭一次看見他的嘴唇動了，卻僅是吐出一個低沉的呻吟。

光索繃緊、顫抖，驟亮一陣，冰涼的火苗又散了開去，先是覆滿他的全身，繼而重新往心臟下方聚攏、搏動，在那處隱形的井口狀似湧泉。

他的身軀恢復到先前宛如假死的狀態。

「嗯，」依絲塔深吸一口氣。「這可……稀奇了。」

她固然知道剛才那一幕是怎麼回事，卻也知道自己目睹的不是全貌。真知灼見離她還有好一段距離。她輕柔地蓋攏他的長袍，重新繫好腰帶並為他拉回被子。盯著仍在懸浮的光索，她想起了第二個夢境。

我敢嗎？

只盯著看當然不會得到什麼收穫。她定定神，把一隻手伸出去，用手掌圈住那一索白光。

就當是向你致敬，戈朗。

她提起腰臀，坐上床沿，傾身向前，給了他一個深吻，同時握合那隻手掌。白光熾盛。

頤爾文猛然睜開了雙眼，吸進她的吐息。她把另一手移到他的頭側，撐起身體，望進那雙深色的眼睛——曾在夢境中見過的眼睛。他抬起一隻手，繞到她的後腦，輕輕抓住她的頭髮。

「噢。這個夢好多了。」沙啞濃沉的嗓音帶著洛拿口音，是柔軟的北方腔調，聽起來倒比夢裡的要豐潤些。說著，他回吻她，起初謹慎，之後稍微堅定一些，大概是意識仍然昏沉、沒有完全清醒的關係。

依絲塔把圈握的手放開，見那些白火焰又一陣明滅，重新在胸口處旋騰後迅速消散。頤爾文發出一聲苦悶的嘆息，再度失去意識，眼皮也沒來得及完全闔上，依絲塔便伸手為他撫閉了。

飄浮在空中的光索果然消失，一如夢境所示，但她非常不確定自己剛才做的是什麼。假如這巫術如她所料想，那麼光索的另一頭也會產生異動嗎？頤爾文的短暫甦醒，是不是意味著另一人的暈厥？是阿瑞司嗎，昏迷在凱提的懷抱中？

阿爾沃．路特茲死在臧格瑞大牢的那一夜，她也覺得自己被黑暗巫術般的混濁所包圍，在無知、焦躁和恐怖感之間狂亂，認為自己做了災難的幫凶。就像此刻。

沉鈍感又來了，她的腦中隱隱作痛。面對這份熟悉的恐懼，她知道自己只能忍著；別的且不說，就忍耐而言，如今的她稱得上是個專家，再不濟也不是當年那個無知的少婦了。在確知這是一樁奇蹟還是一樁謀殺之前，她決定先歇手，點到為止。

帶著些微遺憾，她很快地收拾現場，撫平頤爾文的被子並恢復原樣，接著攏緊身上的黑袍溜出了房外。她踮著腳跑過長廊，照樣開了窗子爬回房裡，接著鎖好鐵栓，關上窗板。坐回床上後，她注視著窗板的縫隙。

過了一會兒，窗縫中有微弱而搖曳的一點黃色燭光經過，伴隨一陣匆匆的軟鞋腳步聲。幾分鐘之內，二者在走道去而復返，又下了樓梯遠去；那腳步聲在回來時聽著比較緩慢，是那人在沉思，還是在疑惑著？

我實在不適合這見不得光的差事。說穿了，災神也不是個適合她的神明——依絲塔很確定自己是父母親的婚生子，也從來沒找不恰當的對象去發洩她笨拙、受阻而無處可去的性慾。不過，我肯定是個不合時宜的災難。好吧，她想，也許災神有派了更好、更合適的使者出來辦差，只是別人都沒有順利抵達吧。

不論如何，她決心明天要去會一會清醒的頤爾文大人。說不定，別人眼裡看見的昏沉夢遊，看在她這個瘋女人的眼裡會如神光一般清楚。

13

這一天，凱提拉拉夫人又在太陽剛冒出地平線時就衝到小院來，拉著依絲塔去神廟晨禱，還說著之後會有仕女的射箭比賽和午宴。這次，依絲塔早早想好了不參加的藉口。

「昨天我恐怕是太勉強了自己，以至於昨晚身體不適，夜裡還有些發燒。我今天想在房裡靜靜休息。藩主夫人，請您別擔心，不用時時刻刻為我找娛樂。」

「實不相瞞，波瑞佛鎮上的確是沒什麼娛樂活動，」凱提拉拉夫人老實地說：「這裡畢竟是邊境，我們必須務求一切精實從簡。但我已經寫信給我的父親——歐畢是凱里巴施托領的第二大城，能夠提供更符合您身分地位的接待，而我相信家父必定期盼著這份榮幸。」

「真不巧，我現在還不適合長途旅行，不過等到能外出時，我會懷著最喜悅的心情，在回鄉的旅途中去那裡作客。」依絲塔一面說，一面忍不住懷疑那裡能比波瑞佛安全多少？可能離邊境稍微遠一丁點，駐兵多一點點而已。「當然，那是以後的事。」

凱提拉拉夫人同情地表示體諒，臉上卻顯出滿意。*對，我猜您會希望我轉移陣地，到別的地方去待著——或者您身上的另一個東西會這麼期望。*依絲塔看著她，一面如是想著。

表面上，她似乎一如往常，包裹在柔軟的綠色絲綢和輕薄亞麻中，一副人畜無害的樣子；至於內在……

在這段對話進行的過程中，莉絲起勁地忙著為依絲塔更衣梳頭。依絲塔淡淡地看著她，看一個健全的人和她自己的魂魄偕同一致，相互蘊生也滋養著彼此。當神靈之眼看的是靈魂，而肉眼看著肉身時，這樣的人只會有單一個形影，看不出靈魂本身的狀態，好比莉絲現下就是明亮、動感的，充滿活力且全神貫注，一如她的肉身所呈現；又例如在門邊等著端走盥洗用水的女僕，她的靈魂就比較靜態，因不悅而顯得黯淡，卻也同樣與她的肉身表現相符。

凱提拉拉的精神狀態非常暗沉、密實，因緊張和不可告人的壓力而擾動翻騰；那之下沉潛著另一個更黑暗也更緊密的精神體，有如一顆紅色玻璃珠落在一杯紅酒裡。依絲塔覺得那個惡魔封閉了自己，縮得比昨晚更小。它在躲藏嗎？躲什麼？

八成是在躲我。凡胎肉眼看不見災神留下的印記，但祂的下僕走狗肯定感覺得到。不曉得惡魔是否與宿主分享所有的感知——凱提拉拉跟這惡魔打交道多久了？那垂死的野熊當時給她的感覺是殘破敗壞，因為惡魔拿牠身心的能量餵養自己，如此令牠的靈魂荒蕪。凱提拉拉的靈魂還不到那個程度；現在看來，她的靈魂大部分還是屬於她自己的。

「阿瑞司大人昨晚是否平安回來，讓您放心了？」依絲塔問。

「哦，是的。」凱提拉拉的笑容變得溫暖而羞怯。

「我願保證，您向母神的祈願很快就會從企求變成感恩的。」

「噢，但願如此！」凱提拉拉比了個教儀。「我夫君只有一個女兒——麗薇安納是個漂亮的孩子，快要九歲了，跟她的外祖父母住在一起——但我知道他想要個兒子。假如我能為他生一個，他會看重我勝過任何人。」

女孩，妳該不是在和他的第一任妻子較勁吧？逝去的回憶總是多一層朦朧美，活著的人難以臻至。

絲塔不由得同情起她。「我也經歷過這段空等的痛苦時期——每個月定期的失望。我記得我母親總是寫來嚴厲的家書，對我的飲食諸多建議，好像這副子宮沒動靜全是我的錯。」

凱提拉拉一聽此話，臉色活潤起來。她熱切地說：「多不公平啊！大君埃阿士當時年紀那麼大了——他比阿瑞司老得多呢。」停頓片刻，她轉為羞怯。「那您……當時有沒有做些什麼？後來才懷了依瑟女大君？」

依絲塔想起當時的心煩，苦下臉來。「臧格瑞的每個女官都有十多種生子偏方，人人都來向我說，就連沒生過孩子的也有得講。」

「沒人去給埃阿士建議？」凱提拉拉難得地挖苦。

「大家都覺得一個年輕鮮嫩的新娘，就夠滋補了。」起初是如此。

打從新婚開始，埃阿士的性愛就表現得異常謙遜，後來更是日漸淡薄；他自己是有一些問題，不過年紀和詛咒影響是兩大主要原因，此外就是對第一胎沒能得子有些隱約失望。他藏得挺好的，沒怎麼讓依絲塔察覺。依絲塔懷疑埃阿士總是先去私會路特茲後，才回宮與她行房——假如她一直沒懷孕，路特茲是否會要求情郎大君暫時別再去找他，說服他專一地和新后行房呢？她已經想不起自己熬了多久去習慣那種壓力。正因為阿爾沃．路特茲一直是個有魅力的男子，當他們兩人在背地裡暗通款曲卻又在人前這樣欺瞞哄騙她，反而更教她生氣。而以阿瑞司這件事情來說，他和這異父弟弟感情融洽，而凱提拉拉是個後來的外人，若要以此類推這年輕嫂嫂對頤爾文的怒火，似乎也能說得通。

憶起往事，依絲塔忽然心生一計，順口就接下去說：「真要我說，我在懷忒德斯之前倒是做了一件事，就是敷用指百合（finger-lily）做成的藥布。藥布的配方是瓦拉（Vara）夫人的老護士提供；當然，瓦拉夫人自己也賭咒說保證有效，因為她的六個孩子都是這樣求來的。」

凱提拉拉的眼神果然一亮。「指百合？我沒聽說過這種花朵，在我們北方有嗎？」

「我不知道。啊，我獲救的那一天，在阿瑞司大人的部隊營區草地好像看見一些。我相信莉絲見了就一定認得出來。」

莉絲站在凱提拉拉的背後，把雙眉揚得老高以示反駁；依絲塔抬起兩根手指，命她噤聲，並繼續說下去：「老護士說，這種花必須由祈願者親自採集，在晴天的正午、陽光最盛的時候。採摘時要赤手赤腳，用銀製小刀切下，在心中向母神虔誠禱告；採下的花朵用長條薄紗布包起來，在腰上圍滿一圈——若是名女士，可以用絲巾去包——將這腰帶一直圍著，直到要與丈夫或妻子共枕時才脫掉。」

「要說什麼禱詞？」凱提拉拉夫人問。

「沒有特定，只要虔誠就可以。」

「您用這方法奏效了？」

「誰說得準呢？」這是依絲塔的真心話。求好運這回事，她從來就沒有能跟人分享的經驗，也沒資格在禱告上給什麼建議；她對禱告懷抱的心理陰影都還沒解除呢，哪有立場來擔保效果。依絲塔正想繼續說些誘勸的話，不過想捕的這條魚已經自己躍入了漁網。

「太后……既然您今天不參加女士活動，那麼我能否借用您的侍女莉絲呢？我想請她帶我去找這些神奇的花朵。」

「當然可以，藩主夫人。」依絲塔微笑道：「我就留在屋裡休息，順便寫幾封信。」

「我會請人為您送午餐來的。」凱提拉拉如此承諾，隨即福身告退，八成是去找銀刀和絲巾。

「太后，」凱提拉拉的腳步聲已經遠去，莉絲仍把聲音放得極輕：「我不認識您說的那種花。」

「那種花別名『母神的吊鐘』，葉芽嫩綠色、短短的，一串小花倒吊在花梗上，但那無關緊要。其實我只是要妳在中午時，把藩主夫人帶出波瑞佛城外，越遠越好；妳讓她去採其他無毒的花朵也行。」依絲塔已經確信凱提拉拉一定會上鉤；她雖然不喜歡那個年輕女孩，但想到自己這是在利用她急欲求子的心，心中難免不忍。「出城之後，妳多找些合理的藉口，盡可能地拖延她，提防她突然急著回城或是有奇怪的言行舉止。」

莉絲完全不明就裡。「為什麼？」

依絲塔想了一會兒。「妳在驛站收到一個加密的郵袋，會在派送途中打開來偷看嗎？」

「當然不會，殿下！」莉絲義正詞嚴地說。

「這件事，我需要妳擔任我的傳信員。」

莉絲眨巴著眼睛，簡短「哦」一聲，行了個四不像禮表示遵命——這結合了鞠躬和屈膝福身的僵硬禮儀，不知是不是女性傳信員特有的。

「跑這一趟對藩主夫人無害，倒是妳自己與她交談要留心，別去冒犯她、讓她動怒。」依絲塔不知道凱提拉拉體內的惡魔有多少本事，它不敢在依絲塔面前現形，在別處可難說。

不論如何，莉絲服從了依絲塔的命令，接下這份差事。依絲塔在房間裡簡單吃了些東西，打開窗板，把借來的紙筆攤開，決定先來寫信。

首先是一封措辭嚴厲的短信，把妥挪克索領主罵一頓，大致指責他過於輕忽，沒有及時因應莉絲傳遞的情報，間接導致佛伊和司祭卡本至今仍然下落不明，因此要求他對佛達多提供些協助。第二封信寫給瑪拉蒂的大司祭，請求神廟積極搜尋受感染的佛伊和其同伴。莉絲都能用她的方式趕來波瑞佛會合了，那麼，那兩人是被什麼原因拖延了呢……想著這一點，依絲塔是既焦躁又擔憂。

依絲塔強忍不安，將第三封信寫給在卡蒂高司的輔政大臣卡札里，讚揚莉絲、古拉兄弟和這批女神奉侍兵的英勇與忠貞。接著，她寫了一封清清淡淡的官樣文章給瓦倫達，強調她現在一切安好，對於最近的冒險事蹟或種種不快絕口不提。最後才是給女兒和女婿的家書，內容卻更為簡要，主旨同樣是叫他們放心；她本想在信中註明自己急須遷移到他處，然而看了看窗外的長廊，她把這寫了一半的信擱到一旁，思緒逡巡起來。

她捏著鵝毛筆把玩了好一會兒，拿起那封要寄給卡札里大人的信，打開來加了一行字。

此間有複雜情勢。我已重獲另一種視野。

要來叫莉絲出門的小侍從總算出現。依絲塔送走她的貼身侍女，又等來了送午餐的女僕和一名藩城女官，後者顯然是被派來陪依絲塔吃飯的。依絲塔吩咐女僕放了餐盤就可退下，不必留著侍候，也同樣無情地拒絕那名女官的陪膳。確定那失望的女官跟著僕人走遠了，依絲塔立刻從外間溜出房外，快步往長廊對面的另一個房間走去。看著正午艷陽把庭院中的一切曬成了黑白兩色，這森然的既視感令她心中一寒。

她在那扇雕花木門上敲了敲，便聽得戈朗沙啞的聲音先傳出來：「喂，今天有沒有叫那個笨廚子把肉燉軟一——」戈朗開了門，這才抬頭看見來者，立刻把沒說完的話吞了回去，縮起腦袋。「太后。」

「午安，戈朗。」依絲塔見他並不請她入內，便逕自把門扉推得更開，戈朗只得讓路，一臉畏怯。

房裡幽暗陰涼，但有一束光線從窗扉透進，照在地上的羊毛絨毯，使那裡成了唯一鮮明的色塊——這正是依絲塔在第一個夢境中看見的景象。她強自鎮定，轉頭卻被神靈之眼所見的戈朗給嚇了一跳。

戈朗的靈魂看起來非常古怪，乍見的第一眼，依絲塔想到的是一塊被硫酸潑灑過、或被蠹蟲吃爛了的破布，只剩幾條線頭吊掛在肉身上，接著便想起那頭可憐疲弱的野熊。但她在戈朗身上並沒有看見惡魔棲宿的跡象。戈朗本身也還健壯，只是談不上好，特別是神智不大正常。她再度使自己定神，把注意力從他的靈魂狀態移開。

「你的主人醒來時，我要和他說話。」她對戈朗說。

「他，呃，說的話有時不懂。」

「沒關係。」

「凱提夫人，她會不高興。」

「昨天我走了之後，她是不是責罵你？」到底罵得多凶，讓你如此害怕？

他點了點頭，盯著自己的腳尖。

「好吧，她現在騎馬出城了，暫時不會回來。你不必把我來訪的事情告訴她。等等僕人送飯上來，你拿了飯就叫他離開，這樣就沒人會知道了。」

「哦。」

他似乎花了一點時間才真正聽懂。點了點頭，領她入內。

頤爾文大人平躺在床上，髮辮已經解開，向後梳齊；這也是她在第一個夢境裡看見的。他靜止不動，像個死人，雖然不是沒有靈魂，那些能量卻不集中，魂體也未貼合於肉身。看著那條白色光索從他的心臟部位長出來，依絲塔如今已能推測這是在汲取他的生命力。

她走到病床右側，在牆邊的椅子坐下，靜靜看著那些微弱而不整齊的白色光暈。「他是不是快醒了？」

「差不多。」

「那你去忙你的吧。」

戈朗點點頭，拉來一張凳子，再將一張小桌推到病床的右側，就在這時，敲門聲突然響起，把他嚇了一大跳。知道是送飯的僕人來了，依絲塔立刻退避到視線隱蔽處，接著聽戈朗接過餐盤，與僕人對話要他離開，而那僕人似乎也巴不得能趕快走。餐盤上蓋著一塊亞麻巾，看起來挺重，戈朗將它放上小桌，自己則在凳子坐下，揪著雙手靜候在床旁。

當依絲塔看見光索逐漸黯淡，最後褪成一條非常微弱的細線，頤爾文的靈魂能量也重新積蓄，填回他的肉身，變得愈發集中而密實。

頤爾文的嘴唇張開了。他突然開始吸氣，重重地呼出來，也睜開雙眼，瞪著天花板看，然後猛然坐起來，用雙手摀著臉。

「戈朗？戈朗！」他驚慌地喊。

「在，大人！」

「啊，你在。」頤爾文面色愁苦，頹然垂著雙肩，揉了揉臉，盯著自己的腳尖，口齒不清而含糊地說：「我昨晚又夢見那個發光的女人了。五神啊，這次很逼真，我還碰到她的頭髮……」

戈朗抬眼望向依絲塔，頤爾文便順著方向也望過去，頓時睜大了雙眼。「是您！您是誰？我還在作夢嗎？」

「沒有，這次是真的。」她頓了頓。「我的名字是……依絲塔。我到這裡來是有原因的，只是我還不知那原因是什麼。」

便見他噗哧苦笑。「啊，我也是。」

戈朗調整好枕頭，讓頤爾文能靠坐著，隨即端起一碗飄著藥草和大蒜香味的燉肉，舀起一匙送到他面前。「這是肉，大人，吃，吃啊，快點。」

頤爾文吃下去了，但看得出他原先是想推拒的。只見他將那一大口燉肉嚥下後，便搖手叫戈朗拿開，隨即又轉頭去看著依絲塔。「您不……您現在沒有發光了。我是否夢見過您？」

「是。」

「哦。」他又皺起眉頭，大感不解。「您是怎麼知道的？」但他只來得及講這一句，便迫於下一匙燉肉的逼近而埋首吃將起來，顧不上說話了。

「頤爾文大人，您對遇刺當晚還有記憶嗎？在巫米茹內親王的寢室裡。」

「遇刺？我？我沒有……」他下意識去摸自己的胸腹，摸到了繃帶。「去你的，戈朗，你幹嘛老是給我纏這些東西？我早說過……我之前就說過……」他邊罵邊拆，將布條隨意往地上扔，露出毫髮無傷的胸膛。

依絲塔起身走到床邊，拉起那些白布條來檢視，見上頭確實有暗紅色的血漬，便翻轉過來讓頤爾文看。頤爾文猛力搖頭，顯得很不高興。「我沒有傷！沒發燒，也沒嘔吐。為什麼我要睡這麼久？我變得好虛弱，連下床走路都走不穩……我實在想不出……五神啊，拜託別是我中風了，半身不遂……」他的語調一轉，緊張起來。「阿瑞司！我看見阿瑞司倒在我面前，血流——我哥哥人在哪裡？」

戈朗連忙安撫：「好了，大人，好了。藩主沒事，我跟您說過五十次了，我每天都有見到他。」

「他怎麼都不來看我？」這埋怨的口吻倒像是個累了鬧脾氣的小孩。

「他有來。您在睡覺。不想吵醒您。」苦惱的戈朗說著朝依絲塔一瞪。「來，吃肉。」

阿瑞司當晚也在巫米茹的房裡？這個故事已經和凱提拉拉的簡述不太一樣了。「派西馬大人是否有拿刀刺您？」依絲塔問。

頤爾文疑惑地眨著眼，吞下另一口食物，反問：「派西馬？那沒用的蠢貨？他還在我們城裡嗎？派西馬跟這件事有什麼關係？」

「派西馬大人究竟在不在現場？」依絲塔不耐煩了。

「在哪？」

「巫米茹內親王的房間裡。」

「不在！他為什麼要去那裡？那金髮的婊子把我當奴隸看待，對其他人也是，玩兩面手段……」

「金髮的婊子？巫米茹？」

「母神與女神在上，那女人是個毒婦，但她有時確實美得殘酷！不對，她只是偶爾美艷，當她忘了看我，她的相貌就只是平凡，如同我在約寇那見到她的時候一樣。然而，只要她琥珀色的眼眸投向我，我就甘願扮演她的奴隸；不，不是扮演，我真的做過。等到她把目光焦點放在可憐的阿瑞司身上……每個女人都一樣……」

好吧，我懂了……

「她看上了他，想得到他，那對她而言也是易如反掌，就像……就像……我知道那是怎麼回事。我跟了過去。她勾引他上了床，用她的唇……」

「吃肉。」戈朗說著，又拿一匙燉肉要餵。

一個異國女子，一位迷人的男士，一場深夜的密訪，一個被拒絕的情郎……角色沒變，而是扮演的人變了。倘若吃醋的不是派西馬而是頤爾文，那也能說得通——想像頤爾文經常出入約寇那從事諜報活動，巫米茹起初看上了他，來求親時卻變心愛上了更有權勢的阿瑞司，又為了除掉元配夫人凱提拉拉，因而準備了那把淬毒的小刀。

在這樣的戲碼之中，依絲塔只有一點想不通，那就是凱提拉拉最初怎會放任巫米茹那樣的女人來勾引阿瑞司？凱提拉拉對阿瑞司的佔有欲超乎常理，即使在依絲塔這年紀的女人面前，也動不動就想聲明她對夫君的所有權——難道這習慣是因為巫米茹的事件才造成的？

故事的新版本或許是這樣的：受鄙視的私生子僥倖獲得美麗內親王的青睞，內親王卻移情別戀，愛上了比他有權有勢、人生得意的異姓兄長，於是妒火一併點燃了不平的憤怒，吃醋的弟弟就拿刀攻擊情人，並在扭打中殺害了上前制止的兄長，演變成手足相殘的悲劇……那麼，致命的匕首轉移到巫米茹的胸口，是頤爾文先殺了阿瑞司再殺害她嗎？若是如此，頤爾文會不記得嗎？要說蹊蹺，派西馬的失蹤也頗為可疑，因為隱蔽真相不像是阿瑞司的作風。除非他懼於約寇那親王的報復，而且對弟弟和妻子懷著愧疚感，如此決定包庇真凶、讓派西馬做替死鬼來揹這個黑鍋，那麼，他的確是敢殺人滅口的。

假如把凱提拉拉的惡魔、兄弟二人共有的神祕傷口、神祕的白色光索，以及依絲塔的夢境和災神的到訪也加進來，那這故事會有另一個更臻全的版本。

「我當時以為自己要發瘋了。」頤爾文說得氣若游絲。

「好啊，」依絲塔沒好氣地應道：「關於發瘋，您要不要一個有經驗的導師？我在這方面非常頗具經驗。」

他瞇著眼睛看她，滿臉疑惑。

依絲塔想起那個午間假寐時的夢境，夢裡是阿瑞司在一個亮著燭光的房間裡痛苦哀號。那是已經發生過的事，還是預示著未來？

她知道，要是面前的這個男人恢復十足神智，那麼他是有可能說謊的；反過來說，此刻的他或許說話含糊，卻沒有多餘的機智構思謊言，包括自圓其說。所以那一把短刀要殺死他們三人之中的兩人，能有幾種不同的方式？依絲塔搓揉著眉心。

戈朗神情不悅，縮著頭向她草草鞠躬。「夫人，拜託您，他得吃飯，還有尿尿。」

「不，別讓她走！」頤爾文伸出手，人卻無力地往後仰倒。

她向那馬伕點頭。「我會出去一下，不會走遠，等等就回來。」她再對頤爾文說：「我保證。」

她走出房外，在廊廳待了一會兒，看著那條細如紗線的光索依舊飄浮在空中，想著這對兄弟自事件發生後就沒再面對面交談，對於整個事件無從對質；然而凱提拉拉夫人卻分別面對他們，能夠對他們講述不同的故事版本。

那就試試我們能否改變這個局面吧。

依絲塔估算著時間，讓戈朗為頤爾文侍候隱私需求，匆忙餵食。就在這時，那道光索開始變得又粗又亮。她伸出手去，用拇指和食指圈住那條逐漸清晰的線。

災神大人，指引我。以您的意志，或您的隨興所至。

她用意志力讓光索變短，想像著它如羊毛紗那般抽起，牽動另一頭靠近；這件事做起來不難，顯然災神的餽贈似乎不只有神靈之眼。依絲塔緊盯著拱廊的出口，等了一會兒，便見阿瑞司大人踱著大步，走進這灑滿陽光的小方庭。

他穿著薄衫制服，適合這炎熱的午後，而鬍子像是剛剛刮過，整個人顯得神清氣爽。他在庭院裡大大地伸了個懶腰，接著擔憂地望向頤爾文所在的房間，隨即瞥見依絲塔靠在長廊欄杆旁，於是向她鞠躬行禮。

午睡剛醒，是嗎？我還知道您昨夜忙到多晚才睡。

依絲塔費了一番勁，勉強把視覺焦點從他迷人的身姿移開。

果不其然，阿瑞司的靈魂呈現不正常的灰白色，而且與他的肉身完全不貼合，由神靈之眼看去，就像他拖著一個行動慢半拍的影子。原來如此，我看見了。

依絲塔走向樓梯，與他在台階上面對面相會。兩人走到相差兩階的距離時，他禮貌性地要讓她先過，卻見她站著沒動，於是問：「太后？」

她沒答腔，伸手抬起他的下頷，按捺著悸動彎下腰去，親吻他的嘴唇。那兩瓣嘴唇冰涼得像水，無滋無味。

他睜大眼睛，吃驚地悶哼一聲，卻沒有退避。她站直身子，看他一會兒。這樣沒有用的。

阿瑞司的笑臉上有驚愕有困惑，但更多的是趣味，好像女人們在台階上自動獻吻是家常便飯，而他身為文明紳士就不該迴避似的。

「阿瑞司大人，」依絲塔說：「您死了有多久了？」

14

阿瑞司的微笑僵住，驚疑參半地仰望著依絲塔。「殿下，您說笑了……」太后的瘋病若是復發，他這個東道主怕是難辭其咎。「我的吻應該沒那麼差勁才是？」

「其實我這輩子很少說笑。」

阿瑞司開始不安。「我承認自己近期確實為瘧疾所苦，但我向您保證，我離墳墓還遠得很。」

「您沒有得到瘧疾，您甚至連發燒出汗都沒有，您皮膚溫度和周遭的空氣一樣。要不是現在的天氣開始熱了，我想會有更多人察覺不對勁。」

他仍是那一副百般困惑的神情。

五神啊，他真的不知情。她的心為之一沉。

「我想，」她審慎地措辭：「您需要和您的弟弟談談。」

他面容哀傷地說：「我也希望能夠。我每天祈禱，但他還是一直昏迷不醒。」

「不，其實他每天正午都會醒來一次，就是在您午睡的時候。您每天只在中午睡覺，對嗎？您的妻子沒告訴您，她幾乎每天都來照料頤爾文大人？」有時半夜也來，只是那談不上「照料」罷了。

「太后，我向您保證，不是那樣的。」

「我剛剛才和頤爾文大人說過話。跟我來。」

儘管阿瑞司臉上寫著不信，但他還是跟著依絲塔上樓，往頤爾文的病房走去。

病房中，戈朗已經收拾完畢，正坐在床邊看著他的主人，見到阿瑞司大人進房，他立刻站起來鞠躬，咕噥著招呼道：「大人。」

阿瑞司沒應聲，視線掃過床榻上一動也不動的人影，失望地撇了撇嘴說：「還是一樣。」

依絲塔逕自地說：「阿瑞司大人，坐下。」

「我站著就行，太后。」他皺眉看著她，表情已是十分嚴肅，甚至有些不悅。

「那您自便。」

如今，這兩人之間的白色火繩是既短又粗，神靈之眼的視覺能清楚看見那其中夾雜的惡魔色彩，是低伏在白色通道中的微弱紫光；這條通道連向三個方向，但只有在阿瑞司和頤爾文之間流動著靈魂能量，因此依絲塔又用手掌圈住這條通道，收攏五指，迫使光索變細，同時令那些白色火苗回流到頤爾文的體內。

同時間，阿瑞司大人雙膝一軟，跌坐在地。

「戈朗，搬張椅子給藩主。」依絲塔出聲吩咐，接著在心中默令那光索維持現狀。光索果然穩住不再變化。

她走到頤爾文身旁，端詳著火苗的分布，一面暗暗命令火勢增長，一面照樣模仿凱提拉拉用雙手去拂，使火焰集中並穩定留在他的額頭和嘴上。在她的注視下，火焰果然如她要求地匯聚、積存起來。沒錯，我想的果然沒錯。

這時的戈朗已經匆匆拖來椅子，並將一臉驚訝的阿瑞司扶上去坐好。只見阿瑞司不停揉著自己的臉和眼睛，頻頻甩頭，可能是感覺到麻木，彷彿沒力氣再說話。依絲塔不客氣地拿了戈朗的凳子來坐在床尾，以便能同時看見這對兄弟的狀態。

頤爾文的眼睛睜開了——他吸進一口氣，動了動下巴，接著勉強用手肘支起身子，轉頭看見久違的兄長就坐在病床的右側，立刻驚喜地喚道：「阿瑞司！」

在戈朗忙著調整枕頭好讓頤爾文坐直時，頤爾文臉上的笑容越發燦爛。「啊！啊！你還活著！我本來不相信他們——誰叫他們說話從不看著我的眼睛，我以為他們撒謊好讓我寬心——你得救了！我也得救了！五神啊，我們都得救了！」他一口氣說了這麼多話，又十分激動，氣息調不過來，說完了便癱倒在枕頭上，眼角也溢出淚水，不知是喜極而泣，還是為了身體上的痛苦。

阿瑞司卻是震驚得一點聲音也發不出來。

頤爾文的反應令依絲塔感到意外，在此同時，她發現他咬字時比方才要口齒清晰得多，思慮似乎也更有條理，便決定先問他：「為什麼您認為您的兄長死了？」

「唉，神啊，不然呢？那把刀插進他的胸膛，深直至柄，刀刃刺穿了心臟，那是在我手掌中、我親手感覺到的啊。我在戰場打滾這麼多年，那手感……我當時只差沒吐出來。」

五神啊，可別真的是手足相殘。「事情的經過究竟是如何？全都告訴我吧，從頭開始說起。」依絲塔說著，勉強克制自己，沒讓聲音跟著身子一起顫抖。

「她把他帶進自己的房間。」頤爾文說著，轉向阿瑞司。「我當時有點害怕，因為凱提拉拉已經從居中牽線的女使口中得知你們要私會，嚷嚷著說要上樓去找你。我知道她有問題——」

「哪個她？」依絲塔問：「巫米茹內親王？」

「對，那個不可一世的金髮女郎。阿瑞司——」頤爾文沒好氣地露出一個譏諷的笑容。「你能不能行行好，不要每次被哪個蕩婦吻了就昏倒？你讓我這小叔很難做啊。」

這時的阿瑞司已經從震驚中緩過來，他聽懂了頤爾文的挖苦，眼中浮現無奈的笑意，低下頭認錯：「我發誓，我真的沒對她們做什麼啊。」

「那倒是。我保證，他說的完全屬實。」頤爾文向依絲塔說：「我不光是以親人的身分這麼說，也以男人的立場。每當有他在，女士們的眼裡就看不見我們其他人了；她們一個個直往他身上撲去，當我們都不存在似的。」

「我能怎麼辦？從來都不是我主動，是她們自己要送上門來。」他朝依絲塔一瞥，沒好氣地補了一句：「走個樓梯都能。」

「你可以躲開，」頤爾文建議：「把頭偏一偏就行。」

「去你的，我有啊。你又不是不知道凱提拉拉那個醋勁，這些年你都親眼看見的。最近這陣子她更是變本加厲。」

比對自己獲救時的小鹿亂撞，依絲塔可以體會那些女子的心情，但要說阿瑞司的自清有多少力度，看他在護送依絲塔回營的表現就知道了。若非身負要務，依絲塔挺想繼續聽這對兄弟溫馨的鬥嘴，輕鬆幽默地互揭瘡疤，可惜災神並不是派她來聽閒話家常的。她懷著遺憾，繼續向阿瑞司問：「那麼，您當晚為何會去巫米茹的房間？」

阿瑞司遲疑了。他揉揉眉心，撫弄下巴，又搓了搓雙手，一臉凝重。「我也搞不懂。我當時好像覺得那樣不錯。」

頤爾文便道：「若讓凱提拉拉來說，她會說是內親王給你灌了春藥，害你無法自持。依據我跟那婆娘打交道的經驗，我可寧願是那樣，要不然事情就嚴重了。」

「嚴重什麼？你怕我真的愛上巫米茹？」

「不，我想的不是那樣。」

依絲塔注視著頤爾文，警覺起來。「您想的是？」

只見頤爾文神情肅穆，似有反省之意。「因為她也對我用過這一招，讓我起初無法自拔地迷戀她。後來她看上阿瑞司而忘了我，把我扔在一旁不管，我……我反而發現自己的頭腦變清楚了，理智回來了，甚至記憶也恢復了。我想起自己老早就見過她──阿瑞司，你記得我三年前去過約寇那，就是扮成馬販去探查哈馬維克（Hamavik）城堡的那次？也是我把戈朗帶回來的那次。」

「記得。」

「我向哈馬維克大人買了一些貨，付了太多錢，所以他以為我是個傻乎乎的肥羊。他招待我到他的濱海別墅去吃飯，我猜是想把我再宰一次，但我心裡已經有所提防了。他把那棟宅子裡最好的私人收藏品全都搬出來給我看，包括他的妻子，據說是約寇那的一個內親王，是金將軍的直系孫女呢──哈馬維克說得彷彿那是一筆稀罕的交易，但我想也是，因為我聽說約寇那的攝政太后，玖恩（Joen）內親王，非常善於『動用』自己的子女。我的五神啊，哈馬維克大人根本就是個糟老頭，他娶一個血統尊貴的夫人又如何？她真是我見過最可憐又沉悶的女士，冷冰冰的，樣子可怕。她會講的宜布拉語大概不超過六個字。」

「那就不會是同一個人了，」阿瑞司說：「梭德索親王有一堆姊妹，你是不是認錯了？巫米茹說話既大膽又風趣。」

「對，我們見到的巫米茹也能說流利的宜布拉語，但我發誓我絕沒有認錯人，除非她有個長相相同的孿生姊妹。」頤爾文嘆道，眉頭深鎖。「凱提氣成那樣，簡直不惜要拆掉房子似的。我跟去原是想勸阻她，我怕──其實我也不確定自己怕什麼，只是心想我在場起碼能做個緩衝，或至少提前警告你。」

「真是我忠實的好兄弟。」

「好吧，我也想著讓你欠我這次人情就是了。你怎麼沒聽見我們在房門前大聲嚷嚷呢？我求凱提讓我先進門，不料她鑽空子闖了進去。要說大膽，我們闖進去的時機才真是夠嗆。」

依絲塔發現，死人是不會臉紅的，所以這對兄弟看上去只是有些羞愧。

「那當下，我也不好責怪凱提失去理智了。」頤爾文繼續說：「話說回來，要是那把短刀別放在那麼順手又顯眼的地方，我絕不會讓凱提先拿到它。她拿了刀就往內親王臉上劃。啊，她那叫聲。但是我能懂凱提的心情。」

「我記得這個……」阿瑞司說著，有些茫然。「我想起來了。」

「你推開那個金髮婊子，我抓住了凱提拿刀的手，本來這樣就沒事了，哪知你竟然被絆倒。你是怎麼回事，猴急得連衣服都來不及脫嗎？我要是有那樣的豔遇——算了別提了。凱里巴施托的第一劍客竟被自己的長褲纏住兩條腿，跌了個——五神啊！阿瑞司，要不是你那一撲，就憑凱提的力氣和膽識，那刀不會那麼剛好戳進你心臟的。」頤爾文又激動起來，滿臉的憾恨。「我就握著那隻手。我知道它正中心臟了。心臟比肌肉硬，刀鋒刺進去會有抵抗力，而且會被夾住。我想你死定了。」

「那不是凱提的錯！」阿瑞司急急道：「噢，她臉上的痛苦——我現在回想起來，就像又被刺傷了一次。怪不得她從那之後……之後……我不記得了。」

「之後你就倒在我面前了。那傻女孩竟然把刀子從你身上拔出來——我叫她住手，可是來不及了。我也不確定刀子留在那裡會不會出別的事，至少你的血不會那樣狂噴。我一手壓住你的傷口，另一手抓凱提的袖子，結果她直接把外袍脫了掙脫我；當時巫米茹縮頭縮腦地爬回床上要靠近你——我搞不懂她為何那樣做。總之，她被凱提一刀刺進肚子，可憐地看著我，只說了一聲『噢』——就是這麼小聲，而且跟她平常說話的聲音不同，是我三年前聽過的那個說話聲。」他的語調更加黯然：「她大概就那樣斷氣了。凱提不知怎麼了，臉上有種奇怪的神情，突然間……之後的事，我不記得了。」他往後一倒。

「奇怪，我怎麼會記不得……」

依絲塔為了鎮定自己的雙手，連忙抓著裙子，免得顫抖得太難看。「頤爾文大人，那您還記得什麼？」她問。

「就是在這裡醒來，腦袋嗡嗡地響，頭很暈，反胃，然後又在這裡醒來。再醒來，一模一樣，一再地重複——我知道自己一定出事了。我是不是被人打了後腦？」

「凱提拉拉說你是被派西馬殺傷的，」阿瑞司清了清嗓子：「巫米茹也是他殺的。」

「可是派西馬不在場啊。難道他跟蹤我們上樓？而且，我又沒——」他邊說邊摸向自己的心口，卻在繃帶上摸到一灘未乾的血跡，猛地大吃一驚。

「派西馬是怎麼樣的人？」依絲塔不死心地問。

「他是巫米茹的文官，」阿瑞司回答：「那人的服裝品味奇差無比，而且大概是那群隨行官員之恥，恐怕他的同僚都看不起他。凱提拉拉說是他攻擊頤爾文的時候，我當下就說不可能，但她說讓那人擔罪名比較好，免得梭德索親王興師問罪要動干戈；反正那些使臣也沒人會為派西馬撐腰，這事就拆穿不了。的確，被她說中了。她又叫我要有耐心，說頤爾文一定會復元。我等了這麼久，本來都要開始懷疑了，現在我相信了。」

「您這兩個多月都沒有進食，難道您自己不覺得奇怪？」依絲塔問。

聽得此問，頤爾文來回看著手上的血跡和阿瑞司的臉，顯得驚訝且狐疑。

「我有吃，只是吃得不多。」阿瑞司聳肩。「我覺得自己吃飽了。」

「反正他現在好好的，」頤爾文緩緩地說：「不是嗎？」

依絲塔想了想。「不。他不好。」

她望向房中另一名沉默的聽眾，見他半蹲坐在較遠處的牆邊。「戈朗，你對巫米茹內親王有什麼看法？」

戈朗的喉間先發出一個聲音，聽起來有點像是狗在低吠，繼而說道：「那個人很壞。」

只見他整張臉皺了起來。「她看我的時候，我會冷會害怕。我都不讓她看見。」

「你怎麼知道？」

考慮到他那破損的魂體，依絲塔也料想是如此。

「我能醒來，也許是戈朗的幫助，」頤爾文悲傷地說：「但恐怕更多的是巫米茹對我做了什麼，而那其中有某種疏漏，才使我沒有持續昏迷。」

依絲塔朝戈朗端詳了片刻。靈魂的損傷必定是果，她想試著推究其因；假如這些舊傷疤代表著惡魔侵蝕留下的痕跡，那麼……

「巫米茹是個巫師。」依絲塔做出定論。

頤爾文咬牙切齒。「我就猜到！」他頓了頓，又道：「您怎麼知道？」再頓了頓。「您到底是誰？」

依絲塔忍著沒坦承自己曾經親眼看見惡魔，一面恨不得此刻有卡本在身旁，藉他的神學訓練來解釋箇中緣由。頤爾文盯著依絲塔看，眼神中突然間多了幾分警惕和擔心，但並非不信任——她覺得那眼神裡沒有不信任。

「頤爾文大人，我聽聞您年少時在神學院受過訓練，您一定還記得一些。我曾經聽一個災神紀律的博學司祭說，當惡魔的宿主死亡，而宿主的靈魂不夠強大、無法在回歸眾神時一併把惡魔給拖回去的話，那個惡魔就會跳到其他宿主身上。我提醒您——現在巫師死了，惡魔在剩下的活人之中選擇。那人會是誰？」

阿瑞司的臉色變了。以一具行屍走肉而言，能做出難過的表情大概能算是個進步。「是凱提。」他喃喃道。

依絲塔注意到，阿瑞司並沒有在這件事情上與她爭辯。她對他點點頭。「對，現在是凱提擁有那個惡魔，而她正命令它讓您活著，或者說讓您繼續活動。那惡魔也就用它的能力做了適當的處置。」

阿瑞司欲言又止，半晌才說：「那……那種東西會危害人，它會活生生把人消耗掉——巫師都是這樣失去靈魂的。凱提不能這樣下去……我得召集神廟的學者來幫她驅逐——」

「先等等，阿瑞司，」頤爾文的聲音聽起來也很緊張。「我們應該先想清楚……」

響亮而急促的腳步聲在房外的長廊響起，房門隨即砰然大開。赤足的凱提拉拉穿著騎馬裝束，卻是一身凌亂，上氣不接下氣地闖了進來；莉絲緊跟在後，也是氣喘吁吁的模樣。

「阿瑞司！」凱提拉拉哭叫著撲到丈夫身上。「五神！五神！那女人對你做了什麼？」

「對不起，太后，」莉絲走到依絲塔身旁，湊耳說道：「我們正在野地裡，她突然間嚷嚷著說她夫君出事了，一跳上馬就急奔回來，我來不及轉移她的注意力，實在拖不住她。」

「嗯。不要緊，這樣就夠了。」這聲東擊西之計只成功了一半，倒讓依絲塔少了幾分罪惡感。「去陪戈朗一起候著。不管聽我們講了什麼怪事，妳都不可以說話或插嘴。」

莉絲輕輕一禮退下，走到那牆邊向戈朗點頭表示招呼，便老實地靠在牆上，面帶疑惑地看著凱提拉拉夫人哭得稀里嘩啦，阿瑞司大人則虛弱地握著她的手。

凱提拉拉反抓起丈夫的手，發現他的疲乏無力，這才抬起布滿淚痕的臉問他：「她對你做了什麼？」

他口氣溫和地說：「是妳對我做了什麼，凱提？」他又朝頤爾文一瞥。「對我們兩個？」

凱提拉拉一聽此話，便怒目瞪向依絲塔和頤爾文。「你們設計騙我！阿瑞司，不論他們跟你說了什麼，都是謊話！」

頤爾文一臉無辜，嘀咕道：「這下好了，我也中箭。」

此刻的依絲塔可沒有餘力去應付這種場面，因為她正忙著觀察凱提拉拉體內的惡魔。在依絲塔的眼中，那個惡魔已經把自己縮到小得不能再小，彷彿被逼得無路可退，又迫切想逃離現在的棲息處；它甚至看起來像是在發抖。

它在害怕嗎……為什麼？它以為我能對它做什麼？也許它知道些什麼而我卻不知道？依絲塔皺眉思忖。

「凱提，」阿瑞司撫順她凌亂的頭髮，輕輕拍著她的頭，讓她靠在自己的肩膀上啜泣。「是時候說真話了。噓，好了，看著我。」他扳過她的臉，與她四目相對——看見他那一刻溫柔的表情，依絲塔覺得自己的整顆心差點沒融化流到腳底，無奈凱提已經陷入歇斯底里，溫情安撫對她全然起不了作用。只見她掙脫阿瑞司的擁抱，蜷縮在他的腳邊，趴在他大腿上號啕大哭，嗚咽地抗拒。

頤爾文煩躁地按揉自己的額角，大有白眼欲翻的表情；他大概寧願把剩餘的所有體力或靈魂能量，都用來換取逃離這個房間吧。依絲塔同情地看著他，見他也望了過來，便對他抬起兩根手指，示意他稍安勿躁。

阿瑞司仍舊好言安撫：「我是波瑞佛的指揮官，這裡的每條性命都由我負責，我不能不知道事實。妳說吧。」

「對，阿瑞司，」頤爾文嘟囔：「就這麼一次，好好面對她吧。」

依絲塔也同意。沒錯，由阿瑞司來提出這個要求比較好，這能讓凱提少些抗拒。

「妳殺掉那個……巫師之後，發生了什麼事？」阿瑞司問：「妳是如何抓到她的惡魔？」

凱提抽抽噎噎地嗆咳了一陣，用哽咽的嗓音回答：「是它自己跑來的，我沒做什麼。它只能選擇我或頤爾文，但它比較怕頤爾文。」說到這裡，她的臉上竟閃過剎那的獰笑。「當下它什麼都答應我，而我要的只有一件事，就是你能回來，所以我逼它讓你復活。現在它想逃了，可我絕不會放走它，絕不。」

這是兩個意志的對抗。依絲塔猜測，這個惡魔是有經驗的，它先前已經吞噬過別的生命，因而有強壯堅定的意志，只是凱提拉拉對丈夫的佔有欲更為強悍——那也是一種意志力。事發當時，惡魔或許以為凱提拉拉會是個比較好操縱的宿主，可它後來肯定大吃一驚；依絲塔細數凱提的性格缺失，再想像這惡魔的錯愕或後悔，一股黑暗的滿足在心中油然而生。

「您可知道這惡魔的手法？」依絲塔對凱提說：「它是竊取頤爾文的生命來使阿瑞司活動。」

凱提忿忿地抬起頭。「這很公平！是他刺殺阿瑞司，他要付出代價！」

「慢著！」頤爾文說：「握刀子的手可不只我一隻。」

「還不都是你抓我的手才會那樣！」

「不，還要阿瑞司沒被絆倒，或者巫米茹躲到別處去，或者……或者幾百件別的條件之下。反正我們都脫不了關係，事情已經發生了。」頤爾文癟癟嘴，悶聲說道。

「是的。」依絲塔沉靜地說：「表面上看來，這件事是四人共同造就一個沒人樂見的結果。我不確定第五個……也在現場的那第五個，是否也扮演了一角。」

「惡魔確實源生於不幸和混亂，」頤爾文說：「它的本質和力量又會為不幸和混亂推波助瀾。這是學校司祭們經常掛在嘴上的教誨。」他側過身子，心神不寧地看著他的小嫂嫂。

「好吧，這個惡魔是故意被送到這裡來的。」凱提拉拉說得宛如賭氣，卻也義正詞嚴：「它本想引誘頤爾文，或阿瑞司，或者兩個人都引誘，以便將來把波瑞佛變成約寇那公國的國土。是我把這道攻城的登牆梯推倒，阻止了這件事，保護了波瑞佛！」若此話屬實，那倒是一件不可抹滅的功勞。

兄弟倆聽完都顯得驚愕，阿瑞司似乎格外沮喪而不安，頤爾文的臉上則多一種恍然大悟的神情。

「那麼，派西馬大人呢？」依絲塔追問。

「哦，派西馬就簡單了。惡魔很了解他。」凱提拉拉輕蔑一嗤。「我先擺平頤爾文，把阿瑞司扶回我們的臥房，接著才去找他。我只是指控他知情不報，騙他明天一早就要被處以絞刑，勸他趕緊逃命，剩下的就沒我的事了。他八成還在外頭逃。」

看來這年輕女孩在那一夜做了不少事——依絲塔忍不住又想起前晚窺見這個房間裡發生的情狀。凱提拉拉對頤爾文的那股報復心，是否也摻雜著一點點惱羞成怒，因為這個小叔對她這位年輕貌美的嫂嫂竟完全沒有表現出心動？

「所以這一切都不是阿瑞司的錯！」凱提又激動起來。「為什麼偏偏只有他受折磨？」她氣憤地朝向依絲塔大罵：「您！您耍什麼花招將他困在這椅子上？馬上讓他起來！」

「世間多的是無端受折磨的人，有許多還更冤枉；這從來就不是新鮮事。」依絲塔冷冷地應道：「我沒困住阿瑞司，但是我晚點會讓他恢復行動的，只是這一切必須先理個清楚。神廟告訴我們，惡魔施展奇術都會索取極可怕的代價。您以為這方法能維持多久呢？」

凱提拉拉倔強地說：「我不知道，但只要我有一口氣在！因為一旦惡魔的法術停止，阿瑞司就會死。」

「要是……要是真沒別的辦法，也許這方法也不算太糟，」頤爾文突然插嘴：「假設是分一半，半天給阿瑞司，半天給我，我可以撐一撐。」

這樣就能少幾分手刃親兄的罪惡感？頤爾文的臉上明顯寫著贖罪的念頭，凱提拉拉也用一種重燃希望的眼神望向頤爾文。

依絲塔沉吟著；她的心中有一分篤定，這篤定卻令她害怕。「我認為這樣不行，就算可行也只是暫時的，不可能持續很久。這個惡魔勢必已經在消耗凱提，否則它早就自己消失，或者無法維持它的術法了才是。博學司祭卡本告訴我，只要棲息得夠久，惡魔總是能反過來壓過宿主。」

「只要阿瑞司能得救，我願意冒這個險！」凱提拉拉說。

阿瑞司立刻倒抽一口氣，連連搖頭。

「我也認為值得一搏。」頤爾文喃喃道，語氣陰沉。

「但這並不是冒險，而是必然的後果。當凱提拉拉被消耗殆盡，阿瑞司還是一樣會死。」

「好，那問題就在於我能撐多久了！」凱提拉拉辯稱：「在那一刻到來之前，我們還可以找很多別的辦法。」

「對，而這過程中會發生哪些事，我現在就可以挑幾件來說說。」依絲塔說：「頤爾文，我相信您在神學院裡研讀過死亡巫術的神學理論。我有個老朋友曾經接觸過那方面。阿瑞司現在並不是活著，而是惡魔捕捉他一度與肉體分離的靈魂，讓他以附身的方式回到自己的肉身來作祟罷了。就某方面來說，這樣的搭配當然能相合，畢竟那是一具熟悉的肉體，可實際上他皈依的神明已經不再接應這副靈魂，靈魂本身也中斷了來自物質的滋養。他不可能維持生命，只能盜用頤爾文的，然而這樣的活著不會讓他成長，也不會繁衍出新的生命。」

凱提拉拉環抱自己的雙肩，哆嗦著搖頭。

想到接下來要說的話，依絲塔有種跌入黑暗中的感覺。「這麼一來，他的下場會和那些無法被眾神接引的遊魂一樣，慢慢地褪色、消失、失去心智，感覺不到自我和這個世界，遺忘愛恨和所有回憶；那也是一種衰亡。我曾親眼看見盲目飄蕩的鬼魂，對它們而言，那是無聲的天譴，卻是慈悲——跟仍舊待在自己的肉身裡相比，恐怕遊蕩要來得慈悲一點，我想。」

「您的意思是他會失去腦力？」頤爾文驚恐地說。

「那可不妙，」阿瑞司朝弟弟一笑，卻笑成一個悽苦的表情。「我原本就沒你那麼多腦力可用了。」

依絲塔繼續說下去：「頤爾文每天醒來的時間為何這麼短，短得連進食都不夠？我推測是因為惡魔無法僅以自身的力量維持阿瑞司的肉身；所以頤爾文甦醒得久一點，已死的肉體就腐壞多一些，時日久了必會越來越明顯，旁人最終也會發現。」事實上，憑藉現在的感官，依絲塔此刻就能看出來了。**我真不喜歡這個新課程。**「凱提拉拉夫人，您樂見英俊的夫君落到那樣的下場嗎？衰亡、老邁的心靈困在日趨腐朽的肉體之中？」

凱提拉拉的嘴唇顫抖著似在說「不」，但她沒有說出口，而是轉頭把臉埋在阿瑞司的膝上。

五神啊，祢們為何派這不堪的差事給我？依絲塔在心中暗嘆。「頤爾文如此流失生命力，當超過他自身能夠再造的限度時，他也會逐漸死亡，到時阿瑞司同樣會停止呼吸；他們的母親將同時失去兩個兒子，我敢說，這絕不是他們母親的期望。」她無情地分析：「這兩種結果會是哪一邊先出現，我無法猜測，然而二者都符合惡魔巫術的終極盤算：拿兩條生命交換一條，那一條卻是受減損的，因此最終仍會消弭殆盡，什麼也不會留下。頤爾文大人，我這番推算中的神學邏輯可正確？」

「對。」他輕聲回答，心中似有悸動，默然半晌才又開口：「司祭們都說，惡魔的巫術看似能製造秩序，實質上卻往往是大範圍地產生混亂，那種術法也總是代價高於報償。驅使惡魔的人試圖把代價分散轉嫁到他人身上，讓報償只歸於自己，但這甜頭從來就不持久。我們曾經聽說，有些非常聰敏的神學家和神廟巫師，能夠依循其本質來善用這種巫術。那部分我從來搞不懂。」

依絲塔非常不確定自己的下一步要做什麼，但她知道那會遵循某種道理；所謂道理，她在心底是排斥的，認定那是一種哄騙，讓人照著做卻不知不覺地栽進罪孽深淵裡。「此刻在場的每一位關係人都提出了自己的論述，只有一位還不曾發言，我想也該讓它發表意見才好。既然它懂得我們的語言……總之，我願意與它談談。凱提拉拉夫人，您願意讓它現身一會兒嗎？」

「不！」她立刻拒絕：「問題不在於我，是它想要逃走。它逮到機會就打算逃出我的身體。」

「嗯。」依絲塔不怎麼信任凱提拉拉，不過那惡魔的確有她所描述的跡象。

「把她綁在椅子上。」退到牆邊的莉絲突然出聲了。依絲塔轉頭從眼角瞄去，卻見她沒事人似地聳了聳肩，神情中倒有幾分看熱鬧的意味。

「你們不懂，」凱提拉拉說：「它出來就不肯再回去了。」

「我會負責留住它。」依絲塔說。

頤爾文好奇了。「怎麼留？」

「我不認為您能辦到。」凱提拉拉說。

「它認為我能。否則它不會那樣怕我，是不是？」

「哦。」凱提拉拉眉頭一皺，陷入思索。

「我想，」阿瑞司和緩地說：「這段訊問非常重要。此事關乎我們波瑞佛的防禦，親愛的凱提，妳是否能夠……為了我？」

卻聽見她哼了一聲，眉頭仍舊深鎖，牙關緊咬。

「我知道妳有這份勇氣的。」他又說了這麼一句，並直視她的雙眼。

「噢——好吧，」她不情願地站起來。「但我覺得那是行不通的。」

接下來，在凱提拉拉的愕然注視下，戈朗和莉絲把形同半癱的阿瑞司拖下椅子，拉到床腳邊靠坐在地板上。這位年輕的藩主夫人倒是十分配合，自己坐到那把椅子，並將雙臂平放在扶手上。戈朗匆匆在櫃子裡翻找著能用來綁縛的束帶。

「用布，別用皮帶，」阿瑞司緊張地建議：「免得弄傷她。」

依絲塔下意識地低頭一瞥，看了看自己雙腕上如手鐲般的傷疤。

「我的腳踝也要綁住，」凱提拉拉堅持。「綁緊一點。」

戈朗被藩主盯著，格外有所顧忌，便由莉絲在凱提拉拉的同意下完成此舉。依絲塔將凳子移到凱提拉拉的正前方，看著她的臉。「可以了，凱提拉拉夫人。釋放惡魔，讓它出來。」

凱提拉拉閉上雙眼。依絲塔自己則半閉著眼，試圖用神靈之眼來觀察面前的動態，發現那過程與其說釋放，倒不如說是逼迫。

「出來啊，你，」凱提拉拉低聲罵道，聽起來像個小男孩拿木棍，在地洞掏戳一隻獾似的。「起來！」

一束深紫色的光驀然在視野中暈染開來——依絲塔動員起所有的感官，集中在兩種不同的視覺上。以肉眼看去，凱提拉拉的表情正從緊張、焦慮轉變為慵懶而放蕩，彷彿在舒展面部的肌肉，接著笑吟吟地伸出舌頭在唇周舔了一圈；在神靈之眼中，依絲塔看著紫色光暈很快流遍她的身體，充盈到每一個指尖。

凱提拉拉深吸了一口氣，雙眼倏地睜開，眼神中卻滿是恐懼。「發光的人！放過我們！」她厲聲尖叫，把房裡的每個人都嚇得驚跳起來。

她開始搖晃，想甩開綑綁。「讓我們起來，解開這個！我們命令妳！讓我們走，讓我們走！」

她停下來，喘了幾口氣，臉上閃過一絲賊意，接著往後靠坐，又閉上眼睛，再睜眼時便恢復了先前緊繃的神情，不停地眨著眼。「你們看見了，沒用的。這個笨東西不肯出來，也不肯聽我的。讓我起來。」

依絲塔見深紫色的光暈仍在，也依舊灌滿凱提拉拉的身體，便揮手阻止莉絲上前，並說：「不，這東西說謊。它明明還在。」

瞬間，凱提拉拉的表情又變了。「放我們走！一群傻子，你們不知道自己給波瑞佛帶來什麼災難！」她憤怒地咆哮、扭動，力氣大得不可思議。厚重的雕花木椅在地板上砰砰撞響。「逃啊，逃啊！我們一定要逃！大家都要逃！趁現在還能，你們快逃。她要來了。她要來了。讓我們走，讓我們走——」凱提拉拉的聲音越來越尖，變成一連串沒有意義的喊叫。

椅子被凱提拉拉激烈的動作弄倒，幸虧戈朗眼明手快地衝上去扶住，但她仍然瘋狂掙扎著，滿臉通紅，呼吸窘迫，聽起來竟有一種垂死的喘息感。難道惡魔試圖藉由凱提拉拉的死來逃走？依絲塔認為它能辦到，好比讓凱提撞牆把頸子扭斷，或是頭下腳上地從露台往外跳。當然，對在場的人而言，折磨凱提拉拉的肉身無法構成威脅，恐怕阿瑞司也不會為之所動……就算他會不忍心，於此當下也別無選擇。

就在此時，凱提拉拉全身開始抽搐了。

「很好，」依絲塔嘆了口氣：「回來吧，凱提拉拉夫人。」

此話一出，那團紫霧擾動起來，卻見光暈短暫地消退，旋又漲滿。難道凱提拉拉失去了主控權？依絲塔沒想到這一點。不妙，我剛剛才對她做了承諾會控制住惡魔……

「等等，」依絲塔說：「我奉神明旨意來切斷這個緣結。釋放阿瑞司，我就釋放你。」惡魔會相信她嗎？更重要的是，這個威脅能否讓凱提重拾優勢？

惡魔凱提突然靜止下來，瞪大的雙眼有神地盯著依絲塔看。就在靈魂的能量猛然回流到頤爾文身上的同時，阿瑞司臉上的所有表情突然都消失了——不再有驚嚇，只剩蒼白的平靜；他向一側倒去，如同一只斷了線的傀儡偶，真正成了一具死屍。

按常理，他的魂魄會在一團白色火焰中脫離肉體，就像依絲塔在垂死之人身上看過的那樣，但現下卻沒有發生；阿瑞司的鬼魂只是飄浮起來，然後就停留在那裡沒動了。依絲塔這才驚覺：五神啊，他已經是個遊魂，他皈依的神明不可能來接引他。我做了什麼？

「唔唔——把他放回去！」隨著一聲怒喝，凱提拉拉奪回了身體的主導權。她在這一刻壓制住惡魔，於是那團紫光驟然封閉，變回一個結實的小團塊，兄弟倆之間的靈魂通道重新浮現，白色的火光又開始流動。倒地的阿瑞司短促地猛吸一口氣，眨著眼張了張嘴，茫然且震驚地坐起來。

依絲塔心頭的那股戰慄還未褪去，只能坐著打顫；她了解凱提拉拉的性情，也篤定她會有什麼反應，所以才使出這一招詭計，然而她萬萬料到這卻是個險招，後果顯然不是她能承擔的。不能再玩詭計了。我沒那個膽子。

凱提拉拉惡眼瞪向依絲塔，憤怒地罵道：「惡毒的老太婆……竟敢耍我！」

「我也耍了惡魔，您傷心嗎？」依絲塔說著，示意戈朗和莉絲上來為藩主夫人鬆綁。

始終趴在床沿、挨在兄長身旁看著這一切的頤爾文，這時才撐起身子靠坐回床頭，惶惶然望向依絲塔。「夫人，您是如何辦到的？您該不會也是巫師吧？我們該不是拿一個惡魔，換來了另一個更強的惡魔吧？」

「不是，」依絲塔疲憊地嘆息。「我這無奈的稟賦來自於不同的源頭。問問凱提的……寵物，它可能比我更了解那是怎麼回事。」她自己如是說著，腦中卻浮現一個疑問：佔有惡魔使人變成巫師，任憑神靈進駐則使人變成聖徒，那麼接受魔神掌控要算在哪一邊呢？真是不清不楚啊。

「這麼說，您是受神靈……憑依了？」頤爾文的語氣無所謂信或不信，只是充滿戒慎。

「我是千百個不情願。」

「是怎麼來的？」

「某個受苦受難的庶子向他皈依的神明拚命祈禱，那神明忙不過來，便把這差事指派給了我。至少這是祂的說詞。」

頤爾文縮回了他的被窩，小聲地說：「噢，」他似有愧意，隔了半晌才又說：「我想和您請教這方面的事，嗯，等我們比較不忙的時候。」

「我會安排看看。」

阿瑞司挪動他近乎麻木的手，吃力地輕撫妻子的腳踝。「凱提，這樣下去是不行的。」

「我的愛，我們能怎麼辦呢？」她心碎地說道，悲憤地朝依絲塔看去。「您絕不能現在就帶走他。這樣太倉促。我不會就這麼放棄他的。」

「他已經比許多人多得了好些時日，」依絲塔忍不住責備這可憐的小妻子。「自他從軍的那一天起，他早已宣誓承擔了死亡的風險；當您與他締結婚姻，您也宣誓要承擔他的一切。」

可是，靈魂與神性剝離一事，本不該出現在阿瑞司的生命歷程中。肉體的死亡已經夠令人悲傷，魂魄的衰敗是更深一層的遺憾；受拒於眾神，自我的毀滅，形同被流放——這些都不是阿瑞司自願選擇的。

「不過，眼前有些亂象得先處理，這件事的確不必急於一時；還有一點點時間，足以讓阿瑞司大人在神智清楚時，把他的職務交代安排下去，也寫下或口述他的遺囑——」考慮到頤爾文岌岌可危的生命力，她不敢把話說得太滿。「但僅只於此吧，我想。」這些糾葛遠比我料想的還要惡劣，即使神靈之眼也無法看見解決之道。

阿瑞司坐直了身子。「您說得有理，殿下。我應該召集神廟的公證人來，重新擬一份遺囑——」

「這不公平！」凱提拉拉又咆哮了：「頤爾文殺了你，現在他又要拿走你所有的財產！」

頤爾文怔然駁斥：「我又不缺錢。我從來就不想要路特茲家族的資產。為了避免污名，我很樂意放棄那一切。你都留給我姪女吧，或給神廟——或甚至給她。」說著，他朝嫂嫂揚了揚頭。他想了想，又添一句：「除了波瑞佛。」

阿瑞司微微一笑，垂眼看著自己的腳。「好弟弟，我們不會讓出波瑞佛的。即使我的誓言覆沒在墓碑之下，你守住我們的家鄉，就等於你仍然侍奉著我。」

凱提拉拉大哭起來。

依絲塔站起身，覺得身心都疲憊不堪，活像被棍棒打了一頓。「頤爾文大人，您的兄長得再借用您一會兒。您準備好了嗎？」

「嗯，」他囁嚅：「來吧。」他把自己躺好，抬眼望她，帶著壓抑過的急切問道：「您會再過來的，對吧？」

「是的。」她舉起手，解開了對那條光索的約束。

病床上的頤爾文陷入靜止，阿瑞司則在同時間從地上爬起，看上去又是那樣強壯有力了。

「唉。」他感嘆地叫了一聲，轉身將啼哭不休的凱提拉拉摟在懷裡，輕聲細語地安慰她。

對，好好地抱抱她，處理她的情緒。依絲塔苦澀地想著。一個會在鞍袋裡準備肥皂的男人，對待身邊的人能粗心到哪裡去呢？

她的太陽穴隱隱作痛。「莉絲，我要去躺一躺。我頭痛。」

「哦，」莉絲立刻跳起來，伸出手臂讓依絲塔攙扶。身為一個未受過職前教育的貼身侍女，莉絲是她所見過最稱職的侍臣。「要不要我為您用薰衣草露洗洗額頭？我曾見過一個女士那樣做。」

「謝謝妳。那樣幫助很大。」

她向後看了看頤爾文，後者如今又變回一具沒有生命的空殼。「好好照顧他，戈朗。」

戈朗向她短促地鞠躬，眼神中隱約有一絲沮喪，下一秒卻突然跪倒，抓著她的裙襬親吻，並且含糊不清地說：「受福的人。釋放他。釋放大家。」

依絲塔強忍著焦躁，勉強擠出一絲微笑，抽起了裙襬，讓莉絲護送她離開。

15

當天傍晚，波瑞佛藩主夫婦突然宣布取消城堡中原定的餘興活動，也不接見任何訪客，令城中眷屬們惴惴不安。能好好待在房裡不受打擾，依絲塔倒是覺得鬆了一口氣。到了日落時分，莉絲來報告說阿瑞司的幾個重要部下被叫去見他，離開時個個神情肅穆。依絲塔本來擔心這位藩主會老實地向心腹們交代巫米茹之死和他自己的病因——或說死因，但再想想此事牽扯到藩主夫人的道德操守，料想阿瑞司應該不會急著逼妻子公開坦承行凶才是。

夜裡，依絲塔的夢境沒受到神明干擾，卻頻頻出現莫名其妙、不連貫的片段畫面，包括外出騎在瘸腿或垂死的馬兒上，在結構詭異的破爛城堡中迷路，而她莫名地認為自己應該負起修繕該城的責任。她醒來時絲毫不覺得自己睡飽，便在不耐煩的心情中等待正午。

接近正午時，她先遣莉絲去幫戈朗的忙，順便告知她將去拜訪。送飯的侍女進房後不久，便見莉絲邁著大步從長廊走了回來。

「戈朗說，準備妥當之後，他會把房門打開。」莉絲回報。自從昨天目睹了那凶險的一幕，她變得有些害怕，且越發為佛伊擔心，依絲塔只好盡量安慰她，說佛伊想必已經在瑪拉蒂接受大司祭的安置，何況藩主夫人體內的惡魔遠比佛伊身上的更強大，但她的身心狀況在這兩個多月裡也沒有明顯的惡化。見莉絲老實接受了這番勸慰，依絲塔但願自己也相信這番保證。

廊廳對面的房門終於打開，莉絲立刻護送依絲塔過去。

頤爾文已經在床上坐起，改穿著會客用的上衣和長褲，頭髮向後梳攏，單束紮在頸後。

「太后，」他坐著俯身行禮，臉上的神情比昨天多了幾分敬畏與震驚，想必是終於得知了依絲塔的真實身分。「我很抱歉。我發誓之前祈禱只是祈求幫助，不是祈求您過來！」

說這話時，他的咬字又不清楚了。依絲塔想起昨天他剛醒時的狀態，再想想今天的他只有一個鐘頭的時間，於是嘆了一聲，走到床邊，照昨天的手法將那些白火光拂攏到他的上半身。他眨眨眼，狠狠地倒抽了一口氣。

「我不是——我無意對您不敬……」他的口齒清晰起來，卻因發窘而囁嚅。他試著挪動雙腿，無奈不能如願，只好愁眉看著腳尖。

「我猜，」她說：「太后的身分不是我被叫到這裡來的原因。眾神衡量階級的標準和我們不同。在祂們看來，一個太后和一個女僕差不了多少。」

「但您得承認，女僕的人數可多了。」

她冷冷一笑。「我大概是有這使命吧。那不是我選擇的。眾神好像對我特別有興趣，就像蒼蠅都愛血腥味。」

頤爾文無力地揮揮手，不贊同這種比喻。「坦白說，我從來沒把眾神想像成蒼蠅。」

「說真的，我以前也沒想過，」依絲塔說道，記起她在災神眼中看到的無盡黑暗。「可是在發現了祂們的本質之後，我的……我可能是在理性上受到打擊，精神承受不了。」

「眾神想必清楚自己要做什麼。您如何知道我做了夢？我在夢中三次見到您，其中兩次您都在發光，亮得不可思議。」

「因為我也做了同樣的夢。」

「第三次也是？」

「……對。」她當然知道第三次不是夢，但那一個輕率的吻引發了她的羞怯——特別是在目擊凱提拉拉的行為之後，大概可以算是一點小小的自我耽溺吧。

只聽得他咳了兩聲。「我要道歉，太后。」

「為什麼？」

「呃……」他的視線定在她的嘴唇上，又移開。「沒什麼。」

她努力不去回憶那一吻的滋味。戈朗仍舊將那張已被折騰過的大扶手椅拖過來讓她坐，又把凳子搬來放在床尾給莉絲，自己則退到牆邊去縮頭站著。依絲塔就這麼和頤爾文對望，發現彼此都同樣困惑。

「假設，」頤爾文先開了口：「您來此地不是巧合，而是應祈求而來，也就是……來解決這個局面的，是嗎？」

「倒不如說是來發現的。解決之道於我鞭長莫及。」

「我以為您能主宰凱提的惡魔。您不驅逐它嗎？」

「我不知道如何驅逐，」她不安地承認：「災神讓我擁有神靈之眼的視力——我直說吧，這是我第二次擁有這種視力，也就是說，我並非頭一回被眾神騷擾——但祂只把我和別人的夢境相連，沒給我別的指示。」這麼說來，卡本進入她的夢境，連同那兩個神祕的災神之吻，是否也代表同樣的暗示？「這一趟，災神遣來一位博學司祭做我的精神嚮導，他姓卡本，我非常希望能先徵詢他的意見再進一步行動。我知道他曾做過研究，知道如何適當地將惡魔遣送回災神身邊；我也確信他應該要來到此地才是。我和他在半路上走散，而我現在很擔心他的安危。」她躊躇道：「我自己倒不急著行動。我認為即刻釋放阿瑞司的靈魂並沒有任何好處，只會害他變成一個迷失的鬼魂而已。」

他為之一怔。「鬼魂？您確定嗎？」

「我昨天看見的。惡魔的法術中斷時，他的靈魂沒有……本來，死亡會開啟一條通道，好讓靈魂投奔眾神，那景象會非常盛大且明顯；相反的，遭受天譴的靈魂只會靜靜地脫離肉體，那景象就是停滯的。」她揉了揉痠澀的眼睛。「還有，就算我知道如何幫助阿瑞司的靈魂被神接引，也要看他的妻子是否真的願意放走他。凱提拉拉的意志太堅決，倘若阿瑞司也說服不了她，還有誰能？我是不可能的。縱使她願意放手……她體內的惡魔似乎很狡猾且有力量，當她同意放手而不再秉持那股強悍的意志，或她的心靈因悲傷而崩潰時，她會變得非常脆弱，壓制不了那個惡魔。」

頤爾文「嗯」了一聲，陷入思索。

「她以前就是這樣強悍嗎？」

他皺眉道：「此事發生之前，我不會那麼說。她是個惹人憐愛的女孩，一心愛慕阿瑞司，只是腦袋裡沒太多東西。阿瑞司倒不在意這個。」他露出個壞笑。「話說回來，要是我身邊也有那樣美麗又熱情的愛慕者，我大概也會被愛情沖昏了頭，高估她的智慧吧。只不過……起碼她擋得住巫米茹的巫術，我卻沒有。」

「我懷疑巫米茹低估了她。那是另外一回事。」依絲塔說：「說起來，一個四神信仰的洛拿內親王怎麼會帶著惡魔而來呢？驅使惡魔在洛拿國境內是死罪，她是如何藏匿、沒被告發？聽說他們對巫師施以火刑，那些司祭又是如何防止惡魔在行刑時跳到別人身上去？他們一定有辦法把惡魔困在宿主身上。」

「有的，主要是儀式和禱告。那是一樁醜陋的工作，壞的是，還不見得每次都有效。」他頓了頓。「凱提說，巫米茹是被『派來』的。」

「誰派她來？她弟弟梭德索親王嗎？難道她被前夫的子女趕回娘家？」

「我想是的，只不過……很難想像酒鬼梭德索（Sordso the Sot）有本事為了國家去碰惡魔。」

「酒鬼梭德索？你們凱里巴施托人都對那個年輕親王這麼稱呼嗎？」

「不光是我們，國境對面他們自己也這麼說。他母親攝政期間，他把時間都花在研究品酒吟詩上，而不是去學習政治或戰爭；其實他算是個出色的憂鬱派詩人，我聽過他幾篇作品。我們都希望他積極發展這項才能，得到的回報肯定比他當親王要來得大。」他咧嘴笑道：「他要是願意把治理公國的重擔交過來，我們凱里巴施托大人甚至樂意送上豪邸和年俸。」

「照您的說法，這個親王此刻無心於朝政？但正是他派了一支突擊部隊潛入宜布拉的若麻，向東翻山越嶺逃竄還遇到我，而部隊成員裡甚至有官廳派駐的會計文官。莉絲可曾跟您說過這些？」

「簡短地說過。」他向莉絲頷首，莉絲也點頭證實。「若麻……怪了。為什麼去打若麻？」

「我猜是為了讓老狐狸把軍力留在宜布拉，防止他為今年的秋季戰事助陣。」

「嗯，有可能。若麻距離邊境非常遠，攻擊該地確實能牽制宜布拉的軍事布局，只是那突擊隊要撤退可就累了。」

「阿瑞司大人也這麼說。他估算約寇那送了三百人出境，最後只有三人活著回去。」

頤爾文吹了聲口哨。「真有他的！梭德索這次虧大了。」

「要是他們真的綁走了我，那就不虧了。但那不可能是他們最初的計畫。那群人甚至連我國的地圖都沒帶出來。」

「我認識若麻的老藩主，我敢說他一定會熱情接待那幫士兵。他以前是我們的好勁敵，現在我們是親家了。太后，您女兒的婚姻為波瑞佛解除了西側的國防壓力，為此我真心感謝她。」

「博剛王子是個好孩子。」依絲塔輕描淡寫道。她發現自己有這毛病：別人越是讚美她的女兒和女婿，她就越不想附和。

「只可惜他父親不好對付，像個仙人掌，又乾又多刺，亂碰會見血的。」

「反正那株仙人掌現在是我們的了。」

「這倒是。」

依絲塔嘆了口氣，向後一靠。「總而言之，約寇那的王室女眷竟然偷偷帶著一個惡魔來，還企圖用巫術併吞我們的邊境要塞，這可不能就這麼算了。不行，我應該寫信警告卡蒂高司的大司祭曼登諾，至少還要通知首輔卡札里。」

「那樣也好，」頤爾文不得不同意。「只是我個人很羞愧，因為巫米茹差一點就要成功了。話又說回來，我們這一處邊疆小地方，來的竟然不是大神廟的大司祭，卻是您？我真沒想到自己的祈禱會得到這樣的回應。」他瞇眼看她，還迷惘地笑了笑，看起來有點憨傻。

「您祈禱的對象是災神嗎？在您清醒的時候。」

「只能說是不昏迷的時候，談不上清醒。我就算醒著也覺得昏沉——直到昨天？對，昨天的這時候。這段期間我的確摒了命祈禱，因為實在別無他法。我甚至連像樣的祝禱詞都說不出來，只能在心裡吶喊。我皈依災神，又遺棄了祂——我成年之後就很少禱告，要是祂說『滾吧孩子，你以前有骨氣靠自己，現在就別來求我』，那我也認了。祂有權這麼說。」想了想，他又道：「那為何是您呢？難道這件事有什麼舊緣由，與我哥哥的父親，以及卡蒂高司的宮廷政治有關？」

如此尖銳的猜測不免令依絲塔尷尬。「對於已故的路特茲大人，我確實有個陳年的心結尚未解開，但那和阿瑞司完全無關。還有，阿爾沃並不是我的情夫！不是！」

頤爾文似乎被她的激動嚇著。「我沒那麼說啊，殿下！」她長呼一口氣。「對，您沒有。是凱提拉拉夫人認為有，還把它當成浪漫的愛情故事，真是饒了我吧。阿瑞司倒是有意把我看作某種精神上的繼母，我想。」

出乎她的意料，頤爾文竟然冷哼一聲，又搖頭大表無奈：「他會。」

「要不是昨天聽兩位交談，我還猜測是您因爭風吃醋而謀殺親兄呢。」依絲塔故意說得刻薄：「受鄙視的異姓胞弟，見棄的父親，爭奪名銜和財產，種種糾葛都能逼人產生殺意。」

頤爾文沒好氣地乾笑兩聲，聽上去倒像是沒事人似的：「我以前遇過這種臆測，一、兩次，不過事實正好相反。我這輩子一直都是有父親的，應該說，我的生父是陪著我長大的；阿瑞司他——他只有一個虛幻的夢。我父親獨力撫養我們兩個，實質上是個盡責的父親，他也努力把阿瑞司視為己出，只是這種事往往越注意就越顯得刻意。他對我的愛就沒有那層隔閡。

「阿瑞司倒是從不嫉妒也不仇恨，因為，嗯，他心裡有個夢，想著將來有一天會被他那偉人父親叫到王宮去相聚，到時一切就步上常軌了。他在這方面的心思單純，就想著乖乖長大，做個好人，練好劍術、馬術，當個好軍人，絕世首輔路特茲大人會把他視為得力助手，向名流紳士和他有權有勢的大人物朋友們介紹說：瞧，這是我兒子，他是不是很優秀？阿瑞司從來不穿他最好的衣裳，因為他想留著去見他父親時才穿。他等著表現自己最好的一面，而且時時刻刻為此作準備。路特茲大人死了，這個夢想……就永遠是個夢想了。」

依絲塔悲傷地搖頭。「在我與阿爾沃．路特茲相識的五年裡，他幾乎沒提過阿瑞司，也從沒說起您。即使他不是死在臧格瑞的大牢……只怕這個相聚的夢想也不會實現的。」

「我也這麼想過。我請求您，不要告訴阿瑞司。」

「我現在還不確定該講什麼給他聽。」講了還得面對我內心的懼怕。但不論如何，再拖也拖不了多久了。

「我就不同了，我有個活生生的父親。」頤爾文繼續說：「說來奇怪，我年輕時老是跟他吵架，吵得很凶！幸好他夠長壽，活到我們兄弟倆都長大成人。他中風之後，我們在這裡照顧他；他不久就走了，我認為他一心想走，為了去找我們的母親——實際上他有幾次偷溜出城，就是說去找她；當時她都死了二十多年了。」他有些哽咽：「他的一生就那樣……所以他死在父神的季節，倒也不讓人那麼悲傷了。我在他臨終時握著他的手，又乾燥又冰涼，甚至有點透明。五神啊，我怎麼扯得這麼遠？您等等就要看我掉眼淚了。」其實他的眼角已經泛著淚光，只是她禮貌性地假裝沒看到。「好，以上就是我的庶子經驗。」他低了低頭，猶豫地望向她。「您……我聽說聖徒都曾面對面見過神明……您認為眾神會在我們死後，帶我們去和心愛的人重聚嗎？」

「我不知道。」她沒想到頤爾文有此一問。他是為了阿瑞司而問，還是為了老阿巴諾準爵？「也許是我從來沒那樣深愛過誰。我想……那並不是愚蠢的希望。」

「嗯。」他深思起來。

她不好意思再盯著頤爾文的臉看，那會令她覺得自己是在窺探隱私，便改去看戈朗，卻見他又在那裡絞著手搖頭晃腦。於外，戈朗是個平庸的半老之人；於內，他像個遭人洗劫一空的村莊，又被大火燒得荒蕪。

「您是怎麼遇到戈朗的？」依絲塔問頤爾文：「在哪裡遇到？」

「我當時去約寇那偵察。休長假的時候，我習慣去城堡和城鎮跑跑，收集地圖資料，算是一種消遣。」但從嘴角的笑意看來，他收集的不只是地圖資料。「我喬裝馬販一路跑到哈馬維克，發現自己採買的東西太多了，需要一個馬伕來幫忙。扮成洛拿商人時，我總是找機會贖走喬利昂籍的囚徒，特別是沒有家庭、沒機會被贖回國的人。戈朗不只是那樣，他還喪失了記憶，智力也受損，所以那天的奴隸市場上顯然不會有人想買，所以我就挑中了他，還討價還價了一番，挺便宜的。我猜他是在戰場上傷到頭部，只是沒看見任何傷疤，所以也許是疾病造成的吧。」他又笑了笑。「回到波瑞佛，我立刻就讓他自由，但他說已經不記得家鄉在哪了，想留下來服務我。」

那一頭的牆邊，戈朗邊聽邊點頭，證實這段往事。

依絲塔深吸一口氣。「您知道他曾受惡魔侵蝕嗎？」

頤爾文震驚地彈坐起來。「不會吧！」

只見戈朗也顯得同樣愕然。莉絲扭頭望去，以不可思議的眼神看著他。

頤爾文的目光一轉。「太后，您怎麼知道的？」

「我能看見靈魂的狀態。他的靈魂非常殘破，傷痕累累。」

頤爾文躺回床鋪，顯得難以置信，半晌後怯怯地問：「您能看見我的嗎？」

「能。在我的眼中，生者的魂魄像純白色火光，您的靈魂能量現在正從心臟流出來，像一條細線流向您兄長，而他的靈魂則如死魂那般灰色無光，邊緣已開始變得模糊、破碎——阿瑞司的靈魂雖然停在他的肉身，卻只像是……浮貼上去的，一點也不密合。莉絲的靈魂是最健康的典範，明亮且色彩豐富，非常集中，非常紮實，與身體緊密貼合，互相長養。」

莉絲開朗地笑了，顯然把這番話當成讚美。

頤爾文默然思索了一會兒，道：「那一定非常令您分神。」

「是啊。」她簡短地說。

他清了清喉嚨。「那麼，您是說戈朗曾是個巫師？」

一聽此言，戈朗滿臉驚恐，拚命搖頭。「我從來沒有，殿下！」

「戈朗，你還記得什麼？」依絲塔問他。

「我知道我有跟著歐瑞寇的軍隊行軍。我記得大君的營帳，全都是紅色、金色——絲綢的，照到光的時候會閃亮。我記得……變成囚犯在走路，身上有鐵鍊。做苦工，在田地裡，太陽很大很熱。」他認真回憶。

「你在洛拿的主人是誰？」

他搖頭。「好幾個，不太記得。」

「船上呢？你待過海船嗎？」

「應該沒有。有馬。都是馬兒。」

頤爾文插嘴道：「我們曾經聊過這個，因為那時我想找他的家人。大君親征是在波拉斯能親王首度進攻果陀山隘之時，戈朗想必是當時被敵軍俘虜的；也就是說，在我見到他時，他已經在洛拿做了幾年的囚犯和奴隸，可是他也不記得自己是怎麼被抓的。」

「戈朗，頤爾文大人贖買你之後的事情，你都記得嗎？」依絲塔又問。

「哦，記得啊。那些事想起來不痛。」

「那麼，頤爾文大人帶你走的前一刻，你記得些什麼？」

戈朗仍舊搖頭。「那裡很暗。但是涼快，所以我喜歡。不過會臭。」

「惡魔吃掉他的智慧和記憶，然後跳走，但他沒死——」依絲塔若有所思地說：「我聽卡本說，惡魔要捨棄活著的宿主也不是一件容易的事，因為二者會纏繞得非常緊密。殺死宿主才能迫使惡魔離開，像巫米茹那樣，或像四神教的火刑。」

「不要燒我！」戈朗叫道，抱著頭縮成一團，瑟瑟發抖。

「放心，不會的，」頤爾文對他保證：「喬利昂不會發生那種事，況且她都說惡魔已經離開你了，還需要燒什麼？完全離開了，對吧？」他意有所指地朝依絲塔一瞥。

「徹底離開了。」

「哈馬維克……」頤爾文喃喃道：「這算不算巧合呢？戈朗和巫米茹同時出現在那裡……傷害戈朗的惡魔會不會與巫米茹身上的那個有關？」

這個觀點的確耐人尋味，依絲塔心想。「在我的感覺，凱提的惡魔不像是吞噬過軍人靈魂的，因為……我不太會形容。太女人味？也許我們可以再找機會問問它。我不認為那惡魔昨天的表現是常態，否則巫師應該要更顯眼、更容易被發覺才對。」

說到這時，依絲塔發現莉絲的表情非常不安。她是不是怕佛伊也會變成像戈朗這樣子？那男孩此刻究竟在哪裡？她還沒有絕望到要求神禱告的地步，特別是她對禱告依然反感，但這沒消沒息的擔心實在是折騰人，她也不知自己還能堅持多久。

「博學的卡本曾告訴我，游離在塵世間的惡魔本該是極罕見的，但最近這幾年卻突然變多。」依絲塔繼續說：「上一波爆發是在大君方颯時期，那已是五十年前的事。如今神廟為之驚動，懷疑災神的地獄是否有缺口，才導致這麼多的惡魔溜了出來。」

「方颯時期，」頤爾文的口齒又開始含糊了：「真奇怪。」

「您的時間快到了，」依絲塔看著那道光索逐漸變亮、變粗，覺得掃興。「我可以幫您延長一會兒。」

「不了，您說那樣會助長阿瑞司的肉身腐壞，」頤爾文昏昏沉沉，說話越來越小聲：「天氣又變熱。

總不能……總不能讓他一塊爛肉掉進湯裡，對吧……」他彷彿擠出最後一分力氣，在痙攣中保持意識。「不！一定有別的辦法，得找出別的辦法！殿下……您會再來……？」

「我會再來。」她答覆。

頤爾文得到這一句承諾後，鬆開緊抓著被單的手。他的身子滑落，又變回一具面無表情、毫無生氣的空殼。

依絲塔回到自己房裡，待了整個下午，並且又寫了幾封信寄往卡蒂高司。日暮時，她下樓到小院散步，兜圈子走到莉絲都受不了，而決定自己去長椅坐著等。隔天上午，她好不容易冷靜到只在腦中想像自己又寫了一封信去痛罵妥挪克索領主；昨天寫的那一封恐怕這會兒才剛送到瑪拉蒂，她也明白這事急不來。

聽見樓梯上的跑步聲，依絲塔往窗外看去，瞥見莉絲的長髮辮一閃而過，緊接著便是乒乒乓乓進屋的聲響。這女孩的頭探進了裡間的門口，氣喘吁吁的。

「太后，」莉絲上氣不接下氣地說：「出事了。阿瑞司大人帶了一隊士兵武裝出城——我要去北塔探探消息。」

依絲塔倏地起身，差點沒把椅子弄翻。「我跟妳去。」

她們隨著一名守城弓手登上曲折石階，來到位於城堡東北角的制高點，從城垛中向外看。在天然護城河與遠處的層巒之間，有一條大道自東蜿蜒而來。

「那是從歐畢過來的路。」莉絲說道，還沒緩過氣。

在這燥熱的豔陽天裡遠遠看去，大道的漫天揚塵中有兩道騎著快馬的人影，依絲塔只能看出其中一人身材矮壯，另一人更壯，而較壯的那人身上似乎有件褐色罩袍，袍子下時不時露出白色的東西；不僅如此，她還覺得那人在馬背上彈跳的樣子看著非常眼熟，他胯下的馬兒也跑得比另一頭費力——那人是卡本！

在那兩人身後不遠處，十來個服色相同的騎士也在馳騁。是護衛嗎……不，是約寇那的綠色軍服！依絲塔大驚，眼看著那些追兵已經逼近二人。

就在這時，凱提拉拉夫人也急匆匆的來到這一處塔頂，踮起腳尖探頭去望，口中不住地喃喃道：「阿瑞司……五神，噢，冬之父神保佑你……」

依絲塔順著她的視線看去，見到藩主已率隊從城下出發，直朝那條大道奔去；在全速奔馳的大隊駿馬中，唯獨阿瑞司的灰斑坐騎大步流星向前奔馳，姿態昂揚，看得莉絲忘情讚嘆。

凱提拉拉兀自喘息著，睜大的雙眼滿是焦慮，甚至忍不住發出小小的呻吟。

「怎麼？」依絲塔低聲對她說：「您不會還擔心他被殺吧？」

凱提拉拉沒好氣地甩她一眼，扭頭繼續去眺望大道。

卡本的馬終於落後了。另一名騎士見狀便立刻勒馬，作勢示意司祭先走——沒錯，那是佛伊·古拉。只見佛伊的馬兒一個勁地蹦跳，不肯遵從韁繩的指令，佛伊便用左手鎮住馬兒，右手握上劍柄，調轉了馬頭，在馬背上擺出應戰的姿態。

依絲塔暗叫不好。佛伊雖是個強壯的劍士，劍術行動卻不如阿瑞司來得迅敏；面對這麼多敵人，他最多只能在第一時間撂倒三個，終究寡不敵眾。他此刻所在的位置還沒辦法看到援軍的動態，恐怕是有意犧牲自己去救卡本……

依絲塔凝神盯住佛伊的一舉一動，卻見他放開劍柄，握拳後又鬆開，繼而向前平舉右臂，一道微弱的紫光隱約從他的掌心躍出——依絲塔原以為是自己眼花，但聽見凱提拉拉驀地倒抽一口氣，而莉絲並沒有特別反應，當下就明白是怎麼回事。

追兵中，跑在最前頭的馬兒突然撲倒，馬背上的人被狠狠甩了出去，緊跟在後的二人來不及剎住，雙雙被絆倒在路中央；餘下的追兵及時勒馬停住，有的舉盾防禦，有的向兩旁躲開。佛伊並沒有戀戰，而是縱馬迴身去跟上卡本。

所以，那頭野熊還在佛伊身上，而且似乎還受到了調教。依絲塔的心中生起一股不安。

不過，比起這個，眼前的危機更令人擔心。

這時的卡本已經逃到下坡，遠遠見到了阿瑞司；也就在同時，他那匹累壞了的馬終於不肯再走，就那樣站定不動。阿瑞司策馬趕向卡本，將他護在身旁，指手比劃了一番，隨即高舉手臂，部隊立刻井然有序地集結上前。依絲塔身處在遙遠的高塔頂上，聽不見那裡在傳遞什麼指揮的號令，只看見將官們輪番舉手，迅速變換縱列，拔劍的拔劍，弓箭上膛瞄準，長槍平舉，在微風中無聲地布下了陣形。

經過短暫的休息，卡本的馬兒再次往城堡的方向走，只是腳步一瘸一瘸；馬鞍上的卡本扭著上半身向後看，直到佛伊出現在坡道的那一頭，卡本立刻朝他用力揮手。佛伊發現波瑞佛軍在前，曾一度勒馬，但從卡本和阿瑞司的手勢得知是友軍馳援，立刻快馬加鞭前去會合，與阿瑞司交談數語後調轉馬頭，拔出了自己的佩劍。

這是一觸即發的情勢。依絲塔屏住了呼吸，能聽見耳鼓膜裡的搏動，而樹叢中清亮宛轉的鳥語，悠然得如同每一個平和自在的早晨。阿瑞司的長劍高舉，鮮烈地一揮向前，不及掩耳的軍隊隆隆聲便在瞬間轟然響起。

只在一轉眼間，波瑞佛的男兒攻上坡道，約寇那部隊連撤退也來不及，才剛遭遇就陷入了包圍；殿後的幾個綠衣士兵勉強逃散開去，卻快不過十字弓的飛箭，當下就有一人中箭落馬。看著弟兄們奮戰激烈，帶依絲塔上來的那位守城弓手激動大吼，大概是恨不得自己也能上前線戰場；當他囁嚅著向依絲塔道歉時，依絲塔十分體諒地赦免了他。

阿瑞司的長劍在陽光下舞出一片光燦。他的戰馬在推擠中向前移動。有個約寇那長槍兵使不順手，情急之下反手抽槍，不意地從一個正在與阿瑞司交鋒的同袍背後橫出一刺；回手時，那長槍帶出些許血痕。阿瑞司渾身一顫。凱提拉拉尖叫。

「大人遇襲！」那弓手叫道，急切地探出身子。「哦——沒有。他還在使劍，感謝五神。」

這時，波瑞佛軍放緩了包圍之勢，那長槍兵看見缺口，立刻跟著撤退的夥伴們往外逃；他在馬上伏低身子，卻被一支飛箭正中了頭部，當場斃命。

依絲塔看得很清楚：阿瑞司的肩頭有一片血跡，敵人使槍刺中他時也受到震動，勁道之大幾乎令長槍脫手，然而阿瑞司的劍法依然平穩……依絲塔猛吸一口氣，轉身就要走下塔樓。

「莉絲，跟我來！」

「可是太后，您不想看到結果嗎？」

「跟我來。」

沒等莉絲跟上，依絲塔提起裙子就往樓下跑。梯道曲折而樓梯間陰暗，她跑得非常匆忙，差點就要跌倒。一出塔門，她仍舊快步地走，一路回到方庭。腳步聲重重地迴盪在台階和長廊上。她顧不了禮節，逕自拉開頤爾文的房門。

戈朗趴在病床的右側，正在害怕地呻吟，一看見她便立刻哭喊：「殿下，救命！」頤爾文的亞麻袍子敞開，戈朗的雙手正緊緊地壓在他的肩頭，然而鮮血仍然大量流出，把長袍的一隻袖子都全浸濕了。依絲塔在房中翻箱倒篋地尋找可用的衣服和布料，將乾淨的一面翻出來當成止血墊，一一疊好了讓戈朗拿去按住傷口。

「我沒有！我沒有！」戈朗嚇得眼睛裡都是血絲，對著依絲塔直哭。「它自己這樣的！」

「對，戈朗，我知道。不要緊。」依絲塔安慰他：「你做得很好了。」

看著那個猙獰的傷口，她差點想要切斷他和阿瑞司之間的靈魂光索，但此刻當然不是個好時機。眼見頤爾文依然意識全無，顯然感覺不到痛楚，若趁此時在他身上做外傷處置，倒可省了麻醉的工夫。依絲塔茫然地想：就快要正午了，假使惡魔讓頤爾文醒來而傷口移回到阿瑞司身上，那麼縫在這個傷口上的針痕大概不會跟著轉移過去。

房門又打開了。這回是莉絲。

「莉絲，馬上跑去找懂得處理外傷的人過來——最好是有母神奉侍經驗的；叫那人帶上肥皂、膏藥和針線，還要一個負責挑水的僕人。」

「什麼？為什麼？」莉絲好奇地走向她。

「頤爾文大人受到嚴重創傷。」

這時的莉絲才看見病床上的鮮血，大驚失色。「是，太后。但……這怎麼會……」

「妳剛才看見那把長槍了。」

「哦。」她在一瞬間明白了箇中緣由，立刻轉身跑出房門。

戈朗抬起布墊偷看，很快又蓋回去壓好。依絲塔站在他的身後強忍心慌，揣度著那傷口並不如她所想像得深，現下流血量也明顯減緩了。「很好，戈朗。繼續壓著。」

「是的，殿下。」

心神不寧地等了一會兒，廊廳傳來人聲。莉絲打開房門，一位穿著圍裙、抱著一只籃子的女人先走進來，後面跟著一名男僕。

「頤爾文大人……」依絲塔開口，看了看戈朗。「從床上跌下來，撞傷了肩膀。」要撞到什麼才會弄出這樣的傷口？依絲塔實在想不到，只好決定含糊帶過，連忙接著說：「過來照料，給他包紮，幫忙戈朗收拾這裡。除了我、阿瑞司大人和凱提拉拉夫人，這件事不准向任何人說起。」

從剛才的戰況來看，波瑞佛城軍沒有發動追擊，那麼如今應該已經護送著新訪客回來了。依絲塔大步走向房門，吩咐道：「莉絲，跟我來。」

16

依絲塔匆匆趕到門庭時，正好看見一名士兵幫著滿臉漲紅的司祭卡本下馬。卡本大概是熱壞了，喘著氣，腳步虛軟。那名士兵遂直接攙扶他到杏樹牆邊的陰影處坐下，又老練地用手碰了碰卡本的臉，面上添了幾分憂色，叫來一個僕人吩咐幾句，後者即快步離去。卡本癱坐在落花繽紛的鋪石的上，艱難地脫下那件褐色罩袍，露出底下髒兮兮的白袍。

佛伊從馬背一躍而下，拋開轡繩，大步走向卡本，看起來也是同樣又熱又狼狽。

「該死的，佛伊，」喘吁吁的卡本邊罵邊抬眼瞪他。「我叫你別再碰那東西。」

「好啊，」佛伊罵回去：「那你就回去那條路上，躺平等著餵約寇那的狗。你那身肥肉夠讓人家吃上一個月。」

那僕人提著一桶水回來，在士兵的示意下直接將它緩緩倒在卡本的頭上；卡本坐在那裡任由冷水淋濕全身，還仰著臉張嘴接水。

這時，另一名僕人也提著水桶過來給佛伊，佛伊點頭致謝，用錫杯舀起來一飲而盡，而且一口氣連飲多杯才停。喝夠之後，他再舀出一杯水，臭著臉端到卡本的嘴邊，自己也在他身旁蹲下。卡本用顫抖的手接過去，大口狂飲。

當依絲塔走近，照料卡本的那名士兵恭敬地向她行軍禮，壓低了聲音報告：「那一位快要中暑了。

像他那樣胖壯的人，不流汗是個危險的徵兆。但別擔心，太后，我們會讓他好起來的。」

佛伊猛然扭頭一看，高喊起來：「太后！感謝五神！我要吻您的手，吻您的腳！啊！」說著，他草草將另一杯水塞進卡本手裡，自己則跳起來蹲跪在她的裙角邊，激動地抓她的雙手猛親，親完了又將它貼在自己汗涔涔的額頭上——最後這個舉動其實不太合乎禮數，卻完全表現出真摯情感。也許是太感動，也或許是突然鬆懈了精神，佛伊沒有緊接著起身，而是一屁股跌坐在地，頹著雙肩猛喘氣。

他緩過氣息，抬頭對著依絲塔身旁的莉絲咧嘴笑道：「妳也趕到了啊。我早該想到。」

莉絲也回以露齒一笑。「是啊，當然。」

「我們離開瑪拉蒂之後就一直想追上妳，但是好奇怪啊，最快的馬兒永遠都早一步被人換去了。」她的笑容多了一分狡黠，但是更開心了。

佛伊又瞇眼多看了看。

「衣服挺漂亮的，很不一樣。」

「只是借來的。」她說著，有意縮了縮身子。

又一個馬蹄聲進城門，佛伊抬頭一看，立刻從地上爬起。原來是阿瑞司大人和副官一起回城了。阿瑞司輕快地下馬，把韁繩扔給馬伕，面帶微笑地走向依絲塔。

「好啦，太后，我想您失散的隨員都回來了。」他說。

佛伊低頭向他鞠躬。「全賴您的救助，大人。我還沒機會介紹自己。我是佛伊．古拉，為您差遣。」

「您的好身手已十足令我印象深刻。我是阿瑞司．路特茲，波瑞佛是我的藩地。我本該更正式地接待兩位，只不過現在我得先去聽取偵察兵的報告。那些約寇那人不該出現在那條路上的——我們逮了兩名俘虜，希望能從他們口中問出這個蹊蹺。」阿瑞司向依絲塔投以憂鬱的一瞥。「這下子我是加倍想念頤爾文了——他的洛拿語說得比我們這裡任何一個都要好。」說時，他看見鄱賈爾從遠處跑來，穿著整齊制服來迎接歸來的長官，便向那年輕的奉侍兵招手，並對佛伊說：「您的手下來了。我請他代替我來介紹城內環境。」他又叫來一名僕人，交代道：「在我回來之前，由你照料這兩位的一切需求。聽從皤賈爾和太后的吩咐。」

那僕人淺淺俯身，表示遵命。阿瑞司掃視眾人，見到又濕又髒的卡本半癱在地，多看了兩眼；卡本也知道藩主在看他，無力地抬手做了個簡略的賜福手勢，表示自己遲些再正式致敬。

阿瑞司轉身要回去騎馬時，依絲塔趕上去拉住他的袖子，並伸手去摸他肩膀上的傷口——那裡的衣服有個破洞，周圍沾著血跡，然而破洞下的皮膚竟是完好無傷。她盡量使自己面容保持鎮靜，把手掌翻過來讓阿瑞司看見那片暗紅色的污漬。「藩主，您忙完後，我建議您在第一時間去看看令弟的傷勢。這是個新傷。」

阿瑞司驚愕得闔不攏嘴，但當即明白了她的意思。「我知道了。」他沉聲道。

「在那之前，萬事當心。您應該穿上鎧甲，保護好您自己。」

「當時事出突然——」他摸了摸制服撕破的範圍，愁眉深痛。「您說得沒錯。」他憂慮地向她頷首，便翻身上馬，帶著副官離開了城堡。

佛達對著皤賈爾上下打量，擔憂地問：「佛達在這裡嗎？他好嗎？」

「啊，長官，他離開去找您了。」鄱賈爾回答：「他現在大概已經抵達瑪拉蒂，過兩天就會繞回來了。我想他會氣自己白跑了一圈，浪費馬蹄鐵呢。」

佛伊苦著臉說：「他不會跟我們走同樣的路線。我自己都沒料想到會從歐畢方向來到此地。」

我比較想知道，你怎麼沒在瑪拉蒂的神廟醫院裡待著？依絲塔一時想直接問出來，但決定先等一等。佛伊的靈魂和莉絲的一樣活躍且集中，只是依絲塔能看見他的腹中藏著一個熊形的暗影；那影子感應到她的觀察，正把自己蜷成一塊小團，就像冬眠似的。她把阿瑞司留下的那名僕人叫過來說：「盡快讓這兩人梳洗更衣，住房安排得離我房間近一點，尤其是那位司祭。」

「是，太后。」

她又對佛伊說：「我們得盡快談一談——有很多事得說。等你們梳洗休息好，讓皤賈爾帶你們到我住的小院來找我。」

「遵命。」他熱切地說：「這是一定的。昨天在歐畢時，我們都在談論阿瑞司大人的伏擊行動。」

依絲塔嘆道：「來到這裡之後發生的事件更加重大，我幾乎都快忘了那場突擊。」

「哦？那我們會盡快去見您。」

他鞠躬退下，轉身去幫那僕人攙扶卡本。佛伊的動作非常熟練，好像照料胖子是他的第二天職；卡本的嘴裡仍在嘟囔，但也只是說說而已，並沒有抗拒他的攙扶。胖司祭的濕衣服還在滴水，但是他的精神顯然比剛才舒爽一點，至少神情沒再那麼痛苦。

拱廊方向傳來女性的輕盈腳步聲，男士們張望留意，發現來者是凱提拉拉；剛剛才脫離中暑狀態的卡本禮貌地對她微笑，佛伊則眨著眼睛愣在原地。

「我夫君在哪裡？」凱提拉拉焦急地問。

「他出城去找偵察隊開會。」依絲塔答道：「還有，剛才那一槍刺中了別的目標。」

凱提拉拉一驚，轉頭望向方庭那角落望去。

「沒錯，」依絲塔又說：「但已經有人去照料他了。」

「哦，那就好。」

依絲塔怕她還沒把這一切想清楚，決定要提醒她：「阿瑞司大人會在正午前回來——他一定得回來。」

果然，聽到此言後，凱提拉拉咬了咬下唇。

依絲塔改口：「這位是凱提拉拉．路特茲夫人。藩主夫人，容我向您介紹博學司祭席瓦．卡本，是我的精神嚮導，以及佛伊．古拉，女神紀律軍的軍官。佛達隊長就是他的兄長，您已見過。」

「哦，是的。」凱提拉拉向兩人福身行禮，卻仍顯得心神不寧。「歡迎來到波瑞佛。」然而，她只說了這麼一句，便定定地看著佛伊。有那麼一會兒，他們呆站在那裡互望，臉上堆滿不確定的神情，像兩隻陌生的貓相互打量；潛藏在他們體內的惡魔縮得太小，依絲塔看不出它們有何反應，只能確定這絕不是一場歡樂的相聚。莉絲見佛伊不像尋常男子被這嬌美的藩主夫人所迷住，隱約一樂。

依絲塔不想凱提拉拉就此失態，於是指著候在一旁的僕人，刻意強調：「阿瑞司大人特地請這位男士前來照料它們，尤其是司祭，他中暑了，還沒有完全脫離險境，需要立即休養。」

「哦，好的。」凱提拉拉茫然點頭，又是淺淺一禮。「祈禱您平安。我……我稍後會更正式地接待各位。」她說完，佛伊也鞠躬回禮，並跟著僕人和鄱賈爾走進拱廊，想來是去女神奉侍兵的集宿處。

看著凱提拉拉倉皇上樓的身影，依絲塔突然想起卡札里大人與惡魔打交道的親身經驗，頓時感到不安——據他親口描述，惡魔使宿主慢慢死亡的手段不只一種，腫瘤便是一例。

她試著判讀凱提拉拉的靈魂狀態，無奈這年輕的女孩自身正陷於混亂和煩躁之中，神靈之眼看去的只是一團黑污，無法分辨是否為腫瘤。她會不會已經長了？倘若真有腫瘤使她的腹部一天天膨脹，她會不會堅稱那是懷孕呢？依絲塔打了個哆嗦。

頤爾文說得對。我們得找出更好的辦法，而且要盡快。

不到一個鐘頭，卡本和佛伊就再次來向依絲塔報到了。兩人已經梳洗完畢，換上比較乾淨像樣的衣服，勉強做到晉見太后時不失禮數。

依絲塔把他們帶到方庭去，在拱頂廊道內選了一處曬不到太陽的地方，讓卡本和自己坐在同一張大理石長椅上，佛伊和莉絲則就地坐在她的腳邊。莉絲尚未穿慣這種華服，坐下前還花了好些時間撥弄裙襬。

「太后，跟我們說說那場戰鬥。」佛伊興致勃勃地要求。

「你兄長實際參與了全程，等他回來後讓他來說吧，我比較想先聽你們的遭遇。我們把你們丟在涵洞裡後，你們之後發生了什麼事？」

「我可不認為那是『丟』，而是『拯救』，」卡本反駁：「您的點子見效，使我們因而得救啊。或說是災神聽見我發自內心的祈禱，嗯，還有發自腸子；我甚至不敢大聲地放出來。」

佛伊悶哼一聲，既表示同意，也表達不滿。「哎，那的確是難捱的一刻。我們伏趴在冷水裡好久——現在回想起來倒覺得清涼，還聽著約寇那人在頭上走來走去。爬出涵洞之後，我們找樹叢之類的隱蔽處走，盡量跟隨你們的方向，只是當時天色已晚，路真是難走；到那條岔路的小村莊時已經天黑，剛好遇上可憐的村民陸續返家，但他們都不覺得自己可憐，而是慶幸自己聽了莉絲的警告。他們原先以為莉絲是瘋子，後來都讚美她是女神派來的聖徒。」

莉絲笑了。「我去到那裡的時候尖聲怪叫，聽起來一定像個瘋子。幸好我穿著官廳的制服。我很高與他們願意聽我的話，畢竟我沒在那裡多停留等他們反應。」

「原來如此。司祭走到那村子就快掛了——」

「你也沒好到哪裡去。」卡本嘀咕道。

「——於是我們接受村民的好意，在那裡過了一晚。那村莊實在很窮很貧瘠，但是人們竟願意拿自己不多的物品與陌生人分享，這實在令我驚奇。願五神連綿賜福於他們，因為他們恐怕是把一整年份的噩運都在那一天領去了。」

佛伊接著說：「我向村民商借一頭騾子給司祭，他們答應了，只是派了一個男孩跟著以便取回騾子。就這樣，我們在隔天清晨出發去瑪拉蒂，決定先跟著莉絲的路線走。太后，我本打算跟在您的後面，只是礙於沒有裝備。我需要一支軍隊。女神一定聽見我的心聲，因為我們在半路就遇到妥挪克索領主的部隊，而他借了馱獸給我們，我也當場就加入了他的麾下。部隊在當天下午開到那條岔路的村莊，正好讓我們順便去歸還騾子。那家的主人很高興。」

他說到這裡，瞄了卡本一眼。「我或許應該把卡本送到瑪拉蒂的神廟去，那樣他大概就能先遇到莉絲，但是他不肯跟我分開。」

卡本嘆了一口氣，不情願地說：「那兩天真是白費。我跟在妥挪克索的輜重行列之中，連同逃命當天的折騰，我的屁股早就被鞍座撞出瘀青，可是就連我也能看出那支部隊的速度太慢了。」

「對，而且我說破了嘴也沒用，」佛伊的臉很臭。「妥挪克索人走到邊境就要打道回府，說約寇那人一定會分散逃入山區，而只有凱里巴施托人才熟悉地形，所以讓邊境要塞的駐軍去逮人就行了。我說我們不必全部追捕，只需要追到其中幾個就可以了，結果領主叫我自己離隊騎馬去追給他看看，我氣得差點就要照辦了。我真該照辦的，那樣我或許能趕上阿瑞司大人的盛宴呢！司祭急著要我回瑪拉蒂，我自己也擔心莉絲，最後就跟著部隊撤回瑪拉蒂去了。」

「我當然急，」卡本辯解：「事實證明我的擔心是對的。我看見那群蒼蠅了。」

佛伊氣沖沖地說：「你能不能別提那些蒼蠅？又不是我養的。妥挪克索多的是堆肥，哪一堆上頭沒有上百萬隻？牠們愛去哪裡，我哪管得著？」

「你明知道問題不是那個。」

「蒼蠅？」莉絲不解地問。

「我們離開妥挪克索部隊就寄宿在瑪拉蒂神廟，」卡本忿然答道：「隔天一早，我去佛伊的房間找他，發現他竟然在玩蒼蠅！」

莉絲皺起鼻子。「噁心。蒼蠅有什麼好玩的？」

「不是玩——是訓練。我看到蒼蠅排成整齊的隊伍在他面前飛，在桌子上走，整齊的前進後退。」

「好玩嘛。」佛伊不由自主地喃喃道。

「他在試探那惡魔的本領！」卡本說：「我才嚴格告誡過絕不要跟那東西有任何交流！」

「只不過是幾隻小蒼蠅，」佛伊羞慚地說，不禁苦笑。「我得說，那些蒼蠅表現得比某些新兵還要好。」

「那樣就是在使用巫術了。」卡本惡狠狠地瞪他：「而且你剛才又用了一次。你是怎麼讓敵兵的馬摔倒的？」

「反正都沒有違反自然。你講的忠告我完全明白——五神啊，你講得夠多遍了！你既不能認定混亂和失序並非全都來自於惡魔，又無法證明它不會導向良善的結果——真是一團矛盾！你們紀律會的巫師可以那樣做，為什麼我不能？」

「因為他們受到適當的監督和指導！」

「五神在上，你也在監督和指導我啊，或者至少是在刺探和擾亂我。搞不好根本是一碼子事，我懷疑。」佛伊的語氣尖銳，句句帶刺。「總之，」他回到話題上：「我們在瑪拉蒂聽說莉絲已經騎馬往凱里巴施托的歐畢城去了，猜想太后很可能就在那裡。就算不能和太后會合，也至少能找到有能力追擊的人。於是我們出發，盡量趕路。抵達歐畢的時候，他們說莉絲已經離開了兩天，還說太后已經獲救，平安地待在波瑞佛，於是我們休息了一天讓司祭屁股上的瘀傷——」

「還有你的。」卡本低聲罵道。

「——好了才往波瑞佛來。」佛伊拉高聲調蓋過卡本。「歐畢藩主親自給我們指路，說這條路絕對安全，而且不可能走錯。他說對了第二點。女神的淚水啊，我以為約寇那人是算準了回頭來抓我們兩個的。我當時真怕我們跑輸了他們，看著城堡就在眼前卻活活被逮。」

聽到這裡，卡本疲憊地揉著眉心。依絲塔猜他還沒有從早上的驚魂之中恢復過來。

「我非常擔心佛伊體內的惡魔。」依絲塔說。

「我也是。」卡本說：「我原以為瑪拉蒂神廟能處理他的問題，結果不能，因為若麻的聖徒死了。」

「誰？」依絲塔一驚。

「若麻鎮上有個災神的聖徒——那個城鎮在宜布拉境內，離邊境山區不遠，鎮上的司祭能夠施展奇蹟。太后，您記得那隻雪貂嗎？還有我說過如何驅逐惡魔？」

「記得。」

「趁惡魔還弱小時，找來垂死的司祭，當面殺死那隻動物——假如那宿主是個動物的話。」

「這就是那隻雪貂的下場。」依絲塔說。

「真可憐。」莉絲說。

「是的，」卡本坦承：「對那無辜的動物而言是殘忍，但也別無他法。這種事通常很少發生啊。」他深吸一口氣。「四神信仰也用類似的理論驅逐巫師，只不過手段比巫術本身還令人髮指。然而，這世間久久會出現一個神賦異稟的聖徒，擁有對付惡魔的技法。」

「怎樣的技法？」依絲塔問。

「能把凡人體內的惡魔送還給災神，又能使那人活著。順利的話，那人的靈魂和心智都不會受到太大的影響。」

「那……這技法如何施展？」

他聳肩。「我不知道。」

依絲塔突然暴躁起來。「卡本，您在開瑟夏詩讀書的時候，是不是都在課堂上打瞌睡？您應該要做我的精神導師，結果您一問三不知！」

「不，那不能說是技法，而是奇蹟啊。」卡本慌忙道：「藉由神而施展的奇蹟，畢竟不是能夠從書本中學習到的知識。」

依絲塔知道是自己犯急，一時難為情，咬牙地說：「是，我知道……所以，您說的聖徒出了什麼事？」

「被殺了。死於襲擊我們的同一支約寇那突擊軍。」

「啊，原來就是她。」依絲塔驚呼。「我聽說過。跟我們一同被俘的若麻婦人告訴我，那位司祭是若麻藩主庶出的姊妹。」*她在受到強姦、凌遲後，最後被活活燒死在災神之塔裡——眾神就是這麼犒賞祂們的聖徒。*

「哦？她竟然是藩主的親戚。」卡本有些好奇。

「這是天大的褻瀆！阿瑞司大人說約寇那派出了三百人，只有三個活著回去，我現在明白為什麼了！」莉絲十分氣憤。

「真是可惜啊。」胖司祭比劃著教儀。「若是那樣，也算是為她報仇了。」

「要是您的神明能先保護好她，卡本，」依絲塔仍舊咬牙地說：「而不是事後奢侈地讓三百條性命遭受復仇的殺戮，我會比較佩服祂。」然後，她深吸一口氣，不情願地說：「我又有神靈之眼了。」

卡本大驚，直盯著她的臉。「怎麼會？何時的事？」

依絲塔哼道：「您也在場，或說等同在場。我敢說您一定記得那個夢。」

他那本就曬紅了的圓臉頓時一陣紅白。他嗆咳了幾聲，結結巴巴道：「那個夢……是真的？」

依絲塔用手指點了點自己的前額。「祂在這裡吻了一下，和母神當年吻我一樣，所以我知道會是怎麼回事。我剛才說來到這裡之後發生更多重大的事件，這只是最小的一件。你們在歐畢可有聽到任何有關巫米茹內親王死在這裡的傳聞？這件事發生在兩、三個月前。有人提到遇刺的阿巴諾準爵嗎？」

「哦，有的，」佛伊回答：「那件事也驚天動地，僅次於您獲救的消息。歐畢大人說他感到非常遺憾，因為阿瑞司大人一向非常仰仗頤爾文大人。歐畢藩主認識這對兄弟很久，說他們感情非常好，合作無間，二十多年來不遺餘力地守衛波瑞佛，為凱里巴施托貢獻良多。」

「好吧，那跟罪行的真相無關。」

聽出依絲塔的語意，佛伊和卡本都換上一副好奇的神情；佛伊八成是猜出其中有陰謀，卡本則顯得憂心忡忡。

「我這三天都在設法釐清這個事件中的謊言和誤導。巫米茹的確是約寇那公國的內親王，可在來到此地時，她已經是個被惡魔吞噬的巫師。此外，我獲知她是被派來要用巫術併吞波瑞佛，這一點我也相信屬實；若不是中途生變，這樁陰謀不僅會得逞，而且神不知鬼不覺。那將對今年的威斯平戰役有什麼影響，佛伊，你有軍事方面的知識，你能想得到。」

佛伊默默地點頭。

「這樁陰謀的失敗，在於一次不為人知的口角爭鬥，巫米茹和阿瑞司大人死於混亂中。」

卡本愣了一下。「太后，您是說頤爾文大人吧？我們剛剛才見過阿瑞司大人。」

「我沒說錯。當時，惡魔跳進阿瑞司之妻的體內——就是你們剛才也見到的那位藩主夫人；站在那惡魔的立場，是它不慎選錯了對象，反使自己當場受制，被藩主夫人逼著把阿瑞司的靈魂塞回肉身，並持續竊取頤爾文的生命力來使阿瑞司的屍體繼續活動。那可能是變相的死亡巫術——所以我要請求您，博學司祭，盡可能在最短時間內找出解釋來。事件過後，藩主夫人謊稱是頤爾文受傷，內親王是被親信所殺，而這個親信已在藩主夫人的威脅下逃跑了。」

「怪不得我剛才見到她時有個感覺，」佛伊恍然大悟，輕聲說：「原來是另一個惡魔。」

「我在場聽了每個人的證詞，」莉絲忠實地作證：「全是真的。我們甚至審問了惡魔，只是它的證詞派不上什麼用場。在剛才的戰鬥中，阿瑞司大人被敵軍刺中一槍，那傷口卻出現在頤爾文大人的身上，不可思議，也好可怕。」她回憶道：「頤爾文大人的血不停地流，好像殺豬時——好吧，如果屠夫用長槍刺豬，我覺得就是那樣。」

依絲塔看了看太陽和地上的影子，估算著時間。「再過一會兒，你們也能和這件事的所有關係人說話，一同做個見證。但是卡本，聽著，我不知道您的神明為何要把我帶到這痛苦的地方來，也不知到此間的糾葛要如何解開、或是該拯救誰。我目前只知道這惡魔必須離開凱提拉拉夫人的身體，那惡魔現在也非常想逃走，而它有意害死凱提拉拉以掙脫她的肉身束縛。至於阿瑞司，我恐怕他的身心都在逐漸衰敗，事實上我看見他的魂魄已經正在游離。頤爾文大人的生命力大量流失，處於垂死邊緣，最是虛弱，一旦死去，他的哥哥就保不住，而我認為凱提拉拉會被她的惡魔吞噬。」

她停下來緩過幾口氣，環顧身邊的三張面孔，見每一張臉上都帶著驚愕，眼神中卻都是信任——令她自己心底發寒的是，他們竟然全沒當她是瘋子，反而一個個像在仰仗她、等她給予下一步指示。

通往前院的廊道響起馬靴聲。依絲塔抬頭，便見阿瑞司大人獨自走進方庭，目光也向他們打量。他在依絲塔面前立正鞠躬，便退了半步，站在這顯然是太后心腹的三位親信旁，接受他們全新的注目禮。

「阿瑞司大人，」依絲塔向他點頭表示回禮。「我正在向我的貼身護衛和精神導師簡述此地發生的不尋常之事。他們有必要知道詳情，以便為我提供適當的守護和指引。」

「我明白。」阿瑞司的神情嚴肅，但仍勉強擠出些許微笑。

他似乎在思索著該說些什麼，但大概覺得怎麼說都不對勁，便決定乾脆先說明迫在眼前的情勢：「事有蹊蹺，我們偵察部隊派出去的斥候竟然都還沒回來，那些戰俘也不肯合作。但我們從有限的口供判斷，他們大概是某個大部隊的前哨分隊，被派來巡邏波瑞佛和歐畢之間的通道，目的是切斷兩城之間的聯絡。早上的攻擊行動並非出於預謀，雖然因此暴露了他們的存在，卻也使我們挖不出更多敵情。現在我們只能提高戒備——儲水、警告村鎮，派騎兵去通報鄰近地區加強防禦。說起來，約寇那做這樣的派遣，應該會被我們自己的邊境駐衛發現，然而我卻沒有收到報告……恐怕我這幾天被自己的私事分神過度了。」

「約寇那想要發動攻擊？為什麼是現在？」依絲塔問。

他聳了聳肩。「報復內親王之死？我們料想過，只是沒想到會延遲這麼久。要不就是……想把最近才錯失的大戰功給搶回去，這就沒怎麼延遲了。」他凝視著她，意有所指。

儘管這是個豔陽天，依絲塔仍感到一股寒意。「我不能使波瑞佛城民因此受難。也許……我應該遷移到歐畢去。」逃跑？聽起來也許卑鄙，卻是合情合理。她大可以離開這座城堡，拋下這裡的糾葛與愛恨情仇，以及陷於苦難的每一個靈魂。

「也許，」阿瑞司顯得未置可否。「但也要等我們能夠確保前往歐畢的道路安全才行。我今天下午必須出城——您可以想見，我現在不能停止活動。」他的語氣中多了幾分迫切。「您千萬不能在此時讓我停止活動。」

「反正我也不知道要如何使您停止活動，」她嘆道：「您現在不必為此擔心。至於之後，我就不敢說了。」

「我很快就得去休息——」

依絲塔驚覺。「頤爾文也必須起來進食了，尤其是現在。」

「正是如此。但我得先去看看他的傷勢。」

「啊，那樣也好。」

依絲塔眼見阿瑞司似乎希望她陪著去，於是起身隨他走上樓，她的跟班們也魚貫跟著，完全不掩飾臉上的好奇。一下子來了這麼多人讓戈朗非常緊張，依絲塔不得不好聲好氣地出言安撫，莉絲也友善地輕拍他的肩膀，而此舉似乎特別令他受用。應藩主的要求，戈朗解開頤爾文肩膀上的繃帶讓他檢視傷口。阿瑞司老練且快速地探看，佛伊和卡本則趁機偷看阿瑞司上衣的破洞和血跡，並在他轉頭看向別處時，湊到莉絲身邊去聽她咬耳朵。

阿瑞司搓握著腰際的劍柄，低聲向站得離他稍遠的依絲塔說：「我承認，今早出城去迎擊那些約寇那士兵，我心裡有一點……盼望自己能死得其所，死得光彩些，至少不要添辱家父的名聲。但我現在明白這衝動造成了什麼後果。」

「是。」依絲塔說。

「我覺得自己彷彿迷失在黑暗中，受困於邪惡的迷宮，找不到出路。」

「不過……至少您不再是獨自一人深陷在迷宮裡。」

微笑在他的臉上一閃而過。他用力握了握她的手。「的確如此。自從眾神引導您前來此地，我身邊的善良友伴也多了。這是我未曾預期的莫大安慰。」

就在這時，午膳送上來了。阿瑞司隨即告退，趕在失去行動力之前讓自己安躺到床鋪上，依絲塔則帶著佛伊和莉絲離開房間，但叫卡本留下來協助戈朗，順便觀察。

依絲塔倚著長廊的欄杆，看著阿瑞司大步走出方庭，身後拖著幾縷只有她能看見、帶著腐朽氣息的白煙。她撫著他方才握過的那隻手，還隱約能感覺那股力道。

我是能夠逃走的。這裡沒人能逃，但我能。

假如我選擇要逃。

17

佛伊站在依絲塔身旁，也同樣俯瞰著阿瑞司的離去，眼中頗有不安。「他是個了不起的人。假如約寇那公國的陰謀就是要癱瘓波瑞佛的防守能力，把這座要塞從邊防地圖移除，那麼即使他們的女巫師自己失敗，這目的仍舊是達成了。波瑞佛註定要損失這麼好的指揮官。願女神不允。」

聽他這麼說，莉絲也走過來陪著站在依絲塔的另一側，眉頭深鎖。

「剛才見到凱提拉拉夫人，你有感應到什麼嗎？」

他聳了聳肩。「沒什麼特別清楚的。那惡魔……很不安，渾身帶刺。」

「你沒看見它像個影子貼在她的靈魂裡？」

「沒看見。」他遲疑了一會兒。「太后，您能看見？」

「對。」

他清清嗓子。「呃……那您能看看我的嗎？」他下意識去摸自己的腹部。

「它就像個熊的形狀，縮在山洞裡。它會跟你說話嗎？」

「不……不算是。它不會說人話，只是我能感應到，特別是在我靜靜坐著、專注的時候。它比剛來的時候平靜得多，也快樂多了。比較溫馴。」佛伊歪嘴一笑。「司祭不來煩我的時候，其實我都在訓練它玩些小把戲。」

「是，我看見你在大道上露了一手，用得很巧，但是非常危險。在它找上你之前，它是什麼？或者它從哪裡來的？你感應過嗎？」

「一隻熊，徘徊在荒野。之前是一隻鳥吧，因為我覺得自己曾經從高空俯瞰群山，但我想一頭野熊不可能有那樣的視野；那像是種記憶，不像是作夢。它吃過很大的蟲子，好噁心。但它們吃起來卻不噁心，嘔！比鳥更早的……我就不知道了。我想它不記得自己如何出生的，就像我也不記得自己當小嬰兒的事。它知道自己存在，但沒有什麼智慧。」

依絲塔直起身子，伸展發疼的背。「等我們回到頤爾文大人的病房，你好好觀察他的隨從戈朗。我認為他曾被惡魔佔據，就像你現在這樣。」

「那馬伕是個巫師？哈。好吧，有何不可？惡魔既然都能棲宿在野熊身上了，傻子也沒什麼。」

「我不認為他一直是個傻子。他恐怕曾經是歐瑞寇直屬騎兵隊的一名軍官，後來被俘虜又淪為奴隸。佛伊，你要仔細觀察戈朗，他或許是你的借鏡。」

「噢。」佛伊縮了縮頭。莉絲的眉頭皺得更深。

雕花大木門終於打開，戈朗請他們進屋。床單已經換新，染血的舊床單暫且堆在遠處的地板上；頤爾文穿著整齊的上衣和長褲，頭髮單束在後。知道他是為了見自己的隨從而做此得宜打扮，依絲塔心裡隱約感激。戈朗仍舊把椅子搬過來床邊讓她坐。

卡本用誠惶誠恐的口氣向依絲塔報告：「剛才我親眼看著傷口癒合。太不可思議了。」

頤爾文小心揉著自己的右肩，向依絲塔笑道：「太后，我算是錯過了這個忙碌的早晨，卻以別的方式參與了一小部分呢。博學的卡本剛剛把他的奔跑驚魂講給我聽了。我很高興您失散的同伴能回到您身邊。希望您能夠心安。」

「確實心安了不少。」

卡本在床尾的凳子坐下；對比他肥滿的身軀，那凳腳顯得特別細。依絲塔向頤爾文介紹佛伊，略述野熊惡魔之事，戈朗則在這段期間焦急地在床邊候著，一直趁頤爾文不說話時餵他吃東西。

「一支突擊隊膽敢如此接近波瑞佛，要不是說明那年輕的約寇那小親王自我感覺太良好想耍帥，就是背後有個大陰謀在進行了。我們的斥侯怎麼說？」頤爾文總算找了個吃麵包的空檔發問。

「派出去的沒有一個回來。」依絲塔答道：「阿瑞司大人已經傳令備戰，也派人去警告鄰近地區。」

「好。」頤爾文向後靠坐在枕頭上。「願五神救我，我現在的時間太不值錢了。我情願出去一戰！」

她添了一句：「我已請令兄穿戴好盔甲。」

「嗯，是啊。」他撇著嘴角，伸手去摸那暫時消失的肩傷，同時瞪著自己的腳，陷入了沉思。依絲塔覺得自己的腦中是一團亂，料想他也是同樣地茫然。

她深吸一口氣。「戈朗。」

他放下湯匙。「殿下？」

「你以前去過若麻嗎？」

他顯得疑惑。「沒聽過。」

「在宜布拉，是座小鎮。」

他搖頭。「我們以前跟宜布拉打仗，是不是？我知道我去過哈馬維克，頤爾文大人在那裡找到我。」

「你的靈魂有惡魔留下的傷痕，既多且深，而你……你在被俘的期間可能曾經接觸過惡魔，也許想藉巫術的力量逃獄或改變處境。」

戈朗頹然縮著腦袋不應聲，彷彿真的犯了錯受到指責。

依絲塔安撫他：「現在外面有……有好多惡魔在遊蕩。司祭告訴我，神廟那邊懷疑有惡魔大量逃出來，是不是呢？博學司祭。」

卡本撫著下巴說：「我們確實認為有這個跡象。」

「神廟是否歸納過惡魔現蹤的地點？那些地點集中嗎？或是同時分散在各地？」

「我沒聽到後者的說法，但就目前收到的所有消息看來，惡魔現蹤的地點偏於北方居多。」卡本沉吟道。

「嗯。」依絲塔鬆了鬆自己的雙肩。「頤爾文大人，卡本說若麻的災神紀律會本來有個聖徒司祭，那司祭擁有驅趕並遣返惡魔的神奇能力，但她近日死於約寇那的那次突擊。」

頤爾文皺眉地嘆道：「在這個節骨眼，那真是個不幸的損失。」

「是啊，否則他就不會到這裡來，而是直接把佛伊送到若麻去找她了。我如今懷疑，這些事件全都是相關的。我在約寇那的輜重隊伍中看見一個奇怪的景象——有名高階軍官和傷兵俘虜一樣，被綁在馬鞍上跟著走，說不定就是那部隊的指揮官本人；那人兩眼無神，整張臉鬆垮，控制不住地流口水，嘴裡唸唸有詞卻聽不出在說什麼，偶爾還會哭叫。我本以為那人是頭部受傷而導致神智不清，但他身上並沒有血跡，也沒有任何包紮。倘若我當時就有神靈之眼的視力，或許會發現是那人的靈魂出了問題。」

頤爾文儘管驚訝，思緒卻動得很快，早一步想到了結論。「難道約寇那徵召巫師為國家服務？那人莫非是以巫師的身分擔任該部隊的指揮官？」

「有可能。我想若麻的聖徒並不僅僅死於屠殺，而是雖身受暴力卻仍然試圖抗爭。假設就是她拔除了那人體內的惡魔，那代表什麼意義？大戰開打之前，我們不也焚燒敵人的屍體、填乾他們的水井，事前斷絕他們的資源嗎？對一支以巫師為指揮官的軍隊而言，能憑藉意志力驅逐惡魔的聖徒就是與之敵對的資源。您昨天問約寇那突擊隊為何挑上若麻那樣的小鎮，我大膽猜測，他們的目的根本就是去殺害那位聖徒。」

「不過，惡魔之間並不喜歡互相合作。」卡本提出疑點：「約寇那想叫巫師為朝廷效命，找一個像內親王這樣位高權重的人來驅使惡魔的確能有大用，但要召集或指揮一群惡魔，那只能是災神的使命，不可能是凡人的。持五神信仰的國家不敢如此傲慢，排斥災神的四神教徒更是。還有，集結多數惡魔的地區必定會發生動亂。」

「在這些邊境地帶，動亂本來就不是稀罕事，我多少都能想像。」依絲塔揉著眉心說：「頤爾文大人，您想必研究過約寇那的朝政，可否說說梭德索親王的身邊都是些什麼樣的人？」

頤爾文向她投去的眼神多了幾分犀利興味。「大部分是他父親留下的老幹部。他繼位後的第一任首輔是他的親叔叔，最近死了；而現任的公國將軍已侍奉多年。梭德索的朋友親信都非常年輕，他自己大概也還沒機會給那些人安插重要職位。目前看來，他那群朋友只是有錢人家的少爺，多半是陪他吃吃喝喝而已，看不出誰在戰爭或政治謀略上有特別的才能，或是有意藉此圖謀好處。阿瑞司跟我曾經推測過，老一輩的開始凋零之後，那群人之中誰會被提拔上位。」

頤爾文繼續說：「哦，還有他的母親，寡居的玖恩內親王。她起初以攝政的身分跟梭德索的叔叔和那老將軍一同輔佐她兒子，兒子成年後就還政了。她還在攝政時，我原想再去深入探查一番，可惜阿瑞司認為那樣對一個丈夫初喪的女士有些冒犯，沒同意我去。總之，公國的朝政在那幾年不算安穩，可惜我們自己的政局也處在迷霧中——後來歐瑞寇大君因病駕崩，我們怕卡蒂高司應變不及，無法給予即時的支援，就一直沒敢輕舉妄動。」

「說說玖恩吧，」依絲塔沉吟道：「您當面見過她嗎？巫米茹的最初任務若是成功，她現在名義上也算是您的義母了。」

「這想法真駭人啊。幸好巫米茹的本領不夠高強，讓我提早打了退堂鼓。我不曾當面見到玖恩，只聽聞她比我年長十歲或十五歲，結婚得非常早。我還沒到對外國政治感興趣的年紀，她就已退居幕後，沒在政治舞台前露臉了。我想她一定是約寇那近代史上最多產的王室女眷，她生下了十幾個孩子，只可惜子女運不佳，三個兒子就夭折了兩個，應該也有幾次流產和死胎。有七個女兒活到能出嫁的年紀——梭德索的姊妹們嫁遍洛拿五大公國，姻親勢力不容小覷。哦還有，玖恩格外看重自己出身於金將軍直系的血脈，不知是不是出於彌補心態，因為她對自己的丈夫、兒子都不滿意——搞不好反過來，是她這心態影響了丈夫和兒子的性格呢，難說。」

金將軍，洛拿之獅，是四神信仰史上最輝煌的領袖，曾經締造洛拿五公國首次、也是至今唯一一次的大統一。在當時，五神信仰的各國國力都不強盛，假如金將軍不是突然暴斃，恐怕整個大陸都會被他征服，五神信仰也可能就此消滅——金將軍死時年僅三十，死於大君方颯自我犧牲式的咒殺；那一場雨夜中進行的儀式，同時帶走了兩個國家的領袖，拯救了喬利昂的滅國危機，卻也使方颯的後裔受到詛咒，嫁入王室的依絲塔便是如此才受到波及。金將軍一死，五公國立刻陷入爭權動亂，他身後留下年幼的兒女，玖恩的排行最小，也是至今唯一在世的。

金將軍無疑是一代英豪，在玖恩的心目中當然更是如此。偏偏她生為女兒，只能有限地涉略戰爭和政治，不可能追隨父親的腳步；那麼，她會不會有意讓自己的兒子來彌補這份遺憾？想到她懷孕那麼多次，卻親手埋葬了那麼多骨肉……依絲塔驀然感到一陣酸楚，深知那會使一個女人的身心多麼疲憊。

「凱提的惡魔曾經哭喊著說『她要來了』，說的是女性。我本以為那是在講我，因為我現在受災神憑依，想必是每個惡魔忌憚的存在。但是我當時人已經在這裡，並沒有『要來』，可見它說的是另一名女性。」

頤爾文邊想邊說：「如果約寇那的朝廷中，真有人打算用巫術來對付喬利昂，我得說，那人進行得並不順利。照您的猜測，他們如今已經失去兩個惡魔——悲慘的巫米茹和突擊隊的指揮官。」

「或許吧，可也不算毫無進展，」依絲塔說：「若麻的聖徒死了，波瑞佛……確實自顧不暇。」

聽見這樣的評語，頤爾文猛然抬眼望向她。「阿瑞司還在領導我們——不是嗎？」

「暫時是。他剩餘的活動力已經明顯減少。」

頤爾文這才又想起來。他被餵了一口麵包，順從地咀嚼，也趁這時間思索，然後說：「在我看來，假如約寇那真的在暗中施行這樣的陰謀，凱提的惡魔就是我們之中最全面了解的，我們應該再把它叫出來問話。問得具體一點。」他想了想，又追加一句：「而且這次最好別讓阿瑞司在場。」

「我……懂你的意思。那麼，明天？在這裡？」

「假如可以。要是沒有阿瑞司幫忙說服，不知道凱提拉拉是否會同意。」

「她不同意也不行。」依絲塔說。

「那麼這差事我得留給您一個人去完成了。」他語氣裡有些解脫的情緒。

「除了折損的這兩個巫師，約寇那是否還有其他的？要是喬利昂境內發現的遊蕩惡魔都是這麼來的，那就表示他們實際上還有更多。有多少？他們又是如何捕獲的？我思考過若麻突擊隊的立場，他們很可能被上級視為炮灰；因此反過來想，會不會正因為巫師人數夠多，所以相較於這兩個巫師的任務成果，犧牲它們也在所不惜？」依絲塔的手指在椅子扶手上輕敲。「不，不可能是玖恩。她不可能忍心在自己的女兒身上施放惡魔。」她瞥向戈朗。「除非她根本不了解惡魔的本質，不知道後果。但那麼一來，她也不可能控制得了巫師，更別說是很多巫師了。」

頤爾文莫名看了她兩眼。「我想，您非常疼愛您的女兒。」

「誰不愛她呢？」依絲塔忽覺心中一暖。「她是喬利昂的明星，超乎我的期盼。我在那段黑暗歲月裡並不是個稱職的母親，是我配不上她。」

「唔。」他露了個好奇的微笑。「那您還說自己不曾深愛一個人？」

她做了個告歉的手勢。「眾神賜予我們兒女，也許是為了教我們明瞭真愛，好讓我們在生命結束之後能配得上與眾神為伍吧。這一門課就是給我們這種太駑鈍、太被動的人上的。」

「被動？也許只是……」

白色的焰繩開始微弱，他的時間到了。戈朗轉頭看著餐盤上剩餘的食物，驚慌失措。眼見頤爾文的手無力垂落，雙眼半閉，生命力漸失，依絲塔暗暗咬了咬牙，覺得不甘心。此人的確是個智囊之才，而她正需要敏捷的才思來對抗眼前難題，無奈此刻的局面也同樣少不了阿瑞司。她真希望現在是冬天，藩主不至於腐爛得這麼快，那她也許能多挪一小時給頤爾文用。

「您要再來，發光的依絲塔，」他呼出長長的一口氣，夾帶著微弱的嘆息：「帶著凱提……」

他走了。這一幕每天上演，就像每天看著他死。她不想做這種練習。

走下庭院時，依絲塔吩咐卡本：「博學司祭，請跟我來。我們要談談。」

「那我呢，太后？」莉絲期盼地問。

「妳就……在近處休息。」

莉絲明白這個意思，便走開了，步向方庭對面的一張長椅。佛伊茫然了半晌，跟了上去，臉上倒未顯不悅。他們兩人並肩而坐，一坐下就交頭接耳。

依絲塔帶著卡本坐在拱頂廊道下，那裡曬不到太陽。卡本坐下時發出沉重的悶哼，聲音裡流露著疲憊。依絲塔看見他髒污的白袍變鬆了，肚皮上的腰帶外釦也向內縮了幾格，顯然這連日以來的騎乘和焦慮相當折磨。她想起夢中卡本被災神借用的身體，那碩大無比的肚腩……然而她也不覺得他這樣瘦下來是件可喜的好事。

她坐在他身邊，開口就問：「您說您親眼見證那隻雪貂身上的惡魔被驅離，具體的過程是如何？您當時看到什麼？」

他聳聳肩。「我是肉眼凡胎，看不出所以然。塔瑞翁的大司祭帶我到儀式現場，我看到一位志願擔任這項任務的女司祭，很老，而且非常瘦弱，躺在床上像一張薄紙似的，我甚至覺得她跟這塵世間只剩下三成不到的牽繫。我們往往覺得這世間有許多喜悅、值得留戀，我自己也覺得厭倦人世不是什麼令人感激的事。可是她告訴我，她已經嘗夠了她所能嘗的苦楚，寧願離開這場宴席，去赴更好的下一場；她由衷渴望她皈依的神明，如同一個疲憊的旅人渴望回家，睡在自己的床鋪上。」

依絲塔說：「我認識一位男士，他曾在極其特殊的情況下看見神祕的景象。他說他看見垂死的人魂升起，如女神花園中綻放的花朵，而這位男士本身是春之女神的虔誠信徒。我想，每位神明都擁有各自的象徵事物，例如子神就是健壯的動物，壯漢和美麗的女人分別象徵父神與母神。那麼災神呢？」

「祂接受我們原本的模樣，我想。」

「嗯。」

「儀式很簡單，沒有特別的技巧或甚至祈禱。」卡本繼續說：「老司祭說她不需要，我們也就照她的意思辦。我問她等死是什麼感覺，她瞪我一眼，很兇，說她知道之後一定會告訴我。我聽大司祭的指示，在一個浴盆裡割斷雪貂的頸子，就聽見老婦人發出一聲嘆息，好像還有一聲冷哼或嗤笑——也許只有我聽見吧，因為我問了那個蠢問題——之後她就不動了。她穿越到死亡的時間非常非常短，但那是紮紮實實的死亡，不是沉睡。她完全撤出了自己的軀殼。整個過程就那樣結束了。當然，之後還有些清理工作。」

「聽起來……沒什麼特別的幫助。」依絲塔嘆道。

「我只能看見那些，我想她看見的一定遠遠不只，但我也無從想像。」

「我曾夢見災神二度親吻我——就是您也在場的那個夢境。第一次，祂吻在我的額頭上；」她輕點自己的眉間。「祂的母親，也就是夏之母神，同樣在賜予我神靈之眼時吻了這裡，所以我知道自己重新擁有了靈魂層次的視力，能夠用同樣的視野去看見眾神之所見。但在那之後，災神又吻我一次，在我的——祂吻進我的嘴裡，還把舌頭伸進來，讓我覺得很困擾。博學司祭，那又是什麼意思？既然您在場，一定知道。」

他嚥了一口唾沫，紅著臉說：「太后，我揣測不出來。在人體的全身，嘴唇是災神的象徵部位，在手上則是大拇指。祂沒給您別的線索嗎？除了我。」

她搖頭道：「隔天，戈朗說出一個奇怪的想法。他認為他主人是被內親王所傷，所以比內親王身分更高的女士能使他主人復元，包括我這麼一個守寡的太后，於是他希望我親吻他的主人。我猜他說的是像童話故事那樣，把昏迷的人吻醒，而我自己也胡亂猜測災神之吻的意義，當時就真的親吻了頤爾文大人，結果他沒有醒來。我後來也試著去吻阿瑞司大人，同樣沒有結果。幸虧我沒膽子再一次嘗試，要不然我在這城堡中的名聲可就毀了。第二個吻一定代表別的意義，可能是賜予什麼贈禮或責任。」她緩口氣，又道：「擺在我面前的這道謎題，看起來像是三股繩打在一個結上；要是我能找到方法來驅逐凱提拉拉的惡魔，頤爾文可以解脫，藩主夫人也能獲救，那麼阿瑞司呢？卡本，我能看見他的靈魂，那已經不是生魂，而是個游離的死魂了；當他完成真正的死亡，他的魂魄恐怕會迷失於眾神的接引之外。」

「我……嗯……我知道有些靈魂，特別是橫死之人的生魂，會在剛死的前幾天徘徊不去。在那種情況下，喪禮上的祈禱和淨化就能幫助死者找到神明的接引，及時溜進死亡之門，使他們不至於受拒門外。」

「這麼說來，神廟有儀式可以補救？」依絲塔忍不住想像那怪異的景象：阿瑞司走去自己的喪禮上，躺上自己的停屍架。

卡本神情一澀。「三個月怕是拖得太久了。做出選擇是一種試煉，但凡受光陰約束的生物都要面對，所以它也是光陰投射於生命的最後一件事。假設他在生時就有些慣性，使他習於推遲決策，您的神靈之眼能看出來嗎？」

「能，但我想要別的答案。」依絲塔一字一句地說：「我不喜歡這樣的結果。我原先寄望於那一吻，但是沒用。」

他困惑地搔搔鼻子。「您說災神和您講話。祂說了些什麼？」

「祂先說是回應於某個人的祈禱才派我來到這裡，我猜那是頤爾文的祈禱，之後祂又以我兒之死來逼迫我接受這個安排。哪門子的神竟然對我用激將法！」她說得怒容滿面，把卡本嚇得退開幾吋。「我問祂，眾神已帶走忒德斯，如今有求於我，還能給我什麼報酬？祂回答我：差事。祂用調情的油腔滑調說話，措辭卻讓人惱火。假如真是個上門來求愛的男人，我一定叫我的僕人把祂直接踹進泥坑裡去。祂在我額頭上的那一吻滾燙如烙印，嘴上的——」她想起當時的困窘感，卻不肯認輸，仍倔強地說下去：

「——把我挑逗得像個情人，但我當然不是！」

這下卡本更不敢坐近了。只見他一個勁地緊張陪笑，兩手搧啊搧的想讓她消氣。「的確不是啊，太后。沒人膽敢那樣誤會您的。」

依絲塔瞪著一雙怒目，繼續說：「接著祂消失，留您在那副臭皮囊裡。如果這是個預知夢，對您就是凶兆，司祭。」

他比劃著教儀。「對，對。嗯，既然第一個吻是精神上的餽贈，第二個吻應該也要是。是的，我想應該是這樣。」

「好，但祂偏偏不說那是什麼。該死的雜種。像是祂開的一個小玩笑。」

卡本看著天空，在腦中把依絲塔的敘述揣摩了一遍，然後做了個深呼吸，斟酌道：「好吧。但祂也不是什麼都沒透露，祂說了『差事』。即使那聽起來像在說笑，恐怕也不是那麼戲謔的。」他頓了頓，謹慎地又說：「看來，無關乎您的意願，您又被指定為聖徒了。」

「哦，我還是可以抗拒的。」她惱怒道：「那就是我們凡人的特權。我們是物質和精神的混和體，是眾神在物質世界的代理人，是祂們接觸物質世界的唯一門道。祂來敲我的門，要求進門，把我當情人似地用舌頭佯裝試探、實則索求。祂才沒有像情人那麼單純！祂要我敞開自己向祂屈服！我告訴您，祂選擇譬喻的品味真是令人輕蔑！」

他朝她搧風的動作狂亂得像在空氣中划水，害她煩躁得直想咬他。「您的防衛心是女性中少見啊！」他說。

她無奈地低吼一聲，知道自己不該衝這個謙遜的年輕人辱罵他皈依的神明。「既然您不知道另外半邊謎團，祂為何要把您弄進夢裡？」

「太后，我實在不知道！」他期期艾艾地說：「也許我們都該多想一想。」他被依絲塔瞪得心生畏懼，縮著頭道：「我會努力想想。」

「請您務必。」

在中庭的對面，佛伊和莉絲彼此坐得更靠近，正在手牽手地說話；莉絲沒把手抽走，而且彷彿聽得很認真。看在依絲塔偏頗的眼光裡，年輕女孩的臉上完全就是一副上當輕信的表情。依絲塔立刻站起來叫喚莉絲，卻得喚兩次才讓她聽見。只見莉絲匆忙地起身走來，臉上的笑意卻蕩漾得有如空氣中的香水味，久久不散。

凱提拉拉夫人勉為其難又扮演了一次女主人，為新到來的訪客主持當天下午的歡迎晚宴。在這非常時刻，阿瑞司當然再度缺席，只有極少數軍官到場，但比較像是來匆匆吃個便飯而非來代表致意的。佛達不在，佛伊暫時成了依絲塔的護衛隊長，然而凱提拉拉沒把他安排在太后身旁，卻是排在主桌上離女主人最遠的位子。看在依絲塔的眼裡，這兩人始終遠遠地留神對方的一舉一動，互相顧忌，甚至有幾分警戒。

身為博學司祭，卡本不得不起來帶領餐前祈禱。他顯得很緊張，反倒表現出含蓄的謹慎，祝禱詞也就這麼含糊無礙地說完了。遞餐時的交談氣氛有一搭沒一搭，司祭用忙於咀嚼來迴避發言，但依絲塔注意到他仍然在聽。

依絲塔的右旁是阿瑞司麾下的一名高階軍官，把她和莉絲與佛伊隔開了。那軍官彬彬有禮，不畏懼於她的身分，一開席就與她聊起美酒佳餚的心得，然後突兀地問：「我們大人說他生了重病。您可有聽說？」

「是，我知道此事。我們討論過。」

「果然。我早發現他臉色蒼白，胃口差而且睡得不好，但沒想到竟是……既然他病得那麼重，豈不是應該要好好休養嗎？」說時，他向凱提拉拉瞥了一眼，可能想向她尋求聲援。

「休養無益於他的病症。」依絲塔說。

「我擔心他在這種天氣裡騎馬奔波，會使病情加重。」

「我想是不至於。」

依絲塔的左側就是凱提拉拉。後者瞪了她一眼。

「太后，我不知道您也是一位療者呢。」他故意拖長了語音，顯得話中有話。

「可惜我不是。」

「正好相反。」凱提拉拉憤慨地咕噥。

這軍官一時摸不著頭腦，眨了眨眼，半晌才明白藩主夫人不願意他談論這個話題，當即改口：「我向您保證，那些公國的匪賊通常不會如此接近波瑞佛，而我們今天早上把他們好好教訓了一頓，他們想必不敢再輕舉妄動了。您放心吧，太后。」

「我以為那些人不只是匪賊，而是軍隊，至少他們身上的制服看著像是。」依絲塔說：「當然，盜賊也有可能假扮正規軍來混淆耳目。會不會是酒鬼梭德索終於奮起，想在軍事上有一番作為？或者依您看，他的朝廷中是否有別人企圖刺探你們的防禦力？」

「從前的梭德索是絕不可能，但是的確，在巫米茹內親王不幸去世後，我聽說他整個人都變了。我們以後大概要給他換個綽號才好。」

「哦？」

眼見太后起了興趣，軍官樂得把話題轉移到外國的宮廷謠言：「聽說他現在會親自督軍，這是他從前不曾有的舉動，而且他戒了酒，遣散一幫酒肉朋友。最出人意料的是，他突如其來地迎娶波拉斯能的女儲君，還公開納了兩個妾，事前都沒走漏半點風聲。朝廷的智囊老早就催他結婚，他之前似乎從不放在心上，如今不知是吃錯了什麼藥，一口氣娶了三個。按照洛拿的習俗，這三個妻妾所生的子女都能繼承公國的王位。更不用說，或許是多了嬌妻相伴，他變得比從前有活力。站在我們的立場，倒是希望他這種狀態別持續太久。他寫的詩倒還挺不錯的，要是今後不寫了，那可是文壇的損失。」說著，他咧嘴一笑。

依絲塔大感意外。「您形容的這個梭德索，跟我從頤爾文大人口中聽說的簡直判若兩人。但我想，也許是因為頤爾文沒什麼機會追蹤對面的新消息吧，特別是這幾個月。」

那軍官精神一振。「頤爾文——他現在能說話了？他能和您聊天嗎，太后？噢，這消息實在令人振奮！」

依絲塔轉頭看了看凱提拉拉，見她正板著臉聆聽。「他清醒的時間不長。自從我來到此地，幾乎每天都和他談話。這場變故無損於他的智慧，只是身體仍然非常虛弱，我認為他尚未脫離險境。」說完，她向凱提拉拉回以一瞪。

「但這還是——還是令人高興啊！眼見他昏迷不醒，我們本以為波瑞佛將永遠失去他的聰明才智。少了他的智慧和阿瑞司的戰技，是我們波瑞佛的……重大損失。」他發現藩主夫人的臉色很臭，便趕緊用吃東西來掩飾自己的疑惑和尷尬。

幸好，這頓晚餐沒折磨得太久。早就累壞了的卡本匆匆回房休息，佛伊則和阿瑞司的一名部下去討論軍務，研究這一支小小的朝聖護衛隊能為波瑞佛城防提供什麼幫助，藉以報答寄宿之恩。

照依絲塔對佛伊的了解，他還會順便探察這座要塞的防禦和居民情報，然後寫在下一封寄往卡蒂高司的信中。她懷疑佛伊並未向卡札里輔政大臣坦承自己養了新寵物，或是他有本事隱藏得很好，不讓那位精明的首輔在字裡行間讀出變異。

18

臨睡前，莉絲為依絲塔梳理頭髮，照例顯得樂在其中——依絲塔猜想是這差事讓女孩憶起在馬廄打理馬兒的快樂時光。忽然，外間傳來一個很輕的敲門聲，莉絲放下梳子去應門，不久便回來稟報：「來者是阿瑞司大人的侍從，說大人正在庭院裡，懇請您去與他談話。」

依絲塔大感意外。「這麼晚了？好吧，跟他說我這就下樓。」

趁莉絲去傳話，依絲塔重新換回白天的紫衣黑袍，猶豫了片刻，仍舊把那枚悼喪胸針戴上，權充為阿瑞司所做的顧念。走出長廊時，莉絲手執玻璃燭燈在前方照路，才來到樓梯口，便見阿瑞司大人已經等在樓梯底端，十分殷切地仰望著。

他高舉著一支火把，身上仍然穿戴著佩劍與馬靴，像是剛剛才騎馬回城；依絲塔注意到他的灰色制服下多穿了一件鎖子甲，心裡感到欣慰。夜晚的空氣柔和沉靜，火光穩定地投照在他蒼白的身影。

「太后，我要與您私下談談。」

依絲塔站在樓梯頂端，抬手指向庭院對面的長椅，他點點頭。

「在這裡等。」依絲塔低聲囑咐莉絲，後者點點頭，捧著燭燈就地在梯階上坐下。依絲塔走下樓，和阿瑞司一起越過這座小方庭。阿瑞司將火把交給小侍從，不料那少年的個子太矮，搆不到廊柱上的托架，阿瑞司只好笑著又拿回來，自己放了上去，並命侍從去陪莉絲一起等。依絲塔和他分坐在長椅的兩端，感覺到椅面還留著白晝的殘溫，然而夜色已沉，星空深邃，彷彿吸走了小院中僅有的燭光和火光。阿瑞司的臉龐半隱沒在更幽深的黑暗裡，但他的雙眼炯炯明亮。

「您的同伴復歸與他們帶來的約寇那追兵讓這一天格外忙碌，」他開口：「我派到南面和西面的巡邏兵回來報告沒有動靜，但還有兩個沒回來，我擔心他們的安危。」頓了頓，他又道：「凱提拉拉沒迎接我回城。我想她在生我的氣。」

「因為您出城執行勤務嗎？她一定會原諒您的。」

「她不會原諒我的死。在這一點上，我既與她為敵，又將是她的回報。」

「她仍然認定自己能救回您，或者至少能防止您離開她，想來是不願接受如此拖著您只是場徒勞，同時也太過執著於表象吧。我知道她能看見幽靈的破碎樣貌，但恐怕她並不了解那種天譴的本質。」

「天譴，」他長嘆一聲。「那正是我現在的處境。很貼切。」

「那是神學上的形容，博學的卡本或許能解釋得更明確；我不懂學術方面的用詞，只憑親眼所見——您的魂魄已斷絕於物質的滋養，也受阻於所皈依的神明護持，是真正、全然地脫離了肉身。孤魂野鬼也是如此，所不同的是，他們任魂靈遊蕩、精神沉淪，那是出於自己生前的意願，您卻不是。這……這是不對的。」

他看著自己的手掌，幾度握拳又放開。

「我不能這樣下去。我現在已經懶得假裝吃飯，喝水也只是潤潤唇。最近這十天，我覺得臉上和手腳越來越感到麻木，起初只是隱約，後來一天比一天嚴重。」

「聽來不妙。」她想了想。「您可曾禱告？」

只見他指了指自己的左袖，依絲塔才想起那裡隱密地繫著一條黑灰色相間的祈願繩。「人的一生總是需要眾神來來去去。凱提拉拉很想要孩子，我自當尊重，只是不知冬之父神可曾聽見我的祈禱，因為祂未曾給我任何徵兆。我是個與祈願無緣的人，從小到大就沒在祈禱中得到任何感應，也不曾想像自己得到預示；我向神祈願，但從來只得到沉默，可是最近我……我甚至在這沉默中感覺到虛無。」他說這些話時始終凝視著她，那雙眼眸中的火光彷彿能照穿她的心。

「太后，」阿瑞司平靜地問：「我還有多久時間？」

她想回答「不知道」，心裡卻明白這是個逃避之詞。母神的療者尚且無法回答這個問題，她又如何能得知答案？

她用兩種視覺向他靜靜端詳了一會兒，道：「我見過許多鬼魂，老舊的多於新魂。你知道，死魂也是一種積累，在剛剛脫離肉身時會保有生前的形貌，過了兩、三個月就開始褪色，也變得漠然，對塵世間的種種不再感興趣。在那之後，鬼魂緩慢地腐朽，一年之後，神靈之眼只能看到它還是個人形，但已看不出五官等其他樣貌了；再過個幾年，就剩下一個白色的模糊影子，接著白影愈漸稀薄，至終完全消散。我猜這時間進程也不是必然，或許會受那人生前性格的影響吧。」以及對塵世的眷念？阿瑞司畢竟是個特例，他在生時是個極度有責任感的人，這一點能否讓他支撐得久些？

偉大的靈魂往往帶有豐沛能量，或許能比常人堅持得久些，但也逃不過死亡的一視同仁，尤其是在缺少眾神的護持之後。依絲塔不忍心再想下去。

「那我現在看起來如何？」

「幾乎沒有顏色了，」她不情願地說：「您的四肢邊緣有點模糊。」

他揉搓自己的臉，重新感受一番，低聲說：「啊，如此就說得通了。」

阿瑞司默然坐了一會兒，在腿上拍了下。

「您說您曾向埃阿士承諾保密，不對任何活人說出我父親死亡的真相。唔，好吧，我現在可不算是個活人了。太后，我想知道。」

依絲塔有些驚訝，覺得好氣又好笑。「以一個死人而言，您可真是個傑出的法學家。我先向您道歉吧，其實埃阿士從未曾要求我保密，因為事情發生後他就幾乎不再和我說話了。我當時之所以如此哄騙您，只是為了掩飾我的懦弱。」

「殿下，以我對您的觀察，懦弱一詞絕不是用來形容您的。」

「隨年齡增長，受的傷多了，也就學會不讓恐懼主宰自己的選擇，如此而已。」

「那麼，就當是蓋棺前的贈禮，我請求您把真相告訴我。」

「唉，」她長嘆一聲。「好吧。」她輕撫著那枚胸針的邊緣，想著路特茲總將這胸針別在帽子上，在生命的最後一天也是。我記得很清楚。「這將是我第三次說出這個祕密。」

「人們說無三不成禮。」

「他們哪懂？我不信這個。」她苦笑著哼道：「但是話說回來，我的三個聽眾倒是很好，每個都符合我的身分和罪行：一個是聖徒，一個是誠實的司祭，然後是您，受害者死去的兒子……」她早已在內心自述過無數次，這次再也不需要整理思緒了，便坐直了身子，娓娓道來。

「人人都知道大君方颯為了動用死亡巫術咒殺金將軍，以他自己的性命獻祭。」

「是，歷史紀錄是如此。」

「但很少人知道那儀式留下一個詛咒，使方颯的後裔都蒙受不幸與噩運。首先是埃阿士，接著是他兒子歐瑞寇；忒德斯、依瑟，歐瑞寇那不孕的妻子莎拉，還有我。」她深吸一口氣。「還有我。」

「埃阿士留下的評價，的確不以幸運著稱，」他含蓄地附和：「歐瑞寇也不是。」

「霉運王埃阿士，不舉王歐瑞寇，這是市井無賴之徒給他們起的綽號，卻還不足以形容他們承受的噩運。埃阿士知道自己背負著詛咒，也知道來龍去脈，卻直到臨終時才告訴歐瑞寇；然而他把這一切都與阿爾沃．路特茲分享。阿爾沃與埃阿士一起長大，於公於私都是大君的知己兼得力助手，埃阿士可能也在朝政上利用他來做掩護——藉阿爾沃的手來施政，以免自身噩運波及喬利昂的國勢；我認為歐瑞寇繼位後也是這麼做的。這麼做確實有效，還符合了阿爾沃的野心和政治才能……以及他的傲慢。實不相瞞，您的父親也用他的方式愛著埃阿士。埃阿士崇拜他，全心全意依賴他的判斷，就連我，都是由您父親挑選入宮的。」

阿瑞司輕扯著短鬚。「我聽過一個謠言，說他們之間，嗯，比普通的朋友更親密，我以為那是政治上的中傷？」

「不是中傷。」她直截了當地回答：「他們早就是一對情人，整個卡蒂高司都知道，只是沒讓這謠言傳出王都的城牆。我母親在我結婚前夕把這個祕密告訴我，免得我在毫不知情的情況下介入其中。當時我以為是她不祝福我的這段婚姻，現在才明白她是多麼睿智、多麼為我擔心。回想起來，那其實是個打退堂鼓的好機會，是我自己錯失了，沒聽懂那一層暗示。我後來發現，原來是路特茲大人執意要我母親傳話，希望我在婚後能做個識趣的妻子，不要妨礙他和埃阿士之間的關係，但我當時如何能明白？一個嚮往愛情、不解人事的少女，自以為贏得了大君的愛情，被那份喜悅沖昏了頭，一心只想讓自己看起來既明理又懂事。」

「噢。」他沉沉地說。

「所以，假如您曾經認為令堂不忠於婚姻而讓頤爾文的父親上了她的床，您要知道，那段婚姻誓約並不是她先打破的。我懷疑，您的外祖母或許不如我的母親那樣坦率敢言，沒讓女兒做足心理準備，也或許她自己都不太知情。」

「那件事……您說對了，我年少時不懂，以為是父親出於憤怒和屈辱才拋棄我母親，也認為他是因此才從來不到此地探望我們。我從來沒想過是她不願意見我父親。」

「哦，路特茲大人當然會因為她的背叛而深受打擊，無論她的理由多麼正當。」依絲塔說：「他的自尊心不容許他回到你們身邊，可他也是個有正義感的人，並且為了保留顏面，不至於為此事尋求任何報復，又或許還有幾分愧疚吧，我希望。」她其實不認為路特茲會愧疚，所以那一句話說得有些嘲諷。「這也是他仍把她名下的財產納為己有的原因，全為了補償他受的傷害。他自己的資產明明就已經非常龐大了。」

他向她瞥了一眼。「您認為他貪心。」

「事出必有因，一個人的名聲絕不是僅憑偶然的作為而來。我倒不會說那是貪心，因為他實際上對自己擁有的資產不甚了解，而一個貪婪的人應該是錙銖必較的。」

「那您會怎麼說？」

依絲塔皺眉想了一下。「安慰吧。他是為了慰藉而那麼做。他的財產就像個魔鏡，鏡中的倒影是他對自己的期望。」

聽得此言，阿瑞司也沉默了一會兒。「那是個非常駭人的評語啊，太后。」

她深深一點頭。「他那個人非常複雜。」深吸一口氣，她又道：「阿爾沃與埃阿士並沒有對我隱瞞他們的愛情，而是隱瞞了王室的詛咒。我在踏入這段婚姻之前已經知道他們的關係，對於詛咒帶來的危險卻是一無所知，更不知道兒女也會受害，這令我覺得自己遭受背叛。眾神試圖藉由我來破除詛咒，因此，我在懷依瑟時開始見到異象。要是他們兩人也讓我知道詛咒之事，我就不會以為是自己發瘋了。兩年，整整兩年，我處在那樣的狀態，他們都看在眼裡，卻仍是隻字不提！」

聽見她的語調忽然轉為凌厲，阿瑞司有些緊張。「那好像……有點殘忍。」

「那根本是懦弱，而且是對我的輕蔑。他們兩人小看了我的智慧和脾氣，先把我拖進他們的祕密關係之中，讓我承擔後果，再拒絕信任我，不讓我知道原因。說穿了，我當時是個小女孩，不適合承擔那樣的重荷；我只適合為埃阿士生孩子，替王室詛咒增加受害者。但恐怕只有眾神不認為我不適合，因為祂們找上的是我；偏偏找我，竟不是去找埃阿士或路特茲。」

她笑得痛苦扭曲。「事後，我懷疑阿爾沃怎麼會突然打了退堂鼓？他本來可以是拯救埃阿士的唯一英雄，那也是他最常扮演的角色。有段時期，我也認為眾神選上的是他，這差事應該是交付到他頭上的才對。」

她緩了緩，繼續說：「到最後，也不知是不是眾神嫌棄我們太駑鈍而等得不耐煩了，夏之母神出現在我的面前——不是在夢中，而是在我清醒的時候。我當時年輕，太過慌亂，為了兩個寶寶的將來而恐慌，身心俱疲——也還不懂得懷疑眾神。我一聽母神說，喬利昂王室的詛咒要藉由一個三度捨身的人來破除，我沒去深究，只拘泥於字面上的意思，誤以為祂要我去設想危險的儀式來達成這個條件。」

「的確是危險，而且，嗯……」他皺起眉頭。「有悖道德。」

「我把這件事告訴了埃阿士與阿爾沃，三人一起商議。阿爾沃看我們夫妻哭得傷心，便自告奮勇做這自我犧牲的英雄，而我們突發奇想地認為，溺水的人還有機會救活，又不至於留下外表的傷害，可作為這個儀式的手段。於是阿爾沃就去做了一番調查，親自訊問了許多溺水者本人和親友，最後決定在臧格瑞的地牢進行。我們設置了水槽、繩索、絞車，為五位神明擺了祭壇；阿爾沃任自己全身赤裸地被綁起來，倒吊著浸入水中，直到他停止掙扎。我的神靈之眼看見他的靈魂出竅。」

阿瑞司正欲說話，她舉起一隻手制止，先一步澄清：「不是的。還沒有。我們把他拉起來，用救溺的方法搶救他，高聲祈禱，而等到他醒過來恢復呼吸時，我真的看見詛咒出現了裂痕！」

她激動地說：「我們計劃連續三天晚上進行這項儀式，但在第二晚，他垂下的頭髮都碰到水面了，他卻哭喊著要停止，說是無法承受那種痛苦，認為那是我為了謀殺他而構思的陰謀，因為我吃醋。埃阿士當下很是遲疑，我卻不──我聽著覺得噁心。那明明是阿爾沃自己選擇的做法，前一次那麼有效，眼看著就能成功卻要停在這一步。我好怕救不了我的孩子，也對他的惡意中傷感到憤怒，想著都是他的自負讓我寄予這麼高的期望，現在卻又是他的脆弱而讓我重重跌下。」她無奈地作結：「知道嗎？我對他信任到那種地步。」

窸窸蟲鳴聲中，只有依絲塔一人的呼吸聲。阿瑞司已經忘了呼吸，或是他的肉身忘了這個習慣；她好奇他要多久才會發現。

「第二次把他從水中撈起時，他真的死了。我們的淚水、祈禱、後悔和自責，再多搶救也挽回不了他。事後，埃阿士免不了相信阿爾沃的指控而對我心生懷疑，就連我都常常質問自己。他的死是我和埃阿士犯下的大錯，埃阿士錯在懦弱，我則錯在操之過急和缺乏智慧；要是埃阿士出面反對，我必定不會堅持，而我若是順從自己的良知與人情，願意寬限個幾天、幾週或一個月再進行第二次，也許阿爾沃的神經就不至那麼緊繃了。但這一切如今都無從得知。眾神放棄了我，詛咒仍舊在那裡，效力比原先更惡劣，直到下一代的另一人現世，才真正驅除了它。」她吸了一口氣。「這就是我殺害令尊的經過，既然您真的想知道。」

阿瑞司靜默不語，好一會兒才記起要呼吸。

「殿下，您的這番自白，其實是控訴啊。」

「針對阿爾沃？對，也可以那麼說。」她向後一靠，幽幽嘆道：「他要不是自願，我怎麼也不會想到找他。萬一他在頭一天就死了，好吧，那我也就認定這樁任務不是凡人能完成，或是我自己有所誤解了。誰知他竟先讓我看見成功的希望，再用失敗粉碎我的心。我在很多年之後才想通，眾神所謂的『捨身』指的並不是狹義的死亡，而是廣義的放下生命，或說是放下對生命的執著，而且必須是出於自願，不能被任何個體所強迫；人魂要處在那個境界才能達到真正的豁達，足以容許神明來到這個世界，那也才是眾神所要的結果。阿爾沃．路特茲是個偉人，只可惜……不如他自己想像得那般偉大。」

火把已快燒盡，方庭中只剩莉絲身旁的那盞燭燈還亮著。莉絲坐在樓梯頂端，雙手撐著下巴，眼皮垂呀垂的；那小侍從蜷縮著依偎在她的裙邊，早就睡著了。

「若我父親沒死，」阿瑞司凝視著面前的黑暗，良久才道：「您覺得，他會把我叫到身邊去陪伴他嗎？」

「假設他成功地為王室破除了詛咒，想必也讓自己的靈魂提升到一定境界了，那麼我認為他會有足夠寬大的心胸接納您。就我的經驗，曾經為神捨身的靈魂境界是退不回去的，他既然曾經有意嘗試……這樣說吧，他也從來不是會迴避災厄的渺小猥瑣之徒。所以，我不知道他會怎麼做。」

「嗯。」這個應聲很輕很小，隱含某種了然於心的痛楚。只見阿瑞司抬眼望向夜空，判讀星位之後說：「太后，我耽誤您歇息了。」

現在是常人歇息的時間，但已經很久都不是他的；這一段眾人夢眠我獨醒的日子不算短，他在漫漫寂寥的夜裡都做什麼念想？依絲塔接受他的示意，起身離座，聽著他的鎧甲和佩劍在起身時發出清脆聲響。

他執起她的手，俯身將自己冰涼的前額貼在那手背上。「太后，我誠摯地感謝您為我說明這段事實。我知道回憶過往令您多麼痛苦。」

「我只嘆不能送您更美好的花圈，得讓您接受這乾枯苦澀的荊棘。」我真心感到遺憾，雖然這顆心傷痕累累。

「我不奢求更柔軟的花圈。」

莉絲看見他們從對面走回來，便推醒了小侍從，並且走下樓梯迎接依絲塔。阿瑞司向兩位女士落寞地舉手敬禮，領著睡眼惺忪的侍從走出小院。拱廊那裡傳來的腳步聲回音沉悶，依絲塔卻覺得那一聲聲有如擂鼓。

依絲塔躺了很久才在黎明前睡著，其間隱約聽見遠處有重擊聲和壓低了的說話聲，只是她累得不想醒來，便用枕頭摀住了耳朵繼續睡。之後她做了一個可怕的夢，夢見自己和凱提拉拉夫人在同一桌吃飯，後者全身發著紫光，不停地逼她吃飯喝酒，害她飽得非常難受，腦袋也一片混沌，癱坐在椅子上完全起不來。

似乎沒過很久，她就聽見一陣更響亮的敲門聲從外間傳來，總算驅走那莫名其妙的夢魘。她發現自己好端端躺在床上，五體正常且活動自如，還有一股睡飽了的舒暢感，便寬慰地舒出一口長氣。從窗板透進的光線來看，天光已然大亮。

她聽見莉絲的腳步聲，接著是佛伊低沉而緊迫的說話聲，再來是卡本尖銳而激動的聲音，於是索性下床。她才剛剛披上外袍，便見莉絲打開了裡間的房門，探頭進來。

「太后，出了怪事……」

依絲塔走出臥房，見佛伊已經換上日常的正裝軍服，佩劍和馬靴都穿戴妥當，只是臉色泛紅，看著像是急奔過來；卡本只穿著白色的內襯，衣襟歪斜而且釦子還扣錯，赤著一雙腳。

「太后。」佛伊匆匆俯首致意。「接近黎明時，您可聽到或看見頤爾文大人的房間有任何動靜？或是長廊上？您的房間離得比我們近。」

「沒——也許有，但我又睡著了。」她想起那令人不快的夢境，苦了苦臉。「我昨天很累。怎麼了嗎？」

「凱提拉拉夫人在黎明時帶了幾個僕人，把頤爾文大人抬走了，說是要帶去神廟祈福，順便給療者看看。」

「怎麼說也該是把療者叫來城堡裡看病才對吧？」依絲塔不解道：「阿瑞司大人有跟著去嗎？」

「藩主今早就不見蹤影。他的一個部下跑來問我是否見到藩主，我才知道這些事情。」

「我昨晚還有見到阿瑞司。他來找我談話，就在樓下的院子裡，大約午夜時分。莉絲也在。」

莉絲點頭。從她的衣著來看，顯然是已經起床好一陣子了，手裡還端著放有早茶與麵包的托盤，大概正準備要來叫醒依絲塔。

「還有，」佛伊繼續稟告：「我覺得不太對勁——可能是因為昨晚做惡夢，那些惡夢讓我真懷疑這裡的伙食有問題。總之，我找了個藉口下山去神廟，結果神廟說藩主夫人根本沒出現。我又在附近打聽，發現凱提拉拉夫人徵調了鎮上的補給車和戍衛站的馬匹。一個多小時前，有人看見戈朗和一個僕人駕那馬車往鎮外走，向南去，但沒人知道車裡載了什麼。」

依絲塔猛抽一口氣。「那之後還有人見到藩主夫婦嗎？」

「沒有，太后。」

「那就是她把他們偷走了。她帶走阿瑞司，一併綁走頤爾文，好給他維持生命。」

佛伊投來的眼光變得尖銳。「您認為這是藩主夫人的作為，不是阿瑞司大人的？」

「阿瑞司大人絕不會擅離職守、拋下波瑞佛不顧，縱使愛妻哭得再傷心也一樣。」依絲塔萬分肯定地說。阿瑞司的意志可比埃阿士要強悍堅定得多——一如他的亡父；也許路特茲家族的人都是這樣。

「您說她的惡魔想要逃走，」卡本說：「會不會是惡魔佔了上風，控制她的行為？」

「那何必多帶累贅？」莉絲直言：「只要帶上藩主夫人的身體和珠寶盒，再加一匹快馬，豈不是更簡便？」

佛伊看了看她，眼底閃過一絲敬佩。

「我認為不是惡魔主導的，」依絲塔沉吟道：「不過，惡魔很可能會說服她，或是誘騙她，讓她相信逃離此地對雙方都有利。」

「她還是想挽留阿瑞司大人的生命，不肯讓他就此離去。」佛伊說：「但是，把丈夫和可憐的頤爾文大人搬走就能做到？」

「呃。」卡本出聲，在場所有人都望向他。

「怎麼？」依絲塔厲聲道。

「啊，呃……恐怕是我說了什麼……凱提拉拉夫人昨天晚餐後來找我談藩主的事，我以為她是來尋求精神上的指引。可憐的女孩，她的眼淚像斷了線的珍珠，看了讓人心碎。」

依絲塔翻了個白眼。「我想也是。然後呢？」

「我盡量從神學的角度去開導、也勸慰她，讓她明白事情的嚴重性，以及他們三人正處於何等危險之中。我說這件事已經造成不可逆的結果，再多的惡魔巫術也治不好，唯有神賜予的奇蹟才能。她就問我上哪裡去找奇蹟，我說唯有聖徒才能為凡人傳遞眾神的奇蹟，她又問哪裡有聖徒。我先說聖徒總是出現在各種奇特而出人意料的地方，然後我想到您，太后，我認為您正是眾神特地遣來為此間眾人破解疑雲的聖徒。結果她，嗯，這個……說了一些輕率且大膽的話——她似乎對您懷有敵意。我向她保證您不會是她的敵人，可她還是想求助別的聖徒，尤其問起神廟的療者們。的確，有些聖徒是療者，但不是我所稱的那種……」

卡本說：「總之我勸她不要向外去尋求眾神的答案，因為眾神已經派來了一個，就不可能在別處再放一個了；大多數人甚至終其一生連一個答案都求不到呢。但我恐怕她對於神學的奧祕沒能體會太深。」

「她想要特定的儀式，如同商人的買賣。」就像當年的我一樣，依絲塔心想。「花錢，然後得到想要的東西。她只是找不到賣家。」

卡本聳聳肩。「恐怕是如此。」

「這麼說，她是往外地去朝聖找奇蹟，或去尋求紀律會的協助了。」

「此地的對外道路非常不安全，我們昨天已經確認過。」佛伊擔心地說：「阿瑞司大人不可能准許他的夫人在這種時候出城。」

「你覺得他有選擇嗎？我懷疑那輛馬車裡放的是兩副擔架，他們兄弟一人躺一副，說不定還被捆得像兩束柴薪。在這件事情上，惡魔一定會從旁協助——就這一點來說，我們倒不必那麼擔心她的人身安危了。」

卡本抓搔著頭。「那畢竟是她的丈夫，她的確比別人更有權利去尋求醫治啊。」

「但頤爾文可不是。況且阿瑞司需要的，早就超越肉體上的醫治了。」依絲塔沒好氣地說：「得把他們帶回來才行。佛伊，召集你的人馬。莉絲，替我包紮膝蓋，免得我扯破傷疤。」

「太后，您不該也出到城外去！」卡本急道。

「我知道，可是佛伊無權調度凱提拉拉的僕從，而且總要有人去應付她的惡魔。」

「我想我能應付，太后。」佛伊說著，小心地瞥了一眼卡本。

「那你有自信，能同時應付一個鬼哭神號的女人嗎？」

「啊，」佛伊一愣，想像起那副景象。「您可以嗎？」

「我覺得可以。」事實上，我很想試試。

「那我，呃，恭敬不如從命，太后。」

「很好。去通知阿瑞司的副官……唔，」依絲塔瞇了瞇眼。「阿瑞司大概不會想讓這件事傳出去。卡本，要是我們在兩個小時內沒回來——兩個小時夠嗎？佛伊。」

「他們的車有四匹馬在拉，而且已經走了一個多小時——三個小時吧。」

「好，要是我們三個小時後還沒回來，你就向阿瑞司的副官報告這件事，並且讓他派人來找我們。」她轉向佛伊。「動作快。我們在門庭集合。」

佛伊向她行軍禮，立即轉身離去。莉絲早已溜開去擺脫掉她那身秀氣的裙袍和便鞋。卡本還在兀自抗議，依絲塔便半推半攆地將他趕出房外。

「可是太后，我應該陪您去！」那司祭叫道：「佛伊也不能沒人看著！」

「不，我需要您待在這裡。佛伊的那頭熊若是需要一個項圈，我比您還適合圈住牠。」

「而且您太胖了騎馬又慢。」莉絲從面臨走道的窗子向外喊道，那無情的口氣伴隨著馬靴踏地的乒乓聲。

卡本聞言，臉頰一紅。

依絲塔把手放在他的肩膀上。「這裡很乾燥，水溝或涵洞不多。您留在這裡才能讓我的心頭少一樁恐懼和擔憂。」

他的臉色由紅轉黑，雖不樂意卻還是順從地鞠躬應允。

依絲塔沒再多說，轉身關了房門，匆匆換裝。

19

依絲塔看見莉絲牽進中庭的馬兒，不禁感到驚訝——那是一匹佛達見了必定會吟詩歌詠的美麗白馬：高大、毛色純淨發亮，鼻上有一塊淺淺的灰斑，頸鬃和尾巴柔潤如緞。牠被牽了過來，抽著鼻子向依絲塔挨蹭，大又黑的眼睛閃動著溫馴的光芒。

「這匹馬是？」依絲塔發現莉絲在她和白馬之間安置凳子，驚訝地問。

「他們管這匹公馬叫『輕羽（Feather）』——頤爾文大人起的名字本來是『輕愚（Featherwit）』，說是智如輕羽。我向他們要訓練得最好的一匹，他們就央求我帶牠出來，因為自從頤爾文大人病倒之後，這匹馬兒就很少活動，成天懶在馬廄裡吃，都變胖了。」

「那麼，這是頤爾文大人的坐騎囉？」依絲塔跨坐上去時，馬兒絲毫不動，穩穩地站著。「但牠看起來不是軍騎。」

「的確不是。頤爾文大人的坐騎是一頭性情暴烈的種馬，沒人敢靠近。」莉絲坐上她來時騎乘的那匹驛站黃馬，後者扭閃著不肯配合，還小跳了兩下，勉強才被她安撫。「廄舍裡的人全都被牠咬過，馬伕們還讓我看傷口呢。那匹馬真是兇。」

在佛伊的指揮之下，女神奉侍軍的半數弟兄護著莉絲和依絲塔，排成單列走出城堡大門，循著狹窄的山道繞過村莊，走往高牆之外的南向大道。此去往南就是妥挪克索領，這條路也正是依絲塔多日前抵達波瑞佛時走過的同一條。想到這些天裡發生的太多事情，擁擠得彷彿令人喘不過氣，依絲塔的心中便百感交集。

這趟追蹤的行進步調由佛伊掌控，拿捏得十分靈活；上坡時步行，下坡時小跑，在平地才加快步伐，兼程也不使人感到緊迫。而依絲塔騎的這匹馬兒靈敏又順從，對於騎乘者最輕微的小動作都能迅速反應，讓她甚至覺得自己無須擺動韁繩或夾緊雙腳，光用想的就能操控牠了。無論是小跑或是快跑，馬背上的她都感到平緩合宜，不必屏息或繃緊全身的肌肉去應付。尤其這匹馬比較高大，她看著地面離自己特別遠，內心更慶幸馬兒有一副好脾氣。想來想去，這匹馬確實該叫做『輕羽』才好，『輕愚』對牠反倒成了一個誹謗。

行經溪旁的一處潮濕林地時，他們遇到了一群嗡嗡作響的馬蠅。蠅蟲飢渴地停在輕羽身上，依絲塔只好盡可能地拍趕，手掌上便留下一條條血痕。

莉絲的馬兒表現得格外煩躁，頻頻嘶鳴，引得佛伊回頭看——只有依絲塔看見他的掌心有道紫光一閃而逝，蠅蟲就立刻離開莉絲的坐騎了。可惜這算不上什麼幫助，因為蟲子反而轉往輕羽身上聚集。幸好他們隨即離開林地，來到陽光下，馬蠅這才沒跟上來。

來到離城大約五哩路的一處橄欖園，隊伍停在河谷地讓馬休息喝水，皤賈爾則趁此時去村莊裡打探馬車的消息。這裡幸虧沒有叮人吸血的蟲子，眾人便走到樹蔭下乘涼。

「還玩蒼蠅啊？」依絲塔見自己站的這棵樹下只有佛伊一人，便柔聲勸道：「我看見囉。拜託別再玩了，否則我要跟司祭打你的小報告了。」

他的臉上一紅。「我做得很好啊。況且，我想討好莉絲。」

「嗯。」她思忖措辭：「你聽我的勸，向她求愛萬萬不能動用巫術，尤其是直接用來贏取她的芳心——

我知道這很誘人，但你不能讓步。」

他困窘地笑了，老實應了一聲，顯然明白她的言外之意，也間接招認了自己不只一次動過這施法催情的念頭。

依絲塔放沉語調說：「倘若她發現自己的意志受到巫術干預，摧毀的不只是她對你的信任，還有她對她自己的；此後，每當她心裡對你起了念頭或任何想法，她必定會懷疑，不敢確定那是否真正源於本心——多疑和多慮的這條路，走到底就是把自己逼瘋。你要待她那樣殘酷，還不如拿把戰鎚敲斷她的兩條腿。」

他的笑容凝住了。「遵命，太后。」

「我說這話不是以太后的身分，也不是以聖徒的身分，而是站在女人的立場，也更是在那條路上親身走過、嘗過發瘋的痛苦才這樣對你坦白。我所知的佛伊・古拉是個聰敏機智的人，你的思慮若有他一半清楚，且這份心意的確是出於愛情而非自我滿足，那你就要以一個男人的心態來聽。」

這一次，他的回應明顯多了幾分深思熟慮。只見他微微俯身，臉上的笑容不再有先前的自負。

皤賈爾帶消息回來了。果然有村民看見一輛由四匹馬拉的馬車曾在這裡停留，大約半小時前才離開。佛伊滿意一笑，當即縮短了休息時間，下令全體上路。

他們小跑了四哩路後，目標的馬車果然出現在視野中，距離雖然還很遠，車身上的印記卻是一清二楚——正是波瑞佛戍衛站的標誌。佛伊揮手示意部下先行，幾名士兵便悄悄加快速度。車伕眼尖發現時，士兵們已經大幅接近，儘管加鞭驅車，終究不及單騎敏捷，沒過多久就被追上了。

依絲塔趕到那裡，正好看見馬車緩緩停下，凱提拉拉歇斯底里的叫嚷聲清晰可辨。

凱提拉拉穿著一襲灰色繡金的行旅裝束，探出半個身子，正在斥責駕駛座上的戈朗；手握轠繩的戈朗窩在位子上瑟瑟發抖，大氣不敢喘一口，連眼睛都不太敢睜開。頂著大太陽，依絲塔努力辨別神靈之眼的所見：凱提拉拉的靈魂包覆在惡魔外層，那團紫光仍是蟄伏的，幸好尚未蔓延整個靈魂；馬車的後側有一個男僕的靈魂、一個年少侍女的靈魂，連同阿瑞司的少年侍從，三個人形都縮著身子。

眾神眼中所見的塵世，就是這般景象嗎？

車廂裡兩個並排平躺的人形，模糊得幾乎無法辨認，想來就是阿瑞司和頤爾文。只見兩人之間仍有白色光索相連，而那光索此刻看起來細得只像一條線，卻也使白光下那一層泛著紫光的薄網變得比較清楚——那是巫術的通道，往三個不同的方向延伸。

輕羽順應依絲塔的指示停下腳步，站得非常靜穩，依絲塔於是壯起膽子放下轡繩，張開雙掌，設法讓自己的精神力量溢滿全身，甚至頭一次嘗試讓它脫離身體。**災神，該死的，幫助我**。

她不敢去碰咒術的通道，怕巫術效力因而中斷，只敢召喚靈魂之火。隨著頤爾文和阿瑞司之間的光索變得更亮，車廂內傳出阿瑞司低沉的嗓音，聽起來就像是剛剛睡醒。

「這是怎麼搞的？頤爾文……？」

凱提拉拉立刻停止了對戈朗的責罵，縮回車廂內，驚慌地喘起氣來，同時隔著車篷瞪向依絲塔。

車內有了一連串動靜：傾軋聲，靴子踏在車板上的腳步聲，接著是阿瑞司把頭探出車廂，先罵了一聲：「災神的地獄！這裡是哪裡？」看見四周是熟悉的地貌，他大概是鬆了一口氣，接著扭頭去罵那又啜泣起來的小妻子：「凱提拉拉，妳做了什麼？」

在馬車的另一側，佛伊剛從警戒狀態中放緩，對著依絲塔的方向不著痕跡地舉手敬禮，以示感謝，而他左手掌內側的淡紫色閃光也在這時趨於黯淡。

凱提拉拉撲上去抱住丈夫的大腿，放聲大哭。「夫君！夫君！不要。你命令這些人走開，叫戈朗繼續駕車！我們一定要逃走！她是壞人，她想要促成你的死亡！」

他習慣性地輕拍她的頭，轉而看向依絲塔，神情肅穆。「太后？這是怎麼回事？」

「阿瑞司大人，在這之前，您記得的最後一件事是？」

「凱提拉拉叫我到戍衛站的馬廄等她，說有急事，我走進去就發現這輛馬車停在那裡，然後……然後就不記得了。」他一面回想一面述說，接著怒容漸現，大概是猜出了一些端倪。

「藩主夫人突發奇想，要帶您到外地去尋求治療。此事不知是否受到惡魔的鼓吹，但惡魔肯定幫了她一把。頤爾文在昏睡中被一併帶出來，我猜是要用來當作您的能量。」

阿瑞司的眉頭一皺，咬牙切齒道：「讓我擅離職守，丟下波瑞佛？在這種時候？」

聽出丈夫儼然已動怒，凱提拉拉又想發動眼淚和柔情攻勢，但這回卻不管用了。依絲塔看著阿瑞司把愛妻的臉扳向自己，蒼白的手背上青筋浮現，格外顯露狠勁。

「凱提拉拉，妳想清楚，妳這是叫我詆毀自己的信譽，破棄我的誓言！我對凱里巴施托領主發過誓，對依瑟女大君和大君配婿博剛發過誓——還有我的部下！這是不可能的。」

「不會的。假如你生了重病，不也同樣要找人來頂替你的職位、接管軍務嗎？你現在的確生病了，勢必要讓別的軍官來接替你啊。」

「現在情勢特殊，在這種時刻，我唯一信任的職務代理人就是頤爾文。」他停頓了一會兒，沉聲道：「讓他起來，換下我。」

「不要，不要，不要——」她沮喪地大叫，捶打丈夫，發洩那無處可去的怒火。

依絲塔盯著光索的脈動，心生一計。抱著且試且敢行的打算，她不動聲色地交疊雙手在膝上，但用意念的雙手掐住光索，扣緊，直到幾乎截斷它。

阿瑞司突然跪倒，臉色大變，幸有戈朗手忙腳亂地趕上前去抱住，他才沒摔出馬車外。

「您還想要他站起來繼續活動，就用自己去維持。」依絲塔對著凱提拉拉說：「不准再用偷的。」

「不！」凱提拉拉眼見丈夫癱倒，不禁失聲尖叫，驚恐地望著那張蒼白而困惑的臉，終於放棄了抗拒。依絲塔的神靈之眼看見白色的火光從她身上燃起，聚集在心臟處。

這就對了！依絲塔心想。妳能做到的。來吧，孩子！

凱提拉拉嚶嚀一聲，昏厥過去。失序的火苗頓時從她的心臟向外爆湧，肆意潑進咒術的薄網之中。依絲塔再次伸出無形的手，穩住能量的流動，一面再次確認三人的靈魂狀態。新的光索逐漸穩定之後，阿瑞司眨了眨眼睛，恢復清醒，攀著戈朗的肩膀重新站起來。

「噢，感謝您。」在這片驟然降臨的寂靜中，佛伊語帶感動地喃喃道。

「我剛成為寡婦時，時不時也是那樣一哭二鬧三上吊。」依絲塔回想起不愉快的往事，忍不住對著他埋怨：「為什麼五神就不派人來悶死我算了？讓我閉嘴，讓我解脫。」

就在這時，車廂內響起一個沙啞的男聲：「災神的惡魔！搞什麼？」

阿瑞司驚喜地喊：「頤爾文！快出來吧！」

幾道赤腳踩地的腳步聲響起，頤爾文攏著單薄的亞麻袍走到車門邊，扶著門框瞇眼閃避陽光，看上去就像是整夜狂歡之後又醒得太早，被晨光照得又累又虛弱。

他望向依絲塔，神情振奮起來，欣喜地叫道：「阿呆（Witless）！」依絲塔愣了半會兒，稍後才猜想這是在呼喚他的白馬。輕羽稍稍動了一下，鼻翼收張，難得地顯露興奮。

「太后，」頤爾文以點頭代替敬禮，說道：「您對輕羽的表現可還滿意？五神啊，沒人想到要管控牠的糧草嗎？」

「牠是最完美的紳士，」依絲塔嘉許道：「我覺得牠不胖，身材挺好的。」

頤爾文低頭看著凱提拉拉，後者此刻正頹倒在戈朗的肩上。「這是怎麼回事？她沒事吧？」

「目前沒事，」依絲塔同時對著他和阿瑞司保證：「我，嗯……要求她暫時拿自己跟您交換。」

「我不知道您還能這麼做。」頤爾文說得含蓄。

「我原先也不知道，剛剛才試驗成功的。惡魔的咒術其實仍然還在，只是……重新做了調配。」

阿瑞司沉著臉，惶惶不安地蹲下去，將凱提拉拉摟過去抱在懷裡。頤爾文突然變了臉色，伸手摸向自己的右肩時，凱提拉拉的右肩也慢慢滲出血跡；他趕緊挪開身子讓路，以便阿瑞司把凱提拉拉抱進車廂後側去。

依絲塔把韁繩交給莉絲，自己則直接從馬鞍跨走到馬車前座。頤爾文伸手攙扶她。

「我們得談談。」她告訴頤爾文。

他會意地點點頭，轉而向戈朗吩咐：「掉頭，我們回波瑞佛。」

「是，大人。」戈朗快樂地應道，滿臉都是欣慰。

聽著佛伊在車外整隊的喝令，車廂內的眾人陸續坐定。阿瑞司讓妻子平躺在他剛才讓出來的擔架上，自己盤腿坐在旁邊。車廂的後側很暗，車篷的帆布透出一股霉味，三名僕從果然蹲坐在為數不多的木箱之間，一個個都顯得害怕；從行李的數量來看，藩主夫人八成也沒打算旅行太久。

阿瑞司叫那男僕和侍女到車門邊去和戈朗坐在一起，讓瞪著圓眼睛的小侍從坐到自己身旁。她安撫性地伸手在那少年的頭上亂抓了幾下。頤爾文扶著依絲塔坐在擔架的另一側；車內空間不大，她只能把腿屈起，當下就感覺膝蓋內側的結痂被扯開，幸好出門前有妥善包紮過。頤爾文本想盤腿坐下，意識到身上的亞麻袍會使坐姿不雅，乾脆併著小腿跪坐。

阿瑞司低頭看著妻子的臉。「她竟然以為我會願意拋下波瑞佛。」

「我不認為她是那樣想，否則也不必這樣矇騙您。」依絲塔老實說：「她有她的不得已，尤其您總是習慣先為他人著想，而在這件事情上她又很難改變結果。」

馬車開始平穩地行進。等他們回到十哩之外的城堡時，大夥兒恐怕都要累了。

阿瑞司摸著凱提拉拉肩上的血污。「這樣下去不行。」

「在回到波瑞佛之前只能如此。」頤爾文不自在地搓揉著肩膀，彷彿那是一具陌生的身體，又伸手抓了幾下，眉頭深鎖。

「希望駐衛部隊發現我失蹤後，不要亂成一團才好。」阿瑞司說。

「一回到城堡，我們得先設法質問凱提拉拉的惡魔。」依絲塔說：「它一定知道約寇那發生了什麼事，最重要的是，是誰派它來的。」接著，她把梭德索近期的轉變大致重述一次。

「太奇怪了，」頤爾文覺得好笑。「梭德索一點也不像是那麼看重家庭和親人的人。」

「但……太后，我們還有辦法質問那東西嗎？」阿瑞司問道，兩眼仍盯著凱提拉拉。「上次的問話很不順利。」

「這一回有博學司祭卡本能提供建議，佛伊．古拉也能從旁協助。我們或許能設法用一個惡魔來壓制另一個，效仿紀律會的做法，導向良善的結果。我回城之後要先找司祭談談。」

「趁現在我能，我想先跟我弟弟談一談。」阿瑞司說。

「那我先跟食物談一談好嗎？」頤爾文說：「車裡有沒有吃的？什麼都行。」

阿瑞司便命侍從去找。少年翻找了一會兒，拿來一條麵包、一皮袋的果乾，還有一點清水。頤爾文接過後隨即大嚼起來，阿瑞司則趁這時詳述偵察部隊的報告。

「所以派去北面的人都沒回來，我們一點消息也沒能掌握。」頤爾文沉吟道：「我不喜歡這樣。」

「對。我本來要再派一組巡邏小隊過去，或者我自己去看看情況，」阿瑞司不高興地瞄了妻子一眼。「結果就出了這件事。」

「我請求你不要自己去。」頤爾文又伸手揉肩膀。

「好吧……我知道。在這種情況下，我也不想。」阿瑞司面帶憂色，又低頭凝視凱提拉拉。昏睡中的她顯得毫無防備，少了緊繃和城府，臉龐線條變得和緩，天生驚人的美貌顯露無遺。

阿瑞司抬眼望向依絲塔，擠了個短暫的微笑。「太后，不必驚慌，即使敵人從北面發動突襲，他們也奈何不了波瑞佛這座要塞。我們的城牆非常堅固，地基是堅硬的磐石，而且每一處駐衛軍都很忠誠，要想圍困我們根本極端困難。而且，敵軍還沒紮營，歐畢的馳援就會抵達了。」

「那也要歐畢自己沒在同時間遭受攻擊才行。」頤爾文咕噥道。

阿瑞司避開他的視線，對弟弟說：「我已經和神廟的公證人談過，授意他為我擬遺囑。我死後，城堡保安官會負責保管我所有的文件，你成為我遺囑的執行人，還有麗薇安納的聯合監護人。」

「阿瑞司，我得提醒你，這件事結束之後，我也不保證我能活下來。」頤爾文說。

阿瑞司點頭。「若是那樣，麗薇安納的外祖父就是她的唯一監護人，代管她繼承的路特茲遺產。至於凱提——我們兩人沒有孩子，所以我決定把她和她的份額交回給歐畢大人監管。」

「那就好，凱提拉拉不會樂意由我監管，我也一樣嫌麻煩，無意染指。」頤爾文說：「我先代替我們兩個謝謝你。」

阿瑞司苦笑點頭表示了解，接著說：「要是你……嗯，無法以麗薇安納的名義接管波瑞佛要塞，那麼波瑞佛的軍事指揮權就會交還給凱里巴施托領主，由他指派新的指揮官過來。我已經寫信告訴他……

我只說明自己生了病，建議他早做準備，以防萬一。」

「你總是這樣面面俱到，再醜惡的事情也都要扛下來。你一直想像父親那樣照顧我們。」頤爾文陰慘地笑了笑。「不知哪位神明等著要接引你？要我說，請祂再等一會兒吧。」他向依絲塔一瞥，依絲塔卻不答腔。

不，沒有哪位神明在等他。孤魂野鬼就是那樣。

阿瑞司聳了聳肩。「現在的我就像一具被老鼠啃食的屍體，一天比一天衰敗，我自己也能感覺到。我已經待得太久了。太后……」他那洞悉的眼神令依絲塔難受。「您能讓我解脫嗎？那是您輾轉來到此地的原因嗎？」

依絲塔猶豫地說：「我對自己能做什麼、不能做什麼都是一知半解，即使眾神要藉由我來施展奇蹟，我事前不會知道，也無從選擇，最多只能拒絕而已。惡魔能被我們凡人的意志折服，也就是人類能與惡魔討價還價，折衷遷就，但卻沒有人能夠使神明屈從。」

「還有，」頤爾文思忖道：「人們都說災神也是半個惡魔，我認為祂的本質和家族中的其他神明不同，或許祂施展的奇蹟也是如此？」

依絲塔皺眉。「我……不知道。我只在夢中見過災神，但我在二十年前曾真實且親眼看見母神，兩者的存在感同樣超然深奧，我看不出分別。不論如何，我剛剛只試著重新調整流動在你們三人之間的術法強度，還沒有嘗試去打破這咒術本身，或是逼迫惡魔去違反主人的意志，儘管它很想拋下你們逃得遠遠的。」

「那您現在試試看。」阿瑞司說。

依絲塔和頤爾文聞言同時出聲反對，不禁面面相覷。

「因為，我也得知道您是否做得到。」阿瑞司堅持道。

「可是……一旦試了就無法回頭；萬一成功，我不知道如何復原。」

「我不要求您復原它。」

「我怕到時害您遭受天譴。」

「會比我現在還慘嗎？」

依絲塔不忍心再直視阿瑞司，只能別過頭去——他臉上的疲憊感發自於靈魂深處，猶如每一分鐘的久留人間都是辛勞，使他迫不及待地渴望減輕這份重擔，甚至不惜使自己化為虛無。

「不。萬一這並不是災神派遣我來執行的差事呢？萬一我又一次誤判了神諭呢？假使神明果真派我來治癒您，我當然樂意之至，但我實在不願意再謀殺路特茲家的人。」

「您都做過一次了。」

「是，但那可不是用巫術殺的，而是用水淹死的。那法子也不適用在您身上，因為您已經十多分鐘沒呼吸了。」

「哦，對。」阿瑞司面色一窘，吸口氣做做樣子。

頤爾文睜大了雙眼。「你們現在在講什麼？」

依絲塔知道是不可能瞞住了，索性把心一橫。「阿爾沃・路特茲並不是死於拷問，而是在破除王室詛咒的過程中，被我和埃阿士誤殺。叛國之罪全是虛構的。」好吧，練習果然有用，那段往事竟能被她如此簡潔地交代完畢。

頤爾文聽得目瞪口呆，良久才道：「啊，我一直覺得那指控來得不合常理。」

「阿爾沃的臨陣退縮是原因之一，」她停頓一會兒，終於還是衝口而出：「然而關鍵仍在於我。要是我不那麼憤怒，沒被恐懼和失望沖昏頭，也許就能召喚奇蹟使他起死回生……畢竟當時憑依我的是母神，那可是專司治療的女神啊。祂當時就站在我的右手邊，我能清楚感應到祂的存在，但我的心卻沒有允許祂進駐。」她心裡明白，自己在前三次自白都對這一點避而不談。「也可能我其實是敬愛他而非恨他，或許事情也會有所不同，又或者是……我不知道。」

頤爾文清了清嗓子。「在大多數的情況下，凡人不可能成功地發動奇蹟，這很正常，也不需要太計較。」

「我不能不計較，因為我當年是被召喚的。」那麼我現在又被召喚，是為了什麼？她抬眼朝阿瑞司望去。「要是令尊當年把您帶到宮廷裡去，我們的人生會變得如何不同？我現在甚至懷疑我們選了一個錯誤的路特茲去浸水。」這下好了，她開啟了新的視角，生命中又要多一個後知後覺的領悟了。「頤爾文，阿瑞司二十歲時是什麼樣子？」

「哦，跟他現在差不多。」頤爾文答道：「當然，比現在青澀、稚拙些，唔，肩膀也沒有現在這麼寬。」他邊回憶邊說，嘴角浮現笑意。「思慮沒這麼冷靜周到。」

「也沒這麼死人相。」阿瑞司忿忿然罵道，直盯著自己的手掌，大概是又感覺到麻木了。

「當時我年輕貌美，在卡蒂高司的宮廷裡……」當阿瑞司尚未娶親，當一切都還有可能。她這個大君繼后會不會真的和一個路特茲發生私情，使虛構的勾引之說成真？方颯的詛咒扼殺朝廷中每一朵初綻的蓓蕾，甜美的祕戀會因而變成怎樣的惡夢？是否就此斷送阿瑞司年輕的大好前途？她該不該從這個角度去安慰阿瑞司，說阿爾沃不讓他進宮是為了保護他？

「反正都太遲了。」她強壓下一陣戰慄。

阿瑞司驚訝地看著她，八成沒聽出她的暗喻。但頤爾文聽懂了，苦笑道：「然而，就算您想的是在男未婚女未嫁之際與他邂逅，我的前半生只怕也還是這樣子過。」他乾巴巴地說著，朝她投以一個莫名的眼神。

路面似乎顛簸起來，原來是車輛駛離大道，轉往可供馬兒飲水的那一處橄欖園農村了。依絲塔向車外窺探，見日正當中，天氣已經非常炎熱，但她還是決定下車去走走，舒展帶傷的腿腳兼喝點水。

小溪邊，莉絲牽著頤爾文的白馬正在喝水，頤爾文則從車廂內伸頭出來探看了好一會兒。不久，車中傳出爭執，聽起來像是頤爾文、戈朗和那成年男僕三人的聲音。過了幾分鐘，只見頤爾文帶著滿意的微笑走出車外，上身仍是亞麻袍，下身卻穿上戈朗的皮褲和男僕的馬靴；那件皮褲鬆垮垮地紮在他的腰際，褲管只到他的小腿肚，遮不住的部分大致被長靴蓋住。

騎上乖巧的愛馬，又能重新在光天化日之下戶外活動，頤爾文顯得樂不可支。他坐在馬鞍上讓莉絲幫著把馬鐙調長些，並向她道謝，然後咧嘴笑著朝依絲塔開心地抬手敬禮。

至於被借走了褲子的戈朗，現在則改穿著全然不合身的亞麻睡褲，那褲子顯然是從為數不多的行李中搜刮出來，而且不知原本是要給哪位大人穿的——不過總歸不用光著腿，這倒讓依絲塔替他鬆一口氣，但那可憐的男僕就只能打赤腳了。

趁著這段時間，女神奉侍兵們幫忙捲起馬車兩側的篷布，免得大太陽把車內曬得過熱令人窒息——依絲塔心想這八成不是出於阿瑞司的指示，因為他可能對冷熱沒什麼感覺了。重新上路之後，佛伊安排部下四人騎在馬車前頭，兩人在後頭；頤爾文和莉絲一左一右地傍著車廂，保持著能和車內談話的距離。

幾哩路之後，他們來到山丘高處，即將往下沿山谷進入波瑞佛城寨的腹地。剛剛繞過一片樹林，佛伊突然舉手喝停，頤爾文也踩著馬鐙挺起身子，眼睛睜大。依絲塔與阿瑞司也被引得爬到車廂前側去查看。

阿瑞司抿緊了嘴，咬著牙關；依絲塔猛吸一口氣，覺得喉嚨特別乾。

就在前方較低的野地上，一支為數頗眾的騎兵縱隊正在朝這條大道邁進。那些士兵都穿著海綠色的制服，白線繡成的鵜鶘鳥在艷陽下雪亮得和他們身上的盔甲一樣，成排的長矛尖閃著令人目眩的光，在這縱谷之中列隊綿延，一時間竟看不到盡頭。

20

戈朗在車伕座上縮成一團，低而短的哀鳴從他的口中含糊逸出，聽著滿是恐懼。

「退後，退後。」阿瑞司用極輕的聲音喝令，擺手要男僕和凱提拉拉的侍女伏低身子，然後將一手搭在戈朗的肩膀上，低聲說：「繼續走！衝過他們。試一試。」他又站起來，朝佛伊打手勢。「前進！」

正在安撫坐騎的佛伊原先也顯得有些驚慌而前後張望，聽見阿瑞司如此吩咐，隨即行軍禮表示聽命，並且拔出佩劍，調轉馬身。前導的四名女神奉侍兵見狀，連忙向他靠攏，也各自取出武器，準備一戰，要為馬車開路。話雖如此，單單從馬車所在的位置看去，視野內的縱隊兵員已是屈指難數，尚有更多人正從山崖和樹叢之後走出，儼然是壓倒性的敵眾我寡。戈朗使一鞭子，四匹馬兒遂以比先前更快的速度顛簸疾行起來。

隆隆車馬聲引得距離最近的約寇那士兵紛紛扭頭看過來，當即在縱隊中掀成一波叫嚷和刀劍鏗鏘，軍馬嘶鳴、驚跳，隊形漸亂。

馬車越跑越快，車架搖晃得吱嘎作響。依絲塔被阿瑞司抓著上臂推回車中，一時來不及抓東西穩住自己，踉蹌跪跌時撞破了膝傷。頤爾文策馬跟隨車速，一面向車廂探身伸手並叫道：「阿瑞司！我需要武器！」阿瑞司慌亂四顧，又聽見頤爾文催促：「快點！」

阿瑞司咒罵一聲，抄起一支乾草叉遞出去——那是眼界範圍內唯一能充當武器用的東西，而他實在找不到別的了。頤爾文不滿地瞪他一眼，但還是接過那支大叉，叉尖朝前橫掃出去，接著沒好氣地咕噥道：「我是說刀劍。」

「抱歉，」阿瑞司抽出自己的佩劍。「這把有人用了。現在換我要一匹馬。」說著，他把頭探向車廂外的另一側，想叫莉絲把坐騎讓出來。

「不行，阿瑞司！」頤爾文急得大吼，朝車內猛指。「你退下！拜託用點腦子！」

車駕傾軋，車輪碰撞；加快的馬蹄，還有前方逐漸高亢的叫嚷聲，而頤爾文的吶喊依然清晰可聞。阿瑞司猛地回頭，這才想起如今是誰在為他承擔肉體上的損傷。車外又聽見頤爾文喊道：「你待在太后身邊！啊，我的劍來了——」

說也奇妙，那樣一頭慢條斯理、性情悠緩的馬，彷彿只適合儀典等端莊的行進，然而現在不但奔騰如飛，更隨駕馭者的驅策而展現出戰馬風姿——牠寬厚的臀肌因力量而繃緊，拔地一躍，瞬即如雷霆奮起向前直衝而去；頤爾文夾著馬腹的那一雙腿裹在借來的皮褲和靴子下，亞麻睡袍迎風大敞而使得那副身軀近半裸露，束攏的髮辮在腦後擺盪。依絲塔攀著車窗看見這一幕，吃驚不已。

不合襯的馬，不合襯的武器，不合襯的盔甲——假如半裸和飄揚白袍也能算盔甲的話——配上狂放恣意的長嘯，頤爾文看上去活像個瘋子。只見他挺著鐵叉當長槍，迎向一個持劍殺上來的約寇那兵，一架一挑一攣奪，再有肥壯白馬巧妙地扭身一撞，那敵兵被掀翻落馬的同時，他的長劍也被頤爾文握在另一隻手裡去了。佛伊的兩個押車部下正好在這時從同一個方向趕上前去，落馬的敵兵不知是不是就此成了馬蹄下的踏墊。頤爾文發出勝利的歡呼，得意地揮舞剛搶來的戰利品，又朝那不起眼的乾草叉瞥了一眼，但仍將它握在手中。

敵軍的行進只被擾亂了一下，不一會兒就重整陣形，對著這輛莫名殺出的小馬車展開追擊。車上實在沒什麼東西可以拿來攻擊，只有四個木箱子和一些硬掉的麵包屑，不過那少年侍從還是發瘋似地到處找東西想扔出去打人，凱提拉拉的侍女則在一旁緊抱著女主人大哭。車廂外，馬背上的莉絲也拔出了她的新匕首，可惜那刀鋒不夠長，還不知能怎麼與那些明晃晃的劍鋒相抗。阿瑞司這時也來到車廂中央，持劍護在依絲塔身旁，全神貫注地盯著車外動靜。

白馬的身影在車廂外一閃而過，比它更亮的是一道由金屬反射的長光——一把劍鏗鏘有聲地被扔進車子裡，阿瑞司便舉腳將它踢向那個沒鞋穿的可憐男僕，後者感激地撿起來，立刻蹲到車尾去防守；幾分鐘之後，白影再度掠過，另一把長劍被扔進車廂，並隨著頤爾文的笑容如電光乍現——只見他又提著那把大叉子去衝鋒陷陣了。

駕駛座傳來戈朗的驚呼，阿瑞司隨即向車頭撲去。依絲塔所在的位置只能看見阿瑞司的腿腳，揣測他正在和來自側面的人搏鬥——他的攻擊精準，動作紮實有力，然而連結他妻子的靈魂光索卻在同時間變粗變亮，顯示生命能量正在以兩倍以上的速度輸送。依絲塔暗叫不妙：這樣太快，她支撐不了那麼久，會被掏空的……

馬車駛過急彎，車廂猛地震動傾斜，依絲塔又跌了個四肢著地，還滑到凱提拉拉所躺的擔架旁，一路把車板上的木尖刺和雜礫硬屑都被收集在掌心肉裡了。凱提拉拉的侍女嚇得抬頭望，年輕的臉龐布滿淚痕，又因悶熱和恐懼而發紅。從車窗望出去，有個受傷流血的女神奉侍兵跑在莉絲的外側，歪歪斜斜的即將摔落馬鞍，他的坐騎也跛了，速度明顯放慢。依絲塔見狀很是擔心，她正想要看清那人是誰，車身卻又是劇烈一震——等她好不容易再爬回窗邊時，那奉侍兵已經不見蹤影，取而代之的是一個約寇那騎兵，笨拙地舉劍朝車廂內亂刺。阿瑞司的侍從跪在地上反擊，用頤爾文扔來的劍手忙腳亂地打退了那人。

馬車前方可聽見混雜著兩種語言的叫喊和咒罵聲，此刻已更加響亮。依絲塔驀地感應到一道紫紅色的惡魔之光，並聽見車板底下發出尖銳刺耳的金屬擠壓之聲，車廂的左後部驟然下陷，車架頓時失衡，把她、侍女和凱提拉拉從車廂中段直甩到左後側——依絲塔甚至被拋彈離地，不由得驚叫出聲。

輪軸斷裂的清脆聲響伴隨著車廂後端在地面的沉重撞擊，又是一番搖撼，這可把守在後門的那男僕整個人給甩出了車外。聽見男僕的喊叫，阿瑞司回身趕來要救，在大幅後傾的車內抓不穩重心，劍尖險些刺中那名侍女。

「莉絲！」阿瑞司向車外喊道。

「是！」莉絲敏捷地應答。少了後輪且呈拖行狀態的馬車速度大減，莉絲也讓馬兒放慢速度，保持在車廂側旁待命。

突然間，車外響起一陣群眾驚呼，緊接著在一陣急遽衝撞和人與馬的哀號聲中，已然歪斜的馬車突然猛然停下。阿瑞司當即把劍丟開，抱起妻子往莉絲的懷裡送。「帶她走，騎馬帶她走！去波瑞佛城裡。」

「對，快去！」依絲塔附議道，一面瞥見佛伊正好趕上來查看停下的馬車，便指著地下問他：「佛伊，這是你的惡魔弄的嗎？」

「不是，太后！」佛伊探身往她所指的地方端詳，驚訝得睜大了眼睛；他體內的熊影並未蟄伏，卻也不是處在活躍狀態下，倒有幾分半睡半醒、迷迷糊糊的樣子。

莉絲勉強攬住凱提拉拉癱軟的身軀，不知所措地喚道：「太后……？」

「對，妳帶凱提拉拉快走，否則我們全都保不住！佛伊，跟著她去，護送她們！」

「太后，我不能——」

「你們走！」依絲塔的這一吼幾乎耗足了一腔氣力，兩匹馬兒便不再猶豫，立刻掉頭馳離；佛伊的劍尖斜曳向後，有些暗紅色液體沿刀刃滴落。呼號聲、刀劍相擊、弓弦聲不絕於耳，還有一記厚刃劍剁入骨肉——是誰的？依絲塔無從分辨，但她仔細聽著漸行漸遠的兩匹馬蹄聲，確定他們沒受到任何阻攔。

接著，她爬到前門，攀著駕駛座的後緣往外看。最先映入眼簾的，是路中央一輛很大的綠幔轎子，看似與他們的轅馬撞在一塊兒了，害得其中一匹前頭馬側倒在地，血流如注，嘶嘶哀鳴，另一匹前頭馬則是不停地撒蹄亂踢，前腿被卡在扛槓和破裂的轎板之間，還被木片劃開一大道傷口。十來個轎伕在那裡吵吵鬧鬧亂成一片，個個穿著帶有濃金繡樣的綠色制服，有些受了傷，幾個還能走動的試圖扶救受傷的，其中三人安撫著另外兩匹轅馬，努力把一個被壓得慘叫的轎伕拖出來。

這是一處緩坡，下面就是河谷地，順著路彎過去就是波瑞佛要塞，而他們正在下坡的半道上。要不是撞上這麼個麻煩，他們八成能夠衝過敵軍縱隊的前鋒；當然，這不代表他們能甩掉敵人。

依絲塔察覺戈朗坐著沒動，舉起了雙手，便順著他的視線看去，才發現他被一把十字弓瞄準了。緊接著第二、第三個持弓的約寇那士兵出現，馬車四周不久全被上了膛的十字弓圍住；這十幾個士兵都相當緊張，依絲塔發現他們的手甚至時不時顫抖。

一名士兵小心翼翼地接近馬車，將戈朗從駕駛座扯出車外，戈朗跌在地上，嚇得渾身發抖。那士兵又去抓依絲塔，也把她往外拉，依絲塔當即順從地自行往外爬，免得像戈朗那樣摔倒。阿瑞司跟著走到駕駛座上，卻是站直身子環視眾人，手上握著劍，劍尖向外。

他陰沉的臉上隱約有一抹詭異的獰笑，儼然正在盤算這些弓兵能奈他何——假使他出其不意地跳出去發動攻擊，再讓這些敵兵被出其不意地嚇一次。但最後他咬了咬牙，仍是垂下長劍，並在另一名弓兵的示意下將它扔在地上，便有人立刻上前去把武器撿走。阿瑞司下車時故意走得很慢，在場卻沒人敢輕舉妄動，不像依絲塔一下車就被人用弓箭對準。

不久，在兩名轎伕的攙扶下，一個身穿墨綠色緞袍的矮小老婦人從那頂大轎後顫巍巍地走出來。依絲塔的神靈之眼看見那老婦人的靈魂狀態，驚愕地屏住了呼吸。

她從來不曾見過如此異象——凡人身魂之內竟能充滿如此濃烈而多樣的色彩，只是越往核心處越闃暗，宛如在夜裡探看一口深不見底的井；井中黑暗蘊藏洶湧，向外散發著若有似無的彩光，在老婦周身交織成一層緻密糾纏的網，隱隱流竄著術法的脈動。依絲塔不由自主地盯著那老婦人看，忍不住猛眨眼睛，艱難地想從神靈之眼的視覺中辨別出肉眼所見。

單看外表，那婦人有張蠟黃且布滿皺紋的臉，脂粉未施，頭式衣著卻是精雕細琢，形成奇異的不協調感。她的個子大概只比依絲塔高一點點，乾枯無光的鬈髮按照洛拿的宮廷樣式編成三股辮，每條辮子的末端都用精緻的小花點綴，而那些小花全由閃亮的寶石組成，襯在近乎白色的頭髮上很是突兀；她的裙袍有許多層，每層都用金蔥和絲絹繡滿五彩鳥兒，件件相扣，樣色繁複華麗，然而如此華服仍掩不住她細瘦而乾癟的身形，包括已然鬆垂的乳房與腹部。老婦人噘著嘴表示不悅，淺藍色的眼珠在瞪向依絲塔時更是流露怒火，放射出灼然精光。

這時，一個騎著馬的青年軍官匆匆趕來，扔了韁繩下馬往老婦人身邊跑。有個機靈的士兵連忙牽過馬兒。只見那軍官神色倉皇，看見依絲塔時，突然像是被定住了似地呆立，更加凸顯他惶然浮躁的氣質。他的坐騎佩掛鑲有珠寶和黃金的馬具，代表此人官階很高，然而其服裝並不繁複，唯一的裝飾是一條斜披於胸前的金邊綬帶，帶面繡著一整排飛翔的白鵜鶘。那名軍官的容貌倒是俊俏斯文，滿頭燦爛的金髮全都束成髮辮，沿著頭皮伏貼緊緻，和這正午的陽光相映生輝。依絲塔在他體內沒看見靈魂，只有均勻飽滿的紫光填滿其中。

他們有巫師助陣——依絲塔恍然大悟，怪不得馬車會那樣故障失靈。眼前的軍官體內還殘留著惡魔催動巫術之後的震盪，那能量本該是激昂而強悍，卻在依絲塔的注視下顯現出退縮之勢。

馬車後側，少年侍從和凱提的侍女被人用劍逼著爬了出來，走到阿瑞司的附近。見兩個半大不小的孩子害怕得依偎在一起，阿瑞司有意安撫，便向他倆使一個眼色，再望回那老婦人和青年軍官。四下看不到頤爾文與女神奉侍兵的蹤影，是被驅散了？俘虜了？還是被殺了？

依絲塔意識到自己的簡樸裝扮，加上滿臉滿身的髒污和熱汗，真是個似曾相似的情境。她開始妄想自己這次又能夠僥倖隱匿身分、被他們當成是僕役，說不定還能設法逃走。但再想想，萬一他們反而因此把她扔到軍隊裡，成為蹂躪消遣的對象怎麼辦？就像那位若麻夫人的倒楣侍女。

巫師軍官仍在打量他們的喬利昂俘虜。依絲塔看見他的目光停留在戈朗身上，表情出現些微變化，而且若有所思；這人看出戈朗的靈魂殘破卻沒感到意外，莫非他認得戈朗？他的視線繼續掃過阿瑞司，這才流露出真正的驚愕。

「母親，她在發亮，亮得好可怕，而且她的守護者是個死人！」那軍官用洛拿語對身旁的老婦人說道，向依絲塔投以更畏懼的注視，彷彿認定她是阿瑞司這個活死人的主宰者，認定她有能力從腳下這片土裡召喚出死屍護衛來。

這對母子是約寇那的玖恩內親王和梭德索親王，依絲塔在震驚中想著，重新審視起那位年輕軍官——頎身颯爽，英姿煥發，哪有半點酒鬼的模樣？只有惡魔之光在他體內洋溢著力量。只見他退了半步，卻被老婦人狠狠地一把攫住。

「她帶著神，我們完了！」他拉高音調，哀叫起來。

「她才不是！」老婦人低聲斥罵兒子：「那只不過是骯髒的東西。她頂多只能看見，才沒有那麼大的本事。她的靈魂混亂且布滿傷疤。她怕你！」

這倒是千真萬確。依絲塔的口很渴，輕微暈眩，覺得腳下虛浮。

那婦人又眯起眼睛，帶著勝利的語調說：「梭德索，看著她！她就是依絲塔，跟傳聞說的一樣！捉到她就等於拿到了此行的半額報酬，而且她是自己送上來的！這可是眾神親手賜予我們的禮物！」

「我不敢看她，看得眼睛好痛！」

「不，她沒什麼好怕的。你能制伏她。我會教你。現在就拿下她！」她拽著兒子往前站。「去殺了她。」說著，依絲塔看見她的腹部有一線彩光亮起，向外延伸，另一端沒入梭德索的體內，而那條光線越變越亮。

青年舔了舔嘴唇，舉起一隻手——依絲塔覺得這舉動是多餘的，因為巫術的催動存乎意念，與物質媒介無關；大概是那惡魔保留了肉身的習慣。只見紫霧從他的掌心一湧而出，蒸騰纏繞，如蛇般包覆依絲塔。

她先感覺自己的腿腳無力，驟然跪在石子地上；這一跪非常痛，同時也弄破了雙膝的傷痂，血液從傷口流出來，浸濕了早已被汗水濡濕而鬆動的紗布墊。緊接著，她的脊椎和肩胛骨傳來劇痛，像是有人要把那些骨節拆開；她的肚子也感到疼痛，只是不確定這是否單純由恐懼造成。依絲塔的頭越來越重，她想伸手去撐著地，兩條手臂卻不聽使喚——在向前撲倒之前，她只來得及瞥見阿瑞司滿臉驚愕，以及把自己的臉轉向一側，用臉頰著地而不是一口吃上滿嘴石礫。

「看見了嗎？就是這樣。整個喬利昂和宜布拉都會臣服在我們面前。」玖恩滿意地說。

依絲塔俯臥在地，眼前就是玖恩的裙沿；玖恩穿的是綠綢便鞋，梭德索是擦得發亮的軍靴，站在便鞋旁忸怩交踏。遠遠的，她聽見戈朗隱然模糊地在啜泣；轅馬的哀鳴聲倒是停了，不知是哪個好心人割斷了牠的喉嚨，給了牠一個痛快。也許等等也會有人來給我個痛快。

「我承認，」那雙綢布鞋從依絲塔的眼前踩過，走向阿瑞司。「我不知道這個死人是怎麼回事……」

依絲塔發現自己連呻吟都做不到，最多只能眨眼，感覺到一滴水順著她的鼻梁滾落，再看著它被沙土吸乾。與此同時，她聽見後方突然傳出此起彼落的吼叫聲，因而眼前這群人的腳步突然亂了起來；一個颼聲劃過，她以為有人用十字弓射中了阿瑞司，嚇得倒抽了一口氣，卻又聽見馬蹄聲群起，從上坡朝這裡衝來，還有一聲瘋狂放肆的呼喝——是個在此刻驀地令人懷念的聲音。

梭德索發出驚喘，跑開時不知叨唸著什麼；他跑得急促，踢起的沙塵落在依絲塔的臉上，轉眼就離開了她的視野。有人替梭德索把馬牽來，梭德索幾乎是飛身上馬，牽馬的與上馬的都顯得驚慌。依絲塔勉強動了動頸子，試圖去探看。

在一個轟然沉重的頓地聲之後，壓在依絲塔頭上的那股力量減輕了，連同梭德索拔劍時的刺耳摩擦聲使依絲塔下意識瑟縮，但總算能讓她看見另一側的動靜：看守俘虜的弓兵在混亂中一時大意，有一人正和阿瑞司搏鬥，附近的其他士兵卻沒人上前來壓制阿瑞司，而是紛紛朝上坡射箭、慌忙裝填。她看著阿瑞司從對手的腰帶拔出一把短劍，將對手甩到一旁，隨即舉手格擋，及時招架梭德索刺來的一劍；那是紮紮實實的一擊，卻不是持劍者真正的攻勢——紫光在梭德索的掌中蘊蓄。他推掌一送。

光束穿過阿瑞司的身體，卻直接沒入他身後的沙石地，沒發生任何效果。梭德索吃驚地大叫一聲，踉蹌後退，避過阿瑞司的反擊並保住了手中的劍，但是卻轉身就逃。

馬蹄聲如雪崩般地隆隆迫近，震得依絲塔貼在地面的耳朵幾乎聽不見別的聲音。約寇那的弓兵不是被撞飛就是被撂倒。殺陣的吼聲中刀劍鏗鏘，槍矛颼颼，一隊穿著灰色繡金短衫的騎兵出現在依絲塔的視野內，當中有四個馬蹄停在她的面前：三個雪白，一個染血。

「我把你要的馬送來了。」頤爾文說得扼要，還微微喘著氣。另外四個馬蹄跟在輕羽的後頭停下，蹄聲清脆有力。「五神！她受傷了嗎？」

「我想是中了巫術。」阿瑞司也在喘氣。他俯身把依絲塔抱起，抬高交給坐在馬上的弟弟。依絲塔的腹部頂在頤爾文的大腿上，擠出一個無力的悶哼。

頤爾文咒罵一聲，隔著裙子抓住她的大腿穩住她，接著轉頭向身後的人喊：「救戈朗！」

「敵軍會重新集結！」阿瑞司高喊，在已經旋身掉頭的白馬臀後重重一拍。「走！」

他們離開道路，向下坡狂奔，然而才跑了不久，就有一道鮮血潑濺在依絲塔的鼻尖——她的餘光瞥見輕羽的右前肢出現一道醜陋的血痕，馬兒停了下來，全身緊繃；一陣天旋地轉之後，她看著地面在眼前橫掃而過，感覺頤爾文在馬鞍上大幅後仰，抓著她大腿的那隻手掐得死緊，旋即在飛揚的塵土中連人帶馬墜下山坡，一齊朝谷底滑去。只見輕羽的前腿屈起，臀部著地，幾乎是以坐姿保持著微妙的平衡；若不是如此，只怕這兩人一馬就要一路翻滾，在途中跌碎骨頭或撞破內臟。小樹梢刮擦過依絲塔的臉，她聽見頤爾文又在大吼。

這彷彿無止境的滑坡所幸沒有以悲劇告終，他們滑落到谷底的一條小溪，在水花四濺中停下。波瑞佛的其餘騎兵紛紛趕到，頤爾文這才鬆開了手，不再抓著依絲塔的大腿，改以輕拍來確認她安在，但是他大概也暈了頭，這茫然的幾下竟拍在她的臀上。

直到這時，依絲塔才發現自己又能行動，並下了馬。她吐出一大口唾沫，裡頭有溪水、血水和污泥。梭德索八成被別的事情分了神，所以沒再繼續控制她的身體。至少目前看似如此。難受的是，身體的主控權回來了，感官也跟著回來；她勉強抬頭，看著輕羽肩上的血沫，喃喃道：「我想我快吐了。」

頤爾文彎身從溪水中撈起依絲塔，重新上馬，設法讓她坐在自己的腿上，但她一時還沒有坐穩的力氣，只好靠在他身上。她環手摟著那副瘦骨嶙峋、汗涔涔仍猶起伏喘息的上半身，而他的睡袍不知遺落何處，連同那把乾草叉也不見了。此外，他的嘴角有血，黑髮散亂披在臉上，渾身因激烈活動而發熱，但在她指尖觸撫過的範圍內，他並沒有受什麼嚴重的傷。

頤爾文抬起手輕輕擦拭她的臉，大概是為她擦去血跡或泥污；那隻手也還在顫抖。「親愛的依絲……太后，您受傷了嗎？」

「沒有。這血跡是從您可憐的馬兒身上來的。」她鎮定地答道：「我只是受了一點震盪。」

「一點嗎。唉。」他抬了抬眉毛，好像笑了。

「您的腿沒有肉，我的胃大概要撞瘀了。」

「哦，」他雙手環住她的腰，伸手在她腹部揉了揉，這舉動有些笨拙。「的確。對不起。」

「別道歉。您的嘴巴怎麼了？」她用一隻手指去碰那片血漬，發現那是一處挫傷。

「被長矛尾撞到。」

「唉呀。」

「相信我，這可比長矛尖刺中要好多了。」他說著，同時探頭向身後看，並示意眾人重新前進。這是一條小路，或說只是溪邊的小山徑。「偵察部隊說約寇那派來了三個縱隊，我們遭遇的是其中一支，只是斥侯沒在敵軍的輜重隊裡看見攻城設備，所以現在不適合在戶外逗留。如果我們跑快點，您能抓牢我嗎？」

「當然能。」依絲塔坐直一些，把頭髮從嘴巴裡撩出來。不過她不太確定是誰的頭髮。她感覺到他的雙腿併了併，那乖巧的白馬竟然加大了步伐小跑起來，步態雖跛卻不像是吃力的樣子。

「您從哪裡找來這支救援隊？」這陣顛簸反倒令她感覺吃力，加上頤爾文的身體濕滑，她只好抱得更緊些。

「是您派遣的啊。這真要多謝您。您難道也是預言家嗎？我在回城堡搬救兵的半路就遇到他們，才能來得這麼快。」

啊，這麼說來，是卡本執行了她的命令，只是略略提早了些。「那是有人盡忠職守。您可有見到莉絲帶著凱提拉拉，還有佛伊？我們讓他們先逃回去。」

「有。我們在趕來馳援的路上見到他們，他們這會兒應該已經在城堡裡了。」他又扭頭向後方探看，這次卻沒有讓馬兒加速，想來是暫且擺脫了追兵。輕羽畢竟是傷馬，小跑這一段就開始喘氣，於是頤爾文放鬆了身體，讓愛馬也把步伐放緩些。

「你們後來怎麼了？」頤爾文又問：「您怎麼會倒在地上？真的是巫術？」

「是真的。酒鬼梭德索看來要改名叫巫師梭德索了。我不知道他體內的惡魔是怎麼來的，但我同意您的猜測——凱提體內的惡魔一定知道些什麼。要是我們在戰場對上梭德索……惡魔的法術可有距離範圍的限制？您學過嗎？無妨，我去問卡本好了。不曉得佛伊有沒有試驗過……我敢說他有。」

「佛伊通報說，敵陣裡至少有三個巫師，」頤爾文說：「或者至少是他感應到了三個。」

「什麼？」依絲塔為之愕然，忽地想起纏繞在玖恩內親王身上的許多彩光，其中一條連在梭德索身上，那麼其他的呢？彩光的數量不只十餘，該不會有二十個？「他們恐怕帶了不只三個。」

「您看到了？」

「不是看到巫師，而是看見跡象。非常不可思議的跡象。」

他再度轉身往後探望，更加不安。

「您看到什麼？」依絲塔問他。

「阿瑞司還不見人影。欠揍的傢伙。他總是要當最後活——最後撤退的人。我跟他講過好幾次，盡職的指揮官不是那樣當的，小孩子才在乎這種義氣……災神的地獄，好啦我在乎，真是去他的。啊。」

他轉回身子，淌血的嘴角多了一抹舒慰的笑意，顯然是看見了兄長的身影。如今抬頭便可望見波瑞佛城堡，輕羽也瘸得更厲害，他便讓馬兒放慢步伐。

敵軍來襲，不光是要塞，鎮區自然也是全境戒備。各避難處都聽得見吆喝疏散的號令，氣氛緊張卻仍然井井有條。

阿瑞司走在他們身旁，騎的是一匹敵軍的馬，得到的過程想必和頤爾文的劍一樣；他的身後載著臉色發白的少年侍從，那男孩勇敢地沒哭出來。依絲塔審視這位藩主心臟處的白色光索，確知光索另一端的藩主夫人還活著；隨著光索流動的能量已經不像剛才那樣劇烈，但是連結依然穩定。

看見戈朗坐在一名騎兵後方跟著回來，依絲塔頓覺心頭一寬；凱提拉拉的侍女也坐在另一名士兵的馬上，只是已經被嚇呆。隊伍中沒見著那個赤腳的男僕。阿瑞司懶懶地招手叫頤爾文，並以擔憂且嚴肅的眼神看著依絲塔。

「好戲開場了。」頤爾文故意說得隱晦。

「我沒有異議。」阿瑞司道。

「很好。」

馬兒拖著疲憊的腳步，載著他們走上那段險陡坡，進入城堡的門庭。莉絲早已等在那裡，三步併兩步地衝上來從頤爾文手中接過依絲塔，佛伊也跟上來伸手讓她攙扶。依絲塔感激地倚靠他們兩人，因為她的雙腿已經快無力站立了。

佛伊說：「太后，我們帶您回房——」

「你們把凱提拉拉夫人帶到哪裡？」依絲塔搶著問。

「在她的寢室裡躺著，有侍女們照看。」

「好。佛伊，叫卡本到藩主夫人的寢室去見我。現在就去。」

「我得先去打點城防，」阿瑞司說：「我一忙完就會去找你們。頤爾文……？」

頤爾文正在和一個馬伕交代如何照料他受傷的愛馬，聽見叫喚便抬起頭來。

阿瑞司向內庭方向掃了一眼，那裡是他和愛妻專屬的庭院。「該做什麼就去做吧。」

「哦，好。」頤爾文的神情一肅，轉身跟著依絲塔走。他拖著腳繞過星池噴泉，顯得疲憊而蹣跚，不再有野道殺伐的那股狂野亢奮。

21

凱提拉拉的寢房仍然洋溢著女性柔美的氣息，和依絲塔初到第一日時感受到的並無二致，然而房中的侍女們不再表現出熱忱的歡迎；她們有人沮喪，有人憤慨焦慮，也有人擔驚受怕或自責，端視與這場逃跑計畫涉入多深，而她們看見太后出現時滿身血污、神情陰沉且驚魂未定的模樣，一個個都嚇到了。依絲塔不由分說地命她們全部退下，只讓人送來盥洗用水和簡單的餐飲——除了給頤爾文大人之外，也給此行的其他隨從。這些隨從他們折騰了這麼一上午，除了清晨時囫圇吞下的茶和一點麵包以外就沒再吃其他東西了。

頤爾文走到洗面盆前將一條濕布巾扭乾，並向依絲塔瞥了一眼，禮貌地先遞給她。看見自己擦過臉的布巾上頭有大量血漬，依絲塔暗暗嚇了一跳，鮮明的刺痛感也讓她發現那些不單是馬血，還有從她自己的各種刮傷、擦傷流滲出來的血。頤爾文洗淨布巾，接著給自己擦拭；他的臉上也是血跡斑斑，赤裸的上身沾滿泥沙和大小傷口。莉絲替他端上一杯水，他一飲而盡，然後走到依絲塔身旁，和她一起盯著平躺在床鋪上的凱提拉拉。凱提拉拉仍舊穿著那一身行旅裝束，只是右手的袖籠被剪掉了，肩膀上有個已經包紮過的傷口。

這女孩甜美可愛，臉頰上有一點點髒污，看上去更像個熟睡中的孩子。頤爾文不安地伸出手指，在她原本沒有的眼窩凹陷處比劃了半圈，道：「她的身體撐不住。」

依絲塔看著頤爾文乾癟的臉頰和突出的肋骨，回答：「她固然撐不了幾週或幾個月，但是幾小時或幾天還是可以的……我覺得是時候該輪到她付出了。我起碼還知道波瑞佛人更需要誰。」

頤爾文面色一苦。就在這時，佛伊陪著一臉擔憂的卡本走了進來。

「感謝五神，您平安無事，太后！」那司祭真誠地說：「還有凱提拉拉夫人！」

「我也要感謝您，博學司祭，」依絲塔說：「因為您遵守了我的指示。」

卡本上前去打量一動也不動的藩主夫人，察覺有異。「她沒受傷吧？」

「沒……應該說還沒，」依絲塔不情願地改口。「是我要求她暫時把自己的靈魂能量借給阿瑞司用，不再使用頤爾文大人的。事出突然，我們現在得叫她的惡魔出來問話。我不知道那惡魔與巫米茹之間是何種主從關係，但我確定它知道寡居的玖恩內親王如何動用惡魔——更甚者，它很可能就是這個計謀的產物。頤爾文昨天說得對，這惡魔似乎想逃離玖恩的禁錮，它自己勢必也是計謀中的一部分。而且……照這麼看來，玖恩的控制並非不能違抗。」

卡本還是那一副緊張的神色，眼神卻帶有茫然，依絲塔這才想到自己完全沒有對眾人說明神靈之眼的所見。果然，頤爾文也顯得同樣困惑，他小心地問：「您說玖恩比梭德索更有問題。何以見得？」

依絲塔勉強描述了她在那年邁的內親王身上看見什麼景象，以及梭德索親王的靈魂已經如何被惡魔佔據；她也說出自己被惡魔之力擊倒時的感受。「我到現在還是不知道為什麼，每個惡魔見了我都畏畏縮縮，但我又如此無法抵禦他們的力量。」她心神不寧地看了一眼佛伊。

「您形容的關係非常怪異，」卡本撫著下巴沉吟道：「按規則，一具人魂封住一個惡魔，沒辦法更多，而且惡魔之間多半互不相容，更別說是同處在一副肉身之內。我不知道有哪種力量能把許多惡魔拘束在一起，除非是災神自己。」

依絲塔咬著嘴唇想了想。「玖恩的情況和梭德索不太一樣。梭德索的體內就是一個普通的惡魔，看起來和凱提拉拉或佛伊的沒什麼不同。只是那惡魔完全主宰著梭德索，取代梭德索的意志；當玖恩說話時，回應她的是那個惡魔，而不是她的兒子。我們之前曾經把凱提的惡魔叫出來問話，讓惡魔的意志凌駕於凱提的，結果差點壓制不了它。就像那樣。」

聽懂這番話的意思後，卡本的臉上寫滿反感。

佛伊站在卡本身後，看起來比司祭還悶悶不樂。中午的這場驚魂記也讓他一身大汗濕透了衣服，好在沒有受到皮肉之傷，不至於像依絲塔和頤爾文這樣狼狽。「佛伊。」

他驚跳起來。「太后？」

「你能不能幫我？我打算在她這個狀態下，讓凱提拉拉的惡魔借她的肉身出來說話。我必須壓抑她的靈魂能量，讓惡魔的能量集中到她的頭部，但我不能停掉她對阿瑞司的供給，因為現在的波瑞佛不能沒有指揮官。」

「那麼，等到阿瑞司大人準備好了，您要釋放他的靈魂嗎？」佛伊好奇地問。

依絲塔搖頭。「我不知道那是不是我該做的差事。我怕把他變成了遊魂，隔絕於眾神的庇佑之外，而他現在和這人世間僅剩一線相繫。」

「倒不如說是等我們做好準備吧。」頤爾文喃喃道。

佛伊憂愁地低頭看著凱提拉拉。「太后，我來這裡就是隨時聽您差遣，只是我不明白您要我做什麼。我沒看見靈魂，也沒看到光。您能看到？」

「我起初也看不到，充其量只是一些模糊的感覺，例如寒冷、意念，還有夢境。」依絲塔注視著自己的手，屈伸五指。「後來神明把我的視野開拓到祂的境界，我就能在真實的物質之外看見額外的光影、色彩和線條，有些光線聚攏著像一張網子，有些像水流，會動。」

佛伊搖頭。他聽不懂。

「那你是怎麼擺布蒼蠅跟飛蟲的？還有讓馬絆倒？」依絲塔耐心地引導：「難道不是憑感應或想像嗎？或者你聽見什麼、觸摸了什麼？」

「我……只是希望那些事發生。不，」他聳了聳肩，自己也不太確定。「應該說是在心裡要求。我在腦子裡想像我要的場面，然後命令惡魔，事情就自動發生了。不過……那種感覺很詭異。」

依絲塔向佛伊端詳，心中靈光一現，走到他的面前說：「把頭低下來。」

佛伊顯得有些吃驚，但仍然照辦。依絲塔抓住他的上衣，讓他更彎下身子，然後在那汗涔涔的額頭中間一吻。

災神大人，詛咒您的雙眼。要不要分享您的餽贈，您來決定吧。

那頭熊痛苦地嚎叫起來。深紫色的光在佛伊瞪大了的眼睛裡驟亮後一閃而逝。她鬆手，往後一站，看著他搖搖晃晃地直起身子，眉心依稀有個淡淡的白光。

「噢。」他摸了摸白光消失的部位，環顧四周和每個在場的人，怔然說道：「這就是您眼中所見？您看東西一直都是這樣嗎？」

「對。」

「真虧您還能走路不摔跤。」

「適應了就好，慢慢也就會學著區別異象，略去不需要看的，和我們用肉眼的習慣一樣。起先只是看見而不詳究，之後再學著應用。我現在要試著處理凱提拉拉，需要你來當幫手。」

卡本頂著不贊成的臉色，不安地絞著雙手，戒慎恐懼地說：「太后，這麼做的話，對他會有潛在的危害……」

「司祭，波瑞佛城外的幾百個約寇那士兵也是危害，您不妨想想哪一種更迫切。佛伊，你能不能看見——」她轉過頭，發現佛伊正低頭看自己的肚子，臉上有種嚇壞的表情。「佛伊，注意聽！」

他回過神來，倒抽一口涼氣。「呃，是，太后。」他瞇起眼睛。「您看得見自己的嗎？」

「不能。」

「或許那樣也好。您全身發光，好多奇怪的小火花噴出來，每一個都是這樣的——尖刺，怪不得惡魔要害怕……」

她有點沒耐性了，不等他講完就逕抓著他的手，拖到凱提拉拉的床邊。「你現在看著，她的身體裡是否到處纏繞著惡魔的光？她的心口是否有白色火焰冒出來？」

佛伊遲疑的用手指畫著那條光索。這表示他看到了。

「好，再看這條光索底下的通道，那是惡魔維持的。」

他的眼光順著光索移動，一路移向頤爾文大人，再移回凱提拉拉身上。「太后，這些火苗是不是跑得太快了點？」

「是的。所以我們得抓緊時間。來，等下照我說的試試。」依絲塔叮囑完，便像先前那樣，用雙手輕輕拂過凱提拉拉的身體，讓靈魂的火苗集中。然而她突然心生好奇，決定改用意念而垂下了雙手；果然，這樣做起來竟比用手更要容易。她不禁感嘆，人魂長久棲宿於肉身，借助物質媒介成了一種習慣，她剛才還覺得梭德索親王的推掌是多此一舉，原來自己也是積習難改。

如今凱提拉拉的靈魂之火已經都聚集在她的心口處，依絲塔就讓它保持現狀，不再去調撥，免得影響阿瑞司的活動。

「佛伊，試著讓她的惡魔移到頭部去。」

佛伊猶疑地走到床尾，握住凱提拉拉赤裸的雙腳，體內有光芒短暫地亮起——依絲塔覺得自己依稀聽見一聲帶著威嚇的熊吼。凱提拉拉的體內遂浮現惡魔之光，並且飛快向頭部竄去。依絲塔緊盯著紫光，一面也盯著維繫阿瑞司生命力的能量流，等到惡魔進到凱提拉拉的頭部，她便嘗試在凱提拉拉的頸子設下圈束，防止它任意離開。

驀地，凱提拉拉睜開了雙眼。有別於平常的乖巧甜美，她被惡魔進駐後的眼神格外銳利，流露著陌生感和警戒，就連臉部的線條也變了，不復先前的柔和。「蠢貨！」她罵道：「早叫你們逃跑，現在太遲了！她來征服你們了。我們都會被帶回去，在虛無中哭泣！」

她這幾句話說得又驚又駭，上氣不接下氣，可能是因為肺臟還無法協調。

「她？」依絲塔說：「玖恩內親王？」

惡魔想要點頭，卻發現動不了，只好垂一垂眼簾代替。這時，頤爾文悄悄搬來一張椅子，坐在床邊聽得專注，莉絲則退到遠處的牆邊，不安地倚坐在五斗櫃旁。

「我在外面見到玖恩了，」依絲塔對那惡魔說：「她的腹部有個黑洞，洞裡有十幾道光線像蛇一樣往外伸。我問你，每一道光線是不是都連接著一個巫師？」

「是。」惡魔壓低了聲音：「她就是如此逼迫我們服從於她的意志。我們，全都受她一人的意志所控制。好痛啊。」

「其中一道光通向梭德索親王。照你這麼說，內親王在她親生兒子體內也放了一個惡魔？」

惡魔聽到此話，竟然爆出一陣大笑，而凱提拉拉的臉龐露出從來不曾有過的苦澀表情。「終於輪到他！」惡魔用洛拿語叫道：「她總是偏愛兒子，我們女兒都是沒用的東西，都讓她失望！她認定金將軍不可能藉著我們重生，我們最好的用途就是成為政治籌碼，最壞的下場就是做牛做馬——或做食料來餵養……」

「那是巫米茹的聲音，」頤爾文的神情有些沉痛。「跟她在我們這裡時有些不同，但我在哈馬維克聽見的正是這個聲音。」

「玖恩從哪裡弄來這些惡魔？」依絲塔追問。

惡魔換回凱提拉拉的嗓音，也改回宜布拉腔：「從地獄偷啊，還用問。」

「怎麼偷？」卡本也站在床尾，吃驚地從佛伊身後看著這一切。

惡魔挑了挑眉毛，大概是代替聳肩的意思。「有個老惡魔幫她偷的。我們被偷出來時都沒有意識，所以完全不知怎麼回事。她把我們拴著、養著、訓練……」

「怎麼養？」頤爾文的口氣裡多了幾分擔憂。

「讓我們吃靈魂，所以她才能控制這麼多的我們。就像農場養牲畜，她放養我們，讓我們出去吃別的靈魂而不是吃她的。一開始吃動物的、僕役奴隸的、囚犯的，後來玖恩學會拿捏訣竅，開始順應目的找對象，讓我們吸取那些人的知識或才能。她把我們放進那些人的肉身，時機成熟了再拔出來換下一個，直到我們足以駕馭她最優秀的巫師——或者說奴隸。她女兒嫁不出去或沒人要，我們甚至要有本事上床取悅她想聯姻的對象！」

「戈朗，」頤爾文急切地說：「我的馬伕戈朗是不是這樣？曾經是惡魔的養分？」

「他？哦，對。我們記得他是喬利昂的司馬官，但我們沒吃過他。我們最先吃的是一隻小鳥，接著是年幼的小女僕，再來是一名喬利昂學者，是私人教師。她叫我們把那學者吃個精光，反正他因為信奉災神要被處死。學者之後是個約寇那娼妓。我們沒想到那高級娼妓跟學者調適得非常好，讓她在那段期間更受男人們喜愛。玖恩要我們竊取那娼婦的床技，她卻看不起那女人，所以就讓她變成了智能不足，放她在街坊自生自滅，但沒有弄死她。」

聽到這裡，卡本和頤爾文都露出厭惡的神色，佛伊則是面露深沉。

「你的意思是，玖恩內親王會在宿主活著的狀態下，把惡魔拔取出來？像若麻的聖徒分離惡魔與人魂？」依絲塔繼續問。

惡魔陰慘地笑道：「正好相反。玖恩的目的是讓我們和人魂結合，不是分離。看我們養夠了，她把那些靈魂毀掉，把我們抽取出來，拿走她要的部分，剩下的就隨意棄置。告訴你們，那過程非常痛苦，對雙方都是場折磨。我們認為這就是她的手段，如此來讓我們屈服。」

眼見惡魔變得如此配合、有問必答，依絲塔突然覺得可疑，但她決定趁這機會多套一些話：「你說的老惡魔是什麼？」

「啊，玖恩得到的傳承。」惡魔說著，口音和措辭都變了；凱提拉拉原本的口音是北方腔調，聽著比較柔軟，現下的腔調卻像是土生土長的喬利昂中部人。依絲塔猜想是那個學者，因為用詞精準而冷酷。「我們該把事情的來龍去脈說給你們聽嗎？敵人的敵人可未必是我們的朋友。但又有何不可？我們知曉自己的下場，你們何不了解？愚人。」惡魔的語調漸漸冷靜，不帶感情。

它緩了幾口氣之後，繼續說：「在金將軍的光輝年代，群島的男人們湧入宮廷和戰場，尋求出人頭地的機會。在這之中，有個非常年邁的巫師，長年修習惡魔的巫法，但一直把自己掩飾得很隱密。這名巫師的惡魔比他更老，經歷過好幾十個宿主；它們嗅到戰爭的動盪和失序，就像嗅到香水味那般深受吸引。但它們不知道金將軍受父神寵愛，得到許多稟賦餽贈，其中一項就是神靈之眼。

「老巫師被逮捕，處以火刑。宿主臨死，它們當然知道要離開，然而一時走不遠，便選了一個金將軍絕對不敢處死的人——他三歲的女兒玖恩。」

「她那麼小就成為了巫師？」卡本驚呼。

「也不算，」惡魔嘲諷地扯動凱提拉的唇角。「金將軍又氣又惱，轉而向他皈依的神明祈求恩典，父神也應允封住惡魔，讓它在小女孩的體內沉睡。金將軍本想在征服喬利昂之後，祕密搜捕災神的聖徒，用禁忌的五神儀式為小女兒安全地驅逐惡魔，卻沒想到方颯大君做出了那樣的犧牲，提前結束洛拿之獅的生命。

「洛拿因而分裂，各公國與五神信仰的國家陷入邊境戰爭，天下進入另一個局面。被封鎖的惡魔就這樣等了五十年，等著宿主死亡，把它重新釋放到凡人的世界。」

惡魔頓了頓，繼續說：「三年前，塵世間發生了某件事，封咒破了，惡魔佔駐玖恩的體內，但她已不再是溫馴的三歲稚兒，而是成長為一個嚴厲、堅毅、心懷仇恨且好戰的女人。」

「怎麼回事？」卡本問。

「是啊，」頤爾文說：「那個封咒能撐五十年，怎麼突然出了意外？難道是父神設定的期限？」

「我知道是怎麼回事，」依絲塔的思緒翻湧，神智卻是十分清明。「我連具體的哪一天、哪個時間都知道。我晚點會告訴你們，現在先讓它說完。然後呢？」

惡魔瞇起眼睛看向她，似有欽佩之意。「玖恩當時的處境非常艱難，她以太后的身分和兩個最親密的敵人共同攝政，一個是亡夫的弟弟，一個是掌握兵權的大將軍；梭德索仇視這三個長輩，而且年紀輕輕卻一味沉迷於杯中物。大將軍老想著把梭德索拉下王座，扶攝政王叔取而代之。」

「啊，」頤爾文語帶憂鬱：「我本來提議要在那時進攻約寇那，當時他們的朝廷局勢不穩定……唉，也罷。」

「玖恩驚慌失措，」惡魔繼續說：「她認定——或說是逼自己相信，身上的老惡魔是父親祕密遺留給她的資產，讓她得以度過難關並拯救她的兒子，因此她不動聲色地保留那個惡魔，並開始向惡魔學習。玖恩為人聰敏，老惡魔樂得傳授一切，想著很快就能反客為主去控制玖恩的身魂。但它低估了玖恩的意志力。玖恩的怒火經過四十多年的隱忍，已鍛鍊出鋼鐵般的意志。老惡魔最終反而成了玖恩的奴隸。」

「對，」依絲塔輕聲道：「我想也是。」

「玖恩的政敵最先發現這一點，最親密的敵人就是那麼回事吧，我們猜想。她的小叔死得無聲無息，那名將軍私下接受了協議，馬上見風轉舵，成了玖恩最得力的支持者。」

「在四神教義來說，玖恩淪落成一個褻瀆神明的壞教徒；」卡本滿臉驚愕。「可是，壞的四神教徒跟好的五神教徒完全是兩碼子事。玖恩所在的環境，不允許她獲取正確的神學知識來安全地面對惡魔，更別說是這麼多的數量啊。」

「的確不能。」依絲塔輕聲道。

「不久，那些惡魔成了她的玩物，它們存在的意義不只在於拯救梭德索。最後，終於，她藉此貫徹了意志，使惡魔和一切人事物都對她言聽計從；她的家人不是最後才被控制的，而是最先就被犧牲了，除了梭德索。」

說到這裡，惡魔的聲音和語言又改變了，用洛拿語說：「她為了我不肯嫁給一個五神教的貴族，而用惡魔控制我，當時她甚至得意洋洋，看著我對她百依百順，無論大小事都不敢有任何忤逆。她膽敢如此對待自己的親骨肉，卻只有梭德索例外，那是她的寶貝。噢，聽聞她終於控制了我的弟弟梭德索，即使我已是這樣的下場，此事仍讓我感到愉悅。」凱提的臉上浮現巫米茹的猙獰笑容。「我早叫他要提防母親，他聽進去了嗎？當然沒有。哈！」

「凱提拉拉說你被派來侵吞波瑞佛，」依絲塔對惡魔說：「這麼說來，我推測，吞噬那個高級娼妓的目的是……」

眼見頤爾文的表情混雜了懷念、憾恨和恐懼，很是複雜，依絲塔不免聯想：這個惡魔吞噬過許多魂魄，眼下看來，那些魂魄之間仍保留著些許自主意識，但日後是否會逐漸融合成一體？

「玖恩要你來控制頤爾文還是阿瑞司？」依絲塔繼續問：「或者兩人都是？」

巫米茹的聲音輕柔笑道：「是頤爾文大人。我們起初覺得他很好看，不過後來見到阿瑞司……阿瑞司更好看，權勢地位更高。反正我們的目的是拿下波瑞佛，何不挑選英俊的最高指揮官呢？」這聲音說完，惡魔改用宜布拉語接著說：「是的，阿瑞司大人。」以及「阿瑞司。對。嗯。」最後是一聲聽不出口音的嘆息。

「看來他們意見一致，」頤爾文乾巴巴地說：「小女僕、內親王、娼妓，搞不好連那學者也同意她們的眼光，一個個見了阿瑞司就著火啊。最開始的那隻小鳥該不會也是母的吧……好吧，所以玖恩的陰謀用的是催情術，這可比惡魔的巫術古老得多。」他笑得苦澀，雙肩一頹，突然顯得格外疲憊。「倒要幸虧目標不是我了。」但他隨即坐直身子，眼珠子轉了幾圈，又問：「那麼，玖恩的老惡魔是如何被釋放出來的？太后，您說您知道詳情。」

「我是從時間猜出來的——您想不到嗎？三年前的女神節日，金將軍對喬利昂王室的詛咒破除了，眾神藉著祂們親自選擇的聖徒，收回了對金將軍的賜予，恐怕也包含了封住那老惡魔的力量。」

頤爾文望向卡本，後者鄭重地點了點頭。

依絲塔忍不住感慨：「要是阿爾沃、埃阿士和我在二十年前就成功破除詛咒，那是不是就讓玖恩早了二十年得到惡魔？二十年前的她要和老惡魔別苗頭，誰會佔上風呢？」

卡本垂眼端詳凱提拉拉，帶著幾分神學者的好奇。「我想的是，喬利昂曾在方颯時期經歷惡魔的大量肆虐，和那洛拿老巫師的行為是否有關……」他自己突然打住，甩了甩頭，彷彿追溯陳舊的往事，會使眼前的困境更為真實而迫切。

這個惡魔為何要對我們說這麼多？依絲塔突然心生疑竇。為了給他們這一小群人製造恐懼和失序？發洩它自己的沮喪？她看著佛伊神情漠然，卡本若有所思，頤爾文警覺專注，顯然談不上達成了什麼目的。又或許它沾染了足夠的人性，已經懂得享受抱怨之樂，喜歡博取旁人的關注，甚至放下身為惡魔的不合群本性，想用這種方式尋找同伴。

阿瑞司突然開門走進房內，把依絲塔嚇了一大跳。阿瑞司先向她點頭致意——見他穿回鎖甲，她不禁感到慶幸，至少現在的他不怕悶熱，穿著鎧甲也不擔心中暑。他的身後領著幾個捧著餐盤的侍女，戈朗也帶了頤爾文的衣物和戰場裝備跟著進來，看樣子已是恢復些許精神。

趁著眾人進食時，阿瑞司走到床邊探望妻子，面容肅穆；那惡魔迎上他的視線，卻是未發一語。依絲塔深怕那惡魔要假凱提拉拉的情感來誘騙阿瑞司，一面也懷疑是那具身軀原有的習慣使然。

「她醒著嗎？」阿瑞司有意伸出手去。「那我要怎麼……」

「凱提拉拉正睡著，」依絲塔對他說：「我們讓惡魔藉她的嘴說話，它也確實說了不少。」

「阿瑞司，外面情勢如何？」頤爾文問。他正連啃帶吞地大口嚼咬麵包肉捲，大口配著冷茶，一面讓戈朗協助更衣。

「偵察隊估計約寇那派了一千五百名兵力，每個縱隊五百名；派出去的十幾個斥侯只有兩個回來，兩個都這麼報告，看來真是如此。敵方已經完成包圍，我看那些斥侯是凶多吉少……我從來沒折損這麼多斥侯。」

「攻城的設備呢？」滿嘴食物的頤爾文穿上他自己的馬靴。換下來的靴子被扔在一旁，那靴子的原本主人生死不明，這靴子也落得個命運未卜。

「沒回報。補給車是有，但沒見到別的。」

「哼。」

阿瑞司向依絲塔看了一眼。她不知道自己臉上現在是什麼表情，但聽出阿瑞司的口氣有勸慰語氣：「太后，波瑞佛不是第一次被圍攻，挺得住的。村鎮的圍牆仍舊堅固一如以往，而我派了兩百人馬在下面鎮守，而且村民們有半數都曾是戍衛站的士兵，和城堡之間有多條地道可以調度增援。嗯，在……那是什麼時候，十五年前嗎？頤爾文。宜布拉的老狐狸派了三千人的突擊部隊過來，我們守了半個月，直到凱里巴施托和妥挪克索領主——現任領主的父親——給我們解了圍。」

「約寇那這次不是來圍城的，我想，」頤爾文說：「而是專程帶巫師來對付我們。」他接著把惡魔的供詞簡要複述一次。一旁的戈朗邊忙邊聽，臉色青白，卻沒停下手中的工作。他梳束了主人的頭髮，又撢開鎖子甲來等著讓頤爾文穿上。

「假如這個瘋婆子玖恩真的拖來十幾二十個巫師，那她就是鐵了心非拿下我們不可。」頤爾文說道，穿上鎖甲。「要嘛為了給她女兒復仇，要嘛為了今年秋季的戰役提早打擊喬利昂；先攻下一城，挫挫帕立亞大元帥的銳氣，順帶破壞北境防線，擾亂大君夫婦的兵員布署……假如我是約寇那那方，我就會這麼做。我是說，假如我只是瘋了，不是犯蠢了。」

阿瑞司被他逗笑。「我現在想像不出梭德索麾下的軍官處境有多尷尬。」

「他們會合作的，」依絲塔低聲地說：「齊心一志。」

頤爾文也沉著臉。戈朗輕輕拍他，他才伸出手臂，讓戈朗為他裝上腕甲。

「阿瑞司，」依絲塔繼續問：「您現在並不具備神靈之眼的視力，對嗎？」

「是的，太后，我無法看見您形容的那種景象。真要說起來，我的視力似乎不如以往，但不是變得模糊或覺得光線變暗，而是……褪色。唯獨有一點，那就是我在夜裡看東西反而變得清楚，幾乎和白天沒兩樣。」

「那麼，您在路上和梭德索親王交手時沒看見什麼，或感應到什麼嗎？」

「沒有……您看到什麼了嗎？」

「我看見他發出巫術之光，像一道閃電刺中您的身體，但是您並沒有因而受到打擊。您甚至不為所動，那道光就像是穿過空氣一樣。」

說完，兩人一同望向卡本，卻見後者肥掌一攤。「就某方面而言，他已經不是個『存在』；既不是生魂，也不像惡魔那樣。有著『存在』的世界包括物質世界和靈魂世界，與遊蕩的死魂之間都是完全離斷的，不再有牽連。」

「這麼說來，他對巫術免疫？」依絲塔認真地問：「然而眼下正是巫術在維持他的……博學司祭，我搞不懂。」

「我會認為是——」

突然間，依絲塔看見整個房間爆出一大團糾結纏繞的紫色細光，佛伊也在同時間嚇得整個人驚跳起來。那些光線先是膨脹，旋即消失，過了一會兒，便有一陣震動鋪天蓋地襲來，房間中所有盛水的器具都劇烈震動或甚至翻倒、砸碎在地。頤爾文本來端著一個陶杯正要就口，因這晃動趕緊拿遠，否則潑出來的茶水差點灑在衣服上。

「大概是玖恩的巫術全部就位了。」依絲塔冷冷地說。

佛伊不安地左顧右盼；在他體內，那個熊形的影子不再蜷伏，而是站起來咆哮了。「剛才那樣是什麼用意？警告嗎？既然他們能做到那樣，何不乾脆讓我們直接肚破腸流？」

卡本搖搖手。「遊蕩的惡魔無法直接殺生——」

「災神派出的死亡惡魔卻可以，」依絲塔插嘴：「我親眼看過。」

「那是非常特殊的情況。遊蕩的惡魔就是逃離了災神管轄才得以進入物質世界，所以，它們或許有意殺生，但……死亡是為靈魂打開通往眾神的通道，無論這個靈魂是否在當下選擇投奔神明，通道都必然開啟。惡魔會在那一瞬間被逮回去，而它們是沒有能力抵抗這個力量的。」

「所以才要趕在宿主死亡前跳走……」佛伊說。

「對。同樣的，動用巫術殺生也會使施術者和死者之間產生締結，施術者要付出艱苦代價，也要承擔嚴峻的後果。」他頓了頓，思忖道：「當然，假使巫師讓一個人騎的馬摔落山谷，或其他方式間接造成死亡，這筆帳就是另外的算法。」

這時，一名士兵突然衝進房門，氣喘吁吁地說：「阿瑞司大人！城門有個約寇那使者，他要求談判。」

阿瑞司咬牙抽了口氣。「看來的確是個警告。好吧，這下子我的確沒心思去管別的事情了。頤爾文、佛伊、博學的卡本——太后，各位能否陪我一同前去？我需要各位的眼界和建言。但你們要遠離城垛，盡可能別讓對方看見。」

「好。」依絲塔迴過身，解除了加在凱提拉拉頸部的圈束，確定惡魔回到休止的狀態。一旁的佛伊在依絲塔身邊默默盯著看，頗有貼身戒備的意味；莉絲雖然沒被阿瑞司點名，但她也起身跟著走，縮著肩膀環抱雙臂，想讓自己不引人注意。

頤爾文走在阿瑞司身後，突然停下腳步，咒罵了聲：「遭了，儲水區！」

阿瑞司猛然回頭，兄弟倆相視片刻。頤爾文拍了拍兄長的肩膀，道：「我去檢查，等等城門上見。」

「快點過來啊，頤爾文。」阿瑞司示意其餘人跟著他走，頤爾文則逕自奔出明廊，朝不同的方向跑去。

22

眾人跟著阿瑞司走過內庭花園，登上階梯，來到外牆城樓之上。弓兵部隊已在狹窄的哨道上就定位，阿瑞司擠過去，爬上城垛最高處，坐在那裡往下看。依絲塔躲在矮牆後，偷偷向外打量。

城牆外，右側是通往歐畢的路，敵軍已經在那裡的胡桃林紮營，正是弓箭和投石器打不到的距離。依絲塔看見敵方營帳正在架設，人馬正在整隊。林地另一側立了幾個特別大的綠色帳篷，忙碌於其間的僕役身上穿的就是之前那些轎伕的制服。左側的路通往山下河谷的村鎮，另一支部隊正在湧入，部隊後方已能看見幾個士兵驅趕著剛剛搶來的牛羊牲口，他們的隨營雜役正忙著接管。

更遠處的村郊看似平靜——依絲塔暗暗希望那裡的居民已經疏散一空——只有最外圍一、兩座穀倉起火，大概是第一波攻擊時的零星反抗或犧牲式的抵抗。敵人並未對田園和莊稼放火，是時機未到，還是為了保全之後的戰果？情報說有三個縱隊，第三隊八成守在城堡後方，沿著稜線布署。

城門已經關閉，起降橋收合起來。在這乾熱無風的午後，約寇那的交涉官站在護城裂谷的對岸，頭上沒戴任何護具或帽子，手舉著一根小旗桿，象徵協商的藍色錦旗垂在頂端；他的左右兩側各站著一名護衛，綠色短衫之下全副武裝，神情戒備。

依絲塔認出來人就是若厤突擊隊的那名翻譯軍士，不由得大吃一驚。他被派來執行談判任務，是基於獎勵還是受罰？從那人臉上的驚愕看來，他也認出了牆頭上坐著的，就是當天差點把他腦袋剁掉的瘋狂騎士。阿瑞司倒是面無表情，似乎並未認出他。

翻譯軍士舔了舔唇，清過喉嚨後，用清楚的宜布拉語朗聲地說：「我奉梭德索親王之命，前來與波瑞佛城堡談判。」他將那面小錦旗搖動幾下，權充保命符。殺害使者既失體面又失風度，不只會遭受各界批評，也可能讓己方使者受到報復，但在戰時誰也拿不準主帥的心情，談判官總是要提著腦袋上陣。

「以下是我方約寇那親王的要求——」

「四神的，你們不怕嗎？」阿瑞司打斷他，故意放慢語調：「你們的親王被惡魔附身，現在可是個巫師。身為虔誠的信徒，你們怎麼不燒了他，還敢聽從他的命令？」

眼見兩名衛兵不為所動，依絲塔懷疑他們是因為聽不懂宜布拉語才被刻意挑選來的。倒是談判的軍士臉上閃過一個怪異的表情，大概是被戳中痛腳，於是尖銳反駁：「聽說您是個死了三個月的人，難道您的部隊就不怕自己的指揮官是一具活屍？」

「沒怎麼怕。」阿瑞司對著城外說，無視於身後的弓兵群響起極輕的低語。弓兵們此時的表情各異，有人不信，有人詫異，也有人像是恍然大悟，甚至有個士兵壓抑地低聲驚呼。「我懂了，原來這對你們而言是個困擾。是啊，你們這下可殺不死我了吧？千辛萬苦搞出了巫師，這可怎麼辦呢？」

這幾句風涼話一出，那交涉官的動搖是顯而易見，只能強自鎮定地繼續朗讀他的文稿：「以下是約寇那親王開出的條件：立刻交出太后依絲塔作為人質，所有駐衛官兵放下武裝，從城門步行出來投降。只要做到以上事項，就保你們性命無虞。」

「再順便送去餵惡魔？」同樣藏在城垛後偷看的卡本咕噥道。聽他這麼發牢騷，依絲塔忍不住想，以一個災神的司祭而言，被惡魔吞噬可能比正常的殉教處刑要來得仁慈許多。

「得了，得了，約寇那人，要不要我吐口水請你走啊？」阿瑞司說。

「您還是省省吧，阿瑞司大人。我聽說您城堡中的水就快要變得珍貴了。」

頤爾文大人正好在這時登上城牆會合。他屈著身子，溜到阿瑞司腳邊的牆垛處，先是很快地向城外掃視一遍、瀏覽敵方布署，繼而與阿瑞司互看一眼，壓著適當的音量說：「兩個儲水槽都被他們破壞了。水漏得像篩子。我已經派人拿所有能盛裝的容器去把水裝出來，水槽上先用帆布堵著以減緩漏水，但情況不樂觀。」

「好。」阿瑞司低聲回應，接著拉高嗓門對著交涉官喊：「不用說了，我們拒絕。」

對方顯然早就預料是這個答覆，只見他不懷好意地笑道：「梭德索親王和寡居的玖恩內親王大發慈悲，准許你們考慮一天。我會在明天的此時再來聽你們的答覆。當然，你們也可以先派使者過來傳信。」說完，他深深一鞠躬，倒退著離開，走了老遠才敢轉過身子背對城堡。

當然，敵軍放出這些話來，就意味著他們根本不期待對方會改變態度。

「接下來呢？」卡本擔心地問：「突襲？他們真的會等上一天嗎？」

「我才不信。」阿瑞司從牆垛跳下走道。

「沒錯，而且突襲的話，我想那不會是由正規部隊發動。」依絲塔說：「我打賭，玖恩正想著來這裡試用她的新玩具。要是結果令她滿意，她……」她的話只說到一半，神靈之眼的餘光便看見一條紫色的線光竄過。

剎那間，哨道上的弓弦幾乎全數斷裂。幾名弓兵被嚇得喊叫出聲，更有一把已上膛了的十字弓因此發射，誤射進隔壁士兵的大腿。被射中的那人慘叫著往後倒，結果失足翻過矮牆，跌在內庭的石子地上一動也不動。持弓的那士兵嚇壞了，扔了武器轉身往樓下跑，趕去救護他倒楣的同袍。

接著又是一道紫光竄過，顏色更深。

「這回又是什麼……」佛伊不安地望向弓兵群，看著他們一個個表情錯愕，有些人立刻從腰上摸出新弦要來替換，卻發現那些弦也都是斷碎的。

不到片刻，他們看見內庭的對側升起一叢濃烈黑煙。

「殿舍起火。」頤爾文說著同時，已經邁開步子衝了出去。「佛伊，請你過來，我需要你。」他邊說邊跑下階梯，長腿一步下三階。

重頭戲要上場了，依絲塔心道。她的胃開始絞痛。

莉絲驚慌地問：「太后，我能不能跟他們一起去？」

「可以，去吧。」依絲塔沒猶豫地立刻准允，莉絲便飛也似地跑了。眼下每雙手都要派上用場，而那裡是莉絲能發揮本領的地方——再來換我給自己找個地方，她想。

她轉身準備離開城牆，阿瑞司追上來喚道：「殿下，您能否去照看凱提拉拉？」

「當然。」

凱提拉拉的臥房裡，侍女們早已亂成一團，依絲塔好不容易安撫了她們，勉強讓她們冷靜下來。凱提拉拉仍舊躺在床上，曾經柔嫩的雙頰卻是大幅凹陷，臉面的皮肉幾乎是貼在骨頭上，看著有些可怖，也難怪侍女們嚇得崩潰。惡魔之光仍在她的體內蟄伏，但看不出有反客為主、要奪取優勢的意思，依絲塔這才稍稍寬下心來，喜憂參半地盯著靈魂光索，確保這送給阿瑞司的供給不受阻礙。

這個下午格外漫長。依絲塔守在藩主夫人的臥房裡，卻經常得跑出房外去探看敵人的巫術攻擊造成什麼後果——因為她頻繁地感應到紫光竄現。

直接造成損害的，似乎只有針對儲水槽的第一波攻擊，其後的都是一些莫名其妙的連鎖反應，好比人們摔倒而跌斷骨頭，從火場中被救出的馬兒過度驚奔，結果在星池內庭撞倒一座涼亭；涼亭上的一個蜂窩跟著落地，三個人就這麼被黃蜂螫死，更多人被蜂螫了的馬兒踢傷或踩傷。

除此之外，各庭院起了幾場零星小火，救火使得儲水量更加告急。城堡中儲存的肉類大半發出臭味，開始腐敗，但那些明明都已做過妥善的防腐處理；麵包和水果上的霉斑以肉眼可見的速度急遽擴散，麵粉袋裡突然冒出大量象鼻蟲，皮帶和布條硬生生在人們的手中軟爛崩解成碎片，還有陶器出現裂痕，木板變脆，鎧甲和刀劍上的鐵鏽來得像少女臉上的紅暈一樣快。

所有曾經得過三日瘧的人都復發了，而且症狀非常嚴重：發燒、打寒顫、幻覺。臨時為病人鋪設的褥墊，排滿了凱提拉拉那曾經明亮美好的餐室，呻吟聲不絕於耳。卡本被逼著去幫忙安置病患和臨終者，後者增加的速度快得令人難以置信。不到傍晚，這座小城中的每一張臉孔都寫滿了對未知的恐懼和茫然，眾人皆處在莫大的壓力之下。

日落時，依絲塔爬上北塔去查看情況，莉絲一跛一跛地跟著走。她在火場弄的一身煙焦味還沒散，跛腳是因為被受驚的馬兒踩到。走在她們後面的一個士兵抱著滿懷石塊，堆放在矮牆邊之後和兩個站哨的同袍哼聲打了個招呼，大概也沒心思多講話，回頭就轉身下樓了；那兩個哨兵的弓都扔在角落，弓上沒弦，看著只像兩根變形的木條。

在西傾的陽光中，無人的郊野有一股異樣的靜謐之美。胡桃林中的敵方軍營井然有序，上空只見炊煙輕冉，飄送淡淡的香氣，遠看就像是在舉行盛宴；穿著綠色制服的小隊騎兵在附近巡邏、傳遞情報，顯得十分悠哉。

另一側的山谷，村鎮的上空卻布著醜陋的黑煙。拜河谷之賜，山下的鎮民得以控制火勢，但鎮內的景況卻是慘不忍睹。依絲塔看見幾個人影在街上蹣跚地走動，守在牆後的男人們蜷縮著或趴著，幾乎沒怎麼動作，可能是累壞了在打盹，也可能是死了。

依絲塔聽見沉重的腳步聲，轉過頭去。頤爾文扛著一個油膩膩的小布袋出現在樓梯口。他的臉龐蒼白且滿布髒污，煙灰揉著汗水被抹成多道線條，神情疲憊得就連暖陽的餘暉映照也沒能為他添上好氣色。他早幾個鐘頭前就脫去了鎖甲和燒破的制服，如今上身只貼著一件單薄的亞麻衫，上頭點著許多火星燒出的小焦洞。

「啊，」他喊得像是剛剛從礦坑上到地面來：「您在這裡。」

她沒作聲，僅稍稍頷首致意。頤爾文走到她身旁，和她一起俯瞰城堡銅牆鐵壁之內的滿目瘡痍。廄舍幾乎被燒個精光，只剩下幾根橫倒焦黑的木柱，坍塌的屋瓦破落一地，連帶波及並壓垮了廚房的一隅，所幸火勢已經完全撲滅，火場已不再冒黑煙了。星池裡的水都被汲出來滅火，裡頭現在塞著亂七八糟的髒東西；內庭的角落涼亭坍倒，另一處角落用繩子牽聚著馬匹——從塔樓往下看，每匹馬兒的背部都呈詭異的菱形，往來的人們顯得焦慮而垂頭喪氣。

「您剛才有見到司祭卡本嗎？」依絲塔問頤爾文。

他點頭。「他還在病房裡奮鬥。病人多到把三個大堂都躺滿了，當中至少有一半的傢伙被下了痢疾。災神的地獄，現在沒水可供清洗，照這情況下去，梭德索也不必出動官兵來打，只要明天一早派六隻小馬載幾個四神唱詩班的小毛頭來，給他們發一條繩梯就能攻下我們。哦，對了，」他將小布袋拿到面前。「要不要來點烤馬肉？能吃的，還沒臭。」

依絲塔狐疑地打量。「先等等。這是輕羽嗎？」

「不。幸好不是。」

「嗯……先不用了，謝謝您。」

「您應該趁現在保持體力。五神也不敢保證我們幾時有得吃。」他自顧自摸出一塊肉，嚼咬起來。他再將布袋遞向莉絲。「妳要嗎？」

「不，謝謝您。」她學著依絲塔那樣辭謝，語調平靜。

於是頤爾文起身走開，讓站哨的士兵去傳遞那一袋馬肉。這些士兵原先都是弓箭手，如今全成了投石兵；他們囁嚅著道謝，對此似乎比較不抗拒。

就在這時，依絲塔聽見一個清脆的斷裂聲和轟然巨響——往下看去，發現廄舍的一堵牆在灰煙飛揚中倒塌。頤爾文馬上跑了回來，也跟著觀望。

「這才第一天啊，連一天都不到。災神的眼淚啊，要是撐上一個禮拜，我們會變得多慘？」石牆被太陽曬得溫熱。依絲塔把手臂靠在牆頭，低聲地說：「是我連累了你們。對不起。」

他的眉毛一挑，轉頭看向她的側臉，挑釁似地說：「殿下，我還不認為您有這樣的殊榮呢。追溯源頭，波瑞佛和約寇那的這個樑子早在您來此地之前就結下了；假如沒有您的出現，他們也不過就晚十天半個月才來攻打我們——晚上十天半個月，我們這座邊防要塞就會由最有戰場經驗的活死人和臭屍體擔任指揮官。唔，而且會先把自己城堡裡的官兵嚇得半死，因為沒人能解釋是怎麼回事。」

依絲塔按著眉心。「所以誰也不確定我在這裡是否有意義，對吧？除了最後關頭可以當個人質和籌碼去送給玖恩。」也許真是這個意義。她定定地望著庭院中堅硬的鋪石地面，離北塔上方相當遠。若是不當人質，跳下去就是個選擇。

頤爾文順著她的視線往下看，隨即敏銳地瞇起雙眼。「您為我帶來了意義，」他伸出手輕輕扳過她的臉。「能用一吻把男人從死亡的沉眠中喚醒的女人，都值得讓人多看一眼，我覺得。」

依絲塔嘲諷地冷哼。「您不是被我吻醒的。我只是讓靈魂的能量重新回到您身上，我對凱提拉拉也是那麼做的，那一吻只是……算是個放縱吧。」

他的唇角微微揚起。「您上回不是說那是作夢？」

「唔……」不好，她自己忘了。眼見顛爾文笑意更甚，幾乎要咧開了嘴，她只好承認：「好吧，那就是個愚蠢的衝動。」

「得了，我認為那是個很棒的衝動。殿下，您小看了自己。」

依絲塔臉紅了起來。「我恐怕沒有那種本事——跟人調情。年輕時我太蠢，現在我老了又太乏味。」

太蠢，再來太瘋狂，然後是太乏味，最後是太遲。「反正我不是那種個性。」

「真的嗎，怎麼會呢？」他轉過身來面對著她，斜倚在牆邊，臉上滿是好奇，牽起她的一隻手，在那同樣沾著煤煙髒污的掌心緩慢地輕撫。「我看不像啊。大家都說我腦筋好，應該能夠解決這個問題。先做一點點研究，畫一張依絲塔城堡的地形圖，標註防禦力……」

「好找出弱點？」她堅定地抽回那隻手。

「好吧，看來還得做多點研究。」

「顛爾文大人，現在不是胡鬧的時候。」

「這倒是。我好累，累得快要站不住，連腳都不想提起來。」

她不接腔。兩人陷入短暫的沉默。

接著他露齒邪肆地一笑。「哈，我剛才看見您撇嘴笑了。」

「才沒有。」但現在有了，不由自主地。他那副張嘴雀悅的模樣，令她想起巢中的雛鳥。

「噢，更好——是得意的笑！」

「我沒有。」

「詩人們用淑女的微笑來形容希望，但我寧願求一個這樣得意的傻笑。」不知怎地，他的手指又撫上了她的掌心，輕輕地揉按著。那感覺真好，她好希望他能這樣按她的肩膀、腿腳、頸子，以及每一處的疼痛。尤其是疼痛。

「您還說阿瑞司是家族裡最擅於挑逗人的。」她努力想把手再抽回來，卻集中不了力氣。

「才不呢。他這輩子從來沒主動挑逗過女人，都是女人自己撲上去。當然，事出必有因就是了。」他淺笑道：「身為凱里巴施托第一劍客的跟班兼搭檔，我知道自己為什麼永遠只能做第二；話說回來，那個不知名的第三劍客大概也會發現自己很難擠掉我這個第二名吧。若我們兄弟倆同做一件事，阿瑞司總是做得比較好，但我現在發現有件事他肯定不如我。」

一定是這掌心的按摩害的；她分了神，想也沒想地問：「什麼事？」

「愛上您啊，甜美的依絲塔。」

這耳熟的親暱稱呼令她心頭一驚，後退了半步。「別那樣叫我。」

「苦澀的依絲塔？」他面帶疑惑。「古怪的依絲塔？多變、易怒又倔強的依絲塔？」見她嗔嗤，他又放鬆起來，壞笑也再度回到他的臉上。「好吧，我再想想別的詞。」

「頤爾文大人，正經點。」

「誠然，」他立刻應道：「遵命，太后。」他略微俯首，又說：「我這年紀嘗過的遺憾不算少，該犯的錯也都犯過了，有些固然荒唐醜陋——您可以想見；」他苦了苦臉。「然而卻總是那些舉手之勞的小事，在我心裡留下特別深刻的悔恨——沒給的親吻，沒表露的愛意，就因為沒有時間、場合不對又沒有機會……要說機會，我想這裡所有人的機會都是越來越渺茫，所以我要減輕我的遺憾——縱使餘生只剩今晚，至少這一次……」

他靠得近了些，而她彷彿著了迷，沒有退卻。那雙手臂好像知道她的肩膀發疼，就那麼環上、找到了自己的位子摁著。她發現他的個子真是高，覺得自己要是不把頭往後一點，恐怕會讓鼻子撞在那沒什麼肉的胸骨上。於是她仰起臉。

他的嘴唇有煤煙、汗鹹味，嚐起來就是她今生最漫長的一日。好吧，還有馬肉味，但起碼是新鮮的馬肉。當她的手臂也自動在那副削瘦的身軀找到了位子待住後，便見他的黑眼珠在半閉的眼簾下閃動光芒——她當時對卡本是怎麼吼的？佯裝試探而實則求索……

她不知道經過了幾分鐘，也不確定自己是覺得太久還是太短暫，反正當他把頭抬起來而讓她稍稍退開些時，她覺得他的凝視有些出神飄渺；他的微笑再沒有半點嘲諷，倒有幾分滿足。她眨眨眼睛，退了兩步。

莉絲盤腿坐在對面矮牆邊，被這一幕弄得目瞪口呆。兩個哨兵哪裡還顧得上值哨，連假裝監看敵軍都懶得裝了，直接正大光明地轉頭來看。他們個個滿臉的驚奇崇拜，彷彿正在看一項極其危險而自己無意效仿的特技表演，例如吞火或攀雲梯那類的。

「時間，」頤爾文喃喃道：「是要把握了才有。它不等人的。」

「確實如此。」依絲塔輕聲說。

就這麼一下，她突然不想用中庭的石子地來解決自己的困境了。他的大膽調情一定是為了這個目的。對，她必須如此看待。

一片深紫色的光暈潑進神靈之眼的視野，促使她反射性地跟隨看去。樓下突然傳來一聲怒喊。她嘆了一口氣，疲倦地說：「我連看都不想再看了。」

頤爾文也轉了頭，卻是被那陣叫聲吸引，但他同樣沒做出一探究竟的舉動，而是回過頭來瞇著眼睛望向她。「您在我們聽見動靜之前就轉頭去看了。」

「對。神靈之眼會讓我看見巫術攻擊時發出的光，那種光像小小的閃電，或像點了火的飛箭，不過我只能看見它的來處和去向，看不出它會製造什麼後果。看起來都差不多。」

「您用看的就能知道一個人是不是巫師嗎？我看不出。」

「可以，例如凱提拉拉和佛伊的惡魔，在我眼裡就是兩個有形狀的影子，侷限在他們各自的靈魂裡；他們兩個是活人，所以惡魔等於也被關在他們的肉體中。佛伊的惡魔仍保有野熊的形狀，而阿瑞司的靈魂是被肉體黏連著，已經略微分離了。」

「您在多遠距離就能看出來？」

她聳聳肩。「跟肉眼的視力一樣遠吧，我猜——不對，應該可以更遠，因為這種視力不是藉由物質去做媒介；它看的是靈魂，不是實體。在神明的眼中，棚布、城牆、肉身都是透明的，阻擋不了祂們的視線，所以只要我集中精神，更專注，或閉上肉眼來降低干擾，應該也能做到那樣。」

「那麼巫師能看見怎樣的？」

「我不確定。佛伊似乎看不見這些，是我分享了神靈之眼的視力他才能夠看到。但他的惡魔還很稚嫩，沒有經驗。」

「哦。」他呆立半晌，一時有些茫然。他回神後，抓了她的手逕往西面走，在矮牆邊停下。「從這裡，」他看著那片胡桃林。「依您看，有沒有可能算出玖恩帶來多少巫師？在這麼遠的距離，並且看進營帳內部？」

依絲塔眨了幾下眼。「不知道。我來試試。」

胡桃林頂仍披著一點點金黃色陽光，投在地上的影子卻已拖得很長。營火在林間閃爍，隱約勾勒出軍帳的方角。依絲塔聽得見那些外國士兵的談話聲，只是聽不出在說什麼。樹林另一側的綠色大帳座座通亮，遠看就像是地上的一盞盞大燈。

依絲塔把氣息放長，開始調整意念，閉上眼睛，讓感知力向前方延伸。相隔得這麼遠，如果她能在這座塔樓上感應到玖恩或梭德索，他們是否也能感應到她？萬一玖恩發現她在……她換口氣，摒除這個念頭，繼續擴延她的靈魂。

她先看見的是許多微弱的靈魂光點飄移在樹叢之間，至少有五百多個，那是正在忙碌著的約寇那士兵和隨營雜役及眷屬們；再有幾個很亮的靈魂，亮度穩定而搶眼——就是那些！那些靈魂都牽著線，一條條小蛇似的光索，蠕動著連往同一處闃黑。

「成功了，我看見了，」她對頤爾文說：「有的待在玖恩身邊，有的散布在營地各處——」她開始清點：「六個待在主帳不動，其他的都在樹林前緣，而離我們城堡最近處有十二個。總共十八人。」

她閉著眼睛，接著把注意力移向河谷那一側，在壓制村鎮的另一支約寇那縱隊探索；再來是後山稜線上的第三批部隊，同樣遏阻著波瑞佛與歐畢之間的聯繫道路，更把持了水源的上游。

「他們帶來的巫師似乎只集中在玖恩所在的主營區裡頭，另外兩支部隊沒見著。嗯，這很合理，因為她得緊盯著每一個惡魔，不能讓它們離得太遠。」說到這裡，她才睜開眼睛，繼續說：「大部分的巫師都待在帳篷裡，只有一個站在一棵樹下，正在朝我們這裡看。」樹林遮擋著肉眼的視覺，因此她看不見那人的肉身如何，但她能指出確切是哪一棵樹。

「唔，」頤爾文站在她的身後往前看。「佛伊能這樣辨識嗎？看出誰是巫師而誰不是？」

「哦，可以。我是說他現在可以了。今天的前幾波巫術攻擊發動時，他有跟我在同時間感應到。」

見頤爾文的表情肅穆，眼神深沉，依絲塔問：「您在想什麼？」

「我在想……您今天說巫術在阿瑞司身上起不了作用，但是刀劍在巫師身上卻是能起作用的，一如巫米茹死在凱提拉拉的刀下。如果阿瑞司能接近那些巫師，同時不被營區的五百名官兵所傷……」他吸了口氣，轉身喚道：「莉絲。」

莉絲立刻坐直了身子。「大人？」

「去找我哥哥，叫他到這裡來找我們。也把佛伊叫來，如果他走得開。」

莉絲警醒起來，點點頭，三步併兩步地飛奔下塔。

頤爾文繼續望向胡桃林中的敵營，似乎在回想著什麼，臉上少了表情而多了些距離感。依絲塔端詳那張忽然透著陌生的側臉，正暗暗不安，但接著見他露了個帶有歉意的微笑，低頭直視她並說：「有個念頭把我弄得分心了，恐怕您會覺得我是個很不專心的人。」

「不專心」可不是她會用在他身上的形容，但她還是回以一笑，用以寬慰。

阿瑞司很快就趕到了，莉絲與佛伊也跟在他後頭。現在的阿瑞司看起來已經完全沒有活人氣色，徒剩臉上冒的汗珠還像是個活人。佛伊的神情依舊淡漠，卻是掩蓋著某種力不從心的倦怠；他整個下午都在努力消除巫術在城堡各處造成的損害，只是不得要領，做起來事倍功半，心力上免不了有所透支。卡本曾經叫佛伊別白費力氣，叨叨絮絮地列舉各種沒人要聽的神學理論，來證明他的舉動是無效的，而且還在病患暴增的時候求他去幫忙。

「阿瑞司，你過來這裡看，」頤爾文站在面西的矮牆邊說：「五神教我們熟知這片土地。太后說敵方只有十八個巫師，都在玖恩的附近，其中十二個分布在營區的前排，就是那邊……」他邊說邊比劃。

「另外六個在主帥帳，我猜想那裡的戒備要森嚴些。要是跑得夠快，我們兜個大圈子繞過那一區，讓你去用劍幹掉巫師，你能撂倒幾個？」

阿瑞司揚眉。「我能接近幾個就能幹掉幾個，就怕接近不了而已。衝鋒必須得騎馬，他們絕不會眼睜睜看著我們殺過去，我們跑不到半途就會被弄下馬了。」

「如果我們摸黑出擊呢？你說你在夜晚的視力比白天好，好過常人。」

「嗯。」阿瑞司望向樹林，眼神漸凝。

「依絲塔太后，」頤爾文急急轉向她——他現在又變回正經八百、按規矩來了。剛才的肉麻呢？「受玖恩拘束的巫師被殺死時，會發生什麼事？」

依絲塔知道他是故意做此一問，但仍皺眉說道：「您親眼見過的。一旦宿主的肉體死亡，惡魔就只會就近轉移到新的宿主身上去，而且一併帶走它已經吞噬的靈魂片段。我不知道剩餘的靈魂會是什麼下場。」

「還有，」頤爾文語帶興奮：「它會脫離玖恩的拘束，至少凱提拉拉的惡魔就是。不僅如此，這個重獲自由的惡魔會變成玖恩的叛敵，不顧一切地想逃離她。我們來算一下，要殺幾個巫師可以讓玖恩亂了陣腳而不得不退兵？把那些惡魔放走幾個，或甚至策反幾個。」

「萬一她帶了備用的呢？就像我們在長途行軍時多帶的馬匹。」阿瑞司說。

「不會，」依絲塔沉吟道：「我不認為她帶得了。依照巫米茹的供述，剛從地獄出來的惡魔只是基本元素，沒有心智、甚至沒有意識。玖恩花了三年才有今天的訓練成果，為惡魔精心挑選宿主，讓它們去學習特殊技能，還要一一拴在自己身上。訓練過程如此複雜，初期想必也很難控制，畢竟惡魔彼此之間都不肯同處一地了，更何況是受制於人？若是不牢牢拴著，惡魔必定逃走，所以她不可能帶著自己沒上拴的惡魔。話說回來……撇開巫米茹自身的情感不談，凱提拉拉的惡魔深怕被玖恩抓回去，這也就暗示它的確有可能被抓回去、重新施加拘束，而我不知道玖恩做起這件事來要花多少時間。」

「要是同時間有好幾個自由的惡魔到處亂跑，我想她做起來會更吃力點。」頤爾文說。

阿瑞司向頤爾文看了一眼。「你想來一場夜襲——深夜獵巫。」

「對。」

「不可能。我的身體一定會受傷——那就是凱提要承受。」

頤爾文別開了視線。「我想太后能夠把你轉回到我身上，就跟之前一樣。」

依絲塔倒抽一口氣。「您知道那會是什麼後果嗎？阿瑞司受的傷再重都會由您來承受。」

「我知道，但這也……」頤爾文定了定神。「那樣能讓阿瑞司多撐一陣子。到時就多找幾個療者或看護婦待在我身邊吧，及時給我包紮止血之類的，多爭取一些時間。」

阿瑞司皺起眉頭。「然後呢？趕在你斷氣之前切斷我們的連結？這樣來得及讓那些創傷全都回到我身上嗎？」

「那麼您會被困在一副殘破的身軀之中，死不了又無法治癒啊。」依絲塔盡量壓低聲調，免得聽起來像在慘叫。

阿瑞司的語氣涼薄：「其實我的身體已經沒什麼知覺了。也許……也許我不會被困住，而是——」

他直視依絲塔的雙眼，灰色的眼眸中突現冷澈寒光。「得到解脫。」

「死得虛無？不行！」依絲塔說。

「絕對不行！」頤爾文也反對：「我說的夜襲是打游擊，打完就要回到城裡。其他人要去保護你，替你掃除巫師以外的障礙，也要確保你回來。」

「唔，」阿瑞司垂眼望向暮色。「那你覺得要派多少人？」

「一百個是最好，但現在沒這麼多。五十個吧。」

「頤爾文，我們現在連二十個人也湊不了了。他們連馬背都上不去。」

頤爾文怔住了，興奮的神情從他臉上消退。「二十個太少了。」

「太少的意思是出不去，還是回不來？」

「回不來就是出不去。要是我自己也上陣，我就打算有去無回，可如今我無法要求別人這麼做。」

「你說對了一點，」阿瑞司臉上的那股堅毅令人不安。「我們在這裡都是等死，搞不好還會拖歐畢大人下水。他一向精明迅猛，又有愛女在此，勢必會趕在第一時間派兵來救援。然而他對玖恩的惡魔把戲毫不知情，我方的情報又傳不出去，這會害歐畢的援軍白白送死。」

「他的部隊最快也要後天才會趕到。」頤爾文說。

「未必，因為我派人把佛伊和司祭受到伏擊的消息送去，而大人回覆說歐畢城已經全境戒備，如果今天的傳信兵被敵軍攔截而未能抵達歐畢，他馬上就會有所警覺。」阿瑞司的面容更沉。「況且我們拖得越久，情勢就越不利。」

「那倒是。」頤爾文承認。

「還有我，」阿瑞司壓低聲音：「我的情況也會更糟。我們的人越死越多，武器全都壞光了。照這個速度下去，波瑞佛在明天的這個時候就會是一座死城，梭德索的部隊大可以長驅直入，就算我不倒下又如何？隻身一人，手無寸鐵，仍然要面對同一批敵人。」

「唉。」頤爾文的嘆息帶有顫音。

「你倒是奇怪，怎麼還沒想通呢？」阿瑞司說完，接著轉向依絲塔。「太后殿下，我反正已經是個離魂，讓我解脫並不會改變這個狀態。就讓我……在我還有能力的時候，讓我爭取一點榮耀，盡剩餘的用處吧。」

「阿瑞司，您不能要求我做這件事。」

「我知道我可以，」他的語調越發沉穩：「而且您不能拒絕。」

想著阿瑞司的提議和他決意面對的後果，依絲塔不由得一陣哆嗦。但那是鐵錚錚的事實，是他註定的命運，於情於理都沒有轉圜的餘地。

「阿瑞司，不行，這太絕望了。」頤爾文不願妥協。

「絕望是求死。而我已經死了，如今我倒覺得自己是超越了死亡而反過來求生。假如這場災厄勢必要驅逐，那就不要再拖下去了。趁夜出擊，搶在天亮之前行動。」

「今晚？」這是頤爾文提出的方案，他的語調卻最是驚愕。

「就是今晚。我們被迫屈居守勢，敵軍一定知道我們的境況有多慘，不會想到我們還敢主動攻擊。假如眾神願意恩賞我，讓我尋找馬革裹屍的好時機，我敢說這就是那個好時機。」

頤爾文張了張嘴，卻說不出半個字。

阿瑞司微微一笑，轉頭又去眺望那片胡桃林。天光已然稀微，景物漸暗，但也許在他的眼中一如白晝。「好，那麼，我要怎麼找出巫師呢？我不要浪費時間去殺普通人。」阿瑞司提問。

佛伊清了清嗓子。「我能辨別巫師。」

在他們的後方，再度縮回牆角的莉絲屏住了呼吸。

阿瑞司看著佛伊。「古拉軍士，你可願隨我出擊？我們這樣的搭檔很好，我想你會比這裡的任何人都更擋得住巫術攻擊。」

「我……我先去看一看地形。」佛伊說著，也走到牆邊去眺望敵營，時而睜大眼睛，時而閉上。依絲塔看見他的舉動，知道他正在運用神靈之眼去判讀形勢。

阿瑞司又向依絲塔請求：「太后，出擊之後，頤爾文和我都無法對您說話了，只能仰賴您的判斷來決定何時該切斷我們之間的連結。您能主掌此事嗎？」

我恐怕不能。生理上，術法上，道德上——主要是道德上，我都怕自己不能。「好，我想我能讓頤爾文脫離你。那麼凱提拉拉呢？」

「我不想讓她難過，」阿瑞司說：「讓她繼續沉睡吧。」

「然後在醒來時發現自己成了寡婦？您這樣瞞著她，只怕她永遠都無法原諒您。她或許年輕，但已不是個孩子了，她得面對未來的人生。再者，她總得醒來進食，必要時仍須借力量給您，盡妻子的義務，彌補自己的作為。」

頤爾文說：「萬一被她猜出個什麼，我擔心她會崩潰，到時她的惡魔未必會願意幫我們。」

在他們頭頂的天空，夜星已經出現。西邊的晚霞只剩下地平線上的幾綹浮雲，其餘都是蒼茫。物質的世界美得如此漠然，如此無關世情。

「凱提拉拉的事，我得好好想一想。」依絲塔說。她覺得此間好像沒有人願意為那年輕女孩多想想。

「阿瑞司大人，」佛伊的聲音在夜色中響起：「我願意隨您出擊。若是太后願意解除我的職務，讓我聽您號令。」

依絲塔感覺心臟突突亂跳，猶豫了好一會兒才開口：「我解除你的職務。」

「謝謝您，太后，允許我爭取這份榮譽。」佛伊嚴正地向她道謝。

「走吧，」阿瑞司向頤爾文喚道：「這麼一場有趣的打獵，不知道該用怎樣的武器才好。我們去清點城裡還有多少能用的吧。佛伊，跟我來。」他轉身走向階梯。

頤爾文走回來抓起依絲塔的手，匆匆地摁在自己嘴唇上。「我們待會兒見。」

「好。」依絲塔輕聲說。他的手緊緊一握，然後放開。

23

波瑞佛的藩主忙到接近午夜才進他的臥房休息，藩主夫人則在那時被叫醒來進食。

阿瑞司躺下後，少年侍從為他脫下靴子，其餘衣物未動，自己則坐在床尾處守著主人的安歇。依絲塔見少年那疲倦而稚嫩的臉，心想這孩子要不了五分鐘就會開始打瞌睡了。寢房裡只留一盞燭光，躺平的阿瑞司眼睛睜得老大。

「待她溫柔些，」阿瑞司向依絲塔請求：「她已經承擔太多壓力了。」

「我會盡量為她著想。」依絲塔回答。阿瑞司放心地點了點頭。

不放心的人反倒是頤爾文。臨去值哨之前，他帶著古怪的表情看著依絲塔，發表了一段先見之明。「您對待她要小心，要比照對待她的惡魔那樣。我說的可不是阿瑞司那個意思。」他挑著半邊眉毛咕噥道：「早上的馬車大逃亡之後，我相信她做什麼事都可以弄到沒有極限。」

依絲塔側身讓路給佛伊和莉絲，讓他們先進到凱提拉拉的臥房內候著。「我盡量，」她皺眉應道：「為大局著想。」然後當著頤爾文的面，關上了房門。

侍女群中最鎮定的一人正巧把餐膳送來。從她憔悴的面容和設置餐點時的仔細程度，依絲塔知道這女子已對眼下情勢了然於胸，並且是個真正忠心不二的人，便沒將她屏退於房外，而是命她到角落先去休息。莉絲緊緊跟在依絲塔身旁，來到凱提拉拉的床邊。

「佛伊，你去她的腳邊，盯著她的惡魔。」依絲塔不忍心地做出指示。對於自己還要差遣佛伊，依絲塔覺得生氣，因為佛伊已累得只能拖著腳板走路，應該本在突襲行動前好好睡上幾個鐘頭。

依絲塔收斂心神，在凱提的心口合攏手掌，把她和阿瑞司之間的連結收束到最小，同時想像隔壁房間裡的生命能量如何流動。

惡魔隱約躁動起來，但沒有反抗依絲塔的控制，凱提拉拉幾乎是在同時間睜開了雙眼，吸進她昏睡後的第一口氣，隨即猛然坐直，卻也立刻因暈眩而身軀搖晃。莉絲在她手裡放進一杯水，她馬上捧起來大口大口地喝，一滴也沒有溢出。依絲塔見狀，覺得她的身體應該撐得住，生命力還不至於太快被耗盡，便少了幾分擔心。這時，莉絲又將餐盤改放到一張較小的床邊桌，掀掉蓋在上頭的亞麻布：不成套的破舊碟子盛裝著簡陋粗製的食物，聞起來還有一股陳年味。

「這是什麼東西？」凱提拉拉只看了一眼就發作，怒目瞪著依絲塔。「給僕人吃的，還是給囚犯吃的？波瑞佛城堡的女主人淪落到要受人糟蹋了？」

「這是庫房所剩的最後一點還能吃的食物，特地為您保留的。我們正受到約寇那大軍和巫師部隊的包圍，還沒有交鋒，但他們的惡魔術法侵蝕了城堡中的每樣東西。糧食發霉長蟲，水也沒了，半座城堡已經起火，死了三成的馬；樓下如今躺滿了突然生病和受傷的壯丁，很多人怕是撐不過今晚。玖恩這主意很創新，很特別又殘忍，而且十分有效。所以您就快吃吧，因為這是阿瑞司今晚唯一的一餐。」

凱提拉拉咬牙靜默，半晌後終於拿起乾麵包來啃，卻是邊吃邊罵：「我們本來可以逃走的！我們早該逃的！要不是您——妳這沒腦子的娼婦，我早就帶阿瑞司逃到四十哩以外的地方，根本不必面對這一切！」

如此辱罵激得佛伊和莉絲雙雙暴起，但依絲塔舉起手來制止，並捺著性子對凱提拉拉說：「阿瑞司不會對您感激的。還有我們是指誰？現在是誰在用您的聲音說話，您敢肯定嗎？快吃。」

凱提憤怒地嚼咬著。她實在太餓了，餓得顧不了餐點如此不堪，也顧不了進餐的任何禮儀。莉絲時不時為她送上飲水，免得她噎著自己。依絲塔就坐在床邊看著，直到她放慢了進食的速度才開口說話。

「稍後，」依絲塔對她說：「阿瑞司要出城進行一場危險的奇襲，賭一賭我們獲救的機會。他也許會有去無回。」

「妳就是要他死，」凱提怏怏地說：「妳恨他。妳恨我。」

「這是個雙重誤會，但我承認，自己有時的確非常想在您臉上甩兩巴掌，好比現在。凱提拉拉夫人，您出身將門，又身為邊防指揮官的妻子，現在家園受難，您怎麼可以自甘墮落到這樣的地步？」

凱提拉拉轉頭望向他處，或許想遮掩臉上的羞慚。「這種愚蠢的戰爭註定要拖長，從來就不會簡單結束，以後也是，多一個人攪進來攙和又能改變什麼？可是阿瑞司一旦走了就是永遠走了，眾神帶走他，跟著帶走這世界上所有的美好，就把我一人留在世上承受被剝奪的痛苦。我詛咒眾神！」

「我早已詛咒了多少年，」依絲塔冷冷地說：「到頭來，發現事情都是公平的。」痛苦使得凱提拉拉陷於憤怒、失措，忘其所以。她的思路中還會有理性嗎？

然而處在這真實的惡夢中，哪裡找得到理性？真實與虛幻的分界又如何？荒唐的是，我一個婦道人家還得以身作則來堅持理性。

「繼續吃，別停。」依絲塔坐直身子。「我有個提議給您。」

凱提拉拉懷疑地瞪她一眼。

「這提議沒有別的選項，但您可以選擇是否接受；就這一點來說，它和凡人眼中的神蹟很像。」她強打起精神。「在阿瑞司今晚的奇襲中，頤爾文自願為他承擔全部傷害，不計生命。我認為阿瑞司可以同時接受兩具肉身的生命供給，給他揮劍的手多一份滋養，也能讓他撐得更久。這場行動也許就差在那麼一點點不同，短短的幾分鐘也可能是成敗關鍵。您能與他並肩作戰，成為他的助力，也可以自絕於外。」

佛伊大為吃驚。「太后，阿瑞司大人不會樂意這麼做的！」

「當然不會。」依絲塔冷酷地說：「凱提拉拉，這是唯獨我才能提供的建議。」

「您不能背著他這麼做！」佛伊又說。

「我是被指派來執行這個儀式的。現在這是我們女人的事，你安靜，佛伊。」依絲塔深吸一口氣。「凱提拉拉，身為寡婦，您想懷著怎樣的遺憾來度過往後餘生，就看您今晚做怎樣的決定。」

「還不都是遺憾？」淚水懸在凱提拉拉的眼眶。「沒有了阿瑞司，世界就是一片死灰。」

「我說了，您的選擇是要或不要，若您選擇不要，而他失敗了，您就永遠沒有機會得知自己是否對他做出貢獻，又是否為他帶來了改變；假如您選擇參與而他仍然倒下，那麼您至少能知道答案。兩者都是失去造成的遺憾，沒有哪一種比較好，只是這會影響您今後守寡的每一天。」

依絲塔續道：「沒錯，阿瑞司絕不會願意讓您面對這樣的抉擇。他待您就像一個父親疼愛子女，但那是錯的。您是他的女人，不是女兒，我現在給的正是一個身為女人的選擇，也是最後的選擇。阿瑞司想著您今晚不受痛苦，我想著您今後二十年要度過的每個夜晚。無論您怎麼決定，這些事情都沒有對錯，只是時間不等人，彌補過錯的機會也不等人，從來都是如此。」

「妳認為他此去必死無疑。」凱提拉拉索性把話說絕。

「他在三個月前早就死了。我現在拚搏不是為了讓他不死，而是讓他不受天譴。我嘗過失去的滋味，而我活到現在已經見過兩個神明，祂們的印痕烙得我對這個物質世界幾乎什麼都不怕了；但我就怕這個，怕那種天譴——他不該如此啊。他今晚走錯一步，就會跌落真正的死亡谷底，那不是只存乎一瞬間的死亡，而是不斷持續、持續到永遠的死亡，用盡任何手段也不能把他從那樣的深淵中拉回來，就連眾神都無計可施。」

「妳給的選擇才不是選擇。怎麼選擇都是他死。」

「不，差別在於他會怎麼死。您擁有他的時日已經多過任何一個仍在世的女子。放手吧，您不能讓他的生命永遠停滯，該去的總要去。放心，將來有一天也會輪到您。世間萬物在這回事上都是平等的。他只是先去，這也算不上罕事，況且我相信他絕不會孤零零地走，因為他一定會拖上一大群約寇那人做隨扈。」

「有我在，我保證他會。」佛伊說得氣勢凜然。

「對。您想想，那些人離鄉背井而來，臨走時沒有至親摯愛在身旁，他們有誰像阿瑞司這樣好福氣？您有機會幫助他走得圓滿，了無憾恨且神智澄明，專心致志在他熱愛的精湛劍術上，而不是走得備受驚擾、分神，心有不甘。」

凱提拉拉怒罵：「為什麼我就該放手？憑什麼要讓給死亡——或讓給眾神，或妳或任何人？他是我的，而我一輩子都屬於他。」

「那您會在他走了之後陷入空虛、走不出來。」

「這場禍事又不是我造成的！要是大家都照我的方法做事，這一切就不必由我們承擔！每個人都跟我作對——」

眼見餐盤中的食物都已吃光，依絲塔嘆了一口氣，重新為凱提打開生命能量的輸送通道。凱提拉拉咒罵著向後一倒，再度失去意識。靈魂的火苗便從她的心口緩緩流出，不算穩定，猶如她的情緒，但是足夠支撐接下來的幾個小時。

「我原是想給她一個機會去好好道別的，」依絲塔悲傷地說：「頤爾文大人之前說的那種不及表達的情感，我聽了十分沉重。」

「目前來說，她的情感還是別去向阿瑞司大人表達吧，我覺得。」佛伊說著，臉上有一股避之唯恐不及的神情。

「我也這麼認為。五神啊，為什麼我會被指派到這座城堡來？好了，佛伊，去休息吧，多睡幾個鐘頭，那是你現在的當務之急。」

「是，太后。」他應道，看向莉絲。「妳們會來為我們送行嗎？」

「會的。」莉絲輕聲說。

佛伊似乎想再說什麼，卻不能自在地發出聲音，便只是點頭致謝，行禮退下了。

稍後，依絲塔也回到自己的房間去睡了一會兒。她希望能得一個無夢的睡眠，得來的卻只是斷斷續續的假寐；城堡中不時傳來的騷動和叫聲，使她無法不受到干擾。莉絲來叫醒她時，帶著沉重的面容和一盞有裂痕的玻璃燭燈，而她已經自己換好了衣服坐在房裡等了——她身上是一件早就髒污的黑色喪袍，多處破損，卻是此刻最能代表她心情的服飾。

她們走出房外，來到廊廳，莉絲跟在依絲塔的身後，舉著微弱的燭光。依絲塔往樓梯走下三階，腳步突然停住，一時屏住呼吸。

階梯上，一個男人無聲無息地出現。男人身形頎長，表情陰沉嚴峻，站在兩階之下，正好能與她水平相視。這讓依絲塔想起來，就在得知阿瑞司已死的那一天，她在同樣這個位置對他用了一個吻做實驗，算起來也才過了幾天，如今竟像過了半輩子那麼久。

她再定睛看去，見那位男士的輪廓並不清楚，隱約有幾分神似阿瑞司和阿爾沃，特別是那頭純灰色的頭髮與鬍鬚都修剪得如阿瑞司一般樣式，然而她覺得那人的面容更像是她故去多年的父親，只是老貝歐夏的身材沒有這樣高且瘦。她想，這人倒是一點也不像埃阿士。

他的裝扮就像一名尋常的波瑞佛軍官，上身罩著灰色繡金的短衫和鎖甲，然而此刻的波瑞佛城中不可能有人穿著如此光亮的軟甲、如此潔淨平整的短衫，更別說上頭的繡樣還能閃亮如火。搖曳的燭光沒有照在他的臉上，也沒有照進他那深不見底的眼眸中，因為他本身就發出燦爛的光輝，在黑夜中耀眼得令人心驚。

依絲塔倒抽了一口氣，挺直脊背，竭力不使雙腿打顫。

「我沒想到在這裡遇見您。」她說。

冬之父神沉緩地向她點頭致意。

眾神有各自的戰場。為人父母者，誰不是焦急地守在門邊企盼孩子早日回家，早早結束危險的旅程？妳也曾經為兒女等門，等到了一個，空等了另一個。甜美的依絲塔，且把那份苦悶乘上一萬次，體諒我的苦楚，為我那遲歸太久的孩兒，為他偉大的靈魂和不意的迷途。

依絲塔的胸腔彷彿被這深沉的共鳴震動，就連骨頭都發著回響，以致幾乎無法呼吸，也無法眨眼，任憑水霧模糊了視線。

「我知道，父神大人。」她輕聲說。

他已經聽不見我的呼喚，看不見我窗邊的光，若沒有人牽他的手為他指點，他即將離我遠去，在我無法觸及的虛無中永遠遊蕩。然而妳還能在他的黑暗中觸碰到他，如此我能在妳的黑暗中觸碰到妳。於此，我交付妳這條路索，到我無法前去的迷宮中領他出來。

祂俯身向前，在她的前額一吻，留下一抹冰冷金屬般的滾燙觸感。她戰戰兢兢地伸出手去碰觸祂的鬍子，如同當日托著阿瑞司的下顎，感受那陌生的搔癢和柔軟；也在這時，一滴淚水輕緩落在她的手背上，旋而消融，彷彿能奪人心志。

「那麼，我現在該代替您去做他的精神導師嗎？」她問道，有些迷眩。

不，成為我的大門。祂謎樣的微笑如同夜空下的一道閃電，剎那照亮她的意識全境，耀眼得無法逼視。**我會在門前等他，等上一會兒。**祂退後一步，接著消失得無影無蹤。

依絲塔站在原地發抖。左手背上，屬冬的淚水滴落處透著涼意。

「太后？」莉絲小心翼翼地問：「您在跟誰說話？」

「妳剛剛可有見到一個男人？」

「呃……沒有？」

「那沒事。」

莉絲把燭燈拿高一些。「您在哭。」

「對，我知道。不要緊，我們繼續走吧。妳到我身邊來扶一扶我，下樓梯時我恐怕會腿腳不穩。」

星夜稀微，主僕二人走過石砌的方庭、拱廊、拴著受驚馬匹的星池內庭，最後來到城門前的中庭。莉絲一路攙扶著依絲塔，發現她的手顫抖得厲害，自己也忍不住愁蹙起眉頭。

點著火炬的門庭前，人馬都在那裡整裝。

牆上和地上的盆栽幾乎全毀，碎裂的花盆和乾土撒了滿地，裡頭的植物被踩爛或枯萎；另一頭的樹林下滿是枯黃落葉，有些接連傾倒，壓著滿樹腐爛的花瓣。

佛伊是最先注意到太后到來的人。他怔怔地停下了手邊的動作，轉頭愣看著依絲塔和莉絲走近——依絲塔知道此刻的自己想必是滿身神光，因為她剛剛才又被一位神明憑依。還被交付了最沉重、最莊嚴，甚至是不能不完成的使命。

她掃視中庭，遠遠地看見阿瑞司和頤爾文，但她的注意力卻在那一刻被他們身旁的馬兒吸引住。那是一頭高大、長面的栗色種馬，由三個氣喘吁吁的馬伕拉著，其中一人牢牢按住牠的嘴。依絲塔走近，見那匹馬帶著眼罩，罩面在牠的臉上貼附得很緊，束帶甚至在毛皮留下勒痕；牠的耳朵向後翻，不斷發出惱怒的嘶鳴，長而黃的齒板外露，使勁踢腿。頤爾文的神情沉鬱，自己也沒敢站近。

依絲塔走上前去。「頤爾文大人，您知道那匹馬的體內有個惡魔嗎？」

「佛伊剛才告訴我了，太后。怪不得牠的性情特別暴烈。」

依絲塔瞇眼打量那一小團紫色影子。「幸好那是個尚未成形的小東西，並不聰明。」

「這就難怪了。災神的地獄。我本來打算把這傢伙借給阿瑞司。阿瑞司的馬跛了，也染上口瘡，城裡剩下的馬匹差不多都是同樣慘況。不知道是哪個天才巫師想到這一招，我要叫阿瑞司到約寇那軍營去好好謝謝他。」

「這一匹是特別好的戰馬？」

「不是，但大夥兒不介意阿瑞司騎著牠去送死。事實上，我認為馬伕都這麼想，連我自己都差一點有這念頭。」

「嗯。」依絲塔往那匹馬走去，馬兒遂掙扎得更激烈。

她目不轉睛地盯著那個小惡靈，用承載過父神之淚的左手觸碰馬兒的前額，便瞥見自己的手背上浮現一個極小的六角形光斑——肉眼看著是一小片柔和的白色雪花，神靈之眼看著是強烈的火花一閃而現。

「拿掉眼罩。」她說。

壓制著馬頭的那人不敢置信地望向頤爾文。頤爾文點頭准允，然而自己卻抽出長劍，擺好架式待命在側。

馬兒那一雙深褐色的眼睛，中央透著紫色光暈。依絲塔知道多數馬兒都有這樣的眸色，但通常不會這樣透光。她和馬兒互相凝視，馬兒忽然就不再躁動了，接著她踮著腳，扯著牠的一隻耳朵，湊上去輕聲細語地對牠說：「好生伺候阿瑞司大人，否則我教你恨不得只是被我把腸子扯出來，勒死了再拖去餵神。」

「餵狗。」那馬伕緊張地糾正，說這話時仍不敢鬆手。

「都餵。」依絲塔轉而向馬伕說：「你放手吧，站遠一點。」

「殿下……？」

「別擔心。」

馬伕退開，留下馬兒在原地微微地哆嗦。牠不一會兒就把耳朵轉向前方，放鬆了頸子的肌肉，並且抬起臉來溫順地貼上依絲塔的身體，輕輕磨蹭，在她的黑色絲袍留下許多栗色馬毛，然後安靜地立正站好，一副乖巧樣。

「您都是這樣馴馬？」頤爾文走上前來看了幾眼，謹慎地輕拍馬兒頸部。

「不是。」依絲塔嘆道：「我今天經歷了好幾個生命中的第一次。」

頤爾文仍穿著那件有焦斑的汗衫，只換了一件薄睡褲，因為他等等就要去躺在床上了。阿瑞司看上去就像依絲塔最初見到他時一樣，耀眼出眾、令人屏息，只是衣甲上少了殺敵沾染的血跡。他微笑著向她走近，鄭重說道：「太后，臨行前，我有些話想說。」

「請說。」

他壓低了聲音：「首先，我感謝您讓我死得其所。比起我的第一個死亡，這一次來得光榮、偉大些，起碼不那麼愚蠢。」

「少說大話，你要跟我們的弟兄比偉大還差得遠呢。」頤爾文沒好氣地說。在門庭的另一側，十多名士兵也正在整裝，皤賈爾竟是其中的一名——依絲塔看著那張年輕的臉龐因高燒而通紅，很是不忍，隨即意識到城中可用的兵力已經如此稀缺，還能走動的恐怕就剩下這幾人了。

阿瑞司苦笑著看了看頤爾文，沒跟他辯，而是轉回頭對依絲塔說：「其次，我要乞求您的恩澤。」

「只要是我能力所及。」

他的眼神清澈，凝出一股穿透力。「今晚，在下以路特茲的一員光榮赴死，願能完成多年前未完的使命。請允許我，用能贏得的任何勝利代替路特茲氏先人的失職，並且療癒您長久的傷痛。」

「噢。」她應該要答允，但她不敢放下嚴正的情緒，便趕緊想起自己還有一樁任務。「我也有個口信要帶給您。」

他吃了一驚。「哪來的口信？一整天都沒人能突破敵軍的封鎖線。是怎麼樣的口信？」

「我剛剛才在樓梯上遇見祂。以下是祂要我帶給您的話。」依絲塔嚥了口口水，凝神說道：「父神召你前去祂的宮殿。你無須整裝，只須穿戴此生應有的榮光。祂已在宮殿的大門前熱切期盼你，並為你在祂盛宴的桌旁設下貼身席位，要你與所有偉大、榮譽且受祂鍾愛的靈魂一同饗宴。我此言唯真。低下你的頭。」

阿瑞司震驚萬分，但還是照做了。她在他的眉間印上親吻，那一吻竟飄出淡淡的霜色冷煙，在這悶熱沉重的夏夜顯得格外殊勝；同時，她的神靈之眼瞥見一條新的光索生成，透著細緻的灰光，連接著阿瑞司和她，她當下明白這是父神賜予的生命線，能夠無遠弗屆，永不斷裂。

出於感動，她接著完成祝福與致敬的全套儀式——親吻阿瑞司的雙手，再跪到地上去親吻他的鞋面。阿瑞司驚跳起來想要推辭，但見她已經俯在地上，只好站定了讓她完成，不敢亂動，接著趕忙執起她的雙手扶她起來。她覺得自己的膝蓋已軟得像是兩灘水。

「誠然，」他語帶敬畏：「我們受到祝福。」

「是的。因為我們祝福彼此。定下心來，一切都會圓滿。」

她退開去，讓那對兄弟互相擁抱。擁抱過後，頤爾文抓著阿瑞司的肩膀，兄弟倆相互凝望了一會兒。莫名的，阿瑞司的臉上有一股異樣的歡喜，他看著自己的弟弟，那凝遼眼神令人聯想到某個遙遠的群山之巔；頤爾文見他如此，臉上不免有些疑惑，卻也帶著笑意。

接著，頤爾文助阿瑞司上馬，順帶幫他做最後的行裝檢查，最後伸手在他的皮靴筒上用力一拍，大概是他倆之間的某種儀式。在這過程中，栗色的馬兒始終溫順地站著不動。

依絲塔強忍著刺痛的淚意，轉頭去尋找莉絲，發現她站在佛伊的坐騎旁邊正和他說話。佛伊坐在馬上以手觸額，用女神紀律軍的軍禮向莉絲致意，莉絲則把手先放在心口，依傳信員的規矩向他回禮。瞥見依絲塔的注視，佛伊也用同樣的禮儀向她致意，她則回以完整的五神教儀。

在阿瑞司無聲的指示下，十餘名勇士上馬來到門前。沒人多做交談。

「莉絲，」依絲塔沒想到自己哽咽了，趕忙清清嗓子：「莉絲，跟我來。我們得上塔樓去。」

莉絲遵命，頤爾文也隨即跟來。

走出中庭時，依絲塔聽見身後的城門漸開，伴隨著起降橋的絞鍊聲，在乾枯垂死的花木之間反覆迴盪。她知道頤爾文轉身改為倒退著走，知道他還在看黑夜火光中的出行，但她忍下了這送別最後一眼的衝動，規定自己不能轉身。

24

用疼痛的雙腿走上狹窄的梯道，依絲塔不得不按著粗糙的石壁，感受掌心下的尖銳摩擦。

來到塔頂的小廣場，首先映入眼簾的是兩排燭火，分別設在面南和面北的矮牆根下，在這無風的夜晚燃燒得十分穩定，使得小廣場分外明亮；熱流向天空升去，有助於塔頂的空氣流通，不至於像樓下中庭那樣悶熱。

塔頂已經按照依絲塔先前的命令布置妥當，依絲塔大致檢視一番，滿意地順了一口氣。

凱提拉拉夫人靜躺在一塊麥稈墊上，身上蓋著薄被，隔壁另有一只鋪了舊棉布的空擔架，準備用來安置頤爾文。戈朗、博學司祭卡本與曾經幫頤爾文緊急處理傷口的那名婦人等在那裡，三人都帶著焦慮的神色。卡本的袍子布滿各種髒斑、污漬，從另一面顯示他為了協助救治而搞得多麼狼狽；那婦人原是城堡的裁縫，於今奉命帶著她的針線籃來到塔樓上，必須硬著頭皮上陣，為這小到不能再小的急救班充數。波瑞佛轄地內的療者和母神服事本就不多，全都住在村鎮，就算能倖免於巫術造成的疫病，也無法從坍塌的地道趕來城堡支援。

在依絲塔等人到來之後，這座小廣場就更擁擠了。頤爾文走出漆黑的樓梯間，為了塔頂的通亮而舉手遮住眼睛，問道：「太后，您能看出城外，追蹤阿瑞司的進展嗎？」

「我追蹤他所用的並非肉眼。至於其他人，他們得盯著你們才行。」

她說著，伸手碰了碰那條常人看不見的灰線，感覺它是從自己的心窩源出，往塔下的夜色延伸而去。「放心吧，我現在不可能看丟他。」

頤爾文當然沒有就此放心，但仍默從地咕噥了幾句，深吸一口氣，坐到空擔架上，將長劍放在身邊。他接著脫掉汗衫並捲起褲管，戈朗則在同時走過來幫他脫鞋子。

躺平之後的他並未顯得特別緊張，但那一聲「我準備好了」聽著特別沙啞，而依絲塔認為那不單是久未飲水造成的口乾。在他瞪大的雙眼和無雲的夜空之間，只有若有似無的濕氣和幾縷灰色的燭煙輕裊。

城牆下傳來起降橋收合的聲響，馬蹄聲也正在遠去。父神的灰線改變了延伸的方向，像是被魚兒拖著走的釣線。

「時間不多，我們得開始了。」依絲塔說道，走到兩個褥墊中間，跪在地上。

頤爾文牽起她的一隻手，將嘴唇按在手背上。依絲塔收回那隻手，轉而在他光滑的額前輕撫，接著定了定神，專心摒除肉眼所見的視覺，專注於神靈之眼中的光和影。也許是因為沒有退路，也許是境況太嚴苛，她覺得這件事做起來比往常容易，以至於懷疑眾神是否特地為她簡化了哪個過程。

依絲塔重新打開頤爾文的靈魂通道，看著生命的能量化成白色光索湧出，與凱提拉拉的匯流到一處，然後順著父神的灰線而去，與之纏繞卻不相接觸；頤爾文的臉龐褪去了所有表情，了無生氣的蠟白看得她一陣寒顫。

她轉過頭，細細觀察凱提拉拉，見惡魔在她纖瘦的胸骨下微微蠢動，受束於極大的壓力而無法逃脫。依絲塔的下一件工作非常危險，可能危及在場的每一個人，然而想到城外那十多個靈魂正奔向更大的危險，她不能退縮。

她收起凱提拉拉的通道，把靈魂的火苗聚到她的頭部，一見惡魔也跟著往頭部移動，便用父神加持過的左手點按在凱提拉拉的鎖骨上；灰色的璀璨光芒在指間突然綻放，惡魔隨即退回原位，被這新的恐懼嚇得嚎叫。凱提拉拉的雙眼就在此時睜開了。

「妳！」凱提想坐起來，卻發現自己的身體陷於癱瘓，氣得大罵依絲塔：「妳這該死的！放開我！」

依絲塔把憋了很久的那口氣吐了出來：「阿瑞司已經出城了！他騎著一匹有惡魔棲宿的戰馬前去。可憐他的敵人，註定要死在他的劍下，做他這趟旅程的隨從，浩浩蕩蕩地護送他前往父神的城殿。這是他最後的一段旅途，所以您現在必須選擇，要成為他的助力還是妨礙他？」

凱提拉拉發狠地甩頭，淒厲哭喊著：「不要！我不要！我不要！」

「父神一直在等待阿瑞司，剛才更把祂的神聖氣息賜給了我，用來穩定他此刻的生命。如今阿瑞司知道自己能去往父神身邊，心裡非常喜悅，就像一隻期盼歸巢的鳥兒。縱使他還能夠被拉回來，短暫的餘生也不會快樂，因為他的嚮往將永遠寄託在那個回不去的家，還要時時刻刻感受自己和這個世界的疏離和隔絕。他不會感激您，也無法愛您，說不定還會恨您剝奪了本該屬於他的光榮。我給您最後一次機會，別再想著您自私的欲望，要想著他的作為；別只為了您的好處，犧牲了他最大的利益。」

「不！」凱提拉拉尖叫。

「很好。」依絲塔於是舉起手，準備打開靈魂的通道，同時繼續盯著惡魔的動態。然而就在這時，別過頭去的凱提拉拉小聲說了一句：「好。」

依絲塔先是愣了一下，最後鬆了口氣。「我也曾經是這樣。有些時候，我口中咆哮著拒絕，心底卻有耳語般的答允，而我向眾神祈禱祂們能聽見那答允凌駕於拒絕，使它能一路傳到五重之天上。眾神如何聽見我的真心，我便如何聽見您的。」她強忍哽咽，柔聲勸道：「繼續壓著惡魔吧，讓它安分別亂動。等等可能不太好受。」

凱提拉拉終於願意正視依絲塔。「會不會很痛？」要不是塔頂闃靜無聲，眾人站定不動地默默觀看，連個衣服摩擦的聲音都沒有，否則凱提拉拉的聲音細得幾乎要聽不見。

不，我不知道。

「我想是會的。生孩子也都是要痛的。」

「唉，好吧。」凱提拉拉又別過臉，但不再有抗拒的意思，削瘦的臉龐也沒有太多表情，雙眼卻是濕潤的。

這一次，凱提拉拉的靈魂能量洶湧而出，比方才增長了一倍，不像先前那樣不情願又不穩定，也不再需要依絲塔的輔助。依絲塔看著兩條光索齊齊向他們最愛的親人奔騰而去，希望那頭的阿瑞司能在此刻感受到陪伴和昂揚。

接著，依絲塔示意眾人備妥襯墊、布料和止血帶，自己則快速走到矮牆邊遠望。拂曉前的暗夜之下，路跡像一條條灰色緞帶，將起伏的地貌鋪陳得更加隱晦；在不遠處的弓箭射距外，馬背上的約寇那哨兵在樹林的漆黑和幾點明亮篝火之間踱步往返，閒適而寂靜。樹林邊緣有一團黑影，藉著哨兵遠離的片刻隱入了那片漆黑中。

她把心神更加凝聚在神靈之眼上，對著那團移動中的黑影，在白熾洪流併同灰光細線的盡頭處辨識他們或明或暗的靈魂形貌——有人的，也有馬匹的。阿瑞司的灰色光暈與眾不同，乘坐在一個馬形的紫色微光上；佛伊的靈魂泛著淡紫，最是顯眼。於此，依絲塔能清楚看見阿瑞司如何發起猛攻，如何率眾衝鋒，像一頭鷹隼撲向不及防備的獵物，倏地接近某個巫師散發的異色光芒。

「您看得見佛伊嗎？」莉絲在依絲塔身邊耳語。

「可以。他跟在阿瑞司身邊。」

在第一座帳篷倒塌之前，營區仍寂靜依舊，等到一陣叫喊和鏗鏘聲響起，巡邏的哨兵才掉頭奔回營區。就在此時，深紫色的巫師之光驟然竄出，拖曳著碎裂、飄動的靈魂殘片，形似一條蛇，飛快衝到半空中，分離出一團透著青藍的靈魂；後者痛苦地在空中扭動，瞬即隱沒，紫光則墜入樹林間另一個移動的白色光斑裡，雙雙在突如其來的驚愕中倒地不起。在依絲塔的注視下，那一白一紫的光團都靜止在原地，連結著紫光的蛇影也沒有變化出新的形狀。

「一個。」依絲塔朗聲報數。

突擊隊員們仍舊在嚴密的靜默中潛行，弄倒了另一座包覆著紫光的營帳。這次，紫光當即發動巫術攻擊；依絲塔見一道閃電穿過阿瑞司，緊接著聽見那名巫師的慘叫聲——從其他微弱的聲響聽來，那人的腦袋大概是俐落地和身體分家了——於是又有一條紫色光束分離出白色魂影，準備撲進一個約寇那哨兵的坐騎。那哨兵本來正趕往這場騷動，胯下的馬兒卻兀地停下腳步，隨即蹦跳起來，甩落背上的騎士，接著撒蹄頭也不回地跑上通往歐畢的大道。紫光拖曳的蛇影似乎是追不上，便跌回原處，散成一灘火花。

「兩個。」依絲塔說。

林間出現搖曳明亮的黃光，是某一座帳篷起火。遠處，綠色的主帥帳內也有燈火亮起，可見巫師們都被騷動驚醒，或是被玖恩叫醒了。敵方能在多短的時間內調整好防禦，發動反擊？又一道靈魂火光噴起，灼燒著依絲塔的視野，這一次卻不帶紫光或蛇影，可見死的是個凡人，只是她看不出那是誰——她重新體認到，這就是神眼中所見的人間；神的世界即靈的領域，祂們接納的死與生是同一件事，無論是約寇那士兵或阿瑞司的死士，誰的死都沒有分別。

隨著突擊繼續進行，又一個巫師被除掉。依絲塔報數時，莉絲凝息地問：「我們要贏了嗎？」

「那要看妳如何定義。」

打到第四座帳篷時，突擊隊終於受阻。

不知怎地，有三個巫師湊在一起聯手來對付佛伊，可能認定佛伊也是巫師，誤以為他是這場夜襲的真正領袖，反倒對阿瑞司這個死魂視而不見。目擊死亡的昏眩感開始加重，依絲塔見到好幾道靈魂之光互相衝撞，起伏明滅；野熊倒在地上咆哮，在火光織成的網中掙扎；同時間，又有兩團蛇行的紫光切離，裹著雜色光暈的人體在死前劇烈顫動。有個女人在主帥帳中怒氣沖沖地尖叫，但是太遠了，又是洛拿語，依絲塔聽不清楚。

「佛伊大概被抓了。」依絲塔說。

莉絲慘白了臉，接著依絲塔便聽見三道驚呼聲同時在她們背後響起。

「救命啊——」女裁縫叫喊。莉絲這時也顧不得其他，急忙回到凱提拉拉的身旁。

一道長而黑的刀傷同時出現在凱提拉拉和頤爾文的右腿上。裂口敞開的那一瞬間，紅褐色的肌肉和白色肌腱清晰可見，隨即被鮮紅洶湧的血液淹沒。女裁縫和莉絲一組，戈朗與卡本一組，開始各自為躺著的人止血施救。

好，很好。依絲塔心想。兩具身體果然能平均分擔傷害。假如全讓一副肉體承擔，這一刀想必深可見骨，該是多麼驚心的一擊——想到自己的策略奏效，想到襲擊阿瑞司的人有多麼錯愕，依絲塔幾乎要悽然地大笑出聲。果不其然，她立刻聽見敵營中有個男人發出極其驚恐的號叫，大概就是砍刀的那人。

你們自以為讓波瑞佛嘗到了惡夢般的恐懼？

來看看波瑞佛拿什麼回敬你們。我們撐著，我們守著。

只要再撐這麼一下。

依絲塔迴身去繼續觀望敵營，見阿瑞司已經不在馬背上，而在一片驚駭呼聲中大步前進，手起刀落，走過之處便成白光火海。然而，他身邊已經沒有任何僚友，沒有人為他提防背後。

恐怕只剩下他一人了。

在一個怪異的破裂聲之後，急救班的動作驚惶起來。依絲塔轉頭看去，瞥見他們正對頤爾文和凱提拉拉的上腹部施壓——是十字弓的箭傷。換作常人，受這一箭足以致命，但她心知接下來還會有更多。

她跪倒在矮牆邊，雙手緊攀著石壁。

快了。眾神在上，路特茲家的人的確知道如何死三次，必要的時候，他們甚至敢死上九次。

她心中一股熱意湧起，彷彿千日的溽暑高溫在短短一個鐘頭之內全倒了進去——那一堵黑色的高牆、冰封靈魂的長城就此融化了，崩解了，漾成一口深如海的湖水，蘊蓄著本該屬於它的激盪。

我在你臨行前傳達了神恩，而你也用救援作為祝福來回敬我。在破曉的這一刻，眾神保守我們的攜手出征。

原來，神與人是如此互相敬畏，也值得如此這般地敬畏。

「七個。」她再次報數。

但她突然感應到不對勁，因為他突然遲疑了下，或是手下留情。太多了，實在太多了。大量的生魂之光開始向那片灰色火焰湧去。方才嚇跑的人都回頭了，因為人多勢眾使他們壯起膽子，試圖拿下阿瑞司。這將是阿瑞司腹背受敵的一刻，退路已然斷絕。

好了，你的父神已經備妥盛宴，而你終於能夠赴宴了。去吧。

她聽見一個悶響，緊接著又是一聲。莉絲和卡本幾乎是同時尖叫起來。

「殿下！太多傷口同時裂開，您得制止了！」

「太后，別忘了您答應阿瑞司要保住藩主夫人的性命——」

是啊，還有那個人。那個像流浪貓一樣的人，帶著傷疤卻不怕生，大膽執拗地蹭上來，竟然就闖越了我的心防，闖進了我的心底；要是我能餵飽他，要是我們都能活下來——要是我沒弄錯那個白袍胖神明的意思，那麼他就是神承諾要賜予我的情人。

她轉頭回望，正好看見頤爾文的身體彈起，戈朗滿臉驚惶地要為他翻身，以便處理背後的傷口；凱提拉拉的手掌被斬斷，而莉絲端著斷肢摀回手腕，試圖減緩血流。

現在。對，就是現在。依絲塔習慣性地伸出手，果決地掐斷了那條奔騰的生命之流，且在掌中感受到鮮明的震盪。在神靈之眼的視野中，紫色的法術通道粉碎，白色光索也在閃爍幾下後徹底消失。

幽暗的樹林那頭，嘈雜聲突兀地中斷，隨即被一陣帶著歇斯底里的歡呼聲取代。

心湖決堤了。依絲塔張開雙臂，讓情緒從喉間宣洩。

卻在此時，父神賜下的灰線迅速變得明亮而堅韌。她能感覺到那條路索正在急速抽回，而且越來越快。就在未及眨眼的一瞬之間，阿瑞司那驚愕、愁苦、狂喜的魂魄穿過了她的靈魂。

是的。活著的每一個我們都是門戶，連接著兩個領域；通向物質的賜我們於生，通向靈魂則接引死亡。阿瑞司失去了自己的大門，於是神明授意我把自己的暫借給他，然而他的靈魂如此偉大，我的心門卻封閉窄小，唯有如此——藉著我的出走，以及這場道別——才能容許他不受阻礙地跨越境界。

「是啊，」依絲塔輕聲說：「去吧。」

父神大人，您交付的任務已經完成。但願您感到滿意。

她沒聽見回答，也沒看見光影，但覺得前額有一陣輕撫，消除了已在那裡停留好幾小時的沉重痛楚。當那無形的鐵箍被移走時，她感覺思緒輕盈得猶如晨間鳥語。

朦朧中，城牆下端的灌木叢中確實傳來了鳥兒的鳴唱，輕快而不成調；天邊灰色的雲朵即將染霞，來自地平線的晨光即將掩沒西邊天空的星光。

頤爾文咕噥了一聲，在卡本的支撐下坐起來，慢慢拿掉染血的紗布和繃帶，露出完好無傷的身體。「五神啊，」他看著身邊的大片血跡狼藉，錯愕了一會兒，嚥下反胃的酸水。「最後……很慘，是吧。」那不是個問句。

「是的。」依絲塔應道：「他剛剛走了，安全地去了父神身邊。」莫名的，她感應到樹林那頭的躁動，知道約寇那士兵們正在瘋狂地肢解阿瑞司，剁碎他的肉體，深怕他會再復活站起來攻擊。但她覺得這件事不需要讓頤爾文知道，便靜默忍過去。

凱提拉拉仍舊躺在那裡，縮著身子偷哭，無聲卻上氣不接下氣，手裡緊抓著腹部的止血海綿，濃稠的血泡溢出指間。女裁縫笨拙地在她肩上輕拍，試著徒勞地安慰。

依絲塔以為是眼前的這幾幕太令人心驚，以至於周遭突然變黑，要不是突然聽見那熟悉的嗓音，慵懶、嘲諷且不容抗拒，她會覺得是黎明又撤退了。

我說話算話。瞧，妳這心裡是不是突然寬敞多了？

「您現在來這裡做什麼？我以為這裡將是您繼父的戰場。」

是妳請我來的。得了，得了，別不承認。我聽見妳在那邊牆角一直說悄悄話。

她不確定自己對祂的這副調調還剩多少情緒，反正怒意是沒了。之所以不反唇相譏，可能出於平靜，也可能出於震驚，但她還記得面對這位神明需要生起多少警戒心。「您為什麼不出現在我面前？」

因為我正在妳的後面啊，喏。溫暖而愉悅的那個嗓音說著，就有個熱呼呼的肚皮貼上了她的背，下半身也來頂著她的臀部，再有一雙大手按在她的肩膀上，要多猥褻就有多猥褻。

「您的幽默感就是這麼下流。」她無奈地說。

是啊，妳不也每次都聽懂我說的玩笑話？女人就是要有七竅玲瓏心我才喜歡。祂好像在對著她的耳朵吹氣。**妳還應該要有一副伶牙俐齒來配它才好，真的。**

「我為什麼在這裡？」

為了完成阿瑞司的勝利。看妳能不能做到。

那聲音消失，而黎明重新回到了她的眼前。她發現自己跪坐在地上，被頤爾文緊張地抓著。

「依絲塔？依絲塔！」他在她耳邊喚道：「太后，親愛的，別嚇唬我這脫光了的可憐騎兵。跟我說話，嗯？」

她眨了眨眼睛，視線有些模糊，但見到他並不是真的脫光，茫然中竟有些失望。他身上唯一還像樣的就是那條染血的破睡褲，此刻仍皺巴巴地掛在他的腰間，除此之外，他看上去簡直是個無與倫比的野人：黏膩的黑髮結成條，肆無忌憚地橫陳在臉上肩上，血污混著煙灰滿布，滿身的汗臭和血腥和焦炭味，還有好些舊傷痕，只是都已早早癒合。頤爾文見她定神回望，鬆了一口氣，低下頭想去吻她，卻被她用手擋住了嘴。「等等，還沒。」

「剛剛怎麼了？」他問。

「您剛才聽見了嗎？或者看見誰？」

「沒有，但我知道您有。」

「您就這麼篤定我沒有發瘋？」

「對。」

「您既沒見到神之光，也沒聽見聲音，怎麼知道？」

「您和我哥哥在門庭臨別祝福時，我看見你們的表情。假如那是發瘋，我就下樓去外面大馬路裸奔。」

「我傾向慢慢走。」

「……好極了。」

他扶她站起來。

莉絲擔憂地問：「太后，佛伊呢？」

依絲塔嘆道：「他被好幾個士兵和巫師聯手圍攻。我沒見到他的靈魂脫離，他的惡魔也沒有逃出來，所以我想他是被活捉了，但恐怕也受了傷。」

「那……那可不妙。」卡本仍然跪坐在頤爾文的擔架旁，顯得焦慮。「您想……玖恩有能力把他綁過去嗎？」

「我想是可以的，但要花點時間。我不知道他能抗拒多久。」五神啊，那些年輕孩子，我一個都不想再失去了。

「真的不妙。」頤爾文附和。

這時，戈朗忽然大叫：「凱提夫人！」

他們轉身一看，見凱提拉拉張著嘴站在那裡，眼睛睜得異常大。在那一身染血的袍子之下，惡魔之光佔滿了她的身形，散發出凶猛的氣勢。

「惡魔控制了她！」依絲塔叫道：「攔住她，別讓她跑！」

一聞言，離凱提拉拉最近的戈朗立刻想去抓她的手臂，結果被她一掌推倒，那掌心竟泛著紫光。這時，依絲塔搶先到樓梯口擋著，凱提拉拉本想硬闖，卻在依絲塔的面前硬生生停下腳步，舉起雙手遮住自己的眼睛，接著慌亂環顧，一扭頭又往矮牆衝去。莉絲見狀便撲跳向前，當即抓到她的一隻腳踝——凱提拉拉掙扎大罵，同時猛扯莉絲的頭髮想要擺脫她。頤爾文趁機快步走近，謹慎地抬手在她的頭側精準一劈。這一記劈暈了凱提拉拉，她立刻向後仰倒。

依絲塔拖著腳步，走到她身旁仔細檢視，發現惡魔在她體內的形態改變了；此刻的惡魔像個腫瘤，又像長了根的塊莖，根鬚伸入並攀附在她的靈魂各處，細密纏繞，幾乎已是無所不在。原來，惡魔就是如此吸取宿主的能量、生命力，以及受限於它失序的粗暴天性，而無法自行產生的智慧、知識和記憶等更為複雜的性格特質。

原來如此。現在我知道要怎麼處理了。

依絲塔用靈魂的雙手，把惡魔從凱提拉拉的魂體中提出來；它很不情願，所以抗拒得像是離了水的魚蝦那般拚命彈跳掙扎。接著，她用肉體的手去梳理那些根鬚，把屬於凱提拉拉的靈魂殘片推回她體內，弄乾淨之後平舉起來，端在眼前細看。

對，那聲音說。**這就對了，繼續**。

她聳聳肩，把那團惡魔扔進嘴哩，吞了下去。

「好了。再來呢？您還有什麼邪門的歪理要我猜？我知道您的歪理特別多。」

我不會跟妳一般見識，甜美的依絲塔。那聲音還是十分愉悅。**但我也喜歡妳這下流的幽默感。我想我們會處得很好，妳說呢？**

被她吞下的惡魔因恐懼而縮成一團，但她並不覺得它有意寄生於體內或攀附在她的靈魂上；當然，她現在是個神靈充滿的聖徒，不過這並不是主要的原因。事實上，她感覺惡魔被吸入靈魂的領域，從而回到了主人災神的手裡，也就是從物質的世界消失了——她的靈魂果真成為兩者之間的門戶。

「曾經被寄生的靈魂會變得如何？」她向災神問道。

那聲音消失了。災神要不是離開了，就是不打算回答。

凱提拉拉醒轉過來，俯身喘氣，又傷心地啜泣起來。頤爾文帶著歉意輕咳兩聲，甩甩手說：「惡魔想讓妳跳樓尋死。」

她抬起一張憔悴的臉看著他，抽抽噎噎地說：「我知道。我情願它成功了。」

依絲塔示意裁縫師、戈朗和莉絲過來。「帶她去睡覺，叫她的侍女都來服侍她。城堡裡還有什麼能讓她好過些的都張羅來吧，總之別讓她獨處。我有空就會下去看她。」於是幾人或扶或攙，陪著凱提拉拉走下狹窄的螺旋梯。哭累了的凱提拉拉虛弱地靠在裁縫師的身上，卻執拗地不肯讓莉絲攙扶。

依絲塔目送他們離開後，才走回到頤爾文和卡本身旁，一同擔憂地看著約寇那營區的動靜。敵營已經全體動員起來，隱蔽的樹林也掩不住那份騷動。因突襲而失火的帳篷處有些微黑煙升起。一匹有鞍的馬在亂走，有個男人想去抓牠，他的咒罵聲穿過拂曉的濕潤空氣輕輕傳來；依絲塔伸長頸子努力看去，發現那並不是頤爾文的紅色種馬。

「太后，剛才的突襲情況如何？」卡本疑惑地看著城下。「我們是贏是輸？」

「他們的行動非常出色，一共殺死了七名巫師。阿瑞司在遇到第八個時被殺，我想對方是一名女性。不知那女巫師是不是年輕貌美，以至於他下不了手。」

「唉，」頤爾文惋惜道：「那就是阿瑞司的終局，對吧。」

「也許是。敵軍後來才發現他帶的人馬很少，阿瑞司最後是寡不敵眾。不過，逃脫的惡魔都四散了，玖恩一個也沒能抓回去。」

「可惜我們沒有第二個阿瑞司能去再接再厲，」頤爾文說：「看來要換凡人上場了。」他動了動自己的肩膀，皺皺眉頭。

依絲塔搖頭道：「玖恩打擊我們，我們如今是回敬了顏色，卻沒有真正擊倒她。她手裡還有十一名巫師，以及一整支幾乎毫髮無損的軍隊。她現在怒氣正盛，只會加倍來攻擊我們，絕不會手下留情。」

卡本癱靠在矮牆邊，顯得垂頭喪氣。「那麼阿瑞司是白白送死了。我們輸了。」

「不，阿瑞司是去替我們撒下種子的，我們現在只需要去收成就好。博學司祭，您沒問我剛剛對卡提拉拉的惡魔做了什麼。」

卡本先是一怔，接著轉頭望向她。「您不是把它封鎖在她的體內嗎？」

「不是，」依絲塔露出的笑容讓他不禁畏縮。「我吃了它。」

「什麼？」

「別那樣看我。那是您的神明指使的。我終於猜出災神的第二個吻是什麼意思，也知道若麻的聖徒是如何把惡魔送回到災神手裡了。我想，這個把戲現在落到我的頭上，該輪到我去施展了。阿瑞司臨走時給我們留了這份禮物，讓我們好下手。」她想到這裡，全身不斷顫抖著，但還不敢臣服於悲傷中。

「頤爾文……」

她的這一聲叫喚，裡頭的悲傷讓頤爾文難以承受。頤爾文靠在矮牆上向城外看，卻是把全身的重量都壓在石壁上，而且眼神渺遠，神情哀戚，因此顯得格外虛弱。他先前已經消耗過度，又在一個鐘頭內流失了令人堪慮的大量血液。依絲塔看著塔樓地面上一灘灘尚未完全乾透的血泊，知道他和凱提拉拉都不可能這麼快就恢復元氣，恢復的只有那些代替阿瑞司承受的傷，癒合得像是從未存在過——除了縫線留下的痕跡。

「我要面對面跟玖恩談話，最快最有效率的方法是什麼？」

頤爾文沒多想，簡潔地逕答：「投降。」接著愕然地看向她，一掌拍上自己的嘴，活像在擋住要從裡頭跳出來的蟾蜍。

25

依絲塔用半杯水和幾塊布擦拭身體，權充盥洗。她才剛剛披上袍子，便見莉絲走進裡間來，手裡捧著一大疊白色衣裙，對她說：「一時之間，侍女們能找到最好的就這些了。」

「可以。都放到床上吧。」依絲塔把身上的骯髒黑袍攏了攏，趨前去檢視那些衣物。現在皮膚的感覺不那麼黏膩了，穿上這些乾淨衣裳終究舒服得多。「藩主夫人狀況如何？」

「她睡著了，或說是昏了過去。她的臉上一點血色也沒有，我實在看不出來。」

「沒關係，怎樣都好。她在塔頂流掉那麼多血，大概會讓她昏睡好一陣子，順便也能省水。」依絲塔邊說邊翻動衣服：一件較短的奶油色裡衣，一件純白罩袍，罩袍的邊緣還有銀線繡成的小老鼠和烏鴉，姿態生動活潑，手工很巧，也為衣裳增添適度垂墜感，顯然是災神節日所穿的禮服。「非常好。」依絲塔舉起罩袍細看，滿意地稱讚，同時發現左手背上的小光點消失了，只留下一個霜花圖案。

「殿下，嗯……您穿著災神的顏色去四神教徒的軍營，不嫌挑釁了點？」

依絲塔陰沉笑道：「他們愛怎麼想隨他們去想，我就是不要他們看出我真正的意圖。動作快。記得，背上的繩帶要對齊結好。」

莉絲的手勁足，盡責地為她束出挺直典雅的腰身。依絲塔套上罩袍，用路特茲的悼喪胸針將前襟扣攏——自從來到她的手裡，這只鑲著紫水晶的銀胸針已數度改變它代表的意義，不再是區區的傳家遺物，更從昨夜起洗去了曾經承載的所有舊傷慟；今天它象徵著新的悼念，是阿瑞司和每一個隨他敢死出征的生命。

「接著梳頭吧，」她邊說邊坐在梳妝鏡前。「弄個簡單快速的，別讓我看起來像個瘋婆子或一團被雷劈中的乾草堆就行。」想起往日時光，她輕輕笑了。「就綁一條辮子吧。」

莉絲哽咽地應了一聲，開始梳理，又說：「我希望您能帶我一起去。」從塔頂下來之後，她這句話已經說了四、五次。

「不行，」依絲塔也感到愧疚。「按常理，在淪陷的城池中，我身為有價值的人質，做我的僕從會至少比別人安全些。可是我接下來要做的事萬一失敗，妳的下場一定是被玖恩抓去做惡魔的糧食，直到吃光為止，變得像戈朗那樣，甚至更慘。」

又倘若依絲塔能成功……她也不知道成功之後會是如何。聖徒的血肉之軀和巫師一樣抵擋不了刀劍，她在若麻的那一位前任已證明了此事。

「還有什麼能更慘？」那隻梳頭的手慢了下來。「依您想，她是否俘虜了佛伊和他的熊？」

「一個小時後就知道了。」依絲塔說著，心中忽然竄過一念：還有什麼會比莉絲淪入玖恩之手更慘？有的，就是拿莉絲的靈魂去餵養佛伊的熊，再讓佛伊因自身的恐懼與悲痛而發狂，但那仍然會是兩顆心、兩個靈魂的結合，只是邪惡而不潔……想到這裡，她也搞不清自己和玖恩到底誰的心比較黑了。

看來我也不是個善類。很好。

「有幾條白色緞帶，要不要編進辮子？」

「好的，麻煩妳。」

腦後的動作變得俐落起來。依絲塔享受著那熟悉的舒暢感，一面說道：「假如有任何機會，我要妳逃出去，做我的傳信員。妳現在的第一要務就是逃走。無論如何，把發生在這裡的事傳出去，就算人們說妳是瘋子也不要在乎。卡札里大人一定會相信妳。妳要不擇手段地把自己送到他的跟前去。」

莉絲沒有出聲。

「說『太后，我答應您』。」依絲塔沉著聲音命令她。

片刻，她聽見一個執拗的囁嚅：「太后，我答應您。」

「很好。」

頭髮梳好，依絲塔站起來準備穿鞋。凱提拉拉的白色綢緞軟鞋與依絲塔的尺寸不符，但是莉絲跪下來為她調整鞋楦，並將緞帶繫牢在依絲塔的腳踝上。

都做好了，莉絲起身為她打開通往外間的門，一路領著走出去。

長廊上，已經改換一身喪服的頤爾文倚著牆等在那裡，看上去乾淨了些，大概是也找到另外半杯水給自己擦洗過，而且剃了鬍鬚；他的臉上手上不再血污泥濘，只是那股臭味仍然令人無法忽略。應著北方的夏日正午，頤爾文所穿服飾都是單薄質地，唯一可稱厚重的大概就是那條掛著流蘇的深紫色腰帶，以及仍掛在戈朗手臂上的坎肩袍——天氣這麼熱，看來他是不打算穿上了。戈朗為頤爾文重新梳了個洛拿人的標準髮式，也就是依絲塔第一次看見他的模樣；整齊的黑辮子尾端用紫繩紮起。

見到依絲塔走出房門，頤爾文馬上立正，向她行朝臣之禮。但是這個禮卻只行了一半就停住，可能是缺血導致頭暈使然。

「這是做什麼？」她不解地問。

「怎麼，親愛的太后，我以為您最不缺乏的就是智慧了。您覺得這像什麼？」

「您沒有要跟我一起去。」

卻見他微微一笑。「波瑞佛是什麼地方？喬利昂與宜布拉聯合王國的太后一個隨從也不帶，就要去做俘虜，那才奇怪呢。」

「我也是這麼說的。」莉絲不滿地咕噥道。

「您現在是要塞的指揮官，」依絲塔駁斥：「當然不能擅離職守。」

「這座要塞現在和廢墟沒有兩樣，城裡的活口所剩不多，還能站起來守城的更少；我當然樂意瞞著不讓梭德索發覺，但在這節骨眼也不怎麼重要了。您的和談請求已經換到接下來幾個鐘頭的和平，這是我們用鮮血也買不到的，所以我們下一個行動就是波瑞佛的最後一場出征。我起碼能憑著指揮權來宣稱這個。」

「我此去縱使有您的隨行，結果也不會改變。」

「我知道。」

依絲塔朝他打量。「您是不是自暴自棄，想要勝過您的兄長？」她不得不把話說明了。

「不是。我以前從沒機會，現在也不覺得有這必要了。」頤爾文牽起她的手，拇指在她手背上輕輕摩挲著。「以前我在災神紀律會學習神職，年少時沒有聽見天命的召喚，現在不想再錯失一次。好吧，眼下這個情勢，除了想成是天命所逼，我也找不出其他能做的事了。我成年後過的日子不算很有目標，除了盡心侍奉我的哥哥，沒想過此生該有更好的方向，但現在有了。」

「搞不好是只剩一個小時的此生。」

「只要夠精彩，一個小時就夠了。」

這時，阿瑞司留下的那名少年侍從快步跑進方庭，在樓下喊道：「太后？來接您的人已到側門了。」

「我就來。」她平靜地答道，回頭來望著頤爾文，皺眉遲疑。「約寇那人會讓您跟著我去嗎？」

「他們會樂得多一個貴族俘虜，又不必多付代價。我還可以順便打探他們的營防和部隊人數。」

「你當俘虜能怎麼打探敵營？」她瞇眼看他，不太相信。「你這個『順便』能有多順便？」

只見他咧嘴壞笑。「演個懦夫啊，親愛的依絲塔。既然他們相信，我們是把您送出去以換取身家性命的安全，也會認為我跟您一塊去是為了投誠保命。」

「我不認為他們會想這麼多。」

「反正我的名氣就這麼點用處。」

她眨了眨眼，覺得心情沒那麼沉重了。「我若是失敗，他們會拿您去餵惡魔。不知會是哪個軍官巫師享受這頓大餐。說不定是梭德索本人。」

「啊，那如果您成功了，太后！您想過之後要做什麼嗎？」

她難為情地別過頭，不去看那雙熱切深邃的黑眼眸。「之後就不是我的責任了。」

「我就知道，」他的語氣有些得意：「那您還指責我自暴自棄。我不爭辯了。我們走吧？」

不知是被說服還是一時昏頭，依絲塔發現自己居然把手放在頤爾文的手臂上，讓他攙著走下樓。他們兩人並肩而行，邁著莊重的步伐，倒有幾分婚禮行進的模樣，或是加冕儀式、節慶日，或像是在走進大君王宮的舞池。戈朗與莉絲跟在後面。

這樣的幻想在走過拱廊之後便戛然而止，因為星形內庭陰慘破敗——今早又死了兩匹馬，屍體倒臥在一旁，已經腫脹——而前庭滿目狼藉。遠遠地，依絲塔看見十來個人聚集在門牆邊，大概是這一班值哨的全部人手，權充迎接約寇那使者的波瑞佛代表；牆角塔樓下的側門口，另外幾個士兵伴著一個熟悉卻又些微陌生的肥胖身影在那裡等候。

「博學司祭，」依絲塔停下腳步，點頭向卡本致意。卡本不再身穿惹眼的白袍，不單是因為它染血髒污得只能拿去燒掉，也為了其他理由——依絲塔注意到，他此刻穿著東拼西湊借來的各種衣裝，幾乎沒有一件是合身的，但沒有一件是白色的。

「太后，」卡本勉強穩著聲調：「在您走之前……我要乞求您的祝福。」

「啊，那可真巧，我也打算乞求您的。」

於是她踮腳去親吻卡本的額頭，感覺那副肚腩消瘦得可憐。倘若神光要藉此刻傳遞任何訊息過去，那訊息想必極其隱晦，因為她的神靈之眼沒看見任何異象。卡本受了這一吻，先是一哽咽，繼而將手掌放在她的前額，做出聖職者的賜福之舉。然而他只來得及哽咽擠出一句「願災神解救我們」，淚水就淹沒了他。

「好了，好了。」依絲塔安撫道：「這樣就好。」在極近的距離下，她發現這個年輕的司祭顫抖得無法自抑，懷疑他皈依的神明有意把這個信徒榨乾到精神崩潰的地步。卡本自己大概沒意識到，連同北塔上倉皇的染血儀式，他的靈魂已經耗弱得快要被磨穿。在不能成眠的過去十幾個小時裡，他一直在憑著自己根本不具備的技能，去滿足眾人不可能的要求。來到波瑞佛的這趟路，難道眾神幸運地得到了兩頭氣喘吁吁、走完全程的騾子？抑或他們都還沒走完全程，眾神仍在等著看是誰能成功抵達終點……卡本難道是祂們的第二步棋？

五神啊——我能祈求把這份重擔轉交到卡本的肩上嗎？這個念頭打醒了她，她突然間覺得答案是肯定的。對，對！讓災難的責任轉移到別人身上吧。不要是她，別再是她了……

然而，卡本活下來的機會似乎比依絲塔自己的更要渺茫。她終究忍下了求他來代替自己的那股衝動。不行。

我為這一步付出了多少代價，連一顆心都掏空了。我才不要為了任何人而放棄。

「打起精神，卡本，要不然你就走開點，」頤爾文沒好氣地說：「你這樣哭哭啼啼會讓她喪氣。」

卡本吞下淚水，竭力自持。「對不起。對不起。是我犯了錯才把您帶到這裡，我很抱歉，太后。我不該竊取您的朝聖之旅。我太自以為是了。」

「對，不過……好吧，就算不是您，眾神也會派別人來犯同樣的錯誤。」而那些「別人」或許已在半路上失敗了。「您既然願意侍奉於我，就活下來做這一切的見證。無論如何，您的紀律會都必須知曉所有真相。」

卡本猛點頭，忽而愣住，彷彿這才發現她的吩咐帶有其他意涵。他帶著愁容咀嚼，躬身退下。

頤爾文解下劍帶，交給戈朗。「在我回來之前替我保管。我父親的劍絕不能讓梭德索得到，除非他先跟這把劍交鋒。」戈朗頷首應允，態度嚴肅，再抬頭時卻是哀愁欲泣的面容。

至於莉絲，她被依絲塔擁抱時勉強忍著不哭，卻忍不住怒瞪卡本。

就此道別之後，頤爾文牽著依絲塔的手，走進城牆內陰暗的拱道。拱道於外側的門是敞開的，陽光照進來的那頭響起一道悶響，走近一看，原來是守門的士兵為他們放下一條大木板，用以取代放不下來的吊橋。頤爾文看著那條臨時棧橋，沒有立刻走上去，也許在緬懷城堡受創的前一日，想著吊橋的絞鍊如何被巫術鏽蝕或弄壞——他出神了一陣子，便回頭向她投來一個鼓勵的笑容，隨即輕快地邁開步伐，自己先走了過去。走到中段時，那條木板被他踩得微彎，讓依絲塔看著有些心驚。

隔著棧橋，依絲塔望向來迎的約寇那使者團，竟見梭德索親王也在其中，身旁跟著那名通曉宜布拉語的軍士；另外十餘名士兵之中，還有一名皮膚黝黑、身材壯碩的男巫師也做軍官打扮，褐髮有些斑白，看上去有點年紀，身形之內紫光飽滿，而且也和梭德索一樣，腹部被一條蠕動的光帶牽繫。一眾人都騎著馬。

同樣被光帶牽住的還有一名女巫師，但她並未騎馬，而是側坐在一匹由僕人騎乘的馬背後。那女巫師穿著宮廷正裝，頭戴淑女風格的墨綠色寬簷帽，端正地坐在一張精巧轎椅上，目不轉睛地盯著依絲塔看。女巫師論年紀大概要比玖恩年輕得多，只是看上去不像是已婚女子，也毫無姿色可言。

等到頤爾文走下棧橋，依絲塔才走了出去，一面努力把視線定在他的臉龐而非下方裂谷中插滿的尖石和碎玻璃，一面感覺著凱提拉拉的鞋在汗濕的腳底板下滑動。快到時，頤爾文伸長去抓住她的手，牢牢地將她拉到自己身邊。她一踏到對岸，木棧橋立刻被抽回去，城堡的側門隨之輕輕關上。

這時，女巫師讓馬兒走近，近到依絲塔必須仰頭才能與她對視。依絲塔在這過程中發現對方身上的惡魔之光逐漸消退，心中一驚。她轉頭再看梭德索和那名男巫師，見他們同樣不再泛著紫光，看起來與常人無異，而且也沒人用手擋著眼睛，或是顯露出忍著強光的表情——她看不見這三個巫師體內的惡魔了。

我的神靈之眼被偷了。我瞎了。

不僅如此，她背上的那股貼膚感也消失了——就是災神戲謔地用肚皮頂著她的那股壓力，壓得她有些向前的飄然感。沒了。空蕩蕩的。

依絲塔慌張起來，努力回想災神的手曾經如何放在她肩膀上，包括在黎明那充滿血腥味的北塔樓頂，以及方才和卡本道別時。她很確定災神一直都待在自己後面，甚至在她剛剛走上棧橋時都是。

我一下橋，祂就不在了。

不管用的肉眼，朦朧視野中盡是恐懼和失落。她的胸口彷彿有鐵箍箝住，一時只覺得喘不過氣。難道是我做錯了什麼？

「這人是誰？」梭德索親王指著頤爾文，用洛拿語問著。

男巫師策馬上前，驚訝地看著一臉淡漠的頤爾文。「殿下，我想這人應該是頤爾文．阿巴諾準爵——也就是阿瑞司大人的庶弟，我等邊境的災星。」

梭德索很是意外。「是波瑞佛的新任指揮官！他在這裡做什麼？問他，另外一個女人呢？」他向通譯比了比手。

於是那名軍士來到頤爾文面前，用宜布拉語問他：「你，阿巴諾！我們協定的人質是你們的太后和歐畢藩主的女兒。凱提拉拉．路特茲夫人呢？」

頤爾文冷漠地點個頭，語帶譏諷地回答：「追隨她的亡夫死去了。她昨晚在塔樓觀望，感覺到丈夫的死亡，當場就把她的悲痛獻給了城樓下的石板地，此刻正躺著等你們依照協議退兵，我們才能到城外的墓園讓她入土。我接替她的位子，也兼做依絲塔太后的保安隨從，畢竟你們的軍隊紀律不良，太后不放心帶她的侍女來。」

通譯軍士的神情一苦，想必是聽出了話中的侮辱之意，但他還是如實向梭德索及其餘人稟告。那女巫師卻不肯輕易相信。「真的嗎？」她也用宜布拉語問頤爾文。

「要是不信，你們可以自己看。」頤爾文朝那女士鞠躬，改用洛拿語答道：「在這麼近的距離，我相信梭德索親王能夠認出巫米茹內親王的……我該說是殘魂，還是氣息呢？她老早就沒氣了，怎麼說都讓人挺為難，是吧？如果她仍棲宿在凱提拉拉夫人的體內，身為胞弟的親王閣下一看便知。」

馬鞍上的通譯軍士一聽，幾乎整個人驚跳起來，不知是為了頤爾文所說的內容而訝異，還是被這太過流利的洛拿語嚇到。倒是三名巫師聞言，立刻把視線轉向波瑞佛城堡，隔著城牆專注地感應起來。

「沒東西，」梭德索做了個深呼吸。「不見了。」

女巫師向頤爾文一瞥。「那傢伙知道得太多。」

「對，我知道我可憐的嫂嫂死了，所以你們養的怪物逃離了你們的掌握。」頤爾文也繼續用洛拿語回答：「現在我們可以快點結束這件事嗎？」

兩名士兵得了親王的示意，下馬來對頤爾文搜身。頤爾文一臉不耐，任由對方到處摸索，倒也不顯緊張，只在士兵們走向依絲塔時渾身警戒起來。幸好僅有名士兵走到依絲塔身邊，半跪在她的裙角。

「您要脫去鞋子，」通譯向依絲塔喚道：「您此去晉見我公國之母，須遵守五神異教徒及低身分的婦女禮儀，不得穿戴鞋帽。」

頤爾文不滿地昂起頭，但無論他想發作什麼，終究是咬牙忍住了。眼見頤爾文並沒有被要求打赤腳，依絲塔心知敵軍此舉只是出於羞辱，有意讓頤爾文知道自己沒有能力保護她。

士兵為她脫鞋時，她站定不動，並未抗拒。那人解開莉絲剛剛才繫好的鞋帶，將那雙軟鞋扔在一旁，然後起身退開，逕自上了馬。

梭德索策馬走近，朝依絲塔從頭到腳來回打量，笑得沉著，大概是滿意於眼中所見——或者沒見到的。下令整隊之後，他作勢命令她徒步走在他的坐騎之後，顯然也不怕背對她了。頤爾文有意去攙扶，但被男巫師持劍禁止，並且叫他跟著走在她身後。

頂著正午的當空烈日，一行人往約寇那的營地出發。赤腳走在乾燥而不平的地面，依絲塔只覺得黃澄澄的陽光分外灼眼；她把大部分的注意力都放在內心，反覆地呼喚和詛咒災神，甚至悄悄默禱，卻都沒有得到一點回應。

是約寇那的巫師在搞鬼嗎？在物質的世界裡擊退神明？不，他們應該沒有能力這麼做才對。

那麼，不是神明犯錯，而是她；是她犯了錯，犯了很大的錯，就是在剛才那短短的幾分鐘之內。也許她應該把這份差事轉交給卡本才對，連同神靈的憑依一起。也許她不該認定自己有本事保留這份使命，結果使它變成了一分傲慢和自以為是。

說來也對。誰會蠢到把這樣艱鉅的任務交給像她這樣的人？

這下好了，她的精神之門又被關上了，與神相通的路如今被恐懼、憤怒和屈辱的石塊堵塞，這感覺是何等熟悉。眾神說來就來，說去就去，永遠不教凡人猜著頭緒。我早該知道不要相信祂們的，怎麼還學不到教訓，落得重蹈覆轍……

直到這時，她才感覺到腳下的刺痛，所幸他們沒多久就離開了碎石子路，繞過一灘散發著馬尿味的死水爛泥，轉向位在較高處的林地營區。頤爾文的腳步聲就在她後頭緊跟著，他的腿長，步伐比她略緩，但是呼吸聲比她還要急促且不規律，顯見身體仍然虛弱。一行人走入林區，樹蔭層層籠罩，總算不再那麼酷熱，這才她感到好受些。

然而，她又發現這樣的念頭來得太早了——他們行走的這條小徑一側堆放了許多死屍，每一具都被脫得精光，裸露的傷口招來成群綠頭蒼蠅嗡嗡飛舞，想必都是昨晚隨阿瑞司夜襲的波瑞佛士兵，而且是故意被這麼擺放、活像在觀看這一隊行進似的。依絲塔盯著那一具具蒼白，邊走邊數，定下心來回想：八個。隨阿瑞司出征的死士共有十四個，八人死難在此，那麼另外六人呢？這死屍行列中沒見到佛伊的壯碩身軀，但是有鄱賈爾的。

佛伊若遭生擒並被關押起來，剩下的五人或許就是逃走了。他們可能還活著。

繼續往前走，她見到了第九名死難者的遺骸；嚴格來說，那只能算是一團屍塊。屍首被一支長槍釘刺在一個土堆上，而長槍頂端掛著阿瑞司的頭顱，曾經迷人的一雙眼珠已被剜去，八成是某個嚇瘋的約寇那士兵幹的。

你們也就只能用這樣空虛的形式洩恨了。早在這之前，他就已離開了這世間。

她一不留神，踢到一塊突起的樹根，痛得驚喘一聲，頤爾文立刻上前來攬住她的手臂，沒讓她撲倒在地。

「別看，那是要激怒我們。」他咬牙切齒道：「別昏倒，也別吐。」

但他自己看上去倒像是即將昏厥又要嘔吐的樣子，依絲塔心想。頤爾文的臉色灰白得與那些死屍無異，唯獨雙眼炯亮得像是兩團火炬。她從沒見過這樣的眼神。

「不是這個，」她壓低了聲音：「是我失去神了。」

頤爾文聞言，顯得又驚又疑。巫師軍官見他們兩個竊竊私語，再度比劃著長劍作勢嚇阻，但沒有叫頤爾文退開，或許是因為她的樣子也像快要暈倒了。

頤爾文說得沒錯，敵軍確實有意激怒他們，藉此測試他們是否還偷偷留存反擊的實力——兵力上或是術法上的。走過阿瑞司的遺骸時，她看見梭德索親王回頭對他們輕蔑一笑；要是她還保有災神憑依的力量或甚至有一把劍在手上，那當下的怒火一定會燒得她立即採取行動。所以，以一個失去神的聖徒來看，這幫約寇那人現在是挺安全的。

「要是凱提來了，看見這個……」頤爾文又道：「五神保佑我能來收屍。」說這話時，他的雙眼不住打量各營帳，檢視昨晚戰鬥的痕跡，盤算這段路上的人和馬。一行淚水平靜地滑下他的臉頰，但他堅持不伸手抹去它，特別是在路旁圍觀嘲弄的幾十名約寇那士兵面前。依絲塔懂的洛拿粗話不多，聽不出那些人說了什麼污言穢語，但是頤爾文一定聽得懂，以致他一個勁地喃喃自語，試圖分散注意力：「他們以為會是兩軍正面交鋒，沒料到竟是直攻大本營。好意外嗎？哈。可見他們不知道我們多慘，否則該準備的是慶功宴而不是備戰……」

他是不是藉此使自己分神、不去感受敵兵對死者的冒瀆？但願這方法對他有效。依絲塔還想嘗試去感應神的氣息，卻被那份徒勞空虛弄得滿心疲憊，既沉頓也茫然；玖恩與梭德索把阿瑞司的頭顱放在這段投降之路，是對她的失敗敲下的一記重搥和烙印。她想：阿爾沃·路特茲在二度入水的前一刻，是不是也感受到同樣的絕望和無助？

可是這烙印曾經打擊過敵人，曾經證明神靈的加持和他們成功的合作；它是敗北的回憶，也同時是勝利的回憶。這份不存在正揭示著存在。真奇妙。

縱使神明離開了，但我還在。或許接下來的這段差事是更屬於物質層面，意即肉身層面的。好，那麼肉身能做到最好的是什麼？頑抗，堅持，撐下去。她深吸了一口氣，腳步繼續向前。

他們在最大的綠幔帳篷前停下。帳篷布幔的一側捲起，帳內是個臨時的謁見廳，地面鋪滿厚絨毯，高台上有兩把堆著軟墊的金箔雕花椅；放眼望去，象徵約寇那公國的海綠色並不常見，反而是代表寡婦身分的墨綠色大量充斥此間，看得依絲塔滿心生厭，覺得自己這輩子從未如此痛恨過這個顏色。

玖恩內親王身穿華麗裙袍——硬挺、精緻且繁複，只是款式不同於昨天，她端坐在較低矮的那張小王座上。昨天，是啊，也不過是昨天，依絲塔與這位內親王在野道上不期而遇。王座近側，幾名侍女跪坐在鋪墊上；一個圓扁臉的年輕女子面無表情地依偎在玖恩腳邊，也許是梭德索的其他姊妹。一眾女眷之外，帳篷中另有十餘名男性軍官面對面站成兩排，儼然生出肅殺和威壓的氣氛。依絲塔看不出此間誰是或不是體內有惡魔棲宿的巫師，她懷疑玖恩是否把營區內剩餘的八個巫師也全叫來這裡助陣了。

不，是九個。佛伊也在那群軍官之中，臉上帶著瘀青和刀傷，以及一抹不自然的微笑；他穿著約寇那軍裝，頭面整齊乾淨，但是眼神昏沉，不用想也知道已被玖恩控制。瞥見佛伊如此被俘，頤爾文的表情越發陰鬱。

那名巫師軍官比了個手勢，示意依絲塔一人走到王座前去面見玖恩，而頤爾文不得接近，只能在數步之遙的後方跟著。看不見頤爾文的臉，依絲塔有些緊張，一時想不到接下來還會有怎樣的屈辱在等著自己。

噢，*不會是屈辱，而是控制*。屈辱是虛的，而在她走進這座帳篷之前就已經給完了；眼前的這名女子要做的，當然是更切合實際的手段。

依絲塔眨眨眼睛，第一次不借助神靈之眼的力量去看玖恩。少了紛擾的五彩光影和術法黑洞，玖恩就只是一個乾癟瘦小的老婦人，沒有號令軍馬的氣勢，也沒有足以信服臣民的風範；任何人想要逃離她，大概都不會太難。五神見證，原來這位內親王是如此渺小，渺小得只剩下自己一存之內的頑固意志——以及借自惡魔的力量。

依絲塔想起自己的母親。貝歐夏的老領主統領全境，威風凜凜，但他自己的居城之內卻不是由他做主；老領主夫人生前一直是個強勢的女人，井井有條的城堡中無處不是她的威儀，所以依絲塔的長兄襲爵後索性直接把領城遷走，另立爐灶來結束自己飽受管束的幼兒期，因為他老早就知道母親的強悍太難改變了。話雖如此，老領主夫人是個有分寸的人，她明白自己的極限，也不打算仰仗他人，所以選擇與兒子分居，只在舊城延續她自身的權威。

玖恩卻不像是如此。依絲塔覺得這位公國之母也想擴張自身的權威，範圍卻是整個約寇那而不僅僅在一個王室之內，而且她想做到滴水不漏，無人能及。凡人的意志力的確能夠無遠弗屆，只是完美都需要付出代價，當一己的意志力貫徹到極限時，他人的意志就得讓出位子來；這一點，就連眾神也不能掌控。人在自己的世界裡有形式上的從屬，但即使是神，也知道意志是靜默而尊崇不可違逆的。玖恩所施加的奴役是由內而外，用在敵人身上可說是戰爭，用在自己人身上卻是悖逆倫常。

梭德索親王走到自己的王座坐下，坐相不佳，想來是肉身的習氣所致。他得意洋洋地環顧眾人，但在接觸到母親的目光後斂起笑容，並且立刻端正坐姿，擺出專注的模樣。

依絲塔向那圓扁臉的小內親王多看了兩眼。那女孩大約十三、四歲，十指短胖，雙眼呆滯無神，發育也不如常人——天可憐見，她恐怕是個智力不足、註定早夭的孩子，所以不像其他姊妹那樣，能遠嫁國外來脫離母親的擺布。見玖恩的手放在那女孩的頭上，卻又不像是在撫摸她，依絲塔的心中突然竄過一念：這女孩是惡魔的容器，她那無長處的靈魂就如同一間眷養牲畜的廄舍。

玖恩會把她的那個惡魔放進我的體內。

只見玖恩站起身，雙眼直視依絲塔，用帶有濃重異國腔的宜布拉語說：「歡迎您來到我的門前，依絲塔．喬利昂。我是約寇那的國母。」說著，她把手從女孩的頭頂上抬起，對著依絲塔張開五指。

在依絲塔的意識中，神靈重現。

煥然一新的視野來得猝不及防，連同滿眼令人不適的景象——十二個奴隸惡魔，受折磨的魂魄，纏繞牽繫的光帶和深不見底的黑洞，連同玖恩身上的第十三個惡魔都一齊湧現，使依絲塔為之暈眩。

依絲塔陰狠地笑開，猛吸一口氣。

「也歡迎您來到我的，玖恩．約寇那。」依絲塔說：「我是地獄的入口。」

26

玖恩向依絲塔投出的巫術通道霎時大亮，映在神靈之眼的視野裡，濃紫色的光帶震動得像是一條有魚兒上鉤了的釣線。僅那電光石火的一瞬，依絲塔看不清這陣波動由誰傳向誰，或是光亮與震動孰先孰後。她只來得及在須臾的朦朧中，想著釣客和魚兒不清不楚的立場，緊接著感覺到一個驚慌失措的初生惡魔掙扎著被災神接引而去，牢牢拖進她的身體。

玖恩，神明上了您的魚鉤，這下子您要怎麼辦呢？漁人釣中一塊陸地，拖不走也拋不開。

「她帶著惡魔之神！」玖恩尖叫道：「馬上殺了她！」

好，那也可以……

她對時間的感知變了，滴流綿長、凝緩，如隆冬清晨的一杓蜂蜜。我該從哪裡下手？依絲塔在自我的意識中問道。

從正中央。意識內的存在回答著。**其餘自會跟隨**。

她伸出雙臂，想像靈魂的手如水流般順著紫光通道前進，流竄到玖恩的體內，並包覆在黑色團塊周圍，接著往外拉扯。團塊在抗拒中漫成大片陰影，也像滿水溢出那般浸潤在依絲塔的靈魂之手上，瞬即帶來突發的灼燒感，而那股痛覺也向她的全身逆流，迅速穿透四肢百骸。那東西非常結實、壯碩而醜惡。而且很古老，幾百年的古老，老得腐朽。

真噁心。

神識說，**對，繼續，別放手。妳要完成阿瑞司的出征。**

肉身的雙手沒什麼力氣，反而令人分神，依絲塔只好全憑靈魂之手去處理，依照先前的經驗，盡量把玖恩的靈魂從團塊中梳開、剝離；然而每梳開一分，玖恩的魂魄就反過來纏上兩分，還使勁把團塊往回扯，直把惡魔扯得哀叫。

放手吧，依絲塔在心中向玖恩喊話。放手，您有更好的選擇，現在還能回頭，去做更好的事。

不！玖恩的意識回應。這是贈與，是我天命的時機！誰都不能奪去，憑妳更不能！妳是那般地無用，連親生兒子都保不住。我的兒子要得到他應得的地位，這是我的承諾！

依絲塔無法不讓那一股淒涼湧上心頭，所幸神靈的聲音適時出現——**她若不肯留下，就得跟著過來。妳只管繼續。**

依絲塔定了定神，繼續對玖恩勸說。您用錯誤的手段強加秩序，如今造成了更大的破壞；您折磨、抹殺的靈魂都是您最想扶持的人，他們本都愛著您。其實您另有稟賦，只是受到了阻撓而未能施展。放手吧，去找出您真誠的稟賦，活下去。

人魂的白色火焰驟亮，訴說著熾烈的抗拒。不似凱提拉拉那時，依絲塔在玖恩的意識中感覺不到絲毫接受，就連最輕微的耳語也聽不見。

好吧。

依絲塔端起紫色團塊，使勁往嘴裡送，感覺到它在擠進咽喉時變形、伸長，又在食道裡吶喊掙扎，弄得她發疼。她突然想到：這團塊是許多靈魂和亡魂殘片的聚合體，陳舊古老，早已隨悠長時光融合為一，該要如何處理？

亡者歸屬我們，為其分類不是妳的天職。梳理生魂，為其保存，重新締結塵世的脈絡，才是妳要為我們代行的職責範圍。

那這個呢？感受著一併被吞下的玖恩生魂，依絲塔問道。那白色的魂魄不肯就範，仍舊用強烈的意志在敵人的體內灼燒。

它會藉妳的手引渡給我。

這時，玖恩的魂魄發出淒厲的慘叫，聽得依絲塔膽戰心驚，明白這不是她以往所知的天譴。鬼魂受天譴是安靜的，默默飄蕩至終遺忘所有，但玖恩此刻承受並不是天譴，也完全不是舒慰的療癒。

的確不是。神識的口氣添了幾分遺憾。**這是絕望之境。這個靈魂將跟著它的惡魔一起，去到它不該去的地方。**

也許是感應到神識之所見，依絲塔的眼前出現一幅陌生的景象：怪誕、虛無，維度扭曲的空間中，一池激盪的惡魔能量；池中物沒有形體，沒有心智，沒有意志，沒有任何高階的意識存在——那正是災神的地獄，蓄積著純粹的破壞，偶爾因激盪而潑灑出來，稀薄地流淌進物質的世界，再受災神的管控而返回。激烈的死亡是動亂，平靜的死亡是停滯，塵世間萬物的生命平衡則在動盪和靜止之間搖擺。依絲塔終於明白玖恩為何會因惡魔而變得好戰、尖銳，偏激得一意孤行，以至於進逼波瑞佛；而這般失序的漩渦，是否撕裂了兩個領域之間的隔閡，致使眾神必須費勁修補？

而今，凡人的正視使我感到莫大滿足——那聲音低語回應依絲塔的猜測，但未表肯定，也不予否定。**快，把剩下那些的小傢伙都帶來給我吧，甜美的依絲塔。在熟練之前，肯定得花一些時間的。**

第一次試煉，就要讓我一次吞十二個？她覺得自己的胃還在痛。

那就看妳怎麼想囉。那聲音淡然道：**要是這一關能過，此後任何誤闖塵世的惡魔都難不倒妳了。**

依絲塔忍不住對那假設性的輕蔑口吻鑽牛角尖，但還是忍下了反駁抗辯的衝動。她知道，跟這位神明爭辯只會逗樂祂，又害自己暈頭轉向，沒別的好處。

*您不會再遺棄我了吧？*她狐疑地問。

我不曾遺棄妳。依我所見，妳也不曾遺棄我啊，頑強的依絲塔。

於是，她同時用肉眼和神靈之眼重新檢視周遭。沒見到災神的蹤影，卻看見玖恩兩眼翻白，正在往地面倒下。那遠古的惡魔，連同它張牙舞爪的女主人，都被神明帶回祂的領域裡去了；依絲塔感覺胸骨之下的痛楚正在消退。巫術餘留的十二條光帶如今正朝她奔來，拖連著十二個仍受束縛的惡魔，在驚愕中流露著面對主神的畏懼，而它們的宿主也正要回應這突如其來的巨變。

一次一個，還是全部一起？依絲塔抬起發亮的靈魂之手，隨意揀了一條光帶，粗略地分離惡魔與生魂——這生魂屬於玖恩的一個侍女，魂體明晰可辨，只是夾雜了三、四個老舊的死魂。那惡魔幾乎是在被依絲塔吞下的同時就立刻被災神接走了，沒在她體內留下任何感覺，女子則是隨之頹然倒地。

這些光帶看著眼熟。我昨晚牽引阿瑞司的魂魄，也用類似的繩線。

那是惡魔很久以前從我們手中偷取的。妳要知道，惡魔沒有創造這種締結的能力——那聲音隱隱有些怒意。

她又揀起一條光帶，重複同樣的步驟。這次的宿主是名男性軍官，在時間凍結的那一刻張大了嘴正要咆哮。依絲塔擔心起來——*我沒辦法梳理得乾淨。我做不好。*

妳很聰明的。那聲音鼓勵她。

我做得不完美。

所以才要把一切凝結在時間裡，讓妳慢慢來。然而妳很聰明，所以夠好了。我們何其幸運，要的是

光輝燦爛而非完美無瑕的靈魂，否則就會是我們受困在追求完美的境地裡窮極無聊。繼續妳的不完美吧，燦爛的依絲塔。

一個接一個，她引渡在場的所有惡魔，越來越順利，而且越來越快。梭德索的惡魔團塊恐怕是此間最複雜的，因為在這年輕人自己苦悶困頓的魂體之外，還有無數的人魂層層包疊：數不清的軍人、學者、法官、劍客，甚至是苦行修士。這些特質全是金將軍流傳於世而廣為人知的美德，是最徹底、最典範的陽剛氣質，想來也是玖恩對於愛子異樣的親情和期許。

獨獨沒有詩人。一個也沒有。

在那團魂魄之中，有一片黑色的殘魂從她的指縫間流掉，她發現那不是普通的死魂。

對，神靈說。**這是個男人的生魂，他還活在塵世間。**

在哪裡？該不會是……我該不該讓他……

假如妳覺得自己承受得了，那就可以。到時妳會不好受。

依絲塔便將那片殘魂撿回來收好，感覺它仍帶著溫度和脈動。

還沒將梭德索的靈魂梳理完畢，她的眼角先瞥見了離她最近的那名褐髮軍官。在時間靜止的前一刻，那人手中的長劍高舉，正欲轉身；一旁的頤爾文的黑髮飛揚，也正要跟著採取行動。

再回頭看，同一時刻的梭德索也是張著嘴，神情扭曲。依絲塔覺得那張臉有幾分失常的癲狂，所以猜不出他當時的情緒，盛怒或亢奮都有可能，反正絕不是出於喪親的悲痛。她把注意力拉回到自己手上，繼續工作。

佛伊是最後一個。相較於周遭他人的慌亂暴起，佛伊在事發當下顯得毫無反應，一派平靜淡定。他體內的惡魔已不是野熊模樣，而是不均等地散布在各處，對於依絲塔的探觸表現出畏懼與退縮，卻也同時流露著迷和嚮往。依絲塔遲疑了一會兒，決定仍舊將它端起來往嘴邊送。

好。那聲音說。

啊，我應該先問過您嗎？

妳是我在物質世界的門房。專職的門房不該為了每個上門的訪客一一請示主人的意見，否則那主人自己看門就好了。門房應該要有自己的判斷。

*我的判斷？*她於是吞下光帶，又把手放開。

當重獲自由的惡魔飛快溜回佛伊體內之際，他自由了。時光的滴流逐漸恢復，依絲塔看著佛伊的臉上出現細微抽動，嘴角咧出一抹極其淺淡的笑意，隱隱透著贊同——原來如此。假意的欺瞞，懸而未定的變節；*此人心思遠比外表細密。*

時間驟然匆促起來，令她無暇他顧。在大帳中爆發的吶喊和騷動彷彿只持續了一秒，所有的聲響人影就在她的知覺中淡去了。她不再關注那些，轉而去追隨神識的聲音。

她往門裡探看，猜想這大概是屬於她的死亡通道。門裡的世界美得令人震驚，充滿繁複的色彩、樂聲和歌曲，聞之見之就足以使心靈昇華。這一刻的困惑令她聯想到新生兒初來人世，因為感官所知的一切都是無以名狀的。嬰兒最先認識的大概是母親的臉龐和乳房吧，在那之後才向外延伸——擴大到這窮盡一生也無法完全了解的世界。

我的靈魂成形的那個世界，還有肉身生活的物質世界，都不如這個世界來得壯闊奇特。這下子我該

怎麼開始呢？

好了，依絲塔。神識說。**妳要留下還是要走？不可以像隻貓兒老是蹲在我的大門前，妳知道的。**

您出來見面吧，這樣不好說話。

話才說完，她就站在一個通風良好的房間裡，很像她在波瑞佛待過的某個房間。她急急往下看，發現自己不但有個身體，潔淨、輕盈，毫無疼痛，而且還穿著衣裳——極似她原先所穿的樣式，但是乾淨完好、沒有破損。她抬起頭，嚇退了兩步。

這次，災神用頤爾文的形貌現身，而且是健康又結實的模樣。只見祂做朝臣裝扮，白色衣袖繡著亮色銀邊，斜披的飾帶與佩劍也都閃閃發光；一頭純色的白髮齊梳向後，以洛拿樣式結成一條粗長髮辮子；屬神的眼眸中不見一絲人性，唯獨深邃的黑色與那人相仿。

「我要是看見頤爾文頂著這樣的白髮，」她羞赧地承認：「應該會喜歡。」

「那妳就得回去，而且要再等上一陣子。」災神連他的嗓音和北方腔調都借用了，聽起來倒是比原主的更深沉厚實些。「當然，這種事說不準。等到他的頭髮全部變白，誰知道還會剩下幾根？」

祂的身體和臉龐開始轉變，讓依絲塔在同一時間內，看見頤爾文於各個年紀可能變成的模樣：挺拔或駝背，變瘦或變胖，禿頭或沒禿，唯有唇角的歡笑不變。

「我想要……這個。」她伸手去指，但也不確定自己指的是神明或是那人。「我可以進門嗎？」

祂的笑容變得柔和。「選擇權在妳，我的依絲塔。妳不拒絕我，我就不會拒絕妳。要是妳選擇繞一趟遠路再回家，我也會等妳的。」

「我怕自己會迷路呢。」她望向別處，感覺這無比的平靜。沒有痛苦，沒有恐懼，沒有憾恨。沒有了那些東西的心裡如今多出了空間，能夠容納……容納別的東西，是她從沒夢想過的東西。她突然想到，如果阿瑞司在第一次死亡時也經歷了這種感覺，那就怪不得他不願留戀人世間了。「所以，這就是我的死。為什麼我以前會怕死？」

「身為死亡的專家，我認為妳沒那麼怕死。一直都不怕。」祂揶揄地說。

她看向祂。「那麼地美好，比不再疼痛更吸引人，可是……噢，看起來真是夠美好了。要是下次的話……會痛嗎？」

祂聳了聳肩。「一旦妳回到物質世界，我能提供的保護就有限了，而且，唉，死亡的痛覺不是必然除外的。這次可以讓妳選擇要或不要，下次也許就不能囉。」

她沒想笑，嘴角卻自動上揚了。「您的意思是，我下次再來的話，還會是這裡嗎？」

祂輕嘆。「我希望不要。我該再去栽培一個門房才好，之前我覺得讓太后看門挺有噱頭。」那雙眼睛閃動光芒。「我那了不起的頤爾文也是這樣子，他為了妳而向我祈禱呢。就憑我的惡名，這很難得。」

依絲塔想了想災神的名聲。「的確是惡名昭彰。」

祂沒作聲，只是露齒一笑。那熟悉而令人心動的瀟灑風采。

「但您哪有栽培？」她突然想跟祂鬥嘴：「您從來什麼也不教我。」

「妳說的栽培，甜美的依絲塔，就像教一隻獵鷹走路去獵食；不是不能，只是很累。鳥兒把一雙腳走疼，違反天性，還要餓很久的肚子。有妳這樣又大又健壯的一雙好翅膀，何不讓妳用飛的？」

「您讓我用摔的。」依絲塔怒道。

「不，妳不會。妳的確是往下掉，抱怨個不停，可是終究自己張開了翅膀，半路就往上飛了。」

「也不盡然，」她放輕了語調：「頭一次的時候就沒有。」

祂歪著頭，略表承認：「當時不是我訓練妳。所以妳看，我們確實合得來。」

她別開視線，瀏覽這個陌生、完美、不真實的房間，猜想這應該是個候見室，介於裡間和外間的中間。但哪個門通往哪裡？「所以，我的差事完成了嗎？」

「是的，而且做得非常好，妳果真是我遲來的養女。」

「遲來也沒辦法，誰讓我一直是個慢半拍。原諒得慢，愛情慢，信神也慢，就連對人生的醒悟都來得慢。」但她鬆了口氣，真誠地向災神俯首致意。差事完成就好，那表示事情能有個收場了。「約寇那人殺死我了嗎？遵照玖恩的命令？」

「不，還沒。」祂笑著走近，抬起她的臉，俯身吻她。這一吻也和頤爾文在那天下午——昨天？在塔樓上的同樣大膽直率，只是少了馬肉的味道，多了蜜般的芳香，以及眼底的堅信不移。

那雙眼睛，這個世界，她的感知開始搖曳。

深邃無垠的神性，就這樣化成了一雙泛紅且含淚的黑眸；日曬過的汗水味、血腥和體味取代了蜜香，美好的靜謐也變成各種叫囂和嘈雜，短暫靜默，而後喧鬧又起。無痛的飄浮感轉為壓倒性的呼吸窘迫、頭痛，以及口渴，再逐一融化成幸福感。

災神想必很了解他的貓兒，所以逼貓兒做了決定。否則她一定還在祂腳邊瞎跑亂闖兜圈子，不知何去何從。話說回來，祂給的方向倒也單純，那一句「還沒」，至少保證了她不是復甦在一具插著刀劍的身體上。這是災神故意給我設的局，該死的傢伙——能有個自己的神明可咒罵，感覺好痛快。她想她大概可以常常這麼做，也肯定不會冒犯祂，而且罵得越凶越奇葩，祂八成還會越高興。真的，對真實的依絲塔而言，他們真相合。

感知的搖曳逐漸平緩。在沉重的一吻之後，在親愛、煩亂卻溫暖的凝視之中，觸覺、聽覺與痛覺也都穩定了。這就對了。

還有，更過分的是，我的神明會騙人。祂早就在大門外放了這一盆奶油，看準了貓兒會去舔舐，還說什麼選擇呢。她笑了起來，試著吸氣。

頤爾文停下慌亂的那一吻，收回探尋的唇舌，驚喜喚道：「她活著，噢，五神，她有呼吸了！」

原來那陣呼吸窘迫，是因為頤爾文的雙臂把她的上半身箍得太緊。她的視野中有樹梢，有藍天，還有他的臉懸在面前。那張臉因炎熱和恐懼而泛紅，橫著一道細細的血痕。她伸出無力的手去摸，發現那只是噴濺上去的血滴，鬆了口氣。

「怎麼回事？」她輕聲問，感覺嘴唇又乾又腫。

「我倒希望您來告訴我。」佛伊的聲音沙啞，引得她抬眼看去。他直挺挺站在一旁，居高臨下地俯瞰他們，眼睛睜得很大，面容憂慮；海綠色的制服和鎧甲仍穿在他身上，看著十足是個凶悍的約寇那軍官，正在嚴密看守俘虜。依絲塔被頤爾文抱著坐在距離那頂綠幔主帳不遠的林地上，四周有許多約寇那士兵走動，但佛伊憂慮的似乎不是那些人。

「你們被送進帳篷，」佛伊把聲音放得更低，繼續說道：「您看起來……就像是普通人，軟弱無助，但之後神光突然從您身上冒出來，非常刺眼，我一時也被閃盲了，只聽見玖恩大叫要人去殺了您。」

頤爾文的手臂緊了緊。

「等到視覺恢復，」佛伊轉頭看向別處，繼續假裝在看守俘虜的樣子。「我看到營帳中所有的惡魔都衝向您，好像融化的金屬被灌進容器去。您把他們全都吞了下去，包括玖恩的靈魂。這全都只發生在一眨眼之間。」

「我留了一個。」依絲塔喃喃道。

「嗯，唔。是啊，沒錯。我感覺到您為我解除玖恩的禁錮，那一刻我幾乎要衝出營帳外，幸好及時恢復了神智。梭德索親王和幾個軍官當時都在拔劍——五神啊，我怎麼覺得那個刮擦聲持續了好久好久，梭德索的指節都發白了。」

「我那時想先去擋住他們。」頤爾文粗聲地說。他眨著眼揉了揉鼻子。

「對，赤手空拳。」佛伊說：「我看見您衝上前——幸虧沒有衝得太快。只是怎麼也沒想到梭德索竟然轉身去砍了玖恩。」

「玖恩那時早就死了。」依絲塔說。

「對。我先看見她往後倒，不過他的劍鋒去得……恰恰及時，我認為。總之他那一劍砍得太用力，害他自己也摔倒。獲釋的巫師有半數逃跑了，但我敢發誓剩下的半數都跟梭德索有同樣的念頭，有個女還拿貼身匕首去捅倒在地上的玖恩，恐怕根本不在乎玖恩當時死透了沒，純粹只是洩恨。我看場中太混亂太瘋狂了，就跳出去對著頤爾文和您大吼『俘虜，退下！』，拔劍逼退你們。」

「你該死的太像那麼回事，」頤爾文嘀咕：「要不是我兩手沒空，不然差點就要撲上去跟你打。」

「因為您倒下了，太后。您當時就……沒了血色，停止呼吸，一動也不動。我看見您的靈魂像燈火熄滅那樣消失，以為您死了。頤爾文幾次要抱您起來都站不住，我也不敢去幫忙，只能讓他拖著您爬到外面來，再假裝看守他。依我想，大部分的約寇那人都認為您死了，因為他們看您使用巫術殺人，如同方颯和金將軍的歷史重演，所以……您再躺個幾分鐘別動吧，等我們想好下一步要做什麼。」

這個建議倒容易辦，她很樂意繼續躺著，特別是看著頤爾文的表情——那一臉的驚訝和疑惑，很想卻又不敢相信是自己的親吻讓愛人死而復生。她看得津津有味。

「惡魔全走了，」儘管力氣還未恢復，但她猜想他們都心存疑惑，索性簡單說明：「我就是被派來完成這件事。本來在事情辦完後要離開塵世，是災神讓我回來。」考慮到她目前所在的處境——身處敵陣之中，被幾百個生龍活虎而驚慌激動的約寇那人包圍——這幽默感果然下流。依絲塔藉著佛伊的敘述暗自推敲，結論是，她的時間刻度在玖恩的生命盡頭處被拉長得超越了時間，但在其他人看來大概只有幾分鐘的光景。

就一支正規部隊而言，再怎麼失去最高統帥也不至於混亂太久。依絲塔真不願在眼下的幸福感之中喚起任何憂慮，卻也明白此時不能耽溺，只得把思慮拉回到務實面上。

「我想我們最好現在就走。立刻。」她說。

「您走得動嗎？」頤爾文不安地問。

「您呢？」她好奇地反問。瞧他那慘白衰弱的氣色，她相信他剛才真的是連拖帶爬地帶她出來。這個人應該躺在床上休養才行，她暗暗決定。而且最好是她的床。

「不，大人，」佛伊低語：「您得再一次拖著她走，不然就抱著她。太后，您能再扮一會兒屍體嗎？」

「哦，當然。」她爽快應允，樂得躺在頤爾文的懷抱中。

頤爾文實在沒力氣抱她起來，但也不肯再把她拖在地上，理由是不願刮傷她早已受創流血的腿腳。在短暫的爭論後，他們決定由頤爾文把依絲塔整個人扛在肩上，佛伊協助頤爾文站起來，依絲塔還是只能繼續裝死人。她臉朝下地掛在頤爾文的肩上，雙腿讓他固定著，懸垂的雙手則隨他虛弱發抖的腳步擺動，盡量不使半分力氣；這感覺讓她想起被輕羽馱著的時候，但考慮到自己現在扮演的角色，只好憋住了沒讓嘴角失守。她瞇著眼，看見自己身上的白袍有大片噴濺的血跡，想必和頤爾文臉上的血是同一個來源，不禁打了個哆嗦。

在佛伊的引導下，他們蹣跚地往林地外圍的某一側走去。

不一會兒，前方出現了一群聚集的士兵。佛伊叫頤爾文繼續走，自己則揮劍指著主帥大帳的方向，理直氣壯地用洛拿語喝道：「動作快！那邊支援！」他的軍官裝扮有模有樣，士兵們想也不想地就服從了這位長官的命令，三步併兩步地衝了過去。

頤爾文見狀，咬牙悶哼道：「佛伊，我知道你學會了軍隊裡的洛拿語，但把長句子留給我說。你這身制服能掩飾的有限。」

「好的，當然。」佛伊微微地嘆口氣。「左轉直走，快到放馬區了。」

「我們就這麼大搖大擺地走過去偷馬？」頤爾文氣喘吁吁，卻掩不住語氣裡的好奇。依絲塔透過半閉的眼簾，瞄見守衛們都在樹蔭下閒晃，另外有些人伸長了脖子望著綠幔所在方向，因為那裡仍是一片吵雜紛亂。

「對，」佛伊拍了拍自己的一身綠衣。「我可是個長官啊。」

「我看你靠的不只是那個吧。」依絲塔沒好氣地說。

「對，你為什麼這麼篤定他們不會過來阻攔、質問我們？」頤爾文的語調裡多了一絲緊張，因為他發現有幾個人轉過頭來盯著他們看。

「您可曾違逆或質疑過巫米茹內親王？」依絲塔對頤爾文說。

「沒有，一開始沒有。這跟那有什麼關係？」

依絲塔對著頤爾文的腰背咕噥：「是我剛才說得太籠統。這營區裡還剩下一個巫師，只是他現在幫著我們。我當時覺得也好，反正災神也沒反對。」

頤爾文一驚，斜眼瞪著佛伊。

「是兩個，」佛伊補充：「一男一女。但我也不確定這要怎麼區分兩者。」

「我也是，之後再問卡本吧。」她同意道。

「沒錯，」佛伊又說：「不過我們還是別太激動。溫和的誤導總是有個限度，我還不想大動干戈。」

「這倒是。」頤爾文喃喃道。

他們默默又走了幾步，在馬群前停了下來。

「到了，」佛伊問：「司馬官大人，您有何指教？」

「有馬鞍轡頭的都行。」

他們的確有個現成的選擇。頤爾文才說完，就見馬群盡頭的一匹驀地抬起頭，興奮地朝他們嘶鳴，接著更推擠開同伴踏行過來——那馬個頭極高，栗色的毛雜駁難看，兩耳豎直，止不住地跳步，又上下點頭，頻頻噴氣，竟是一副雀躍模樣——正是阿瑞司的坐騎。

「災神的眼睛啊。太后，您能否叫這頭蠢東西閉嘴？」佛伊暗罵：「人們開始往我們這裡看了。」

「我？」

「牠想要您。」

「那好吧，放我下來。」

頤爾文蹲低身子，讓她滑落地面，但用雙臂扶著讓她站直。這扶持令她感覺特別安穩，被他牽掛地檢視傷口的感覺也很好，就像親吻一樣美好。

她一走近，那著了魔的馬兒立刻低下頭，把臉貼在她染血的衣襟上，表現出順從、親愛和嬌憨，於是她也懷著情感仔細打量牠。大半天沒卸下的轡頭在牠的臉上勒出痕跡，身上各處有十幾道深淺不一的刀傷，但都正在癒合。

「好，好，」依絲塔柔聲安撫：「沒有關係。他去的地方你不能去。你已經盡力了，這樣就好了。」

這麼說著，她自己也傷感起來，便對頤爾文說：「我看最好由我騎這匹馬，否則牠會追著我們一路哭叫出去。」然後她踮起腳，看了看馬兒的脊背。「可是得要馬鞍。」

佛伊立刻去找了一副過來，交給頤爾文，自己則去挑選另外兩匹。

「你們管牠叫什麼？」依絲塔在上馬時問道。這匹馬太高了，頤爾文只能用雙手合托著她的腳掌，才能幫助她坐上去。趁她調整裙襬時，他又握著她的腳踝去踩上馬鐙，順帶用溫熱的手指在她腳上的傷口和瘀痕上憐惜地撫摸著。

「我實在不想說，」頤爾文清了清嗓子：「就是，呃……總之很粗俗。牠完全不適合淑女騎乘，老實說，牠根本不適合任何正常人騎乘。」

「是嗎？但您騎過啊。」她輕拍這匹馬的長頸，牠也扭過頭來，用鼻尖輕觸她赤裸的腳掌。「好吧，既然牠今後要當女士的坐騎了，還是換個名字比較好。叫做『惡魔』吧。」

頤爾文愕然看著她，扯動嘴角露出了笑意。「很貼切。」

他轉身走向佛伊牽來給他的馬，站定了下，鼓足力氣後翻身上去。那一聲悶哼道出他已是多麼精疲力盡。

在無聲的默契下，三人騎馬離開，不慌不忙地橫越營區界外的原野。胡桃林後方的某處失火了，烈焰、濃煙和人們大喊救火的騷動隱約可聞。玖恩的死會為約寇那帶來怎樣的動亂？自然的或是超乎自然的？依絲塔靜靜想著，卻沒有回頭。

「左轉。」頤爾文對佛伊說。

「不先遠離敵軍的視線嗎？從往北的那條上坡繞過去？」

「先等等。左邊有個溪谷更近，可以藏身。不急，現在小心為上，免得遇上巡邏。要是我，就會派兵去那裡巡邏。」

他們繼續沉默前行。營區的嘈雜已經遠去，空曠的郊野有了夏日午後典型的慵懶靜謐；戰爭、巫術、神靈或瘋狂，一概無涉。

「之後，」依絲塔向頤爾文說：「您要盡快帶戈朗來見我。」

「遵命，太后。」頤爾文說著，回望他們走過的路。

「要不要繞去波瑞佛的城區？」佛伊也跟著回頭望。他們即將走下溪谷，但火災的黑煙看起來仍然濃密。「天色暗了之後，我大概能想辦法溜進城。」

「不，要是能走出溪谷，我要先去找歐畢藩主。」

「我不確定太后能不能騎那麼遠，」佛伊同時打量著依絲塔和頤爾文，顯然不只為太后一人擔心。

「或是您認為藩主已經在半路上了？」

「以我對他在用兵上的了解，我們在十哩之內就能遇到他，或是他的偵察部隊。」

才轉進溪谷，他們果然就碰上約寇那的巡邏兵。士兵們見三人行進的方向異常，但那些馬具和佛伊的軍服卻都是約寇那形制，當下有些拿捏不定；士兵們正在迷惘之際，佛伊略施巫術混沌他們的神智，加上頤爾文那一口嚴厲而驕矜的洛拿官話，三兩下就讓那些巡邏兵恭順地退開了。離去時，頤爾文把戲演足，甚至對著鞠躬送行的士兵們比劃了四神教儀，等到離開對方的視線後，才偷偷用拇指補上對第五神的致敬。

過了這一關，三人稍稍加快速度，由頤爾文領頭轉向東北。他對這一帶瞭若指掌，知道每一個能夠掩蔽行蹤的地方。他們一口氣趕了四、五哩路才停下來讓人和馬喝水，而這時的波瑞佛城堡和失火的桃木林都已被起伏的山峰擋住，只剩下空中的幾縷濃煙揭示著他們已經走了多遠。

「你還感覺得到那頭野熊嗎？」依絲塔問佛伊，看著他把頭浸入溪中取涼。

「不像之前那麼清楚了，」佛伊一屁股坐到地上，皺眉答道：「不知玖恩對我們做了什麼手腳，但願不是太惡劣的。」

「我有個感覺，你們在這一連串事件中融合了。」依絲塔謹慎地說：「要是單靠你自己的力量，惡魔在你體內不會成長得這麼快。可是依我看，它並沒有竊取或侵蝕你的靈魂，你也沒有奪取它的力量，你們之間似乎沒有誰凌駕於誰的問題，而是自由地相互分享。」

佛伊有些難為情地說：「我就喜歡餵東西給小動物吃……」

「憑我現在的本領，我沒辦法把你們完好地分開——你目前其實也不需要。你如今成了神學上的奧妙，但我懷疑你並不是唯一的一個。我原先想不透神廟裡的巫師打哪裡來，現在我知道了，原來有些人就是能承擔這種能力而不受到反制，而且照我的猜測，審核那種資格說不定也是那位若厤聖徒的工作之一。你恐怕需要去災神紀律會受訓了，女神紀律軍應該會放人吧，假如我去要求的話。」

「我？當災神的服事？我父親一定不會樂意。慘了，我能想像我母親對著她那群姊妹淘解釋不清的樣子。」佛伊苦著臉說完，忽又莞爾。「我倒是等不及要看佛達的反應，一定很有趣。」他向依絲塔投以犀利的一瞥。「太后，您也會去受訓嗎？」

她微微一笑。「佛伊，在我這個身分，我可以叫神廟派專人來指導我，不限任何時間與地點。但我打算要求紀律會盡快派人，就怕他們來不及應付呢。」

她親和的口吻，加上想起多日未見的兄長，令得佛達精神大振。他起身去料理馬兒，並且敦促依絲塔和頤爾文重新上路。

「你那身制服可以脫了，塞到鞍袋去吧。」頤爾文建議道：「若蒙災神安排，我們遇到的下一個斥候八成是歐畢的人。弓箭可是不長眼的。」

「啊，說得對。」佛伊立刻照辦。

頤爾文瞄向那頭曾經的烈性野馬，此刻乖順無比地馱著依絲塔，姿態步伐平穩得能讓人在馬背上端一杯水而不灑出來。「您還撐得住嗎？」他問她：「距離不會太遠了。」

「赤腳走過那一哩路後，騎騎馬不算什麼。」她寬慰他：「當時我以為神明拋棄我，後來才知道祂只是躲了起來。」聖徒果然都是馱獸。那也能算是災神的小玩笑吧，她想。眾神的智慧實在教人摸不著邊際。

「原來如此，怪不得您走進帳篷時顯得黯淡無光。」佛伊說：「要是您發著聖火一般的光芒，約寇那的巫師絕不敢把您拉到玖恩面前去。可是當您一亮起來……」他停頓下來，似乎是想不到適當的語詞。佛伊並不是一個詞拙或思路含糊之人，但見他苦思如此，依絲塔總算明白卡札里所謂「唯有詩歌才能描摹眾神」是什麼意思了。

「我從沒見過那樣的景象。我很慶幸能親眼見到，但假如今後再也沒機會看見，那也很好。」半晌之後，佛伊總算擠出這麼一段感想。

「我就看不見，」頤爾文的語氣帶著深深的遺憾：「只能看見事發當下的動靜。」

「也幸好有您在。」依絲塔說。

「我沒做什麼。」他嘆氣。

「您能做見證。對我來說，那代表的意義就是全世界。還有那個吻，那一吻也很重要。」

他的臉色一紅。「容我道歉，太后。我當時心慌意亂。您似乎曾經把我吻醒，我也想那麼做。」

「頤爾文？」

「是，太后？」

「您真的吻醒我了。」

「嗯。」

然後他靜默了好一會兒，嘴角凝著一抹出神的微笑。

他們又走了一段路，頤爾文抬起頭，在馬上站高身子並往某個方向凝視，臉上忽然多出幾分神采。依絲塔順著他的視線看去，乍見一切如常，努力辨認後才看出幾縷極淡的輕煙，表示這附近有人藏匿。沿著山脊，三人朝輕煙升起的方向騎去，果然在一處不起眼的山坳內窺見一處被山勢掩蔽的隱密軍營；腹地內單單是可見的兵馬就數以百計，藏在山坳後的人馬或許還更多。

「歐畢。」頤爾文語帶滿意：「他果然兼程趕來。倒要感謝眾神沒讓他更早趕到。」

「很好，」依絲塔也鬆了一口氣。「我的任務結束了。」

「是，而且我們真誠感謝您，要不是您的努力，如今我們早都在城堡裡詭異駭人地死去了。至於我……我還得把城堡外那一千五百個約寇那兵弄走。不知道歐畢是不是打算等到淩晨才行動，但要是出擊得夠快，夠迅速……」他喃喃自語，眼神渺遠起來，一面打量著坡下的人馬。依絲塔知道這就是他陷入戰略思考時的習慣，忍著沒出聲打斷。

就在這時，一隊巡邏向他們快馬跑來。為首的軍官猛揮手，興奮地叫喊：「阿巴諾準爵！五神啊，您還活著！」

士兵們非常振奮，立刻將他們護送往營區深處。經過樹林時，他們聽見一聲大喊，接著便見一個熟悉的身影從綠蔭中竄出——竟是佛達。佛伊飛身跳下馬，兄弟倆抱在一起，佛達激動地叫：「佛伊！佛伊！感謝女神！」

「這些人是？」頤爾文發現營區中另有一大群服色陌生的軍人在騷動著，便向歐畢的巡邏官詢問。

然而事實上，騷動的並不只是這些身穿黑與綠色制服的官兵，還有一些看起來不像軍人的人；有的大步狂奔，有的蹣跚慢行，也有的互相攙扶、小心翼翼地走，而他們全都喊著依絲塔的名銜。

依絲塔看傻了眼，不知該高興還是錯愕。

「災神饒命，那是我哥哥貝歐夏——還有費瑞茲、惠爾塔夫人、陶維亞司祭……還有大家。」

27

貝歐夏領主和費瑞茲準爵跑在人群的最前面，但兩人還未來得及接近依絲塔，便被她的坐騎嚇得連退好幾步——栗色種馬的兩耳翻後，大聲嘶鳴，甚至露出牙齒作勢要咬人，彷彿本性又現。

「五神啊！依絲塔，妳的馬！」貝歐夏叫罵，一時竟忘記妹妹才歷劫歸來。「是哪個瘋子讓妳騎這頭野獸？」

依絲塔在惡魔的頸子上拍了兩下。「這孩子跟我非常合得來呢。牠是我向頤爾文大人借用的，但恐怕是永遠不會歸還了。」

「您放心，牠的兩個主人都不會向您索回。」頤爾文漫不經心地回應，眼光在軍營中逡巡。「太后——依絲塔，親愛的，我得先去向歐畢藩主報告。」說著，他的表情嚴峻起來。「他的女兒還受困在波瑞佛城堡中——假如城牆還在的話。」

對，還有莉絲和卡本。城牆應該是還在的，因為依絲塔確定戈朗還活著。但她能確定的也只僅止於此。

「他聽了我們帶來的消息，八成會在一個小時內出兵。我不敢想像我哥哥的死訊是否已經傳到他那裡去了。要忙的事很多。」

「願五神加護您。在您的許多責任之中，現在我是最不迫切的一個。憑我對眼前這些人的了解，他們現在已經迫不及待要來照料我，只怕也會讓我大大地分神。」她換了個口氣，嚴厲地說：「你自己也需要一番照料。別再讓我追著你跑，提心吊膽。」

頤爾文的嘴角掠過一抹壞笑，也改變了措辭：「那麼，親愛的女巫師，若我要下災神的地獄，妳可願意跟隨？」

「那是當然，況且我都熟門熟路了。」

他向她探近，牽起她的手放在唇上，她則緊緊地回握，也拉過他的手並予以一吻，還暗暗在他的指間處輕輕一捏。這親密的小動作令他眼中一亮。

依依不捨地鬆開手之後，頤爾文轉頭喚道：「佛伊，跟我來。敵情簡報非常需要你的證詞。」

貝歐夏領主一聽這話，才又想起自己是來做什麼的。他急切地叫住佛伊：「年輕人，是你救了我妹妹嗎？我要感謝你。」

「不是的，領主，」佛伊在馬上向他行軍禮。「是她救了我。」

他的回答讓貝歐夏和費瑞茲雙雙愣住，兩人的反應則讓依絲塔反思此刻的情景：佛伊，滿臉傷痕，面色如灰，披掛著約寇那的軍用裝備；頤爾文，削瘦如餓莩，渾身惡臭卻穿著最雅緻的宮廷喪服；至於她自己，純白的節慶禮服又皺又破，大片血跡已經乾成了褐色，赤裸的腿腳上都是瘀青和擦傷，亂髮蓬鬆得每一根都有它的性格，完全是瘋女人的最佳形象──對領主大人和老保安官來說，眼前的景象想必是古怪至極。

「照料太后，然後你也到歐畢的營帳，」佛伊向佛達說：「來聽我們講偉大精彩的故事。」他拍了拍兄長的肩膀，然後轉身跟著頤爾文走。

佛達眼見馬兒沒再露凶相，遂前去幫助依絲塔下馬。依絲塔站到了地面，感到一陣暈眩，但她硬是撐住，並用命令的口吻吩咐佛達：「照看這匹悍馬，牠昨晚盡忠地載著阿瑞司大人出征。你弟弟也參與那場壯烈的夜襲，忍受了敵軍的俘虜和虐待，要是你有辦法讓他平靜下來，就先勸他在此稍事休息。我們三人幾乎都是從昨天凌晨就忙到現在，沒怎麼吃也沒怎麼睡，歷經出逃和圍城和……和更糟的景況。頤爾文大人昨晚大量失血，你們務必要立刻給他進水和食物，不得延誤。」

她停下來，想了想，又說：「還有，萬一他打算跟著部隊去作戰，就把他敲暈了綁起來。雖然我認為他不至於那樣蠢。」

等她的馬被牽離得夠遠，費瑞茲才上前一把抓住依絲塔，幾乎是用扭的將她從佛達身邊拉開。「太后！您簡直要把我們嚇壞！」

「沒事，我現在平安了。」她輕輕拍著那隻緊抓的手，聊表安撫。

「依絲塔，依絲塔，親愛的！」惠爾塔夫人跌跌撞撞地撲上來哭喊。她和陶維亞司祭手挽著手，兩人是一起半跑半走過來的。

貝歐夏看著頤爾文走遠，若有所思地說：「既然妳平安回到我們身邊，我想我最好也去見見歐畢。」他回頭來對妹妹露了個分神的微笑：「很好，很好。」

「哥哥，你帶了自己的部隊嗎？」依絲塔問。

「對，五百人馬。這些人抓著妳的警告信衝到我那裡去，嚇得我立刻動身，來不及召集更多人。」

「那你快去吧。支援歐畢軍，讓你的衛隊有立功的機會，也不浪費你付的薪餉。波瑞佛為喬利昂犧牲了……犧牲得很慘重，我們不但虧欠他們，在道義上也該應該盡快為他們紓困。」

貝歐夏短嘆一聲，便帶著佛達與費瑞茲一起離開了。依絲塔猜想，他之所以急著去找歐畢，一半是對軍情好奇，另一半是不想被自己帶來的隨員眷屬纏上。

接下來，這一干眷屬都要由依絲塔去應付了。她靈機一動，決定先發制人地向他們提問，例如「你們是如何及時趕來此地？」之類的疑問；如此可以有效解決許多困擾，包括解釋自己的經歷、旅程，面對他們的異樣眼光，以及被懷疑是瘋病復發等等——果不其然，就那樣一個簡單的問題，眾人開始滔滔不絕地回答，一路到貝歐夏的營帳門口都沒能講完。

依絲塔發現，在貝歐夏所謂的五百人馬以外，其實還拖了一百多名雜役、馬伕和女僕，用以支應惠爾塔夫人從瓦倫達與塔瑞翁城帶來的十數名女官，而費瑞茲沒有制止這樣的勞師動眾，或多或少得費神指揮調度，可算是嚐到了苦果。話又說回來，能在短短一週中將這大隊人馬移動這麼長的距離——按常理推算起碼該一個月——的確近乎奇蹟，著實讓她對這位老保安官的崇敬又往上升了一階。

面對女官們提供的各種繁複流程，包括盥洗、飲食而至睡臥，依絲塔一概要求簡化，幸虧陶維亞女士是個性格務實且經驗豐富的母神療者，一眼就看出她此刻的身心狀況，當即為她的主張撐腰，並且極有效率地帶著僅僅兩名助理服事就完成了所有的必需照應。

依絲塔不得不承認，這位年若長姊的司祭果然知她甚深，連同視如己出的惠爾塔老姨母一起，兩人熟悉的照料手法令她備感舒慰。陶維亞的外傷縫合技術異常精湛，趁著助理服事們為依絲塔上藥包紮之際，她俐落又仔細地縫好了每一處大傷口，使依絲塔馬上就能靈活地使用雙手，周身的疼痛感也頓時消減大半。

「這些瘀青到底是怎麼搞的？」陶維亞指著她的大腿後側問。

依絲塔扭頭看去，見那一帶分布著五個青紫色的圓點，便笑著把自己的手掌依樣擺附上去。

「五神啊！依絲塔，」惠爾塔夫人見狀，驚恐叫道：「誰這樣大膽地碰妳？」

「這是……應該是昨天，頤爾文大人在城堡外救我的時候抓的。妳們看，他的手指如此修長呢，不曉得他是否彈奏樂器。我應該要去問問。」

「是和妳一起回來的那位大人嗎？他的個子確實特別高。」惠爾塔夫人狐疑地問：「但我要說，他那樣親吻妳的手太大膽魯莽了，我很不喜歡。」

「哦？好吧，因為他壓抑很久了。以後我會帶著他多多練習，讓他進步。」

老姨母大怒。陶維亞司祭也微皺眉頭，但只是輕哼一聲。

儘管還不到傍晚，女眷們仍然讓依絲塔換上睡衣，躺上床鋪，只是依絲塔自己又因隆隆的馬蹄聲而爬了起來，探向帳外看大隊軍馬離營。

仲夏的天光還有好幾個鐘頭，歐畢的騎兵隊將會在最佳時刻抵達波瑞佛城——依絲塔不禁為此感慨；約寇那陣營才剛剛經歷那般驚世駭俗的劇變，失序的錯愕或戰慄只怕都尚未退去，縱使有人能夠迅速重振指揮體系，軍心的動搖也不是說收拾就能收拾的，更何況基層官兵一直處在矛盾於四神教義的作戰方針之下，習於盲從更可能會鈍化他們的反應力。

她任自己被說服著躺回床鋪去，知道這些人都是愛護她的。只不過，也許他們所愛護的那個依絲塔並不完全真實，而是存在於他們的想像之中、一個理想的形象而已；他們很可能也只是自以為這就是愛，無論是出於倫常或出於習慣。

如今，她已經知道真實的自己是被什麼樣的人所愛著，這些念頭便不再令她沮喪了。她想著那個人，進入了夢鄉。

依絲塔自恐怖的夢境中醒來，而這夢境大概也不全然屬於她。這時她聽見兩個女聲在爭執。

「依絲塔殿下需要睡眠！」惠爾塔夫人的嗓門有點大：「她飽受劫難，我絕不會再讓她受到驚擾。」

「但，」莉絲的聲音帶著些許困惑：「太后想必盼著來自波瑞佛的消息。為了盡快向她稟報，我們天沒亮就出發了。」

依絲塔吃力地在被窩裡翻了個身，喊道：「莉絲，進來！」看樣子，她已經睡過一整個短暫的夏夜，難怪覺得睡飽了。

「看看妳做的好事！」惠爾塔夫人難得顯露出暴躁。

「什麼？」莉絲反射性地表示茫然。她出身平民，擔任女官的資歷也太短，聽不懂貴族侍女間的這種語言——若照依絲塔直白的翻譯，惠爾塔姨母要表達的是「老娘我今天不想再長途跋涉，但這下子又得奔波了，都是妳這可惡的小妮子害的」。

依絲塔發現自己的身體無法反應心情上的激動，當莉絲把金色的晨光帶進營帳裡之前，她只能勉強坐起上半身，還得忍著兩條腿的劇痛。但一見到這女孩爽朗的笑容，她就覺得自己已經接獲所需的一切情報了：波瑞佛的危機解除了，昨晚的戰役沒有重大傷亡。其餘諸事自會按部就班，或是自然地塵埃落定。她喜不自勝地去擁抱莉絲，莉絲也回以熱切一抱。

「坐下，」依絲塔牽著莉絲的雙手，不肯放開。「全都說給我聽。」

「接受任何請願之前，依絲塔殿下要先更衣。」惠爾塔夫人板著臉說。

「您提醒得正是，」依絲塔說：「我需要一套騎裝。」

「哦，依絲塔，您現在這個樣子，今天就別亂跑了！您需要靜養。」

「可是，」莉絲說：「其實歐畢藩主已經派軍官來撤除這個營區。他下令盡快將人馬移入波瑞佛城堡，所以佛達和幾個女神奉侍軍的弟兄正在等候著護送您。太后，您準備好了即可動身，或是您要跟著輜重部隊一起搭馬車走？」

「她當然要和我們一起乘坐馬車。」惠爾塔夫人說。

「聽來很棒，」依絲塔假意道：「但是不了。我要騎我的馬。」

惠爾塔夫人氣得掉頭就走。

「噢，等妳看到我的新馬，一定會大笑出來。」依絲塔高興地對莉絲說：「牠也算是這一趟的戰利品，但我大概會要求頤爾文用王室禮物的名義進獻給我，他一定會覺得滑稽——就是那頭性情頑劣的栗色種馬。」

「被惡魔附身的那一匹？」

「對。牠突然對我好親近，又柔順，簡直不像馬兒，倒像一個愛撒嬌的小孩子。妳會發現牠徹底改變了，又或者要是妳發現牠其實並沒改變，就告訴我，我會再讓牠想起牠的主神是誰。總之，繼續說妳的吧，親愛的莉絲。」

「好的。現在城堡和村鎮都安全了，敵軍被打跑了或被抓起來——絕大多數逃往北方，但也許還有少數逃散的人仍潛伏在境內。」

「或真的只是迷路，」依絲塔沒好氣地說：「他們不是沒迷路過。」

莉絲吃吃地笑了。「我們還逮住梭德索親王和他的全體隨從，這讓頤爾文大人和歐畢藩主非常滿意。他們都說親王發瘋了。您真的用巫術讓他去殺死他母親嗎？」

「不，反倒是他母親施加的巫術一直在遏止他的殺意，」依絲塔說：「我所做的，只是解除那項巫術罷了。不過，我寧願認為那只是他一時的衝動，他會後悔的。玖恩早在被兒子殺傷之前就已死去，是災神取了她的魂魄——要是讓梭德索知道這件事，不知他心裡是否會好過點？也許我應該找機會告訴他。接著說吧。凱提拉拉夫人呢？我們的胖司祭呢？」

「哦，我們在城牆上一路看著約寇那人帶您走進敵營，之後就聽見很大的騷動聲。凱提拉拉夫人的表現最令我們驚訝。您和頤爾文大人離開後，她下床來召集所有侍女去接替男人們防守的崗位，因為城堡中的男性幾乎都中了巫術而病倒。城堡的女眷平時似乎就在玩一種射箭遊戲，而那種餘興用的弓箭並沒有被約寇那的巫術弄壞。有好些女子射得相當準確呢！她們固然射不穿鎧甲，但我親眼看見凱提夫人射中一個敵將的左眼，當時卡本司祭就站在她身旁——她賭咒說，只要自己還是波瑞佛的女主人，就絕不會讓城堡陷落。我呢，就站在城牆上扔石頭——您知道，只要站得夠高，縱使手臂力氣不大，被那石塊扔中了也是很痛的。」

莉絲繼續說：「我們看得出敵軍出兵只是來試探，但還是全力反擊，所以的確也挫了他們的銳氣。話說回來，要是對方認真攻打，我想我們也撐不了太久。接著歐畢藩主的部隊就抵達了，敵軍來不及撤退就全被掃蕩殆盡。我們開城門迎接藩主的時候，凱提夫人的風采好迷人，我本以為她會崩潰或和她父親抱頭痛哭，結果反倒是藩主哭得一把鼻涕一把眼淚，她卻是非常堅毅果敢。」

「戈朗呢？」

「他跟我們一起幫忙守城，但是累過頭，稍早發了燒，所以頤爾文大人沒讓他跟我一起過來，並要我轉告您此事。既然您等會兒就要騎馬回城，也就不必讓戈朗多跑這一趟了。」

「想得周到。對，我會立刻動身。」依絲塔環顧，見惠爾塔夫人已帶著一名女僕匆匆走回營帳內，手裡捧著一大疊衣服。「啊，太好了。」

可惜的是，女僕帶來的衣裳一點也不好，那是一件墨綠色的緞面絲裙，做工繁複，適合出席宮廷儀典的寡婦。「這不是騎裝。」

「當然不是，親愛的依絲塔。」惠爾塔夫人說：「這是您待會兒和我們共進早膳要穿的。」

「我只要幾口麵包配一杯茶就夠了，吃完了我要立刻出發。」

「哦，那怎麼行，」惠爾塔夫人認真地糾正她。「早膳已經在準備了，大家都等著慶祝您回到我們身邊，您不出席會掃了大家的興，那可對不起大廚。」

那樣的一頓早飯就會吃上兩小時，或甚至三小時。「你們人多，少我這一口不會有太大差別。叫大家好好享用，就當是代替我慶祝，這樣就不會浪費了。」

「好了，依絲塔，別說任性話。」

依絲塔的語調一沉。「我要騎馬。要是妳們不拿我要的衣服過來，我會叫莉絲去整個營區給我討一套；假如連一套都找不出，我就穿這身睡服上馬。把我逼急了，我就脫光了出去。」

「我會把我的外衣分給您穿，太后。」莉絲在發怔，顯然是想像了最後一句話。

「我知道妳會的，莉絲。」她輕拍莉絲的肩膀。

惠爾塔夫人終於生氣了。「依絲塔殿下，您不可以那樣胡鬧！您總不會要別人說您老毛病又犯了吧？」她說得嚴厲且具攻擊性，似乎也出於某種對自身價值的防備。

有那麼危險的一刻，依絲塔真想試試災神賦予她的巫術之力多麼管用，但她知道這個對象太渺小又太不值得，而且其實令人同情。至少在她的認定是如此。過去這二十年中，惠爾塔夫人陪伴在老領主夫人身邊，依附於這位表姊的威儀和權勢，自然而然奉承著貝歐夏家族，卻也生出一分真摯的依戀和情感。年邁的她想像自己是領主家族不可或缺的一員，享受這種感覺，也為自己在這世上找到最皆大歡喜的安身立命之道，便理所當然地希望這樣的關係能保持下去；假如可以，她也寧願依絲塔能接替老表姊的位子，使她人生中的一切如常照舊。

依絲塔轉而向那女僕吩咐：「妳，女孩——去給我找些騎裝來。有白色的最好，沒有的話也無妨，什麼顏色都可以。但不要綠色。」

那女孩驚慌地張著嘴，眼神來回地看著依絲塔和惠爾塔夫人，不知道該服從於哪一個威勢。依絲塔瞇起眼睛，有意向她施壓。

「您為什麼非要去波瑞佛呢？」惠爾塔夫人那張老臉寫滿了沮喪和挫折，眼淚都快淌出來了。「有您兄長的部隊護送，我們大可以直接回去瓦倫達呀！」

誠然，惠爾塔夫人的堅持有其正當理由。依絲塔無法不顧念這位表姨母的立場和心情，只是此刻實在不能妥協，於是她盡量放緩語氣：「是喪禮，親愛的惠爾塔夫人。波瑞佛必定會在今天埋葬死難者……考慮到我在此地的立場，出席喪禮是我沉重且必要的義務。我還指望您花些時間為我準備適當的服裝，稍後送到城堡裡來給我呢。」

「噢，喪禮，」惠爾塔夫人彷彿恍然大悟，也釋懷了。「出席喪禮，噢，那是自然。」

依絲塔無奈地想著，說起喪禮之類的活動，這對老表姊妹出席得可多了，那甚至成了她們兩人晚年的重要節目之一。也好，起碼惠爾塔夫人明白喪禮的重要性。

可惜她不會明白今天的喪禮意義何在。

無妨，至少在眼下，傳統所賦予她這個太后要扮演的角色，恰恰是個穩妥的障眼法——理性，合度，發乎情而止於禮，能讓老太太感覺熟悉和安全。

就這樣，惠爾塔夫人表現出前所未有的配合，在莉絲到帳外替惡魔上鞍而依絲塔囫圇吞下麵包和茶的同時，果真給她弄來了一套淡褐色的騎裝，頗有相襯於栗色的用意，這倒令依絲塔暗暗歡喜。終於坐上鞍背時，她想著這一身痠痛至少可以藉由接下來的騎乘而稍稍紓解，至於那盤旋不去的頭疼，等會兒就能在波瑞佛城堡中得到解除。貝歐夏的護衛隊一應就緒，莉絲騎著馬隨侍在依絲塔身側，在佛達的一聲號令之後，隊伍在清爽的晨風中出發。

在守城衛士們接力傳令的呼喝聲中，依絲塔一行人進入波瑞佛的城門。這些官兵都是來自歐畢的援軍，同樣有著邊防將士的抖擻精神。依絲塔讚許地想，波瑞佛的重建勢必需要好一段時日，但有這麼多嚴謹克勤的好幫手在，至少能夠很快地清理環境、掃除陰霾。

眼下所見，門庭就已然被打掃乾淨了。曾經的滿庭扶疏雖然所剩無幾，但那少數倖存的花草似乎都重新抬起了頭來，恢復了它們應有的生機；在那樣接應不暇的紛亂和恐慌中，不知是哪個憐花惜草的細心之人，為這些植物勻出了一杓水。想到這一點，依絲塔隱約感到寬慰。再看那一排杏桃林，雖是枝葉半禿，起碼也不再掉葉子，她願這些樹也能恢復生機。

在祈願和希冀之外，我們所能做更好的事就是活下去——藉著災神的祝福，你們都要這麼做。她在心中暗暗命令。

頤爾文大人的身影從拱廊中走出來時，依絲塔的心情頓時昂揚起來。頤爾文已梳洗乾淨，穿著波瑞佛的軍官制服，而且似乎也享受了幾個鐘頭的睡眠。他跨著貝歐夏領主必須小跑才能跟得上的大步伐，精神顯然比昨天好多了；矮胖的貝歐夏吃力地與他並肩而行，一個勁兒地喘氣。與兩人一同現身的還有司祭卡本，他一見到依絲塔便興奮地不停揮手；戈朗落著腳步，跟在三人身後，雖是帶著倦容，卻也讓依絲塔放下心來。

戈朗戒慎恐懼地牽起惡魔的轠繩，為牠煥然一新的順從態度感到狐疑。頤爾文舉起雙手幫依絲塔下馬，依絲塔也就順勢挨進他的懷抱，回應這隱晦的擁抱。

「妳來啦，依絲塔。」貝歐夏笑著向妹妹打招呼：「妳，嗯，現在好點了嗎？」

也許是這豔陽令人目眩，也或許是才剛剛在城堡內參觀完所以有點累，貝歐夏的神情略帶恍惚，但他直視依絲塔的雙眼，自在中倒有幾分專注。這樣的笑容和注目讓依絲塔不太習慣，隱約覺得哥哥面對她的態度不再像以前那樣敷衍了。

「謝謝你，哥哥，我還好。有點累，但比不上這裡每一個人的辛勞。」她望向卡本。「病倒的人怎麼樣了？」

「感謝五神，昨天正午之後就沒再有人死了。」他滿懷感激地比了個教儀。「少數人還恢復得挺快，今天已能起來走動。其他人大概還得觀察一陣子，免得併發什麼後遺症。大部分的病人都已經送下山，由神廟或他們的親人接手照料。」

「那就好。」

「佛伊和頤爾文大人把您昨天在敵營主帳中施展的奇蹟都說給我們聽了，啊，災神的恩典啊！您真的死過了嗎？」

「我……我不確定。」

「我很確定。」頤爾文悶悶吐了這麼一句。依絲塔感覺到他的手牽得莫名死緊。

「我的確看見非常奇異的景象，博學司祭。等這一陣忙完，我就打算向您請教。」依絲塔說。

「噢，太后！我雖然恐懼，但也真心希望自己當時能在現場目睹一切。依從我的紀律，我相信我已經受到莫大祝福了。」

「啊，您提醒了我。您請留步，我有份差事要您協助。莉絲，請接手照料我的馬。戈朗，你過來。」

戈朗一臉困惑，但仍依言上前，茫然地向她低頭行禮，一面緊張地打量自己的主人。頤爾文以眼神安撫他，並向依絲塔一瞥。

依絲塔定了定神，在戈朗的靈魂中檢視所有的破洞，接著把手放上他的前額。隨著一陣突如其來的流溢感，她看見白色的火光從自己的靈魂之手湧出，瞬間填補起那些空洞。當這股奔流和填補都漸趨穩定，依絲塔感到腦袋裡的緊迫和疼痛全都煙消雲散，這才長長地舒了一口氣。

戈朗驚愕地跌坐在地，發怔了一會兒，掩面哭了起來。他的嗚咽聽起來有些陌生，有些不真實。依絲塔在昨夜或今晨的夢境中看見一些線索，所以大致能猜出他此刻的情緒所為何來。

「頤爾文大人，哥哥，容我介紹戈朗・西克薩（Goram dy Hixar）上尉，隸屬於已故大君歐瑞寇的騎兵旅，在當時是當度・濟若諾大人麾下的副官。就某種意義上來說，他在除役後還擔任過梭德索・約寇那的劍術指導和司馬官，但是非自願的。」

戈朗抬起頭來，掛著淚水的臉上露出幾分訝異，但更多的是精悍，而原先的失焦的癡呆之氣已蕩然無存。

「您把他的記憶和神智放了回去？可是，依絲塔……這真是不可思議！」頤爾文歡呼：「他總算可以回家，跟親人團聚了！」

「那倒不一定，不過……」依絲塔喃喃道：「他的靈魂完整了，而且是自己的。」

郭郎目不轉睛地注視著依絲塔，鐵灰色的眼眸流露許多複雜情緒，她不知道在驚嘆之外的其餘情緒會是什麼，但其中似乎包含了苦惱。她向他莊重一頷首，略表體諒之意，見他似乎也點頭回應，只是因激動而像是在抽搐。

「博學司祭，」她吩咐道：「您乞求有所見證，現在您得到了。請您送西克薩上尉回房去吧，他現在的心靈和記憶都不穩定，需要絕對靜養，直到神智安定下來……我想，他會需要一點精神上的安撫。」

「您說得是，太后，」卡本又比了個教儀。「這是我的榮幸。」只見他高興地扶起戈朗，回頭朝拱廊走去。頤爾文瞪大了雙眼目送二人離開，又若有所思地看向依絲塔。

「依絲塔，發生了什麼事？」貝歐夏的聲音有些虛弱。

「玖恩內親王藉惡魔巫術竊取人魂的精華，再把那些人的智慧和技能灌注到她要培養的巫師身上，而她慣用戰爭的俘虜來做這種事，因為那種人必定有長才。神明昨天讓我在梭德索的靈魂中發現這個殘片，同意我將它放回來。我想這也是災神交給我的差事之一，因為祂要的只是專屬於祂的惡魔，而不是與惡魔糾纏的人魂。」

「那麼……這份差事完成了吧？」貝歐夏環顧四周的殘破景象，語帶企盼，或許也有些擔憂：「在昨天，是嗎？」

「不，依我的推測，這只是個開端。玖恩在過去這三年裡招來了大量惡魔，那些惡魔在大陸各地流竄，而源頭可能還在約寇那境內。之前另有一位女性和我擁有同樣的能力，可是她死在了若麻。這份職務不容易，也不……不是能簡單訓練的。我猜想神明——其實我也不敢說自己猜得對，因為祂實在太喜歡事事弄得隱晦，總之神明大概也不想訓練了，只想叫我在祂的引導下直接去實練。唉，憑我這樣薄弱的神學基礎，光想就累。」

頤爾文的眼神一亮，壓低了聲音說：「我大概懂。」

「祂用門房來做比喻，」依絲塔忍不住想抱怨：「先是說應該要再培養一個門房，又說之前覺得讓太后看門挺有噱頭——這就是祂的措辭。」她頓了頓，又看著貝歐夏。「祂召喚我。所以我來了。」而哥哥你，要嘛幫我，要嘛走開別擋路。「我打算在我的眷屬中組織一個活動式的宮廷團隊，人員精簡但要有高度機動性，跟隨我到各地去執行災神託付的任務，因為這個職務可能會持續耗損身心。哥哥，你要派專人要和我的事務官保持聯繫，用王國給我的未亡人撫卹收入來支應我和這個小宮廷的用度，因為我恐怕必須隨任務而到處旅行，短期內不太可能回到瓦倫達。至於我這邊的事務官，我會盡快指派。」

這番話讓貝歐夏花了一點時間去消化。「我的人馬正在城堡東側的泉水邊紮營，」他清清嗓子，謹慎地說：「依絲塔，妳要去我那裡休息，或是回到妳在這裡的房間？」

依絲塔看著頤爾文。「那要由波瑞佛的女主人來決定。不過，城堡這裡還有得忙，我不想他們為我帶來的眷屬多費心思。我就在你的營房待一陣子吧。」

頤爾文點一點頭，感謝她的細心；他們都知道下一個當務之急是為死者安葬，其餘一切不必言語。依絲塔決定跟著兄長一起前往貝歐夏駐紮地。臨去前，頤爾文對著她一鞠躬，低聲說：「我今天的職務太嚴峻，不過之後，我們一定要好好討論您的隊伍該如何配置護衛。」

「是的，」她答道：「還有其他人員的指派。」

「要適材適用。」

「當然。」

除了皤賈爾之外，還有兩名女神紀律軍的奉侍兵也在那一場夜襲中陣亡，他們三人就在這一天的午後下葬於波瑞佛城堡外的墓園。依絲塔的朝聖之旅小隊自然是全體出席。卡本在稍早前出現時顯得非常沮喪，因為他調度不到聖獸，還被神廟的同僚兇了一頓——所有的葬禮都在今天舉行，波瑞佛神廟內的人員都忙得應接不暇了，更別提為數有限的聖獸。

「博學司祭，有我在這裡，」依絲塔平靜地提醒他：「我們不需要聖獸。」

「啊，」他恍然大悟，後退兩步。「噢，我忘了——您現在又是聖徒了。」

所以此刻，她在三具妥善包裹的遺骸前依次跪下，把手放在死者眉心上，感應祂們的接引並為死者祈禱。通常，在大型城鎮的神廟中，五個聖神紀律會都飼養著聖獸，其顏色和性別與各自的主神相應，且有專職的服事負責照料。葬儀進行時，服事們把聖獸帶到停屍架前，根據動物的反應來判斷神明是否接引死者的魂魄，進而決定要如何為死者祝禱；當然，也決定悼亡親友的奠儀要捐獻到哪一位主神的祭壇。這樣的儀式可為生者撫慰，為神廟支應，有時還帶來一些驚喜。

那些聖獸在執行這項任務時究竟是什麼感受，依絲塔以前就時常在想像，如今她知道這過程並不會產生神聖的幻覺，只會有種寂靜的確定感，心中暗暗鬆了口氣。在她的感應中，她知道皤賈爾和他的一位同僚都由女神接引，理由是他們皆極其忠誠地侍奉女神，可是最後那個陣亡的奉侍兵卻不是這樣的結果。

「奇怪，」她對著佛達和佛伊說：「這人的靈魂是被父神接引的，為什麼？難道是因為追隨阿瑞司而戰，表現得特別英勇嗎？或者，難道他有子女留在這世間？他還沒有娶妻，是吧？」

「呃，沒有。」佛達答道。皈依於女神軍，他大概對此事比較敏感，答話時還朝卡本那身白袍看了一眼，盡量掩飾自己的尷尬。

「那麼，我就命你調查此事。倘若他的確有遺留下子女，你就代為照應那孩子的生活。我也會寫信給聖神將軍雅潤，請他留意此事。那孩子的生活開銷由我的支度中撥款供應，將來到了適當年齡，也可以依那孩子的意願，到我這裡來供職。」

「是，太后。」佛達說著，用手背擦去淚水。按佛達的個性，依絲塔知道他一定會把這差事辦好。

位於林蔭地的這處墓園臨著一條清澈宜人的小溪，是專門用來埋葬城內的陣亡將士和城堡眷屬。由於今天下葬的人實在太多，葬儀多有延遲，許多墓穴也還正在挖掘，大家都只能耐心地等，以至於這裡聚集了大批前來致哀的官兵和死者親屬。依絲塔也不知道波瑞佛的人們是如何謠傳她的事蹟，但在她為皤賈爾等人祈禱完畢的一個鐘頭之內，披著司祭袍的卡本就接到大量的謙卑請願，希望能由這位王室聖徒來為他們的親人祈求接引和冥福。

就結果而言，依絲塔的這後半日都在墓園裡度過了。卡本和莉絲帶著她一個接著一個墓穴地走，一一報告死者的歸屬，一直忙到天黑。她覺得這一役的死難人數實在太多，可也心裡明白，若不是波瑞佛的犧牲遏止了玖恩的野心，只怕整個喬利昂都將陷入同等慘烈的傷亡。凡是願意求她協助的，依絲塔來者不拒，而那些親友不只求她主持葬儀，也似乎都想講一講死者的生平；她漸漸明白，這些人並不是要她這位太后做什麼，只是希望她聆聽，希望她參與。太后，您看看這個人，請您知道他，記得他，如同我們對他的懷念；從今以後，這塵世之中，他將只會活在我們的回憶裡。——她就這麼聽著，直到耳朵發疼，心痛難以負荷。

入夜，她回到哥哥的軍營，像個死屍般直挺挺地倒進自己的臥鋪，但在腦中一遍遍回想那些人、那些名字、那些臉，以及他們的人生片段。眾神對我們每個人都瞭若指掌。那究竟是如何辦到的？祂們怎能記住這許多？

她累壞了，才翻了個身就深深睡去。

28

次日清晨。依循常禮，波瑞佛在村鎮小神廟為他們的藩主阿瑞司舉行喪禮。愛遲到的凱里巴施托領主沒趕上日前的兵力支援，倒是趕上了抬棺的儀式；一同抬棺的還有歐畢、貝歐夏、頤爾文、佛伊，以及阿瑞司的一名資深副官，可謂備極哀榮。

此地的父神聖獸是一頭年老而性情穩重的獵犬，灰色的毛被梳洗得發出銀光，顯然是為了今天而精心打理過；牠一上場就在棺木旁坐定了不動，而且服事還拉不走牠。在致詞的儀式中，素來愛耍嘴皮子的頤爾文一反常態地寡言，只能哽咽著說出一句「他有崇高而偉大的靈魂」，接著就走回依絲塔身邊不再開口了。歐畢和凱里巴施托知道他的性情，便各自以岳父和上司的身分，代替頤爾文上前說了些符合場面的話，向前來悼念的民眾列述阿瑞司生前的豐功偉業。

凱提拉拉夫人也是——蒼白著一張臉，始終緊抿雙唇，不發一語。看著她和頤爾文之間僅止於必要的交談，依絲塔知道這對叔嫂再也不可能相互友好，然而在塔樓上的那一夜，他們兩人共同流過的血已為彼此贏得對方一生的敬意。對他們三人來說，這場喪禮的意義不僅僅在於社會責任，更在於一段漫長的道別。

封棺入土，喪禮的餐會一結束，頤爾文就被部隊拖回去開會，凱提拉拉夫人也回城堡簡單收拾行李，由她的一位兄長護送，踏上了回娘家的旅途。波瑞佛到歐畢的路程遙遠，這一趟想必是天黑之後才會抵達，但依絲塔深深地明白——埃阿士駕崩後的每個夜晚，在臧格瑞的寢室中，她曾經如何面對那一張空蕩蕩的眠床——那是恐懼，是任何人都不敢面對的遺憾和悲痛。依絲塔有個感覺，等到殘缺不全的仇恨、憤怒與罪惡感通通消失的那一日，平靜會為這年輕的寡婦帶來因緣，用另一種情感填補她心中的空虛。

隔天，剛過中午，頤爾文大人到貝歐夏軍營來找依絲塔。他們爬上泉水上游的山坡，一半是為了看風景，因為那裡可以同時眺望波瑞佛城堡和整座山谷；另一半是為了擺脫莉絲以外的太后隨從，也就是不擅於運動的那些人。頤爾文紳士地將自己的外衣鋪在石頭上讓依絲塔坐，莉絲則在附近閒晃，對著一株高大的橡樹流露嚮往，因為新的女官袍害她不能爬上去。

依絲塔看著頤爾文的腰帶，瞥見上頭掛著阿瑞司和凱提拉拉各自保管的鑰匙。「凱里巴施托領主任命你做波瑞佛的指揮官了？」

「暫時的。」頤爾文說。

「暫時？」

他望著起伏的山脊和高聳城牆，若有所思地說：「說來奇怪，我在這裡出生，度過了大半輩子，這是我的家，但我從來不是它的主人，也無意做它的主人。這座城堡今天已經由我的姪女繼承——一個九歲大的小女孩，住在半個領之外的地方；我知道那會是怎樣的感覺。我自己在凱里巴施托有幾片小土地，算是我母親留下來的遺產零頭，阿瑞司沒有繼承才落到我名下，但那不過就是名義上的財產，我幾乎沒去過。當然，波瑞佛還是需要有人來防守。」

「……非你不可嗎？」

他未置可否。「畢竟是邊境，又是重要據點。」

「也許邊境線就要挪移了。」

只見他咧嘴一笑。「這倒是。軍事會議裡的風向改變了，我在推波助瀾。就算我不像阿瑞司那樣高明，也看得出現在局勢有利，我們不該浪費這個機會。」

「我相信。聽說我哥哥、凱里巴施托領主和佛伊都寫了信，」——還有我——「帕立亞元帥和卡札里輔政大臣應該會在一個星期內來到波瑞佛，就憑我對他們的了解。」

「妳覺得他們會看出其中利弊嗎？趁現在反過來利用玖恩的策略——約寇那的朝政大亂，我們出其不意地進攻，若能擺平……說不定還能省下威斯平之役。」

「他們一定看得出來。」依絲塔說：「況且這戰略若是奏效，帕立亞的功勞可大了。」

頤爾文苦笑。「可憐的玖恩，她的大方向是對的。她真該當個將軍。」

「她太受壓抑，把自己逼成一個可憐的傀儡師；」依絲塔同意道：「梭德索呢？我昨天跟他打了照面，他哭哭啼啼地吻我的裙襬，我覺得他的神智還算清楚。他的靈魂現在自由了，只是……破碎的心靈要復原，總不是一時半刻的事。」

「是啊。留他做人質或是放回去做一個差勁的君王，很難說哪一種對我方會更有利。」

「他昨天甚至說起宗教的感召，有意成為五神教徒呢。他這樣的轉變不知會維持多久。」

頤爾文哼了一聲。「搞不好是寫詩的本領會先進步。」

「那也是意料之事。」依絲塔望向城堡，耀眼陽光將城牆映成如鐵壁蒼白，看不出牆內等待著多少重建，但從這裡隱約能聽見鐵鎚鏗鏘的回聲。「等到麗薇安納嫁人，她未來的夫婿能夠接掌波瑞佛的指揮權，這裡大概會變成一個安靜的世外桃源，就像瓦倫達那樣。這片土地已經爭取到它的和平了，我想。」她朝頤爾文一瞥，發現後者正帶著笑意看她。「我剛剛在思考兩件事。」她說。

「只有兩件？」

「當然不只，但這兩件最迫切。先是我的活動式宮廷需要一個總管，最好是精明幹練、經驗豐富的軍官，對這一帶夠熟悉，能做我在旅途中的嚮導兼護衛。」

他挑了挑眉毛，鼓勵她繼續說。

「另一件是為帕立亞元帥物色有經驗的情報員。此人要比任何人都了解約寇那的國情民風，能說能寫洛拿官話和俗語，有成箱的邊境地圖和地勢表，能讓元帥在這個地區布署戰略時得到準確的建議。這兩個職務所需要的技能不容易，能勝任的人選想必不多，而我又恐怕他們不能兼任呢。」

「我倒是可以說說一件事，」他摸了摸下巴。「在這場騷動之後，我們的軍事議會有好幾個主戰派將領，都不約而同地表示他們也很希望前線部隊能配置一、兩個巫師，以防再遇到帶著惡魔上陣的敵軍。妳說的這兩件事何不兜在一起呢？配置在軍隊中的巫師兼聖徒可以順帶得到人身安全的保障，又可以成為元帥的智囊之一，如此就不會浪費人力。」

「嗯？也許可以……但就我的經驗，聖徒只能聽從神明的指引，並不為王國或神廟服務，所以無法接受軍事上的指揮；暫時隨軍同行或許是可以的，但不適合成為制度內的一員。好吧，沒關係，卡札里對這一點很了解，我想他會向帕立亞解釋清楚這個道理。」

頤爾文抬頭看著山路。「妳說他們會在一星期之內來到這裡？」

「最多十天。」

「嗯，」他把玩著腰帶上的鑰匙串，沉吟道：「那麼到時……其實我今天來這一趟，是想帶妳回城堡去住的，如果妳願意的話。城堡裡大致整理過了，而且從風向看來，接下來幾天的天氣恐怕不穩定，說不定明晚之前就會下雨。」

「不是巫米茹的房間吧。」

「當然不是，我們把梭德索親王和看守他的人安置在那邊。」

「也不要凱提拉拉的。」

「凱里巴施托跟他的隨員早把那一整棟都佔滿了。」他清了清喉嚨。「我打算仍舊讓妳住在原先的房間，就是我房間的對面。只是……我怕那裡也擠不下妳的眾多侍女。」

依絲塔想要忍住不笑出來，或至少不要笑得太開心。「謝謝，頤爾文大人，我會滿意您的安排。」他的黑眸閃閃發亮。她想，練習果然是有用的，他吻手的技巧確實進步很多。

依絲塔決定先把來自瓦倫達的衣物送進波瑞佛城堡裡。即使去除了所有寡婦綠的衣飾，餘下的數量也足夠她換洗，不需要再去向任何人借用。貝歐夏隻身陪她進城，而隨侍的佛伊則是搖身一變，從護衛轉為王家侍臣，十足地自然又神氣。

貝歐夏則不如佛伊那樣適應良好，但依絲塔看得出他在努力。對於妹妹的改頭換面，他想必已盡可能地從理性面去看待，願意積極地從物質面和實務面去配合她的新身分——或說新職務，只是仍然不敢聽她說起吞噬惡魔或神靈憑依之類的事。

「妳的私人護衛該配置多少人，我們得討論一下。」他在走進波瑞佛城門時提議道：「人數太多了浪費錢，太少了不合乎經濟效益。」

「有道理。我的需求——依我想，會隨著我移動的地點不同而改變。你把這個加在清單裡，之後和我的總管討論。他清楚這個地區的情況，由他判斷最好。」

「這個未來的總管也會兼任妳的司馬官嗎，像為他已故的兄長服務那樣？或者，要不要我給妳推薦人選？」

「阿巴諾準爵不可能從他的職務中抽身。我另有屬意的人選，只是不曉得對方是否願意接受。如果他不肯，我再找你推薦。」

「怎麼，還有古拉不是嗎？」貝歐夏問。佛伊聽見，側身向他一禮。「或他那傑出的哥哥？」

「佛達得在下一場戰事去擔任他表哥帕立亞元帥的副官，而且就目前看來，他很快就要上任了；佛伊雖然要做我的眷屬，但他將來還有神廟的事情要忙，不可能每天都跟著我跑。說到這個，我還沒想到該給佛伊什麼頭銜。王室巫師？巫術指導？」

「太后，我只要保留奉侍兵的身分就很滿足了。」佛伊趕緊打斷她的異想天開。依絲塔覺得有些掃興。

「反正我先給你找事情做，再決定你的頭銜。」她說：「等我們去其他王室拜訪，你得做我的代表，總要幾個虛榮的稱號來哄騙那些想要受騙的人。」

一抹壞笑出現在佛伊的嘴角。「遵命，太后。」

他們轉進那一方石砌的小院，往二樓的長廊走去。走在樓梯上，依絲塔想起自己曾在這裡面見父神，不禁打了個冷顫。就在這時，她聽見敞開的房門內傳來一個熟悉卻令人意外的嗓音。

「我說了，她不需要妳。有我在這裡就夠了。」惠爾塔夫人嚴厲地說：「而且我告訴妳，我對她需要的一切都瞭若指掌，妳再努力多少年都比不上的。所以妳快快回到馬廄去吧，或是打哪兒來就往哪兒去。出去，出去！」

「夫人，這是不可能的。」莉絲的語氣渾然不知所措。

佛伊先是感到訝異，隨即面色一沉。依絲塔示意他稍安勿躁，自己快兩步走到前頭，領著兩名男士走進房中。

「這是在吵什麼？」依絲塔質問。

嚇到的惠爾塔夫人臉色很是精彩，又是青白又是窘紅，但見她稍稍遲疑，深吸一口氣說：「我正在向這個粗野的女孩說明，您那輕率的朝聖之旅已經結束，如今需要的是更適合服侍您的女官，而不再是一個女馬伕了。」

「相反的，我非常需要莉絲。」

「她不適合擔任太后的貼身侍女。她甚至不是個貴女！」

莉絲搔了搔頭。「好吧，那倒是真的。我也沒有服侍別人的本領，只會騎快馬。」

依絲塔不禁莞爾。「確實是。」但她很快斂起笑容。考慮到眼前的氣氛，她猜想惠爾塔夫人已經謊稱莉絲將被解除職務，有意把她騙走。瞥見依絲塔的眼神不悅，惠爾塔夫人緊張地比手畫腳。「依絲塔殿下，既然您已經冷靜下來，我們是不是該想想如何安全地回瓦倫達去呢？您的好兄長也在這裡，我相信他會派一隊合適的士兵護送我們的。」

「我沒打算回到瓦倫達。我即將隨軍前往約寇那，為災神狩獵惡魔。您應當明白，為神明辦差與個人安危無關。」依絲塔勉強擠了一個很難看的微笑，又說：「沒有人來向您說明這件事嗎，親愛的惠爾塔夫人？」

「我說過好幾次了。」莉絲說道，接著壓低了聲音，略略湊近依絲塔的耳邊。「不要緊。她這個年紀的人難免記性差。我有個老阿姨也是這樣，很可憐。」

「我才不是！」惠爾塔夫人拉高聲調，旋即自持，繼續向依絲塔陳訴：「那樣太危險了。親愛的依絲塔，我求您三思。我的貝歐夏大人——身為一族之長，您應該勸她要理性呀！」

貝歐夏快快地悶哼，低聲嘆道：「是，我在貝歐夏是一族之長，只在瓦倫達不是。」

依絲塔把惠爾塔夫人的手牽到兄長的手臂上放好，拍了拍。「我知道您一定很累了，親愛的夫人。您長途跋涉，日夜兼程，忍受了許多天的奔波和不便。但我不忍心看您勞累，就讓領主安排您明天啟程回家吧——或是今晚。」

「我已經把我的東西搬過來——」

依絲塔朝那堆行李瞥了一眼。「讓僕人們搬回去就好。貝歐夏領主，我稍後與您談話。」她故意使用太后對待臣下的口吻說話，配上略微強勢的舉動，硬是將兩人推出了房門外。她原指望哥哥能幫著安撫惠爾塔夫人，誰知這少根筋的一族之長竟然陪著老姨母發起牢騷來，導致留在房裡的三人得聽著那歇斯底里的怒罵聲如連珠炮似地逐漸遠去。

「那女人是從哪裡來的？」佛伊驚奇地搖頭。

「我繼承的。」

「幸好。」

「她不會有事的。我哥哥會為她在家族裡另找地方安置，雖然不可能是比我們更高的門第，但或許正好能讓她說說自己的尊榮資歷，那樣也很能讓她得到滿足感。你們知道，其實她並不是貪心，她讓自己在某些方面很有用處，被她服務的人本該非常感謝她，只可惜她親手毀去了這應得的謝意。」

佛伊看了莉絲一眼，見她的表情有些僵。「我想，恐怕我對她的感激很有限。」他說。

莉絲搖了搖頭。「沒關係的。」

「她剛才是不是說我要解除妳的職務？」依絲塔問她。

「哦，是的。結果我裝傻，假裝聽不懂她的暗示，把她弄得很生氣。」莉絲笑了笑，但又撇嘴說：「不過她說得沒錯。我不是出身良好的貴女。」

依絲塔微笑道：「依我盤算，在年底之前，我們會和我女婿的人馬相遇——最遲在威斯平，或提前在別處。不論如何，有我的要求和妳的英勇事蹟，他們前線的朝廷想必能冊封出一個真正的貴女——女準爵安納莉絲……妳說的那個村子叫什麼？養綿羊的。」

莉絲吃驚地倒抽了一口氣。「太拿勒，太后。」

「女準爵安納莉絲．太拿勒，依絲塔太后的貼身女官。聽起來挺尊貴的，你不覺得嗎，佛伊？」

佛伊笑了。「哎——我想我母親一定會很喜歡。嗯，災神知道我該貢獻個，好吧，貢獻個什麼去孝敬她老人家……呃，雖然我要皈依的是災神。」

「哦，原來你也嚮往升官發達，是嗎？好吧，這是有可能的。依我看，年輕軍官在今年多的是機會揚名立功。」

佛伊向莉絲躬身，行了一個標準的朝臣之禮。「我能嚮往您嗎，女士？」

莉絲含著笑意瞄了他一眼，腳步輕盈地走開，自顧自地整理起依絲塔的東西。「你到威斯平再問我一次吧，奉侍兵。」

「我會的。」

依絲塔命卡本將戈朗帶到小院去見她。她坐在曬不到太陽的長椅上，看著戈朗走來，觀察他的轉變。

戈朗・西克薩仍然穿著馬伕的衣服，仍然是個鬍髮粗亂的矮個子，雙腿仍然向外彎，但那副縮頭縮腦的怯懦樣卻已不復見，走起路來也帶著劍士特有的靈敏和平衡感。他精神抖擻地向依絲塔行禮，動作流暢而標準。

「我相信博學司祭卡本已向你轉達了我的要求，是嗎？」依絲塔問。

「是的，太后。」西克薩上尉清了清嗓子，緊張地嚥下一口唾沫。她想，換作是原先的戈朗，就會在說話時讓這一口唾沫噴濺出來。

「你能勝任嗎？」

「這工作的本身……哎。」他的神情消沉。「但是太后……我不確定您是否知道我的過去，包括我在被俘之後為何沒有獲得交贖。」

她滿不在乎地聳了聳肩。「司馬官，劍客，保鑣打手，更早是殺人凶手；你手上的人命不光是敵人的，還有朋友的——要我繼續說下去嗎？總之你就是死了還能讓人額手稱慶，說句『大快人心』的那種人。」

他縮起頭。「看來我不必向您招認了。」

「是不必。我都看見了。」

他看向別處。「我這一身的罪孽竟然被送了回來……太后，這真是非常奇怪而罕見的事。減輕一個人的罪孽往往被當成眾神的奇蹟，您的神明卻是把我的罪孽紮紮實實地交還給我。馬伕戈朗……是個比戈朗．西克薩要善良一百倍的人。我在什麼也不是、什麼好處都給不了的情況下被帶——被救到這裡來，和凱里巴施托最好心的兩個人一起生活了三年。您了解那種心情嗎？」

她點點頭。

「過去的我幾乎不知道、也不想知道世界上有人可以過這樣的人生。我嘲笑那些人的道德觀，更對其嗤之以鼻。頤爾文大人說，他認為我在中庭的舉動是出於過度的喜悅，但其實不是。我是因為感到羞恥。」

「我知道。」

「我不想……其實我不想恢復身分。我不想做現在的自己。太后，馬伕戈朗比我更快樂，偏偏大家都認為我應該感謝眾神。」

她回以諷刺的一笑。「那你記著，我跟那些人的看法不同。不過……你的靈魂已經自由了，它回來是為了讓你善用往後的生命。靈魂的樣貌全憑我們自已塑造，每個人都是如此，沒有例外；在生命的盡頭，我們在贊助者的面前呈現靈魂，讓祂們來判定成果，如同工匠呈現他們的作品。」

「若是如此，那我已殘破不堪了，太后。」

「你的作品還沒有完成。我認為，那些贊助者的眼界雖高，倒也不是那麼難取悅。災神曾經親口對我說——」

卡本屏住了呼吸。

「——眾神要求的不是毫無瑕疵的靈魂，而是偉大燦爛的。我認為最燦爛的偉大正是從靈魂的黑暗處誕生，如同鮮花之於土壤；其實我也懷疑，假使人性沒有了黑暗面，所謂的崇高要從何而來。你是個曾經受神靈憑依的人，不要放棄自己，因為我認為眾神還沒有放棄你。」

戈朗黯淡的眼神激動起來，泛紅的眼眶有淚光閃動。「我這把年紀已來不及重新開始了。」

「你敢到城外的墓園去，站在皤賈爾的墓穴旁把這番話再說一次嗎？那年輕人只有你一半的歲數，但他的人生已經結束，而你的餘生會比他更長，你卻抱怨自己來日無多。」

聽見如此嚴厲的責罵，他又是一怯。

「我現在給你的這個機會，能讓你重新開始——隨我一同去執行高尚的任務，只是我不能保證它何時才會結束。有心嘗試也許會失敗，但它的失敗程度不會比毫無作為要來得高。」

他深深地呼出一口氣。「既然如此，那麼我信任您——您對我的了解，想必已經遠遠多過於我至今對任何人做過的坦承。您願意驅使我，我便是您的人，太后。」

「謝謝你，上尉，我會這麼做。你既做了我的司馬官，將來要聽從我總管的命令。我想，你會發現他是個還算好相處的上司。」

聞言，戈朗淡然一笑，舉起手行軍禮，便退下了。

卡本靜靜地站在她身旁，看著戈朗走出方庭，表情困惑。

「怎麼？博學司祭，您對這場見證有何感想？」

卡本嘆了一口氣。「您知道，我發現神靈憑依這回事……嗯，沒有我想像的那樣愉快。從瓦倫達出發的時候，我想到自己是被神明選中來辦差，心裡本來是非常興奮的。」

「我在開瑟夏詩的時候就跟您說了。」

「是。我想我現在更能體會了。」

「您知道，我的活動宮廷也會需要一個神廟司祭；既然我現在算是災神紀律的在俗奉侍，我們又合得來，我認為您就是適合的人選。我們可能會離開喬利昂，潛入洛拿公國的境內；假如您還像當時那樣嚮往著殉教，現在點頭答應我，說不定很有機會。」

「五神在上，我當時真是愚蠢啊。」他漲紅著臉，深吸一口氣。「我很樂意放棄殉教的機會，至於其他的部分——我願答應您，太后，心悅臣服。雖然災神不再賜予我指引的夢境……嗯，沒有比較好。我不太想再做那種夢了。」話雖如此，他想了想，還是用憧憬的語氣問：「我記得您曾說您親眼看過祂，而且是面對面的，在夢中？您真的做了那樣的夢？」

「對。」依絲塔覺得好笑。「有次祂還借用您的模樣對我說教呢。我看祂可能認為您還配得上穿戴祂的顏色吧。」

「哦。」卡本眨了眨眼，接受這個說法：「真是那樣嗎？五神在上啊。」他又連連眨了好幾下，咧嘴笑開了。直到告退，那股傻笑都沒淡去。

入夜後，頤爾文來到依絲塔的房門前求見。莉絲踩著快活的腳步領他進到外間。只見他帶著極端迷惘的神情，對著依絲塔伸出手。

「妳看，我剛剛從中庭走來，竟然找到這個。」

莉絲探頭去看。「這是杏桃呀。但這有什麼奇怪？中庭邊不就是杏桃林嗎？」

頤爾文手中的果實又大又香，呈現泛紅的橘黃色，顯然是已經熟透了。

依絲塔湊過去嗅了嗅。「聞起來好甜。」

「對，可是……現在不是季節。那些樹是我母親在我們出生的時候種下的；杏仁樹給阿瑞司，杏桃樹給我。我從小就看著那片樹林開花結果，按常理還要好幾個月才有得吃。現在枝頭上都還有花在開，倒是葉子掉光了一半，怎麼說也不至於有這麼熟的果實，但我就發現這兩顆。」

「滋味如何？」

「我不敢試。」

依絲塔笑了。「季節之外的未必就是災難，說不定是一份贈禮呢。放心吧，」她用腳推開通往裡間的房門，說道：「進來，我們吃吃看。」

「呃，」莉絲說：「我不會走遠。你們可以開著房門，有事隨時叫我。」

依絲塔抬了抬頭，示意頤爾文自己進房，同時說：「我有話跟莉絲說。」

他的嘴角浮現一個淺淺的笑容。頤爾文恭敬地向她點頭，便走進了裡間。依絲塔在他身後關上房門，轉身對莉絲說：「我大概沒跟妳講過，貼身侍女該知道的另一套規矩……」

於是，她用清楚、簡潔、全然得體的詞彙，開始對著這女孩講解這「另一套規矩」。莉絲聽得專注，眼神機靈得像外面天上的星星，一點也沒顯出驚嚇或疑惑。她這反應讓依絲塔鬆了一口氣，但也不覺得意外。而且，她的話都還沒講完，就發現自己被推著進了裡間。

房門在她身後關上，襯著莉絲的聲音隔著門扉遠去。「親愛的太后，我想到外面的樓梯上坐一會兒，因為外頭好涼快。我可能會想坐久一點……」最後則是外門關上的聲響。

頤爾文看著她，一臉強忍的笑意。他將一顆杏桃遞給她，她在接過時碰到他的手指，不小心縮了一下。「好了，」他把自己的杏桃端到嘴邊。「放心吃吧……」

她跟著咬了一口，果然是香甜多汁。她已經小心提防，卻還是讓汁液從嘴邊流到了下巴，便趕緊用手去擦。「哦，真是……」

「來，」他挨近她。「我幫妳……」

這一吻很長，還有沾著杏桃香氣的手指伸進她的髮絲，都是令人怡然的感受。停下來呼吸時，她向他坦言：「我一直怕自己沒本事，得仰賴神靈的介入為我找情人……原來我沒想錯。」

「嘖，嘖，看看妳，苦中帶甜的依絲塔；聖徒，女巫師，聯合王國的太后，能與眾神對話，其餘的時間還可以咒罵祂們——哪個正常的男人膽敢冒犯這樣的女人？不過這樣非常好，我的情敵會很少。」

她實在忍不住笑出了聲音；那是清脆歡快的笑聲，有驚喜，有滿足，有欣喜。而他也聽著這陣笑聲，表情像是在品嚐另一顆奇蹟的杏桃。

我本來也怕自己不知道該怎麼著手。拉著他躺到自己身旁時，她想著。他裹著那一身黑衣黑靴顯得格外高䠷，但是脫下了之後反倒更好看。溫暖的夜晚用不著任何被毯。她只留了一盞燭光，以便把這神明賜予的禮物看得更清楚。

《五神傳說二部曲：靈魂護衛》完

搶先一窺

《五神傳說終部曲：神聖狩獵》

時間回到兩百五十年前，一處與達澤卡相鄰的國家——野林地，當地有著將獸魂引入人體、使其成為獸魂戰士的古老信仰……

王子薨逝了。

既然聖王（hallow king）尚在，城門上的人便不敢顯露出一絲的喜悅。英格雷（Ingrey）心想，他們是暗自慶幸吧。不過，就在看到英格雷的騎兵隊蹚蹚穿過拱門、進入窄小的天井時，即便是他們這一丁點的雀躍也破滅了。那些人認得他，也清楚是誰指派他前來。

秋天的早晨，空氣悶濕，英格雷的皮褡下汗水淋漓，黏黏糊糊的。鋪著鵝卵石的天井似乎將寒意兜攏起來，再沿著四周的白灰牆道送出。信使輕裝而行，只用了兩天將消息從王子位於野豬岬（Boar's Head）城堡的狩獵行宮，傳送到了王都東尹家（Easthome）的大宮殿。不過，英格雷的騎兵隊儘管重裝趕路，路程上所花的時間也幾乎差不多。一位馬伕快步前來牽住馬兒的轡頭，英格雷跨下馬背，扳直劍鞘，指尖在冰冷的刀柄上流連片刻，做好心理準備。

已故王子波列索（Boleso）的保安官烏克拉騎士（Rider Ulkra），從城堡某處現身。看來，他早在英格雷的騎兵隊爬上坡道時，就在此徘徊等待。粗壯結實的烏克拉向來處事冷靜淡然，此時一反常態地焦急。他躬身行禮。「英格雷大人，歡迎。是否需要用餐，小憩一番？」

「我不用，但他們也許需要，」他朝身後昏昏欲睡的部下指去。騎兵副官蓋斯卡騎士（Rider Gesca）點頭致謝，保安官隨即安排城堡內的僕役過來照管騎兵和馬匹。

英格雷跟隨保安官走上幾個臺階來到厚重的大門前。「截至目前為止，你們做了什麼？」保安官壓低音量說：「我們等待上級的指示。」他臉上寫滿了忐忑不安；王子的手下，即使是處在歌舞昇平的太平盛世，也別期望他們能主動積極。「嗯，遺體不能留在原處，我們將其移到了陰涼的地方，並將凶犯關押起來。」

也就是說，他必須從頭開始調查？英格雷做出決定。「我先看看遺體。」

「是，大人，請往這裡走。我們清出了一間酒窖。」

他們穿過亂哄哄的大廳，粗礫壁爐內的火苗微弱，半掩在紅亮亮的煤炭灰燼中，壓根無法驅除大廳內透骨的寒意。一隻在壁爐陰影中啃咬骨頭的毛茸茸獵鹿犬，對著他們呲牙裂嘴。走下樓梯，穿過廚房，裡面的一位廚師和數名僕人瞬即安靜下來，垂首躬身等待他們通過。再走下一道樓梯，進入一間冰冷的地窖，窖內光線昏暗，只有石牆高處的兩扇小窗透進光來。

小地窖裡，眼下除了兩張凳子，以及橫跨其上的木板，空無他物；覆蓋著白布的遺體默默地躺在木板上。英格雷抬手行聖儀，依序碰觸額頭、嘴唇、肚臍、股間，最後整個手掌貼在心臟上，每一處皆象徵五神的一名神祇。*女神、災神、母神、父神、子神，出事時，祢們在哪裡？*

英格雷默然等著眼睛適應窖內的昏暗，保安官見狀吞嚥一口，開口打探：「聖王他——聽到消息後，還好吧？」

「難說，」英格雷回應，這位精明的政客刻意含糊其詞。「是封印官黑特渥大人（Sealmaster Lord

Hetwar）派我來的。」

「當然。」

英格雷看不透這位保安官的心思，不過保安官倒是表現得十分樂意將這燙手山芋丟交給他人。保安官忐忑地拉起已故主子身上的白布，英格雷瞥見遺體，不禁蹙眉。

鹿棘家族（kin Stagthorne）的波列索王子是聖王存活下來的——是聖王所有子嗣中（英格雷飛快地糾正自己），最年幼的一位。波列索儘管年輕，但數年前已長成了成年男子的體魄，高大健碩，並遺傳了家族特有的長下巴，留著棕色短鬚。他的深棕色髮絲如今沾著血污，糾結凌亂，曾經旺盛的精力戛然而止，消散一空；過去魅力十足的臉龐，如今也黯然失色。英格雷不禁納悶，自己以前為何會認為那張臉十分俊俏。他向前走去，兩手捧起王子的頭顱，檢視傷口。原來傷口不只一處。英格雷兩手拇指施壓著探查：王子的頭骨碎裂，並且頭殼兩側各有一道撕裂傷，傷口處布滿乾涸的黑色凝血。

「這是什麼武器造成的？」

「殿下自己的戰鎚。事發當時，戰鎚就放在他寢殿的架子上，和他的盔甲一起。」

「這著實……令人意外。他自己也想不到吧。」英格雷嚴肅地琢磨著各位王子的命運。按黑特渥所說，波列索在他短暫的一生中，雖然蒙受父母的寵愛，卻也時不時地遭受冷落，就連下人也膽敢置之不理；承繼血統而來的冷傲自大，更使得他極度渴望功名利祿，建功立業。近日以來，這份冷傲自大——抑或是焦慮？甚至盲目膨脹，越演越烈，嚴重失衡……最後自甘墮落。

王子穿著毛絨鑲邊的精緻羊毛開襟短衣，短衣上濺滿了血跡。他出事時，必定就穿著這身短衣。慘白的肌膚上，沒有其他的傷口。英格雷剛才一聽聞保安官回答正在等待上級的指示，就知事有蹊蹺；這個保安官有所保留，並未透露全部實情。王子的侍從顯然嚇呆了，甚至沒敢為遺體清洗換裝，遺體關節摺痕處的污垢都已發黑……不對，不是污垢。英格雷伸出一隻手指沿著冰冷肉體的一條摺痕劃過，警覺地盯著污跡的顏色，那是暗藍和棕黃混色而成的暗綠色，帶著一種病態。是染料？顏料？還是某種色粉？短衣內側的深色毛絨，也有淺淡的暗綠色污跡。

英格雷挺直身子，視線落在牆邊的一堆物事上，起初他以為那是一堆的毛絨。他走了過去，在那堆物事前單膝跪地。

原來是一頭死去的花豹。他半翻起花豹，是一頭母豹。手中的豹毛輕柔軟細，極其舒服。他的手撫過冰冷的捲耳、硬質白鬚，再到豹紋毛皮。他提起一隻厚重的腳掌，觸摸皮質的肉蹼和粗厚的乳白色爪子。爪子被鉗子修剪過。母豹的脖子上緊緊綁著一條紅絲繩，絲繩深深坎入毛皮中。繩子的另一端被剪斷。英格雷瞬間汗毛直立，他趕緊凝神靜氣。

他抬眼一看，保安官正注視著他，而且神情變得更加陰沉。

「我們的森林裡並沒有這種生物，這是哪裡來的？」

保安官清了清嗓子。「是殿下從達澤卡商人那裡買來的，打算在城堡裡打造一個鳥獸園。他說，可能的話，馴服來狩獵用。」

「多久以前的事？」

「幾個星期前。就在他的王姊殿下來此暫住之前。」

英格雷搓弄著紅繩，抬眉朝死豹一揚。「這又是怎麼回事？」

「我們發現牠時，牠被懸吊在寢殿裡的橫梁上。當我們，呃，進入寢殿時。」

英格雷往後坐在地上。他終於明白為何遲遲沒有召喚神廟司祭前去籌備王子的喪禮。塗抹的顏料、紅繩、橡木橫梁，全都暗示著這頭野獸不只是遭到虐殺，而是被獻祭。某人將手腳探進了異教領域，修習禁忌的森林邪術。封印官派遣他出此任務時，是否早已略有所知？若是如此，他真是深藏不露。「花豹是誰吊上去的？」

保安官權衡片刻，發現據實以告於己並無害處，便說：「我沒看見，不知道。我們帶那個女孩進去時，花豹還活著，被鏈在牆角，安靜地趴著。之後，我們就沒聽見或看見任何動靜，直到有人尖叫。」

「誰尖叫？」

「嗯……那女孩。」

「她喊什麼？或者只是……」英格雷硬是將「只是尖叫」嚥回去。他隱約感覺保安官聽到他的第一個問句似乎有些鬆快。「她喊什麼？」

「她在求救。」

英格雷從外來的斑紋屍體旁站了起來，皮製騎裝在寂靜的地窖裡嘎吱作響。他兩眼直盯著保安官。「你們又是如何反應？」

保安官將頭轉開。「我們受命保證殿下的安寧，不受他人打擾，大人。」

「有誰聽到尖叫聲？你本人，以及……？」

「殿下的兩名侍衛，殿下命令他們在房外等待他的歡愉結束。」

「三個身強體壯、誓言要保護王子殿下的男人。你們——都站在哪裡？」

保安官此刻的臉彷彿是石頭刻出來般地僵硬。「在走廊上，殿下房門附近。」

「也就是說，你們在走廊中，距離殿下出事地點不到十呎，卻沒採取任何行動。」

「我們不敢闖進去，大人，殿下並沒有召喚我們。而且，尖叫聲後來也……止住了。我們以為，呃，女孩屈服了，畢竟她進去時是十分樂意的。」

樂意？或是絕望地自暴自棄？「那女孩不是公妓。她是王子王姊的侍女，是繼承了嫁妝的待嫁貴女，是獾岸家族（kin Badgerbank）委託給公主殿下的侍女，不是普通下人。」

保安官聞言一凜。

「是法拉（Fara）公主在她王弟的懇求下同意的，大人。」施壓，英格雷聽到的流言是如此。「那女孩也就成了這棟房子的僕人，不是嗎？」

「即便是奴僕也應受到主子的善待。」

「主子在醉酒的情況下，都可能出手打下人，甚至出力過大，而錯手傷人，」保安官絲毫不退讓。英格雷怎麼聽都覺得，這個保安官似乎事前排練過。不知道過去六個月來，這位保安官多少次在夜深人靜時，如此為自己的助紂為虐開脫？

波列索王子之所以遭到流放到這偏遠的懸崖領地，就是因為他殘殺了那位男僕。偏巧王子熱愛狩獵，歪打正著，因禍得福，卻也使得神廟不再騷擾王室封印官。刑罰太輕，意外的代價太高；英格雷在事發的翌晨，趁著案發現場尚未被塗抹乾淨前，代表黑特渥大人前去了解案發經過。他個人對流放的判決深深不以為然。

「但沒有一位主子會因為醉酒，將誤殺的僕人剝皮，烏克拉。這事絕不只是喝多了這麼簡單。我們都看得出來，這般行徑根本就是喪心病狂。」這是那晚的虐僕風暴後，聖王和臣子們為了王室顏面，決定姑息王子的惡行，就已種下的惡因。

本來再過半年，波列索就必須再次出庭，接受正式的懲罰，最起碼也要做做樣子。但法拉公主不顧她伯爵丈夫的反對，兼程奔向父王的病床，這才讓她的貼身侍女有機會被無聊透頂的王子看中。無論這個倒楣的女孩是否屈服於王子的霸王硬上弓，或另有麻雀變鳳凰的個人算計，謠言總會從公主的隨扈流出，並恰巧趕在噩耗之前傳進聖王的宮殿中。

若是出自個人算計，那麼她是自食惡果。英格雷嘆了口氣。「帶我去殿下的寢殿。」

王子的寢殿矗立於城堡中心的高處。殿外的走廊並不算長，並且昏暗不明。英格雷腦海中浮現一個畫面：王子的侍從懦弱地畏縮在走廊盡頭，在搖曳的燭光中，等待尖叫終止。他 一股怒氣湧現，全身繃緊。寢殿厚重的門板內側有條木閂，和一組鐵鎖。

殿內的陳設簡單且質樸，一張垂掛著幔帳的大床，床鋪的長度僅僅符合了王子的身高；幾個箱子，牆角裡立著披掛有王子第二高檔盔甲的架子。寬廣的地板上，散布著幾張小地毯，其中一張沾有深色污跡。如此的空曠正合適於一躲一追的獵捕遊戲，最終將獵物困在角落，發洩獸慾……

盔甲架子的右側，有幾扇狹長型窗戶，鉛框嵌著厚厚的波紋狀圓形玻璃。英格雷朝內大大拉開百頁窗，放眼眺望窗外層層疊巒，連綿到懸崖邊的綠野森林。水氣中，裊裊霧靄彷若一條條小溪流從山谷中騰起。谷底有座小村落，開墾出來的農田逼退了一波波的森林，城堡內的食物、奴僕和木柴全都出自於那一片的天然質樸。

從岩床到底下石塊的落差太大，降低了翻牆逃亡的可能性，即使有人纖瘦到能趁著夜黑天高或雨天從牆縫鑽出，也只有死路一條。他側身盯著盔甲架子。案發當時，那位恐慌的犧牲品應該會四處摸索，抓住它來自衛。一把手柄上鑲崁著金飾和紅銅的戰斧，仍然放在架子上。

然而，配對的戰鎚卻被扔在凌亂的床上。形似獸爪的爪邊鐵鎚頭上，沾有與地毯血污類似的凝血。英格雷將鎚頭放到掌心上打量，鎚頭的形狀與剛才在遺體上看到的傷口吻合。對方是雙手握鎚，並在極度恐懼下奮力揮出。但從傷口的深度看來，應該是女子所為。但王子儘管遭受到劇烈反抗，卻仍然步步逼近，他是否已陷入半瘋狀態？於是女孩更使勁地揮出第二鎚。

英格雷緩步繞了寢殿一圈，四處打量，再抬頭盯著屋梁瞧。保安官雙手絞緊，退開讓道。床鋪的上方懸吊著一條邊緣磨損的紅繩。英格雷跨上床架邊緣，拔出掛在腰帶上的刀子，割斷繩子，捆好，塞進背心中。

他跳下床架，轉身對著在後面徘徊的保安官。「殿下會被運送回東尹家下葬。把他的傷口和遺體徹底清理乾淨，全身抹上鹽巴，以便長途運輸。找一輛馬車，因為土路顛簸，最好找四匹馬拉車，再派遣一位稱職的馬伕。讓殿下的侍衛隨行護駕，反正他們再無能再失職，也惹不出什麼大麻煩。將這間寢殿收拾乾淨，整頓一下城堡事務，找個管理人看家。」英格雷環視一圈，沒別的事了……「燒了那頭花豹，骨灰撒了。」

烏克拉用力吞嚥，點頭說：「您打算何時啟程，大人？今晚在這裡過夜嗎？」

他要押解凶犯隨著馬車緩行嗎？或者先行一步？他打從心底想盡快出發，但入秋了，白晝縮短，且今日已過去了大半天。「等我跟凶犯談過後再說。帶我去見那個女孩。」

他們走下一道短樓梯，來到下層一間無窗但乾燥的儲藏室。這裡不是地牢，當然也不是客房，但十分適合關押身分階級尷尬的囚犯。保安官敲了敲門，大喊：「貴女？您有訪客。」他開了鎖，推開門，英格雷跨進屋內。

黑暗中，一雙炯炯有神的眼眸抬眼盯著他瞧，彷若一頭藏身於陰風陣陣森林中的大貓。英格雷本能地後退一步，手握劍柄。劍身唰地才拔出一半，手肘便重重撞上門框——痛楚從指尖竄上肩頭，他再往後退開，爭取搏擊的空間。

保安官驚慌地抓住他的前臂，震驚地盯著他看。

英格雷一凜，抖開保安官的手，免得保安官察覺他在發抖。他立即克制住竄向四肢的爆發力，再次暗罵自己的這份遺產——距離上次被這股爆發力震攝到……已經好久了。我拒絕你，體內的狼性。你不應該出來。劍身哐噹一聲被插回劍鞘，他緩緩鬆開手指，垂手讓掌心平貼在大腿上的皮製護具。

他凝心靜氣，再次打量這個小房間。陰暗的角落裡，一個幽靈般的年輕女子，從地上鋪著乾草的棧板上站起來。那張權充的床墊看起來還算舒適，另外尚有羽絨被褥、托盤和水壺，外加一組有蓋便壺；該有的都有了，還算人道。這間囚房十分牢固，但對一個囚犯來說，太過舒適了。

英格雷舔了舔乾燥的嘴唇。「那裡太暗，我看不到妳，」剛才看到的，不能算數。「站到有光的地方來。」

女孩昂起下巴，濃密的黑髮一甩，緩緩向前走來。她穿著上好的淺黃亞麻連身裙，波浪狀的領口繡了半圈花紋；若不是朝服，便是專屬於未婚少女的裝束。一道深棕色的污跡斜灑過裙子。微光中，那一頭濃密蓬鬆的黑髮，變成了紅色。炯炯有神的淺褐色雙眸並未抬眼偷看他，而是直視著英格雷。英格雷的身高在男人中算是中等，體格精壯，而就女性來說，這女孩算是發育良好，身高和線條都與英格雷不相上下。

淺褐色的眼睛在當下的光線中，幾乎變成了琥珀色，瞳孔外圈是黑色的，而非鮮綠色，也不是……

保安官謹慎地瞥了英格雷一眼，隨即正經八百地為他們引介，口氣正式得彷彿是在某場節慶盛宴裡的招待：「貴女，這位是狼崖家族的英格雷大人，效力於封印師黑特渥大人，前來接管您的後續事宜。英格雷大人，這位是伊佳妲．卡斯托斯（Ijada dy Castos）貴女，她母親出身於獾岸家族（kin Badger-bank）。」

英格雷聞言一驚，眨了眨眼，黑特渥只喊她伊佳妲貴女，說她是獾岸這個錯綜複雜的大家族的一個末節旁支，五神保佑。「這個姓是宜布拉人的父系姓氏。」

「是喬利昂人，」女孩冷冷地糾正：「我小時候，父親是子神紀律軍的奉侍長，也是野林地（Weald）西緣一座神廟要塞的藩主，後來娶了野林地獾岸家族的一位貴女。」

「那他們……過世了？」英格雷大膽一問。

女孩一歪頭，冷冰冰地反譏：「不然有誰敢欺負我。」

女孩神色自若，既沒有驚慌失措，也沒有哭泣，起碼看不出任何哭泣過的跡象，而且顯然也沒有失心瘋發狂的痕跡。在這個小房間囚禁了四天，她已恢復鎮定，但說話時微微發顫的語音洩露了內心裡的恐懼，也可能是憤怒。英格雷環視著空空的小房間，對保安官說：「帶我們去一個能坐下來談話的地方。要孤立隔絕，有陽光的地方。」

節錄自《五神傳說終部曲：神聖狩獵》

二〇二〇年七月即將出版

中英名詞對照表

A

acolyte 服事

Ajelo 阿杰羅

ancestor's hall 先祖廳

Annaliss 安納莉絲

archdivine 大司祭

Archipelago 北方群島

Arhys dy Lutez 阿瑞司・路特茲

Arvol dy Lutez 阿爾沃・路特茲

aura 光暈

B

Baocia 貝歐夏（領）

Bastard 災神

Bastard's Teeth 災神之牙（山區）

Beetim 畢廷

Behar 勃哈爾

Bergon 博剛

Betriz dy Ferrej 碧翠・費瑞茲

blocks-and-dodges 攻防棋

Bonneret 彭爾瑞

Borasnen 波拉斯能（公國）

Brajar 跋薩（國）

Brauda 布洛達（準爵）

C

Cardegoss 卡蒂高司（都城）

Caria 開麗亞

Caribastos 凱里巴施托（領）

Casilchas 開瑟夏詩（鎮）

Castillar　城主（位階介於伯爵『earl』與男爵『baron』之間）

Castillara　女城主／城主夫人

Cattilara／Catti
凱提拉拉／凱提

Cazaril／Caz　卡札里／卡札

Cembuer　森柏爾

Chalion　喬利昂（國）

Chalion-Ibra
喬利昂與宜布拉聯合王國

chancellor　輔政大臣／首輔

Chivar dy Cabon　席瓦・卡本

Clara　克拉拉

coughing fever　咳熱

D

Dalus　達勒斯

Danni　達尼

Daris　達力士

Darthaca　達澤卡（國）

Darthacan　達澤卡人／語

Daughter of Spring
春之女神的別名

Daughter's Day　女神節日

death magic　死亡巫術／死亡咒術／死亡奇蹟

dedicat　終身奉侍

Demi　丹密

divine　司祭

Dondo dy Jironal　當度・濟若諾

F

Father of Winter　冬之父神

Feather／Featherwit
輕羽／輕愚

Ferda dy Gura　佛達・古拉

Ferrej　費瑞茲（準爵）

finger-lily　指百合

Five-fold sacred gesture
五神教禮

Foix dy Gura　佛伊・古拉

Fonsa／Fonsa the Wise／Fonsa the Fairly-Wise　方颯／賢王方颯／大賢王方颯（追謚）

Fox of Ibra　宜布拉之狐

G

(god-)touched　（神靈）憑依

Golden General　金將軍

Goram dy Hixar　戈朗・西克薩

Gotorget　果陀山隘

Guarida　瓜瑞達（領）

H

Hamavik　哈馬維克

Heron　賀隆

Holy Family　聖神家族

Honorable Paginine　（榮者）帕格寧

Honorable Vrese　（榮者）甫瑞思

Huesta　輝斯塔（藩）

I

Ias／Ias the Good　埃阿士／良王埃阿士

Ibra　宜布拉（國）

Ibran　宜布拉人／語

Ildar　伊額達爾（領）

Illvin dy Arbanos　頤爾文・阿巴諾

inner eye／sight（second sight）　神靈之眼

Isara　依莎拉

Iselle　依瑟

Ista　依絲塔

J

Jironal　濟若諾（藩）

Joen　玖恩

Joal　裘爾（準爵）

Jokona　約寇那（公國）

L

Labran　拉布蘭（領）

Lady of Spring　春之女神

lay dedicat　在俗奉侍

Letters to the Young Royse dy Brajar《致年輕的跋薩王子》

Lion of Roknar　洛拿之獅

Liss　莉絲

Liviana　麗薇安納

lord dedicat　奉侍長

Lupe dy Cazaril　盧培·卡札里

M

Maradi　瑪拉蒂（城）

March　藩主（相當於侯爵『marquess』）

Marchess　女藩主／藩主夫人

Maroc　邁羅克（準爵）

Martou dy Jironal　馬圖·濟若諾

master of horse　司馬官

Mendenal　曼登諾

Mudpot　泥斑

N

Nan dy Vrit　南·弗瑞特

Naoza　拿歐撒（準爵）

O

Oby　歐畢（要塞）

Odlin dy Cabon　厄德林·卡本

oil cake　油果雜糧糕

Olus　歐勒斯（親王）

Order of the Bastard/Bastard's Order　災神紀律會

Order of the Daughter/Daughter's Order　女神紀律軍

Order of the Son/Son's Order　子神紀律軍

Ordol　歐爾鐸

Orico　歐瑞寇

P

paladin　護衛

Palli　帕立（侯爵）

Palliar　帕立亞（藩）

Palma　帕爾瑪

Pechma　派西馬

Pejar　皤賈爾

Porifors　波瑞佛（要塞）

Prince　親王

Princess　內親王

Provincar　領主（相當於公爵『duke』）

Provincara　女領主／領主夫人

Province　領／領地／領城

Q

Quadrene　四神信仰

Quintarian　五神信仰

R

Rauma　若麻（城）

Rinal　里諾

Rojeras　若哲拉斯

Roknar／Roknari Princedoms　洛拿／洛拿五大公國

Roknari　洛拿人／語

roya　大君

royina　女大君／大君后／太后

roya-consort　（女）大君配婿

royal　王國金幣

royina-consort　大君嫡后

royse　王子

royesse　王女

S

Saint　聖徒

Sanda　桑達（準爵）

Sara　莎拉（大君后）

ser　準爵（相當於從男爵『baronet』）

sera　女準爵／準爵夫人

Snowflake　雪花

soldier-brother　奉侍兵

Sordso／Sordso the Sot
　梭德索／酒鬼梭德索

Sould　肅額德

subdivine　副司祭

T

Tagille　塔吉爾

Taryoon　塔瑞翁（城）

Teidez　忒德斯

temple　神廟／神殿

Temple Hospital of the Mother's Mercy　母慈聖堂院；母慈院

Teneret　太拿勒（鎮）

Tessa dy Hueltar　泰莎・惠爾塔

The Bottoms　下邊區

The Fivefold Pathway of the Soul: On the True Methods of Quintarian Theology
　《魂歸五重天：五神信仰的神學真諦》

the Great Four　四季之律

The Legend of Green Tree
　《翠樹傳說》

the Season of Great Sorcerers
　大巫師時代

Thistan　席思坦（領）

Tolnoxo　妥挪克索（領）

Tovia　陶維亞

U

Umegat　巫米蓋

Umerue　巫米茹

Urrac　厄拉克

V

vaida　王國銅幣

Valenda　瓦倫達（城）

Vara　瓦拉

vella　長頸羊

Vinyasca　溫亞嗣卡（鎮）

Visping　威斯平（都城）

W

Witless　阿呆

World-Soul　世界之魂

Y

Yarrin　雅潤（領主／女神奉侍長〔最高階級〕）

Yiss (High March dy)
伊斯（上藩主／大侯爵）

Z

Zagosur　札果舍（都城）

Zangre　臧格瑞（主城）

Zavar　札伐（城）

BEST 嚴選 121

五神傳說二部曲：靈魂護衛

原著書名／Paladin of Souls
作　　者／洛伊絲・莫瑪絲特・布約德（Lois McMaster Bujold）
譯　　者／章澤儀
企畫選書人／王雪莉
責任編輯／劉瑄
版權行政暨數位業務專員／陳玉鈴
資深版權專員／許儀盈
行銷企畫／陳姿億
行銷業務經理／李振東
副總編輯／王雪莉
發 行 人／何飛鵬
法律顧問／元禾法律事務所　王子文律師
出版／奇幻基地出版
城邦文化事業股份有限公司
台北市 104 民生東路二段 141 號 8 樓
電話：(02)25007008　傳眞：(02)25027676
網址：www.ffoundation.com.tw
e-mail：ffoundation@cite.com.tw
發行／英屬蓋曼群島商家庭傳媒股份有限公司城邦分公司
台北市 104 民生東路二段 141 號 11 樓
書虫客服服務專線：(02)25007718・(02)25007719
24 小時傳眞服務：(02)25170999・(02)25001991
服務時間：週一至週五 09:30-12:00・13:30-17:00
郵撥帳號：19863813　戶名：書虫股份有限公司
讀者服務信箱 e-mail：service@readingclub.com.tw
歡迎光臨城邦讀書花園　網址：www.cite.com.tw
香港發行所／城邦（香港）出版集團有限公司
香港灣仔駱克道 193 號東超商業中心 1 樓
電話：(852) 2508-6231　傳眞：(852) 2578-9337
e-mail：hkcite@biznetvigator.com
馬新發行所／城邦（馬新）出版集團
【Cite(M)Sdn. Bhd】
41, Jalan Radin Anum, Bandar Baru Sri Petaling,
57000 Kuala Lumpur, Malaysia.
Tel: (603) 90578822 Fax:(603) 90576622
email:cite@cite.com.my

封面設計／高偉哲
排　　版／極翔企業有限公司
印　　刷／高典印刷有限公司
■ 2020 年（民 109）5 月 28 日初版
■ 2020 年（民 109）9 月 24 日初版 2 刷

售價／ 599 元

家圖書館出版品預行編目資料

五神傳說二部曲：靈魂護衛 / 洛伊絲・莫瑪絲特・布約德（Lois McMaster Bujold）作；章澤儀譯. -- 初版. -- 臺北市：奇幻基地, 城邦文化出版：家庭傳媒城邦分公司發行, 民109.05
面：公分. -（Best嚴選；121）
譯自：Paladin of souls
ISBN 978-986-98658-6-9（平裝）

874.57　　109004156

SBN 978-986-98658-6-9

rinted in Taiwan.

廣　告　回　函
北區郵政管理登記證
台北廣字第000791號
郵資已付，免貼郵票

104台北市民生東路二段141號11樓

英屬蓋曼群島商家庭傳媒股份有限公司城邦分公司 收

請沿虛線對摺，謝謝

奇幻基地

每個人都有一本奇幻文學的啓蒙書

奇幻基地官網：http://www.ffoundation.com.tw
奇幻基地粉絲團：http://www.facebook.com/ffoundation

書號：1HB121　　書名：五神傳說二部曲：靈魂護衛

請於此處用膠水黏貼

奇幻基地

讀者回函卡

謝謝您購買我們出版的書籍！請費心填寫此回函卡，我們將不定期寄上城邦集團最新的出版訊息。

姓名：________________________ 性別：□男 □女

生日：西元________年________月________日

地址：________________________

聯絡電話：________________傳真：________________

E-mail ：________________________

學歷：□ 1.小學 □ 2.國中 □ 3.高中 □ 4.大專 □ 5.研究所以上

職業：□ 1.學生 □ 2.軍公教 □ 3.服務 □ 4.金融 □ 5.製造 □ 6.資訊

□ 7.傳播 □ 8.自由業 □ 9.農漁牧 □ 10.家管 □ 11.退休

□ 12.其他________________________

您從何種方式得知本書消息？

□ 1.書店 □ 2.網路 □ 3.報紙 □ 4.雜誌 □ 5.廣播 □ 6.電視

□ 7.親友推薦 □ 8.其他________________

您通常以何種方式購書？

□ 1.書店 □ 2.網路 □ 3.傳真訂購 □ 4.郵局劃撥 □ 5.其他

您購買本書的原因是（單選）

□ 1.封面吸引人 □ 2.內容豐富 □ 3.價格合理

您喜歡以下哪一種類型的書籍？（可複選）

□ 1.科幻 □ 2.魔法奇幻 □ 3.恐怖 □ 4.偵探推理

□ 5.實用類型工具書籍

您是否為奇幻基地網站會員？

□ 1.是□ 2.否（若您非奇幻基地會員，歡迎您上網免費加入，可享有奇幻基地網站線上購書75 折，以及不定時優惠活動：http://www.ffoundation.com.tw/）

對我們的建議：________________________

____

____

請於此處用膠水黏貼

Lois McMaster Bujold

洛伊絲・莫瑪絲特・布約德

Lois McMaster Bujold

洛伊絲·莫瑪絲特·布約德